中国百年工业文学大系

丛书主编 贾玉民 樊洛平

史料卷

李惠敏 主编

中国工人出版社

本卷主编简介

- **李惠敏**，北京师范大学文学博士，河北传媒学院副教授，为韩国国立庆北大学外聘教授，日本早稻田大学访问学者。出版《文学生产与文学传播——商业化视境中的中国现代文学1928-1937》等专著4部，发表论文多篇。近年来深耕工业文学研究，主编并主撰《中国工人文学史》（上下）（河北人民出版社2023年版）。

顾　问

（按姓氏笔画排序）

何向阳　张　炯　谈　歌
梁晓声　董学文　蒋子龙

出版说明

一、缘起

为庆祝中华全国总工会成立100周年，中国工人出版社特组织编纂《中国百年工业文学大系》丛书。文学作品是社会现实的形象反映。本丛书的编纂，全面整理百年来工业文学作品及相关资料，精选优秀作品，按体裁分类，编成20卷的丛书，生动、形象地呈现百年来中国工业化的历程，呈现中国工人阶级的命运和奋斗历史，呈现中华全国总工会在中国共产党领导下，与工人运动一同发展壮大的图景，有助于讲好中国工人阶级故事、中国工业故事和中国工会故事，为更好继承弘扬革命传统，创造未来提供历史借鉴。

二、编纂团队

本丛书编纂团队由《20世纪中国工业文学史》和《中国工人文学史》的作者为基础，邀请郑州大学、河北师范大学、河北大学、河南师范大学、河南理工大学、中原工学院等院校为合作单位，以研究中国工业文学的专家、学者共同组成编辑团队，分工合作，在中国工人出版社的指导下共同完成编纂工作。

三、选录作品范围

重点选录反映工业生活、描写工业人物、揭示工业领域社会问题的优秀作品，根据中国具体情况，适度收录有关传统手工业、商业、人力车夫、纤夫等生活的作品。兼顾各历史阶段、各阶级、各阶层、各个地域、各种产业、各种体裁作品；兼顾专业作家、工人作家、业余作者。

四、编纂原则

真：选录的作品，基本以初发或初版为准，个别作品使用与初版接近“最佳”版本，使其成为中国工业文学发展史的可靠文献。其中繁体字须改为规范简化字；标点符号改为规范格式；错别字给予纠正，加注说明。原作署名为非通用笔名的，注明其真名或通用笔名。

专：各卷按文学体裁编列，分别为史论卷、报告文学卷、短篇小说卷、中篇小说卷、长篇小说卷、诗歌卷、散文卷、剧本卷、电影文学卷、电视文学卷、资料卷。各卷均有独立性，组合又具统一性、逻辑性。

精：各卷首的“导读”，长篇作品的“提要”、节选作品的“简介”，各篇所加注释，务求内容准确、文字简明。

鸦片战争后，中国近代工业开始萌芽，至今已近200年；从中国工人阶级队伍略具规模，至今也已百年以上。这期间出现的各类工业题材文学创作，虽然赶不上“乡土文学”等传统题材作品数量之多，但也可称数量巨大。我们的编纂工作肯定存在不少缺陷，切望有关作家、专家、学者，广大读者批评。

2025年4月

《中国百年工业文学大系》在编纂过程中，有幸收录了众多作家描绘工业岁月的珍贵作品，这些文字是中国工业发展的重要记忆载体。由于时间跨度长、信息更迭等客观因素，书稿付梓之时仍有部分作者未能取得联系，对此我们深感歉意与遗憾。恳请尚未联系上的作者或家属看到成书后，及时与我们取得联系，以完善作品收录的后续事宜。

总序

深刻反映时代巨变，描绘时代精神图谱
——新时代呼唤工业文学的繁荣

“文化是民族的精神命脉，文艺是时代的号角。”习近平总书记的这一重要论断，深刻揭示了文艺与时代的紧密联系。文艺作为社会生活的镜像与人类精神的诗性表达，始终与时代同频共振、血脉相连。它不仅是时代变迁的见证者，更是时代精神的塑造者和引领者，在为我们展现历史巨变的同时，也将中华民族伟大复兴的壮阔征程熔铸成一幅可触可感的精神图谱。

100多年前，我国近代工业刚刚产生，就陷入帝国主义列强的围堵和封建专制的压迫之下，在其筚路蓝缕地艰辛跋涉中，20世纪上半叶就有茅盾、夏衍等作家描写民族资产阶级“工业救国”梦的破产，描写工人阶级的悲惨处境和觉醒斗争，创作了《子夜》《包身工》等优秀作品。新中国成立后，在大规模经济建设中，更多作家长期深入工矿生活，创作了许多新作，如草明的《乘风破浪》、雷加的《潜力》三部曲、艾芜的《百炼成钢》、艾明之的《火种》等长篇小说以及李季赞颂玉门石油基地的诗歌等，出现了工业文学的初次繁荣。而

工人作家胡万春、万国儒等的崛起，则开了工人写工人的先河。到了改革开放大潮中，反映工业战线生活的作品更如雨后春笋，蒋子龙的《乔厂长上任记》等系列，张洁荣获茅盾文学奖的《沉重的翅膀》、程树臻的报告文学《励精图治》，以及众多作家反映工人生活的中短篇小说、诗歌和剧本等，势如乘风破浪，冲上改革文学的前沿。伴随着改革深化和经济转型，在“新写实”和“现实主义回归”文学潮中，又涌现出一批沉甸甸的作品，如张宏森、肖克凡、谈歌等作家真实反映国企工人经历的转型期阵痛的佳作。而“打工文学”在珠江三角洲等沿海经济特区异军突起，更成为新时期工人写工业文学的一道新风景。

从党的十八大开始,中国特色社会主义进入新时代，进一步强化了工人阶级是国家的领导阶级和主人翁地位。在《关于繁荣发展社会主义文艺的意见》指引下，文艺界克服价值扭曲、娱乐至上、唯市场化等倾向，用现实主义精神和浪漫主义情怀观照生活，歌颂光明、抒发理想，鞭挞丑恶、抵制低俗，给人民以信心和力量，在工业文学方面产生了一批讴歌大国重器、“中国制造”的响当当的作品。同时以“知青文学”而闻名的梁晓声，创作了长篇小说《人世间》，描写知青回城前后几个工人家庭两代人的生活变迁，以其动人肺腑的笔力而荣获茅盾文学奖。一向书写矿山工人生活的刘庆邦，以现实主义笔触展示了不同类型的煤矿工人的人生。不少剧作家也创作或改编了描写工业和工人生活的剧本，搬上屏幕，受到广大观众的欢迎。

百余年来，中国工业文学由小到大，由弱到强，形象地记录了中国工人阶级的发展历程。从百年前郁达夫笔下的女工陈二妹，到蒋光慈小说中的工人形象，从《百炼成钢》的秦德贵到报告文学中真实的英雄孟泰、王崇伦、王进喜、赵梦桃等等，构成了中国工业领域的英雄人物画廊，构成了工人阶级光辉的斗争史和成长史。感谢中国工人出版社和主编本丛书的贾玉民、樊洛平诸位教授学者，经过多年努力，辛勤劳作，为广大读者编成此套规模宏大、内容丰富的选本，自是一项盛举！

如今，中国工业文学作家面前仍然任重而道远。

首先，和我国工业迅速崛起的势头相比，工业文学的反映还远远不够。工业文化，尤其是21世纪以来，极速变化，迅速飞腾，节奏之快，前所未有。这就要求我们身在工业战线、对这种伟大变化有深切感受的工业作家，肩负起历史使命，拿出更多新的好作品来。

其次，和经典作品相比，相当一部分工业文学作品对现实的剖析和人物心理世界的开掘还不够深刻，还少有触及这方面深层次的观念冲突、心理变化和复杂的矛盾斗争的新作。随着城市化的加速，新工人、新市民成亿增加，对工业文学的期待必将日益强烈。

中国实现工业化、现代化，是多少代人的理想和立国之本。新时代呼唤工业文学的繁荣。这既是挑战，更是机遇。工业文学作家和工业战线的文学业余作者，自应把握这个历史机遇，全身心地投入这场新的工业革命，投入由农业文明向工业文明的深刻变革之中，在实践中观察，体验，对工业基础以及高端装备等建设成果努力深切了解，对这场变革中的各种人物表现有更生动把握，从而掌握扎实的生活素材，奠定工业文学更生动更深厚的基础。我们深信，广大读者都会殷切期待作家、艺术家的进一步努力，充分认识所承担的历史重任，开出灿烂的文艺之花。希望广大工业战线的文艺工作者不辜负时代召唤、不辜负人民期待，描绘出中华文明古国在21世纪工业腾飞的足迹，绘出民族的精神图谱，奏出时代的最强音。

张　炯

2025年春于苏州

导言

在1905年前后的反美华工禁约运动中产生的一些反映华工命运和遭际的文学作品，一般被视为中国工业文学的源头，从那时至2020年，中国工业文学已经走过了一百多个年头，产生了数量众多的作家和作品。工业文学作为一种客观存在是无法忽视的，但工业文学的概念并非自工业文学产生之日就有，作为对一种文学现象的命名，它的出现比中国工业文学的诞生晚了几十年。

在新中国成立之前的近五十年时间里，尽管在不少的作家笔下创作出了数量可观的工业题材作品，由于时代环境的关系，还没有出现一本以“工业文学”或“工业题材文学”命名的作品集，即便是与“工业文学”相关的“工人文学”这一概念，在1948年前出版的作品集中也不曾出现。1949年后，在解放区直至整个新中国，工人阶级作为国家领导阶级，真正的工人作家队伍日益壮大，工人文艺运动成为国家政治文化生活的重要部分，产生了众多的工人文学作品，出版了一些工人文学作品集，如《工人创作选》（华北总工会筹备委员会编，1949年3月），“工人诗歌选集”《钢铁的手》（东北新华书店1949年8月），诗集《工人诗歌》（剑林、炳南编，中南新华书店1950年1月），工人出版社出版的《工人歌谣选》（1961年5月）、《工人戏剧选》（1962年2月）、《工人短篇小说选》

（1963年12月）等等，体现了毛泽东《在延安文艺座谈会上的讲话》的“工农兵文学”思想的普遍贯彻和深入发展。进入新时期以后，“工人文学”的概念依然被使用，如任丽青、杨青泉的《海上奇葩——上海工人文学创作》（文汇出版社2010年），陈新瑶的《钢与火的缠绵——武钢工人文学创作研究》（冶金工业出版社2014年），都江堰市总工会编的《齿轮的合唱——都江堰市工人文学作品选》（成都时代出版社2015年），李彬主编的《天津工人文学史》（百花文艺出版社2016年），李惠敏、田丰、陈国元的《中国工人文学史》（河北人民出版社2023年）。

与此同时，“工业文学”或“工业题材文学”的概念，也逐渐被文学界使用。如：朱兵编、工人出版社1984年出版的小说集《春风沉醉的晚上》，标注的是“工业题材短篇小说”；同年朱兵著《开拓中前进——新中国三十年工业题材长篇小说发展概况》（工人出版社）。吴国霖主编的《2014中国工业题材短篇小说选》（南京出版社2014年）、湖北省作家协会编的《湖北工业题材短篇小说选》（长江文艺出版社2015年）、吴国林和刁小东主编的《中国工业题材短篇小说选》（花城出版社2022年）均使用了“工业题材”的概念。贾玉民等著的《20世纪中国工业文学史》（海燕出版社2015年）则对“工业题材文学”这一概念予以简化，直接使用了“工业文学”的概念。卜庆祥的《沸腾的生活——经典作家的红色工业文学与钢都文化叙事》（辽宁人民出版社2023年）也是如此。在著名工业文学作家草明的家乡顺德，以草明命名的文学奖项亦称“工业文学奖”。国家工业和信息化部设立的全国性光耀杯大奖也使用“工业文学”的名称，涵盖了所有工业领域的文学创作。

“工人文学”和“工业文学”内涵固然有别，侧重点不同，但二者又是明显交叉、重合的，在文学研究领域，随研究者视角、着重点的不同，都可以继续使用。

对百年工业文学发展只要有所了解，便不难发现大体以1949年新中国成立为界，此前的旧社会和之后的新社会呈现出迥然不同的面貌。在1949年之前的四十多年时间里，从事工业文学创作的作家在数量上不能说很少，但专注于工业文学创作的作家基本上没有，多数作家虽然涉足工业文学创作，但工业文学创作的量在其自身创作中所占的比例大多很小，且不是其代表性作品。如：鲁迅，三本小说集中，只有一篇《一件小事》因为写的是人力车夫，可称之为工业题材作品；郭沫若在20世纪20年代有五本诗集，只有《笔立山头展望》《上海的清晨》等少数诗篇带有工业色彩，其创作的小说中，也只有一篇《一只手》可归入工业文学；郁达夫小说创作的量很大，能够归属到工业文学的只有《春风沉醉的晚上》和《薄奠》两篇；茅盾在诸多现代作家中，工业文学作品数量明显较多，除长篇小说《子夜》《霜叶红似二月花》外，尚有中篇小说《第一阶段的故事》以及话剧《清明前后》等；巴金的小说创作十分丰富，然能够划入工业文学的主要是中篇小说《砂丁》《萌芽》（又名《雪》）……在这一时期我们看到的基本事实是，工业文学虽然存在，但多藏匿于作家的众多创作之中，需要我们去甄别、挑选，由于这些作品大多缺乏知名度，无形中增加了甄别、挑选的难度。

1949年新中国成立后，党所制定的工人文艺政策引导作家和工人群众从事工人文艺创作，随后的热火朝天的社会主义建设激发着作家和建设者的热情，让人们拿起笔书写工业发展和工厂建设、工人生活。在20世纪五六十年代，工业文学作家主要由两大群体组成，一是从工业实践中涌现出的工人作家，二是积极投身工业实践、并在此基础上从事工业文学创作的知识分子作家。在众多的工人作家中，上海工人作家数量最多，他们是胡万春、费礼文、唐克新、陆俊超、周嘉俊、徐俊杰、肖木、张英、仇学宝等；其次是天津工人作家，有董迺相、大吕、阿凤、张知行、万国儒等；北京的工人作家数量也不算少，有王慧芹、高延昌、夏红、傅用霖等，此外还有工人诗人李学鳌、韩忆萍；在鞍钢和武钢，甚至出现鞍钢工人作家群和武钢工人作家群，此外驰名全国的还有快板诗人黄声笑、煤矿诗人孙友田、剧作家陈桂珍……罗丹、韶华、雷加都不是普通工人，而是工厂或企业的领导干部，他们也是在工业实践中成长起来的作家，也应视为工人作家。这些工人作家以他们的创作撑起了工业文学的半壁江山，所取得的成就丝毫不逊色于那些从事工业文学创作的知识分子作家。

在20世纪五六十年代，投身工业文学创作的知识分子作家数量也不在少数，在小说创作方面，有草明、舒群、白朗、萧军、艾明之、杜鹏程、艾芜、周立波、碧野等；在诗歌创作方面，有李季、冯至、阮章竞、雁翼、徐迟等这些作家中，除草明、李季等少数人始终专注于工业文学创作外，多数作家均为浅尝辄止，没有在工业文学创作中深耕细作，这无疑限制了他们的工业文学成就。反观那些工人作家，他们始终在自己熟悉、热爱的领域从事创作，从而使自己的创作潜力得到了极大的发挥。不仅如此，工人作家身为一线的劳动者，坚实的生活积累、独特的生活感悟，使他们的创作具有自己的鲜明特色，赢得专业作家甚至名家的首肯。工人作家的工人身份以及作品内容上的接地气、艺术表现上的大众化，使他们的作品受到工人读者的普遍而热烈的欢迎。

经由工人作家和知识分子作家的共同努力，20世纪五六十年代的工业文学创作不论在数量上还是在社会反响上，均达到了一个高峰。

“文化大革命”十年，在打倒一切、推翻一切的时代，没有被打倒、被推翻，作品还得以发表出版的仅有李学鳌、孙友田等少数工人作家的作品。“文化大革命”后期出版的众多集体创作的作品以及各种“工农兵诗选”，绝大部分出自工人之手，反映的是工人生活和情感。此外在当时出版的长篇小说中，工业题材小说所占的份额也不小。据统计，1972年共出版长篇小说12部，其中工业题材小说3部；1973年共出版长篇小说14部，其中工业题材小说3部；1974年共出版长篇小说17部，其中工业题材小说3部；1975年共出版长篇小说26部，其中工业题材小说5部。这些数据无可争辩地说明，以“工人文学”名义出现的工业文学是当时文学创作中重要的一翼。

进入改革开放和社会主义现代化建设的新时期，在改革文学创作热潮中，工业文学得到较好的发展，张洁、蒋子龙、焦祖尧、陈冲、陈国凯等人的小说，宗福先、崔德志、中杰英、梁秉堃、水运宪、邹维之等人的戏剧，彰显了工业文学的成就。进入20世纪90年代，消费文化盛行，总体呈现“硬”的色调的工业文学遇冷，然到了90年代中期，在“现实主义冲击波”中，工业文学再次发力，谈歌的《大厂》《大厂（续篇）》等一系列作品、李肇正的《女工》《兼并》

等小说、李佩甫的《学习微笑》、关仁山的《破产》等，直面工厂严峻的现实、直面工人下岗的窘境。在话剧舞台上，代路的《工人世家》、李宝群的《父亲》《矸子山上的男人女人》、王鹏博的《下岗了，别趴下》等剧作，也均对现实做出了及时反映。

时间跨入新世纪，在文学创作百花齐放的繁荣背景下，工业文学创作虽然依旧保持着一定的创作活力，并有一些有分量的作品问世，然工业文学在文坛的影响力日渐微弱却是一个不争的事实，以致有人哀叹“工业题材写作陷入瓶颈”（金莹:《工业题材写作陷入瓶颈》,《文学报》2009年6月4日）。

2012年党的十八大后，中国特色社会主义社会进入新时代，各级政府通过文艺政策鼓励工业题材创作，推动相关文学活动。在多方努力下，工业文学创作日渐活跃，并逐渐形成繁荣的景象。这一方面体现在作品数量的增多，另一方面体现在创作人群的加大，还体现在创作质量的提升和作品影响力的扩大。

在小说方面，管新生、管燕草父女2013年推出长篇小说《工人》（上海人民出版社2013年），后进一步充实提高，形成三卷本的《百年海上》（第一卷《天之光》、第二卷《地之光》、第三卷《人之光》，中国工人出版社2021年）。已经在工业文学领域耕耘多年的刘庆邦，在新时代先后推出了长篇小说《黑白男女》（上海文艺出版社2015年）、《女工绘》（作家出版社2020年9月）。东北作家李铁创作有长篇小说《锦绣》（春风文艺出版社2021年）、老藤创作有长篇小说《铜行里》（安徽文艺出版社2023年）和《北爱》（湖南文艺出版社2023年）。这一时期较为重要的作品还有阿龙的长篇小说《复兴之路》（上海文艺出版社2017年）、黄秀萍的长篇小说《中国智造》（中国工人出版社2021年）、阿莹的长篇小说《长安》（作家出版社2021年）、罗日新的长篇小说《钢的城》（人民文学出版社2022年）、肖克凡的中篇小说《父亲和雕像》（《当代》2024年第2期）。

从文体来说，新时代创作最为活跃和丰富的无疑是报告文学，作家们用自己的笔热情记录着中华民族在复兴之路上所取得的各种成就。如李鸣生的“航天七部曲”、王鸿鹏和马娜的《中国机器人》（辽宁人民出版社2017年）、曾平标的《中国桥——港珠澳大桥圆梦之路》（花城出版社2018年）、王立新的《多瑙河的春天——“一带一路”上的钢铁交响曲》（河北教育出版社、花山文艺出版社2019年）、龚盛辉的《中国北斗》（山东文艺出版社2021年）……

令人欣慰的是，这一时期又出现了较多工人作家的身影。2016年，长江文艺出版社推出“湖北工人作家丛书”，推出了10位工人作家的10部长篇小说，集中展示了新时代工人作家的创作成就。打工工人出身的丁燕的“工厂三部曲”（《工厂女孩》《工厂男孩》《工厂爱情》）凭借其独特的感受和体验，赢得不错的反响。下岗工人王延才创作的长篇小说《王破烂》（作家出版社2013年）、《厂魂》（作家出版社2015年）、《中国名片》（黑龙江教育出版社2022年）令人关注。来自工厂车间一线的工人作家鬼金的小说创作也令人瞩目。近几年，一些来自基层工人的创作产生较大的社会反响，如：被称为“外卖诗人”的王计兵的诗集《赶时间的人——一个外卖员的诗》（台海出版社2022年）、《我笨拙地爱着这个世界》（江苏凤凰文艺出版社2023年），王二冬的诗集《快递中国》（中国言实出版社2022年），胡安焉的非虚构作品集《我在北京送快递》（湖南文艺出版社2023年）。

新时代网络文学的发展也催生了一些工业题材的文学作品，它们在线下出版，一定程度上也助力了工业文学的繁荣。齐橙是其中的佼佼者，目前已出版长篇小说《材料帝国》（二十一世纪出版社2015年）、《大国重工》（壹、贰、叁、肆、伍）（上海文艺出版社2018年—2020年）、《何日请长缨·脱困》（上、下）、《何日请长缨·崛起》（上、下）、《何日请长缨·搏击》（上、下）、《何日请长缨·辉煌》（安徽文艺出版社2023年）。齐橙之外，网络作家晨飒出版有长篇小说《重卡雄风》（海峡文艺出版社2022年）、飘荡墨尔本出版有长篇小说《筑梦太空》（作家出版社2024年）。

回首中国工业文学走过的百年历程，了解中国工业文学发展的基本情形，有助于对本书相关内容的预判和接受。

本书在内容上包括以下几部分：（一）中国工业文学大事记（1900—2024）；（二）工业文学作家小传；（三）著名工业文学作家作品研究资料；（四）百年工业文学书目索引；（五）百年工业文学报刊作品索引。

（一）关于“中国工业文学大事记”

前面提到，在1949年前的旧中国，从事工业文学创作的作家相对较少，所产生的工业文学作品也不多，那个时候还没有“工业文学”的概念，关于工业文学的评论也不曾出现，与工业文学相关的文学社团和社会活动更是难觅踪迹。在此情形下，“大事记”的内容就颇费思量。鉴于《史料卷》关键在于保存史料，供研究者在未来的研究中参考、借鉴，而百年工业文学的基本内容，显然是作家、作品。诚如前文所说，由于工业文学作品大多隐藏于作家的众多创作之中，有许多作家、作品并不被人了解，因此，将相关信息收集出来，自然就显得十分必要。同时，为了使相关信息更为充实、具体，在披露作家、作品基本信息的同时，还对作品内容作了简明扼要的介绍，加深读者对作品的认识。

考虑到不同的历史时期工业文学发展的不均衡，在工业文学发展的初期，作家、作品很少，因此，能搜罗到的信息尽量存用；而在20世纪五六十年代，工业文学作家、作品数量较多，选择的标准有所提升，作家的作品集尽量存用，单篇作品则只选用较为重要、较为知名的。在“文化大革命”时期，工人群众的文学创作数量众多，除少数较为知名的作者以及后来在新时期成名的作家作品外，一般工人群众的作品不再收入。

结合工业文学的实际，新中国成立以后的大事记除收录重要工业作品的发表和出版信息外，同时收录工业文学作品的获奖信息，关于工业文学作家、作品的较为重要的研讨活动，各产业系统的文化、文学工作会议及评奖等。工业作家的一些重要活动也纳入大事记中。

大事记的内容没有固定的模式，本书“大事记”的撰写参照了一些工具书的编写方式，又结合百年中国工业文学史的实际情况，最终呈现出来的就是现在这样一种面貌，遗漏甚至错误之处肯定存在，还望方家批评、指正。

（二）关于“工业文学作家小传”

百年工业文学发展中出现的工业作家数量肯定比出现在“作家小传”中的人数要多，这是毋庸置疑的。“作家小传”收录作家的原则如下：（1）全部创作属于工业题材，或以工业题材为主的作家，如草明、雷加、韶华、李云德、胡万春、蒋子龙、陈建功、肖克凡、周梅森、谈歌等；（2）有重要作品属于工业题材的作家，如茅盾、周而复、艾芜、李季、康濯、杜鹏程、李若冰等；（3）创作虽不以工业题材为主，但其工业题材作品产生过重要影响的作家，如刘大白、夏衍、巴金、蒋光慈、楼适夷、周立波、丁玲、杨朔、南丁、池莉、毕淑敏等；（4）20世纪五六十年代新中国第一代“工人作家”，新时期涌现的工人作家、“打工作家”，其作品有一定影响的作者；（5）评论、研究工业文学的评论家、研究学者。

关于小传的内容，考虑到是工业文学作家，因此在作家的文学创作活动中，主要叙述工业文学方面的内容，其他内容或少谈，或不谈。

（三）关于“著名工业文学作家作品研究资料”

在1949年以前，虽然有对工业文学作家作品的评论，但因为那时还没有“工业文学”的明确概念，相关评论未能从工业文学的角度切入，因此还不属于工业文学评论。“工业文学”的概念虽然出现较晚，但依托“工人文学”研究，工业文学研究事实上在20世纪五六十年代便已开始，并取得较高成就。在当时，对草明、杜鹏程、艾芜等的小说，对李季、李学鳌、孙友田、黄声笑等的诗歌，对《红旗歌》《考验》《烈火红心》《红色风暴》《祝你健康》等戏剧，均产生了较多的评论文章。进入新时期后，工业文学评论依然十分活跃，在不同的时期，围绕蒋子龙、谈歌、刘庆邦、肖克凡、杨利民、李宝群等作家的创作进行过广泛的评论。限于篇幅，本卷选取了评论文章共17篇，有的针对具体作品，有的针对作家的总体创作；有的谈创作总结，还有的针对某一类创作现象；在文体上，有的针对小说，有的针对诗歌，有的针对戏剧。通过这些评论，可以窥一斑见全貌，了解不同时期工业文学创作的发展成就。

（四）关于“百年工业文学书目索引”

书目索引的编选，除以时间先后为序外，同一时间出现的图书，按小说、诗歌、戏剧、散文的文体顺序先后排序，同一时间出现的小说作品，按长篇小说、中篇小说、短篇小说的顺序，诗歌、戏剧、散文也按先长后短的顺序。受主客观条件的限制，索引的编写虽然力求完善，但难免遗珠之憾，特别是进入新世纪后，图书出版的量相当大，很难全部接触到；有的图书虽被人在评论中提及，然即便在国家图书馆也无法查到，在不能确认的情况下只好舍弃不录，这是需要请读者体谅和谅解的。

（五）关于“百年工业文学报刊作品索引”

“报刊作品索引”的编写除按时间顺序外，同一时间出现的作品不再按文体区分，发表在同一刊物同一期的作品，尽量依照发表时的先后顺序排列。不同期刊在期号的表述上有所不同，同为月刊，同为12期，有的表述为12月号，有的表述为第12期，在此情形下，尽量尊重原刊的表述。

随着网络文学的发展，进入二十一世纪后，出现了不少网络工业题材小说，且有一些作品得以出版。网络工业题材小说自然也是工业文学的一部分，在可能的情况下理应收入相关信息。只是网络不同于图书或报刊，作品的发表依托平台（网站），但无法显示刊发的时间。本卷不论是“大事记”还是“书目索引”和“报刊作品索引”均以时间为序，没有刊发时间就无法将相关内容嵌入其中。故此，虽然收集到一些网络工业题材小说信息，但最后多数无奈放弃，只将一些工业题材小说的获奖信息收入“大事记”，得以出版的作品信息收入“书目索引”，在“作家小传”中也出现了网络作家的名字。

史料的搜索和整理是一个长期积累的过程，不是一朝一夕能够突击完成的。史料就是一个无底洞，只要下功夫，就会有所收获，似乎没有穷尽之时。加之客观条件所限，虽然尽力而为了，但依然会有很多缺憾和不足，热诚期待方家和读者中肯的批评和指正。

编 者

2024年12月10日

目录

中国工业文学大事记

（1900—2024）

1900年

2月20日 旅檀义民的散文《檀香山华人被虐惨状记》刊《清议报》36册。该文另刊3月1日出版的《知新报》113册。

1901年

12月25日 宣樊子的小说《檀香山华人受虐记》刊《杭州白话剧》第20期，至第23期（1902年1月24日）刊完。

1903年

7月9日 雪如的《檀香山悯华工也》刊《新小说》第5号。

同年 佚名的小说《猪仔记》刊《启蒙画报》2年4、6、7期。作品叙述广东、澳门等地的恶霸勾结洋人贩卖华人到南洋、美洲大陆当“猪仔”受尽苦难的遭遇。

1904年

6月28日 佚名的散文《南非洲华侨惨状记》刊《新民丛报》49号，50号（7月13日）续完。

9月 三爱（陈独秀）的小说《黑天国》刊《安徽俗话报》第11期，第13、14、15期续，未完。作品描写帝俄对反抗志士的压迫，将反抗志士贬谪至“黑天国”（即煤矿），涉及人物在煤矿做苦工的经历。

1905年

2月 姬文的实业小说《市声》刊《绣像小说》第43—47期、第55—72期，至1906年4月36回完结。1908年商务印书馆印成单本发行。作品揭露政府腐败，致使民族工业萎缩，难以发展与外商抗衡，告诫国人办实业难以救国。

7月 白话章回小说《苦社会》由申报馆发行，著者未署名。书前有海上漱石生（孙玉声）于同年7月写的《叙》。《叙》文称，"是书作于旅美华工""以旅美之人，述旅美之事"。《苦社会》的内容，确如叙者所言，是一部很现实的"华工血泪生活史"，特别是第二十回以后，写中国人被虐待的苦况，令人发指。

书里的主人公都是知识分子，在家乡走投无路，分途出外谋生、赴美打工。全书以这几个人为线索，忽分忽合写出他们的惨痛经历。

此书作者大概是一个熟悉在美国的中国工人和商人生活的知识分子。这部小说销行很广，初版就印了三千册，在当时是个大数字。

11月 杞忧子的《苦学生》开始在《绣像小说》第63期刊载，至第67期（1906年1月）结束。写一个苦学生在美国半工半读的经过。

1906年

本年，《拒约奇谈》由启智书局出版，著者署名"中国凉血人"。作品以一个叫作病夫的人物为中心，写他在拒约会中因为自己的主张得不到拥护，便独自跑到一个偏僻所在，购置机器，训练工人，兴办工厂，发展实业……

1907年

6月 碧荷馆主人著章回小说《黄金世界》由上海小说林社印行。共书二十回，以华侨生活为背景，叙述了赴美华工朱阿金和妻子陈氏的奇特经历，反映了华工种种受虐的遭遇以及华工面对压迫的反抗。

11月20日 我佛山人（吴趼人）的苦情小说《劫余灰》开始在《月月小说》连载，至第一年第23号（1909年1月）结束。书中男主人公陈耕伯为一介书生，科考成功、姻缘有定，却经受了最黑暗的一幕——被贩卖为"猪仔"，遭遇非人的待遇，苦捱二十载后才得以脱身回家。妻子朱婉贞被卖于妓院，历经种种磨难，最后也得以获救。

1908年

3月 姬文的实业小说《市声》（上下）由商务印书馆出版。

1910年

10月21日 吴趼人卒于上海寓所，年45岁。吴趼人生于1866年，广东佛山人，清代谴责小说家。代表作有《二十年目睹之怪现状》《痛史》等。以“我佛山人”的署名发表反映赴美华工生活的小说《劫余灰》。

11月26日 卓呆（徐半梅）四幕九场悲剧《故乡》在《小说月报》第一年第4期刊载，至第6期（1911年1月25日）刊完。作品描写了水手邓忆南轮船沉没、一个人漂泊孤岛后辗转回乡，然妻子已改嫁他人等传奇经历，带给读者一种新奇的人生体验。

1911年

7月20日 不才偶述的社会小说《醒游地狱记》开始在《小说月报》第二年第6期连载，至第10期（12月15日）刊毕。作品涉及山东沂州煤矿井下工人的非人处境。

1912年

12月25日 指严（许指严）的哀情小说《猪仔还国记》在《小说月报》第3卷第9期刊载。作品写了广东贫民某“粤人”被诱骗和强行拐卖成为“猪仔”，到新加坡煤矿做苦力的情形。

1913年

7月25日 哀华的短篇小说《侨民泪》刊载于《小说月报》第4卷第3期。

11月25日 焦木（恽铁樵）的文言短篇小说《工人小史》刊载于《小说月报》第4卷第7期。小说通过主人公韩蘖人的遭遇和命运，揭示了工人的各种遭际和境遇。韩蘖人在故乡破产后到上海谋生，但毫无出路，投河自杀后幸被救出，得到工人李自发的帮助，到一家外国人开办的工厂做工。他虽然兢兢业业，强忍侮辱与欺凌，但最后仍被工头胡某赶出了工厂，只好以卖报度日。这是一篇较早描写中国工人阶层生活的作品。

1914年

6月6日 《礼拜六》在上海创刊。王钝根、孙剑秋编辑，中华图书馆发行，1916年4月29日出版第100期后停刊。

7月18日 叶匋（叶圣陶）的文言小说《穷愁》发表于《礼拜六》第7期。小说描写了丝厂失业工人阿松的遭遇，并通过阿松家破人亡的故事，反映了底层劳动者悲苦无助的生活。

1915年

4月1日 春岩的社会小说《一文钱》刊载于《中华小说界》第2卷第4期。作品叙写广东某地，在一归国华侨工人的倡议下创办"慈善会"，会员每人每天存一文钱，一年后得金5万元，于是购置机器、创办工厂，招贫民为工人。经过十年发展，资产累计达百万，工人数以万计，全国仿效。

9月15日 《青年杂志》月刊在上海创刊。陈独秀主编，上海群益书社发行。《青年杂志》自2卷1号起更名《新青年》。

11月 蒋景缄著的白话章回小说《湖海飘零记》由上海进步书局出版。全书共十二回。该书作为一部"商务小说"，讲述了太平天国时期杭州商人石长厚的经历和遭遇。他遭逢战乱，在外流落五年重回杭州，重振家业。作者主张"商业救国"，宣称他所写的这"一段故事，却是商务中一段美谈，实业里最好的榜样"。

1916年

1月5日 鸦江鹗士的六幕警世新剧《童子针砭》在《妇女杂志》2卷1号刊出，至2卷5号（5月5日）续完。作品描写了工人子弟阿攸的成才经历。阿攸出身于工人之家，被父亲送入学堂后，在校勉力勤奋，一心向学，成绩优异，后升入城中读高小。高小毕业后，阿攸进入振华纱厂做学徒，很快升为账房，后来从事工厂管理工作，在他的尽心经营下，工厂"年有盈余"，效益很好。

2月25日 汪剑虹的短篇小说《苏家布》刊《小说月报》第7卷第2期。作品反映的是外国布匹的输入给中国传统的织布业带来的冲击，以及面对冲击一些有识之士做出的自救的努力。主人公苏二是天津人，他本来是一个农民，后来放弃了农业，专心布事，经过数年努力，成了一个布厂的大经理。作品通过苏家布的故事，客观反映了从传统织布业到现代纺织业的过渡和转化。

1917年

1月 瘦鹃（周瘦鹃）的短篇小说《檐下》刊《小说画报》第1期。作品描写一个衣衫褴褛的修路工人和给他送午饭的妻子在红墙大宅的檐下相敬相爱的故事，在与室内富人夫妇的对照中，肯定底层群众的精神境界高于上层人物。

7月5日 企翁的短篇小说《欧战声中苦力界》刊《小说海》第3卷第7期。以第一次世界大战爆发为背景，描写了欧战对主人公王老二一家生计的影响。王老二本来在码头上充当脚夫，"一战"爆发后，洋行关闭了，海船停驶了，码头生意做不成了。不仅如此，丝厂受到战事的影响也要停工了，人力车的生意都被电车夺走了……

7月 毅汉的短篇小说《罢工人》刊《小说画报》第7期。作品尽管没有出现罢工斗争的场面，但涉及罢工工人，可以视为一篇专门探讨罢工话题的小说。通过电车上老者与工人陈阿喜、俞福才关于罢工话题的讨论，表达了作者对于罢工的观点和态度。

12月5日 叔良的三幕喜剧《逃兵》刊《小说海》第3卷第12号。作品改编自外国剧，讲述1697年俄皇彼得大帝擅离职守，居然来到荷兰一家船厂成为一名工人，并和因逃避兵役从俄国来到荷兰的技术工人施丹密成为朋友。后来施丹密潜回莫斯科，二人再次相遇。彼得坦白了自己俄皇的身份，并任命施丹密为圣彼得堡船厂的监督。

1918年

1月15日 胡适在《新青年》第4卷第1号发表诗歌《人力车夫》，这是新文学史上较早出现的描写人力车夫的作品。同期还刊发沈尹默的诗歌《人力车夫》，诗作以写实的手法，分别对车上人和拉车人进行描写，在棉衣与单衣、寒冷与流汗的鲜明对照中，揭示了旧社会的不公。

2月15日 刘半农在《新青年》第4卷第2号上发表描写人力车夫的短诗《车毯》。天气冷了，车夫凑钱买了条毛绒毯子铺在车上，心中期盼着坐车的老爷们心中高兴会多给几个钱。“有时车儿拉罢汗儿流，北风吹来，冻得要死”，但因为怕衣服脏，坏了毯子，也不敢把毯子往身上披一披。

11月15日 蔡元培在《新青年》第5卷第5号上发表《劳工神圣！》，该文后又发表于本月27日《北京大学日刊》第二百六十号。文中指出：“凡用自己的劳力作成有益于他人的事业，不管他用的是体力、是脑力，都是劳工。所以农是种植的工，商是转运的工，学校职员、著述家、发明家，是教育的工，我们都是劳工。”呼吁大家要“认识劳工的价值，劳工神圣”！要鄙弃那些祸国殃民的官僚、军阀、政客等社会蠹虫，而把从事体力劳动和脑力劳动的一切劳动者，其中也包括历史上遭人贱视被压在社会最底层的劳动群众，提到神圣的崇高地位。并预言：“此后的世界，全是劳工的世界。”“劳工神圣”自此成为风行一时的口号。

1919年

10月 刘半农以“寒星”的署名在《新潮》第2卷第1期上发表诗歌《铁匠》，记述的是“我”在夜间听到和看到的打铁的场景，流露的是对铁匠劳动的崇敬。

12月1日 鲁迅的《一件小事》发表在《晨报周年纪念增刊》。作品叙写了一个人力车夫无意间碰倒了过路的老妇人的故事。通过“我”与车夫对待这件小事两种不同态度的对比，揭示了底层人民高尚的思想品质。这是中国现代小说中首次出现正面歌颂劳动人民的文学作品。茅盾在以“方璧”的署名发表的《鲁迅论》中，说它虽然“没有颂扬劳工神圣的老调子”，但却可以“感到深厚的趣味和强烈的感动”。

1920年

1月4日 刘大白为《星期评论》撰写了新年贺词《红色的新年》，刊发在《星期评论》第31期。诗中用“拿锤儿的”喻指工人，“拿锤儿的”创造了“世间人住的、着的、使的”。诗中对“拿锤儿的”描写以及对“拿锤儿的”要锤匀“世间底不平不公”的预言，是对工人阶级的充分肯定以及对工人阶级光明未来的自信。

1月11日 沈玄庐以“玄庐”的署名在《星期评论》第32期发表诗作《工人乐》和《富翁哭》。《工人乐》共21行，通过“人”和“我”对话的方式，对比了工人和富翁两种不同的生活，字里行间透露着对工人生活的赞美和对富翁生活的批判；《富翁哭》共11行，同样采用对比的手法，将富翁和工人的生活进行对照。

4月1日 陈绵的短剧《人力车夫》刊发在《新青年》第7卷第5号。这是五四运动后出现的真正意义上的第一篇工人戏剧作品。作品描写了人力车夫李二一家凄惨的生活和悲苦的命运，对他们的遭遇表达出人道主义的同情。

4月11日 沈玄庐以“玄庐”的署名在《星期评论》第45期发表诗作《起劲》。全诗共6节，诗中一方面描写了工人们的辛勤付出和巨大创造，另一方面揭露了他们所受的资本家的压迫和剥削，并表现了工人的觉醒。

5月1日 上海、北京等地工人举行集会、游行、示威，是为中国首次纪念“五一”国际劳动节的活动。

5月1日 是日出版的《新青年》第7卷第6号出版《劳动节纪念号》特刊，发表了李大钊、陈独秀、高一涵等人的论文和演讲，刊载了南京、唐山、山西、长沙、北京、上海、天津等地工人劳动状况的大量报道，以及孙中山、吴稚晖、蔡元培等人的题字和一些工人表达自觉意识的题字，并介绍了美国、日本、英国、苏俄等国的劳动运动及其组织。

5月2日 沈玄庐以“玄庐”的署名在《星期评论》第48期“劳动纪念号”上发表了《劳动世界歌》。全诗共3节，充满着对劳工劳动的歌颂。诗的最后写道：“这个世界是劳动者底世界，大家欢欢喜喜来做工。/吃的饱了，穿的暖了，住的房子用的东西也够了。/哼！呵！哼！呵！ /努力造就一个很美丽的劳动世界。”

8月15日 《劳动界》周刊在上海创刊，上海出版。这是党的早期组织专门为工人出版的第一个通俗报刊。《劳动界》发刊词《为什么要印这个报》说：“我们印这个报，就是要教我们中国工人晓得他们应该晓得的事情。我们中国工人晓得他们应该晓得的事情，或者将来要苦得比现在好一点。”这就是说，《劳动界》的宗旨是：用马克思主义启发工人的阶级觉悟，促进工人的阶级团结，推动工人运动向前发展，改变工人在社会上所处的地位。

9月26日 海军造船工人李中的《一个工人的宣言》发表在《劳动界》第7期。这篇文章充满革命激情，表达了中国工人的意志和要求。他说：“工人运动，就是比黄河水还厉害还迅速的一种潮流。将来的社会，要使他变个工人的社会；将来的中国，要使他变个工人的中国；将来的世界，要使他变个工人的世界。”

10月3日《劳动者》周刊在广州创刊。发刊词《劳动者啊》写道：工人是最有用的，是最高贵的人，是世界的主人。可是，在当今的社会里，织布的没有蔽体的衣裳，盖房的没有屋住，而官僚、绅士、财主不做工，穿的是锦绣绫罗，住的是高楼大厦，这是天下间最不平的事。出现这种不平等，原因在于分配不平均。由工人制造的产品，不能听凭工人自由分配，却要特设一种非生产阶级，掌管产品的分配权，这就是“祸根”。我们要开展劳工运动，从根本上改革这种制度，由工人自己掌管生产和分配，消除“祸根”。

11月7日 《劳动音》周刊在北京创刊。《劳动音》比较偏重于宣传“实际的劳动运动”，指导工人进行实际的斗争。

1921年

5月1日 《民国日报·觉悟》刊发“劳动节纪念号”，刘大白发表《劳动节歌》《八点钟歌》《五一运动歌》，歌颂工人阶级自己的节日，礼赞工人、礼赞革命。

5月1日 长辛店工人召开“五一”国际劳动节大会，同时庆祝工会成立。会上高唱《五一纪念歌》，会后组织了游行。工人们高呼口号：“工会成立了！”“五一节万岁！”。晚上，工人们自己演出新戏《火烧赵家楼》。

这一天，邓中夏和工人们一起开纪念大会，一起游行，一起看戏。晚上，就住在一个老工人家里，和工人一起聊天。第二天，邓中夏回到北京大学，写了一首歌颂工人阶级的新诗《游工人之窟》，刊发在《少年中国》第2卷第10期。

5月16日 鸿梁的三幕剧《平和》发表在《民国日报·觉悟》。作品描写了工人残酷的生存现状，对工人的命运寄予了深厚的同情，剧中学者马先生提出的解决方案虽然是空想的，但还是体现出人道主义色彩。

6月30日 半梅（徐半梅）的四幕剧《工厂主》发表在《戏剧》第1卷第2期，第3期续完。剧本改编自日本作家久米正雄的剧作《三浦制丝工厂主》。作品以类似三角恋爱的关系表现了女工韩明珠的命运，通过工人郭景福和工厂主朱少朋所给予韩明珠命运的不同影响，反思了工人和资本家之间的劳资关系。

11月10日 庐隐的短篇小说《灵魂可以卖吗？》发表在《小说月报》第12卷第11期。主人公荷姑是一名纺织女工，作品并没有真正展开对于荷姑工厂生活的描写，主要是通过知识者“我”和荷姑之间的交往和议论，提出了“灵魂可以卖吗？”这样的人生问题，带着明显的“问题小说”的色彩。

1922年

2月15日 顾颉刚的诗作《春雨之夜》发表在《诗》第1卷第2期。诗作写的是一个大雨之夜，人力车夫的经历和感受。

4月 田汉的独幕剧《薛亚萝之鬼》刊载于《少年中国》3卷9期。作品直接描写的是资本家的家庭生活，但通过资本家的大小姐蒋竹君之口，介绍了工厂女工的悲惨生活和不幸命运。

6月10日 利民的短篇小说《三天劳工底自述》刊载于《小说月报》第13卷第6期。以第一人称叙述了“我”当学徒三天的经历，着重描写了学徒在肉体上受到的压迫和在精神上受到的压抑。

9月 田汉的独幕剧《午饭之前》刊载于《创造季刊》第1卷第2期。这是一部反映工人贫苦生活及工人斗争的剧本，在田汉的剧作中正面出现了女工形象，并出现了工人罢工的内容。

1923年

1月14日 唐邨的小说《断臂》刊《星期》第46期。描写铁工厂的工人沈福在工作中右臂被机器轧断，工厂只掏付了医药费，无任何抚恤金，并且要解雇他的悲惨遭遇。

1月17日 峻岑的两幕哑剧《觉悟的民众》刊《民国日报·觉悟》。剧作为了纪念黄爱、庞人铨遇害一周年而作，并在黄、庞遇害一周年的日子刊发在《民国日报·觉悟》上。剧作第一幕还原了当年工人斗争的情形，第二幕则向人们展示了革命的美好未来。

1月18日 庞人铨的独幕剧《人道之贼》刊《新民意报·明日》。作品描写了战争给人民带来的灾难，借开枪自杀的兵士之口，表现了士兵的觉醒。

2月1日 京汉铁路总工会在郑州举行成立大会，遭到北洋军阀吴佩孚的干涉。大会代表冲破军警阻拦，宣布总工会成立。提出了“争人权、争自由”的口号。4日，京汉铁路全线总罢工，三小时内，全路客、货、军车一律停驶。

3月14日 张维周的诗《悼林祥谦》《示威》刊《晨报副刊》。《悼林祥谦》对遇害的烈士进行悼念;《示威》记录二七大罢工后工人与学生的示威活动。

1924年

1月10日 王统照的短篇小说《生与死的一行列》刊《小说月报》第15卷第1期。作品描写了一个更有传统意味的杠夫形象，通过杠夫老魏死后他的邻里朋友给他出殡的故事，在人们的回忆中塑造了老魏的形象，同时歌颂了底层劳动者之间的美好情感。

6月11日 李健吾的独幕剧《工人》刊《晨报副镌·文学旬刊》。作品通过钱工长与几位铁路工人的对话以及钱工长与妻子的对话，描绘了铁路工人的悲惨遭遇。

10月 《中国工人》在上海创刊，罗章龙担任第一任主编。1925年6月停刊，共出版6期。《中国工人》是一个革命理论与实践综合性的工人运动刊物。《中国工人》与当时党的机关报《向导周报》“平行发行”，成为仅次于《向导周报》的革命阵营第二大刊物。《新青年》特别为《中国工人》刊发广告:“彼是中国工人运动的灯塔,是从事工人运动的军师。”当时中共中央领导和工运领袖积极为《中国工人》撰稿。1924年11月,《中国工人》第2期刊发《启汉同志出狱!》,同时刊发邓中夏在李启汉出狱当天写的三首诗,在为战友获释“喜极而泣”的同时，抒情革命者的战斗豪情，面对帝国主义和资本家的压榨和进攻，“我们的战士！ /准备的应战！ /准备的厮杀！”

11月 郁达夫的短篇小说《春风沉醉的晚上》刊《创造季刊》第2卷第2号。作品中的烟厂女工陈二妹，是文学史上较早出现的产业工人形象。

12月5日 郁达夫的短篇小说《薄奠》刊《太平洋》(上海)第4卷第9号。作品通过知识者“我”的视角来反映人力车夫的悲惨生活。

1925年

5月15日 上海日商内外棉七厂日本大班(厂长)率领打手枪杀中国工人(中共党员)顾正红，打伤多人，引发工人罢工反抗。上海学生援助工人，租界巡捕进行逮捕，激起人民愤怒。

5月30日 上海工人、学生举行示威游行，抗议日本纱厂资本家的暴行。租界巡捕当场抓人，激起近万群众的抗争，英租界巡捕射击示威群众，打死群众10多人，打伤无数，造成了震惊中外的五卅惨案。

6月13日—15日 何一公的三幕剧《上海惨剧》刊《京报副刊》。剧作创作于五卅惨案后不久，是最早出现的反映五卅爱国运动的戏剧作品。

8月 徐海萍的三幕剧《脱簪记》由商务印书馆出版。写工人钟长寿因工厂歇业而失业，后在妻子开导下自谋生路的故事。

1926年

5月10日 袁昌英翻译的英国勃拉得霍士著的《寂寥似的》(*Lonesome-like*)刊《东方杂志》第23卷第9号。

这是一个描写纱厂工人生活的剧本，在译者前言中，袁昌英赞赏那作品“从工业集中的灰色地点与灰色生活中，找出戏剧材料”“眼泪与微笑杂然毕露的，读下去，令人特别心酸，然而又特别愉畅”。

6月5日 李健吾的独幕剧《翠子的将来》刊《清华文艺》1926年6月号。作品描写的是车夫的爱情生活，重点揭示的是车夫和茶馆掌柜的独生女翠子双方的感情所遭遇到的来自女方家长的阻挠和反对，但当翠子终于从纠结、犹疑、矛盾中挣脱出来，要离家出走时，她选择的是进城做纺织工人，从而使人物还拥有了未来纺织工人的身份。

6月10日 许志行的短篇小说《师弟》刊《小说月报》第17卷第6号。描写的是福寿在一家帽子店当学徒的经历，反映了福寿在店里惨无人道的生活，最终以福寿愤而出走告终。

6月10日 李金发的短篇小说《华工的信》刊《小说月报》第17卷第6号。作品反映的是华工在国外的遭遇和命运以及所受到的歧视。

11月8日 《明星》特刊第17期“《一个小工人》号”出版。

11月10日 明星影片公司出品、郑正秋编导的影片《一个小工人》在上海中央大戏院公映。该片的主旨，意在以工业救国唤起一般人之良心。

是年 上海东方第一影戏公司拍摄影片《工人之妻》，编剧王钝根，导演任彭年。描写一个工人之妻被资产阶级诱惑、蹂躏的故事，显示贫富的不平等，暴露有钱人的罪恶。

1927年

3月15日 龚冰庐的短篇小说《炭坑里的炸弹》刊《洪水》第3卷第29期。这是龚冰庐的小说处女作，得益于作家对煤矿工人生活的熟悉和了解，作品对煤矿工人生活进行了真实的反映。小说写矿工王福寿在清晨上班途中的所见所思，以及下到坑道深处干活和爆炸事故发生时的情景。

7月15日 汪精卫在武汉发动反革命政变。沈雁冰、蒋光慈、潘汉年等一大批文化人离开武汉来到上海。

11月25日 刘一梦的短篇小说《工人的儿子》刊《莽原》第2卷第21、22期合刊。这是刘一梦创作的第一篇工人小说，作品通过描写两代工人参加罢工斗争的命运，反映了工人凄惨的现实境遇。

11月 蒋光慈的中篇小说《短裤党》由泰东图书局出版。作品描写上海工人武装起义，在现代文学史上第一次把共产党人和工人群众作为主要人物来刻画。

12月13—19日 宛约（胡也频）的独幕剧《资本家》刊《晨报副刊》。剧中通过两个工厂主富成谷和瞿温之的对话，介绍了两个人管理工厂、对待工人的不同态度和方式，也一定程度上反映了工人斗争。

1928年

2月1日 麦克昂（郭沫若）的小说《一只手——献给新时代的小朋友》刊《创造月刊》第1卷第9期。1933年4月上海大光书局出版单行本。小说假托德国共产党领导工人暴动的故事，实际隐指中国共产党领导的工人斗争。

2月15日 龚冰庐的短篇小说《裁判》刊《文化批判》第2期，第3期续完。作品在劳资双方激烈斗争的背景下，通过主人公陈兆老伯和他的儿子狗儿的遭遇，反映了矿工的凄惨命运，同时也表现了工人初步的觉醒。

2月 刘一梦的短篇小说《车厂内》刊《太阳月刊》第2期。作品描写的是电车工人的罢工斗争。

3月1日 孟超的独幕剧《铁蹄下》刊《太阳月刊》第3期。作品在革命+恋爱的故事模式下，反映的是比较惨烈的工人斗争。

5月1日 龚冰庐的中篇小说《黎明之前》刊《创造月刊》第1卷第11期，第12期续完。创造社出版部1928年9月出版单行本。作品在比较广阔的时代背景下，描写了工人倪洪德的情感经历和人生追求。

5月30日 储安平的独幕剧《血之沸腾》刊《流沙》半月刊第6期。剧中表现了资本家与工人之间不可调和的矛盾，揭露了资本家欺压工人的残暴罪行，歌颂了工人阶级的无畏反抗和坚决斗争。

5月 刘一梦的短篇小说《失业以后》刊《太阳月刊》第5期。1929年1月出版小说集《失业以后》。作品主要描写的是工厂罢工给参加罢工的工人带来的失业打击。

5月 平万（戴平万）的短篇小说《小丰》刊《太阳月刊》第5期。作品描写的是1925年6月23日发生在广州的沙基惨案，通过铁路工人的儿子、工人夜校的学生小丰的活动，描写了纪念五卅惨案的群众大会和示威游行到沙基惨案的全过程。

9月10日 龚冰庐的短篇小说《炭矿夫》刊《创造月刊》第2卷第2期，第4期续完。作品通过三个矿工形象，反映了三代人的命运，在反映矿工苦难命运的同时，也表现了他们的觉醒和抗争。

9月 蒋光慈的中篇小说《最后的微笑》由现代书局出版。小说的主人公王阿贵是一名青年工人，他在工厂已经做了八九年了，因为在工会做事、反对资本家，被工厂开除。于是王阿贵开始了自发的报复行为，最后在巡捕的包围中开枪自杀。

11月10日 郑伯奇的三幕剧《轨道》刊《创造月刊》第2卷第4期，第5期续完。剧作描写胶济铁路上某站的铁路工人对日本在山东的侵略行为的阻击和反抗，塑造了英勇、无畏的铁路工人的群像。

11月10日 华汉的短篇小说《趸船上的一夜》刊《创造月刊》第2卷第4期。作品通过革命者本夫的眼，描写了一位身处逆境的码头工人。

1929年

1月10日 龚冰庐的短篇小说《矿山祭》刊《创造月刊》第2卷第6期。通过描写矿山举行"矿山祭"这一盛大的典礼，揭示正是工人的巨大付出才有了矿山的发展成就。

3月 龚冰庐的小说《炭矿夫》由现代书局出版。收《炭矿夫》《裁判》《矿山祭》三篇小说，全部以矿工生活为描写内容。

5月1日 华汉的短篇小说《奴隶》刊《新流月报》第3期。作品描写了锡矿工人奴隶般的悲惨生活，以及在青年革命者的引导下，矿工们终于觉醒，组织起来和矿主进行斗争。

5月25日 欧阳予倩的独幕剧《车夫之家》刊《戏剧》第1卷第1期。作品描写的是车夫一家的悲惨命运。

6月 华汉的小说集《十姑的悲愁》由现代书局出版。收小说5篇，其中《枯叶》《趸船上的一夜》《十姑的悲愁》均为工业题材。

7月25日 欧阳予倩的独幕剧《小英姑娘》刊《戏剧》第1卷第2期。剧作描写的是青年皮匠的感情生活。

7月 田汉的三幕剧《火之跳舞》刊《摩登》第1卷第2期。这是一部带有鲜明阶级对立色彩的作品。作品采用对比手法，将工人的穷困生活和资本家的荒淫生活进行对照，最后通过主人公徐二哥的奋力反抗，为受压迫者指出了一条出路。

1930年

1月 华汉的短篇小说《归来》刊《现代小说》第3卷第4期。作品描写一个曾参加过五卅运动的工人阿曾，在经历了一度消沉后愤然重新投入工人运动的历程。

2月10日 建南（楼建南）的短篇小说《盐场》刊《拓荒者》第2期。作品描写盐民生活以及盐民与盐霸的斗争。

2月10日 龚冰庐的三幕剧《我们重新来开始》刊《拓荒者》第2期，至第5期续完。剧作并非单纯反映工人生活，但包含了较多的工人斗争的内容，其中知识分子李文骥投身工人运动的经历，为那些还在彷徨中的学生们指出了一条明路。

3月2日 中国左翼作家联盟在上海成立。

3月10日 华汉的短篇小说《马桶间》刊《拓荒者》第3期。作品写一老年女工陈妈妈的悲惨遭遇。

3月16日 龚冰庐的独幕剧《换上新的》刊《艺术》第1卷第1期。作品通过生活的一个侧面来表现工人的罢工斗争。

3月 张资平的长篇小说《跳跃着的人们》由文艺书局出版。1932年改名《恋爱错综》，仍由文艺书局出版。小说在进行一系列紊乱的性爱描写的同时，也描写了工人罢工以及资本家与工人的谈判，反映了比较多的工厂生活。

5月1日 龚冰庐的短篇小说《废坑》刊《大众文艺》第2卷第4期。作品通过一次透水事故，表现了矿工们面对矿难的不同态度。

5月1日 冯乃超、龚冰庐的独幕剧《阿珍》刊《大众文艺》第2卷第4期。阿珍和她的两个姐姐都是纱厂的女工，大姐、二姐因参加革命先后遇害。城里的财主发起的"铲共会"要求每家捐钱，到了阿珍家，为了证明阿珍不是共产党，地保让阿珍的父母多拿一点钱出来，遭到阿珍父母的坚决反对。

6月1日 龚冰庐的独幕剧《五月一日》刊《大众文艺》第2卷5、6期合刊。这是一部侧面表现工人运动的作品。

6月1日 张大文的独幕剧《水杏林之死》刊《大众文艺》第2卷5、6期合刊。作品围绕人力车夫水杏林之死，表达了反帝反封建的主题。

6月 叶沉的独幕剧《蜂起》刊《沙仑》第1期。剧作表现了工厂劳资双方的尖锐斗争，热情歌颂了工人斗争的胜利。

8月23日 中国左翼剧团联盟在上海成立。

9月 华汉的小说集《活力》由平凡书局出版。共收小说6篇，其中《奴隶》《归来》《马桶间》《未完成的伟人》均涉及或直接反映工人生活和斗争。

9月 何鸣心翻译的日本德永直著的长篇小说《没有太阳的街》由现代书局出版。小说以1926年日本共同印刷公司的工人大罢工为背景，反映了工人阶级的先进人物在斗争中锻炼成长，在逆流中高举红旗继续战斗前进的史实，说明工人阶级一定会成为世界主人公的历史必然性。

10月 华汉的中篇小说《复兴》由平凡书局出版。作品主要描写的是上海法租界电车公司工人的罢工斗争，围绕罢工斗争，主要描写的不是工人和资本家之间的斗争，而是工人内部由于斗争的方式和态度的不同而发生的激烈斗争，最终工人们打倒了“御用工会”和“工贼”，通过和巡警短兵相接的血战，取得了罢工斗争的胜利，改组了罢工委员会，成立了工人自己的工会。

1931年

1月 巴金的中篇小说《死去的太阳》由开明书店出版。作品以五卅惨案为背景，写了一个小资产阶级人物吴养清在运动中的表现，还塑造了印刷工人王学礼的形象。

6月 欧阳山的短篇小说《水棚里的清道夫》刊《文艺杂志》第1卷第1期。作品描写的是广州清道夫（垃圾工人）的苦难悲惨生活，揭发了国民党反动派屠杀革命志士的罪行。

7月 罗西（欧阳山）的长篇小说《竹尺和铁锤》由正午书店出版。小说描写的是广东某城振华工厂的女工吉嫂、菊妹等人在工会的组织和领导下，在《告工人书》的教育、启发之下提高自身觉悟，不顾工厂主的威胁利诱，仍然积极投身工人运动。

9月10日 丁玲的短篇小说《一天》刊《小说月报》第22卷第9期。作品描写的是青年革命者陆祥在沪西工人住宅区一天的工作和见闻，通过陆祥的走访经历，反映了工人生活，并揭示了工人的精神面貌。

11月 袁殊、适夷(楼适夷)的剧本集《工场夜景》由文艺新闻社出版。收袁殊的《工场夜景》和适夷的《活路》两个剧本。《工场夜景》描写的是上海一家铁工场工人们辛勤劳作的场景。面对即将到来的日本兵的逼迫，工友们摩拳擦掌、准备抵抗。《活路》描写日本人占据东三省一个月，这一天工人们举行市民大会，游行示威，指出摆在穷人面前的“活路”就是斗争。

12月 叶沉的独幕剧《租界风景》刊《北斗》第4期。作品以租界为背景，通过发生在中国车夫和日本水兵之间的冲突，揭露了日本水兵欺压、侮辱中国人民的罪行，反映了九一八事变之后，中国人民心中普遍存在的反日情绪，呼唤着中国人的奋起抗争。

1932年

1月20日 适夷的剧本《S.O.S》发表在《北斗》第2卷第1期。剧作反映的是九一八事变这一特殊的历史时刻，沈阳无线电台发报员们的生活。通过一份份电文，发报员们了解着战场的进展，也感知着侵略者犯下的滔天罪行，他们还收到政府发给驻军不得抵抗的电令……

3月 王志之的戏剧集《革命的前夜》由大众书局出版。包括《爱情之敌》《革命的前夜》《诱拐》三部剧作。《革命的前夜》着力描写的是上海亚东纱厂厂主黄三畏一家，涉及的人物主要有厂主黄三畏、长子黄克仁、次子黄克义、女儿黄淑华、姨太太张艳芳等，侧面反映了工人罢工。

4月 丁玲的小说《法网》由良友图书公司出版。作品以汉口产业工人生活为背景，描写了发生在两个工人家庭的悲剧。

5月 田汉的独幕剧《梅雨》刊《读书杂志》第2卷第1期。剧本通过描写工人的失业，抨击了工厂主和高利贷者对工人的残酷剥削，提出了工人的出路问题。潘顺华、阿毛以及徐氏母女，代表了工人面对资本家的压迫所表现的三种不同的生活态度，徐氏母女参加集体罢工取得胜利，揭示了工人的真正出路。

7月10日 丁玲的短篇小说《消息》刊《文学月报》（上海）第1卷第2期。作品以工人活动为背景，描写的是一群老年妇女在外界革命环境的影响下的觉醒和行动，并着力刻画了阿福母亲的光辉形象。

9月 田汉的独幕剧《月光曲》（又名《一九三二的月光曲》）刊《文学月报》第1卷第3期。作品描写在1932年的中秋节，上海外商公共汽车公司的工人为反抗外国资本家的压迫和剥削而进行的罢工斗争。

9月 中国诗歌会在上海成立，系“左联”领导下的群众性诗歌团体。主要发起人有蒲风、杨骚、穆木天、任钧等。创办会刊《新诗歌》。北平、广州、湖州等地设有分会。1937年4月自动解散。

10月15日 丛喧（丁玲）的短篇小说《夜会》刊《文学月报》第1卷第3期。作品描写的是1932年上海工人为了纪念九一八而举行的集会、演出活动，表达了民族救亡的热情和阶级仇恨的情感。

11月 白薇的独幕剧《敌同志》刊《现代》第2卷第1期。作品以上海一·二八事变为背景，刻画了一个甘为日本人当走狗的工人阶级的败类形象。

1933年

1月1日 巴金的短篇小说《煤坑》刊《东方杂志》第30卷第1号。作品描写了煤矿工人苦难的生活场景。

1月 巴金的中篇小说《砂丁》由开明书店出版。作品以刚刚到个旧锡矿的几个人在矿山的遭遇为主线，描写了这些“砂丁”（人们对锡矿工的称谓）在矿上的囚徒般的非人生活。

1月 茅盾的长篇小说《子夜》由开明书店出版。作为一部试图全景式描写20世纪30年代中国城乡社会的长篇巨著，在对城市生活的描写中，围绕吴荪甫的裕华丝厂，展开了民族资产阶级与工人之间的矛盾斗争，表现了30年代中国民族工业的处境和命运，既塑造了众多的民族资本家形象，也塑造了众多的工人形象。

1月 林箐（阳翰笙）的中篇小说《义勇军》由湖风书店出版。作品以上海一·二八事变为背景，聚焦一支上海东洋纱厂工人自动组织起来的义勇军，通过他们上前线支援，运输弹药、挖战壕、运伤员，甚至紧急时刻拿起武器直接参战杀敌的经历，反映了一·二八事变的全过程。

2月 《田汉戏曲集》第2集由现代书局出版。内有独幕剧《顾正红之死》。该剧是田汉为了纪念五卅运动而创作的话剧。作品以上海日华纱厂罢工的工人群众与日本大班进行交涉为背景，在工人和资本家之间激烈的斗争中，刻画了工人阶级的先进代表顾正红的崇高形象。

3月1日 臧克家的诗作《炭鬼》刊《文艺月刊》第3卷第9期。作品描写的是煤矿工人的苦难生活和命运，表达十分具有概括力。

4月13日 由明星影片公司摄制，沈西苓编导的无声片《女性的呐喊》，在上海中央大戏院公映。影片首次在中国银幕上展示了最受剥削、最受压迫的包身工的非人待遇。

5月1日 丁玲的短篇小说《奔》刊《现代》第3卷第1期。作品描写的是一群逃离农村、逃奔上海的农民的经历。他们怀揣城市梦来到上海，通过他们的所见所闻，一定程度上表现了上海工人的非人生活。

8月16日 明星影片公司出品，洪深编剧、高梨痕导演的电影《压迫》在上海公映。影片表现了当年工人失业的痛苦。

8月 巴金的中篇小说《萌芽》由现代书局出版。该书出版后不久被查禁。后改名为《雪》，载1934年1月《文学》月刊，又被检察机关抽去。同年8月，巴金将书中人物姓名更换，易书名为《煤》，仍不准印行。1935年9月，巴金托名美国旧金山平社，取书名为《雪》印刷发行。直至1936年11月，方由文化生活出版社公开出版。作品以矿上工人斗争发展史为背景，具体描写了工人的觉醒和有组织的斗争。

9月1日 林箐（华汉）的短篇小说《死线上》刊《东方杂志》第30卷第17期。作品以一·二八事变为背景，写了日寇发动的侵略战争给工人金根一家所带来的家破人亡的惨剧以及金根思想意识的觉醒。

11月1日 万迪鹤的短篇小说《达生篇》刊《文学》第1卷第5号。主人公是一个傻头傻脑的青年工人，他希望儿子上学读书，长大后不再像他一样倒霉，然而儿子却生病死了，他的幻想也破灭了。于是他的思想转变了，和他从前所憎恶的捣乱分子做好朋友，并且自己也捣乱起来。

11月5日 草明的短篇小说《倾跌》刊《文艺》第1卷第2期。作品描写了三个失业的缫丝女工的悲惨命运。

11月27日 由明星影片公司出品，复旦大学学生马文源创作，洪深改编，陈铿然导演的影片《香草美人》在上海新光大戏院公映。影片通过烟厂工人一家人的经历和遭遇，反映20世纪30年代中国工人在帝国主义和剥削阶级压迫下失业贫困的苦难生活以及他们的觉醒。

1934年

1月1日 臧克家的长诗《罪恶的黑手》刊《文学》第2卷第1期。诗作通过描写工人兴建教堂，一方面揭露、谴责帝国主义分子的文化侵略，另一方面刻画工人形象，反映工人命运，揭示工人精神。

4月5日 联华影业公司出品、吴村编导的电影《风》在上海金城大戏院公映。影片描写船舶工人反抗船主剥削的斗争。

5月1日 蒋牧良的短篇小说《夜工》刊《春光》第1卷第3期。作品表现印刷女工三姑娘迫于生活的血泪遭遇。

5月 蒋本沂的独幕剧《一个早晨》刊《春光》第1卷

第3期。剧作反映了工人生活的艰难，也反映了工人对于自己命运的初步觉悟。

6月1日 亚平（王亚平）的诗作《铁道夫之歌》《塘沽盐歌》刊《新诗歌》月刊第2卷第1期。《铁道夫之歌》在表现铁路工人生活的同时，有意将工人的生活和“阔人”的生活进行对比，彰显工人的价值。

《塘沽盐歌》采用歌谣体，描写了海水变成盐的过程，然后以此为背景，写了盐民的辛勤的劳作生活。

7月6日 胡楣（关露）诗作《马达响了》刊《新诗歌》月刊第2卷第2期。写的是纺织工人的生活，在表现机械化工厂生活的同时，也揭示了工人被剥削的本质。

11月1日 欧阳山的短篇小说《七年忌》刊《文学》第3卷第5期。作品记述的是七年前的1925年6月23日，广州酸枝花梨工会青年木工倪大德在沙基惨案中壮烈牺牲，他的工友像儿子一样对待他的母亲倪三太，每年忌日都陪老人到工会一起祭奠牺牲难友。

12月1日 关露的诗《机声》刊《新诗歌》月刊第2卷第4期。诗作描写的是纺织工人的生活，在机声中，两代女工母女相随，遭受着资本家的剥削。

12月10日 毕奂午的短篇小说《雷全的幸运》刊《水星》第1卷第3期。作品描写的是矿井童工的生活。主人公雷全12岁时就下煤井，开始了暗无天日的挖矿工作。雷全的所谓“幸运”只是接替了一个井下老马夫的位子来赶马。

12月16日 蒋牧良的短篇小说《锑矿上》刊《文学季刊》第1卷第4期。收入小说集《锑砂》时改名为《锑砂》。作品表现了锑砂工人的苦难和反抗。郑正卿被炸成重伤，老板轻率对待。资本家的不顾工人死活引发工人的反抗，但遭到矿警镇压。矿工们酝酿着发动更大规模的暴动，矿上与工人谈判，待事态平息后，又借故将工潮的组织者郑大有等人开除。工人们在被生活逼入绝境后，便在夜间去偷矿场的高纯度锑砂，结果被矿警张网捕杀，或伤或逃。

12月16日 毕奂午的短篇小说《下班后》刊《文学季刊》第1卷第4期。小说并未描写矿工苏宝井下的艰难劳作，而是通过写人物下班后的悲伤，反映了矿工在精神上、心理上受到的摧残、折磨。

1935年

1月1日 联华影业公司出品、孙瑜编导的配音片《大路》在上海金城大戏院公映。影片通过对筑路工人生活的描写，生动地反映了全国人民一致要求团结抗日的愿望。

2月24日 联星影片公司出品、侯枫编剧、鲁史导演的电影《痕》（原名《歧路》）在上海公映。影片描写农民出身的青年矿工领导工人向矿主展开的斗争。

6月5日 艺华影业公司出品、史东山编导的有声片《人之初》在上海金城大戏院公映。影片通过一个工人和一个资本家两个家庭的经历与命运，从一个侧面反映了自第一次世界大战前后到一·二八事变20多年来的历史，写出了帝国主义对中国的侵略，及中国民族资产阶级在帝国主义侵略下的兴衰。

9月 荒煤的小说集《刘麻木》由天马书店出版。收小说3篇，其中《刘麻木》《抛包》为工业题材。

1936年

1月 茅盾的中篇小说《少年印刷工》开始在《新少年》半月刊第1卷第1期连载，至第2卷第8期结束。作品讲述了一个失学少年通过劳动成长为一个印刷工人的故事。主人公赵元生从造纸厂到印刷厂，在排字过程中接触到进步报刊，从中接受革命思想的熏陶，最后走了他自己应该走的道路。

2月1日 夏衍的短篇小说《泡》刊《文学》第6卷第2号。作品描写的是肥皂厂工人的生活。这是他第一次用“夏衍”笔名。

5月 崔嵬的独幕剧《工人之家》刊《文学青年》第1卷第2期。作品反映的是包身工的苦难生活。

5月 温流的诗集《我们的堡》由青岛诗歌出版社出版。诗集中的《打砖歌》《马来路工歌》《搭棚工人歌》《打金工人歌》等，描绘了各式各样的工人形象。

7月 荒煤（陈荒煤）的独幕剧《黎明》刊《文学界》第1卷第2期。通过上海工人福生的凄惨命运，控诉了日寇发动的一·二八事变的罪行。

9月16日 老舍的长篇小说《骆驼祥子》连载于是日出版的《宇宙风》第25期，至第48期刊完。

10月15日 蒋牧良的短篇小说《古记》刊《小说家》第1卷第1期。作品描写矿工因闹风潮，竟被资本家活活打死的惨剧。

10月 尤兢（于伶）的独幕剧《回声》（又名《梅世钧之死》）刊《生活知识》（上海）第1卷第10期。作品描写上海日本纱厂的工人平日遭受日本人的压榨和迫害。老实厚道的梅世钧因为一张被抓壮丁时拍的军服照，被日本人咬定是义勇军、是捣乱分子，遭到群殴，梅世钧死后，工人们抬着他的尸体揭露惨案的真相，抗议日本人的罪行。

同年 于伶的独幕剧《警号》（又名《一颗炸弹》）刊《读书生活》第4卷第2期。作品反映的是以工人为主的东北人民的抗日活动。

1937年

2月24日 华安公司出品、沈浮编导的喜剧片《天作之合》在上海新光大戏院公映。影片以喜剧的形式，通过一个失业工人的遭遇，不仅揭露了旧社会严重的失业现象，再现了穷苦人们的痛苦生活，而且抨击了整个社会制度的不合理。

3月20日 李乔的报告《锡是如何炼成的》刊《中流》第2卷第1期。作品以纪实的手法描绘出个旧锡矿主野蛮残暴的本相，对工人的反抗斗争也有所展现。

3月 葛琴的中篇小说《窑场》由良友图书公司出版。作品描写的是一·二八事变以前宜兴的窑业，描写了财力雄厚的窑户如何争夺“泥场”以及如何兼并小窑户、剥削窑工。

3月 蒋牧良的小说集《夜工》由文化生活出版社出版。收10篇小说，其中《夜工》《印刷间的一夜》等作品反映工矿劳动者的不幸生活。

5月 草明的中篇小说《绝地》由良友图书公司出版。主人公真嫂一人带着年幼的儿子度日，靠在工厂前卖粥维持生计，平时还义务为工人们补衣服、洗衣衫。作品还通过真嫂的人际交往，以较多的篇幅描写了华兴制胶厂工人的罢工，描写了陈永年、冯海等工人形象。

12月31日 中华全国戏剧界抗敌协会在汉口成立。

1938年

3月27日 中华全国文艺界抗敌协会在汉口正式成立。成立大会在汉口商会举行。大会选举老舍、郭沫若等45人为理事。大会发表《中华全国文艺界抗敌协会宣言》。在4月4日举行的第一次理事会上，老舍被推举为总务主任。

3月 周钢鸣的报告文学集《摇班到烽火》由广州离骚出版社出版。收《摇班》《工场咆哮了》《冲出了这吸血的工场》等报告文学作品共22篇，反映上海八一三抗战和当时上海纱厂的工人运动。

4月 夏衍散文集《包身工》由广州离骚出版社出版。内收《黑夜》《包身工》《包身工余话》《泡》，另有倍拉易·烈希的《在第聂伯洛水电厂》、基许的《从莫斯科到上海》两篇报道的译文。

7月2日 锡金的独幕剧《他们在码头上》载《抗战文艺》第1卷第11期。剧作反映的是汉口码头工人的生活。政府要修路，码头工人们积极报名参加筑路，大家齐心协力，要为保卫武汉贡献自己的一份力量。

7月25日 集体创作，王子程、查强麟、张客、吕复、严恭执笔的独幕活报剧《一条心保卫大冶》载《抗战戏剧》2卷4、5期合刊。剧作描写的是在日寇步步紧逼的情势下，大冶某工厂的工人和资本家捐弃前嫌，意识到日本鬼子是共同的敌人，大家应该联合抗日。资本家拿出家产购买枪炮武装工人。

同年 胡绍轩的三幕剧《第七号人头》刊《文艺》（武昌）第5卷第4期。剧作描写日军杀害中国工人的罪行。

1939年

2月1日 陈明、张可的独幕剧《翻车》刊《文艺阵地》第2卷第8期。作品描写的是一支铁路工人武装破坏铁路、打击敌人的故事。

2月16日 柯仲平的长诗《平汉路工人破坏大队的产生》（上）刊《文艺战线》第1卷第1号。1940年6月由读书生活出版社出版单行本。作品描写在1937年冬，在郑州车站，平汉路工人破坏大队产生的过程，塑造了工人领袖李阿根的形象，也生动地描绘了小黑炭、老刘等人物的风貌。该诗是中国现代文学史上第一部以诗歌形式正面反映中国工人阶级斗争的长篇叙事作品。

3月 老舍的长篇小说《骆驼祥子》由上海人间书屋出版。作为人力车夫题材作品的集大成之作，作品描写了祥子买车丢车三起三落的经历，通过祥子由人到鬼的人生悲剧，既揭露了社会的黑暗和不公，又揭示了人物的性格弱点。

5月 荆有麟的短篇小说《火焰下的一天》刊《文艺阵地》第3卷第2期。

8月 荆有麟的短篇小说《第十三号分厂》刊《抗战文艺》第4卷第3、4期合刊。

11月 穗青的中篇小说《在火车站》刊《文艺阵地》第4卷第2期，第4卷第3期续完。作品以日寇侵略为背景，描写了车站副站长姜尚志从上进青年变成消极工人，在战争中又成为勇敢青年的形象转变，揭示了战争对人的激发、改变的巨大力量。

同年 宋超的独幕剧《离婚》刊《戏剧杂志》第3卷第5期，另刊《学习杂志》第1卷第4期、第5期。上海海燕出版社1940年1月出版单行本。作品写的是排字工人苏益林走投无路之际，在舅舅的逼迫下无奈与妻子离婚而导致的悲剧。

1940年

1月1日 孙达生的独幕剧《自作孽》由中国空军出版社出版。剧作描写失业工人刘五受汉奸诱骗助纣为虐后有所觉悟的故事。

2月7日 《中国工人》在延安恢复出刊，1941年3月终刊，共出版了13期。主编陈希文，负责人为邓发和张浩。毛泽东为《中国工人》题写刊名并撰写《发刊词》，明确办刊任务是“团结自己和团结人民，反对帝国主义和封建主义，为建立新民主主义的新中国而奋斗”，“应该成为教育工人、训练工人干部的学校”。栏目设有理论文章、短评、通讯、国际工运动态、各地工运情报、读者来信等，多角度展现了国内外工人运动的发展。

1940年第3期，《中国工人》专门设立“工人习作”栏目，鼓励初学写作的工人将自己想要说的话、想要讨论的问题写下来，寄给本刊，予以发表。《中国工人》刊出的第一篇工人习作是《过了两种学徒生活的我》，作者署名任初。在文章里，他用两个工厂、两种生活之间的对比，表达了对沦陷区工厂的厌弃和对陕甘宁边区工厂的向往。此后，《中国工人》几乎每期均刊有工人习作，少则2篇，多则6篇。

“工人习作”栏目给工人提供了公开发表意见和写文章的地方，这被有的工人当作破天荒的事情，“自从盘古开天地以来，工人就没有自己出的书和报纸(因为他们从未看过工人刊物——编者注)，今天有了，工人有说话和写文章的地方了。”

3月10日 叶尼的独幕剧《复工之前》刊《戏剧与文学》第1卷第2期。剧作描写的是一家工厂工人的罢工斗争，着力表现了罢工斗争的复杂性。

3月15日 寒波的短篇小说《炸毁》刊《文学月报》第1卷第3期。作品围绕炸毁铁工厂的斗争，塑造了一个有觉悟、有智慧和具有斗争精神的工人形象。

5月 王震之的独幕剧集《矿山》由南方出版社出版。收《矿山》《一心堂》《弟兄们拉起手来》。

6月 梁山丁的短篇小说集《山风》由文丛刊行会出版。收短篇小说9篇，其中《织机》《狭街》为工业题材。

8月 邹荻帆的长诗《木厂》由文化生活出版社出版。长诗除《序诗》外，由四部分组成，第一部是长诗《我生在木厂》；第二部由三首长诗组成，包括《斧锯刨凿繁杂的交响》《木厂里的造访客》《夜》；第三部包括三首长诗《悬梁者》《水葬》《做棺材的人》；第四部只有一首诗《再会吧，木厂》。《木厂》是新诗史上第一部反映农村木工命运的长诗。

同年 王震之的独幕剧《红灯》刊《文化月刊》第6期。作品直接描写铁路工人的抗敌斗争生活，成功塑造了老扳道工何雄的光辉形象。

同年 卞之琳的诗集《慰劳信集》由明日社出版部出版。系诗人1938年至1939年在延安、晋东南生活创作的收获。诗集收诗20首，其中有三首是写给延安各类工人的，分别是《给修筑飞机场的工人》《给山西某一处煤窑的工人》《给修筑公路和铁路的工人》。

同年 崔嵬的多幕剧《矿工队》由冀中火线剧社油印出版。剧作描写的是全民族抗日战争时期，一支由煤矿工人组成的矿工队的斗争生活。面对日本鬼子的残酷剥削和压迫，工人生活在水深火热之中，在地下党的领导下，矿工们走上了反抗的道路，和日寇进行了机智勇敢的斗争，并组成抗日游击队。经过了许多曲折和困苦，游击队逐渐成长壮大，最后和八路军会合，组成更强大的队伍，更有力地打击日寇。

1941年

1月 王秋萤的短篇小说集《去故集》由文丛刊行社出版。收短篇小说9篇，其中《矿坑》反映矿工的悲惨生活。

2月20日 许地山的短篇小说《铁鱼底鳃》刊《大风》第84期。作品刻画了一位充满爱国主义精神的科学研究者——雷先生的形象，他为研究具有世界先进水平的潜艇技术并使之应用于国家军事工业而殚精竭虑，终于苦心孤诣地设计出了“铁鱼的腮”，但在逃难时模型不慎掉入水中，雷先生也纵身跳了下去，再也没有上来。

4月 路翎的短篇小说《家》刊《七月》第6集第3期。作品以生动的生活场景，用白描的手法塑造了锅炉工人金仁高的形象。

9月19日 田间的朗诵诗《那些工人》刊《诗创作》第3、4期合刊。作品是“为祝福山西工人而作”，歌颂的是战斗在同蒲铁路上的铁路工人。

9月 路翎的短篇小说《黑色子孙之一》刊《七月》第7卷第1、2期合刊。作品描写矿工的苦难，还反映了矿工内部的矛盾，进而揭示了造成内讧的工人身上残存的精神奴役的创伤。

9月 王秋萤的小说集《小工车》由文选刊行会出版。收小说8篇，其中《小工车》描写了小工车售票员冯云祥的不幸遭遇，虽终年劳碌，然全家老小仍不得温饱，反映了东北沦陷区人们的苦难。

11月 茅盾著评论文章《喜悦和希望——读〈中国工人〉的文学作品以后》刊于《中国工人》第11期。提出“要创造新的合于'劳动的律动'的技巧，把劳动组织和机械的运动，反映在技巧中，以补充我们文学技巧上的偏枯与不足。”

12月 陈白尘的五幕剧《大地回春》由桂林文化供应社出版。剧中写企业家黄毅哉艰难探寻实业救国之路。全民族抗战前他办厂，抗战爆发后也艰难地经营着，从江南某地迁至武汉，又从武汉迁至重庆。虽经历了不少磨难，新纱厂终于建成了，开始报效社会。

1942年

5月2日 延安文艺座谈会第一次会议在延安杨家岭中共中央办公厅举行。会议由中共中央宣传部召集，中宣部副部长凯丰主持会议。毛泽东在会上作了《在延安文艺座谈会上的讲话》(“引言”部分)。参会者有文艺工作者一百余人。

5月23日 延安文艺座谈会举行最后一次会议，朱德讲话，毛泽东作总结。毛泽东的总结于1942年10月19日以《在延安文艺座谈会上的讲话》为题在《解放日报》首次公开发表。

8月13日 诗人蒲风病逝于苏皖边区根据地的安徽天长县，终年31岁。

9月 胡绍轩的四幕剧《铁砂》由独立出版社出版。《铁砂》初刊《中国劳动》第2卷第4期、第5期、第6期，第3卷第2期，描写的是大冶铁矿工人的生活。作品叙述的是抗战爆发后大冶沦陷，敌人疯狂掠夺铁砂资源，沦陷区域工作者何崇、毛良等人则团结工人，与敌人围绕铁砂展开了激烈的斗争。

1943年

3月 路翎的中篇小说《饥饿的郭素娥》由希望社出版。作品围绕着主人公郭素娥的命运，出色地塑造了带有流浪汉气质的机器工人张振山的形象。他坚强、积极，富于反抗的性格，对工人的命运已然有了初步的清醒认识。

5月 茅盾的长篇小说《霜叶红似二月花》由桂林华华书店出版。作品以“五四”前夕江南村镇为背景，描写惠利轮船公司经理王伯申和豪绅地主赵守义之间的钩心斗角、相互倾轧，一定程度上反映了当时民族资产阶级的发展和命运。

8月 孙望的诗集《煤矿夫》由重庆正中书局出版。收录包括《煤矿夫》在内的诗11首，附录孙用译《煤矿夫》一首。

8月 茅盾的长篇小说《走上岗位》在《文艺先锋》第3卷第2期刊载，至第5卷第6期刊毕。作品通过描写上海八一三淞沪抗战时，几个家庭成员在拆迁工厂、救护伤员、支援前线过程中的不同表现，以及他们各自复杂的社会关系，力求深刻、真实地反映抗战初期社会各个阶级、阶层的动向、人心向背。

同年 胡绍轩的三幕剧《煤坑》刊《中国劳动》第3卷第4期、第5期、第6期。《煤坑》是胡绍轩“抗建三部曲”的第二部，讲述的是发生在1940年河北井陉煤矿的故事，描写了矿工和日本人之间的矛盾斗争。

1944年

12月 路翎的短篇小说《卸煤台下》刊《抗战文艺》第9卷第5、6期合刊。作品反映的是煤矿工人的悲惨生活。

1945年

4月 茅盾的长篇小说《第一阶段的故事》由重庆亚洲图书社出版。作品描述了上海八一三抗战前后四个月时间内，社会各阶层的人生情态。这一切人物的活动都围绕着橡胶厂老板何耀先而展开，着力描写了何耀先在日军侵占上海前后的言行和心理状态。小说最初在香港《立报》副刊《言林》上连载，题目为《你往哪里跑？》。

7月 路翎的小说集《青春的祝福》由希望社出版。收小说8篇，其中《家》《黑色子孙之一》《卸煤台下》均为工业题材。

8月 宋霖的长篇小说《滩》由开明书店出版。主人公萧鹤声是一位民族资本家，一心要发展钢铁工业以支持抗战，其钢铁公司在当局的限制以及官僚资本家的打击下破产了。作品通过萧鹤声的遭遇，反映出战时中国工业和整个经济领域里的根本问题。

9月23日 中国艺术剧社从23日起在重庆公演茅盾的话剧《清明前后》。重庆观众尤其是民族工业家们非常欢迎，充分肯定这部剧本的思想意义与艺术价值。然到了10月3日，国民党中宣部就以《清明前后》"内容多系指摘政府，暴露黑暗，而归结于中国应急改革，以暗示煽动人民之变乱"为由，密令查禁《清明前后》。

10月 茅盾的五幕话剧《清明前后》由开明书店出版。此前曾自8月6日始在重庆《大公报》连载。作品以同年3月轰动重庆及全国的黄金案为背景，描写了民族资本家林永清和他的更新机器厂的命运。林永清在当局的战时政策的束缚之下，濒于破产边缘。为了支持抗战，他坚持把工厂办下去，却掉进了黄金买卖的圈套之中，结果一败涂地，宣告破产。作品通过林永清及其工厂的命运，揭示了"政治不民主，工业就没有出路"的主题。

10月 徐昌霖的五幕剧《黄金潮》由重庆读者出版社出版。剧作描写由上海逃难到桂林，又由桂林逃到重庆的实业家杨千驹，在重庆不再办实业而转入做黄金期货的投机生意的故事。

11月10日 重庆《新华日报》社召开《清明前后》《芳草天涯》两部话剧座谈会。与会者多数肯定和称赞《清明前后》，认为该剧"把工业界的痛苦在舞台上表现出来"，是前所未有的，并且"和当前的实际斗争密切配合"，为大后方戏剧显示了"一个新方向"。

1946年

2月 吴天的七场话剧《子夜》（根据茅盾同名小说改编）由上海永祥印书馆出版。

3月18日 陈学昭的散文《一个铁路员工的家里》发表于《东北日报》。作品讲述作者为了等待修理汽车而在一赵姓铁路员工家中借宿4天期间的见闻感受，通过今昔对比呈现出长达14年的日本殖民统治给东北人民尤其是工人造成的深重苦难，以及抗战胜利后发生的巨大变化。

3月21日 草明的散文《龙烟的三月》刊《东北日报》。作品描写抗战胜利后，获得新生的宣化龙烟铁矿区呈现出朝气蓬勃的新气象，颂扬了解放区翻身矿工高涨的工作热情和援助大后方工友的无私精神。

3月 丁克辛的短篇小说《春夜》刊《时代妇女》创刊号，作品描写的是下窑矿工的凄惨生活，一个同样穷得无以为生的女人，成为同住在一个窝棚里多个走窑汉共有的妻子。新中国成立在工作队的帮助教育下，这个女人与其中她更喜爱的一个老实男人组成家庭，过起了合法夫妻的生活。小说发表后，《晋察冀日报》先后刊发欧阳一的《〈春夜〉说明什么》、亚君的《〈春夜〉是怎样反映现实的》、仑泰的《〈春夜〉读后感》，对作品多有批评。丁克辛则发表《我是怎样写〈春夜〉的？》予以回应。

4月1日 丁玲、逯斐、陈明的话剧《望乡台畔》刊《北方文化》第1卷第3期，第4期续完。后在《文艺复兴》第3卷第1期、第2期发表，易名为《窑工》。1949年12月大众书店出版单行本时名《窑工》。这是一部在解放区文学中较早地反映工人斗争生活的剧作。剧作以抗战胜利前后为背景，反映了窑工的悲惨命运以及在抗战胜利后的翻身解放。

4月 甘永柏的长篇小说《暗流》由上海文光书店出版。小说描写抗战时期一个企业经理顾频借款办工厂，希望在自己的岗位上为大时代做一点贡献。可是却因缺乏管理能力而感到苦闷，最后决心摆脱银行的剥夺"到远方去"，在过江时因搭救落水者而得了急性肺炎死去。茅盾在为该书撰写的《序》中指出，这部小说"从侧面写工业的衰落"，写中国民族工业在国民党统治的"窒息下的呻吟"。

10月 徐昌霖的长篇小说《工程师的故事》由上海建国书店出版。作品描写刚刚大学毕业的黄中青被分配到重庆江北某公司工程处任助理工程师，在修建某处桥梁的工程中，他坚持质量检查，从而与偷工减料、弄虚作假的总工程师丁某等发生冲突，并遭诬陷，他愤而辞职。后来他接到同学从湖南的来信，于是便应邀前往筑路。

11月24日 郑敏的诗作《清道夫》刊天津《大公报·星期文艺》第7期。诗中从对清道夫的具体劳动描写上升到对人生的哲学思考。

1947年

1月4日 郑敏的诗歌《小漆匠》刊天津《益世报·文学周刊》第22期。诗中的小漆匠眼中没有外面的世界，心中只有涂漆，甚至失去了自己的情感，“没有欢喜，也没有忧虑”，以致漆匠“天真的眼睛”泛起的“纯洁的光”“增加了我的痛楚”。

6月18日 李衍白（张沛）的散文《黎明升起——巨大变化的东北一年间》刊《东北日报》。作品展现出东北地区解放后所发生的翻天覆地的变化，“今日的城市也正在改变着一年以前的面貌，先看一看今天的哈尔滨，代表它新气象的是全部工业齿轮的旋转，是市中心区黑夜中的灯光如昼，是穿插在四条线路的廿五台电车，和六条线路上卅台公共汽车，是一万五千吨自来水不停地输送给工厂、商店和住宅。”

11月12日 中国人民解放军攻克石门，在石门市建立了第一个以城市为中心的人民政权。12月26日，石门市人民政府发布通知，将石门市更名为石家庄市。在人民政权的领导下，石家庄的工人文艺运动很快发展起来。

1948年

6月20日 李纳的短篇小说《煤》刊发于《东北日报》。后在《小说》（香港）第2卷第2期（1949年2月1日）转载。作品取材于黑龙江鸡西煤矿，描写人民的煤矿怎样把一个“伪满”时期的流氓小偷，改造成劳动模范，诠释了一句著名的谚语“煤能使废铁化成钢”。

6月 全国解放区工人代表大会在哈尔滨市召开。这是迎接全国解放，把全国工人阶级团结起来、组织起来，争取革命胜利，建立人民民主专政的大会。

6月 李衍白的报告文学《工人的旗帜赵占魁》由东北书店出版。主人公赵占魁是陕甘宁边区农具工厂翻砂股工人，是边区劳动英雄，被誉为“工人的一面旗帜”。作品记述了赵占魁的成长历程和先进事迹。7月12日的《东北日报》对该书进行了介绍。

6月 草明的中篇小说《原动力》由东北书店出版。作为新文学史上第一部描写获得了解放的工人生活的中篇小说，《原动力》以玉带湖水电厂恢复生产为基本线索，描写工人们如何在党和民主政府的领导下，以工人阶级主人翁的旺盛热情克服各种困难，摆脱各种阻力，终于在原来日本人占有和国民党破坏的一片废墟上恢复发电，揭示了工人阶级是新中国工业建设的原动力这一主题。

7月14日 唐祈的诗作《挖煤工人》刊香港《大公报》。诗歌通过对挖煤工人恶劣生活环境和“牲畜”“野兽”般生活的描写，表现了现实批判的主题。

9月25日 孙滨诗歌《“为人民的铁路立功呀”》刊《文学战线》第1卷第3期。诗中，工人们在河水泛滥的时期，克服各种困难，胜利完成防护作业。要问他们为着什么，“人人都能爽快地回答道：‘为人民的铁路立功呀！’”表现出工人的主人翁意识。

10月 蔡子人、许诚、崔德志、李士勤、杨继武、王琅、李鹰航、陈玲、张风、冷岩集体创作的八场歌剧《立功》，由光华书店出版。这是新中国第一部工业题材的大型歌剧。

1949年

1月21日、22日 鲁煤、陈淼的独幕剧《反对三只手》发表于《人民日报》。作品批评落后工人偷盗工厂财产的行为，强调工人是工厂的主人，应该爱厂如家。

2月 康濯的中篇小说《工人张飞虎》刊《华北文艺》1949年第3期。作品写的是张家口电业工人张飞虎在新中国成立前后的经历和变化。

4月 郑敏的诗集《诗集（1942—1947）》由文化生活出版社出版。诗集中的《小漆匠》《清道夫》《雕刻者之歌》《人力车夫》均涉及对工人形象的描写和刻画。

4月 华北总工会筹备委员会编《工人创作选》（第一集）由天津新华书店出版。

4月 郭更的报告文学集《没有克服不了的困难》由东北书店出版。通过新中国成立前后工人生活状况的对比，生动地展现出翻身得解放的工人对于新社会的衷心拥护和热爱之情，来自工厂、矿山、铁路等不同工业战线上的工人们无不以主人翁的姿态和高涨的劳动热情辛勤工作。

4月 戏剧集《验工》由天津人民艺术出版社出版。包括《学习、生产》（小歌舞剧，天津东站机务段机友剧团集体创作）、《验工》（独幕话剧，余晓、何苦）、《钥匙在谁手里》（独幕话剧，胡可、羽山）三个剧本，均描写的是工人生活。

4月 戏剧集《献礼》由天津人民艺术出版社出版。内收田野的歌剧《做活要认真》、杨润身的秧歌剧

《献礼》。《献礼》描写天津解放后，工人把锋钢献给工厂的活动。

5月1日 东北电影制片厂摄制、王滨导演、于敏编剧的电影《桥》公映，这是新中国第一部电影，也是一部工业电影。影片讲述的是解放战争时期工人们抢救江桥、支援解放战争的故事。

5月 戏剧集《本是一家人》由天津人民艺术出版社出版，收玛金的独幕话剧《本是一家人》和祈醒一等的《劳动态度》，均为反映工厂生活的作品。

5月 鲁煤等的短篇小说集《双红旗》由新华书店出版。收鲁煤的《双红旗》等5篇小说。《双红旗》描写棉纺厂工人劳动竞赛的故事。棉纺工人王成保和李春姐在一个车间劳动并同看一部车。二人在新中国成立前都是有名的捣蛋鬼。新中国成立后二人都改变了，双双插上红旗，成为劳动模范。

5月 刘沧浪等集体创作、鲁煤执笔的话剧《红旗歌》由新华书店出版。《红旗歌》以新中国成立后一家纱厂开展的红旗竞赛为背景，充分反映了新中国成立后的工人在生产竞赛中表现出的高度劳动热情，展示了工人阶级当家做主后新的精神面貌，从而热情歌颂了工人阶级翻身解放带来的历史性变化。

6月 江帆、罗立韵编的《群众创作选集》由东北书店出版。其中《二毛立功》《一块红布条》《不泄气》等剧作均反映的是工厂生活。

6月 工人独幕剧集《钥匙在谁手里》由武汉人民艺术出版社出版。内收写工人的三个独幕话剧，分别为余晓、何苦的《验工》，胡可、羽山的《钥匙在谁手里》和玛金的《本是一家人》。

7月2日 中华全国文学艺术工作者第一次代表大会在北平召开。会议期间，郭沫若做了题为《为建设新中国的人民文艺而奋斗》的总结报告；茅盾做了题为《在反动派压迫下斗争和发展的革命文艺》的报告；周扬做了题为《新的人民的文艺》的报告。大会最后通过了《中华全国文学艺术工作者代表大会宣言》。大会决定成立全国统一的文学艺术界组织——中华全国文学艺术界联合会。

7月15日 《工人日报》创刊，是中华全国总工会机关报。主要是面向工人群众，指导工会工作，交流生产经验，帮助工人学习，解答各种疑难，反映工人生活等。

7月23日 中华全国文学工作者协会在北京中法大学礼堂成立。大会选举茅盾为主席，丁玲、柯仲平为副主席。1954年全国第二次文代会后改称中国作家协会。

8月 陈波儿的话剧《劳动的光辉》由新中国书店出版。作品反映东北解放后某发电厂的斗争生活。

8月 剑林、炳南编选的诗集《工人诗歌》由山东新华书店出版。编选的范围大体是1948年下半年到1949年7月，约一年的时间，地区包括东北、西北、华北、华东、华中五大解放区，以东北、华北工人的作品为最多。所选材料来自包括《人民日报》在内的50多种报纸以及《群众文艺》《工人文艺》等数种杂志，绝大部分是工人作品。诗集中的诗歌按内容分为三辑，第一辑33首，歌唱解放和倾诉旧社会的痛苦；第二辑49首，反映新中国成立后工人的主人翁意识，新的劳动态度，发明、创造的热情，积极劳动、发展生产、开展生产竞赛的干劲；第三辑107首，反映工人对共产党、毛主席的衷心拥护和爱戴，以及工人的学习、生活情况和政治觉悟的提高。

8月 东北新华书店编的“工人诗歌选集”《钢铁的手》由东北新华书店出版。共收诗23首，均为东北工人的作品。

8月 陈荒煤编的论文集《论工人文艺》由上海杂志公司出版。收文27篇，其中茅盾、叶圣陶、胡风、阿英、孙犁等论文26篇，附录译文一篇。大多论述有关工人文艺创作问题，并且介绍了工人文艺活动的情况与经验。

9月 杨朔的中篇小说《红石山》由新华书店出版。作品描写了红石山铁矿工人在日寇统治下的血泪生活，以及工人胡金海领导矿工进行的英勇悲壮的反抗斗争。

10月13日 康濯的长篇小说《黑石坡煤窑演义》开始在《人民日报》连载，至1950年1月11日。1950年11月，生活·读书·新知三联书店出版单行本。小说以煤窑工人张大三的几十年的坎坷经历为线索，揭露了日寇占领山西矿山后对矿工的冷血行径以及国民党统治时期土豪恶霸对煤矿矿工的役使和压榨。新中国成立后，煤窑回到窑工手上，黑石坡村的煤窑生产迅速恢复和发展，全村窑工开始有了美好的生活。

11月18日 路翎的短篇小说《朱桂花的故事》发表在《天津日报·文艺周刊》第35期。这是新中国成立后路翎公开发表的第一篇小说。作品描写了女工朱桂花在工作中的成长以及现实生活中回乡还是留厂的苦恼。最后，丈夫被在工厂的所见所闻和朱桂花的进步所打动，改变初衷，支持妻子继续留厂工作。

12月9日 萧也牧的短篇小说《“我等着你！”》发表在《天津日报·文艺周刊》第38期。作品描写了青年工人张大勇和马小花这一对青梅竹马的男女之间的爱情故事，表现了新中国成立初期工人阶级开始的新生活。小说收入生活书店1950年7月出版的小说集《海河边上》时易名为《海河边上》。陈涌的《萧也牧创作的一些倾向》（刊1951年6月10日《人民日报》）、力扬的《萧也牧写作倾向的思想根源》（刊1951年8月25日《中国青年》第73期）均对《海河边上》有所批评。

同年 路翎的短篇小说《女工赵梅英》刊载于《小说》（中国香港）第3卷第3期。小说描写的是落后女工赵梅英的思想转变。在旧社会的凄惨命运造成了她“浪荡”的性格。新中国成立后，她曾热情地欢呼新时代的到来，但对现实的失望却让她在厂里成了“落后分子们的英雄”。经过党组织的积极努力，赵梅英经过复杂、痛苦的内心斗争后，重新回到工厂，表示要“改改看！”《女工赵梅英》发表后，《文艺报》发表张明东的《评〈女工赵梅英〉》（第2卷第5期），对作品进行了公开批评，认为“作者对人物的社会出身，个性特点缺乏本质的了解和掌握。作品中的赵梅英给人感觉是一个神经质的人物，一个不可捉摸的、难以理解的穿着工人衣服的小资产阶级的人物”。

1950年

1月 时梅等著的《火红的太阳——印刷工人创作诗歌选》由新华书店出版。

1月 骆文、海默著，海默执笔的三幕剧《矿山的主人》由上海杂志公司出版。

3月 刘沧浪、蓝光、赵寻讨论，刘沧浪执笔的《母亲的心》（独幕话剧）刊《人民戏剧》1950年第3期。生活·读书·新知三联书店1951年8月出版单行本。剧作写母亲周大妈深明大义，积极支持儿子周占奎参加志愿军的故事。

4月22日 文化部召集座谈会，讨论石家庄工人魏连珍创作的三幕十四场话剧《不是蝉》，欧阳予倩、张庚、周巍峙等与作者本人出席。这个剧本反映了工人阶级为创造新生活而自觉劳动的热情，受到文艺界重视。

6月 杨孔娴编的《上海工人诗选》由劳动出版社出版。在《编者的话》中写道：“从这些作品里，我们能看得出新中国成立后上海工人们的政治认识和新的劳动态度，我们能看得出工人们是怎样地热爱机器，热爱生产，热爱祖国和自己的领袖，热爱人民解放军和国际阶级弟兄；也能看得出工人们是怎样痛恨蒋介石匪帮。”

9月 魏连珍三幕九场话剧《不是蝉》由新华书店华东总分店出版。作品以轻松的笔调和喜剧的手法，刻画了绰号为“麻知了”（即蝉）的落后工人马顺保的形象，通过马顺保在工人们的帮助下从落后到先进的思想改变，表现了工人阶级的成长。

9月30日 上海市工人文化宫成立。时任上海市市长陈毅代表中共上海市委、市人民政府为文化宫题赠了写有“工人的学校和乐园”字样的横匾。

10月14日 中华全国总工会向各地产业与各地工会发出《关于准备出版〈工人文艺创造选集〉》的通知，要求各地产业与各地工会向中华全国总工会文教部选送工人文艺创作。以此为基础，在1953年出版了《工人文艺创作选集》第1集、第2集、第3集，展示工人阶级在文艺创作方面的成果。

10月 路翎的小说集《朱桂花的故事》由知识书店出版。收小说10篇，其中《替我唱个歌》《朱桂花的故事》《荣材婶的篮子》《女工赵梅英》《“祖国号”列车》《劳动模范朱学海》《林根生夫妇》均为工业题材作品。作家出版社1955年3月出版的小说集《朱桂花的故事》，于本书内容之外增加了一篇《英雄事业》。

10月 赵铠、闻达、郭卓、茹志鹃、岁寒集体创作的四幕话剧《八〇〇机车出动了》由新华书店华东总分店出版。作品描写的是1949年春的解放战争时期，津浦路某车站铁路工人们抢修铁路、支援战场的英勇事迹。

10月 上海总工会文教部、上海文联工人文艺工作委员会、上海人民广播电台联合举办上海工人戏剧观摩演出及广播表演活动，在1951年3月胜利完成。5个优秀的一等奖的作品《光荣是大家的》《工厂就是战场》《美国少爷兵》《血债》《新小放牛》由劳动出版社辑为《上海工人首届戏剧观摩演出剧选》于1951年4月出版。

11月 草明的长篇小说《火车头》由工人出版社出版。作品描写沈阳马家湾铁路工厂在新中国成立后从恢复生产到制造新型机车的过程。沈阳解放后，工人们焕发出高涨的劳动热情和主人翁精神，不断发明创造，并同阻碍工厂生产和发展的官僚主义及保守思想进行斗争，推动了工厂的全面发展，揭示了“革命是历史的火车头”，而工人阶级则是革命的火车头这一深刻的主题。

12月 江帆的小说集《女厂长》由生活·读书·新知三联书店出版。内收小说《和解》《创造》《推动》《女厂长》《出路》五篇小说。

12月 杜印、刘相如、胡零作的三幕剧《在新事物的面前》由新华书店东北总分店出版。作品以刚刚解放的东北工业区为背景，描写以第三钢铁公司经理薛志刚为代表的转业军人，从硝烟弥漫的战争转入热火朝天的工业建设，面对新的工作、新的事物，以高度的事业心和强烈的责任感，刻苦钻研科学技术，变外行为内行，同时紧密依靠工人群众，克服种种困难，出色地完成工作任务。

1951年

1月1日 李建庆、王命夫作中型歌剧《考煤工》刊《人民戏剧》第2卷第4期。这是一部反映煤矿工人生活的歌剧，围绕着杂工升煤工所进行的考核，作品塑造了小组长成钢，杂工黑虎、铁柱和“门子货”三头等工人形象。

1月 苗培时的中篇小说《刘英源传》由工人出版社出版。

1月 长正的小说集《爸爸回来了》由生活·读书·新知三联书店出版。作品反映新中国成立初期的工人生活。

1月 葛琴的电影文学剧本《女司机》由北京文光书店出版。作品叙述新中国成立后，第一支火车女司机培训队的培训情况，经过大家的不懈努力，她们都成为合格的女司机。

3月 艾明之小说集《竞赛》由华东人民出版社出版。包括《领班陆万古》《结合》《竞赛》三篇小说，均为工业题材作品。

3月 黄钢的报告文学《她们是胜利者——上海申新九厂工人斗争故事》由劳动出版社出版。作品描绘了申新九厂工人英勇斗争的感人事迹，反映了中国人民解放军胜利前进和蒋家王朝土崩瓦解之际上海工人阶级的坚强斗志和人心所向，着重展现了女工们在罢工过程中敢于斗争、不怕牺牲的精神。

4月1日 艾明之的四幕剧《钢铁的力量》刊《小说月刊》第5卷第3期，第4期续完。劳动出版社1951年6月出版单行本。作品反映的是新中国成立初期上海某钢厂工人的斗争生活。在抗美援朝战争爆发后，工人们一面与潜伏的匪特进行斗争，一面排除事故、发展生产支援前线，表现出了工人阶级钢铁般的力量。

4月12日 《文艺报》邀请京津两地一部分工人作家召开文艺座谈会。《文艺报》丁玲、陈企霞等全体成员参加，会上工人作家谈了个人的生活及写作情况，同时也提出了有关文艺创作和其他意见。《文艺报》第4卷第1期（4月25日）以《记工人作家文艺座谈会》为题进行了报道。

4月 李纳的小说集《煤》由工人出版社出版。收小说5篇，其中《煤》《姜师傅》为工业题材。

5月 丁克辛的短篇小说《老工人郭福山》在《人民文学》第4卷第1期发表。作品主要讲述了老工人郭福山及其党员儿子郭占祥两代人在抗美援朝时期的故事。作品发表后遭到周扬的点名批评，《解放日报》发表王云缦的《不要写一些枝节的、缺乏普遍意义的东西——评〈老工人郭福山〉》，《人民日报》发表刘浩的《一篇歪曲了现实的小说——对丁克辛的小说〈老工人郭福山〉的意见》，也对作品提出批评。丁克辛在《人民文学》发表《从〈老工人郭福山〉的错误检讨起》，进行自我检讨，后将小说改写为《父子英雄》。

7月 白朗的中篇小说《为了幸福的明天》由人民文学出版社出版。作品根据当时全国闻名的护厂英雄赵桂兰的先进事迹创作而成，塑造了护厂英雄邵玉梅的光辉形象。

8月 路翎的话剧剧本《迎着明天》由天下出版社出版。剧本原名为《人民万岁》，写的是新中国成立前夕工人群众在党的领导下同反动派及其爪牙所进行的斗争。在共产党人的领导下，工人们开展护厂斗争，同恶势力展开了针锋相对的斗争。面对反动派的屠杀和血腥镇压，工人领袖李迎财和女工刘冬姑都大声喊出了“人民万岁”，预示了光明的前景。作品出版后，贾霁发表文章《剧本〈迎着明天〉歪曲和诬蔑了中国工人阶级》（《人民戏剧》第3卷第8期），对《迎着明天》予以批评。

9月 路翎的话剧剧本《英雄母亲》由泥土社出版。《英雄母亲》反映的是新中国成立初期，华东某纺织厂工人在国民党飞机轰炸的不利条件下，勇敢地保卫工厂，积极恢复生产、提高生产的斗争，刻画了“英雄母亲”周引弟的光辉形象。

10月 天津市搬运工人文工团集体创作，王血波、张学新执笔的话剧《六号门》由工人出版社出版。作品反映的是天津搬运工人的生活，通过工人与封建把头的斗争，表现了工人阶级在党的领导下，从旧中国任人宰割的奴隶，成为新中国主人的命运变迁。该剧1953年被改编成同名电影，1964年又被改编成同名京剧。

1952年

2月 左介贻的中篇小说《红花朵朵开》刊《人民文学》1952年第2期。人民文学出版社1953年3月出版单行本。作品写的是一个刚刚建立起来的小型工厂，在工人和领导干部的共同努力下，克服了许多思想上、技术上和组织上的困难和缺点，有了许多新的发明创造，超额完成生产任务，为国家增产创造了大量财富。

4月 沙惟、王昌定讨论，王昌定执笔的独幕剧《在工人阶级监督下》刊《剧本》1952年第4期。后收入王昌定独幕剧集《在胜利中前进》（新文艺出版社1956年5月）时改名为《在胜利中前进》。作品描写一私营工厂生活，通过用胶鞋加工验货的事件，说明工人在生产过程中应如何监督资本家，才能保证把生产搞好；同时也说明资本家只要规规矩矩地遵守人民政府的政策，接受工人阶级的领导，他们的生产就有发展的前途。

4月 李大桂、朱赞平、鲁风、汪受善集体创作的独幕剧《列车开向哪里去》刊《剧本》1952年第4期。写一个不法资本家，伪装成某军区后勤部采购员，伪造军区介绍信，打着国家机关的旗号，和他人狼狈为奸、内外勾结，盗走大批优质钢材，最后阴谋被识破，落入法网的故事。

5月 于敏的电影剧本《高歌猛进》由中华书局出版。作品描写东北松江机器厂的工人，如何在生产中以高度的劳动热忱和创造能力，改进工作方法，迅速地提高生产效率，开展新纪录运动的故事。

6月 唐志学、李博仁、荀宝龄、刘式杰、张少德集体创作，石丹参加集体创作并整理的三幕四场话剧《满堂红》刊《剧本》1952年第6期。作品歌颂了工人阶级在增产节约运动中高度的积极性和创造性，刻画出张永和这样一个工人阶级的先进人物形象。作为生产小组长，他掌握了文化，对建设祖国幸福的明天充满了信心，以坚定的意志克服建设过程中遇到的各种困难。

10月 张德裕的小说集《红花还得绿叶扶》由工人出版社出版。作者张德裕是中长铁路房产段工人，本书所收的三篇短篇小说都是反映工厂的生产和生活情况的。

10月 苗培时的中篇小说《矿工起义》由工人出版社出版。作品写山西一个煤矿的工人在抗战胜利时英勇起义的故事。日寇阴谋在撤退时炸毁煤矿，煤矿工人在共产党地下组织的领导下，展开了保护煤矿安全的斗争，与八路军里应外合，消灭了顽抗的敌人，取得了胜利。

10月 赵坚的小说集《互助》由工人出版社出版。作者赵坚原是北京汽车修配厂的工人，识字很少。在新中国成立后，他积极参加社会活动，勤学苦练，成了优秀的工人作家。小说集《互助》包括四篇小说，都是反映工人在新中国成立前后不同的生活情况的，感情真实，文字生动。

1953年

3月 艾明之的长篇小说《不疲倦的斗争》由人民文学出版社出版。这是作者新中国成立后出版的第一部长篇小说。作品聚焦于20世纪40年代末国统区上海的工人运动，通过钢铁厂工人周贵生从自发反抗到自觉斗争的成长经历，反映了工人阶级在党的教育和领导下的成长和发展。

3月 杨朔的长篇小说《三千里江山》由人民文学出版社出版。小说通过一支中国铁路工人援朝大队在朝鲜保护铁路桥梁、保障前线运输的战斗故事，热情歌颂了中国工人阶级“爱祖国、爱人民、爱正义、爱和平”的伟大精神，成功地塑造了姚长庚、车长杰、吴天宝、姚志兰等人物形象。

5月 老舍的三幕七场话剧《春华秋实》刊《剧本》1953年5月号。人民文学出版社1953年8月出版单行本。《春华秋实》是一部反映“五反”运动的话剧，描写私营铁工厂厂主丁翼平有危害国家的“五毒”罪行，工人们在工会干部和工作组的领导下，对不法资本家进行了坚决斗争，迫使丁翼平坦白、交代，接受教训走上了新生的道路。工人的阶级觉悟也在“五反”运动中大大提高了，以高涨的热情投入生产，使工厂呈现出蓬勃向上的气象。

6月 李庆升、赵锵、田广才、石玺、石曼著的三幕六场话剧《四十年的愿望》刊《剧本》1953年6月号。人民文学出版社1958年12月出版单行本。剧作反映成渝铁路修筑工程这一重大题材，但避开全面描写这一伟大工程，选取为成渝铁路提供全部钢轨的钢铁厂作为描写重点，通过钢铁厂这个点，带出了修筑成渝铁路的全貌，热情歌颂了钢铁厂工人在生产上表现出的高度积极性和创造性，表现了钢铁厂的工人们用自己造的钢轨来修筑铁路的自豪和荣耀。该剧在第一届全国话剧观摩演出会上，获多幕剧创作二等奖。

7月 吴运铎的自传体小说《把一切献给党》由工人出版社出版。作者吴运铎是保尔·柯察金式的英雄人物，他本来是一个普通煤矿工人，参加革命以后，和同志们一起建立起数处军火工厂。他曾一再冒着生命危险突击紧急任务，因此三次负伤，砸坏了左腿，炸断了左手，炸瞎了左眼……书中是作者从一个普通工人成长为共产主义战士的真实记录。

10月 艾芜的短篇小说《新的家》刊《人民文学》1953年第10期。这是作家以新时代工人生活为题材的第一篇小说，发表后广受好评。作品视角独特，它没有直接表现工厂的工人生活，而是通过刚刚从农村进城的郝学英的眼睛，通过她和工人的接触来感知工人生活。

11月20日 丁玲的散文《粮秣主任》发表于《人民日报》。这是丁玲在官厅水库深入生活时，采写的看水位老人李洛英的故事。

1954年

1月 知侠的长篇小说《铁道游击队》由新文艺出版社出版。作品写一群在铁路旁边成长起来的煤炭和铁路工人，在抗日战争时期，在党的领导下组成一支短小精悍的游击队，与日寇展开激烈战斗，创造出一连串惊人的英雄事迹。

2月 南丁的短篇小说《检验工叶英》刊《长江文艺》1954年第2期。《人民文学》1955年第8期转载。作品刻画了一个具有高度责任感，敢于和落后行为做斗争的青年女工叶英。

3月 蓝光的独幕话剧《姐妹俩》刊《剧本》1954年第3期。作家出版社1955年12月出版单行本。作品通过分属不同工厂的两个纺织女工——姐姐杨玉兰和妹妹杨玉凤对待工作和爱情的不同态度，歌颂了姐姐勤勤恳恳、一心为公的工作态度，批评了妹妹因恋爱而影响工作的错误做法。

3月 丛深的独幕话剧《百年大计》刊《东北文学》1954年第3期，《剧本》1954年第5期转载。东北人民出版社1954年5月出版单行本。在第一届全国话剧观摩演出会上，《百年大计》获独幕剧创作二等奖。作品围绕如何保证工程质量而展开的戏剧冲突，着力刻画了郭海山、董振有、魏殿文等三个具有不同思想和性格的人物形象。

5月 崔德志独幕话剧《刘莲英》发表于《辽宁文艺》1954年第5期，《人民文学》1955年第3期、《剧本》1955年第7期转载。辽宁人民出版社1955年4月出版单行本。剧作通过写青年纺织女工刘莲英与组长张德玉之间集体主义思想与本位主义思想的斗争，生动、细腻地刻画了刘莲英这个先进女工的社会主义觉悟和道德品质。

6月 陈淼的小说集《炼钢工人》由新文艺出版社出版。这是一本描写工人生活的短篇小说集。它表现解放了的工人阶级，在中国共产党领导下，所经历的思想的变化和发展。

7月 艾明之的短篇小说《年轻的心——工厂手记之一》刊《人民文学》1954年第7期。作品描写在设备更新的背景下，老一代工人不甘落后，努力学习、跟上时代步伐的进取精神。

7月 阮章竞五幕十场话剧《在时代的列车上》刊《剧本》1954年第7期。作家出版社1955年3月出版单行本。这是描写国家在过渡时期对资本主义工商业进行社会主义改造的话剧剧本。作品描写了在"五反"运动中，工人阶级在党的领导和群众的支持下，揭露了不法资本家偷工减料、逃税漏税、腐蚀国家干部等恶毒行为，指出了谁要是拒绝走社会主义的道路，或是妄想拦阻社会主义列车前进，那只会被时代列车碾得粉碎。

7月 老舍话剧《青年突击队》刊《北京文艺》1954年第7期，第9期续完。北京大众出版社1955年9月出版单行本。《青年突击队》是老舍以工业生产为题材的剧本，描写首都一支建筑工人青年突击队的成长。

8月 苗培时的中篇小说《矿山喜事》由通俗读物出版社出版。这是一本写矿山工人生活的书，描写了大同煤矿的矿山工人在新中国成立前受反动派欺压在共产党领导下工人向反动派斗争的情形，还描写了工人在新中国成立后积极生产的情形和幸福的生活。

8月 葛琴的电影文学剧本《三年》由艺术出版社出版。剧本描写的是自1950年至1952年这三年间，上海某纱厂工人对不法资本家所进行的一系列的斗争，揭发了资产阶级唯利是图的本质，也写出了工人阶级的伟大力量。

8月 夏衍话剧《考验》刊《人民文学》1954年第8期。人民文学出版社1955年4月出版单行本。剧本反映1953年时两个工厂领导干部不同的领导思想之间的斗争。副厂长杨仲安骄傲自满，夸大和强调个人的作用，又不及时改正错误，终于落在时代后面；厂长丁纬则坚持党的政策，相信群众，深入群众，发挥群众力量，使工厂不断获得前进。

9月 雷加长篇小说《春天来到了鸭绿江》由作家出版社出版。该书是"潜力三部曲"第一部。作品描写的是1945年11月到1946年"五一"国际劳动节造纸厂的复工过程。厂长何士捷面对工厂的混乱局面，他深入群众，依靠工人中的积极分子，克服种种困难，恢复生产，完成了当时的经济任务，支援了解放战争。

11月 萧军的长篇小说《五月的矿山》由作家出版社出版。作品描写了东北煤都乌金市的煤矿工人在东北解放初期奋战在红五月里，以忘我的热情投身到五一节的献工大竞赛当中，以此支援中国人民解放军渡江解放江南，迎接中华人民共和国的诞生。

12月7日 李学鳌的诗作《每当我印好一幅新地图的时候》发表于《北京日报》。作品真挚地抒发了作者热爱祖国的激情，表现了以描绘祖国“壮丽的面容”为职责的印刷工人的自豪感。

1955年

2月 陆文夫的短篇小说《荣誉》刊《文艺月报》1955年第2期。这是陆文夫的小说处女作，作品从如何正确对待荣誉这一角度入手，以细腻的心理描写成功地刻画了方巧珍这一先进人物形象，反映出新中国成立初期中国工人的精神风貌。

3月 《人民文学》编辑部发起了“在工业战线上”的征文。这项工作得到了各地作者热情的赞助和支持，从征文开始到结束，在半年多的时间里，编辑部共收到应征稿680余篇，约有400万字。从5月起至12月止，《人民文学》曾以专栏地位陆续选登了征文中比较优秀的作品。后又从已发表的和未发表的应征作品中选出36篇，汇编成书——《在工业战线上》，和广大读者见面。

3月 马吉星、刘一民创作的话剧《黎明之前》由通俗文艺出版社出版。作品写的是重庆解放前，某钢铁工厂的工人英勇护厂的事迹。

4月 李季诗集《玉门诗抄——春风普度玉门关》由作家出版社出版。诗集收短诗25首，写的是在祖国大西北，人们为勘探和开发石油所进行的英勇斗争和忘我劳动。

4月 李季的长诗《生活之歌》由中国青年出版社出版。这是一首歌颂玉门油矿石油工人创造性劳动的长篇叙事诗。长诗通过青年工人赵明的热情忘我的劳动，描述了祖国石油工业蓬勃发展的壮丽图景，展示了在祖国伟大的社会主义建设事业中青年一代无限广阔的前途。

5月 艾明之四幕五场喜剧《幸福》刊《剧本》1955年第5期。作家出版社1956年1月出版单行本。剧本描写某机械厂工人在社会主义建设事业中，以高度的生产热情超额完成了生产任务，并且和某些具有资产阶级作风的工人展开激烈的斗争，在对年轻工人生活的描写中，探讨了何为“幸福”。

5月 周立波的长篇小说《铁水奔流》由作家出版社出版。小说的第1至4章曾刊于《人民文学》1954年第12期。作品描写新中国成立初期，华北地区某钢铁厂修复炼铁高炉工程，歌颂了工人阶级的积极性和创造性。

7月 碧野的长篇小说《钢铁动脉》由新文艺出版社出版。作品描写一个机务段的成长过程，其中以“五一劳动号”机车组为中心，通过这一机车组工人的生活和工作，展开集体主义和个人主义的斗争。

同年 胡零的四幕六场话剧《前进再前进》刊《文学丛刊》1955年第3期。剧本通过某一兵工厂试造火箭筒弹的事件，着重地反映了工人阶级创造性劳动的先进思想与裹足不前的落后思想之间的斗争。该剧获第一届全国话剧观摩演出一等奖。

1956年

1月 易巩的中篇小说《在风雪到来之前》由中国青年出版社出版。作品通过老起重工人林发的劳动斗争过程，描写了工业建设中革新首创精神与保守落后思想的一场激烈斗争。通过林发这一普通工人的明朗形象，表现了我国工人阶级热爱祖国、热爱劳动的高贵品质和豪迈、机智、不屈不挠、一往无前的英雄气概。

1月 王昌定的独幕话剧《悬崖》由天津通俗出版社出版。剧本写某发电厂一个技术员，他对党的政策认识不足，有政治历史问题没向组织交代，故而被特务抓住小辫子，威胁、利用他破坏发电厂，幸而被妻子发觉。在党支委和妻子的帮助下，他觉悟过来，决心改正错误，帮助政府逮住特务的故事。

2月 李学鳌的诗集《印刷工人之歌》由北京大众出版社出版。诗集收诗歌12首。一些诗是歌颂工人阶级热爱生产和他们创造性的劳动、歌颂他们热爱祖国的伟大建设的。

2月 四川人民艺术剧院集体创作，刘莲池、李佩、栗粟执笔的四幕七场话剧《一个木工》由四川人民出版社出版。作品取材于重庆市特等工业劳动模范黄荣昌同志的动人事迹，描写了主人公黄健明热心发明、创造，把手工业生产改进成为机器生产，大幅提高了劳动生产率。该剧参加第一届全国话剧观摩演出会荣获演出一等奖、导演二等奖、创作三等奖。

3月1日 文化部在首都举办的第一届全国话剧观摩演出大会开幕。参加这次会演的剧团共43个，其中部队文工团4个，工矿部门的话剧团2个，少数民族的话剧团3个，儿童剧团2个，共演出51个剧目。以工业建设为题材的有《扬子江边》等15个剧目。

3月 陆文夫的小说集《荣誉》由新文艺出版社出版。共收短篇小说8篇，都是描写工人生活和斗争的。

3月 李若冰的散文集《在勘探的道路上》由作家出版社出版。作者曾跟随勘探者一起生活，随着他们走过了祖国西北的陕北盆地、酒泉盆地和柴达木盆地。既感到祖国山河的高大和壮丽，又感动于祖国建设的雄伟气魄。“这本小集子，就作为我随着地质勘探工作者，最初写下的一个脚印吧。”(《后记》)

3月 陈桂珍独幕话剧《家务事》刊《文学杂志》1956年第3期。《中国妇女》1956年第4、5期转载。黑龙江人民出版社1956年6月出版单行本。《家务事》聚焦于工人的家庭生活，反思工厂生产和家庭事务之间的关系。在第一届全国话剧观摩演出会上，《家务事》获独幕剧创作二等奖。

4月 蓝澄的五幕话剧《不平坦的道路》刊《剧本》1956年第4期。中国戏剧出版社1957年1月出版单行本。剧本写先进工人梁忠向官僚主义的领导与坏分子坚持斗争，遭受一连串的打击，还错误地受到撤职处分。但在党的支持下，他坚定了斗争的信心，在同志们的帮助下，终于取得了斗争的胜利。

5月 柯夫的话剧《光荣的岗位》(又名《瓦斯问题》《双婚记》)刊《剧本》1956年第5期。中国戏剧出版社1957年5月以《双婚记》之名出版单行本。后被改编拍摄成电影《换了人间》。剧作反映的是煤矿工人的生活，通过对“瓦斯问题”这一煤矿工人生产安全问题解决的独特角度，表现了新社会对工人安全的重视，从而歌颂了新社会。

6月 辛雷的小说集《长江上的战斗》由中国青年出版社出版。收短篇小说5篇，从各个方面描写了建设长江大桥的人们的生活面貌。小说通过生动的事实，反映了工人的劳动热情，和工地上蓬勃的气象。

6月 樊福庚、郑成义的诗集《上海组诗》由中国青年出版社出版。这是上海两个青年工人作者的第一本诗集。他俩一个是电话工人，一个是纺织工人，他们的诗里，歌颂了工人生活的变化，和新上海的成长。

6月 福庚的诗歌、散文、特写集《前进曲》由新文艺出版社出版。共收诗歌19首，散文、特写11篇。这些作品歌颂工人的主人翁精神和忘我的劳动态度，描写在祖国伟大的社会主义建设事业中新的人物和新的品质的成长。

6月 徐迟的特写集《我们这时代的人》由作家出版社出版。收《在高炉上》《老佟》《汽车厂速写》《汉水桥头》《西行气象万千》《某地质勘探队纪事》《三门峡通讯》，均为工业题材作品。

7月 雷加的长篇小说《站在最前列》(“潜力三部曲”第二部)由作家出版社出版。作品描写的是1946年“五一”国际劳动节到当年10月工厂的斗争生活。6月，造纸厂的工人在繁忙紧张的生产热潮中开展了“拥军扩军”运动。8月，上级做出撤离和搬迁工厂的决定，工厂开始着手撤退的准备工作，在隆隆的炮声中，人们开始了具有历史意义的大撤退。

8月 胡万春的小说集《青春》由中国青年出版社出版。这是作者的第一本短篇集。作者是个青年钢铁工人，几年间发表了不少描写钢铁工人生活和斗争的作品，这些作品亲切朴素地反映了作者和他周围的人物几年来的变化，塑造了动人的新的工人形象。

8月 费礼文的小说集《成长》由中国青年出版社出版。这是作者的第一本小说集。这些小说都是描写工人生活的，塑造了新的工人形象。

9月 梅定的小说集《矿山的主人》由新文艺出版社出版。收短篇小说7篇，都是反映我国著名锡都——个旧锡矿的工人，在为实现第一个五年计划的历史过程中的生活和斗争的。

9月 周一翊小说集《接班人》由新文艺出版社出版。收短篇小说4篇，都是反映铁路通讯段工人的生活和斗争的，《接班人》是其中之一，描写一个刚从学徒工升为正式工的青年通信工人，在恶劣的自然环境和艰苦的劳动中，锻炼成长的故事。

9月 于逢的中篇小说《螺丝钉》由中国青年出版社出版。1953年是国家实施第一个五年计划的第一年，全国各地工厂掀起了社会主义劳动竞赛的热潮。这部小说以此做背景，写出了一场激烈的生产斗争和思想斗争。

10月 李云德的小说集《生活的第一课》由辽宁人民出版社出版。共收有5篇反映勘探工人生活的小说。《生活的第一课》为其中一篇，写一个新从学校毕业来山地工作的女技术员，从对工人们的创造和智慧认识不足到最后终于认清了向工人学习的重要性。

10月 李季的诗集《致以石油工人的敬礼》由长江文艺出版社出版。收短诗26首。一部分诗歌是对祖国建设——特别是对玉门油矿的歌颂。

10月 胡昭等的诗集《汽车城的节日》由吉林人民出版社出版。收抒情诗20余首，诗人们以最大的激情歌颂了祖国的第一个汽车工业基地，歌颂了工人们新道德品质的成长，也歌颂了我们英雄的祖国自此有了自己的汽车。

10月 屈楚、周均、丁力的四幕五场现代剧《初开的花朵》由新文艺出版社出版。这是一部描写上海纺织工人的话剧。原名《为了明天》，曾在上海、无锡、南通等地多次演出，1956年参加全国话剧观摩演出时，经作者修改更名为《初开的花朵》。

10月 万忆萱的散文集《驰骋吧，祖国的汽车》由吉林人民出版社出版。这是一本反映第一汽车制造厂建设生活的散文集。在这里作者充满热情地歌颂了祖国的伟大工程，描绘了奠定祖国汽车工业基础的先进人物。

11月 唐克新小说集《车间里的春天》由中国青年出版社出版。收集了作者从1953—1955年所写的6篇比较优秀的小说，都是描写工人生活的，真实地反映了工厂的新面貌。

12月 梅定的特写、报告集《光辉的道路》由云南人民出版社出版。共收特写、报告4篇，都是反映云南工业建设和工人生活斗争的。

1957年

3月 草明的散文、特写集《鞍山的人》由天津人民出版社出版。收11篇写鞍山建设者的散文、特写。作品表现了鞍钢工人忘我的劳动热情，以及他们如何以主人公的姿态在工作中团结前进，并创造了历史上惊人的奇迹。

4月 海枫的中篇小说《劳动的喜悦》由新文艺出版社出版。作品描写李景新复员回到家乡，到工地后任瓦工组长，由于他保持和发扬了部队的艰苦奋斗、密切联系群众的优良作风，提高了工作的定额，并且创造了先进工作法，成为先进工作者。

6月 江汗四幕喜剧《三星高照》刊《剧本》1957年第6期。剧中将工厂工人的革新创造和青年工人的感情生活结合在一起，将工厂生活表现得轻松、明快。

6月 傅仇的诗集《伐木者》由重庆人民出版社出版。共收诗27首。其中有《采伐歌》《森林》《森林的电灯》《树苗》《同年树》《森林的诗人》《森林呀，我爱你的一切》《森林之曲》《森林里的战斗》等森林诗。

8月 杜鹏程的中篇小说《在和平的日子里》刊《延河》1957年第8期。东风文艺出版社1958年4月、人民文学出版社1959年12月出版单行本。作品描写的是阎兴担任队长的第九工程队在开辟秦岭、打通铁路线的十几天的战斗生活，表现了工人们与恶劣的自然环境的抗争。

9月 艾明之的长篇小说《浮沉》刊《收获》第2期。新文艺出版社1957年11月出版单行本。小说通过青年医务工作者——女护士简素华，服从祖国需要，护士学校毕业后毅然离开上海，到遥远的北方参加工业建设的经历，歌颂和赞美了将青春献给祖国建设事业的人们。作品还被改编拍摄成电影《护士日记》。

9月 柯灵的电影文学剧本《不夜城》由中国电影出版社出版。作品通过资本家张伯韩的经历，反映了民族资产阶级和民族工业在不同历史年代的命运。

10月 艾文会小说集《炉边剪影》由天津人民出版社出版。共收6篇小说，反映的是工厂生活，从中能看出工人的忘我劳动和他们的高贵品质。

11月 雷加的长篇小说《蓝色的青㭎林》刊《收获》第3期。作家出版社1958年3月出版单行本。作品描写的是1946年11月到1947年底工厂的斗争生活。既描写了撤退到长白的工人生产上的自给和四保临江的战斗，也反映了留在当地的工人组织工人护厂队，与反动派进行的针锋相对的斗争，并最终迎来了安东的解放，造纸厂重新回到工人的手上。

12月 魏连珍的独幕话剧《不是梦》刊《剧本》1957年第12期。中国戏剧出版社1958年7月出版单行本。剧中胡工程师轻视工人，不相信工人能够进行发明创造。郝大平送一幅设计图来给他看，他看也不看。他的妻子王文清和郝大平扮了一个戏来讽刺他，最后他才发现工人设计的机器图上正好克服了他自己的设计中最大的困难。

12月 王昌定的长篇小说《海河春浓》由新文艺出版社出版。这是一部描写工厂生活的长篇小说。它以天津市某机器制造厂为背景，写出在第一个五年计划开始的岁月里，形形色色人物的成长与变化，并着力刻画了一些工人和工人干部的形象。

1958年

1月11日 杜鹏程的短篇小说《铁路工地上的深夜》发表在《人民日报》。被称为“优美的抒情诗”（陈笑雨:《优美的抒情诗——读〈铁路工地上的深夜〉后记》,《人民日报》1958年1月16日）。

1月 舒群的长篇小说《这一代人》刊《收获》1958年第1期。作家出版社1962年8月出版单行本。作品以一个工人出身、刚出大学校门的女青年技术员参加工业建设为经，展开了对我国社会主义建设初期工业战线生活的描写。

4月 中国青年艺术剧院集体创作、金山执笔的三幕七场话剧《红色风暴》刊《剧本》1958年第4期。中国戏剧出版社1958年10月、人民文学出版社1959年8月出版单行本。作品以中国工人运动史上著名的京汉铁路工人大罢工为题材，生动、形象地展示了20世纪20年代初这一运动的全过程，成功塑造了工人运动的先驱林祥谦、施洋等光辉形象，歌颂了工人阶级在党的领导下同反动军阀和支持军阀的帝国主义所进行的英勇斗争，反映了“革命斗争史的悲壮一页”。

5月 艾芜的长篇小说《百炼成钢》由作家出版社出版。作品以新中国成立初期工业建设为背景，以鞍山钢铁公司炼钢厂平炉车间九号炉为中心，以点带面，由车间照应整个工厂，通过平炉车间的工人们争搞快速炼钢，表现工人阶级积极从事社会主义建设的劳动热情，描绘钢铁工业战线生气勃勃的生产景象，揭示生活中存在的矛盾，反映丰富多彩的广阔生活。

5月 艾芜的小说集《夜归》由作家出版社出版。除《夏天》《幸福》两篇写农村生活外，大部分作品描写的是工人生活，被称为“主要是写工人阶级的新的生活风貌的短篇小说集”。

5月 黄声笑的诗集《装卸工人现场快板》由湖北人民出版社出版。共包括46首快板诗，反映装卸工人的生活和劳动。这些快板诗短小、生动，富有战斗性。

5月 贾克的四幕话剧《四姊妹》（又名《女工》）由山西人民出版社出版。作品聚焦于同一纺织厂细纱车间的四个同胞姐妹，围绕着技术革新方案的实施，逐渐展开了发生在四姊妹之间的矛盾冲突，在三个妹妹的关心、帮助和带动下，大姐改变了态度，积极实践技术革新方案。

6月 孙友田的诗集《煤海短歌》由江苏文艺出版社出版。这是煤矿工人孙友田的第一部诗集。这些诗表现出煤矿工人豪放的气魄和爱憎分明的强烈感情。

8月 王黎拓的中篇小说《春到工地》由作家出版社出版。作品描写一个建筑工地的木材场发生的故事。对官僚主义者作了尖锐的讽刺和抨击；同时又以热情的笔调，歌颂了几个青年工人的朝气蓬勃的革命干劲。

8月 费礼文的小说特写集《竞赛没有结束》由新文艺出版社出版。收15篇作品，内容大都是反映上海工人的生活和斗争的。其中《竞赛没有结束》写上海市劳动模范车工盛利的先进事迹，描绘了他如何热爱工作，苦心钻研，突破新的工作定额，以及他不自满、不保守，将自己的先进经验传授给新一代的青年工人等优秀品质。

8月 赤叶的诗集《初歌集》由新文艺出版社出版。共收诗32首。第一辑《献给我的煤矿区》是歌唱鸡西煤矿区的新面貌和煤矿工人豪迈的劳动热情，第二辑《北大荒纪行》是为在北大荒进行勘探工作的战士们所写下的赞歌。

9月 陈淼的小说集《红榜的故事》由新文艺出版社出版。共收短篇小说10篇，内容都是反映钢都鞍山工人们的生活的。其中《红榜的故事》写工人祖吉庆创造了空中活动架，解决了工地工程中一项关键性的工序，使全厂的工程能提前完成。

9月 苏鹰的中篇小说《万紫千红》由新文艺出版社出版。作品反映的是机器工业生产“大跃进”。小说描写中原某城市的一个机器厂在设备陈旧不全、技术水平不高的情况下，在不到三个月的时间里，克服了一切困难，终于试制成功十匹马力的“万能拖拉机”。

9月 于敏的电影文学剧本《工地一青年》由中国电影出版社出版。作品描写的是青年工人和青年知识分子在建设中和保守思想进行斗争的故事。

10月 刘川的八场话剧《烈火红心》刊《剧本》1958年第10期。这是当时全国上下红极一时的话剧。作品描写从朝鲜战场上复员归来的猛虎连连长许国清，面对国家缺乏高级耐火材料的紧迫局面，决心研制电偶管。他回到家乡，团结其他复员军人建起了荣军耐火材料厂。在经历了一次次失败后，他们终于试制成功电偶管。

10月 赵自的小说集《红浪花》由上海文艺出版社出版。共收5篇短篇小说，反映了各个历史时期上海工人斗争的侧面。“上海几十年来的工人斗争就像汹涌澎湃的浪涛，而这里所描写的只是一些浪花，这便是书名的由来。”

10月 费礼文的电影文学剧本《钢人铁马》由上海文艺出版社出版。剧本生动而具体地反映了钢铁工人的革命干劲，着重刻画了上海某炼钢厂中一个平凡的搬运老工人吴立本，表现了他爱厂胜家的先进思想。

11月 万国儒的小说集《风雪之夜》由百花文艺出版社出版。这是一部描写工人生活的小说集，绝大部分作品是表现工人生产热情和创造发明的，反映了“大跃进”浪潮中涌现出来的新人物、新事迹。

12月 施燕平小说集《青年司炉工》由上海文艺出版社出版。共收短篇小说6篇，除《农具革命的花朵》外，其余作品均为工业题材。其中《青年司炉工》写一个青年被分配为司炉工后，怎样从不安心工作转变到热爱工作，并歌颂了一位老工人的高贵品质。

12月 沙金的诗集《矿工之歌》由上海文艺出版社出版。收入作者的诗作28首。以主要的篇幅歌唱了矿工的生活和劳动，歌唱了马鞍山矿区的新面貌。

12月 孙桂桥等著《老工人的心》由作家出版社出版。

1959年

1月 王命夫的八场话剧《敢想敢做的人》刊《剧本》1959年1月号。百花文艺出版社1959年6月、山东人民出版社1959年9月出版单行本。写一个木工车间的青年工人张英杰，在党的号召下，决心要创造一种电动对缝机器来代替手工劳动。在党的领导、支持和群众的协助下，终于克服了许多人为的障碍和技术上的困难，使电动对缝机得以诞生。

1月 罗丹的长篇小说《风雨的黎明》由中国青年出版社出版。描写了东北钢都鞍山这一重要的钢铁工业基地，从1948年2月解放到7月被迫撤离短短半年时间里所经历的风雨。

2月 凤章的小说集《铁水长流》由江苏文艺出版社出版。共收6个短篇小说，均为工业题材作品，其中《铁水长流》描写炼铁工人以忘我的劳动修复即将烧毁的土高炉，使之成为寿星炉，继续出铁的故事。

2月 李季的诗集《心爱的柴达木》由百花文艺出版社出版。这是作者1958年秋、冬之间所写的短诗集，都是对柴达木的建设者和这个地方自然风光的描写和歌颂。从诗中我们可以看到工人、技术人员和其他工作人员的生活和工作，感受到建设者们火一般的劳动热情。

3月 陶尔夫的中篇小说《伐木者》由上海文艺出版社出版。这是一部反映东北林区伐木工人的生活和斗争的中篇小说。

3月 韶华的小说、特写集《沸腾的山谷》由春风文艺出版社出版。共收8篇作品，前7篇均是反映水利建设工地生活的，最后一篇《沧海一粟》写了一个在平凡的工作中成长起来的电车售票员。

3月 李清联的诗集《我们沸腾的工厂》由湖北人民出版社出版。这是诗人的首部个人诗集。

4月 辛雷的长篇小说《万古长青》由湖北人民出版社出版。作品以武汉长江大桥的建设为背景，反映了这一闻名世界的桥梁工程雄伟壮丽的景象，描述了建桥工人和工程技术人员在建桥过程中的生活和斗争。

4月 田涛的小说集《工地主任》由湖北人民出版社出版。收8篇小说，这些作品，反映了武钢瞬息万变的建设情景，描写了武钢工人为了“十一”出铁的冲天干劲，歌颂了英雄的武钢建设者对待祖国社会主义建设事业的主人翁态度。

4月 李若冰的散文集《柴达木手记》由作家出版社出版。本书收散文22篇，都是反映柴达木盆地丰富多彩的劳动生活的。作者满怀激情地歌颂了建设者们排除万难、征服自然的豪迈气魄；同时，也以优美的笔调，表达了自己对祖国美好山河的真挚热爱。

5月 逯斐的小说集《森林在歌唱》由作家出版社出版。共收短篇小说8篇，或写工厂工人生活，或描述、歌颂林业战线上的新人新事。

6月 陆俊超的小说集《国际友谊号》由人民文学出版社出版。共收《国际友谊号》《惊涛骇浪万里行》《劳动号油轮》和《鹿特丹港巧遇记》4篇小说，均反映海员生活。

6月 梅定的小说、特写集《矿山在歌唱》由上海文艺出版社出版。共收作品7篇，大部分是反映个旧锡矿矿山的新人新事和新的气象。

6月 黄声笑的诗集《歌声压住长江浪》由湖北人民出版社出版。收诗歌50首。诗作描写出大办钢铁的壮丽图景和装卸工人的英雄形象，反映出大搞技术革命、文化革命的重要意义。

6月 沙汀的电影文学剧本《焊茶壶的人》刊《草地》1959年6月号。后由峨眉电影制片厂拍成影片,改名为《嘉陵江边》。

7月 田涛的中篇小说《金光灿烂》由湖北人民出版社出版。作品塑造了富有高度共产主义觉悟，以主人翁姿态对待社会主义建设的老工人的动人形象；描绘了冲破家庭束缚而参加到建设行列里来的完全新型的女电焊工人的成长经过；对建设武钢一号高炉的英雄们的高尚品德作了热情的歌颂。

8月 羽山、徐昌霖的长篇小说《东风化雨》由上海文艺出版社出版。作品通过上海一家橡胶厂——长江橡胶厂的建立及其发展，反映了民族资产阶级在各个不同历史时期所经历的复杂曲折的道路；同时也反映了工人阶级在党的领导下与资产阶级及一切反动势力所做的斗争。

8月 李殿杰的中篇小说《矿山新人》由山西人民出版社出版。作品反映的是矿山生活，通过一群学生在矿山的实习生活，展示了青年知识分子的内心世界，反映了党对青年的关怀与培养。

8月 李志的诗集《探宝之歌》由春风文艺出版社出版。收诗歌90首。诗作有反映地质勘探工作者的生活的，有反映全民办钢铁和向大自然进军的，还有反映煤矿工人为夺煤而战的，它们共同组成了一幅全民办工业的风景画。

9月 草明的长篇小说《乘风破浪》刊《收获》1959年第5期。作家出版社1959年9月出版单行本。书中故事发生在1957—1958年我国的某钢铁基地上。它以一个炼钢厂为中心，通过从整风前后到“大跃进”的一系列事件的描写，反映出钢铁战线上宏伟的战斗图景和现代化钢铁联合企业中复杂的矛盾斗争。

9月 陈志铭的中篇小说《红色锅炉房》由山西人民出版社出版。这是一部描写工业建设题材的中篇小说，主人公黄黎在新中国成立初期转到钢铁工业战线，他以饱满的热情投身到祖国的建设事业中，做出了可贵的贡献。

9月 丰村的小说集《我的师傅和他的师兄弟》由上海文艺出版社出版。共收6篇小说。其中《我的师傅和他的师兄弟》通过几个不同的生活场景，鲜明地刻画了两个不同性格的先进青年工人的形象。

10月 于敏的报告文学《老孟泰的故事》刊《文学青年》1959年第10期，至1960年第3期刊完。春风文艺出版社1960年1月出版单行本。作品讲述劳动模范孟泰的故事。

11月 胡万春的小说集《特殊性格的人》由人民文学出版社出版。共收小说12篇，多为工业题材作品。其中《特殊性格的人》成功地塑造了具有“合金钢”性格的工厂干部王刚的形象。

12月 苏鹰的小说《炼》由上海文艺出版社出版。这是一部歌颂1958年全民大炼钢铁的小说。作品通过一个炼钢厂的诞生和发展以及一个工人家庭在炼钢中的变化，反映出钢铁生产上大搞群众运动的伟大胜利。

12月 胡万春的电影文学剧本《钢铁世家》由上海文艺出版社出版。作品通过一家世代炼钢工人的经历，反映了新中国成立十年来我国钢铁工业在党领导下的巨大发展。

1960年

1月 李清联的诗集《拖拉机开出了厂房》由湖北人民出版社出版。诗作内容多是反映工厂生产建设和工人生活。

2月 王建富的中篇小说《巨变》由山西人民出版社出版。作品以反映工人思想生活为题材，描写一个带有浓厚的小资产阶级思想意识的女徒工，在投身工人阶级队伍后，怎样得到锻炼和改造，初步树立了工人阶级思想的故事。

3月 万国儒的短篇小说《欢乐的离别》刊《人民文学》1960年第3期。主人公老冯头在新社会热心于技术革新，要将工人从繁重的体力劳动中解脱出来。在创造出一台土夹板锤来代替大铁锤后，他终于和陪伴了自己多年的大铁锤欢乐地告别了。

3月 徐俊杰的小说、特写、散文集《女车间主任》由上海文艺出版社出版。收作品14篇，写的都是江南造船厂的工人生活。其中《女车间主任》作为徐俊杰的第一篇小说，塑造了新型女工陆菊英的形象。

3月 焦祖尧的小说集《故事发生在双沟河边》由上海文艺出版社出版。收小说11篇，《电流》《军人性格》《资料员老杨》《钢人铁汉》《两个年轻人》均为工业题材。

3月 福庚的诗集《新安江之歌》由上海文艺出版社出版。收诗作35首，集中地歌唱了新安江的建设面貌和建设者的豪迈气概。

5月 李季的长篇叙事诗《玉门儿女出征记》由作家出版社出版。这是《杨高传》第三部。作品描写解放战争胜利后，杨高因伤复员参加玉门油矿工作，开始了新的生活。

6月 徐光夫的小说集《炉火纯青》由春风文艺出版社出版。收包括《炉火纯青》在内的小说11篇，均反映钢铁工人生活。

6月 雁翼的长篇叙事诗《彩桥》由上海文艺出版社出版。这是一首以修筑宝成铁路中的架桥工程为题材的长篇叙事诗。

6月 李志的诗集《火花集》由北方文艺出版社出版。收诗47首，或歌颂勘探人员的沸腾生活，或歌颂森林工业的宏伟图景，或赞美煤矿工人和渔民。

6月 梅定的电影文学剧本《锡城的故事》由上海文艺出版社出版。剧本描写云南个旧锡矿工人的生活与斗争。

8月 李根宝的诗集《烟囱》由上海文艺出版社出版。收长短诗歌45首。诗作集中地歌唱了上海工业战线上的“大跃进”和工人们崭新的思想面貌。

9月 王命夫的话剧《三八红旗手》刊《剧本》1960年第8、9号合刊。作品以成立城市人民公社为背景，描写从家庭中解放出来的妇女们组成了一家民营缝纫厂，她们在厂长王大嫂的带领下，克服各种不利条件，大胆进行技术革新，终于迎来了全新的局面。王大嫂因在工厂发展中的突出表现，被大家推选为“三八红旗手”，参加即将召开的全市妇女先进生产者代表会。

11月 张学新、方沈的七场话剧《驯海英雄》由百花文艺出版社出版。剧本描写在海河建闸工程工地，以赵振刚为队长的青年突击队和以陈银弟为连长的妇女连，发挥冲天干劲，积极开展劳动竞赛，你追我赶，互不相让。

1961年

9月 韶华的小说集《巨人的故事》由春风文艺出版社出版。收小说8篇，多写水库工地生活。

11月 陈见尧的小说集《他是个矿工》由上海文艺出版社出版。收小说6篇，反映的是矿工生活。有的描绘了矿工今昔不同的生活和精神面貌，有的充满激情地反映了过去矿工们壮烈的斗争，有的歌颂了今天矿工的劳动和理想。

11月 胡万春的小说集《红光普照大地》由作家出版社出版。收《特殊性格的人》《红光普照大地》《一点红在高空中》等作品15篇。

11月 肖木（萧木）的小说集《宽广的世界》由上海文艺出版社出版。收小说6篇，全部以铁路和交通运输工人的生活为题材，反映了铁路运输战线上火热的斗争生活，表现了铁路工人建设社会主义的战斗姿态、高昂奋发的精神，以及他们优秀的思想品质。

1962年

2月 唐克新的短篇小说《沙桂英》刊《上海文学》1962年第2期。作品塑造了一个出生于革命家庭、成长于新社会、接受着新社会教育的“新人”形象。

2月 福庚的小说集《安家集》由上海文艺出版社出版。共收小说10篇。这是反映水电建设工地生活的小说集。

4月 杜鹏程的小说集《年青的朋友》由中国青年出版社出版。作品通过移山改河、治理沙漠等社会主义建设事业，塑造了一系列英雄人物的形象。其中《年青的朋友》中塑造了一位热情坦率、浑身充满了奋勇前进的力量的青年司机形象。

5月 唐克新的小说、特写、散文集《种子》由上海文艺出版社出版。收小说13篇，特写散文6篇。大部分以工人生活为题材。作品热情地歌颂了我国工人阶级在建设社会主义的顽强劳动中出现的新的人物和新的思想，在不同程度上刻画出几个质朴崇高、令人喜爱的先进工人形象。

5月 孙友田的诗集《煤城春早》由上海文艺出版社出版。收入反映矿区生活的抒情诗近40首。作者以煤矿工人独特的感受，描绘了矿区奔腾澎湃的生产热潮和一日千里的跃进面貌，生动地表现出了煤矿工人豪迈的性格和那种“我是煤，我要燃烧”的激情。

8月 舒群的长篇小说《这一代人》由作家出版社出版。作品以社会主义建设的生产场面为背景，着力表现的是在社会主义建设中年轻一代新人的茁壮成长，将歌颂社会主义建设的主题和新人成长的主题有机地融为一体。

8月 韶华的长篇小说《浪涛滚滚》由中国青年出版社出版。作品反映的是“大跃进”时期青龙水库建设工地的生活，围绕着工期问题，展开了领导干部之间、上下级之间、夫妇之间路线性的斗争和思想斗争，复杂而尖锐。

8月 赵自的小说集《在船台上》由上海文艺出版社出版。收作品12篇，大多是反映造船工人生活的。作品有的歌颂了老工人的高尚风格，有的描绘了青年工人的创造精神，有的反映了技术人员在劳动中的体会。

10月 任文祥的长篇小说《鼓山风雷》由百花文艺出版社出版。作品描写冀南煤矿工人在党的领导下所进行的一次如火如荼的革命斗争，表现了煤矿工人的革命气概和革命精神。

12月 赵大民、庄小季、王泉的四幕七场话剧《红色工会》由百花文艺出版社出版。原刊《戏剧战线》1959年第5、6期。作品描写了1925年宝成纱厂工人的罢工斗争，反映了当时天津工人运动的一个侧面。作品被天津人民艺术剧院搬上舞台后反响强烈，被誉为“工人运动的史诗”，天津工人斗争史实的“红色纪念碑”。

12月 周而复的长篇小说《上海的早晨》（第二部）由作家出版社出版。

1963年

1月1日 上海部分文艺工作者座谈会上提出“写十三年”的口号，认为只有写新中国成立后十三年的社会生活的作品才算是社会主义文艺。

1月 陆文夫的短篇小说《二遇周泰》刊《人民文学》1963年第1期。作品以简洁有力的笔墨写了周泰与二宝师徒二人从旧社会到新社会的经历，表达了怎样的生活才是幸福的主题。

1月 刘川的六场话剧《第二个春天》刊《剧本》1963年第1期。作品反映的是国防建设、海军舰艇建设。获文化部及解放军总政治部优秀创作奖。

4月 中宣部在新侨饭店召开文艺工作会议。会上，就所谓“写十三年”问题，展开了激烈的争论。周扬、林默涵、邵荃麟等在发言中都指出“写十三年”这个口号有片面性，并特别批驳了“只有写社会主义时期的生活才是社会主义文艺”的观点。

4月 胡万春的短篇小说《家庭问题》刊《上海文学》1963年第4期。后被改编成同名电影。作品写的是一个工人家庭内部的思想斗争，其实反映的是如何培养接班人的问题。

5月 王慧芹的短篇小说《骏马飞驰》刊《北京文艺》1963年第5期。作品刻画了一位先进的司机长李林的形象，他放着全国闻名的先进机车不用，偏偏要求调到老出事故的破旧机车上去，帮助改造旧机车。他潜心研究，帮助找出了一百多处毛病，为改造机车迈出了第一步。

5月 张天民的短篇小说《路考》刊《人民文学》1963年第5期。小说描写县交通科监理、汽车司机中的权威人物老梁，为了把儿子“梁大胆儿”培养成一名合格司机，在“路考”中严格要求，有意“刁难”。他要把儿子培养成山鹰一样的司机，飞得高，飞得稳。

5月 晓凡的诗《车间的风雷》刊《鸭绿江》1963年第5期。《诗刊》1964年第11期以《车间风雷》为题转载。《车间风雷》这首诗写的是一个车间的事情，表现了工人对车间的热爱，以及工人身在车间，心怀祖国和世界的胸襟。

7月 魏钢焰的报告文学《党的女儿赵梦桃》刊《延河》1963年第7期。《人民文学》1963年第7、8期以《红桃是怎么开的？——记党的忠实女儿赵梦桃》为题转载。作品讲述了全国劳动模范——纺织女工赵梦桃的感人事迹。

8月 陈耘的四幕话剧《年青的一代》刊《剧本》1963年第8期。1964年出版与章力挥、徐景贤合作改编的单行本。剧作获文化部1964年颁发的“1963年以来优秀话剧创作奖”。

8月 阮章竞的诗集《勘探者之歌》由作家出版社出版。共分四辑，其中《新黄河赞》是歌颂黄河的水利建设的，《钢都颂》描绘了包钢的跃进风貌。

8月 陈淼的散文集《早晨集》由春风文艺出版社出版。共分三辑，第一辑是反映鞍钢生活的。

9月 艾明之的小说集《阳光下》由上海文艺出版社出版。共收短篇小说8篇，大多是反映工人生活的。作者在《后记》中写道：“用《阳光下》作为这个集子的名字，似乎还是比较切近作者和小说中人物的心情的吧。”

11月20日 丛深的四幕五场话剧《祝你健康》刊《剧本》1963年第10、11期合刊。中国戏剧出版社1964年3月出版单行本时易名为《千万不要忘记》。作品描写青年工人丁少纯出身于工人家庭，经常被评为先进工作者。丁少纯结婚以后，和岳母姚母住在一起，受姚母的资产阶级思想影响，他逐渐变得追求个人享受，为了达到追求个人享受的目的，将个人爱好打野鸭子变成获取额外之财的方式，甚至因此旷工、危及生产，产生很坏的影响。最后在党和父亲丁海宽的关怀与帮助下，他认清了资产阶级思想的危害和自己行为的错误，提高了自己的阶级觉醒。

11月 艾明之的长篇小说《火种》（“火焰三部曲”第一部）由作家出版社出版。作品描写的是1918—1927年上海工人的斗争生活。作品通过工人柳金松及其家庭的遭遇，描写了年轻的中国无产阶级由自在到自为、由自发到自觉的斗争和成长过程，最后表现了他们配合北伐，举行轰轰烈烈的武装起义。虽然起义因蒋介石的叛变而暂遭挫折，但革命的火种已深入人心，并在第二代中发芽、生根，准备着迎接一场更艰巨、更复杂、更广阔的革命风暴。

12月 胡万春的中篇小说《内部问题》刊《上海文学》1963年第12期。小说被改编成话剧《激流勇进》在全国上演。作品中，已经升职为副厂长的王刚，作为一名领导者、决策者，在工作中贯彻实事求是的精神，从而避免了工作中的失误以及对生产可能造成的损失，使工作健康、顺利地发展。

12月 中华全国总工会宣传部编《工人短篇小说选》由工人出版社出版。选集包括29篇作品，出自工人作家和职工业余作者共29人之手。书前有康濯撰写的《为工人创作而歌——〈工人短篇小说选〉序》。

1964年

2月 陆文夫的小说集《二遇周泰》由上海文艺出版社出版。收有12篇短篇小说，大多取材于工人生活，描写了我国工人阶级在建设社会主义的豪迈劳动中高度的责任感和主人翁态度，颂扬了他们刻苦钻研、不断创新的革命精神。

3月31日 文化部在北京举行1963年以来优秀话剧创作及演出授奖大会。获奖的多幕剧有16个（内有工业题材《激流勇进》《年青的一代》《第二个春天》《千万不要忘记》《一家人》），获奖的独幕剧有6个（内有工业题材《柜台》《好榜样》《杨柳春风》等），获奖作者有31人，获奖的演出单位有24个。

3月 陆俊超的长篇小说《幸福的港湾》由上海文艺出版社出版。作品通过一艘小海轮"勤俭号"开发石球湾新港的故事，热情歌颂了新中国的海员工人在社会主义建设事业中奋发向上、积极进取的革命精神。

4月 木生、齐特的独幕剧《杨柳春风》刊《剧本》1964年第4期。中国戏剧出版社1964年8月出版单行本。冯小保是老矿工路玉山的第54个徒弟。此前路师傅带的53个徒弟，上自党委副书记，下至采煤组长，都是矿上的骨干。冯小保工作积极努力，热爱煤矿，他的女朋友却反对他当"煤黑子"，要求他和自己一同回城。在和师傅告别的过程中，经过师傅的帮助和启迪，冯小保终于辨明了方向，分清了是非，下定决心在矿上安家落户，当一辈子矿工。剧本获文化部1964年颁发的"1963年以来优秀话剧创作奖"。

4月 栾云桂的独幕话剧《好榜样》刊《剧本》1964年第4期。山东人民出版社1964年4月出版单行本。主人公纱厂女工徐瑛是个"雷锋式"的工人，作品通过精巧的艺术构思，串联起徐瑛平时所做的种种好事以及关键时刻抢救受伤的孩子、主动献血等事迹。剧本获文化部1964年颁发的"1963年以来优秀话剧创作奖"。

4月 苗培时的中篇小说《深仇记》由中国青年出版社出版。作品取材于京西煤矿，描写了一个矿工在旧社会中的痛苦生活和新中国成立后的翻身解放。

5月 重庆市话剧团集体创作，石玺、田广才执笔的五场话剧《比翼高飞》刊《四川文艺》1964年4、5月合刊。《剧本》1965年第6期转载。作品通过长江皮革厂厂长高明辉和厂党委委员周海东、嘉陵厂党总支书记段树平等人物之间的矛盾，形象地展示了在比学赶帮超运动中存在的人民内部的矛盾和斗争。

6月5日—7月31日 全国京剧现代戏观摩演出大会在北京举行。茅盾致开幕词。7月17日，毛泽东、周恩来等在人民大会堂接见了参加会演的全体人员。7月31日，会演闭幕式在人民大会堂举行，周恩来、彭真、陆定一等出席。全国19个省、市、自治区的28个剧团参加演出了37个剧目。哈尔滨京剧团演出《革命自有后来人》、中国京剧院演出《红灯记》、唐山京剧团演出《节振国》、天津京剧团演出《六号门》等均为工业题材或与工业题材相关。

7月 阮章竞的长诗《白云鄂博交响诗》由作家出版社出版。这是一部反映我国社会主义钢铁基地建设的长诗。作者通过白云鄂博的民间传说和草原革命斗争历史，结合开辟、建设矿山的斗争生活，以豪迈的气势和抒情的笔调，热情地歌颂了内蒙古人民的酷爱自由、勤劳勇敢的性格和美好愿望的实现，热烈地欢呼草原第一代工人的成长。

7月 李若冰的散文集《山・湖・草原》由中国青年出版社出版。收作品24篇。内容分四辑：第一辑主要是反映陕北高原、酒泉盆地和祁连山麓石油地质勘探生活的；第二辑主要是反映作者两次进入柴达木盆地丰富多彩的见闻，以及描写盐场、公路等建设情景的；第三辑主要是反映柴达木油田的勘探、开发和地质勘探工作者的生活的；第四辑是反映三门峡、宝成路、炼油厂、汽车城、小兴安岭林区和海洋建设事业的。

8月 丰村的小说集《我的师傅和他的师兄弟》由作家出版社上海编辑所出版。共收短篇小说5篇，多为工业题材。其中《我的师傅和他的师兄弟》通过几个不同的生活场景，鲜明地刻画了两个不同性格的先进青年工人的形象，生动地反映了我们工厂里年轻一代工人的精神面貌。

8月 王有为、贺朗的中篇小说《跃马扬鞭》由作家出版社出版。作品描写的是某钢铁厂在"战高温，夺高产"热潮中发生的故事，刻画了不同类型的工人形象，展现了钢铁工人在"大跃进"年月里的革命干劲和精神面貌。

11月 翁偶虹、阿甲改编的大型京剧《红灯记》刊《剧本》1964年第11期。中国戏剧出版社1965年4月出版单行本。剧中故事发生在抗日战争时期，描写的是铁路扳道工人李玉和一家三代为了革命，同日本侵略者进行英勇斗争的事迹。

11月 哈尔滨市京剧团演出本，王洪熙、于绍田、史玉良改编京剧《革命自有后来人》（根据同名电影文学本改编）由中国戏剧出版社出版。剧本描写抗日战争时期，东北某地区党地下工作者——李玉和一家祖孙三代为了掩护党的机密文件，与日本侵略者进行的一场革命斗争的故事。原著塑造了李玉和、李奶奶、李铁梅等几个英雄形象，表现了革命者威武不屈、前仆后继的革命精神。

11月 李清联的诗集《新犁催开浪花》由河南人民出版社出版。诗人长期生活在洛阳拖拉机厂，他熟悉工厂的生产，热爱工人的生活。在火热的斗争中，他满腔热情地讴歌为社会主义建设而奋战的人们。

12月 胡万春的小说集《家庭问题》由作家出版社上海编辑所出版。收小说10篇，其中除《金色的梦》和《卖饼》两篇是写旧社会儿童生活的以外，其余8篇（内有《内部问题》《家庭问题》）全是以工人阶级在建设社会主义的豪迈劳动中的生活和斗争为题材的。

12月 傅仇的诗集《伐木声声》由作家出版社出版。集中的诗作是诗人对伐木者的赞歌，也是伐木者对祖国的忠贞的赞歌。

1965年

1月 赵起扬、于是之、丘扬、禾土合著的话剧《矿山兄弟》刊《剧本》1965年第1期。百花文艺出版社1965年8月出版单行本。作品通过同一个矿工家庭的亲哥仨对待煤矿生产中试验岩石掘进一次成巷上截然不同的态度，全面地贯彻总路线当中的多快好省与少慢差费的矛盾和斗争，热情地歌颂了毛泽东思想。

1月 史大千的电影文学剧本《青年鲁班》由中国电影出版社出版。剧本通过青年建筑工人李三辈刻苦学习文化，大胆革新技术，终于改革了木工技术中一项比较落后的“放大样”的工作方法，生动地表现了我国工人阶级不畏艰难攀登科学技术高峰，进行生产斗争的英雄气概。

2月 李季的诗集《石油诗》（第一集）由作家出版社出版。收作者1953年春至1964年初所写的以石油工业为题材的短诗数十首。这些诗，集中描绘了玉门、柴达木、新疆等地石油工业的建设面貌，反映了我国的石油工业在党的三面红旗和毛泽东思想的光辉照耀下，所取得的突飞猛进的发展和史无前例的辉煌成就。

2月 李季的诗集《石油诗》（第二集）由作家出版社出版。收作者反映石油工业战线上的长诗两首：第一首《生活之歌》作于1954年，塑造了玉门油矿一个青年石油工人的形象。第二首《向昆仑》作于1963年，它通过作者在赴昆仑的途程上，和一个在石油探区担任党委书记的老战友的相遇叙旧，刻画了这位老革命干部永不褪色的革命思想。

2月 天津人民歌舞剧院改编的独幕歌剧《煤店新工人》刊《河北文学》1965年第2期。《剧本》1965年第2期转载。百花文艺出版社1965年6月出版单行本。主人公张大志是利民煤业门市部的青年工人，作为高中毕业生，他看不起送煤工作，在工作上不够负责，引起群众的不满。煤建公司的经理老孙同志下门市部参加劳动，在热心服务中以实际行动教育了张大志，同时也改善了店员和群众的关系。张大志终于认识到错误，决心做一个出色的送煤工人。

3月 周正行、葛乃庆、袁一灵著的《一千零一天》（四幕现代喜剧）刊《剧本》1965年第2期。上海文化出版社1965年3月出版单行本。剧本写的是邮电局投递员的故事。上海某邮电支局投递组一班是个五好先进集体。在老班长王永春和全班同志共同努力下，他们创造了连续一千天无差错的纪录。然而在第一千零一天，班里的新手小王由于工作马虎、自满，终于出了差错。经过大家的教育帮助，小王提高了认识，又踏着大步前进了。

3月 李德复的短篇小说《万紫千红才是春》刊《长江文艺》1965年第3期。《人民日报》1965年7月24日转载。作品描写的是某纱厂女工先进帮后进的故事。通过对先进人物新霞英的刻画，比较深刻地揭示了工人阶级的崇高的集体主义思想品质。

3月 凤章的小说集《彩霞万里》由作家出版社出版。共收小说13篇，多为工业题材。

3月 王慧芹的小说集《骏马飞驰》由北京出版社出版。共收小说8篇，都取材于铁道战线上的人物和事件，反映了铁路工人沸腾的战斗生活和意气风发的精神面貌，描绘了一幅幅社会主义铁道战线上生气勃勃的建设场景。

5月 高彬、吴新秦、林凤山合著的六场话剧《包钢人》刊《剧本》1965年增刊第1号。百花文艺出版社1965年8月出版单行本。写第一代蒙古族炼钢工人在汉族师傅帮助下诞生和成长的故事。主人公蒙古族青年朝鲁，在党组织的关怀和教育下，加上老工人和乡亲们的帮助和支持，以顽强的意志克服了文化低、技术复杂等重重困难，终于由牧马手成长为一名合格的炼钢工人。

6月 石英的中篇小说《文明地狱》由作家出版社出版。作品根据老工人的口述材料加工提炼而成，通过工人的悲惨遭遇和反抗斗争，剥掉了资产阶级“文明”的外衣，对资产阶级的罪恶提出了有力的控诉。

6月 王锡荣、李家禄合著的小说《血染三条石》由作家出版社出版。作品通过叙述三条石大街“德兴发”机器厂的老板刁鸿发的发家史，一面展示工人阶级的血泪史，一面描写了工人的反抗和斗争，当天津解放后，工人们得到了彻底解放。

6月 于敏的电影文学剧本集《炉火集》由中国电影出版社出版。收4个电影文学剧本，除《赵一曼》外，《桥》《工地一青年》《炉火正红》均为工业题材。

7月 胡书锷、向彬人、唐健平、郑世俊合著的五幕话剧《电闪雷鸣》刊《剧本》1965年第4期。湖南人民出版社1965年11月、中国戏剧出版社1965年11月出版单行本。剧作以发电厂设备更新为背景，锅炉班老班长雷凯忠并不因考试失败而灰心，决心再学补考迎上新形势，终于在补考中获得了优秀成绩，成为厂内第一个工人出身的工程师。

8月 孙肖平的小说散文集《前站》由人民文学出版社上海分社出版。共收10篇小说、2篇散文，主要篇幅是写黄河三门峡工地建设的。

9月 陈勇、红耘、董成仁合著的中篇小说《天亮之前》由人民文学出版社出版。作品以解放战争时期的上海为背景，通过真实的生活画面，有力地揭露了资本家残酷压榨工人的种种罪恶，并通过一个包身工出身的纺织女工的成长过程，表现了工人阶级在中国共产党教育领导下的阶级觉醒。

10月 戚积广的诗集《加热炉之歌》由人民文学出版社上海分社出版。诗集收录了歌颂汽车工人劳动、斗争的短诗38首，如《雷锋车》《汽车城的心脏》《血锤》《车工谣》等。

11月29日 全国青年业余文学创作积极分子大会在北京召开。

11月 杨新富的中篇小说《怒火》由人民文学出版社上海分社出版。作者杨新富是一个青年工人。作品通过描写抗日战争时期上海一个以雇用童工为主的机器厂，反映了工人阶级的觉醒，他们怎样在党的教育下，从自发斗争走向自觉斗争，同时揭露了资本家对工人的残酷剥削。

12月14日 欧阳文彬的《歌赞社会主义时代的先进工人——读几篇反映工业题材的新人小说》在《人民日报》发表。文中涉及的新人小说有李德复的《万紫千红才是春》（《长江文艺》1965年第3期）、萧木的《锤与狮》、陈继光的《目标》（《人民文学》1965年第8期）、王慧芹的《骏马飞驰》、刘安琪的《巡线工》（《草原》1964年第6期）和胡宝华的《红花绿叶》（《上海文学》1963年第8期）。

12月17日 全国青年业余文学创作积极分子大会在首都北京胜利闭幕。这次大会是促进业余文艺创作队伍革命化的大会，也是一次对业余文艺战士们的动员会。大会期间，周恩来、朱德等领导人接见了参加大会的全体青年业余文学创作积极分子。中共中央政治局委员、书记处书记彭真做了重要报告。中共中央宣传部副部长周扬作了题为《高举毛泽东思想红旗，做又会劳动又会创作的文艺战士》的报告。124位各族青年业余作者在会上介绍了业余创作等方面的经验。这次会议还总结了培养工农兵青年业余作者的经验。

12月 李云德的长篇小说《沸腾的群山》（第一部）由人民文学出版社出版。作品以解放战争为背景，描写辽南孤鹰岭铁矿在新中国成立后恢复生产的斗争生活。

1966年

2月 《工人日报》编辑部编的《工人阶级的光辉形象——王铁人》由工人出版社出版。

2月 程树榛的长篇小说《钢铁巨人》由人民文学出版社上海分社出版。这是作家的成名作。作品通过某机器厂制造大型轧钢机的过程，塑造了先进工人戴继宏、张自力、杨坚等自力更生、艰苦奋斗的形象，并批评和谴责了李守才、梁君等有思想缺陷的技术人员。

2月 孙友田的叙事长诗《矿山鸟声》由少年儿童出版社出版。作品讲述了王小弟在旧社会的遭遇。王小弟家破人亡，流浪到矿山，被穷矿工收留。从此，他在矿工们和地下党的关怀教育下成长，他先捡煤核，后当矿工，参与了工人的罢工斗争，最后献出了宝贵的生命。

4月20日 大庆职工家属集体讨论，孙维世编剧作品《初升的太阳》（六场话剧）刊《剧本》1966年第2期。人民文学出版社1977年11月出版单行本。剧作描写大庆家属在党的领导下，积极组织、行动起来，按照周恩来指示的“工农结合，城乡结合，有利生产，方便生活”的方针建设工农村，她们或克服自身思想的局限，或冲破家庭的阻力，投身到劳动中，在劳动中经受了锻炼，在劳动中成长、进步。她们把自己建设的新的工农村叫创业庄。作品最后，人们兴奋地筹备创业庄庆丰收大会，剧中人物辛玉红说：“我们这儿是初升的太阳！”

1967年

5月31日 《人民日报》发表社论《革命文艺的优秀样板》。社论说："为了纪念毛主席《在延安文艺座谈会上的讲话》发表二十五周年，首都舞台上正在上演八个革命样板戏：京剧《智取威虎山》《海港》《红灯记》《沙家浜》《奇袭白虎团》，芭蕾舞剧《红色娘子军》《白毛女》，交响音乐《沙家浜》。这8个革命样板戏，突出地宣传了光焰无际的毛泽东思想，突出地歌颂了历史主人翁工农兵。它贯串着毛主席的为工农兵服务、为无产阶级政治服务的革命文艺路线，体现了'百花齐放''推陈出新''古为今用''洋为中用'的正确方针，做到了'革命的政治内容和尽可能完美的艺术形式的统一'，成为'团结人民、教育人民、打击敌人、消灭敌人的有力的武器。"

1968年

9月 上海京剧院《海港》创作组编的京剧《海港》由人民文学出版社出版。《海港》改编自李晓民编剧的淮剧《海港的早晨》。剧作中，装卸队队长赵震山片面追求经济指标，青年装卸工人韩小强不安心于码头装卸工作，一心想当海员。暗藏的阶级敌人钱守维伺机破坏，将玻璃纤维掺入即将运往非洲的小麦散包之中，造成散包和错包事故。党支部书记方海珍心明眼亮，敏锐地注意到了阶级斗争的新动向，认识到钱守维是暗藏的阶级敌人，并进行了坚决的斗争。在方海珍的带领下，工人们粉碎了阶级敌人的一连串破坏阴谋，胜利地完成了援外任务，并将钱守维抓捕归案。

10月14日 孙维世逝世，终年47岁。

12月10日 田汉逝世，终年70岁。

1969年

1月2日 《人民日报》以"南京长江大桥工地诗选"为题刊发诗四首。

1970年

5月1日 中国京剧院集体改编革命样板戏《红灯记》（1970年5月演出本）发表在《红旗》1970年第5期。

5月 "一二五"工人写作组撰写的报告文学集《"一二五"赞歌》由上海市出版革命组出版。

6月 《南京长江大桥》工人写作组撰写的报告文学集《南京长江大桥》由上海人民出版社出版。

1971年

6月 中共长春第一汽车制造厂委员会、工人业余文学创作小组编诗集《白玉基石颂》由吉林人民出版社出版。

6月 "九四二四"工人写作班著报告文学集《铁水奔腾》由上海人民出版社出版。我国又一大型冶炼企业——"九四二四"建成投产，在工程建设的过程中，涌现出无数可歌可泣的英雄事迹。《铁水奔腾》这部报告文学集，从不同的角度，塑造和反映了这些英雄人物和英雄业绩。

8月 新港船厂工人写作组著《船台战歌》由天津人民出版社出版。

9月 短篇小说集《新的高度》由上海人民出版社出版。内有胡宝华的《群众代表》、赵自的《红色航道》、吴金杰的《新的高度》等10篇小说。

12月 《北京新文艺》出版试刊第1期。内有北京工人作家夏红的小说《梅花山歌》。

1972年

1月27日、28日 大庆革命委会报道组、新华社记者合著的《中国工人阶级的先锋战士——铁人王进喜》刊《人民日报》。1月、2月，全国各省级出版社分别出版了《中国工人阶级的先锋战士——铁人王进喜》，内有《中国工人阶级的先锋战士——铁人王进喜》和《铁人的诗》。

2月 上海京剧团《海港》剧组集体改编的京剧《海港》（1972年1月演出本）刊《红旗》1972年第2期。辽宁人民出版社1972年2月出版单行本。

3月 江西九〇九地质队工人写作组的报告文学《开路先锋》由江西人民出版社出版。

4月 上海港工人业余写作组集体编写的小说集《迎春展翅》由上海人民出版社出版。

5月《解放军文艺》复刊。

5月 北京化工机械厂工人傅用霖的小说《老库长》刊《北京新文艺》试刊第3期。

5月 李学诗的长篇小说《矿山风云》由上海人民出版社出版。描写了几个矿工孩子在党的培养和教育下，继承矿工富于反抗和敢于斗争的精神，在同日本鬼子、汉奸、把头的严酷斗争中锻炼成长的故事。

5月 李学鳌的诗集《放歌长城岭》由人民文学出版社出版。收《放歌长城岭》在内的诗歌17首，是诗人深入采矿工地、炼钢炉旁写下的诗歌。

8月 周良思的长篇小说《飞雪迎春》由上海人民出版社出版。这是一部反映无产阶级“文化大革命”开展后矿工斗争生活的长篇小说。

10月12日 北京二七机车车辆工厂业余评论组在《人民日报》发表《沸腾的生活，英雄的人民——读长篇小说〈沸腾的群山〉》。

11月 孙友田的诗集《煤海放歌》由江苏人民出版社出版。共收短诗70首，系作者从此前出版的几本诗集中选择、修订重版。作者以“我是煤，我要燃烧！”的强烈的无产阶级感情，描绘了矿山的呼啸，煤海的欢腾，煤矿工人劈山探宝的英雄气概。这些诗富有浓厚的矿山生活气息。

12月 六四一厂工人写作组著的短篇小说集《油田尖兵》由天津人民出版社出版。

同年 小说集《在灿烂的阳光下》由天津人民出版社出版。收小说13篇，大部分是塘沽区的工人同志写的，作品以饱满的无产阶级感情，从各个侧面塑造和反映了在毛泽东思想哺育下成长起来的工农兵英雄人物和他们的英雄事迹。

1972年共出版长篇小说12部，其中工业题材小说3部——李学诗《矿山风云》、周良思《飞雪迎春》、李云德《沸腾的群山》。

1973年

1月《四川文学》复刊，改名《四川文艺》。

3月10日《北京新文艺》以《北京文艺》名义，改为双月刊，由《北京文艺》编辑部正式出版。

3月10日 傅用霖（工人）的短篇小说《百年大计》刊《北京文艺》1973年第1期。

3月 矿山短篇小说集《索道隆隆》由人民文学出版社出版。共收包括《索道隆隆》在内的9篇小说。

4月 上海电机厂五一工大文科班、工人业余创作组著小说集《小将》由上海人民出版社出版。内收《初春的早晨》《小将》等17篇小说，它们从各个侧面反映了电机厂火热的战斗生活。作品大多是反映青年工人生活的，作者也多数是二十几岁的青年工人。

5月 赵成的《社会主义矿山生活的颂歌——读李学鳌〈放歌长城岭〉》刊《北京文艺》（双月刊）第2期。

5月 何芷的中篇小说《小山鹰》由广东人民出版社出版。

5月 李云德的长篇小说《沸腾的群山》（第二部）由人民文学出版社出版。小说反映的是抗美援朝战争时期东北工业战线上的生产、斗争生活。在内忧外患的困难时期，东北某矿党委依靠工人阶级走自力更生、艰苦奋斗的道路，粉碎了阶级敌人的破坏阴谋，刹住了右倾歪风，终于胜利完成了矿山的修复工程。

5月 上海人民出版社出版“上海文艺丛刊”。本年度出版《朝霞》《金钟长鸣》《钢铁洪流》《珍泉》四辑。1974年改为“朝霞丛刊”。《朝霞》（上海文艺丛刊）上刊发清明（萧木）的短篇小说《初春的早晨》和士敏的短篇小说《暗礁》。

6月 辽宁人民出版社编的小说集《锤声不断》由辽宁人民出版社出版。《锤声不断》是集中的首篇小说，作者武宝生。

7月 天津动力机厂工人写作组编的小说集《朝霞万里》由天津人民出版社出版。

8月 宁宇的诗集《红色的道路》由上海人民出版社出版。共收短诗51首。作品生动地反映了工业战线飞速跃进的沸腾景色，描绘了沙漠变绿洲的壮丽图画，刻画了钢铁工人、造船工人、海岛渔民、军垦战士的形象。

10月 刘彦林的长篇小说《东风浩荡》由人民文学出版社出版。小说主要围绕着试制生产“东风霉素”需要的合成原料，描写了20世纪60年代初期我国社会主义革命和社会主义建设时期工业战线上的斗争生活。作品围绕国产合成原料的开发，表现了制药工人火热的生活，刻画了工人工程师刘志刚、党委书记范国春、老工人谢大洪等人物形象。

11月 小说集《火花》由北京人民出版社出版。收陈建功的《“铁扁担”上任》《青山师傅》，郑万隆的《代理班长》等18篇小说。

12月 海笑的长篇小说《春潮》由江苏人民出版社出版。作品以我国发展国民经济的第一个五年计划为背景，集中反映了地处苏南的溪城纺织厂，在增产节约运动中所展开的一场尖锐、复杂的斗争。

1973年共出版长篇小说14部，其中工业题材小说3部——刘彦林《东风浩荡》、李云德《沸腾的群山》（第二部）、海笑《春潮》。

1974年

1月10日 北京化工机械厂工人傅用霖的短篇小说《新队长》刊《北京文艺》1974年第1期。

1月20日 由“四人帮”掌控的综合性文艺月刊《朝霞》创刊。“上海文艺丛刊”也同时改为“朝霞丛刊”。

2月 冉淮舟的长篇小说《建设者》由天津人民出版社出版。《建设者》是反映我国工业战线斗争生活的长篇小说。它以北方一个工业基地的建设为背景，描写一个炼铁厂围绕着厂址选择和高炉建设展开的两个阶级、两条路线的斗争。

5月10日 蒋子龙的短篇小说《春雷》《势如破竹》刊《天津文艺》1974年第3期。

5月 上海电影制片厂根据上海儿童艺术剧院话剧《钢铁洪流》集体改编，叶丹、傅超武执笔的电影文学剧本《火红的年代》由上海人民出版社出版。通过上海某钢铁厂冶炼特殊钢试验前后出现的两种思想、两条道路、两条路线的激烈斗争，塑造了一个牢记党的基本路线，坚持“独立自主、自力更生”伟大方针，为革命敢于反潮流的工人阶级典型英雄人物——赵四海的光辉形象。

5月 人民文学出版社出版大庆油田工人写作组编的诗集《大庆战歌——大庆工人诗选》。

5月 李良杰、俞云泉合著的长篇小说《较量》由上海人民出版社出版。《较量》是写20世纪60年代初期的工厂生活，围绕特种电焊条的试制，展开多方矛盾冲突，塑造了坚持以阶级斗争为纲的英雄形象江海涛。

7月 黄声笑诗集《挑山担海跟党走》由人民文学出版社出版。收作者“文化大革命”以来所写的诗歌共36首。其中还包括作者自1958年到“文化大革命”以前所写的一些代表作。

9月10日 傅用霖（北京化工机械厂工人）的短篇小说《又一个回合》刊《北京文艺》1974年第5期。

9月 杭涛（张士敏）的长篇小说《江水滔滔》由上海人民出版社出版。作品反映的是上海航道工人的斗争生活。上海解放后，“浦江号”开赴南京港，执行在长江上的疏浚任务。在船长辞职不干后，芦大成被大家推举为船长。“浦江号”在芦大成的带领下，大胆进行革新改造，同时排除特务的干扰，粉碎敌人的破坏活动，比计划提前两个月完成全部抢险施工工程，向新中国成立后的第一个“五一”国际劳动节献上了一份厚礼。

9月 小说集《迎着朝阳》由人民文学出版社出版。这是北京六个工厂的工人同志们创作的作品，共收作品26篇。作者都是战斗在三大革命斗争第一线的工人。

9月 上海市仪表电讯工业局工会业余创作组的小说集《快马加鞭》由上海人民出版社出版。收短篇小说9篇，都是写的仪表工业战线上的新人新事，作品多出自青年工人之手。

10月 上海电机厂《大梁》创作组的长篇小说《大梁》由上海人民出版社出版。这是一部反映工业战线上阶级斗争、路线斗争的长篇小说，反映了工人阶级崭新的精神面貌，塑造了新干部梁东、工人技术员凌芳及周飞、陶志毅等光辉形象。

11月 上海铁路分局工人业余创作组的小说集《列车奔腾》由上海人民出版社出版。所收10篇作品，从不同的角度塑造了铁路工人及其子女红小兵们的形象。

1974年共出版长篇小说17部，其中工业题材小说3部——李良杰、俞云泉《较量》，冉淮舟《建设者》，杭涛《江水滔滔》。

1975年

1月 洛阳东方红拖拉机厂工人文艺创作组的诗集《我为祖国造铁牛》由人民文学出版社出版。

3月 蒋子龙的短篇小说《势如破竹》刊《天津文艺》1975年第3期。

3月 胡万春的中篇小说《战地春秋》刊《战地春秋》（朝霞丛刊），上海人民出版社1975年3月出版单行本。作品在两条路线的斗争中，描写了大新煤矿的建设。方也平、梁辉是淮海战役时的战友，此时方是煤矿的指挥兼党委书记，梁则是刚刚调到矿上来的副手。围绕煤矿建设，二人在指导思想上发生冲突。经过激烈的思想交锋，梁辉、方也平在思想上也逐渐达成一致。作品最后，在国庆二十五周年之际，梁辉带着挖出的工程煤向党去报喜。

3月 “天津工人创作丛书”小说集《春雷》由天津人民出版社出版。内有蒋子龙的《三个起重工》《春雷》，集名《春雷》即源自蒋子龙的小说。

4月 向春的长篇小说《煤城怒火》由山东人民出版社出版。小说写的是抗日战争时期某煤城的广大矿工在中国共产党的领导下，英勇、机智地对敌斗争的故事。当日寇侵占煤城后，广大矿工在当地党组织的领导下，建立了以矿工为主体的煤城支队，与日寇针锋相对，进行了一系列惊心动魄的斗争，使敌人陷入人民战争的汪洋大海之中，最后一举歼灭了盘踞煤城的日伪军。

4月 刘怀章的长篇小说《激流》由河北人民出版社出版。这是一部反映根治海河斗争生活的长篇小说。作品以子牙河枢纽工程的建设为背景，描写广大建设工人和贫下中农，积极落实毛主席“一定要根治海河”的号召，与天斗、与地斗、与阶级敌人斗，提前完成了枢纽工程的建设任务。

5月 上海市造船公司文艺创作组的长篇小说《大海铺路》由上海人民出版社出版。作品描写的是跨龙船厂的工人阶级，自力更生建造万吨轮、万匹机的故事。

5月 上海儿童艺术剧院创作的七场话剧《钢铁洪流》由上海人民出版社出版。作品被改编成电影《火红的年代》。作品描写在修正主义叛徒集团对我国实行经济封锁的背景下，上海某钢厂接受了冶炼新钢种的任务，并最终克服各种困难完成任务的故事。

6月 《钻天峰》“三结合”创作组的长篇小说《钻天峰》由人民文学出版社出版。作品讲述的是铁道兵某部指战员继承和发扬我军艰苦奋斗的光荣传统，在红军长征战斗过的地方，修筑钢铁大道的故事。

7月 大港油田政治部编的小说集《满天飞霞》由天津人民出版社出版。集子中每个短篇都是石油工人创作的，生动地反映了石油战线的大好形势。

8月 鲁之洛的长篇小说《路》由湖南人民出版社出版。这是一部描写铁路建设的长篇小说，作品围绕征服老虎跳艰险工程的战斗，表现了铁路建设中尖锐复杂的阶级斗争和路线斗争，歌颂了毛主席革命路线的伟大胜利。

10月 张天民执笔的电影文学剧本《创业》刊《解放军文艺》1975年第10期。人民文学出版社1976年1月出版单行本。作品反映石油工人的斗争生活。

10月 杜峻的长篇小说《志气歌》由广东人民出版社出版。作者杜峻是一个青年工人。作品通过20世纪60年代初期南海之滨一个化工厂的兴建，反映了工业战线上两个阶级、两条路线的激烈斗争，刻画了许雷、梁志浩等先进青年工人和坚持正确路线的领导干部形象。

10月 “三结合”集体创作的小说集《创造者的歌》由上海人民出版社出版。这是一本工业题材的短篇小说集，共收作品11篇。它们从各个角度反映了工厂生活，塑造了工人阶级的英雄形象，反映了新老干部和技术人员焕然一新的精神面貌。

11月 丁盈川的长篇小说《“04”号产品》由陕西人民出版社出版。这是一部反映工厂现实斗争生活的长篇小说。作品围绕延光仪表厂在试制国家急需的“04”号产品时所发生的矛盾冲突，生动地描写了共产党员青年干部王大岗在党的领导下，以党的基本路线为纲，坚持“三结合”的道路，和广大职工一起，发扬敢想敢干的革命精神，大胆进行科学试验，勇攀世界科学高峰的故事。

12月 小说集《油浪滚滚》由上海人民出版社出版。这是一本反映石油工人战斗生活的短篇小说集，共收短篇小说14篇。这些小说从不同的角度，生动地反映了石油工人火热的战斗生活，刻画了各种类型的石油工人形象。

12月 《革命要钢我们炼》编辑组的诗集《革命要钢我们炼》由人民文学出版社出版。

1975年 共出版长篇小说26部，其中工业题材小说6部——向春的《煤城怒火》，创作组的《大海铺路》，丁盈川的《“04”号产品》，杜峻的《志气歌》，鲁之洛的《路》，集体创作的《钻天峰》。

1976年

1月1日 《诗刊》复刊。

1月20日《人民文学》复刊，出版1976年第1期。

1月20日 蒋子龙的短篇小说《机电局长的一天》刊《人民文学》1976年第1期。作品描写了致力于革命生产的机电局长霍大道的一天，主人公霍大道“被描绘成抓生产有干劲，有经验，有魄力，而且有不少公而忘私的动人事迹”。小说发表后引起风波。

1月 屈兴岐的长篇小说《伐木人传》由人民文学出版社出版。这是一部反映林业战线上两条路线斗争的长篇小说。作品满怀革命激情塑造了伐木工人任明远、党委书记赵成业等一系列的无产阶级英雄形象。

1月 大庆油田文化馆编《大庆凯歌——大庆工人诗选》由黑龙江人民出版社出版。

2月 工人短篇小说集《洪流》由河北人民出版社出版。这是一本工人作者写的短篇小说集。这些作品以深入开展“工业学大庆”运动为背景，描写广大工人、干部“抓革命、促生产”，大干快上的先进事迹，从几个侧面反映了工业战线的大好形象，努力塑造新老工人、新老干部团结战斗的英雄形象。

3月 “天津工人创作丛书”小说集《哨兵》由天津人民出版社出版。内收包括蒋子龙的《进攻的性格》《势如破竹》在内的短篇小说13篇，反映工厂生活，塑造工人形象。

4月 李南山、苗晓的六场话剧《高山尖兵》刊《青海文艺》1976年第4期。人民文学出版社1976年5月出版单行本。作品反映某地质队接受了在我国西北高原探找国家急需的“301”矿的艰巨任务。党总支书记高铁山带领广大工人和革命技术人员，粉碎了暗藏的阶级敌人的破坏活动，终于在现代修正主义者断言无矿的苦水滩地区找到了宝藏。剧本通过这场斗争，塑造了“高山尖兵”的好带头人高铁山的英雄形象。

5月 杜冶秋、刘世正、王公序合著的话剧《战船台》由上海人民出版社出版。这是一部反映我国大打造船业翻身仗的大型话剧。大江造船厂工人干部雷海生提出在小船台上建造万吨远洋轮的倡议，在党委和全厂职工的热烈支持下，批判各种错误思想，挖出敌人，万吨远洋轮“东方号”终于在小船台上建造成功，胜利下水，英雄的造船工人又投入了新的战斗。

5月 江苏省话剧团《大江飞虹》创作组集体创作的话剧《大江飞虹》由人民文学出版社出版。作品描写的是在水深流急、岩层复杂的江口建设大桥的过程，表现了大桥建设中尖锐复杂的斗争，歌颂了中国建筑工人“独立自主、自力更生”的创造精神，塑造了中国建筑工人的英雄形象。

6月 陆天明的四幕话剧《火，通红的火》刊《火，通红的火》（朝霞丛刊），上海人民出版社1976年6月出版单行本。

7月 西安铁路分局工人创作组的长篇小说《汽笛长鸣》由陕西人民出版社出版。小说以“大跃进”的1958—1959年为时代背景，深入而生动地描写了具有“二七”革命传统的铁路工人，在党的“鼓足干劲，力争上游，多快好省地建设社会主义”总路线的指引下，为解决运输战线上运能与运量的矛盾所展开的两个阶级、两条道路、两条路线和两种世界观的尖锐、复杂的斗争。

8月 陈建功的短篇小说《荷泽惊澜》刊《北京文艺》1976年第8期。

9月 李云德的长篇小说《沸腾的群山》（第三部）由人民文学出版社出版。

1977年

3月 丛深、盛学仁合著的六场话剧《先锋战士》由黑龙江人民出版社出版。人民文学出版社1977年9月再次出版。作品以王进喜为原型，塑造了战永生的英雄形象。剧作描写红旗钻井队在队长战永生的带领下奔赴第四战区。工人们发扬革命加拼命的精神，“宁可少活二十年，拼命也要拿下大油田！”工人们克服保守思想的阻碍，顶住国际修正主义的封锁，揪出暗藏的阶级敌人，战胜寒流的威胁，最终迎来了新油田的胜利投产。

4月 李季的长篇说唱诗《石油大哥》由人民文学出版社出版。作品反映我国石油工业战线“向海洋”的进军中，一支以王铁人式的英雄石占海为首的钻井队，高举“工业学大庆”的大旗，坚持“抓革命、促生产”，斗倒了阶级敌人，取得了开发新油区“海底油田”的重大胜利。

6月 扎拉嘎胡的长篇小说《草原的早晨》由人民文学出版社出版。作品以20世纪60年代初期的一个草原钢铁厂为背景，反映了在贯彻“鞍钢宪法”的过程中发生的路线斗争和阶级斗争。作品围绕钢铁厂的发展，展开了党委书记王树、炉前特技师特力坤和厂长陈新生、副厂长兼总工程师阿尔巴之间的路线斗争，同时穿插与暗藏的阶级敌人、科尔沁王府后代赫洛嘎尔之间的阶级斗争。

7月 张天民的长篇小说《创业》由中国青年出版社出版。作品反映的是新中国成立后中国石油工业的发展和建设情况，主要描写周铁杉井队为了甩掉贫油国的帽子，积极参加石油会战。工人们用钢铁般的意志，在极其困难的条件下，用肩扛手抬卸下井架，并将井架安装好。他们克服生活物资十分匮乏的困难，充分发挥工人阶级的英雄主义气概，在苏联撕毁合同、撤回专家等不利情况下，迎难而上，最终一举拿下了大油田，摘掉了我国贫油国的帽子，填补了我国石油工业的一个空白。作品塑造了周铁杉、华程以及井队工人、工人家属等英雄群像。

8月 郎澜的长篇小说《铁道前哨》由上海人民出版社出版。作品围绕着皖南山区某铁路工区在整治线路上的严重病害问题，展开了一场尖锐复杂的阶级斗争。作品塑造了一个基层工人干部的英雄形象，热情歌颂了养路工人的平凡劳动。

9月 张光年的长篇叙事诗《英雄钻井队》刊《诗刊》1977年第9期。

11月 丛深的六场话剧《悲喜之秋》刊《人民戏剧》1977年第11期。作品主要反映的是1976年9月到10月，华光大型电机厂内工人们和“四人帮”在工厂的代理人之间的政治斗争。

12月 朱春雨的长篇小说《大业千秋》由吉林人民出版社出版。小说以1964—1966年的林业系统为背景，反映了发生在鸡冠山林业局的一场尖锐复杂的两个阶级、两条道路、两条路线的斗争，塑造了党委书记耿魁山、老工人魏臣、工人出身的年轻干部乔明海等无产阶级英雄形象。

1978年

1月 顾尔镡、方洪友的五幕话剧《峥嵘岁月》刊《人民戏剧》1978年第1期和《中国戏剧》1978年第1期。剧作表现“文化大革命”后期工业战线上工人干部群众与“四人帮”在地方的代理人之间的政治斗争，最后人民获得胜利。

1月 于敏的长篇小说《第一个回合》由中国青年出版社出版。作品描写了新中国成立初期，英灵山钢铁厂工人及其家属积极投身社会主义工业建设，他们既同落后的思想和行为进行斗争，也给予潜伏的国民党特务以沉重打击，最终高炉烧结矿冶炼低矿生铁的试验成功，工厂夜大开学，钢铁厂未来的发展一片光明。

2月 奚青的长篇小说《朱蕾》由上海文艺出版社出版。这是一部反映地质科学工作者战斗生活的小说。

4月 张志彤的小说集《温暖的海》由内蒙古人民出版社出版。绝大多数作品都是反映煤矿生活的，表现煤矿职工以矿山主人的姿态积极为社会主义创造财富的劳动热情。

5月 谢箴厚的长篇小说《不灭的炉火》由山东人民出版社出版。这是一部反映了钢铁战线斗争生活的长篇小说。作品通过对建设黑马山小型钢铁联合企业的尖锐复杂的阶级斗争和路线斗争的描写，热情地歌颂了毛主席的无产阶级革命路线，歌颂了广大职工和工程技术人员高举大庆红旗，艰苦奋斗、自力更生的革命精神。

7月 张笑天的长篇小说《严峻的历程》由黑龙江人民出版社出版。作品描写在毛主席逝世后的严峻的日子里，“四人帮”为了篡夺党和国家的领导权，派亲信去重要枢纽城市江滨大肆破坏交通；以司机长程万鹏为首的“长征号”机车组，在江滨铁路局干部群众的帮助下，挫败“四人帮”特派员的阴谋。“长征号”胜利完成行车四百万公里的光辉历程，并开始了新的长征。

8月 洪洋的长篇小说《长江的黎明》由湖北人民出版社出版。这是一部反映新中国成立初期长江海员斗争生活的长篇小说。它紧紧抓住“江进号”这条大客货班轮的经历，通过一系列重大情节，描写了工人阶级和潜藏敌特，特别是帝国主义、官僚资本主义留下的种种影响的激烈斗争；生动、鲜明地塑造了海员出身的军代表祝大波、老舵工顾嵩山、老水手方明山等英雄形象。

9月 向春的长篇小说《煤城激浪》由山东人民出版社出版。这部长篇小说反映了向阳煤矿贯彻落实“四届人大”提出的宏伟目标，开展“工业学大庆”的斗争故事。它以阶级斗争为纲，以向阳煤矿先进单位攻坚队为主力，以开采十三层煤为中心事件，通过一系列典型情节的生动描写，展现了两个阶级、两条道路、两条路线错综复杂的激烈斗争。作品着力塑造了向阳煤矿党委书记邱辉、攻坚队队长吴振飞等人物形象。

9月 张林的中篇小说《火焰花——列车长的日记》由上海文艺出版社出版。作品描写面对百年不遇的震灾，英雄的列车长、乘务员及广大旅客临危不惧，创造了可歌可泣的英勇业绩。

10月 于逢的长篇小说《无产者》由广东人民出版社出版。作品以南方油城建设为题材，以“工业学大庆”为主线，描写了20世纪70年代初期我国工业战线上一场尖锐、复杂的阶级斗争、路线斗争和思想斗争，热情歌颂了党和无产阶级在斗争中所取得的伟大胜利。

12月 焦祖尧的长篇小说《总工程师和他的女儿》由人民文学出版社出版。作品讲述塞上古城某动力机械厂总工程师叶赋章和他的女儿叶琪等技术人员，为了支援农业、给农村制造一款实用的发动机，不同阵营中的工人在全面动员下开始了创造力的比试，反映了围绕科学实验、生活理想、爱情与家庭所展开的矛盾冲突。被称为“解放后第一部以工程技术人员为主人公的反映当代生活的长篇小说”。

1979年

4月 崔德志的七场话剧《报春花》刊《剧本》1979年第4期。春风文艺出版社1980年1月出版单行本。作品围绕着出身不好但埋头苦干的白洁能不能当劳动模范，展开了两种思想的尖锐冲突和激烈斗争，刻画了先进女工白洁、党委书记兼厂长李键、党委副书记吴一萍的形象。作品获得庆祝新中国成立30周年剧本创作全国一等奖。

5月 张学梦的诗歌《现代化和我们自己——写给和我一样对“四化”无知的人们》刊《诗刊》1979第5期。该诗获全国1979—1980年中青年优秀诗歌奖。

7月 蒋子龙的短篇小说《乔厂长上任记》刊《人民文学》1979年第7期。《新华文摘》1980年第3期转载。作品尖锐地揭示了工厂乃至整个工业领域在思想、管理、体制等各个方面存在的种种弊端与危机，刻画了新时期的改革者乔厂长的光辉形象。《乔厂长上任记》揭开了改革文学的序幕。

7月 赵梓雄的话剧《未来在召唤》刊《当代》创刊号。《新华文摘》1979年第7期转载，修改稿刊《剧本》1979年第8期。中国戏剧出版社1980年6月出版单行本。作品荣获建国30周年献礼演出创作一等奖。在作品中，某军工总厂党委书记梁言明和分厂书记于冠群是一对老战友。在新长征的道路上，一个思想解放，实事求是，坚持实践是检验真理的唯一标准；一个思想僵化，官僚主义作风严重，未能从现代迷信中解脱出来。两种思想围绕着试制新型飞机，在如何对待技术专家、落实知识分子政策、平反冤案等一系列问题上，发生了尖锐的冲突。

8月 韶华的长篇小说《沧海横流》由中国青年出版社出版。作品展现的是横贯东北大地的输油管道建设，描写了1973年到1974年东北一个输油管道动工兴建的全过程。围绕工程建设，小说在描写人们与大自然斗争的同时，展开了一场革命与反革命、建设与破坏、真理与谬误的尖锐复杂的斗争，塑造了各式各样的人物形象。尖锐复杂的斗争，风云巨变的时代，像一面镜子时刻检验着人们。“沧海横流，方显英雄本色”。

8月 碧野的长篇小说《丹凤朝阳》由百花文艺出版社出版。作品通过对丹凤水利工程建设的描述，描写了久经考验的老干部、工人以及家属在这一宏伟的工程中的各种表现。作品出版后，著名作家茅盾为之题词，“碧野白头不认老，丹江工地舞钢镐，黄郎六十笔加健，丹凤朝阳四十万言”。

8月 王梅定的小说集《锡山春》由云南人民出版社出版。共收10部短篇和1部中篇。10部短篇里有9篇是反映云南省个旧矿山工人的生活。

10月10日 《文学评论》和《工人日报》编辑部联合召开《乔厂长上任记》座谈会，陈荒煤、冯牧、孔罗荪、许觉民、屠岸、朱寨、刘心武、从维熙、张锲、张洁、李陀、葛洛、刘剑青和小说作者蒋子龙参加。大家认为，《乔厂长上任记》是粉碎“四人帮”以来最优秀的短篇小说之一。通过工作着重点转移到“四化”建设以后工业战线的矛盾斗争，塑造了体现时代精神的英雄人物。这篇小说满腔热情地歌颂了大干“四化”的英雄人物，痛快淋漓地揭露了实现“四化”的种种障碍，切中时弊，反映了广大人民的心愿。

10月 孔捷生的短篇小说《因为有了她》发表在《人民文学》1979年第10期。获1979年全国优秀短篇小说奖。作品描写锁厂的自动包装机设计的工人郭大兴，爱上青年女工小乔后，在爱情的鼓舞和小乔的支持下，在工作上劲头更大、更足。作品正面肯定了高尚的爱情对青年人的工作所产生的积极作用。

11月 陈国凯的小说集《羊城一夜》由上海文艺出版社出版。收小说18篇，都是反映工厂生活的。作品以南国沸腾的工厂生活为背景，向读者展示了绚丽多彩的生活画面。

11月 《新港》11月号刊发了多篇关于《乔厂长上任记》的评论。有朱兵、臻海的《短篇小说创作的新突破——评〈乔厂长上任记〉》，朱文华、许锦根的《怎样看待〈乔厂长上任记〉的思想倾向和人物塑造——与召珂等同志商榷》，杨志杰、彭韵倩、王信的《“四化”的绊脚石为什么碰不得？——也评〈乔厂长上任记〉中的冀申》。此外还有《工人日报》记者的会议报道《鼓励业余创作 端正文艺批评——〈文学评论〉和〈工人日报〉联合召开优秀短篇小说〈乔厂长上任记〉座谈会》。

12月 《新港》12月号集中刊发了一系列关于《乔厂长上任记》的评论。有滕云的《〈乔厂长上任记〉与现实主义》、丹晨的《鞭挞时弊的好小说——也评〈乔厂长上任记〉》、方今的《一个有启示意义的形象——谈谈〈乔厂长上任记〉中的郗望北》以及彭少峰、王凤礼等的《关于〈乔厂长上任记〉的部分来稿摘登》，同时刊发了蒋子龙的创作自述《塑造创业者的形象》。

1980年

1月1日 水运宪的话剧《为了幸福，干杯》刊《芙蓉》1980年第1期。中国戏剧出版社1984年4月出版单行本。剧本获第二届全国优秀剧作奖。作品采用喜剧化的手法，对于那位利用职权损人利己，虽缺德少才却捣鬼有术的办公室主任周志祥进行了无情的嘲讽。

1月 韩统良的中篇小说《血液》由上海文艺出版社出版。作品描写石油工人及其家属的战斗生活和爱情故事。

2月 蒋子龙的短篇小说《乔厂长后传》刊《人民文学》1980年第2期。

2月 周而复的长篇小说《上海的早晨》（第三部）由人民文学出版社出版。作品写的是对民族资产阶级分子和资本主义工商业进行社会主义改造的过程，同时也写了中国工人阶级在斗争中不断壮大起来的面貌。

2月 董玉振的长篇小说《精明人的苦恼》由人民文学出版社出版。作品通过对几个家庭、几个青年恋爱故事的描写，再现了1975年林区的生活画面。

2月 郭先红、韩统良、吕中山的小说合集《新芽》由黑龙江人民出版社出版。

2月 顾城的诗《车间和库房》刊于《汾水》1980年第2期。

3月 陈国凯的长篇小说《代价》刊《当代》（文学季刊）1980年第1期。同年《新华文摘》第5期转载。人民文学出版社1980年11月出版单行本。作品获《当代》文学奖。作品在比较广阔的历史背景下，主要反映了“文化大革命”时期给徐克文一家所带来的家破人亡的灾难，在揭示人物心灵创伤的时候，也表现了劫后余生的徐克文投身“四化”建设的热情。作品着力刻画了徐克文这一血统工人出身的知识分子形象。

5月 蒋子龙的短篇小说《一个工厂秘书的日记》刊《新港》1980年第5期。《小说月报》1980年第7期、《新华文摘》1980年第11期转载。获1980年全国优秀短篇小说奖。作品从一个工厂秘书的视角反映了工厂生活，揭示的是工厂干部的政治生态。

5月 张士敏的长篇小说《海，沉思的海》由浙江人民出版社出版。小说以东海某建港工地党委副书记常一道的生活道路为纽带，以1975年下半年到1976年初的形势为背景，把政治斗争、工业建设中的矛盾和个人情感的纠葛重叠交错了起来，并回溯到1957年“反右”斗争前后的一些情况，从一个侧面反映了人民与“四人帮”之间展开的这场生死大搏斗的真实情景及其社会原因。

5月 彭慧的长篇小说《不尽长江滚滚来》由人民文学出版社出版。作品描写了1927年大革命失败前后武汉工人的斗争生活。

6月 程树榛的报告文学《励精图治》刊《当代》1980年第2期。上海文艺出版社1984年1月出版单行本。作品获第一届全国优秀报告文学奖，2009年2月，获“中国改革开放优秀报告文学”奖。作品反映的是富拉尔基第一重型机器厂在改革进程中的蜕变历程，记述了厂长宫本言上任一年带领全厂职工大干“四化”的生动事迹，描写了一个新型社会主义企业家雄才大略、奋发图强的精神风貌。

7月 蒋子龙的《蒋子龙短篇小说集》由中国青年出版社出版。收《乔厂长上任记》《乔厂长后传》《机电局长的一天》等小说共10篇，书前有陈荒煤写的《序言》。

8月 洪永宏的长篇小说《海囚》由福建人民出版社出版。这是一部描写厦门人民反对掠卖华工斗争的小说。

8月 陈建功的短篇小说《丹凤眼》发表在《北京文艺》1980年第8期。《小说月报》1980年第10期、《新华文摘》1981年第1期、《小说选刊》1981年第4期转载。作品反映的是青年矿工的生活，展示了当代青年工人的爱情生活和爱情观念。

9月 曹建勋的长篇小说《巫山燕》由长江文艺出版社出版。这是一部反映我国石油战线向现代化进军的长篇小说。小说以巫山南部一个石油天然气矿为背景，以一位新从上海招来的年轻女勘探队员肖燕的成长过程为主要线索，描写了石油职工采用现代化技术，高速度勘探石油天然气资源的故事。

9月 石英的长篇小说《火漫银滩》由人民文学出版社出版。作品以渤海之滨的一个盐区为背景，描写了抗日战争后期至日本投降后蒋敌伪合流这一历史阶段盐工、渔工的英勇斗争生活。小说真实地再现了盐业资本家对工人的残酷剥削与迫害；同时生动表现了盐工、渔工怎样在党的领导下走上武装斗争的道路。

9月 孔捷生的短篇小说集《追求》由广东人民出版社出版。收《锁王传略》等小说10篇。

10月 石英的长篇小说《血雨》由山西人民出版社出版。作品通过渤海岸边一座大城市里的大河机器厂两种力量的搏斗，深刻揭露了那场“史无前例”的“伟大革命”的实质，鞭挞了万恶的“四人帮”及其同党，歌颂了正直、善良、勇敢的工人、党员和干部。作品成功地塑造了野心家、青年女工左铁兵貌似纯洁、好学，实则阴险毒辣的艺术形象；塑造了厂党委书记鲁村夫、青年工人郁林、车间党支书万成、下放作家方克等一大批性格不同的人物。

11月 奚青的长篇小说《望婚崖》由上海文艺出版社出版。本书是长篇小说《朱蕾》的姐妹篇，描写了年轻一代地质队员及其周围众多人物的工作、学习和爱情追求等别具风采的生活。

11月 邬朝祝、刘汉勋的小说《在地层深处》由湖南人民出版社出版。这是一部描写矿山生活的长篇小说。作品中的金牛山矿是个百年老矿，这里埋藏着多种稀有金属矿藏。小说围绕治水开矿展开了一场尖锐复杂的斗争，表现了工人阶级的英雄气概，同时塑造了赵会明、陈大山、刘苹、钟月卢等正反面人物形象。

11月 柯云路的短篇小说《三千万》发表在《人民文学》1980年第11期。获同年全国优秀短篇小说奖。作品描写刚刚官复原职的轻工局局长丁猛，面对来自各方的阻力和关系网的制约，为改变现状，排除各种阻力锐意改革。

11月 中杰英的三幕话剧《灰色王国的黎明》刊《剧本》1980年第11期。作品被称为“一出切中时弊的好戏”，通过对“灰色王国”——顾家大院的描写以及外来者徐定远和顾家大院的斗争，热情歌颂了与封建帮派势力进行坚决斗争的英雄，对灰色王国的种种丑恶现象进行了无情揭露。

11月 蒋子龙的中篇小说《开拓者》刊《十月》1980年第6期。获1977—1980年全国优秀中篇小说奖。小说写省委工业书记车篷宽在全省工交系统进行工业改革。他雷厉风行，锐意进取，得到了一些青年知识分子干部的支持，也遭到一些思想保守干部的反对。作品真实地反映了我国工业改革初期的情况。

12月 周而复的长篇小说《上海的早晨》（第四部）由人民文学出版社出版。

12月 洪丝丝的长篇小说《异乡奇遇》由人民文学出版社出版。作品描写19世纪末我国南方一群被殖民主义者拐骗而卖身的“猪仔”在南洋海岛上的种植园的斗争故事。

12月 宗福先、贺国甫的话剧《血，总是热的》刊《剧本》1980年第12期。中国戏剧出版社1981年10月出版单行本。剧本获文化部、中国戏剧家协会1980—1981年话剧优秀剧本奖。被北京电影制片厂拍成同名电影。剧本描写的是凤凰丝绸厂围绕经济体制改革所进行的尖锐激烈的斗争。厂长罗心刚上任后锐意改革，但面对的是难以冲破的重重无形和有形的罗网，体制僵化，官僚主义、本本主义、保守思想根深蒂固，让罗心刚有职无权、有心无力，在工作中步履维艰、寸步难行……作品通过罗心刚的遭遇，反映了改革的艰难历程。

1981年

1月25日 水运宪的中篇小说《祸起萧墙》刊《收获》1981年第1期。《新华文摘》1981年第10期转载。1982年2月中国青年出版社出版单行本。作品反映的是电力系统的改革，塑造了傅连山这样一个为“四化”建设顽强奋斗的社会主义新人形象。小说被上海电影制片厂拍成同名电影。

1月 高思国、钱涂的独幕话剧《风向杜鹃吹来》刊《戏剧丛刊》1981年第1期。获1981年全国职工独幕话剧征文优秀奖。剧本通过主人公纺织工人、劳动模范郝英的尴尬境遇，揭露和批判了社会上新的歪风邪气，提出一个很有现实意义的问题——如何正确对待劳动模范。

1月 李良杰的长篇小说《人生》刊《红岩》1981年第1期。四川人民出版社1981年10月出版单行本。

2月 陆文夫的短篇小说《唐巧娣翻身》刊《上海文学》1981年第2期。《小说选刊》1981年第4期转载。作品以翻身为线索，浓缩概括了女工唐巧娣的一生，塑造了一个具有工人阶级光荣身份而满足于无知的、善良的小市民典型。

2月 颜新云的短篇小说《奇怪的女厂长》刊《广西文艺》1981年第2期。《作品与争鸣》1981年第10期转载。女厂长韩郁芬对企业管理有长期的研究和实践的经验，在落实了知识分子政策后，发挥了她的才智；她以自己的聪敏和热情点燃了工人们心中的火种，调动了职工的积极性，把一个瘫痪了的工厂整顿得面貌一新。

3月27日 茅盾在北京病逝，享年86岁。

3月 蒋子龙小说集《开拓者》由中国青年出版社出版。收中篇、短篇小说9篇，其中有《开拓者》《一个工厂秘书的日记》《狼酒》《父子之争》《人事厂长》，多为工业题材作品。

3月 濮思温、刘振蒸创作的七场话剧《詹天佑》刊《剧本》1981年第3期。

5月 蒋子龙的短篇小说《一个女工程师的自述》刊《文汇》月刊1981年第5期。《新华文摘》1981年第9期转载。作品通过女工程师苏敏的“自述”，反映了某工厂在与外资合作和谈判过程中发生的状况和存在的问题，并在中外工人的对比描写中，既刻画了外国工人尤勒的形象，也反映出中国工人在工作中存在的诸多问题。

6月 中华全国总工会宣传部编《榕湖春暖——职工曲艺调演作品选》由工人出版社出版。在《前言》中写道："文化部和全国总工会于1980年5月举办了职业业余曲艺调演，在调演中涌现出很多优秀节目……作者大多数是工人，有比较坚实的生活基础。他们从不同角度，比较广泛而深刻地反映了现实生活，反映了中国工人阶级的精神面貌。我们把工人业余文艺工作者的劳动成果的一部分介绍给大家，也希望他们能写出更多更好的文艺作品，来丰富我国的社会主义文化宝库。"这个选集共收录作品37篇。

6月 梁星明的六幕九场话剧《快乐的单身汉》刊《上海戏剧》1981年第6期。《新剧作》1982年第1期转载。被上海电影制片厂拍成了同名电影。作品讲述了造船厂的青年工人们在业校教员丁玉洁的帮助下，转变学习态度，努力创造美好未来的故事。

7月 蒋子龙的中篇小说《赤橙黄绿青蓝紫》刊《当代》1981年第4期。《新华文摘》1981年第11期、《中篇小说选刊》1982年第1期转载。百花文艺出版社1981年12月出版单行本。获1981—1982年全国优秀中篇小说奖，并被改编为同名电影。作品反映的是某钢铁厂运输队青年工人的生活，刻画了具有鲜明时代特征的当代青年形象，其中刻画最为突出的是解净和刘思佳的形象。

7月 张洁的长篇小说《沉重的翅膀》刊《十月》1981年第4期，第5期续完。人民文学出版社1981年12月出版单行本，1984年7月出版第2版。作品被认为是中国反映"四化"建设、工业改革的第一部长篇小说。1985年获第二届茅盾文学奖。作品通过对国务院一个部围绕着工业经济体制改革中革新与保守两种势力所进行的尖锐复杂的斗争的描写，反映了这场斗争的某些本质方面，提出和探讨了社会主义生产中人的价值和作用问题。

9月 段承滨、王迪的五场话剧《重任》刊《剧本》1981年第9期。作品表现的是工业战线培养和树立接班人的斗争。剧中新的炼铁厂厂长人选的选择，某种意义就是对四化建设接班人的选择。钢铁公司党委书记兼经理——杜剑克服各种阻力和障碍，说服、教育陈庄，批评其"老子打江山就要坐江山"的封建思想，同时帮助知识分子苏海鹏消除顾虑，勇敢接受挑战。作品成功刻画了杜剑这一善于领导和管理现代化大型企业的实干家形象。

10月 谢文礼的长篇叙事诗《夜明珠》由长江文艺出版社出版。这是一部以大兴安岭一带为背景的长篇叙事诗。诗中以国防所需稀有宝矿"夜明珠"为线索，展现了新中国成立前后奴隶和奴隶主之间的殊死斗争。

10月 贾鸿源、马中骏的五幕现代话剧《路——写给开拓新路的年轻一代》刊《剧本》1981年第10期。《新华文摘》1982年第2期转载。作品描写的是一群普通的青年建筑工人的生活，塑造了一群小人物——修路工的群像，通过他们，既展示了修路工人的命运和遭遇，也表现了他们的执着与欢乐。

11月21日—12月26日 上海市文化局、市文联等单位联合举办的上海戏剧节在上海举行，《快乐的单身汉》《血，总是热的》等剧目获奖。

12月23日—26日 李思诚四场话剧《分忧》发表于《天津日报》。剧本获得天津市1981年职工文艺会演剧目一等奖；文化部、中国戏剧家协会1980—1981年话剧优秀剧本奖。剧作以某工厂分房为线索，描写了一系列相关人物面对分房的不同的态度和表现，揭示了不同人物的不同心理和思想，以分房为试金石，对人物进行检验和拷问，进而刻画人物。

1982年

1月 邹维之的五场话剧《初春》刊《福建戏剧》1982年第1期。《剧本》1982年第4期转载。中国戏剧出版社1983年4月出版单行本。获得文化部、中国剧协颁发的1980—1981年优秀剧本奖。作品聚焦于某化工厂的改革，反映了20世纪80年代初刚刚从十年动乱中走出来的企业所面临的困境，以及在党的十一届三中全会精神的影响下，工厂在改革的进程中所发生的改革与保守之间的斗争，在表现改革艰难前进的同时，揭示出虽然"现在还是初春时节"，但"三中全会的春风，将会吹遍全国，吹暖大地"的主题（剧中邢大为语）。

1月 梁秉堃的六场话剧《谁是强者》刊《剧本》1982年第1期。中国戏剧出版社1983年7月出版单行本。获文化部、中国戏剧家协会1980—1981年全国话剧优秀剧本奖。剧本围绕着新华纺织厂9000锭车间项目在建设过程中遇到的来自社会方方面面的阻力，揭露了社会上的各种不正之风对于"四化"建设的阻挠和破坏，在呼吁良好的社会风气的同时，也发出了改革的呐喊。

1月 顾笑言的小说《你在想什么》由花城出版社出版。作品描写铁矿新上任的党委书记马长青主动消除与青年工人之间的隔阂，关心工人生活，与工人打成一片，逐渐改变铁矿面貌。

2月 孙少山的短篇小说《八百米深处》刊《北方文学》1982年第2期。《小说选刊》1982年第4期、《新华文摘》1982年第9期转载。获1982年度全国优秀短篇小说奖。作品描写一场地震之后，五名矿工被困距地面八百米深的绝境之中，他们既要面对人与自然的矛盾，又不得不面对人与人的矛盾。经过五天在地下的钻、爬、摸索，他们终于找到了自然通风井，实现了自救，完成了对自我的超越。

2月 刘章仪的长篇小说《铁魂》由长江文艺出版社出版。这是一部反映20世纪20年代京汉铁路工人革命斗争生活的长篇。小说以江岸机务大厂为背景，以林祥谦的成长过程为主线，生动地展现了铁路工人在中国共产党的领导下，向帝国主义、封建军阀进行英勇斗争，举行声势浩大的二七罢工的悲壮场景，生动地塑造了工人阶级的杰出代表、共产党员林祥谦、施洋和曾玉良、赵辉、黄震等形象。

2月 诗刊社编诗集《森林抒情》由四川人民出版社出版。在书的《前记》中写道："1981年7、8月间，应林业部邀请，《诗刊》编辑部组织了一批诗人去吉林长白山林区采访并创作。绿色的森林、美丽的大自然，充满生气的林场给诗歌插上了想象的翅膀。诗人们抑制不住自己的热情，要为祖国的森林歌唱。于是，在绿色的山坡，在伐木者的身旁，在林场招待所的土炕上，诗句像山里的泉水，涌向诗人的笔尖。这本集子里所选的诗，就是这绿色泉水翻腾出的朵朵细浪。"

3月 蒋子龙的短篇小说《拜年》刊《人民文学》1982年第3期。《新华文摘》1982年第6期转载。获1982年全国优秀短篇小说奖。作品以新年拜年为切入点，通过总调度室主任冷占国在新年伊始的一系列遭遇，直切要害地指明了我国工业发展不力的两个重要原因，一是工人散漫，没有干劲，自私自利，只关心个人利益；二是在我国的工业中，实干型干部遭排挤，孤独、失望。

3月 程树榛的报告文学《励精图治续记》刊《当代》1982年第2期。

4月 幺顺华、刘冬生的长篇小说《煤乡英烈传》由人民文学出版社出版。1989年《煤乡英烈传》荣获由中国作家协会、中国煤矿文联和中国煤矿文化宣传基金会联合举办的全国煤矿文学乌金奖。作品展现的是北国一个大型煤矿，在人妖颠倒的20世纪20年代，怎样掀起了一场大罢工的风暴。

4月 王火的长篇小说《血染春秋——节振国传奇》，由花山文艺出版社出版。本书以1938年开滦五矿同盟大罢工、冀东人民武装抗日大暴动为背景，形象地表现了节振国在党的领导教育下迅速成长的过程，满腔热情地歌颂了节振国大智大勇、不怕牺牲的革命英雄主义精神。

5月17日 文化部、中国戏剧家协会联合举办的1980—1981年全国话剧、戏曲、歌剧优秀剧本评奖授奖大会在京举行，获奖话剧35个，其中大型话剧27部，其中影响最大的属于改革文学范畴的戏剧《谁是强者》《血，总是热的》和《灰色王国的黎明》。

5月 沙叶新、李守成、姚明德合著的六场话剧《大幕已经拉开》刊《剧本》1982年第5期。作品热情歌颂了创业者、实干家盛子仪，他临危受命，锐意改革，意在使厂子起死回生。尽管他的改革遭遇到各种阻力，但他坚信，"既然真理的大幕已经拉开了，就谁也关不住！"

5月 中华全国总工会宣传部编《风向杜鹃吹来——工人话剧创作集》由工人出版社出版。收7部话剧，首篇是高思国、钱涂的《风向杜鹃吹来》。

5月 蒋子龙的小说集《一个工厂秘书的日记》由花城出版社出版。这是作者的中短篇小说自选集，在这本集子里，作家为我们描绘了当前工业领域各色各样的人物：有生产工人、班组长、车间领导、工程师、厂长，也有机电局长、经委会主任、工业部部长、省委管工业的书记及副总理等。

7月 王景愚的四幕讽刺喜剧《可口可笑》刊《剧本》1982年第7期。剧作叙述某食品店经理伙同汽水厂厂长，私产私销一批质量低劣的汽水"可口可笑"，以图谋取各自利益的故事，辛辣地揭露了商业领域中一些不法分子的丑恶灵魂，同时，热情歌颂了食品管理局田副局长、汽水厂化验员梁小军等对这些违法分子的正义斗争。

8月 谭谈的长篇小说《风雨山中路》由湖南人民出版社出版。作品反映煤矿生活，获中国首届乌金奖。

8月 孔捷生的中篇小说《普通女工》刊《小说界》1982年第3期。作品获1982年全国优秀中篇小说奖。作品中的主人公何婵30岁时才返城进厂成为一名普通女工，她以坚韧的性格热爱劳动、热爱生活，工作十分专心和投入，通过自己的努力，她获得了"先进生产者"，被任命为钻锁车间的生产组长。

8月 吕雷、陈定一创作的电视剧本《啊，云霞》刊《电视文艺》1982年第8期。

10月 王继的长篇小说《喷红的地平线》由长江文艺出版社出版。作品通过一个现代化钢厂领导层内部的思想、作风、信念、道德的冲突的描写，比较深刻地表现了党的十一届三中全会以后，为贯彻党的调整、改革方针所进行的斗争的尖锐性和复杂性。作者是一个年轻的钢厂工人，熟悉他所描写的生活，特别是当代年轻工人的生活和思想脉络，因此书中的人物和故事给人以真实可信的感觉。

11月 陈冲的中篇小说《厂长今年二十六》刊《当代》

1982年第6期。作品聚焦于春光服装厂，以春光服装厂为了生存、发展不得不改革为背景，塑造了青年改革者许英杰的形象。

12月5日 关露去世，享年75岁。

1983年

3月 肖克凡的短篇小说《看车姑娘》刊《新港》1983年第3期。《小说月报》1983年第5期转载。这是肖克凡的小说处女作，获"首届《新港》小说奖"。作品描写了一个不辞辛苦、热情为工友提供无偿服务的"看车姑娘"形象，是肖克凡笔下第一个工人形象。

3月 焦祖尧的长篇小说《跋涉者》刊《当代》1983年第2期。人民文学出版社1984年4月出版单行本。作品以云山矿务局飞狐岭煤矿两次改革为主要情节，全面展示了国营煤矿发展的曲折道路，描写了围绕企业改革所展开的矛盾斗争，揭示了企业改革的紧迫性和必然性。作品一方面描写了改革派杨昭远和守旧派邵一峰的矛盾冲突，另一方面也展现了杨昭远和丁雪君至死不渝的爱情。

3月 中杰英的四幕话剧《哥儿们折腾记》刊《百花洲》1983年第2期。长春电影制片厂改编拍摄成同名电影。作品主要描写某建筑装饰厂以牛宝山为首的一伙青年工人，组织地下包工队到外面挣外快。事情暴露后，副厂长、劳动科长、车间主任和团支书各以不同的态度对待他们，致使矛盾激化，引发激烈冲突。最后，副厂长着眼于企业体制改革，立足疏导，比较完满地解决了这个棘手的难题。

4月19日至26日 《电视文艺》编辑部与工人出版社、《丑小鸭》编辑部在北京联合召开了工业题材创作座谈会。会上听取了经济改革形势报告，座谈了近年来反映工业题材的电视剧与小说的情况。大家围绕工业题材创作中的问题进行探讨，各抒己见，畅所欲言。

4月 程树榛的长篇小说《春天的呼唤》由百花文艺出版社出版。这是一部工业题材的长篇。小说以昂扬的基调，描述了滨江机器厂在党的十一届三中全会以后获得新生的过程，和由此而引起的人和人之间关系的深刻变化。作品着力塑造了陈仲凯、张博翰等为振兴中华励志改革的社会主义新人形象，揭露了生活中的矛盾和弊端，所触及的问题在"四化"建设中带有普遍的性质。

4月 邓刚的短篇小说《阵痛》刊《鸭绿江》1983年第4期。《小说选刊》1983年第9期、《新华文摘》1983年第10期转载。获1983年全国优秀短篇小说奖。作品通过主人公郭大柱的遭遇，表现了工厂变革给一些工人带来的冲击，揭示了面对改革风潮一些工人真实的现实状况和心理冲突。

4月 沈善增的中篇小说《她在半空中——现代工厂人情初探》刊《西湖》1983年第4期。作品围绕工人邵韵兰的遭遇，对工厂各个层面人物的情绪、愿望和心理逻辑，都做了丝缕毕现的梳理，深刻讥刺了那种大轰大嗡、粗疏浮泛以至于人们对之也习以为常，不觉其荒谬的工作作风。

5月 程树榛的中篇小说《人约黄昏后》刊《当代》1983年第3期。中国文联出版公司1983年9月出版单行本。这是一部描写当代工业战线改革者生活的中篇小说。作品通过党的十一届三中全会以后一个大型工业企业的体制改革，反映了我们这个时代人与人之间的复杂关系，塑造了为振兴中华而呕心沥血、披荆斩棘的改革者的形象；赞美了他们优美、高尚的道德情操。

5月 贾鸿源、贺国甫的五幕话剧《有一个航次》刊《新剧作》1983年第5期。剧本反映船员生活，通过女播音员与刑满释放的前男友之间的爱情纠葛，表达了人们与昨天告别和对新生活的希冀和追求。

5月 史美俊、张志成的独幕话剧《婆婆妈妈》刊《新剧作》1983年第5期。该剧荣获1983年上海职工业余话剧观摩演出一等奖，并被改编成电视剧。作品描写的是某纱厂的一次班组会，故事情节围绕改选车间女工委员而展开，反映了纱厂女工"婆婆妈妈"的琐碎而又真实的生活。

5月 张学梦的诗集《现代化和我们自己》由江苏人民出版社出版。获全国1983—1984年优秀新诗集奖。

5月 全国总工会宣传部、工人日报社、工人出版社编《1981年全国职工独幕话剧征文获奖作品集》由工人出版社出版。共收入28篇作品，都是工人和基层干部业余的创作。

8月 刘彦林的长篇小说《春风得意》由工人出版社出版。作品以党的十一届三中全会前后为背景，描写两个工厂的发展变化，塑造了史文远、陈晓明、袁寿山、邹威等"四化"创业者形象，表现出工业战线龙腾虎跃、大干快上的热烈情景和工人阶级振兴中华、励精图治的精神面貌。

8月 屈兴岐的散文集《兴安雪》由黑龙江人民出版社出版。收散文23篇，反映了林区在新中国成立30年来物质与精神上的极大进步。

10月 张士敏的小说集《虎皮斑纹贝》由上海文艺出

版社出版。作品反映了远洋海员、航测员的那种神奇、惊险、富于幻想的生活，以及他们的事业、工作和爱情，深刻抒写了他们对祖国对人民炽烈、真挚的感情。

11月 崔德志的《崔德志剧作选》由春风文艺出版社出版。收《刘莲英》《时间的罪人》《爱的波折》《生活的赞歌》《春之歌》《报春花》，并附创作自述《谈〈报春花〉的写作》。书前有陈白尘的代序——《一个追寻春天的人》。

11月 周梅森的中篇小说《沉沦的土地》刊《花城》1983年第6期。《小说月报》1984年第3期转载。作品反映的是民国初年的煤矿历史，描写了民族资产阶级发展煤矿的艰难处境，以及在窑工和乡民的双重围攻下最终失败的命运。作品以煤矿斗争为背景，塑造了窑工领袖刘广田的形象。

12月 陈冲的小说集《无反馈快速跟踪》由花山文艺出版社出版。收《无反馈快速跟踪》《厂长今年二十六》《慈母心》《高高的围墙后面》4篇。

12月 孔捷生的小说集《普通女工》由上海文艺出版社出版。共收集作者近年来创作的17部短篇小说及在1982年全国优秀中篇小说评选中获奖的《普通女工》。作品大都取材于当代青年人的日常生活。

12月 王怀让的诗集《诗为杨皂而作》由河南人民出版社出版。这是一首为退休老工人、被誉为“当代愚公”的杨皂同志而作的抒情长诗。作品讴歌了以天下之乐为己任，退而不休，为群众义务修桥铺路，造福于子孙后代的崇高革命精神。

1984年

1月 崔德志的七场话剧《红玫瑰》刊《剧本》1984年1月号。作品描写主人公朱凌燕大学毕业后，放弃进研究所的机会，主动要求回到原来工作过的一家亏损的集体企业，在工人的支持下当了厂长，克服重重阻力锐意改革，最终使工厂迎来新的局面的故事。

4月 蒋子龙的小说集《拜年》由上海文艺出版社出版。本书收有中篇小说3篇、短篇小说11篇，其中《拜年》在1982年全国优秀短篇小说评选中获奖，名列第一。作品题材广泛，在描写工人生活和工厂改革的作品如《拜年》《招风耳，招风耳！》《悲剧比没有还要好》中，形象地再现了改革浪涛中工厂的风貌，深刻地揭示现实生活中尖锐的矛盾冲突，展示人与人之间的复杂关系。

4月 陈冲的短篇小说《小厂来了个大学生》刊《人民文学》1984年第4期。《小说选刊》1984年第6期、《新华文摘》1984年第7期转载。获1984年全国优秀短篇小说奖。小说通过大学生杜萌在工作分配时受冷落，在工厂工作中无法发挥自身才能、处处碰壁，最后被迫离厂的遭遇，揭示了杜萌所代表的先进的科学管理理念和厂长路明艳所代表的宗法制经营思想之间的尖锐冲突，在刻画了路明艳这一独特的反对者形象的同时，对改革者杜萌所存在的弱点也进行了揭示。

5月 马中骏、贾鸿源的二幕话剧《街上流行红裙子》刊《收获》1984年第3期。《作品与争鸣》1984年第10期转载。长春电影制片厂改编拍摄成同名电影。作品描写的是纺织厂青年女工的生活，表现了当代青年女工新的生活态度和新的追求，也表现了新旧观念的冲突。其中主人公陶星儿作为劳模的经历和遭遇耐人寻味，她对劳模荣誉的拒绝也引人深思。

5月 陈村的中篇小说《走通大渡河》刊《百花洲》1984年第3期。作品描写20世纪50年代初，为满足国家建设对于木材的需求，勘探工人在各方面条件并不具备的情况下强行开发大渡河的故事。大渡河的开发凶险万分，许多工人为此付出了生命的代价。但是，这阻挡不了工人们征服大渡河的决心，无数人的流血和牺牲终于使大渡河成了木材水运的通途。

5月 草明的长篇小说《神州儿女》由工人出版社出版。作品主要描写的是“文化大革命”时期的社会生活，故事发生地是北京附近的燕门市，以燕门机械厂为主要舞台，比较真实、全面地描写了以赵建中为代表的工人阶级，在以宋祥宁为代表党的干部的领导下，如何与以祝尚礼、陆文潮为代表的帮派势力进行坚持不懈的斗争，并最终赢得了胜利。

5月 陈冲的小说集《无反馈快速跟踪》由福建人民出版社出版。收《无反馈快速跟踪》《厂长今年二十六》《修补》《人生何处不相逢》《站不起来的年轻人》《对手》《西行列车上的梦》《使命》8篇。

7月 邓刚的中篇小说《当我拉紧闸杆》刊《长城》1984年第3期。作品表现的是当代青年工人的情感生活。“我”是一名运渣工，爱上了美丽、清高的化验员。当两人的关系公开后，“我”为自己低下的工种和繁重的脏乱工作感到自卑和羞愧；可是当对方要为“我”调换个工种时，“我”又无法割舍对运渣工作的忠诚与热爱，最终拒绝了对方要为“我”调换工作的要求，也舍弃了自己苦苦追求的爱情。

7月 程树榛的长篇小说《生活变奏曲》由上海文艺出版社出版。这是一部取材于工业改革的长篇小说。作品通过东方机器厂在坚持改革中遇到的1230工程、技术储备、军工和民工协作等问题，表现了从领导干部到工人群众对待改革的不同态度，从一个侧面揭示了党的十一届三中全会后我国工业改革中存在的尖锐矛盾。作品较好地塑造了省委领导、工厂干部、知识分子和普通工人等一批个性鲜明的人物形象，反映了工业改革的发展趋势。

8月 瞿新华、史美俊、梁星明的话剧《无字的纪念碑》刊《新剧作》1984年第4期。另刊《上海艺术评论》1984年第4期。剧作描写的是建筑工人的平淡生活，塑造了平凡又高尚的建设工人陆图的形象。

8月 李嘉楼的长篇小说《柴达木传奇》由花城出版社出版。作品讲述了一支石油地质勘探队首次进入神秘宝地柴达木盆地的艰苦而有趣的经历。

9月 中杰英的四幕话剧《吴老九沉浮记》刊《剧本》1984年第9期。这是一部直面现实、呼唤改革的作品，通过主人公盘云矿副矿长吴天成（即“吴老九”）的“沉浮”，反映了在知识分子的使用上依然存在的各种各样的问题，呼唤进一步解放思想，落实知识分子政策。

9月 崔为工的长篇小说《绿宝石》由福建人民出版社出版。这是一部反映了地质勘探战线斗争生活的长篇小说。

9月 郑万隆的中篇小说集《当代青年三部曲》由人民文学出版社出版。共收3个中篇小说。全书围绕着青年女工李晖，描写了一群20世纪80年代青年人的形象。

10月 梁秉堃的七场话剧《阵痛的时刻》刊《剧本》1984年第10期。作品描写20世纪80年代初，北方某大城市的电子示波器厂进行的体制改革，刻画了改革者女厂长慕容文华的光辉形象，通过她的遭遇揭示了改革的艰巨性。

10月 马佳的长篇小说《晚风》由中国文联出版公司出版。作品以东方化学工业公司为背景，生动地描写了当前如火如荼进行的改革，塑造了以肖方廷为代表的改革者形象，并突出表达了一个严肃而深刻的主题——改革，首先是领导班子的改革。

10月 王忆惠的长篇小说《眷恋》由山东文艺出版社出版。作品是反映石油工人生活的力作。以蟹子滩某油田钻井队为背景，塑造了叶明、常胜、宋宝德、韩贵、金玉香一群青年钻井工人的形象。

11月 梁晓声的短篇小说《父亲》刊《人民文学》1984年第11期。获1984年全国优秀短篇小说奖。作品塑造了一个勤劳忠厚的老工人父亲形象。

11月 周梅森的中篇小说《崛起的群山》刊《花城》1984年第6期。小说描写的是五卅运动发生后，刘家洼的矿工在党的领导下组织罢工，声援上海的反帝斗争。作品在紧张、激烈的斗争中，浓墨重彩地塑造了窑工领袖刘广福的光辉形象。

11月 王力雄的长篇小说《天堂之门》由花城出版社出版。小说以当代工厂改革为题材，写某汽车城引进计算机管理系统所产生的矛盾和斗争。

12月 奚青的长篇小说《天涯孤旅》由花山文艺出版社出版。这是一首昂扬的沙漠考察进行曲，这是女勘探队员蓝华的绵长的故事。

12月 《春风沉醉的晚上——1919—1949工业题材短篇小说选》由工人出版社出版。共收小说23篇，是1919年至1949年亦即我国新民主主义革命时期的工业题材短篇小说选。

1985年

1月 刘恒的中篇小说《狼窝》刊《莽原》1985年第1期。作品描写的是发生在狼窝沟里的小煤窑的故事，从窑主史天会找知识青年玉生去窑里上工开始，反映了小煤窑的生活，塑造了玉生、白杏、张广良等煤窑工人形象。

1月 李云德的长篇小说《地质春秋》由人民文学出版社出版。作品反映的是地质勘探队员的生活。

3月 顾笑言的长篇小说《洪峰通过峡谷》由花城出版社出版。故事发生在北方某地的呼龙哨水电站工地上。赵大川在重大考验面前，紧紧依靠广大党员和群众，战胜了洪峰，保住了国家和人民的生命财产。

4月 王剑的长篇小说《强者》由四川人民出版社出版。这是一部描写煤炭战线改革的作品，围绕泉城矿务局领导班子新老交替，描写了各种人的表现和态度。

4月 赵长天、唐大卫的中篇小说《老街尽头》刊《上海文学》1985年第4期。《新华文摘》1985年第7期转载。作品深刻剖析了一个工厂改革者的复杂内心。

5月 陈冲的长篇小说《铁马冰河入梦来》刊《当代》1985年第3期。作品以在新的经济形势下列车发电厂（简称“列电”）是解散还是保留为矛盾线索，从新中国成立到改革开放的新时期，在相当广阔的历史背景下讲述了“列电”的历史变迁，塑造了“列电人”群像，表现“列电人”不畏艰险、甘于奉献的思想性格。

6月 韶华的长篇小说《过渡年代》由中国青年出版社出版。作品描写的是1954年至1958年这一阶段多方面的社会生活，以一个水库建设为背景，正面反映了20世纪50年代的社会主义建设，特别是正面展开描写了“反右派”斗争。

6月 张锲、陈桂棣的报告文学《主人》由工人出版社出版。以生动的笔触，具体地介绍了安徽合肥无线电一厂实行改革试验（由职工群众直接选举的厂长，由厂长“组阁”）的全过程，着力描写了厂长周先彬这个改革者的鲜明形象。

6月 赵长天的中篇小说《平安坊十七号》刊《西湖》1985年第6期。作品以诙谐的笔调揭示经济改革给一个普通工人家庭带来的影响。

8月 单学鹏的长篇小说《奔腾的大海》由人民文学出版社出版。这是一部反映港口改革的长篇小说。描写新上任的港务局长楚文辉以改革家的气魄进行大刀阔斧改革的故事。

9月 周梅森的中篇小说《黑色的太阳》刊《花城》1985年第5期。作品描写的是抗日战争胜利至西严煤矿解放这一期间西严煤矿的发展情况，在资本家和工人、农民和工人、里工和外工等复杂的矛盾斗争中，刻画了工人刘大柱的形象。

9月 刘庆邦的短篇小说《走窑汉》刊《北京文学》1985年第9期。小说以煤矿生活为背景，塑造了复仇者、工人马海州的形象。

10月 许雁的六场话剧《裂变》刊《剧本》1985年第10期。作品描写的是某开放城市工业区党委书记兼主任易北林家发生的家庭裂变，反映了时代变革对家庭的冲击。

12月10日 第二届茅盾文学奖评奖揭晓，张洁的《沉重的翅膀》获奖。

12月 赵鹏万、刘允章、李蕴的报告文学集《绿色的追求》由中国文联出版公司出版。本书收二十余篇作品，是从近年来反映我国汽车工业的摇篮——长春第一汽车制造厂改革形势的上百篇报告文学中精选出来的，热情讴歌了广大汽车工人勇于开拓、锐意改革的精神，展现了广大汽车工人多彩多姿的时代风貌。

1986年

3月 蒋法武的中篇小说《瓦斯》刊《花城》1986年第2期。获全国第二届煤矿文学作品乌金奖一等奖。

5月 叶文玲的长篇小说《太阳的骄子》由上海文艺出版社出版。作品反映的是盐场盐民的生活，展示了这“男人世界”的“黑勇士”们诗情画意的生活场景，塑造了一批个性鲜明、栩栩如生的艺术形象。

5月 中杰英的话剧《哥儿们发财记》刊《新剧本》1986年第3期。作品描写外号“能耐梗”的电工朱乃庚在三位个体户和一位待业青年的全力资助下，试制成功了带着弹簧卡子的领带，并申请专利成功，眼看就要发财了，朱乃庚并没有向工厂狮子大开口，而是把自己所有的发明全部无偿献给衣帽厂，只要工厂给他提供一间小屋继续从事发明创造。

6月 刘庆邦的长篇小说《断层》由中国文联出版公司出版。这是刘庆邦的第一部长篇小说，围绕着开通皮带巷，展开了以矿长常江为代表的改革派和以郑金友为核心的保守派之间的交锋。

4月 蒋法武的小说集《爷们哥们妯娌们》由中国文联出版公司出版。作为煤矿工人，蒋法武的小说既有井下艰苦、忘我的劳动描写，也有对矿工们心灵深处的开掘：对科学技术的渴望、对爱情的奇特追求、幸福的泪花、悲哀的忧伤……

7月 杨利民的两幕话剧《黑色的石头》刊《剧作家》1986年第4期。后又刊《剧本》1988年第2期。这是杨利民的成名作，获第四届全国优秀剧本奖第一名。作品只是撷取日常生活的几个片段，真实地描写了新老两代石油工人不同的生活方式和思想观念的碰撞。

10月 李翔凌的长篇小说《孙大圣外传》由长江文艺出版社出版。这是一部描写工业改革的长篇小说。记叙了具有孙悟空性格的浇筑队长孙大勋和一大批奋斗在水电大坝工地上的男女青年的故事。

12月 周梅森的中篇小说集《沉沦的土地》由花城出版社出版。收《喧嚣的旷野》《沉沦的土地》《崛起的群山》《庄严的毁灭》《黑色的太阳》五部中篇小说，均为煤矿工业题材。

1987年

1月 周梅森的长篇小说《黑坟》由浙江文艺出版社出版。小说获全国煤矿长篇小说奖。作品聚焦于民国九年五月的一次瓦斯大爆炸，多层次、多空间地展现了井上各方势力为了自己利益而展开的厮杀，以及井下幸存矿工为了生存而做出的种种努力和奋斗，在极端的环境下，描写了3位幸存者二牲口、三骡子、小兔子在井下奇异的人生经历，在表现矿工悲惨命运的同时，立体地展现了处于灾难中的人们为了摆脱死亡而演绎的人的悲剧和人性的悲剧。

2月 李良杰的长篇小说《女工程师之死》由海峡文艺出版社出版。主人公田起鸣情路坎坷，终生操行无亏，却被诬陷为坏女人、骚女人。20世纪70年代末、80年代初，田起鸣的生命之火又被“四化”大业点燃了，但那个嫉贤妒能的老同学，始终像泰山一般压在她头上。理想抱负无法施展，她终于郁悒成疾，最后躺在初恋情人的怀抱之中，郁郁而死。

3月 杨咏鸣的小说《甜的铁，腥的铁》刊《上海文学》1987年第3期。《新华文摘》1987年第9期转载。作品写一个结婚后二十四年没有走出家门的工人家属在党的十一届三中全会后参加了工厂的劳动实践，在劳动中感受到的兴奋和喜悦。

5月 罗云虎的中篇小说《大写的小人物》刊《芙蓉》1987年第5期。青工肖烁艰苦奋斗三年，设计出国内首台显像管检测仪，而厂长凌铁成嫉贤妒能，使肖烁陷入绝境。改革者的痛苦和悲哀深深打动了女记者凌莉；看似玩世不恭实则怀远大抱负的个体户陈老三也倾囊相助肖烁。于是，他们共同谱写了一曲催人奋进的改革之歌……

5月 刘彦林的长篇小说《三月潮》由人民文学出版社出版。作品以改革开放为背景，描写了建华制药厂进行的全面治理整顿。小说通过错综复杂的矛盾冲突和曲折生动的故事情节，刻画了在改革潮流中不同人物的精神面貌和性格特征，从而表现改革开放的潮流似三月潮，汹涌向前，势不可当。

7月 蒋法武的长篇小说《沈家爷儿们》由百花文艺出版社出版。作品获首届煤矿题材长篇小说乌金奖。小说通过沈传岳一家人的命运，曲折地反映出中国当代的社会现实，成功地塑造了老工人沈传岳和他四个儿子的形象。他们在工作、生活、婚姻、爱情等问题上的不同观点和态度，及由此而引起的矛盾冲突，生动有趣且发人深省。字里行间洋溢着浓郁的时代气息。

7月 谭谈的长篇小说《山野情》由上海文艺出版社出版。这是作家谭谈的第二部长篇小说。小说以矿山改革为背景，描写了三对被扭曲了的爱情纠葛，涉及八个人的生活、命运，生动、深刻地展示了矿工们丰富而复杂的有色彩、有层次的感情世界，触及一些令人深思的尖锐的问题。

7月 杨宝琛、胡平的大型通俗喜剧《孝子贤孙》刊《剧作家》（双月刊）1987年第4期。作品反映的是北方煤矿工人的生活，但避开了对煤矿生产的描写，以工会工作为线索，反映煤矿的后勤工作，在平淡无奇的故事中，刻画了一个有着闪光的品质和复杂性格的工会干部苗委员的形象。

8月 肖克凡的中篇小说《黑砂》刊《天津文学》1987年第8期。《小说月报》1987年第10期、《小说选刊》1987年第11期转载。被天津人民艺术剧院改编为话剧《黑砂》上演。这是肖克凡的成名作。作品描写的是一个铸造厂翻砂车间工人们在“文化大革命”时期的喜怒哀乐，反映的是特定年代工人的“社会相”。

8月 池莉的中篇小说《烦恼人生》刊《上海文学》1987年第8期，1987年8月《小说月报》、《小说选刊》1987年第10期、《中篇小说选刊》1988年第4期转载。获全国优秀中篇小说奖。写的是轧钢厂操作工印家厚一天的生活经历，这一天又可以视为一年或若干年，作品十分生动而具体地把一个普通工人所面临的生活困境和一系列的烦恼一一展现出来。

1988年

2月 范源的长篇报告诗《中国——生命的台风季》由工人出版社出版。诗人从生命的意义，满腔热忱地歌颂了一位勇于改革实践的企业家，歌颂了他那种无私无畏的战斗意志和旷达博大的襟怀。并且围绕着诗中主人公的种种遭遇，对于当今改革与僵化的历史性冲突予以了深刻而又冷峻的剖析。

3月 陈冲的长篇小说《粉红色的车间》由花山文艺出版社出版。小说围绕鄚阳市塑料二厂改革，展现工厂工人在时代浪潮中的挣扎与成长。

4月 星城的长篇小说《立体交叉战争》由工人出版社出版。这是一部贴近现实、追踪时代、反映改革的长篇力作。小说围绕A省长城大理石公司的存亡发展之争，展开紧张曲折的情节，在相当的广度和深度上，鲜明地再现了1984—1985年我国城市经济体制改革的壮阔图景——这真是一场经济、政治、思想、历史、现实、国内、国际等诸多战线组成的立体交叉战争！

6月22日 作家萧军逝世，享年81岁。

7月 昆仑编辑部编报告文学集《朝阳》由解放军文艺出版社出版。这是新中国成立以来第一部展示石化工业改革与发展风貌的报告文学集，收入了25篇军队作家与石化总公司企业作者的心血之作，热情讴歌了石化战线广大知识分子、职工和企业管理者的高尚情怀和英姿风采。

9月 孙友田的《孙友田煤矿抒情诗选》由中国文联出版公司出版。1992年，该诗集获第二届全国煤矿文学作品“乌金奖”一等奖。

9月 中杰英的《哥儿们折腾记——中杰英剧作选》由江西人民出版社出版。收入作家中杰英的4部剧本——《灰色王国的黎明》《哥儿们折腾记》《吴老九沉浮记》《哥儿们发财记》，均为工业题材。

9月 丁金银、李发章、刘国尧的长篇报告文学《甜美的呼唤》由宁夏人民出版社出版。这篇报告文学讴歌了战斗在糖业战线上的制糖英豪们的精神风貌，集中展示了银川糖厂的历史功绩，再现了这条战线上的沸腾生活。

11月 袁晓川、吴文洋的报告文学《星，闪光的星》由辽宁人民出版社出版。这是一部描写改革开放的报告文学，作品描述了丹东市无线电十八厂在改革大潮中，由贫变富的艰辛历程。

12月 梁秉堃的《梁秉堃戏剧集》由中国戏剧出版社出版。收《谁是强者》《王建设当官》《阵痛的时刻》《夜晚过去是早晨》四部剧作，均为工业题材。

1989年

2月 孙少山的中篇小说《黑色的沉默》刊《北方文学》1989年第2期。作品直接展示了瓦斯爆炸给女矿工们带来的惨不忍睹的灾难。

3月 谷石的长篇小说《黑鬼》由哈尔滨出版社出版。作品描写满洲碳矿株式会社对人性的摧残和对人类尊严的蹂躏，使矿山这一男多女少的社会角落，人格畸变、道德沦丧；但在新的历史条件下，人们终于觉醒，寻回了失去的自我，重建了自身的文明。

6月 王慧芹的小说《道是无情却有情》由工人出版社出版。收包括《道是无情却有情》在内的小说17篇，其他较为知名的有《白雪皑皑》《三请周文增》，多反映铁路工人生活。

6月 吴星峰的纪实文学《大庆的春天》由厦门大学出版社出版。本书是以1960年至1964年大庆石油会战中的人和事为基本素材纪实性的文学作品。

7月31日 周扬在北京病逝，终年82岁。

7月 胡子贵的报告文学《踏月吹箫》由陕西人民出版社出版。作品从多角度反映铁路生活，以及干部、工人、家属和青年们20世纪80年代的精神面貌。

7月 杨利民的二幕十二场话剧《大雪地》刊《剧本》1989年第7期。另刊《剧作家》1990年第2期。作品描写了主人公黄子牛30年的人生遭际，从人人敬仰的老黄牛到被无情抛弃的废物，反映了在特定的时代"左倾"政治对人的戕害，从而引发人们对历史、时代、政治与人的深刻反思。

9月6日 李学鳌在北京病逝，终年56岁。

1990年

5月29日—6月3日 北京市作协、丹东市文联等5家单位，在丹东共同主办雷加作品研讨会。与会者就雷加作品的成绩及创作道路展开讨论。

6月8日—11日 由湘潭白石诗社和湘潭电缆厂联合主办的"首次中华现代工业、科技、环保诗词研讨会"在湘潭举行。与会120多名代表就现代工业诗词新课题进行了探讨。

6月 程树榛的长篇小说《那年冬天没有雪》由上海文艺出版社出版。这是一部反映了工业战线生活的长篇小说。作品以创造填补我国空白的尖端产品为背景，描绘了年轻工程技术人员周向明、肖茜、才碧岫之间的感情纠葛，抒写了他们的理想抱负和多舛的命运。

7月 王洪江的中篇小说《大漠雄驼》刊《天津文学》1990年第7期。2005年，获第二届中华铁人文学奖。作品记叙在被誉为"死亡之海"的塔克拉玛干沙漠，综合勘探队队员克服干旱、缺水、沙暴等重重困难，成功地走出沙漠，完成了沙漠初探任务。作品展示了石油人不畏艰险、矢志找油的精神风貌。

7月 中国煤矿文化宣传基金会、作协江苏分会等单位，在内蒙古自治区草原煤城扎赉诺尔矿区联合举办孙友田煤矿诗歌创作研讨会。与会者就孙友田的煤矿诗歌创作等问题展开研讨。

11月 张宝申的戏曲现代戏《黑头儿和四大名蛋》刊《新剧本》1990年第6期。获得中宣部"五个一工程"奖，文化部"文华新剧目奖"。作品以喜剧的手法描写了新上任的车间主任黑永春（人称"黑头儿"）和车间内的四位后进青年工人——绰号"花蛋""混蛋""懒蛋""笨蛋"的"四大名蛋"之间的矛盾冲突，正是在黑永春的帮助和影响下，促进了彼此的理解，达到了相互之间的沟通，最终使"四大名蛋"得以转化。

12月 罗丹的长篇小说《严峻的岁月》（《风雨的黎明》的续篇）由中国青年出版社出版。本书选取了解放战争中作为国共之间展开"拉锯战"时的鞍钢，用艺术的手法再现历史的真实，生动地反映了鞍钢在那个"四进四出"的战争年代无比丰富的侧面。

1991年

1月15日 康濯因病在北京逝世，享年71岁。

1月 黄卫平的小说集《魔幻巷道》由陕西人民出版社出版。这是一本反映新的历史变革期间煤矿工人生活的中短篇小说集，共收作品18篇，是作者八年创作探索、八年辛勤耕耘的成果。

1月 李鸣生的长篇报告文学《飞向太空港——“亚洲一号”卫星发射纪实》刊《当代》1991年第1期。4月27日，《当代》编辑部在京举办该作品研讨会。

3月 樊廉欣主编《我比大庆小两岁——首届全国石油职工文化大赛丛书散文获奖作品选》由石油工业出版社出版。

3月 樊廉欣主编《铁人魂——首届全国石油职工文化大赛丛书报告文学获奖作品选》由石油工业出版社出版。

4月 林家品的中篇小说《蛮峒》刊《当代作家》1991年第4期。作品描述了锡矿在开采与提炼中，矿主与外国资本势力、矿主与矿主、矿主与土匪、邪教及矿主与军阀、矿主与矿工的多种矛盾冲突。

4月 雷铎的报告文学《中国铁路协奏曲》由广东旅游出版社出版。

5月18日 鞍山钢铁公司工会、中国作协和鞍钢文联在鞍山共同举办草明文学创作60周年研讨会。著名作家、中国作协党组书记马峰，著名作家魏巍、雷加、曾克，以及鞍钢领导、草明的学生近百人参加了会议。与会者就草明的创作道路及成就等问题进行了研讨。

8月 代路的五场话剧《海边有个男儿国》刊《剧本》1991年第8期。剧作真实表现了码头装卸工人的生活。装卸工作十分辛苦，但他们并没有得到社会的认可，尽管他们身强力壮，个个都是男子汉，但难以找到对象。庆幸的是他们有一个好队长，马玉龙以自己的一身正气，以自己作为一名共产党员的表率，在匡正风气的同时，带领这支装卸队克服困难，昂然前行。

8月 郭襄的长篇小说《鬼墙》由北方文艺出版社出版。作品以改革开放的南方某钢铁公司西野铁矿为背景，描写了一代人的矛盾与挣扎。

9月 许世杰主编的《中国当代产业文学大系》(1980—1990)由广西民族出版社出版，收作品10种，分别是苏渝的《失踪元素追踪》、罗时汉的《孤云独去》、周震亚的《黑吊车》、家弟的《香港姑娘》、杜为政的《老街》、蒋育德的《相思树》、董宏量的《少女与鸽子》、郑因的《袅袅和她的朋友们》、王志钦的《自由神下的选择》、李声明的《宝石花》。

10月23日 罗烽逝世，享年81岁。

10月27日 杜鹏程因病在西安逝世，享年70岁。

12月 贺国甫的多场次话剧《大桥》刊《剧本》1991年第12期。获第六届全国优秀剧本奖。《大桥》是一部热情讴歌上海建筑工人高昂的建设热情和无私的奉献精神的剧作，以南浦大桥建设为代表，描写一支工程队在建桥过程中的努力和奉献，将壮阔的劳动场景和细腻的人物刻画有机结合在一起，从一个侧面反映了开发浦东这一重大历史事件。

12月 刘晓滨的长篇报告文学《搏击者》由中国工人出版社出版。作品记叙了企业家丁福有在改革浪潮中的坎坷及奋发创业的经历。

1992年

1月 一本旨在繁荣职工文学创作、扶植工人作者、反映工人生活的综合性文学双月刊《五月》在北京问世。

1月 张抗抗的中篇小说《蓝领》刊《花城》1992年第1期。作品描写了20世纪80年代的工厂生活，工人希望自己选出自己的厂长，他们要求工会和厂领导对话，最后把厂长罢免了。

1月 报告文学集《国之光荣——秦山核电站建设者之歌》由原子能出版社出版。2月17日，秦山核电公司和原子能出版社在京联合召开报告文学集《国之光荣——秦山核电站建设者之歌》座谈会。

5月中旬 中宣部举办的“五个一工程”优秀文艺作品评奖揭晓，话剧《大桥》《海边有个男儿国》，京剧《高高的炼塔》，评剧《黑头与四大名蛋》获优秀戏剧奖。

5月 刘增岗的长篇小说《燃烧的土地》由人民文学出版社出版。这是一部工业题材长篇小说。

5月 安子的小说集《青春驿站——深圳打工妹写真》由海天出版社出版。作品描写了工厂中最常见的劳资关系，涉及了私营企业中管理层与普通工人的复杂关系，塑造了各式各样的打工妹形象。

5月 甘肃省专业和业余作家在嘉峪关举行座谈会。与会者就如何繁荣工业题材文学创作等问题交换了看法。

8月 毕淑敏的中篇小说《女人之约》刊《青年文学》1992年第8期。《小说月报》1992年第11期、《新华文摘》1993年第3期、《作品与争鸣》1993年第7期转载。作品讲述的是一个长相美丽、身份低微的女工郁容秋和学识渊博、精干威严的女厂长之间的一个约定，如果郁容秋能出色地完成讨债任务，厂长要代表全厂向她鞠一躬。当郁容秋为了讨债晕倒在外地讨债现场，住进医院，直到她死，女厂长也不曾来到医院，郁容秋没能看到女厂长代表工厂向她鞠躬。

9月 田永元、杨作乾的报告文学《深圳铁路之魂》由春风文艺出版社出版。作品描写了广深铁路公司改革的气势，歌颂了广大干部、职工的时代精神风貌。

12月5日 艾芜在成都逝世，享年88岁。

12月 莫伸的长篇报告文学《中国第一路》由中国工人出版社出版。作品记述了大秦铁路的建设过程，歌颂了建设者的英雄业绩和精神风貌。

1993年

1月 郭启祥、陈雅妮的报告文学《宝钢，世纪之谜》刊《人民文学》1993年第1期。4月12日至15日，由宝山钢铁总厂和《人民文学》杂志社联合在上海宝钢举办了报告文学《宝钢，世纪之谜》讨论会。人民文学出版社1993年11月出版单行本。

2月22日 冯至在北京病逝，享年87岁。

3月2日—5日 陕西省文联第三次会员代表大会召开，李若冰当选陕西省文联主席。

6月7日 阳翰笙在北京逝世，享年91岁。

7月 杨宝琛的通俗喜剧《留得青山在》刊《剧作家》1993年第4期。1994年在《剧本》第7期发表时易名为《大青山》。作品描写靠近中俄边境的跃进林场，由于多年滥采滥伐，导致森林资源几近枯竭，林场陷入生产停顿、工人发不出工资的窘境。林场场长吴常福挺身而出，采取了一系列举措，要带领林场工人走出困境，去创造新的辉煌。剧作以摆脱林场生存危机为背景，着力塑造了林场场长吴常福等人物形象，歌颂和肯定了他们的开拓精神和拼搏精神，刻画了独具特色的北大荒人形象。

7月 黄传会、张天平的报告文学《中国轿车梦——一汽启示录》刊《人民文学》1993年第7期。作品把视线的焦点集中在中国第一汽车制造厂第六任厂长耿昭杰身上。

9月9日 黄钢在北京逝世，享年76岁。

10月 焦祖尧的中篇小说《归去》刊《人民文学》1993年第10期。《小说月报》1994年第1期、《作品与争鸣》1994年第7期转载。作品塑造了一个农民出身的合资企业工人吴福的形象。

10月 于逢的长篇小说《金水长流》由花城出版社出版。20世纪70年代初，南方油城建筑工地上一片繁忙景象。徐维新在“文化大革命”中平步青云，党委书记程东海及其得力助手周毅华成为他的障碍。女焊工凌凤霞过去受惑做了他的妻子，后逐渐看清其面目。周毅华不幸丧偶，凌凤霞为照顾两家孩子，经日常接触，对周毅华产生同情和爱情，结果跟他一起离开南方油城，奔赴新的油田。

10月 汪洋的诗集《漂流花季》由民族出版社出版。这是中国第一本打工诗歌集。

1994年

2月7日 白朗在北京逝世，享年81岁。

2月12日 路翎在北京逝世，享年71岁。

4月 刘醒龙的中篇小说《孔雀绿》刊《芳草》1994年第4期。《小说月报》1994年第6期转载。作品初步描绘了面临困境的工人们艰难生计的场景。

5月 沈国凡的报告文学《中国西部热土上的移民城》由四川文艺出版社出版。本书真实而生动地反映了攀枝花钢铁公司人的奋斗、拼搏和改革，及家庭、婚姻、恋爱的纠葛等情况。

6月11日 骆宾基在北京逝世，享年77岁。

8月 曹建勋的长篇小说《大漠烟》由武汉出版社出版。

10月 第广龙的《第广龙石油诗精选》由石油工业出版社出版。该书获新中国成立50周年首届石油文学最高奖中华铁人文学奖。

12月 林坚的长篇小说《有个地方在城外》由花城出版社出版。小说以主人公章承启被星光公司炒鱿鱼和女友齐乐出走为开篇，引出其从小到大的人生经历，塑造了章承启、叶远明、金荣等打工者的形象。

1995年

2月6日 夏衍在北京病逝，享年95岁。

2月19日 魏钢焰在西安病逝，享年73岁。

3月 谈歌的中篇小说《年底》刊《中国作家》1995年第3期。《小说月报》1995年第8期、《作品与争鸣》1996年第1期转载。作品反映了年底工厂的境况，表现了部分国营工厂在经济转型期的困境。

4月 李肇正中篇小说《女工》刊《清明》1995年第4期。《女工》是李肇正的成名作。

9月5日 邹荻帆在北京病逝，享年78岁。

11月 《地火》文学丛书由中国和平出版社出版。内有古耜的《美文之美》、老小的《心迹影印》、李华芹的《李华芹散文》、赵国青的《最难风雨故人来》、冯敬兰的《谁主宰着我们》、冰珂的《冰珂散文》、李蕾的《苍野云霓》、贾祥伦的《贾祥伦散文》。

12月22日 鄢国培在宜昌逝世，享年61岁。

12月 李鸣生的长篇报告文学《走出地球村》由人民文学出版社出版。作者以发射塔下15个春秋的亲身经历和近年来的日夜奔波采访，把“东方红1号”卫星飞向太空前后12年鲜为人知的故事，客观而翔实地予以全面披露，生动形象地展示了非常岁月新中国第一代知识分子忍辱负重，向充满竞争的国际高科技领域挺进的辉煌壮举。

1996年

1月 谈歌的中篇小说《大厂》刊《人民文学》1996年第1期。《小说选刊》1996年第2期、《新华文摘》1996年第5期转载。《大厂》是谈歌的成名作。

1月 苏雷的话剧《男人本色》刊《新剧本》1996年第1期。作品描写铁路工程队建筑工人的生活。

5月 关仁山的中篇小说《破产》刊《人民文学》1996年第5期。《作品与争鸣》1996年第9期转载。作品真实地反映了国企改革中的一些不良现象。

6月 李佩甫的中篇小说《学习微笑》刊《青年文学》1996年第6期。《小说选刊》1996年第9期、《中篇小说选刊》1996年第6期、《新华文摘》1997年第2期、《作品与争鸣》1997年第2期转载。作品通过下岗女工刘小水的遭遇，写出了在国企转轨的大背景下部分普通工人的艰难生存图景。

8月23日 《小说选刊》杂志社、河北省委宣传部和省作协在北京联合举办“河北三作家何申、谈歌、关仁山作品讨论会”。三位作家各自的题材领域不同，但因其热切关心改革现实生活、贴近时代和人民的共同特点被称为河北文坛“三驾马车”。

8月 谈歌的中篇小说《大厂》（续篇）刊《人民文学》1996年第8期。作品写红旗厂的困境和厂长吕建国为了摆脱工厂困境所做的努力。红旗厂最终还是被环宇厂兼并，让人略感欣慰的是，环宇厂同意全部接收红旗厂的工人。

8月 刘醒龙的长篇小说《生命是劳动与仁慈》由人民文学出版社出版。作品以小城中的一个阀门厂作为核心场景，表现了城乡之间的交汇与冲突，其中最有光彩的人物是进城的农民工陈东风，他对劳动由衷的热忱和宽厚仁慈的品格，使得他很快就得到认可。厂长陈西风对高天白埋头苦干的嘲讽，以及他心里只惦记着升官的态度，反映了部分国有企业长期缺乏职业精神的积弊。

8月 李继顺主编的报告文学集《脊梁》由石油工业出版社出版。该书描写了胜利油田石油工人艰苦奋斗、奋发图强的事迹。

9月 杨利民的四幕话剧《地质师》刊《剧作家》1996年第5期。《剧本》1997年第2期转载。作品获文化部文华奖、中宣部“五个一工程”奖。作品表现了三十年的时代巨变和人生历程，从20世纪60年代初北京石油学院的四名大学生毕业后投身大庆石油会战，到90年代面临离岗退休，从二十岁出头到年近六十，在比较广阔的时代背景下描绘了他们作为石油人的奋斗与追求、遭际和坎坷，歌颂了他们身上体现的坚韧不拔、吃苦耐劳的“骆驼精神”。

9月 隆振彪的短篇小说《卖厂》刊《湖南文学》1996年第9期。《作品与争鸣》1997年第2期转载。作品描写在改革的前进车轮中，部分企业无法适应市场的快速发展，最终被淘汰的凄惨结局。

10月17日 杨宝琛作品研讨会在哈尔滨召开。会议由黑龙江省文化厅、鸡西市人民政府共同主办。

10月 李府东的中篇小说《太照常升起》刊《长江文艺》1996年第10期。《作品与争鸣》1997年第4期转载。

11月 肖克凡的中篇小说《最后一个工人》刊《小说家》1996年第6期。《中篇小说选刊》1997年第1期转载。获1996—1997年度《中篇小说选刊》奖，并被中央实验话剧院改编为话剧《生逢其时》上演。小说中的周家林在工厂合资后，由原来铸工车间的技术标兵去合资车间当了清洁工，妻子崔才花原是装配车间的钳工，则直接被遣散下岗。转岗后的周家林迅速适应，并积极为自己争取厂内的其他工作机会。妻子崔才花则发挥腌制小菜的特长，开始制作、贩卖朝鲜小菜，经过报纸的报道、宣传，成为自强不息的下岗女工，要自己注册一间加工厂。

12月12日 徐迟在武汉去世，终年82岁。

12月 郝敏的长篇小说《钢铁和太阳》由北京十月文艺出版社出版。这是一部真实反映20世纪90年代产业工人生活的长篇小说。作品以一个海滨城市的全面改革开放为背景，通过一个外国大财团的“大投资”，从而引发了社会各阶层丰富多彩、错综复杂的矛盾、生活和斗争。作品生动地塑造了产业工人欧阳夏雷的英雄形象，真实地塑造了赵宇方、丁保国、郜双喜等新时期优秀领导干部的多彩形象。

12月 张敬群的长篇报告文学《世界沙漠第一路》由石油工业出版社出版。1997年，获中国石油作家成果一等奖。作品记叙了石油职工征战塔克拉玛干大沙漠，历经千难万险，终于筑成世界上最长的沙漠公路，使“死亡之海”变为通途的业绩；真实地记录了人与自然的冲突中，人性的冶炼和升华，披露了许多鲜为人知的沙漠绝域中的人与事，内容丰富，曲折生动。

12月 于卓的中篇小说《七千万》刊《人民文学》1996年第12期。《小说月报》1997年第2期、《作品与争鸣》1997年第8期转载。

1997年

1月 梁晓声的中篇小说《钳工王》刊《北京文学》1997年第1期。《中篇小说选刊》1997年第3期转载。

1月 刘醒龙的长篇小说《寂寞歌唱》刊《小说家》1997年第1期。百花文艺出版社1997年8月出版单行本。作品通过老工人林奇的视野，叙写了部分下岗工人经受的困境。

1月 杏黄天的诗《工业时代的乐器》刊《诗刊》1997年第1期。

3月 张宏森的长篇小说《车间主任》由山东文艺出版社出版。作品被誉为“讴歌工人阶级的力作”。

3月 韩起的长篇小说《水焚》由人民文学出版社出版。以特定年代中西北“大三线”建设中山区的一个国防工厂为背景，以被一场突如其来的特大水患围困的一只孤船为特定环境，通过不同人物在险孤绝境中的表演，彻底地剥去了他们平日的种种伪饰，将人的性与欲、爱与恨、真善美和假恶丑演绎得斑斓而深刻，批判地再现了一个军工厂在“极左”年代里极不正常的政治生活、干群关系。

4月 陕西省作协和人民文学出版社联合举行韩起的工业题材长篇小说《水焚》研讨会。该作品被认为是工业题材的别调，与会者对作品的不足也提出了批评。

6月7日 于伶在上海逝世，享年90岁。

6月 张欣的中篇小说《你没有理由不疯》刊《上海文学》1997年第6期。《作品与争鸣》1997年第10期转载。为了打开市场和取得高额利润，白云山制药厂研制出了专为儿童服用的一种销路很好的新产品。可本厂一位有责任感的科研人员却在一次化验中发现新产品含有对儿童身体有害的激素。于是他开始了不断的报告和反映，但迎接他的却是一连串的阻拦和打击。小说的结局就如小说的题目“你没有理由不疯”已喻示的，这位坚持正义的科研人员唯有辞职出走。

7月 唐云好的诗集《盐滩的风》由百花文艺出版社出版。作者是盐工的儿子，他在盐滩边生，在盐滩边长，是咸土地抚育他成长，为了回报故土，他以自己的切身感受，热情地讴歌了产盐工人在盐滩忘我的艰辛奋斗，将盐工的情、盐工的爱都体现在每一首诗里。

7月 金钟超主编的《新生代石油文学优秀作品书库》由作家出版社出版。内有中篇小说卷《夏日辉煌》、短篇小说卷《我们的故事》、报告文学卷《希望之海》、散文卷《在日升日落的天地间》、诗歌卷《塑盔里的月亮》。

8月 谈歌的长篇小说《城市守望》由百花文艺出版社出版。几次濒临崩溃的大阳机床厂，都因为无私者的牺牲而柳暗花明起死回生。

8月 百花文艺出版社出版“新支点长篇小说丛书”，内有谈歌的小说集《大厂》、关仁山的长篇小说《福镇》、刘醒龙的长篇小说《寂寞歌唱》、李肇正的长篇小说《无言的结局》、何申的长篇小说《年前年后》、肖克凡的长篇小说《原址》。

8月 张平的长篇小说《抉择》由群众出版社出版。获第五届茅盾文学奖。作品描写一个国营工厂被现任领导集团以权谋私、化公为私，致使工厂濒于破产，市长李高成能够坚持大公无私的原则，最终在他的干预和坚持斗争下，腐败分子才得到应有的惩办。这部小说后来被改编为电影《生死抉择》，在全国产生了巨大而广泛的影响。

10月 刘恒的中篇小说《贫嘴张大民的幸福生活》刊《北京文学》1997年第10期。《新华文摘》1998年第1期、《中篇小说选刊》1998年第1期转载。作品获第一届北京市文学艺术奖、第一届老舍文学奖、《小说月报》第八届百花奖优秀中篇小说奖。小说后来还被改编成电影《没事儿偷着乐》和同名电视连续剧，轰动一时。小说通过锅炉工张大民一家各种鸡毛蒜皮的生活，反映了当代底层工人艰辛的生存境遇，同时反映了人物面对生活中的诸多不如意，豁达、乐观、幽默的生活态度，由此展示了“幸福生活”。

10月 肖克凡的长篇小说《原址》由百花文艺出版社出版。作品反映的是国营大中型企业改革，作品描写了大中华日用化工厂所面临的现实困境以及艰难的突围历程，围绕改革，着力刻画了几位厂长形象。

10月 李继顺主编的《胜利油田文学艺术精品库》由石油工业出版社出版。内有报告文学集《群雕》、戏剧曲艺集《红柳滩》、诗集《心灵的感应》、散文集《绿草茵茵》。

12月 周梅森的长篇小说《原狱》由长江文艺出版社出版。作品讲述清朝晚期，一帮失败的起义者，匿入山野，在土窑下挖煤为生，从而展开了原始积累。

同年 李佩甫的长篇小说《底色》由河南文艺出版社出版。小说根据作家描写工人生活的电视剧《平平常常的故事》改写而成。

1998年

1月9日晚 辽宁人民艺术剧院在北京人民剧场上演了一场精彩话剧《船厂岁月》。作品描写主人公梁志永带领船厂工人艰苦创业的故事。梁志永默默奉献，从工人身上汲取到人格的力量，使自己的精神和情感得到升华。

1月 孙和林的报告文学《世纪的回响》由作家出版社出版。作品多角度、多侧面、多层次地展现了王为民这位“新时期铁人”平凡而伟大的业绩和他质朴无华、纯粹高洁的内心世界。

2月 杏黄天的组诗《工业群像》刊《飞天》1998年第2期。

4月 翟枫树、匡子亮（执笔）的大型话剧《在那座丰碑下》刊《剧本》1998年第4期。剧作在改革开放的历史背景下，描写北方火电公司发扬艰苦创业、勇于进取的精神，对内积极进行公司改革，对外勇于开拓市场，在事业上快速发展、突飞猛进。作品塑造了公司总经理霍建成的高大形象。

4月 任荣会的长篇小说《庚子遗恨》由新华出版社出版。作品反映开滦煤矿历史。获第四届全国煤矿文学乌金奖二等奖。

5月 于卓的中篇小说《八千万》刊《十月》1998年第3期。《小说月报》1998年第7期转载。获首届中华铁人文学奖。

6月 李肇正的中篇小说《城市生活》刊《人民文学》1998年第6期。《小说月报》1998年第8期、《新华文摘》1998年第10期、《作品与争鸣》1998年第11期转载。

7月 竹马的诗《我和我的工厂》刊《人民文学》1998年第7期。

9月 代路的话剧《工人世家》刊《戏剧丛刊》1998年第5期。作品通过一个一家三代工人家庭里发生的故事，反映了国有企业在从计划经济向市场经济转型过程中遇到的困难，表现了下岗职工惶惑、痛苦、自强、奋进的心路历程，讴歌了中国工人阶级的博大胸怀和无私奉献精神。

1999年

1月 李肇正的长篇小说《躁动的城市》由上海文艺出版社出版。作品描写主人公周志仁在工厂大胆改革，以全民参股来保证工厂的所有制性质。

3月 王鹏博的话剧《下岗了，别趴下》刊《新剧本》1999年第2期。作品以主人公王爱华的遭遇为主线，描写了下岗女工在困境中的挣扎、奋斗，歌颂了下岗女工自强不息、再创新生活的奋斗精神。

3月 殷慧芬的长篇小说《汽车城》刊《小说界》1999年第3期，第4期续完。上海文艺出版社1999年9月出版单行本。这是新中国成立以来我国第一部描写轿车产业的小说。作品以20世纪80年代末的上海汽车工业为背景，围绕着中德合资俊友汽车公司在引进设备、技术以及管理理念等方面产生的矛盾、冲突乃至付出的沉重代价，反映了轿车工业发展成为上海20世纪90年代新的支柱产业的艰难历程，同时也写了几代汽车人的追求和奋斗。2002年5月，小说获第五届上海文学艺术奖。

4月 贺传圣的长篇小说《飞升的诱惑》由中国青年出版社出版。这是一部描写军转民企生活的长篇小说。在军转民这一特定的历史时期，云杉厂厂长袁野把困难重重的迁厂和生产转型视为第二次创业大显身手的好时机。他对事业的忠贞和严正无邪的人格力量赢得了全厂员工的信任。他带领全厂员工走出大山的心路历程像雁阵一样，以一个工整而又浩大的人字翱翔在茫茫天宇。

5月 侯孟的长篇小说《原色》由中国工人出版社出版。作品描写的是20世纪中后期汾东的煤矿生活。通过汾东煤矿由手工开采到机械化开采的过程，反映了煤矿各级领导和普通矿工及家属的生活，形象地描绘了段成柱从普通矿工到矿长的成长历程，揭示了煤矿工人百折不挠、无私奉献的精神品质，洋溢着浓厚的矿山信息，有原汁原味的艺术感染力。

5月 张伟明的长篇小说《无所适从》由作家出版社出版。小说讲述了文学青年打工者海藻的故事，展现了具有一定文化基础的打工青年在都市中的迷茫与困惑、奋斗与挣扎，讲述了他们找寻自我身份和自我价值的过程。

10月 李宝群的四幕话剧《父亲》刊《剧本》1999年第10期。这是李宝群的成名作。2000年，获得中国艺术节大奖，2001年，获得中宣部“五个一工程奖”。上海电影制片厂根据话剧拍成同名电影。《父亲》写的是一个退休的老工人和他的下岗子女的现实处境，通过一个家庭，以点带面映射社会，反映改革进程中人们不得不面对的种种困境，人们面对困境内心的煎熬、困惑、迷惘，在摆脱困境的过程中迸发出的顽强的生命力，以及家人之间在相互扶持、彼此温暖中流露的亲情，表现了普通人真实、美好的人性。

11月26日 首届中华铁人文学奖在人民大会堂举行，该奖项是中华铁人文学专项基金理事会在石油、石化行业设立的全国性大奖，每五年举办一次，是年共56部作品获奖。刘白羽、魏巍、李若冰等分别获贡献奖、荣誉奖。

2000年

1月 李铁的中篇小说《工会主席》刊《特区文学》2000年第1期。

2月11日 阮章竞在北京逝世，享年87岁。

3月 杨宏海主编作品集《打工世界：青春的涌动》由花城出版社出版。在内容上分为三部分——“小说”“报告文学·散文·诗歌”“评论”，书前有黄树森、申霞艳、周婉琪的《序》和杨宏海的《前言》，书后有杨宏海的《后记》。

5月 刘庆邦的中篇小说《神木》刊《十月》2000年第3期。获第二届老舍文学奖，根据《神木》改编的电影《盲井》获第53届柏林国际电影节最佳艺术贡献银熊奖。

6月6日 中华民族园杯首届老舍文学创作奖在京揭晓，刘恒的《贫嘴张大民的幸福生活》获中篇小说创作奖。

6月19日 柯仲平在上海逝世，享年91岁。

9月26日 欧阳山在广州病逝，享年92岁。

9月 刘恒、王新纪的评剧《贫嘴张大民的幸福生活》刊《新剧本》2000年第5期。《新剧本》2001年第2期发表钟艺兵的《开了评剧的新生面——看评剧〈贫嘴张大民的幸福生活〉》、廖奔的《现代派意绪与评剧的结合——在评剧〈贫嘴张大民的幸福生活〉座谈会上的发言》、罗锦麟《大胆创新　发扬传统——评剧〈贫嘴张大民的幸福生活〉的导演艺术》，热评评剧现代戏《贫嘴张大民的幸福生活》。

10月12日 第五届茅盾文学奖评奖揭晓，张平的长篇小说《抉择》和阿来的《尘埃落定》、王安忆的《长恨歌》、王旭烽的《茶人三部曲》获奖。

11月 大庆铁人传写作组编著，孙宝范、卢泽洲执笔的长篇传记文学《铁人传》（上下）由石油工业出版社出版。

12月2日 卞之琳在北京逝世，享年90岁。

2001年

1月 向本贵的长篇小说《遍地黄金》由作家出版社出版。作品讲述的是以刘竹山、伍有福为代表的老牛岭金矿的领头人在金矿陷入绝境之际，带领全体工人通过第二次创业，使矿山获得新生的故事。

2月 王立信的四场话剧《世纪彩虹》刊《剧本》2001年第2期。《世纪彩虹》获第三届江苏省戏剧节优秀剧目奖、优秀编剧奖、江苏省第四届“五个一工程”奖、文化部第九届文华新剧目奖、第六届中国艺术节优秀剧目奖。造桥工人石松生、桥梁工程师黄乐水、桥工处干部周铁林，这是三个因“桥”而结下生死之交的朋友。半个世纪以来，他们一次次经历了自然的、社会的、人生的惊涛骇浪，但在任何情况下，他们都把“桥”看得比自己生命还重。他们与共和国一起成长、成熟的故事浓缩了这一代人的整体命运，也折射了50年来新中国的发展历史。

4月29日晚 国务院总理朱镕基在京观看了辽宁人艺演出的五幕话剧《父亲》。他说：“这个戏用艺术的形式来反映国有企业改革，反映由此带来的职工下岗的再就业问题，很有感染力。”

12月 刘川的八场话剧《潮涌黄浦江》刊《剧本》2001年第12期。作品以造船厂江海厂的发展为线索，讲述自20世纪80年代开始的，席卷中华大地的，改革开放大潮中的一场命运搏斗和人生追求……

2002年

1月 孙惠芬的中篇小说《民工》刊《当代》2002年第1期。《小说选刊》2002年第4期、《作品与争鸣》2002年第8期转载。

1月 齐铁民的中篇小说《有泪悄悄流》刊《春风》2002年第1期,《中篇小说选刊》2002年第2期转载。

2月16日 草明在北京逝世，享年89岁。

4月20日 阿凤在天津逝世，享年81岁。

4月 《石油摇篮》编委会编的纪实文学《石油摇篮——玉门油矿60年》由甘肃人民出版社出版。

6月 谢友义的长篇小说《广州好男》由花城出版社出版。

7月16日 诗人杜运燮因病逝世，终年87岁。

8月 赵香琴的长篇小说《日食》由北方文艺出版社出版。这是一部大庆油田职工创作的长篇小说。

9月 程树榛的长篇小说《遥远的北方》由作家出版社出版。这是一部反映20世纪60年代工业战线生活的长篇小说。

9月 《百年石油》编写组编写的纪实文学《百年石油》由当代中国出版社出版。作品记载了中国石油工业从19世纪末到20世纪的发展历程。

9月 周长钟的现代戏曲《潮起潮落》刊《剧本》2002年第9期。作品描写天马皮鞋集团公司的成立和发展。

12月 李春雷的长篇报告文学《宝山》由花山文艺出版社出版。作品描写了波澜壮阔的宝钢创业史。获第三届鲁迅文学奖优秀报告文学奖。

2003年

1月 李铁的中篇小说《乔师傅的手艺》刊《青年文学》2003年第1期。《小说选刊》2003年第3期转载。

1月 王立信的六场话剧《平头百姓》刊《剧影月报》2003年第1期。剧作在第十一届中国艺术节上获得“文华大奖”。作品讲述的是下岗工人张明华作为“平头百姓”的底层生活，再现了现代都市底层老百姓的真实生活状态，揭示了普通人身上的美好品性和英雄品格。

2月 齐铁民的中篇小说《张小霜和她的姐妹们》刊《春风》2003年第2期。《作品与争鸣》2003年第7期转载。

3月16日 李肇正在上海逝世，享年48岁。

4月 周嘉俊的报告文学集《在宝钢的日子》由文汇出版社出版。

6月 余兆荣的长诗《铁人词典》由北方文艺出版社出版。长诗以词条与咏唱并行的形式，通过对荒原上石油会战的宏大叙事，折射出大庆石油会战时期的铁人形象和铁人精神。

8月 马镇长篇报告文学《大漠无情》由中国文联出版社出版。作品讲述了孙健初等老一辈石油地质家历经千辛万苦、排除千难万险在西部找油的故事。2004年，获中华铁人文学奖。

12月 《武钢文艺》编辑部编《武钢文学史话》由中国广播电视出版社出版。全书由“诗路文痕”“跋涉之旅”“文友散记”“文学武钢”“附录”五部分组成，书前有樊政炜的《序》，书后有董宏量的《后记》。

2004年

3月 榛子的中篇小说《且看满城灯火》刊《青年文学》2004年第5期。《小说选刊》2004年第5期，《作品与争鸣》2004年第10期转载。

5月21日 第二届“中华铁人文学奖”颁奖大会在人民大会堂隆重举行。共有22部作品获奖，24部作品获提名奖，4位作家获荣誉奖。

5月 王十月的长篇小说《烦躁不安》由花城出版社出版。小说被誉为“打工文学有史以来最有特色、最具文学品质的一部长篇，是打工一族的《废都》。

5月 刘海民、林红梅的报告文学《中国工人许振超》由新华出版社出版。本书介绍2004年全国“五一劳动奖章”获得者、青岛港码头工人许振超的事迹，记述其积三十年实践钻研、练就的“无声响操作”等绝活，以及创下的每小时单船接卸世界纪录。

8月 毕淑敏的中篇小说《女工》刊《北京文学》2004年第8期。小说被改编成同名电视连续剧。作品讲述了主人公浦小提从上学到工作、结婚、生子、被弃、遭遇下岗、重新工作的人生经历，塑造了一个美丽、勤奋、高尚、坚韧的女工形象。

9月 曹征路的中篇小说《那儿》刊《当代》2004年第5期。《作品与争鸣》2005年第6期转载。这是一篇与工业题材相关的小说，文本以某市矿山机械厂的国营转制为主要情节，塑造了一个充满了悲壮意味的英雄形象——“我”小舅——市矿山机械厂的工会主席朱卫国。

10月 何建明的长篇报告文学《部长与国家》刊《中国作家》2004年第10期。新世界出版社2006年1月出版单行本。获第四届鲁迅文学奖。这部25万字的报告文学记述的是当年“独臂将军”余秋里受命出任石油部部长、带领五万大军在极度艰苦的松辽平原上进行大庆石油会战的传奇故事。

2005年

1月 孙晶岩的长篇报告文学《中国动脉》由人民文学出版社出版。这是一部全景式描写西气东输工程建设史的长篇报告文学。作品真实地记录了建设西气东输的历史，展示了如火如荼的建设场景，弘扬了铁人精神，讴歌了这项高科技工程、绿色工程、优质工程、阳光工程，散发着浓郁的一线工人的生活工作气息。

3月24日 李若冰在西安逝世，享年79岁。

3月 楚荷的长篇小说《苦楝树》刊《当代》2005年第2期。在当年《当代》长篇小说评选中荣获银奖。主人公吴满虽是一名普通的电工，但他是电工中的技术权威，影响力很大，与工厂的关系十分紧密，直至融为一体。

3月 迟子建的中篇小说《世界上所有的夜晚》刊《钟山》2005年第3期。《小说选刊》《小说月报》2005年第7期、《新华文摘》2005年第19期转载。人民文学出版社2006年1月出版单行本。“我”因丈夫死于车祸，为了摆脱哀伤而独自远行。途经乌塘，一个有二十多家煤矿的北方小镇，随处可见艳俗的女人、矿工和矿工家属，目睹了世间的种种苦难、不公和死亡。

5月 贺国甫、宗福先创作的话剧《谁主沉浮——道拉斯先生到来之前》刊《上海文学》2005年第5期。获全国优秀艺术精品工程优秀剧本奖。剧本反映的是国有企业改革转制的话题，围绕新华厂的破产方案，展开了赵琳、新华厂厂长宋志明、民营企业家刘镇、赵自强、罗亚平之间的多方角力，在尖锐、复杂的矛盾冲突中，塑造了在改革大潮中搏击风浪、砥柱中流，为了维护国家和人民的利益一身正气、满腔热血的共产党员罗亚平的光辉形象。

6月 康胜利的长篇报告文学《八千里气龙越神州》由石油工业出版社出版。本书记述了“西气东输”这一伟大工程的建设历史，再现石油人艰苦卓绝的奋斗精神。

7月9日 陆文夫在苏州逝世，享年77岁。

7月 杨利民的多媒体话剧《铁人轶事——王进喜的八个生活片断》刊《新剧本》2005年第4期。作品塑造了一个亲切、勇敢、正义的铁人形象，通过王进喜和他的钻井队的奋斗历程，表现了中国的石油事业由贫到强的发展进程，歌颂了以王进喜为代表的中国石油工人“石油工人一声吼，地球也要抖三抖”的豪迈气概和“宁可少活二十年，拼命也要拿下大油田”的大无畏的革命加拼命的精神。

7月 武歆的中篇小说《天车》刊《中国作家》2005

年第7期。《小说月报》2005年第9期转载。小说的主人公是一个叫李美玲的年轻女性，故事的场景集中在一部天车的操作间里。

8月 吕中山的报告文学《兵工厂长——许远明与华安的故事》由作家出版社出版。本书描写的是一位厂长解困发展国企的成功之路。

9月 王立纯的长篇小说《月亮上的篝火》由作家出版社出版。小说以20世纪50年代末60年代初大庆石油大会战为背景，全景式地展现中国石油工业艰难多舛且轰轰烈烈的昨天和今天。“我六叔”、刘播、许曾、米新朵等当年的热血青年，在如花似玉的年华，一路高歌，满怀豪情投身于石油大会战，把青春甚至生命献给了中国石油开发。

9月 和谷、路小路的长篇报告文学《中国百年油矿》由人民文学出版社出版。作品获“中华铁人文学奖作品荣誉奖”。

10月17日 巴金在上海逝世，享年101岁。

10月28日 苗培时在北京逝世，享年87岁。

11月26日至27日 由深圳市文联、宝安区委宣传部联合主办召开的“打工文学创作实践与未来发展”全国学术研讨会在深圳举行，这是第一届全国打工文学论坛。

2006年

1月 曹建川的中篇小说《荒原水站》刊《青海湖》2006年第1期。《小说选刊》2006年第4期转载。作品从被派驻到荒原之中看守水站的石油工人的妻子入手来刻画石油工人真实的心灵史。

1月 刘庆邦的长篇小说《红煤》由北京十月文艺出版社出版。作品描写了农民出身的矿工宋长玉的奋斗史、发迹史以及最后被迫逃亡的结局。

3月 赵天山、林和平合著的长篇小说《西圣地》由国际文化出版公司出版。获第六届“十月优秀文学奖”，首届“中华铁人文学奖”。作品以20世纪50年代至90年代勘探开发、建设克拉玛依油田为背景，讲述了新中国第一代石油人在艰苦的年代和环境下，以他们的创业豪情和钢铁意志克服种种困难的感人故事，塑造了第一代石油人无私奉献的壮丽人生。

3月 关毅的长篇小说《啊！新大陆》由石油工业出版社出版。本书以中国石油企业实施“走出去”战略，在南美洲开发油田的艰苦创业历程为背景，通过对一批人物的描写，表现了中国石油人的团队意识和拼搏精神，展现了中国企业走向世界并逐渐成为跨国公司的形象。

5月23日 在《在延安文艺座谈会上的讲话》发表64周年之际，天津工人文学创作社在第一工人文化宫举办了天津工人文学创作50周年研讨会。著名作家周骥良与工人作家们一起参加了研讨会。

5月 杨启舫的长诗《矿工万岁》刊《词刊》2006年第5期。获第七届全国煤矿文学乌金奖特别荣誉奖。

9月 忽培元的长诗《共和国不会忘记——大庆人的故事》由人民文学出版社出版。本书是一部回顾大庆油田开发建设五十年历史的长篇诗歌。以诗的形式，再现石油工人的冲天豪气，讴歌顶天立地的大庆精神、铁人精神。

11月 高满堂的长篇小说《大工匠》由万卷出版公司出版。作品以东北某钢铁厂两个身怀绝技的“大工匠”师兄肖长功与师弟杨本堂（杨老三）之间的交往与矛盾展开故事线索，表现了丰富、复杂的工厂生活。

11月29日 由深圳读书月组委会、深圳市文联、宝安区委宣传部、深圳特区报联合主办，“第二届全国打工文学论坛”在深圳宝安隆重举行，著名评论家雷达、杨宏海、曹征路等与打工作家张伟明、王十月、柳冬妩、郑小琼等一起出席论坛。

12月 肖克凡的长篇小说《机器》由湖南文艺出版社出版。获中宣部第十届“五个一工程”奖、首届中国出版政府奖，并入围第七届茅盾文学奖。作品聚焦于一个工人家庭，描写了两代工人、六个人物，从20世纪40年代写到90年代，在半个世纪的历史沧桑中书写两代人的不同经历，意在书写一部工人阶级的成长史。

2007年

1月 赵香琴的长篇小说《国血》由湖南文艺出版社出版。作品以石油战线为背景，描写了在荒原上工作的石油工人及亲人们，他们在困苦的环境中无私奉献，为祖国寻找宝贵的能源，展示了一群顶天立地的石油工人形象。

5月 由“打工诗人”许强、罗德远、陈忠村主编的我国第一部“打工诗人”的诗歌选本《中国打工诗歌精选》由珠海出版社出版。该书收入了1985—2005年我国100位“打工诗人”的“底层题材”的诗歌作品。入选的作者主要有郑小琼、柳冬妩、张守刚、刘大程、郁金、何真宗、陶天财等。

5月 李宝群的话剧《矸子山上的男人女人》刊《剧本》2007年第5期。作品写的是一支女子拣煤队的生活。矿山关闭，拣煤队被“放长假”，她们在支书秦铁柱的带领下，克服沮丧、愤激、无助、绝望的心理，在绝境中逐渐创造出了希望。

5月 郑小琼的散文《铁·塑料厂》刊《人民文学》2007年第5期。作品正面进入打工和生活现场，真实地再现了一个敏感的打工者置身现代工业操作车间，比较成功地揭示了铁和塑料的现实与隐喻，为我们对现代工业制度的某些不健全和反人性进行反思与质疑提供了个人的例证。作品获得《人民文学》奖“新浪潮”散文奖。

6月 焦祖尧的长篇小说《飞狐》由作家出版社出版。小说讲述飞狐岭煤矿历经千辛万苦的波折，最终顺利实现改革的故事。小说的主人公是飞狐岭煤矿的副矿长余大中，他时刻心系矿工，有原则和责任感，面对煤矿的每况愈下，他努力排除万难，着力改革，最终实现了煤矿的转型。

10月 梅洁的报告文学《大江北去》由北京十月文艺出版社出版。作品是反映南水北调工程的史诗性纪实文学巨著。

12月1日—2日 由深圳市读书月组委会办公室、深圳市文联和宝安区委宣传部联合主办的“全国第三届打工文学论坛”，在深圳宝安举行。

2008年

1月4日 第十一届“庄重文文学奖”揭晓，郑小琼获得“庄重文文学奖”。

1月12日 在由中国作协创研部、《人民文学》杂志社、中共深圳市委宣传部、深圳市文联主办的全国打工文学论坛上，十二位打工作家向中国现代文学馆赠送了记载着他们“心灵的呼喊”的作品，萌生于草根的普通劳动者的文学走进了中国文学的殿堂。来自全国各地的打工作家、首都各大文学期刊主编、文学评论家等五十余人出席了论坛，共同围绕“和谐文化建设与打工文学”进行了对话和讨论。

4月 王十月的中篇小说《国家订单》刊《人民文学》2008年第4期。《小说月报》2008年第6期、《新华文摘》2008年第13期、《作品与争鸣》2008年第9期转载。小说获第五届鲁迅文学奖。作品通过完成20万面美国国旗的国家订单这一事件，以细腻的笔触写到了多位打工者内心深处的那份善良与纯真。

5月15日 辽宁省作家协会主办“辽宁工业题材文学创作座谈会”。

5月31日 首届中国新诗人诗歌节在东莞举行，会上举行了首届中国打工诗歌高峰论坛。来自全国各地的近百名作家、诗人欢聚一堂。

9月 贺晓彤的长篇小说《钢铁是这样炼成的》由湖南文艺出版社出版。看这个国营大厂，经历过怎样艰难的改革，在一群硬汉的手里，创造了一个神话般的奇迹！

10月 余红的长篇小说《黑煤》由湖南文艺出版社出版。作品围绕一桩特大矿难的隐瞒与揭露的博弈，依次拉开了现实性极强的连台好戏。

11月 曹征路的长篇小说《问苍茫》刊《当代》2008年第6期。另刊《长篇小说选刊》2009年第3期。人民文学出版社2009年2月出版单行本。作品讲述深圳某电子公司的劳资矛盾的故事，鲜明地批判了资本至上、资本崇拜的社会现象。

2009年

2月15日 由中国报告文学学会特别举办的“中国改革开放优秀报告文学奖”评奖活动在京揭晓。有30部作品获奖。其中有程树榛的《励精图治》。

4月 刘恒的电影文学剧本《铁人》由人民文学出版社出版。作品讲述了铁人王进喜的故事。1959年，王进喜以石油工人劳动模范的身份去北京参加群英会，当时的中国被判定为“贫油国家”，大街上的公共汽车因为没有汽油，车顶上背着一个煤气包做燃料。这个景象深深地刺痛了他。第二年春天，王进喜率领他的钻井队参加了规模空前的石油大会战，以“宁可少活二十年，拼命也要拿下大油田”的顽强意志和冲天干劲，带领全队苦干五天五夜，打出了大庆第一口喷油井，随后不断打破生产纪录，被誉为油田“铁人”。

6月4日 金莹的《工业题材写作陷入瓶颈》发表于《文学报》。文章指出，在历届茅盾文学奖的获奖名单上，此类题材仅有《沉重的翅膀》一部。每年出版的1000多部长篇小说中，有关工业的也寥寥无几。文中呼吁作家，关注社会巨变下的工业生活，以及在工业生活中人们的生存状态，关注工业题材创作。

6月6日 网络“群体穿越”小说《临高启明》开始在起点中文网连载，小说细致呈现、虚拟而写实地铺陈了五百位现代人穿越到明代天启年间，以现代工业文明“启迪明朝”，建立近代工业社会的全过程。

6月26日 第三届“中华铁人文学奖”颁布会在北京人民大会堂举行。本届评奖共评出50部（篇）作品奖和8名个人奖。本次评委会特别授予中华铁人文学奖和铁人文学专项基金的创立者焦力人特别贡献奖；何建明的《部长与国家》、赵天山的《西圣地》、刘恒的《铁人》三部作品获“中华铁人文学奖特别奖”，忽培元的《共和国不会忘记》、和谷的《中国百年油矿》、孙晶岩的《中国动脉》获“中华铁人文学奖作品荣誉奖”；冯敬兰等七人获“中华铁人文学奖个人荣誉奖”。本届25名中华铁人文学奖获奖者和19名提名奖获得者，全部是来自石油、石化以及海洋石油系统的业余作家，体现出“石油人写，写石油人”的鲜明特色。

8月 张学东的长篇小说《超低空滑翔》由上海文艺出版社出版。这是首部以民航人的生活为原型创作的长篇小说。作品深刻挖掘和剖析民航企业人所拥有的特殊的人生旅途的意义，并借此层层揭开民航人长期以来给外界社会制造的一层所谓的“神秘面纱”。

8月 王十月的长篇小说《无碑》由花城出版社出版。小说被赞为“为打工者建造的一座丰碑”。作品描写了瑶台厂和基德厂两次罢工，两次罢工均源自工厂内部尖锐的劳资矛盾，反映了严峻的社会现实。主人公老乌是作品塑造的颇有人性深度的人物形象。从昔日罢工的告密者到后来成为罢工的主角，角色的转变隐含着人物思想的变化。

9月 楚荷的长篇小说《工厂工会》刊《当代》（长篇小说选刊）2009年第5期。这是一部旨在探讨国有企业在改革转轨之后工会如何发挥作用以及工人如何重新获得主人地位的小说。

10月3日 雁翼在成都逝世，享年83岁。

2010年

1月 “中国航空工业院士丛书”由航空工业出版社出版。共8种，分别是施宗灿的《多彩的人生——记中国科学院院士曹春晓》，徐德起、李晓滨、杨洋编著的《情志蓝天——记航空气动专家、中国科学院院士李天》，王树棕等编著的《“凤”舞蓝天——记中国工程院院士杨凤田》，刘大响的《我心飞翔——航空动力专家刘大响院士回忆录》，许珊、雷杰佳的《放飞雄鹰——记K—8/教8飞机总设计师石屏院士》，李韶华的《如钢人生——记中国工程院院士赵振业》，姚远、刘凡君的《生命之光——记国际著名焊接专家、中国工程院院士关桥》，顾诵芬口述、师元光整理的《我的飞机设计生涯》。

6月19日 为促进繁荣辽宁省工业题材的文艺创作，由辽宁省文联、鞍山市政府共同举办的“‘工业题材’与当下文艺创作研讨会”在鞍山召开。省内评论家、作家20余人应邀参加。研讨会分析了自20世纪五六十年代以来工业题材创作繁荣和低迷的原因，新世纪以来创作的得失，为工业题材的未来发展提出了设想和展望。

8月 李宝群的话剧《黑石岭的日子》刊《剧本》2010年第8期。该剧在第九届中国艺术节上获得文华大奖特别奖，还获得了中国话剧“金狮奖”、第六届全国话剧展演一等奖，并入选2009—2010年度国家舞台艺术精品工程十大精品剧目。讲述的是中国北方某矿区一个叫黑石岭的地方，发生在矿工刘黑子、范大炮、秦秀文、彭乐呵之间跨越半个世纪的故事。

10月20日 第五届鲁迅文学奖揭晓，王十月的《国家订单》获中篇小说奖。

11月19日 2010年度“茅台杯”人民文学奖颁奖典礼在中国现代文学馆隆重举行，评奖的范围是2009年11月到2010年10月间，在《人民文学》杂志上发表的小说、散文、诗歌和非虚构作品。《词典：南方工业生活》的作者萧相风获非虚构作品奖。萧相风是来自深圳的打工作家，这是《人民文学》自推出青年诗人郑小琼、以《人民文学》发表的《国家订单》获得鲁迅文学奖的王十月之后，又一次强力推出的打工作家。

11月 鬼金的中篇小说《追随天梯的旅途》刊《上海文学》2010年第11期。作品描写了轧钢厂工人的生活状态。

11月 张志荣的报告文学集《火焰山下》由新疆人民出版社出版。

12月 肖克凡的长篇小说《生铁开花》刊《中国作家》2010年第12期。北京十月文艺出版社2011年4月出版单行本。作品描写的是“文化大革命”时期至21世纪的工厂情况和工人境遇，从侧面折射出改革开放三十年来的历史进程。作为一部反映一代工人心灵成长史的长篇小说，作品刻画得最有光彩的人物是新时代的工人英雄王宪刚这一形象。

12月 王十月的中篇小说《不断说话》刊《青年文学》2010年第17期。

12月 刘华的长篇小说《车头爹车厢娘》由长江文艺出版社出版。小说被称为中国铁路人成长小说，时间跨度从20世纪40年代到90年代末。在长达半个多世纪的时空背景下，小说以奶奶的人生命运为叙事线索，叙写了三代铁路人的成长历程，充满感情又真实地呈现了几代铁路人的日常生活和情感伦理。

2011年

1月 高满堂的长篇小说《钢铁年代》由作家出版社出版。作品以鞍山钢铁厂为背景，描写了尚铁龙、杨寿山、麦草三人之间纠结一生的感情以及对下一代的影响。

4月22日晚 以“当代雷锋”郭明义为原型创编的大型话剧《郭明义》在沈阳举行首演。《郭明义》的编剧是黄伟英、黑继文。

5月15日 作家王立纯因病医治无效逝世，享年61岁。

7月 于泽俊的长篇小说《工人》由文化艺术出版社出版。作品以“我”的口吻描写了三代建筑工人的生活。

8月 萧相风的《词典：南方工业生活》由花城出版社出版。作品获2010年《人民文学》奖非虚构作品奖。授奖辞中写道：“《词典：南方工业生活》，让我们看到了工业中的人——那些曾是农民的工人，不是作为‘问题’，而是作为活生生的人，在工业中劳作和生活。”

9月2日 胡锦涛总书记等中央领导在北京观看了辽宁人民艺术剧院上演的话剧《郭明义》，并给予了充分的肯定和鼓励。

9月 管燕草的淮剧《大洪流》刊《上海戏剧》2011年第9期。作品主要讲述了20世纪20至30年代中国共产党领导的上海工人武装起义运动。

9月 齐橙的长篇小说《工业霸主》开始在起点中文网连载，是网络工业小说的真正的开山之作。小说中，21世纪初清华大学机械系研究生林振华穿越到了1979年的汉华机械厂，在工人们的帮助下，让企业逐渐壮大，走出国门，走向世界，“铸就了一个工业帝国”。

11月 李芮的长篇小说《季节深处》由新华出版社出版。作品反映了新的历史时期开滦工人勇于进取、肯于奉献的精神风范，精心塑造了唐小菡这个煤矿工人的形象。在她的身上突出表现了当代煤矿工人的纯朴善良、任劳任怨的品格，以及用科学知识改变人生的人文情怀。

12月 李春雷的报告文学《幸福是什么——当代雷锋郭明义》由春风文艺出版社出版。作品讲述了当代雷锋郭明义的故事。

2012年

1月 郑小琼的散文诗《女工记》刊《人民文学》2012年第1期。

1月 王十月的小说集《开冲床的人》由海天出版社出版。收《开冲床的人》《国家订单》等小说7篇。另有一篇《自叙》（代《后记》）。

3月 鬼金的短篇小说《轧钢厂的公墓》刊《野草》2012年第3期。作品通过具体描写，控诉了工厂管理者将“工人与机器等同”的治厂方针。

4月 徐剑的长篇报告文学《浴火重生》由万卷出版公司出版。全书以东北工业基地国有企业“凤凰涅槃”的历程为背景，通过对生活其中的众多人物的深入采访，揭示了他们失落与寻觅、悲伤与奋起的现实，再现了东北老工业基地所创造的奇迹与辉煌，反映了中国工人在党的领导下艰苦奋斗、自强不息的伟大精神。

4月 何华的长篇报告文学《石化魂——兰州石化人对中国工业的贡献》由甘肃人民出版社出版。

9月19日至21日 中国作家看兖矿暨第五届全国煤矿中青年作家级研讨班活动在兖矿集团举办。

12月20日 首届“全国青年产业工人文学大奖”揭晓，据悉，“全国青年产业工人文学大奖”由共青团广东省委、广东省青年联合会、中国青年报社共同发起，覆盖全国青年产业工人文学创作资源，每两年一届，是产业工人文学最权威的文学奖项。

12月 喻荣军的话剧《钢的琴》（根据张猛编剧的电影《钢的琴》改编）刊《剧本》2012年第12期。收入《喻荣军舞台剧改编作品选》（壹），由中国人民大学出版社于2014年10月出版。作品讲述了一位钢厂下岗工人为了女儿的音乐梦想而不断艰苦努力，最后通过自己的奋斗和身边朋友的帮助用钢铁为女儿打造出一架钢的琴的故事。

12月 郑小琼的诗集《女工记》由花城出版社出版。被誉为“中国诗歌史上第一部关于女性、劳动与资本的交响诗”。

2013年

1月21日 首届全国青年产业工人文学大奖颁奖座谈会在广州举行。该活动由团广东省委、中国青年报社、广东省青年联合会联合发起，广东省青少年文化促进中心、广东省青年产业工人作家协会、西樵镇政府主办。此次大奖共评出长篇小说奖、中篇小说奖、短篇小说奖、散文奖、诗歌奖、报告文学奖、网络微文学奖、文学评论奖、文学新人奖、伯乐奖、提名人奖、企业文化贡献奖、公众评委奖、公益文化贡献奖等14个奖项，共55人获奖。包括著名打工诗人郑小琼在内的30人获得各类作品奖。

1月24日 中国煤矿作家协会召开第五届会员代表大会。会议回顾总结了五年来煤矿文学事业取得的成就和经验，选举产生了新一届煤矿作家协会领导机构。刘庆邦任新一届中国煤矿作协主席，吴晓煜、荆永鸣、徐迅、冯俐、崔涛等任副主席。

1月 刘恒的电视剧剧本《贫嘴张大民的幸福生活》（中国电视剧三十年优秀剧作丛书）由人民文学出版社出版。

1月 管新生、管燕草的长篇小说《工人》由上海人民出版社。后经作者修订，2021年由中国工人出版社出版，书名总题改为《百年海上》，上、中、下三卷分别为《天之光》《地之光》《人之光》。通过一个工人世家祖孙几代的命运沉浮与爱恨情仇，以百余年的时间跨度，近百万字的篇幅，展现了上海工人阶级萌芽、崛起、壮大的波澜壮阔的历史画卷。

3月31日 作家赵长天因病在上海逝世，享年66岁。

5月 丁燕的纪实文学《工厂女孩》由外文出版社出版。为深入了解东莞工厂女孩的生活，作者先后在两家电子厂、一家注塑厂打工，经历了200天最真实、最深刻的工厂生活，记录下这些工厂女孩青春、爱情与梦想的萌生与破灭，也是对裹挟了无数人命运的现代工业洪流的追问。

6月15日 2013年6月15日是草明诞辰百年的日子，中国作协在北京举行“草明百年诞辰纪念座谈会”，缅怀并纪念这位曾在现当代文学史上写下重要篇章的作家。中国作协主席铁凝出席并讲话。中国作协党组书记李冰主持座谈会。来自全国各地的数十位作家评论家以及草明的亲朋故交齐聚一堂，共同追忆她的待人之道与为文之风。

7月 梁秉堃的话剧《格桑花》刊《剧本》2013年第7期。获文化部全国优秀话剧奖。作品反映青藏铁路建设，讴歌铁路的建设者们不畏艰险、无私奉献，以他们的行动，谱写了一曲战天斗地的英雄颂歌，以及展现出的“挑战生命极限，创造人间奇迹”的光辉形象。

8月 谢友义的报告文学《广州的天空》由中国文联出版社出版。作品展现广州大型国企勇于担当社会责任的风采，呈现新时期产业工人生活的时代画面。

9月20日 由中国作家协会举办的“舒群百年诞辰纪念座谈会”在中国现代文学馆举行。

2014年

1月20日 由中国作协主办的“阮章竞百年诞辰纪念座谈会”在中国现代文学馆举行。

1月 肖克凡的小说集《最后一个工人》由百花文艺出版社出版。收入《最后一个工人》《最后一座工厂》《黑色王国》《男工张义》《一天八小时工作》《下岗孝子李永荃》等11篇小说，均为工业题材作品。

4月 侯红芳、陈国明、黄素珍的长篇报告文学《战渤海》由光明日报出版社出版。作品回顾了渤海油田的发展历程，描写了3000万吨大会战气势磅礴的动人场面，热情赞美了参加会战的油田工人风雨同舟、团结协作的精神，塑造了一个个可歌可泣的真实人物形象。

5月16日 作家陈国凯因病在广州逝世，享年76岁。

5月 李建学的小说集《石油上的人——李建学小说选》由石油工业出版社出版。精选了李建学石油题材中短篇小说17篇，以平实朴素的语言和地域民俗化的风格，塑造了一系列可亲可敬的石油人物形象。

7月 安路一方的长篇小说《道班工人》由人民交通出版社出版。作者以在公路管理领域的多年从业经验，塑造了一大批养路工人生动鲜活的形象，展现了转型时期养护行业的变革发展和从业者的人生起伏，以及历尽波折仍不变爱岗敬业本色的良好精神面貌。

9月30日 杜卫东、周新京的长篇小说《江河水》由东方出版社出版。老港口在新局长江河带领下不忘初心，在时代浪潮中通过“破”“立”和“创”三个阶段大刀阔斧推进改革创新的故事。该作品后被改编成44集同名电视连续剧，由李小亭执导，杜卫东、杨骏等编剧。

10月15日 中共中央总书记、国家主席、中央军委主席习近平在北京主持召开文艺工作座谈会，发表重要讲话。他强调，坚持以人民为中心的创作导向，创作更多无愧于时代的优秀作品。2015年10月14日，这篇重要讲话公开发表。

11月28日至30日 共青团广东省委、省青年产业工人作家协会在佛山市南海区西樵镇举办广东青年产业工人作家高级研修班，学习、研讨习近平总书记在文艺工作座谈会上的讲话精神。中国作家协会副主席、著名文学评论家李敬泽，著名作家梁晓声，著名诗人、《诗刊》常务副主编商震，著名作家、《人民文学》副主编邱华栋，著名作家、《小说月报》主编马津海，著名文学评论家、广东财经大学人文与传播学院院长江冰等专家学者进行专题授课，与研修班学员分享文学创作的切身体会。参加研修班的学员均为优秀青年产业工人作家、青工作协会员代表，在全国知名刊物发表或出版过有一定影响力的文学作品。广州军区政治部战士杂技团的国家一级演员、被誉为“东方天鹅”的吴正丹，作为参加北京文艺座谈会的唯一广东代表、唯一“80后”代表，与学员分享了赴京参会的亲身体会。

11月30日 由团广东省委、中国青年报社、广东省青年联合会发起，广东省青少年文化促进中心、佛山市南海区西樵镇人民政府、广东省青年产业工人作家协会共同主办的第二届全国青年产业工人文学奖举行颁奖仪式。上海作家管燕草的《百年海上》第一卷《天之光》获得唯一的长篇小说奖。

11月 吴国霖主编的《2014中国工业题材短篇小说选》由南京出版社出版。2014年2月，由草明家乡顺德发起“顺德杯”中国工业题材短篇小说创作大赛，该书是这次创作大赛一、二、三等奖获奖作品的选集。

11月 阿莹的话剧《秦岭八号》刊《剧本》2014年第11期。同期刊阿莹的《我的军工情结——〈秦岭八号〉创作谈》。

12月 孙秋生的长篇小说《流动的黑金》由中国文联出版社出版。作品描写了主人公黄毛——一个华北平原土生土长的煤矿年轻人，在他成长的历程中目睹了矿区的发展变革和亲人友人间的恩恩怨怨。

2015年

1月28日 雷加百年诞辰纪念座谈会在中国现代文学馆举行。中国作协主席铁凝出席座谈会并讲话。中国作协党组书记钱小芊主持座谈会。中国作协副主席陈建功、李敬泽及各界专家学者、雷加亲朋故友80余人与会。纪念座谈会后，雷加亲属向中国现代文学馆捐赠了雷加部分手稿。

20世纪50年代，雷加创作了长篇小说《潜力》三部曲，成为新中国成立初期描写工业战线生活的代表性作品。

1月 彤子的长篇小说《南方建筑词条》由羊城晚报出版社出版。彤子本名蔡玉燕，是佛山本地工人作家。《南方建筑词条》以“词条”的形式、细腻的笔触，聚焦于建筑工人这一特殊群体的生存状况和精神生活，“记录了一座城市的易容与变迁”。作品获得“西樵山杯”第三届青年产业工人文学大赛“最佳长篇小说奖”。

3月 双雪涛的中篇小说《平原上的摩西》刊《收获》2015年第2期。《小说月报》2015年第6期、《新华文摘》2015年第12期转载。

4月 刘庆邦的长篇小说《黑白男女》刊《中国作家》2015年第4期。上海文艺出版社2015年6月出版单行本。这是刘庆邦酝酿近20年的长篇新作，以煤矿瓦斯爆炸为背景，以三个死难矿工家庭为主线，聚焦矿上男男女女的日常生活和情感重建。2017年11月，获得《中国作家》鄂尔多斯文学奖优秀奖；2017年12月28日，获得首届“吴承恩长篇小说奖”；2018年10月10日，获得第七届全国煤矿文学乌金奖特别荣誉奖。小说讲述的是矿难家属如何重建生活的故事。

5月 路内的中篇小说《慈悲》刊《收获》2015年第3期。小说写的是一个国营化工厂——前进化工厂在“文化大革命”、改革开放、严打、投机倒把、国企改制、市场经济、私营企业兴起等大大小小的时代风潮中的光荣与衰败以及工人们的命运流转。

8月 秦晓宇编的《我的诗篇——当代工人诗典》由作家出版社出版。这是一部收录改革开放至今中国工人诗歌的诗集。该诗集讲述了当代中国工人的生存处境和生命体验。

10月 荆永鸣的中篇小说《较量》刊《人民文学》2015年第10期，《小说月报》2015年第12期、《中篇小说选刊》2016年第1期转载。作品获得2015年度茅台杯人民文学奖优秀中篇小说奖。

10月 王立新的长篇报告文学《大海上的钢城》由河北教育出版社出版。描写首钢搬迁后从一张白纸开始，建设起一座现代化的海上钢铁城的经过。

12月 盛慧的长篇小说《闯广东》由花城出版社出版。作品以个人奋斗和跌宕起伏的生活磨砺为线索，主人公的成功和跌落、动摇与坚守，是数十年中国急剧变革的一个翔实生动的侧影。

2016年

1月 李鸣生的"航天七部曲"由天地出版社出版。包括《飞向太空港》(之一),《澳星风险发射》(之二),《走出地球村》(之三),《远征三万六》(之四),《中国长征号》(之五),《千古一梦——中国人第一次离开地球的故事》(之六),《发射将军》(之七)。

2月 阿莹的五幕话剧《秦岭深处》刊《当代戏剧》2016年第2期。2019年7月由中国工人出版社出版单行本，获得第三十一届田汉戏剧奖一等奖。作品写的是秦岭深处一座军工厂里一群军工人研制导弹的真实故事，是工业题材的话剧。

5月 丁燕的纪实文学《工厂男孩》由花城出版社出版。作品描写走出田埂的"90后"男孩奔赴钢铁工业，在夜以继日的机械化劳作中笃定又迷茫地徘徊于车间、宿舍、工厂路……

6月19日 中国戏剧家协会在北京召开《秦岭深处》专家座谈会，中国评论家协会主席仲呈祥主持。业内专家表示，这是一部为军工人树碑立传的作品，讴歌了军工人的英雄主义、爱国主义、奉献精神，不仅填补了话剧军工题材的空白，而且为现实题材话剧创作积累了宝贵经验。

6月 谢友义的长篇小说《工友》由中国文联出版社出版。这是作家继《广州工人》之后的又一产业工人力作，又一次见证产业工人作家书写大国工匠的形象。

6月 外文出版社出版了《中国速度》中英文版，社会反响强烈，多次再版。相继参加英国、美国、希腊及东南亚国家许多重要的国际书展，受到了热烈欢迎。由此，外文社决定再增加出版法、德、俄、日、西、阿六种文字的版本，让多语种《中国速度》走向世界。

7月28日 纪念天津工人文学社创办60周年座谈会暨《天津工人文学史》首发式在天津举行。《天津工人文学史》由百花文艺出版社出版。全书共分为"组织结构""主要工作""创作""作品年表""纪念文章""人物""关怀支持""志庆"等8个章节，收录有方纪、孙犁、万国儒、柳溪等数十位作家有关工人文学创作的文章。

8月 鹤蜚(孙学丽)的报告文学《大机车》由大连出版社出版。获得第一届中国工业文学作品大赛长篇报告文学组一等奖。

10月29日 由共青团广东省委员会、中国青年报社和广东青年联合会发起，广东省青少年文化促进中心、广东省佛山市南海区西樵镇人民政府、广东省青年产业工人作家协会共同主办的"西樵山杯"第三届青年产业工人文学大赛在佛山市南海区西樵镇隆重举行颁奖典礼。大赛共收到来自12个省24个市的个人申报及提名推荐作品1597篇，最终共颁出10个大项、68个奖项，总奖金高达30万元。

11月1日 中国第一部展现高铁建设发展的话剧《中国速度》(编剧王立信)在南京紫金大戏院上演。话剧通过一系列人物群像的塑造，真实地反映了中国铁路人以天下为己任，拼搏进取、不畏艰难、勇于实践的奋斗精神，在艰苦卓绝的奋斗历程中，完成了从"追赶者"到"领跑者"的华丽转身。

11月11日 南丁在郑州逝世，享年85岁。

11月 《湖北工人作家丛书》由长江文艺出版社出版。内有崔立民的《父亲的红钢城》、李文红的《坦克吊上的向日葵》、梁小琳的《未临黄昏》、殷铁梅的《夜班工人》、谭冰的《走吧，兄弟》、陆明祥的《深秋》、柳晓春的《白棉花》、王国良的《大峪口》、付汉勇的《五十年代生》、贾勇的《在钢铁中生长》等10部长篇小说。

11月 崔立民的长篇小说《父亲的红钢城》由长江文艺出版社出版。作品围绕父亲身边的几个伙伴在不同的成长阶段发生的故事，叙述了红钢城几个家庭、两代人的命运和生活及情感纠葛。

11月 梁小琳的长篇小说《未临黄昏》由长江文艺出版社出版。作品以浮世绘的写作手法，展现了当代产业工人在体制改革转型期生存状态的嬗变，工人命运轨迹的变迁。

11月 谭冰的长篇小说《走吧，兄弟》由长江文艺出版社出版。作品描写一个建设在大别山腹地的军工厂在股份制改造过程中的发展和蜕变。

11月 陆明祥的长篇小说《深秋》由长江文艺出版社出版。作品以三个下岗女工的各自生活经历和对过去的回忆，反映出从20世纪90年代初到21世纪前十年，纺织行业由兴旺到衰亡的波澜历程和纺织女工的工作与生活，纺织厂效益滑坡时的内心痛苦与煎熬，以及下岗后的艰难遭遇。

11月 付汉勇的长篇小说《五十年代生》由长江文艺出版社出版。作品以现实主义的笔法，描写了20世纪50年代出生的一代工人的命运，讲述了国企改革全过程。

11月 贾勇的长篇小说《在钢铁中生长》由长江文艺出版社出版。作品描写主人公王前进在进入武钢、成为一名工人后的成长。

11月 汤儒勤的报告文学集《凝眸——大庆石油大会战采纪》由中国工人出版社出版。

12月6日 由上海市新闻出版局指导，阅文集团旗下多家知名原创文学网站主办的首届“网络原创文学现实主义题材征文大赛”颁奖典礼在沪举办。阿龙创作的直面国企改革主题的《复兴之路》荣膺特等奖。

12月 曹志军的长篇小说《燃烧的大漠》由新疆人民出版社出版。

2017年

4月6日 湖北省作协召开湖北工人作家丛书出版首发座谈会，这标志着历时3年多的省作协工人作家扶持项目圆满完成。湖北工人作家丛书共包括十位作家的十部长篇小说，由长江文艺出版社2016年11月出版。作品集中反映了当代产业工人生存状态，以及新兴企业与传统国企工人的工作、生活和精神面貌。

4月28日 由中国外文局主办，外文出版社、中国铁路作协、《中国作家》杂志社承办的“《中国速度——中国高速铁路纪实》(作者王雄)与‘一带一路’作品研讨会”在北京举行。来自中共中央文献研究室、中国作协、中国报告文学学会、《文艺报》《中国作家》、中国铁路作协的30多名专家学者参加了研讨会。

4月 李新华的话剧《铁血道钉》刊《剧本》2017年第4期。另刊《中国戏剧》2017年第5期。作品以中国首位杰出铁路工程师詹天佑为原型，根据真实历史事件，讲述了詹天佑“实业救国，铁路兴邦”的百年梦想。

5月31日 林蔚然编剧、吴晓江导演的话剧《大国工匠》在内蒙古自治区话剧院金狮剧场首演。该剧为2017年度国家艺术基金资助项目，是内蒙古自治区重点扶持剧目和包头市“十三五”时期重点文艺精品剧目。

5月 李秀恩的长篇报告文学《大庆扛旗人——记“大庆新铁人”李新民》由中国工人出版社出版。作品讲述了“大庆新铁人”李新民的故事。

6月4日 作家陈冲因病逝世，享年81岁。

8月29日 “首届中国工业文学作品大赛”在国家工业和信息化部举行新闻发布会，这是全国规模最大、层次最高的工业文学赛事。大赛在工业和信息化部产业政策司的指导下，由工业和信息化部工业文化发展中心、中国企业联合会企业文化建设委员会联合主办。

8月 双雪涛的小说集《飞行家》由广西师范大学出版社出版。共收录了9篇短篇小说。

9月20日 以铁人王进喜命名的“中华铁人文学奖”第四届颁奖大会在大庆油田铁人纪念馆颁发。本届评奖共评出56部(篇)作品奖和19名个人奖，并对王涛、赵宗鼐、张丁华、高洪波、关晓红、李秋杰授予特别贡献奖。对陈烈民、张锲、雷抒雁授予特别纪念奖。授予周绍义等9名石油石化系统作家“中华铁人文学奖成就奖”。此次的获奖作品是从2009年6月至2017年7月期间创作发表、出版的石油石化题材作品中评选产生的优秀之作，体现了“石油人写、写石油人”的鲜明特色。

11月1日至2日 第31届田汉戏剧奖评奖活动在上海举行。经评委会评审，由全国近二十家戏剧专业期刊推荐参评的25个剧本、30篇论文，分获各等奖项。其中阿莹的《秦岭深处》获一等奖。

11月 梁晓声的长篇小说《人世间》由中国青年出版社出版。作品获第十届茅盾文学奖，被誉为“人民史诗”“平民生活史”。后被改编成同名电视连续剧。作品以1972—2016年为时代背景，主要讲述以周家三子女为代表的平民子弟跌宕起伏的人生经历。

2018年

1月15日 第二届网络原创文学现实主义题材征文大赛颁奖典礼在沪举行。齐橙的网络小说《大国重工》获特等奖，榕之子的《造车》和高原风轻的《建设大时代》获得优胜奖。

1月20日 首届中国工业文学作品大赛颁奖典礼在北京举行，揭晓的35部获奖作品深度聚焦重工业题材，涉及航空航天、国防科工、人工智能、纺织、电子等多个领域，反映了我国工业发展的艰辛历程和光辉成就，彰显了中国工业精神的伟大力量，体现了中国特色工业文化的时代魅力。其中，张西祥凭借《一个小站两个人》获得了小说组一等奖，崔斌峰的中篇报告文学作品《鲲鹏起兮——大型运输机运20研制纪实》、孙学丽的长篇报告文学作品《大机车》获得报告文学组一等奖。

5月 第三届“橙瓜网络文学奖”评选中，齐橙的网络小说《大国重工》荣获年度百强作品奖。

6月 谢友义的长篇小说《七道》由团结出版社出版。小说讲述了在南方船舶公司同一班级工作的两名工友工作、生活和情感故事。

8月22日 由工业和信息化部工业文化发展中心、中国作家协会创作联络部、中国企业联合会企业文化建设委员会和广东光耀物联科技文化有限公司联合主办的第二届“中国工业文学作品‘光耀杯’大赛”在中国科学技术馆正式启动。

9月 班宇的短篇小说集《冬泳》由上海三联书店出

版。这是班宇的第一本小说集。《冬泳》是班宇创作的一部描写市场经济转型期下岗工人生活的小说集。

9月 齐橙的现实题材网络文学《何日请长缨》开始在起点中文网连载。这是一部聚焦国企改革与振兴的长篇小说。

10月10日 第七届全国煤矿文学乌金奖颁奖会在北京举行。本届评奖共评出乌金奖作品32部(篇)、提名奖作品27部(篇),推选特别荣誉奖4部。其中,刘庆邦的长篇小说《黑白男女》、梁东的《当代中华诗词名家精品集》(梁东卷)等获得特别荣誉奖。亚东的《风起毛乌素》、荆永鸣的《北京时间》等5部长篇小说,闫桂花的《兰成走了》、海佛的《小车里的煤田》等5篇中篇小说,王庆才的《别问我是谁》、黄静泉的《过年》等5篇短篇小说,徐迅的《我的故乡雨雪初霁》等5部散文集,东篱的《秘密之城》等5部诗集和1篇组诗,沙凡的《五彩石》等3部(篇)报告文学,史修永的《多维视野中的中国当代煤矿小说》等3部(篇)文学评论获得乌金奖。

2019年

1月24日 第三届现实主义网络文学征文大赛公布结果。恒传录创作的描绘从沿海滩涂到高原深岭高铁建设的《中国铁路人》获得一等奖,高铁侠客的《高铁群侠传》获得优胜奖。

3月1日至3日 由王伯男、马连伦编剧,吴晓江导演,山西省话剧院创排的大型工业题材类话剧《为我先锋》在太原市青年宫演艺中心首轮演出。该剧以太原重型机械集团有限公司为创作原型,再现了山西工业革命的排头兵"太重"如何敢为人先,勇接国际订单、改革创新技术,奋发有为、团结一心、攻克难关,掌握核心技术闯入国际市场,最终完成企业改革、凤凰涅槃的发展历程,反映了山西工业在改革创新过程中,从"中国制造"向"中国创造"的转型升级。

3月8、9日 由四川人民艺术剧院有限责任公司创排,唐栋、蒲逊、甄进编剧,傅勇凡导演,孔斐、董凡等主演的话剧《苍穹之上》在北京首都剧场成功上演。该剧首次用舞台艺术的形式,再现了我国新型战机艰难的研制历程,讲述了航空工业从业者生活工作中的感人故事,讴歌了几代航空人的奉献拼搏精神。

4月26日 上海话剧艺术中心的原创剧目《追梦云天》在美琪大戏院上演,编剧王俭,导演胡宗琪。剧作以飞机设计工程师唐瑛的视角,展现了飞机制造以及中国民航人的心路历程。

6月 管新生的纪实文学《工人新村——上海的另一种叙事记忆》由中国工人出版社出版。作品以编年史的方式,真实而细腻地描述了上海工人新村中工人子弟的成长过程,反映了整整一代人的集体记忆。

8月 凡一平的中篇小说《我们的师傅》刊《北京文学》2019年第8期。《小说月报》2019年第9期转载。

9月 李铁的中篇小说《方国民师傅》刊《十月》2019年第5期。《作品与争鸣》2020年第1期转载。

9月 榛子的中篇小说《父亲是工人》刊《山花》2019年第9期。《作品与争鸣》2019年第11期转载。

10月11日 国家新闻出版署和中国作家协会联合推介了25部"庆祝新中国成立70周年"主题网络文学作品暨2019年优秀网络文学原创作品,齐橙的《大国重工》和二目的《魔力工业时代》入选。

12月17日 中华全国总工会宣传教育部、中国作家协会、中国工人出版社和作家出版集团联合举办《高铁作证》研讨会。20余位专家学者高度评价这部长篇小说的文学价值和社会价值,呼吁更多作家积极投身到新时代重大现实题材作品的创作中去。全总宣教部、中国工人出版社同时宣布,开展新时代工业文学职工文学出版资助项目征集活动,设立200万元新时代工业文学职工文学图书出版资助项目专项资金,资助工业题材作品和工人作家作品出版,讲好中国故事,讲好中国工业故事,讲好中国工人故事。2020年度,资助15部左右入选项目,在2021年中国共产党成立100周年前全部完成出版。

《高铁作证》是国内第一部以高铁建设为题材的长篇小说,由中国工人出版社作为新中国70周年献礼图书推出。中国作家协会会员孟广顺依托亲身经历中国高铁实现里程碑式飞跃的丰富生活积累,以党的十八大以来加快建设"八纵八横"高速铁路网为背景,生动塑造听党指挥、不畏艰险,攻克难题、战胜风险,坚守信仰、忠心报国的高铁参建职工群像。

12月18日 第二届中国工业文学作品大赛颁奖典礼在北京举行,邓仁宪的短篇小说《异情》,王学明的中篇小说《师兄》,刘国强的中篇报告文学《祖国至上——战略科学家黄大年"飞行记录"》,何中华的长篇报告文学《国家记忆——揭秘"中国核武器"》获得一等奖。本届大赛集结了82部长篇工业小说,其中75部通过初审,24部进入专家评审。这些小说集中反映了中国当代长篇工业小说的总体状况。

2020年

1月13日 《中国工业报》刊发消息《书写优秀文化 彰显时代魅力——第二届中国工业文学作品"光耀杯"大赛41部作品胜出》，"近日，第二届中国工业文学作品'光耀杯'大赛颁奖典礼在北京举行，共有41部优秀作品获奖。"

5月1日 由上海市新闻出版局指导，阅文集团旗下多家知名原创文学网站联合主办的第四届全国现实题材网络文学征文大赛公布获奖名单。齐橙的聚焦中国工业发展史的长篇小说《何日请长缨》获得特等奖。

7月 凡一平的小说集《我们的师傅》由广西师范大学出版社出版。收录凡一平2019年创作的中篇小说3篇、短篇小说1篇。

8月 孟广顺的长篇小说《国门之外》由中国工人出版社出版。作品以中国高铁建设者远赴海外发展、开拓国际市场为背景，生动叙述了高铁建设者响应"一带一路"倡议走出国门，在家庭、集体、国家之间进行抉择，默默奉献直至献出生命的感人故事。全书人物富有传奇色彩，情节跌宕起伏，结局催人泪下，是高铁建设者海外工作、生活和命运的真实写照。

8月 刘庆邦的长篇小说《女工绘》由作家出版社出版。这是一部书写煤矿女工故事的长篇小说。作为后知青时代的年轻煤矿女工，小说中的华春堂是一个自我奋斗、主动追求幸福人生的成长型人物。华春堂的自我奋斗主要表现在家庭、工作、择偶等方面，她始终主动掌握着自己人生的节奏和方向，勇往直前的女性气质和压抑黑暗的煤矿环境形成鲜明对比。此外，作品中的张丽之、王秋云、杨海平、周子敏等女性都各具特色。

10月 由齐齐哈尔话剧团出品，李继合编剧、邢友江导演的大型原创工业题材话剧《国之重器》在艺术剧院隆重上演。

2021年

1月 邱贵平的长篇小说《五朵厂花》由中国文史出版社出版。这是一部深情感人的工业题材作品，描述了发生在二十世纪末工厂里的那些人和事。

1月 周振天（执笔）、陈萱的话剧《深海》刊《剧本》2021年第1期。这是一部描写共和国勋章获得者、"中国核潜艇之父"黄旭华的话剧。作品将独立自主造潜艇的历史与黄旭华的个人生活紧紧联系起来，时间跨度七十余年，将人物波澜壮阔的人生表现得雄浑奔放。2023年5月，《深海》获第25届曹禺戏剧文学奖（第九届中国戏剧奖·曹禺剧本奖）。2022年12月，《深海》获得中宣部第十六届精神文明建设"五个一工程"奖。

2月 潘一掷的长篇小说《子弟》由人民文学出版社出版。作品以男孩小满的视角反映工人生活、工厂命运，将"厂二代"的个人命运、青春记忆与工厂的兴败、东北城市的兴衰嵌合在一起。

2月 赵杨的长篇小说《春风故事》由北京联合出版有限公司出版。作品以沈阳老工业基地为背景，反映了改革开放以来国企艰难发展、负重前行，讴歌工人阶级钻研科技、爱厂如家、热诚奉献的精神。作品获北京市长篇小说奖和第四届中国网络文学优秀奖。

3月 周梅森的长篇小说《人民的财产》由作家出版社出版。作品讲述京州中福集团董事长齐本安面对市场与管理的压力，积极解决企业问题，处理外部关系，将企业带出困境的故事。

3月 秦北的长篇小说《归心》由人民文学出版社出版。作品聚焦半导体芯片制造行业，叙述企业在竞争中求发展，塑造了胸怀大义、开创时代的中国企业家形象。

4月25日 由工业和信息化部工业文化发展中心、中国作家协会创作联络部、中国企业联合会企业文化建设委员会和广东光耀物联科技文化有限公司联合主办的第三届"中国工业文学作品'光耀杯'大赛"正式启动。

4月 邹元辉的长篇小说《涅槃》由宁波出版社出版。作品讲述了国企转制浪潮中长海机械厂在郝兴江的带领下"涅槃重生"的故事。

5月 我本疯狂的长篇小说《铁骨铮铮》由阳光出版社出版。《铁骨铮铮》是网络作家我本疯狂创作的一部网络小说。作品讲述的是宁西高铁建设的故事，意在探寻铁路建设者的精神血脉。

6月7日 《文艺报》以《2021中国一日·工业兴

国——中国作家在行动》为题，对中国作协主办的“2021中国一日·工业兴国——中国作家在行动”全国作家联动大型文学主题实践活动予以报导。活动号召广大作家以4月28日至5月18日为周期，书写其中一天的所见所闻，用文学的方式讲述中国共产党领导全国各族人民进行工业建设的伟大实践和辉煌成就，以文学致敬工业战线，为建党100周年留下一份独特的记录诠释。

6月10日 “三代铁人英雄谱”报告文学研讨会在京举行。短篇报告文学辑“三代铁人英雄谱”发表于《中国作家》（纪实版）2021年第6期，分别是宋明珠的《端水打井的人》、崔英春的《心血作灯照荒原》、于晓宇等的《千难万险，吾往矣》，讲述了“三代铁人英雄”——王进喜、王启民、李新民的故事。

6月 老藤的长篇小说《铜行里》刊《芒种》2021年第6期。《小说选刊》2021年第7期转载。2022年和2023年分别由作家出版社和安徽文艺出版社出版单行本。作品讲述北方盛京铜行胡同的石家三代铜匠，怀抱家国理想，肩负人间道义，历经百年创业守成，恪守工匠精神之青铜之气。被誉为“一部为沈阳大国工匠精神溯源追踪的铜匠史”。小说获评“作家出版社2022年度好书”、第十六届中宣部“五个一工程奖”、第十三届茅台杯《小说选刊》年度大奖荣誉奖。

6月 赵韦的长篇报告文学《国家至上》由陕西人民出版社出版。作品真实记录了中国运载火箭等航天产品固体发动机的研制、生产、试验的艰辛历程，歌颂了中国航天人和军工人的奉献精神，被誉为“一部为时代画像的好作品”。

6月 李春雷的报告文学《中国塞罕坝》由河北美术出版社出版。作品描写的是塞罕坝人追求绿色生态梦想、创造世界上罕见的壮美奇迹的故事。

7月7日 原创舞剧《铁人》首演于辽宁大剧院。该剧由辽宁省文化演艺集团策划出品，辽宁芭蕾舞团和辽宁歌舞团合作演出，编剧兼导演是陈惠芬、王勇。剧作以石油工人“铁人王进喜”为剧中男主角“铁”的原型形象，通过展现“铁”的生平事迹，以个体映射群像，继承与发扬当代石油工人“爱国、拼搏、奋斗、求实、奉献、创业”的“铁人精神”。

7月27日 李铁长篇小说《锦绣》研讨会在京举行。长篇小说《锦绣》初刊《中国作家》，由春风文艺出版社2021年12月出版单行本，是一部成功刻画工人阶级创业精神的现实题材作品，反映了老工业基地在经历工业转型和国企改革的过程中发生的巨大变化。

7月30、31日 话剧《大道》在广州大剧院首演。编剧喻荣军，导演王筱頔。讲述故事主角尤道生和他所带领的企业“国讯”，如何在中国三十多年通信科技高速发展中脱颖而出。“大道”既指主角尤道生的人生大道，也指民族国家的历史大道。

7月 黄秀萍的长篇小说《中国智造》由中国工人出版社出版。黄秀萍是深圳早期“打工文学”代表作家，她的长篇小说《中国智造》，通过改革大潮中企业家的人生际遇，反映了中国企业从“制造”到“智造”的跨越过程。

7月 阿莹的长篇小说《长安》由作家出版社出版。《长安》原刊《当代》(长篇小说选刊) 2021年第3期，《长篇小说选刊》2022年第1期、第2期转载。这是一部军工题材的长篇小说，被誉为“慷慨激昂的军工之歌”，“一部共和国军工的‘创业史’”。作品入选2021年“作家出版社年度好书”。

7月 霍俊明编《先锋:百年工人诗歌1921-2021》由中国工人出版社出版。编者称，该书“是目前为止国内第一本百年视野下的专题性的工人诗歌选本”，“还是一部百年工人诗歌的编年史，具有档案的属性和功能”。

10月20日 电视剧《火红年华》（原名《大三线》）研讨会在京召开。该剧以国家“三线建设”为背景，讲述了老一辈三线建设者在国家号召下，挑战世界先例建设起一座300万吨级的大型钢铁联合企业的故事。《火红年华》的原著和编剧是革非，总导演是王文杰。

10月 第广龙的长篇小说《高高的太阳坡》由春风文艺出版社出版。作品以20世纪80年代的西部山区为背景，描写了一队野外石油工人在搬迁前夕发生的故事。

10月 陈崎嵘的长篇报告文学《东方大港》由红旗出版社出版。作品讲述了宁波舟山港波澜壮阔的发展历程。

12月4日 在第12届中国广州国际演艺交易会期间，张继钢导演的音乐剧《致青春》作为开幕演出在广州上映。故事以20世纪50年代全国各地建设者驰援广西柳州工业建设为背景，反映了当时历史背景下以柳州为代表的广西工业乃至中国工业发展脉络。

12月28日 作家曹征路在深圳去世，享年72岁。

12月 李铁的长篇小说《锦绣》由春风文艺出版社出版。作品原刊《中国作家》(文学版) 2021 年第7期。作品描写了新中国成立以来锦绣金属冶炼厂的发展轨迹，反映了共和国工业的发展历程，表现了大国工匠精神的传递与产业工人使命的传承，歌颂了共和国产业工人无私奉献的品质和勇于创新的精神。

12月 龚盛辉的长篇报告文学《中国北斗》由山东

文艺出版社出版。作品描写的是北斗人建设北斗系统的艰辛历程，生动刻画了北斗儿女攻坚克难、无私奉献的英雄群像，诠释了“自主创新、开放融合、万众一心、追求卓越”的新时代北斗精神。作品获得第八届鲁迅文学奖报告文学奖。

2022年

1月 四川诗人龙小龙的诗集《新工业叙事》由中国言实出版社出版。诗人将目光和笔触聚焦新工业题材。诗人“把与工业相关的一切，还原为一方场景、一串动作、一处细节、一块话语和呼吸的场域”（李壮语），弥补了当下诗歌创作的一个空白。

3月 晨飒的长篇小说《重卡雄风》由海峡文艺出版社出版。作品描写一家“三线”重型汽车制造厂由濒临破产到实行改革、自主创新、产业重组，最终占据本行业领先地位，成就中国制造辉煌的历程。

5月24日 长篇小说《重卡雄风》研讨会举行。晨飒的长篇网络小说《重卡雄风》以重型卡车行业发展为题材，在网上连载后取得不俗反响，被评为2020年度“中国好书”，2022年3月由海峡文艺出版社出版。

5月26日 长篇小说《锦绣》研讨会在沈阳、锦州两地以线上线下相结合的方式举行。

小说反映新时代中国工业发展历程、展示当代中国工人崭新面貌的优秀主旋律作品，不仅是对工匠精神与中国故事的形象化表达，更抒写出了中国人民百年波澜壮阔的奋斗史诗。

6月19日 “阿莹长篇小说《长安》创作研讨会”在北京、西安等地以线上线下联动方式举办。

小说《长安》讲述了筹建共和国第一代军工企业的历程。该书2021年7月由作家出版社出版，入选中宣部2021年主题出版重点出版物选题、中国小说学会2021年长篇小说排行榜、第六届长篇小说年度金榜特别推荐、作家出版社2021年度好书榜。

6月 老藤的中篇小说《鸡架之城》刊《北京文学》2022年第6期。《小说选刊》2022年第7期转载。获得《北京文学》2022年度优秀作品奖。作品通过风靡东北的网红美食鸡架（鸡车子）写鸡西，写国企改革之后的众生百态。

7月25日 陈崎嵘长篇报告文学《东方大港》研讨会以线上线下相结合的方式在北京和宁波两地举行。

7月29日 《文艺报》第5版刊发多篇评论阿莹长篇小说《长安》的文章，分别是贾平凹的《塑造活灵活现的军工人群像》、蒋子龙的《展现军工题材的文学激情》、彭学明的《工业题材文学创作质的提升》、贺绍俊的《开掘工业文学资源的有益探索》等十篇文章。

7月 孙频的中篇小说《天空之城》刊《十月》2022年第4期。《北京文学》(中篇小说月报)2022年第9期、《小说月报》2022年第10期转载。作品以小县城一家大型纺织厂为背景，描写了世纪之交县城工厂子弟的生活和情感。

7月 罗日新的长篇小说《钢的城》由人民文学出版社出版。《钢的城》原刊《十月》（长篇小说）2019年第5期。作品描写20世纪90年代以来中国钢铁行业的改革历史，全景式地呈现了这一改革历史的复杂、丰富。

8月12日 《文艺报》第6版以“话剧《深海》笔谈”为题刊发刘彦君的《家国情怀和担当意识的动情表达》、罗松的《解锁记忆深处的家国情怀》、郑荣健的《那一片迷人的深海》、彭涛的《探寻历史与人物灵魂的深海》等四篇文章，对话剧《深海》予以肯定评价。

8月24日 《文艺报》第7版以“话剧《塞罕长歌》笔谈”为题刊发刘玉琴的《长歌一曲千山绿》、汪守德的《镌刻在时代年轮间的动人诗行》、万素的《民族精神基因的代际传递》、刘彦君的《与天地对话的史诗创制》等四篇文章，对话剧《塞罕长歌》予以肯定评价。

8月25日 第八届（2018—2021）鲁迅文学奖揭晓。获奖的王松的中篇小说《红骆驼》、龚盛辉的报告文学《中国北斗》均为工业题材。

8月 秦晓宇编的《异化之诗——新编工人诗典》因无出版社出版，由《诗歌与人》杂志社以期刊的形式出版（2022年第8期）。

8月 李云的短篇小说《去老塘》刊《芒种》2022年第8期。《小说月刊》2022年第9期、《新华文摘》2022年第23期转载。作品写矿井深处的工人情谊，特别突出表现面临生死考验，主人公杜海泉的承担与牺牲精神。

9月6日晚 由广州话剧艺术中心创演的话剧《大道》通过线上的方式登上第十三届中国艺术节的舞台。该剧编剧喻荣军，导演王筱頔。

话剧《大道》以一个人的成长传记为线索，折射出一个通信科技企业“国讯”的诞生、发展历程。

9月17日 电视剧《麓山之歌》研讨会在京举行。《麓山之歌》由毛卫宁担任总导演、王成刚编剧、张彤导演，是一部工业题材剧。

9月30日 《文艺报》第5版刊发曾镇南的《〈东方大

港〉随想》、何建明的《报告文学作家应有一种大格局》、李朝全的《陈崎嵘的激情、文采与思想》、白烨的《奋力书写海港战线的弄潮儿与改革家》、贺绍俊的《充满自信、豪迈和大气的〈东方大港〉》五篇文章，对陈崎嵘的报告文学《东方大港》予以肯定评价。

9月 王成刚的电视文学剧本《重中之重》由湖南人民出版社出版。作品描写国有上市公司麓山重工的发展历程，展示当代中国工人的崭新面貌。根据本书改编拍摄成电视连续剧《麓山之歌》。

9月 第十七届中国文化艺术政府奖文华奖揭晓，工业题材话剧《大道》荣获导演奖。

9月 王二冬的诗集《快递中国》由中国言实出版社出版。这是国内首部“快递”主题诗集。

11月1日晚 大型原创歌舞剧《攀登·攀登》在南京的江苏大剧院首演。该剧以徐工集团直面困境、创新突破、勇攀高峰的奋斗历程为背景，生动反映新时代徐工产业转型，展示中国工人崭新面貌。

11月 邹元辉的长篇小说《启航》由中国工人出版社出版。作品描写了主人公李阿牛从一个小铁匠成长为我党工业战线领导者的人生历程，构成了“一个人的工业史诗”。

11月 苏虹的长篇小说《海上晨钟》由作家出版社出版。作品以新谊药厂（上海信谊）为原型,讲述了民族药业发展的历史。

12月17日 报告文学作家李鸣生因病医治无效，在京逝世，享年68岁。

12月26日 工人作家李云德因病医治无效，在鞍山逝世，享年93岁。

12月 第十六届精神文明建设“五个一工程”评奖揭晓，17部作品获得戏剧类优秀作品奖，其中工业题材作品3部，分别是话剧《深海》《龙腾伶仃洋》和舞剧《铁人》；图书类19部，工业题材作品两部，分别是《铜行里》《中国北斗》。

12月 王延才的长篇小说《中国名片》由黑龙江教育出版社出版。这是一部以中国高铁建设飞速发展的现实为背景的工业题材小说。

12月 王计兵的诗集《赶时间的人——一个外卖员的诗》由台海出版社出版，共收诗182首。该书一年内再版9次。诗集获得紫金山文学奖诗歌奖。

10月30日 作家程树榛在北京逝世，享年88岁。

10月 水运宪的长篇小说《戴花》由湖南文艺出版社出版。作品以工厂两代炉工劳模的奋斗史，写出了两代技术工人身上不同的时代印记、相同的精神传承。

2023年

1月 老藤的长篇小说《北爱》刊《中国作家》（文学版）2023年第1期。《小说选刊》2023年第4期转载。作品描写了主人公苗青献身飞机制造行业，刻苦攻关、圆梦蓝天的故事。湖南文艺出版社2023年2月出版单行本。为第八届长篇小说年度金榜上榜作品。

2月17日 水运宪长篇小说《戴花》研讨会在京举行。《戴花》由湖南文艺出版社出版，是水运宪的一部工业题材长篇小说新作，讲述了师徒两代炉工劳模接续梦想荣光的奋斗故事。

2月18日 罗日新长篇小说《钢的城》研讨会在湖北黄石举行。

长篇小说《钢的城》由人民文学出版社出版，是罗日新创作的一部工业题材现实主义作品。小说讲述了钢厂劳模、改革者和普通工人三代人在钢厂改革转型、资产收购并购以及贸易战中的故事，塑造了工人群体的心灵雕像。

2月23日 安徽省首部新时代工业题材话剧《炉火照天地》在安徽大剧院首演，编剧王俭，导演李伯男。剧本刊《剧本》2023年第2期。

该话剧讲述的是海归青年学子陈钢，怀着报效祖国的赤诚之心，投身科技攻关，最终助推中国高速车轮走向世界的故事。

《炉火照天地》获评第十八届中国戏剧节优秀剧目。

2月 胡安焉的非虚构作品集《我在北京送快递》由湖南文艺出版社出版。该书获评“《作家文摘》2023年度十大非虚构好书”。

3月16日 长篇小说《海上晨钟》作品研讨会在京举行。《海上晨钟》由作家出版社出版，是上海作家苏虹历时6年构思创作的一部长篇小说，描绘了以信谊为原型的新谊药厂的百年画卷。

与会者认为,《海上晨钟》以小见大，再现了民族工业百年历程。

3月21日 作家焦祖尧因病医治无效，在江苏常州逝世，享年87岁。

3月26、27日 新编现代京剧《林祥谦》在北京长安大戏院首演。

新编现代京剧《林祥谦》被评为2021年度“福建省舞台艺术精品创作重点剧目”，荣获第八届福建艺术节福建省第二十八届全省戏剧会演“优秀剧目奖”。

该剧由福建省知名剧作家林瑞武与福建京剧院青年编剧饶晓担任编剧，韩宁执导。

3月 齐橙的网络长篇小说《何日请长缨 脱困》（上、

下)、《何日请长缨 崛起》(上、下)、《何日请长缨 搏击》(上、下)、《何日请长缨 辉煌》由安徽文艺出版社出版。《何日请长缨》是现实题材网络小说，2019年开始在起点中文网连载，作品聚焦国企改革与振兴，时间跨度为1994年至今。全书共分三个部分，分别为脱困(1994—1999)、崛起(2000—2009)、辉煌(2010—2019)。

4月21日 工业题材电影《钢铁意志》研讨会在京举行。电影《钢铁意志》是一部以鞍钢为切入点，讲述新中国成立初期工人阶级克服种种艰难险阻，生产出钢铁，有力支援全国解放、抗美援朝、经济建设的故事。该片编剧萧森、孙浩、宁海强，导演宁海强。

与会专家认为，电影《钢铁意志》艺术再现了新中国第一炉铁水诞生及新中国钢铁工业发展的历程，是一部弘扬主旋律的工业题材影片。

5月4日 剧作家梁秉堃，因病医治无效，在北京逝世，享年87岁。

5月15日至16日 舞剧《东方大港》在国家大剧院与首都观众见面。该剧由王思思、钱鑫执导，马凌姗编剧，宁波市演艺集团创排，宁波市歌舞剧院演绎。

舞剧《东方大港》以改革开放以来宁波舟山港建设、发展、困境、图强进程为总体背景，抒写一群大港建设者的热血青春和动人往事，讲述改革开放下时代变迁和中国港口现代化建设发展的故事。

5月18日 第九届中国戏剧奖·曹禺剧本奖(第25届曹禺戏剧文学奖)新闻发布会在广州举行，现场揭晓了本届获奖作品和提名作品。获奖作品5部，工业题材的剧作《深海》名列榜首；获提名奖作品5部，其中有工业题材的《河洛工匠》。

6月 何建明的长篇报告文学《我心飞扬——“华虹520精神”纪实》由上海文艺出版社出版。作品关注中国芯片研制前沿，弘扬华虹520精神。

7月21日 《文艺报》在“人物”栏目刊发王计兵的《每段磨难都会成为照亮未来的光》，节选自王计兵《赶时间的人——一个外卖员的诗》自序，标题为编者所加。同时刊发《王计兵诗选》。

7月 霍俊明主编的《中国工人诗典2022》由中国工人出版社出版。全书从战略性新兴工业、新科技；传统工业下的人、存在、命运；劳动的空间；新时代的宏大景观；西部与戈壁五个领域分为五个小辑，来呈现对于工人、工业和时代剧变的巨写。

7月 纪红建的长篇报告文学《大国制造》刊《中国作家》(纪实版) 2023年第7期。同月，由湖南人民出版社出版单行本。作品聚焦湖南制造业，展现中国工业人自立自强的品质，是一部全景式反映百年工业发展的工业题材新作。

7月 黄传会的报告文学《一飞，再飞》刊《人民文学》2023年第7期。作品书写了中国运载火箭从无到有、升级换代的创新史，这也是我国火箭研发群体的英雄史。

8月 黄传会的长篇报告文学《仰望星空——共和国功勋孙家栋》由浙江人民出版社出版。作品获得中国图书评论学会组织评选的2023年度“中国好书”，第十七届精神文明建设“五个一工程”奖。

9月 李健伟、朱六轩的长篇小说《痴心三部曲》(《破冰》《苦恋》《圆梦》)由郑州大学出版社出版。作品讲述以季健中、安心平、奚道强、肖汉伟等为代表的创业者，在时代大潮中奋力拼搏的生动故事。

10月8日 第五届中华铁人文学奖揭晓。共有46部作品获奖(作品奖23部、荣誉奖1部、提名奖22部)，对为铁人文学奖的创立和发展做出卓越贡献并长期担任基金会会长的阎三忠、中华文学基金会原理事长何建明、铁人文学基金会高级顾问王作然3名同志授予特别贡献奖，对石油石化系统文学创作成果特别突出者路小路、杨利民等11名同志授予成就奖。颁奖大会于10月12日在大庆油田举行。

10月15日 工人作家唐克新，因病医治无效，在上海逝世，享年95岁。

10月28日 在诗人李学鳌诞辰90周年之际，燕赵诗社组织作家、诗人、学者等赴李学鳌故里——河北灵寿县车谷砣村，通过朗诵李学鳌诗歌、参观李学鳌故居、座谈交流、赠送藏品等形式纪念中华人民共和国成立后第一代优秀工人诗人代表李学鳌。

10月 丰收的长篇报告文学《太阳是一颗种子——寻找遗失的可可托海》由人民文学出版社和新疆人民出版社共同出版。作品讲述了新中国成立后一代建设者在西部开发开采矿石的故事。

12月 邹元辉的长篇小说《远航》由中国工人出版社和浙江科学技术出版社联合出版。作为《启航》的续篇，作品讲述在新中国成立之际，主人公李阿牛从延安调到沈阳参与新中国工业化建设的工作生活经历，着重展现新中国成立初期工业化的筚路蓝缕。

12月 张雪云的长篇报告文学《“海牛”号》由湖南人民出版社出版。作品以国之重器“海牛”号海洋钻机系统研制应用为题材，讲述了以强国建设为己任的“海牛”号首席科学家万步炎及其团队成员的事迹。

12月 李惠敏、田丰、陈国元合著的《中国工人文学史》(上、下)由河北人民出版社出版。该书是业界首部工人文学史，以近百万字的篇幅讲述百年中国工人文学的发展历史，侧面揭示百年中国工业的发展历程。图书出版后，《人民日报》(海外版)、《光明日报》、《中国社会科学报》、《文艺报》、《中国艺术报》分别刊发田建民、王勇、邢建昌、马云、高媛媛撰写的书评予以肯定评价。

2024年

1月6日 “东莞制造的东莞记忆——丁燕作品研讨会”在东莞举行，来自全国各地的多位评论家围绕“工厂三部曲”(《工厂女孩》《工厂男孩》《工厂爱情》) 展开研讨。“工厂三部曲”是丁燕深入工厂、了解基层产业工人的生活后写就的纪实文学作品。

1月9日 由铁路作家王雄创作的长篇报告文学《纽带——中老铁路纪行》研讨会，在中国现代文学馆举行。

《纽带》由云南教育出版社出版，作品全景式展现了中老铁路艰辛的建设历程和通车后取得的巨大效益。

1月 吴丹的长篇小说《鲸落果园》由春风文艺出版社出版。作品根植于胜利油田从发现到开采的历史背景，展现了中国石油事业发展的艰辛历程和老一代石油人的砥砺奋斗。

1月 汪峰的诗集《炉膛与胸腔》由中国言实出版社出版。汪峰的诗以工业和劳动为主题，书写一种工业自然中的生活经验，展现个人、家国、民族和时代的情怀。

1月 陈冠柏的长篇报告文学《领潮——鲁冠球传》由中国大百科全书出版社出版。作品描写了全国劳动模范鲁冠球的成长发展史，呈现了中国农民在时代大潮当中的精神成长史，中国企业在改革开放当中走向世界的激荡奋斗史。

1月 何建明的报告文学《一路惊“芯”》刊《中国作家》(纪实版) 2024年第1期。作品描写了华虹集团在芯片研制方面取得的新突破，表现科研人员为国争光的风采。

2月 张秀珍的长篇小说《孔秀》由花山文艺出版社出版。这是工人作家张秀珍的自传体小说，记述了主人公——印染厂普通女工孔秀在繁重的工作之余从事文学创作，并最终成为作家的故事。小说被改编成同名电影。

3月17日 丁捷长篇报告文学《望洋惊叹》研讨会在南京举行。《望洋兴叹》由河海大学出版社出版。

《望洋兴叹》是一部书写洋口港、书写如东改革开放的作品，是对中国故事的一次具体而微的讲述。

3月20日 电视剧《一路向前》研讨会在京举行。电视剧《一路向前》以新中国第一条铁路“成渝铁路”建设为背景，生动展现了新中国第一代铁路开路先锋的英雄事迹。

3月27日 长篇报告文学作品《大道》的研讨会在北京广西大厦举行。《大道》由漓江出版社、广西教育出版社联合出版，作者李玉梅。《大道》是一部全景式反映国家战略性工程——西部陆海新通道建设的长篇报告文学。

3月 肖克凡的中篇小说《父亲和雕像》刊《当代》2024年第2期。《小说选刊》2024年第4期、《小说月报》2024年第4期、《中篇小说选刊》2024年第3期转载。作品写了一对工人父子，故事在父子关系与丰富的历史层次中展开，展现了老一辈国企工人的精神境界。

3月 曾有情、张子影的长篇小说《绽放太空的玫瑰》由晨光出版社出版。这是国内首部女航天员题材长篇新作，讲述了很多不为人所知的航天飞行背后的故事，歌颂了中国航天人的载人航天精神。

3月 网名“人间需要情绪稳定”的网络小说《一路向北》由上海文艺出版社出版。作品讲述了中国科技工作者在科技强国、航天报国的道路上勇为人先、奋斗拼搏的故事。

4月8日 钟法权报告文学《为珠峰测高的人们》作品研讨会在京举行。《为珠峰测高的人们》由西安电子科技大学出版社出版。该书以为珠峰测高为主线，详细记录了国测一大队队员们的光辉事迹，生动讲述了几代测绘队员薪火相传、赤诚奉献的感人故事。

4月18日 长篇报告文学《大成昆》研讨会在京举行。《大成昆》由天地出版社出版，作者陈果。

4月 李修文的长篇小说《猛虎下山》由人民文学出版社出版。作品获“中国作家协会新时代文学攀登计划第四期”支持项目。作品在企业转制、工人下岗的背景下描写猛虎下山、工人上山打虎的故事。

4月 李芸霞的长篇报告文学《东方铁牛——共和国农机长子成长纪实》由中州古籍出版社出版。这是一部反映中国第一拖拉机厂（以下简称一拖）立项、筹备、建设和影响的长篇报告文学作品。

5月16日 “工业的家国记忆与工业文学的时代情怀——邹元辉作品研讨暨长篇小说《远航》新书发布”活动在京举行。《远航》是邹元辉“中国石油化工史诗”系列的第二部作品，由中国工人出版社出版。

5月18日 刘克中长篇小说《中国大港》研讨会在京举行。《中国大港》以浙江港口为创作原型，讲述了以梁云霄为代表的三家海港人建设世界一流大港的生动故事。

5月29日 网络小说《鲲龙》作品研讨会在线上召开。作为一部现实主义题材网络小说，《鲲龙》以中国航空工业为背景，讲述了国产水陆两栖飞机鲲龙AG600从设计到研发的全过程。

6月29日 由中华全国总工会宣传教育部支持，中国职工文化体育协会主办，中国大百科全书出版社、中国工人出版社承办的“大力弘扬劳模精神劳动精神工匠精神——《领潮——鲁冠球传》出版座谈会”在京举行。《领潮——鲁冠球传》由中国大百科全书出版社出版，作者陈冠柏。

6月 唐墨的长篇小说《亲爱的，二进制》由重庆出版社出版。作品以汉科公司人工智能的研发进程为背景，写出中国AI研发走向世界、亮相国际舞台的辉煌成绩，以及5G时代的爱之坚韧与顽强。

7月9日 飘荡墨尔本《筑梦太空》作品研讨会在线上举行。《筑梦太空》是网络作家飘荡墨尔本的一部网络小说，由作家出版社出版单行本，讲述了中国国际商业航天发展的故事。

7月16日 长篇小说《一路奔北》作品研讨会在京举行。《一路奔北》是网络作家“人间需要情绪稳定”的作品，在阅文创世中文网首发，由上海文艺出版社出版单行本，《中国作家》连载刊发。

7月25日 晨飒《金牌学徒》作品研讨会在线上举行。《金牌学徒》是知名网络作家晨飒继《重卡雄风》后推出的又一部现实题材网络文学力作。小说通过主人公孟荣的成长历程，展现了一个普通青年在技术领域的奋斗与成长，以及他如何从一名普通学徒逐步成长为技术领域顶尖专家的全过程。

7月 罗德远、王海军主编的《打工诗歌四十年精选（1983—2023）》由南方出版社出版。这部诗歌选本囊括了1983年至2023年间的打工诗人的代表性作品，是一部迄今为止全国最具代表性、学术性和史料价值的“打工诗歌”文本。

8月23日 话剧《轨道》剧本暨新时代现实主义创作探索研讨会在京举行。四幕话剧《轨道》是剧作家周振天新近创作的剧本，作品以“一带一路”为背景，反映了新一代铁路工作人员的精神风貌。

8月 周芳的长篇小说《膏矿叙事》由上海文艺出版社出版。作品描写的是一座开采石膏矿的国有企业里的众生相。

9月 朱秀海的长篇小说《海天雄鹰》由湖南文艺出版社出版。这是国内首部航母舰载机题材长篇小说。

9月 李少君主编的《腾飞协奏曲——新时代新工业诗选》由安徽文艺出版社出版。书中收录了28位新工业诗人的代表作，集中展现了新工业的蓬勃发展之势、新工业群体的奋斗进取精神和新工业诗歌的磅礴力量。

9月 丁晓平的长篇报告文学《秦山里的中国——一座核电站的强核报国之路》由浙江教育出版社出版。作品描写了中国独立自主建造的第一座核电站——秦山核电的发展历程，讲述了几代核工业人艰苦奋斗、自力更生、攻坚克难的时代故事。

9月 纪红建的长篇报告文学《大兴安岭深处》由湖南人民出版社出版。作品主要描写了内蒙古森林消防总队大兴安岭支队奇乾中队守护大兴安岭一草一木的故事。

12月24—26日 由中华全国总工会出品、全总文工团倾力打造的大型原创话剧《大国工匠》在京首演。黄定山执导，龚应恬编剧。

该剧以三代女性的故事为叙述主线，讲述了她们在不同历史阶段坚守初心、精益求精的动人故事，塑造了主人公王专一这一立足岗位、创造不凡成就的工匠形象。

工业文学作家小传

作家人名索引

a

阿凤（1920—2002）

原名王鸣凤，河北保定人。幼年随父母来到天津，1937年毕业于私立觉民中学。1940年考入铁路学院，1942年毕业，到天津铁路机务段任机车司炉。1949年天津解放，3月，阿凤进入华北职工干部学校学习，毕业后调军管会铁路处机务室工作。1950年冬，调入《铁路工人报》工作。

1950年2月7日，阿凤在《天津日报》发表了自己的第一篇作品，之后笔耕不辍，坚持业余写作，先后在《天津日报》《铁路工人报》《人民铁道》报等报刊上发表了大量作品。他还参加了孙犁组织的《天津日报》副刊写作小组活动以及第一工人文化宫读书会、书评写作等活动。

1956年，阿凤加入中国作家协会，作为天津工人业余作者代表出席第一次全国青年文学创作者大会。同年调入天津作协工作，任《新港》编辑部小说散文组组长。“文化大革命”期间，被下放到干校、工厂劳动。1972年调入《天津文艺》编辑部，1978年任《新港》编辑部副主任。1982年被选为天津市作协副主席。后为天津作协顾问、天津文学社顾问等。

阿凤于2002年4月20日在天津去世，享年81岁。

作为新中国成立后第一批工人作家，阿凤创作了大量反映工人生活的作品，累计出版了7部小说、散文集——《擦车》（1951年）、《提拔》、《过年》（1953年）、《望鞍钢》（1956年）、《散文二十篇》（1957年）、《在岗位上》（1959年）、《海河散记》（1980年）。一些作品被选入《工人文艺创作选集》（1952年）、《青年文学创作选集》（1956年）、《散文作品选》（1956年）、《建国十年文学创作选》（1959年）、《工人短篇小说选》（1962年）等。

阿英（1900—1977）

安徽芜湖人，原名钱杏邨。北伐战争中，在武汉中华全国总工会宣传部工作。大革命失败后，与蒋光慈等发起成立太阳社，提倡革命文学。1930年参加“左联”的筹备和领导工作。1932年5月，任党的电影小组成员，在上海从事电影工作。抗战爆发后，先在上海从事戏剧活动，后奔赴苏北抗日根据地。新中国成立后从事文化领导工作。

在20世纪30年代，阿英曾发表《盐乡杂信》，还与郑伯奇合作，撰写了电影剧本《盐潮》，反映盐业情况和盐民生活。新中国成立之初，作为天津文艺界的领导，曾出版《工厂文娱工作的理论与实践》《下厂与创作》《剧艺日札》等著作，积极推动工人文艺的发展。

阿莹（1955—2025 ）

陕西铜川人。1972年，进入中国兵器秦川机械厂，从工人做起，直至厂党委副书记、副厂长。1977年开始业余文学创作，1979年开始发表文学作品，1989年出版短篇小说集《惶惑》（陕西人民出版社1989年）。1996年离开工厂，先后在陕西省国防科学技术工业委员会、陕西省委宣传部、省政府国有资产监督管理委员会、省人大常委会、省人民政府等处任职。为第五届陕西省作家协会副主席。

2014年发表话剧《秦岭八号》（《剧本》2014年11月号），后经修改，易名为《秦岭深处》发表在《当代戏剧》2016年第2期，作品获第三十一届田汉戏剧奖一等奖。阿莹创作《秦岭深处》基于自己多年的军工情结，作品描写的是秦岭深处一座军工厂里一群军工人研制导弹的真实故事。2021年出版长篇小说《长安》。

艾明之（1925—2017）

原名黄志堃，广东番禺人，出生于上海。家境原本小康，1932年的“一·二八”战火使他的家庭中落。少年时他当过报童、学徒、网球场的捡球小工等，同时利用工余时间，阅读了大量的中外文学作品。1941年，在失学和上海沦陷的背景下，为了倾吐心中的苦闷，艾明之拿起笔开始从事文学创作，并有作品在报刊上发表。1942年春，为了谋求生路，艾明之离开上海来到重庆，在一所中学任教。1944年，他创作了第一部中篇小说《上海24小时》（重庆自强出版社1945年10月出版），之后又创作了长篇小说《雾城秋》（新群出版社1947年3月出版）。

抗战结束后，艾明之回到上海，进入生活书店，先后在上海、香港、北平等地工作。1949年7月，艾明之从北平回到上海，被分配到上海第三钢铁厂工作，一年后还担任了副厂长。在钢铁厂三年的生活，为他创作工人题材的小说、话剧、电影剧本提供了丰富的素材。1952年，艾明之调任上海电影剧本创作所担任编剧，陆续创作了《伟大的起点》《幸福》《护士日记》等近二十部电影剧本。他创作的电影剧本题材广泛，其中不乏工业题材之作。在小说方面，出版有小说集《饥饿的时候》（上海耕耘出版社1950年1月）、《竞赛》（华东人民出版社1951年3月）、《汽车在叫唤》（作家出版社1956年10月）、《阳光下》，儿童小说《工人的儿子》（少年儿童出版社1956年10月），此外还有长篇小说《狼窟》（文化工作社1950年5月）、《不倦的斗争》（人民文学出版社1953年3月）、《浮沉》（新文艺出版社1957年11月）、《火种》（作家出版社1963年10月）、《燃烧吧，上海》（上海文艺出版社1989年7月）。

学者陈思和称艾明之“是一个有意识写上海工人的作家”。他的作品塑造了具有鲜明的时代色彩，同时又体现出工人阶级本质特征的不同年代、不同性格、不同命运的众多工人形象。

b

艾文会(1923—1984)

原名李更生。河北河间人。1938年起历任八路军冀中军区某部指导员，剧社编导，报社编辑，天津人民艺术剧院干部，中国作协天津分会秘书长。

1944年开始发表作品。出版有《安全员》（独幕话剧，1956年）、《炉边剪影》（散文集，1957年）。此外还创作有独幕话剧《成功之路》（与人合作，1955年）、《原来如此》（1957年），另有短篇小说《一千吨焊条钢》（1959年）、《“短钢锭”的故事》（1962年）。

作品大多取材于工厂生活，塑造了各式各样的先进工人形象，反映了工人的忘我劳动和他们的高贵品质。

艾芜(1904—1992)

原名汤道耕，四川新繁（今成都市新都区）人。1921年秋考入省立成都第一师范学校，开始醉心于新文艺，通过大量的文艺阅读，加深了对新文艺的热爱和对文艺创作的兴趣。1925年夏，为了反抗包办婚姻，同时也为了寻找生活出路，艾芜踏上了漂泊之途，他先到昆明，后又离开昆明踏上了去缅甸的旅途，在途中与赶马人、偷马贼、私烟贩子、轿夫等结伴而行，结识了各色的人物，领略了异样的人生，为后来创作《南行记》提供了素材。1927年在缅甸首都仰光期间，他写了一些诗歌、散文和短篇小说，陆续发表在华侨办的中文报纸《仰光日报》副刊《波光》上。因从事进步活动，艾芜1931年1月被英国殖民当局驱逐回国，春天回到上海。1932年春天，艾芜加入“左联”，积极参加“左联”组织的一些工人活动，曾在工人子弟学校任教，虽然“工厂一个也没有进去看过”（《解放前后》），但还是对工人有所接触和了解，并写出新诗《扛夫之歌》《示威进行曲》，表现了工人阶级对资本家和帝国主义的仇恨和反抗，可视为艾芜从事工人文学创作之始。1933年春，艾芜因在曹家渡从事工人活动而被捕。

在20世纪三四十年代，艾芜的小说创作主要致力于表现南国边陲和农村生活，但在40年代创作的反映抗战题材的长篇小说《山野》中，刻画了煤矿工人韦长松的形象。韦长松本是农民，在父母去世后离开家乡，成了煤矿工人。抗战爆发后，日本鬼子占领了煤矿，韦长松等人炸毁了煤矿，组成了“挖煤的队伍”，回到村庄来保卫家乡。作品对韦长松着墨不多，但在众多的农民形象中，韦长松还是显示出独特的性格。韦长松无疑是艾芜笔下第一个真正意义的工人形象。

新中国成立后，艾芜在创作上自觉地追求描写新的人物、新的群众和新的现实。1952年春，艾芜到鞍山钢厂深入生活，在鞍山住了一年半。1953年10月，他在《人民文学》发表了短篇小说《新的家》，这是艾芜以新时代工人生活为题材的第一篇小说，发表后广受好评。经过多年的努力，艾芜完成了长篇小说《百炼成钢》，作品先于1957年发表在《收获》杂志，后由作家出版社在1958年6月出版单行本。《百炼成钢》发表和出版后广受赞誉，作家出版社还将报纸杂志上发表的评论文章汇集成《〈百炼成钢〉评介》，于同年8月出版。此外艾芜还出版有小说集《夜归》，集中作品多数为工人题材；艾芜还出版有散文集《初春时节》，内收22篇作品，有一半是反映工业建设和工人生活的。

安子（1967— ）

原名安丽娇。广东梅县人。读到初中二年级因家贫辍学。1984年，17岁的安子从梅县来到深圳打工。在努力工作的同时，她也没有忘记读书，甚至为了读书而多次被炒鱿鱼。1988年9月，安子考入深圳大学中文系，开始了半工半读的生活，并于1991年大专毕业。同年，她的第一部打工纪实小说《青春驿站——深圳打工妹写真》在《深圳特区报》连载，发表后反响强烈，次年5月出版单行本。《青春驿站》荣获第八届广东省新人新作奖。凭借《青春驿站》，安子跻身文坛，成为特区的青年作家。此外安子乘胜追击，又出版了报告文学《人性的超越——100万临工大扫描》、《青春絮语——打工仔打工妹情简》、《安子的天空——打工者情简》（均为1993年），成为著名的打工作家，甚至被誉为“中国第一打工妹”。

安子创办了安子新家政公司，后来还创办有其他三家公司。后来安子虽有著述问世，但大多为励志方面的，与打工文学没有什么关系。

巴金（1904—2005）

原名李尧棠，字芾甘，四川成都人。五四运动期间，开始大量阅读《新青年》等新报刊。1920年进入成都外国语专门学校学习，广泛接触西方文学及社会科学著作，1922年冬，在该校肄业。1923年，巴金离开四川到上海求学，次年考入南京东南大学附属高中。1925年五卅惨案发生后，在南京参加了学生的游行活动，抗议帝国主义的暴行。这次游行为他日后创作《死去的太阳》提供了感性认识。高中毕业后在上海从事社会活动，接触过工人运动。1927年1月，赴法国留学，在法期间对欧洲工人运动有所研究，1926年英国工人总同盟罢工，特别是震动全世界的“萨樊事件”，都对巴金产生了深刻的影响，他和“萨樊事件”的当事人之一樊塞蒂通过信，将其亲切地称为“先生”。1928年底，巴金从法国回到上海。

1929年，巴金在《小说月报》上发表了自己的小说处女作《灭亡》，正式登上了文坛。在《灭亡》中，巴金塑造了自己笔下第一个工人形象——纱厂工人张向群。第二部中篇小说《死去的太阳》以五卅惨案为背景，塑造了印刷工人王学礼的形象。

巴金20世纪30年代创作的中篇小说《砂丁》和《雪》(又名《萌芽》)是其真正意义的工业题材作品。《砂丁》反映了矿工非人的生活，《雪》反映了矿工的罢工斗争。

在工人题材小说创作明显匮乏的30年代，巴金做出了自己独特的贡献。

白朗（1912—1994）

原名刘东兰，辽宁沈阳人。1930年与丈夫罗烽一起来到哈尔滨。东北沦陷后积极从事救亡活动，1933年与友人一起先后创办《大同报》副刊《夜哨》、《国际协报》副刊《文艺》，开始从事文学创作。1935年逃离哈尔滨来到上海，继续从事文学活动。“八·一三”事变后，离开上海，先后在武汉、重庆等地从事抗日救亡活动，1941年“皖南事变”后奔赴延安。1942年5月，参加延安文艺座谈会。抗战胜利后，于1945年9月回到东北。1946年任《东北日报》副刊部部长、东北文艺协会出版部副部长和《东北文艺》副主编。1949年参加中华全国文学艺术界工作者代表大会。1950年在东北作家协会从事专业创作。

在新中国成立以前，出现在白朗作品中的主要是农民和士兵的形象。新中国成立后，白朗开始创作工业题材的小说。1950年，根据旅大某兵工厂女工赵桂兰的英雄事迹，白朗在体验和调查的基础上，将生活真实和艺术真实相结合，创作了优秀中篇小说《为了幸福的明天》，1951年由人民文学出版社出版。作品塑造了护厂模范、新时代女性邵玉梅的光辉形象。

1957年，白朗被错划为右派分子，贬至煤城阜新煤矿接受劳动改造。1961年被摘掉右派帽子调入辽宁省作家协会从事专业创作，创作了《温泉》《少织了一朵大红花》等反映工人生活的短篇小说。

“文化大革命”期间，白朗蹲牛棚，在精神和肉体上遭受折磨。党的十一届三中全会后白朗重获新生，但严重受损的脑神经已无力支配手写功能。1994年2月7日白朗去世，享年82周岁。

除工业题材作品外，白朗还创作有描写卫生工作者在抗美援朝医疗战线上斗争的长篇小说《在轨道上前进》（1956年）。

班宇（1986— ）

辽宁沈阳人。从小长于沈阳铁西区的工人村。在大学期间开始撰写摇滚乐评，随后以“病雨”和“坦克手贝吉塔”等笔名在《通俗歌曲》《我爱摇滚乐》等期刊上持续发表文章。2014年，班宇与“豆瓣阅读”平台签约，从“自由撰稿人”转型为“签约作者”，在“生活风尚”专栏连载《东北疯食录》，并创作了拿下“豆瓣阅读征文大赛”首奖的《打你总在下雨天：工人村蓝调故事集》等短篇小说，聚焦于20世纪90年代承受着家庭、社会等巨大压力的彼时父辈身上，从而成为子一代的东北下岗潮书写者。2017年，班宇在《鸭绿江》发表了自己在纯文学期刊上的首篇小说《洪水之年》。2018年，班宇在《收获》的青年作家专号刊发了《逍遥游》，第一部小说集《冬泳》出版。《冬泳》选取的七篇小说都是以20世纪90年代下岗潮为背景，描摹工人父辈在下岗后维持尊严继续生活的故事。2019年4月3日，《三联生活周刊》以班宇、双雪涛、郑执等东北籍青年作家为对象策划了“讲述东北”专题报道，随后引发了《人物》《中国新闻周刊》等主流媒体的陆续关注。三人由此被冠以“铁西三剑客”“东北文艺复兴三杰”“80后东北作家群”和“新东北作家群”之名。2020年5月，出版第二本短篇小说集《逍遥游》。

毕奂午（1902—2000）

河北井陉人。1925年考入北京师范学校，1931年毕业。曾任天津南开中学教师，清华大学中文系教员，武汉华中大学中文系讲师、副教授，1949年后历任武汉大学中文系教授，湖北省文联副主席，武汉市文联副主席。1928年开始发表作品。出版有诗文集《掘金记》（1936年）、散文集《雨夕》（1939年）。

在20世纪30年代，身在北平的毕奂午依托童年时代对矿山的记忆，创作了《人市》《下班后》《溃败》《幸运》等一组描写矿山生活的散文和小说。

毕淑敏（1952— ）

祖籍山东文登，生于新疆伊宁一个军人家庭，少年时期在北京度过。1969年，毕淑敏从军入伍，在西藏阿里高原部队当兵11年，历任卫生员、军医。1980年毕淑敏从西藏退役转业，定居北京，曾担任北京铜厂卫生所所长，在铜厂的所见所闻使

C

其了解底层工人的生活，为创作工人题材小说奠定了基础。

毕淑敏的小说创作题材广泛，多集中于军旅、医学、心理等题材。她的工业题材小说作品数量并不多，仅有短篇小说《女人之约》和中篇小说《女工》。《女人之约》讲述的是一个女工和女厂长之间的约定，提出了对女性尊严本质意义的追问。《女工》讲述了主人公浦小提从上学到工作、结婚、生子、被弃、遭遇下岗、重新工作的人生经历，塑造了一个美丽、勤奋、高尚、坚韧的女工形象。

毕四海（1949— ）

祖籍山东淄博，生于山东章丘，原名毕耜海。1978年考入枣庄师专中文系，大学读书期间开始发表作品。大学毕业后1981年到枣庄市文联工作，2001年调入山东省作协。曾任省作协副主席，《山东文学》社社长、主编。著有《毕四海文集》七卷（作家出版社2006年）。

毕四海的短篇小说《最后的资本家》、中篇小说《承包者》是工业题材作品，后者获山东省新时期工业题材作品二等奖。

碧野（1916—2008）

原名黄潮洋，广东大埔人。出身贫苦，半工半读上小学，靠老师资助上中学。1933年因在潮州从事进步学生运动受到反动政会通缉被迫离开家乡来到北平。1935年在《泡沫》文艺月刊上发表小说处女作《窑工》，以其父亲为原型塑造了工人形象。从此正式从事写作。

1937年7月，抗战爆发后曾从事救亡演剧活动，后参加抗日部队。1938年参加中华全国文艺界抗敌协会，1942年在成都任莽原出版社总编辑。在战时创作、出版作品多种。1948年春进入解放区，1949年7月出席全国第一届文代会。

1954年，碧野成为中国作家协会驻会专业作家，他深入铁路生活，以机务段工人群体为描写对象创作了长篇小说《钢铁动脉》（新文艺出版社1955年）。作品以“五一劳动号”机车组为中心，通过机车组的成长，描写了铁路工人的生活和工作，塑造了一群有高度责任感、团结一致和拥护中国共产党的先进工人形象。

1960年至1966年，碧野在湖北丹江口水利工地深入生活，积累了大量的创作素材。1965年开始创作反映社会主义水利建设的长篇小说《丹凤朝阳》，“文化大革命”爆发后被迫中断，1972年底重新执笔，1975年终于完成了《丹凤朝阳》初稿。《丹凤朝阳》1979年由百花文艺出版社出版。

碧野还创作有工业题材的散文《李长顺机班》（1950年）、《水电之歌》（1978年）、

《矿灯明亮》（1980年）等。碧野的主要作品还有描写解放战争的长篇小说《我们的力量是无穷的》（1950年）和反映抗美援朝战争中志愿军战俘题材的长篇小说《死亡之岛》（1987年）。

卞之琳（1910—2000）

江苏海门人。1929年考入北京大学英文系，1930年开始新诗创作。1933年大学毕业。1936年与何其芳、李广田合出《汉园集》，三人因此被称为“汉园三诗人”。卞之琳是20世纪30年代现代诗派的代表诗人，醉心于新诗的技术和形式试验，善于对平淡的日常生活进行开掘，表达个人的情感和智性思考。抗战爆发后，卞之琳曾在1938年至1939年间访问延安，在延安和根据地的所见所闻感动着他，当时中华全国文艺界抗敌协会倡导的慰劳信运动也推动和影响着他，于是诗人创作了20首慰劳信，后结集出版，命名为《慰劳信集》。诗集中的20首慰劳信，是写给延安各界人士，其中有三首是写给延安工人的，分别是《给修筑飞机场的工人》《给山西某一处煤窑的工人》《给修筑公路和铁路的工人》，虽非工业题材，但显然与工业相关。

曹建勋（1936— ）

湖北大冶人。1961年毕业于武汉大学中文系。历任中共西北局办公厅秘书，新疆作协编辑、诗歌组长，克拉玛依及江汉油田干部。1957年开始发表作品。1985年加入中国作家协会。1986年调至湖北省作协，从此开始专业作家生涯。1997年移居上海，随后转会至上海市作协。

著有长篇小说“地火三部曲”亦称“石油三部曲”——《巫山燕》（长江文艺出版社1980年）、《海月明》（长江文艺出版社1984年）、《大漠烟》（武汉出版社1994年），以石油工业建设为题材，颂扬石油工人的执着与奉献精神。此外报告文学《将门之女与“拯陆背斜”》（《中国作家》1990年第2期）反映的是地质勘探队员的生活。

出版有八卷本《曹建勋文集》（长江文艺出版社2010年8月）。

曹征路（1949—2021）

江苏阜宁人，生于上海。深圳大学人文学院教授，一级作家。后随支援全国建设的大军到安徽。年少参军做过通信兵，后在矿山工厂及宣传文化部门工作，做过工人和机关干部。1971年开始发表作品，短篇小说《开端》收入1972年出版的小说集《开端》并作为集名。1988年加入中国作家协会。2000年，他开始关注社会，关注民生，把目光投向底层民众的生活之中。2004年发表的中篇小说《那儿》写国企改制职工下岗，引起广泛讨论。2009年长篇小说《问苍茫》由人民文学出版社出版。作品塑造出了新时代工人阶级的典型形象，更对当下中国工人阶级历史地位与命运进行了深刻反思，被誉为新世纪的《子夜》，再次引起文坛关注。

草明（1913—2002）

原名吴绚文，广东顺德人。草明是其发表中篇小说《缫丝女工失身记》时开始使用的笔名。

草明出生于广东顺德桂洲乡的东村，这里盛产蚕丝，缫丝工业比较发达。后来受国际市场的冲击，顺德的缫丝业逐渐衰败，丝厂纷纷倒闭。草明最初创作的短篇小说中，有一些作品就描写了一些离开顺德的缫丝工人在外地打工的凄惨生活。

1927年，草明随父离开顺德，迁居广州。1931年，还是中学生的草明在学生期刊和地方报纸副刊上以笔名S. Y. 发表了自己最早的作品，写的是“反封建和男女青年纯洁的爱情”（草明:《我的创作道路》）。同年11月，草明结识了进步刊物《广州文艺》的主编罗西（即欧阳山），并参加了刊物的编辑出版工作，同时亦有作品在该刊上发表。以“草明”为笔名发表的第一篇作品《缫丝女工失身记》，即发表于《广州文艺》的第5期，自此开始使用“草明”这一笔名。

1933年8月，《广州文艺》遭到国民党当局的查禁，罗西和草明有被通缉的危险，于是草明和罗西秘密潜往上海。在上海，草明参加了“左联”，积极投身鲁迅领导的左翼文艺运动。草明的作品陆续在《申报·自由谈》《文学》《文艺月刊》《太白》等报刊上发表，并引发文坛关注。

1935年3月，草明被国民党当局逮捕，次年2月，草明被营救出狱，继续在上海从事文学活动。抗战全面爆发后，草明回到广州，从事抗日救亡活动。后又到湖南、重庆等地继续从事救亡活动。1941年2月，草明抵达延安，开始了在解放区的新生活。1942年5月，草明参加了延安文艺座谈会，亲聆毛泽东《讲话》精神的教诲，备受鼓舞。

抗战胜利后，草明离开延安奔赴东北，途经张家口时，曾到宣化龙烟炼铁厂体验生活。到达东北后，在组织的安排下，于1947年5月来到镜泊湖水力发电厂体验生活，正是依托在发电厂的生活，草明创作了解放区文学中第一部，甚至是唯一一部工人文学作品——中篇小说《原动力》。

1948年11月，沈阳解放后草明进入沈阳皇姑屯铁路工厂体验生活，直到次年6月。铁路工厂半年多的生活促使作家创作了反映铁路工人生活的长篇小说《火车头》，1950年11月由工人出版社出版。

1954年8月，草明到鞍山钢铁公司落户，并担任第一炼钢厂党委副书记。在鞍钢长达十年的生活经历，使草明的工人文学创作达到了高潮。这一时期草明最重要的作品当属长篇小说《乘风破浪》，1959年9月作为国庆十周年的献礼作品由作家出版社出版。

1964年，草明从鞍钢来到北京任专职作家。1965年3月，草明到北京第一机床厂体验生活，并担任党委副书记。“文化大革命”期间，草明被隔离审查、批斗抄家，直到1973年才解除审查回到第一机床厂。粉碎“四人帮”后，草明重新焕发出创作热情，创作了反映工人阶级和林彪、“四人帮”反革命集团进行斗争的长篇小说《神州儿女》，作品于1984年12月由工人出版社出版。1987年4月，草明荣获中华全国总工会颁发的全国五一劳动奖章和全国优秀作家称号。

昌耀（1936—2000）

原名王昌耀，祖籍湖南桃源，出生于湖南常德。1950年4月，未满14岁的王昌耀瞒着家人偷偷加入中国人民解放军，随后于1951年春入朝参战。1953年负伤回国治疗，伤愈后进入河北省荣军总校学习。1954年，发表处女作《你为什么这般倔强——献给朝鲜人民访华代表团》。1955年6月，远赴青海支援边疆建设。1957年被定为右派。1979年重返文坛。曾任青海省作协副主席、荣誉主席。出版有《昌耀诗文总集》（青海人民出版社2000年）。

王昌耀的诗歌有少量涉足工业题材。《野桥》描写了淘金女工，表现了她们的坚韧、强悍、巾帼不让须眉的品格；《在玉门：一个意念》《花海》《河西走廊古意》则是反映石油工业的石油诗。

长正（1930—）

原名张延毅。河北唐山人。1949年10月，长正以工人作者身份参加第一次市文代会。1950年发表小说《爸爸回来了》，获唐山首届文艺创作奖甲等奖，又获河北第一届文艺创作奖，生活·读书·新知三联书店1951年出版单行本。作品反映解放初期的工人生活。1956年，长正作为唐山的唯一代表，出席了首届全国青年创作会议。后调入市文联，成了专业作家。曾任《唐山文艺》副主编、唐山市文学工作者协会主任、唐山市文联副主席、唐山市作协主席。

著有诗集《扫战场》（知识书店1951年），中篇小说《夜奔盘山》（少年儿童出版社1957年），长篇小说《中流砥柱》（河北人民出版社1974年），报告文学集《严峻时刻》（河北人民出版社1979年），散文集《五色土》（花山文艺出版社1989年）、《往事》（中国文联出版社2001年），传记《洵河红莲》（少年儿童出版社1960年）。其中《夜奔盘山》写一个铁厂工人在抗日战争中的成长。

陈冲（1937—2017）

原籍辽宁海城，1937年出生于天津，1951年于上海初中毕业后参军，在部队干校学习部队财务一年（在中国人民解放军第六后勤学校），毕业后任见习会计。1954年复员，在列车电站工作，任会计、总务，后调入列车电业局任秘书。

1956年开始发表作品，两年中陆续发表短篇小说、散文等约20篇。1958年被错划为右派，去了农场，辍笔多年。1979年平反后又回到了保定列车电站基地，任工会干事，并重新执笔写作。1984年初调河北省文联创作室从事专业创作，曾任河北省作协副主席。

1979年以来，陈冲出版有《无反馈快速跟踪》（中篇集，花山文艺出版社，1983年12月）、《陈冲短篇小说集》（花山文艺出版社，1985年12月）、《会计今年四十七》（中短篇集，上海文艺出版社，1986年6月）等小说集以及长篇小说《粉红色的车间》（花山文艺出版社，1988年3月）、《铁马冰河入梦来》（人民文学出版社，1986年11月）、《腥风血雨》（作家出版社，1989年6月）、《风往哪边吹》（上海文艺出版社，2001年2月）、《车到山前》（花山文艺出版社，2002年11月）等。

中篇小说《厂长今年二十六》（《当代》1982年第12期）获1982年《当代》文学奖及河北省优秀作品奖；《铁马冰河入梦来》获河北省第二届文艺振兴奖；《小厂来了个大学生》（《人民文学》1984年第4期）获1984年全国优秀短篇小说奖。

陈村（1954— ）

原名杨遗华，上海人，回族。1971年赴安徽无为县农村插队，1975年1月病退回沪，在长宁区江苏路街道里弄生产组做工。1978年5月进入上海师范大学政教系读大专。1979年9月在《上海文学》发表小说处女作《两代人》，署名“陈村”。“陈村”的名字取自陈村水库。1980年3月发表成名作《我曾经在这里生活》（《上海文学》1980年第3期）。1980年7月，在上海师大毕业后，进入上海市政二公司职工学校任教师。1985年，加入中国作协，同年调入中国作协上海分会，从事专业创作。

回沪后在街道里弄生产组做工的经历让陈村在熟悉工厂生活的同时，对工人困苦的生存状况也有了较多的了解，为他后来的工业题材文学创作打下了一定基础。他的工人题材小说反映了20世纪80年代普通工人的生活现状，并且塑造出社会中不同职业的工人形象。主要作品有《癌》（1982年）、《一个不走运的朋友》（1983年）、《地上地下》（1983年）、《走通大渡河》（1984年）、《一个人死了》（1985年）、《一天》（1985年）、《故事》（1987年）等。其中中篇小说《走通大渡河》描写了一批为国家的建设奉献生命的勘探工人群像，为中国工人阶级谱写了一曲力量深沉、内涵丰富的颂歌。

步入网络时代后，陈村还成为或许是国内唯一一位以职业从业人员的姿态献身网站工作的专业作家，先在网站“榕树下”当艺术总监，将其打造成了当时文学青年的“圣地”，后来离开“榕树下”后，陈村又进入“99书城”，还是任艺术总监。他还曾担任上海网络文学协会的会长。

陈桂珍（1926—?）

黑龙江省尚志县人。出生于一个贫农家庭，父母早亡，只念过两年书。1947年参加土地改革，任土改基干队副队长。丈夫于德贵是火车司机，作为工人家属，她组织工人家属支援前线，保证职工完成生产任务。她从不懈怠地做着家属工作，1951年被选为工作模范出席全国铁路劳动模范代表会议，1952年、1953年连续两年出席哈尔滨铁路局先进工作者代表会议。1953年正式参加铁路工作。

1951年，陈桂珍开始学习写稿，先是给报纸写通讯，1952年写了第一个剧本《满堂红》，以后又陆续写了《牛》《家务事》等多个剧本。其中《家务事》（1955年）参加了1956年文化部举办的全国话剧观摩演出，被评为创作二等奖。1958年后创作的独幕话剧《万紫千红总是春》《万里行程》《光荣的事业》《鱼尾板》等，均以铁路工人的先进事迹为题材。

1960年，陈桂珍出席了中国文学艺术工作者第三次代表大会。

1963年，因家务事繁重（此时已是七个孩子的母亲），陈桂珍退职在家，学写小说，短篇小说《钟声》以亲身经历为题材，表现了妇女解放的主题。

1965年出席全国青年业余文学创作积极分子大会。1969年下放到牡丹江机务段食堂当服务员。1977年转到一面坡机务段食堂当服务员。

陈国凯（1938—2014）

广东省五华县人。在高中一年级时开始写作，1958年在《羊城晚报》副刊《花地》上发表第一篇小说《五叔和五婶》。中学毕业后进入正在建设的广州氮肥厂，“成了工人队伍中的一员”（陈国凯:《陈国凯小说选·序》）。工厂生活的经历，使陈国凯得以广泛接触工厂各阶层人员，开阔了生活视野，丰富了生活经验。后来陈国凯被调到厂工会从事宣传工作，编写墙报，又转到宣传科继续这项工作。生活视野开阔，生活感受渐多，促使陈国凯拿起笔从事小说创作。1962年发表短篇小说《部长下棋》，获《羊城晚报》首届“花地”文学奖一等奖，从此成为一名工人业余作者，步入文坛，并陆续有作品发表。“文化大革命”中陈国凯受到冲击，“从宣传科滚到工厂底层”，《部长下棋》被扣上莫须有的罪名而遭到无休止的批判，1973年发表小说《大学归来》被诬为“毒草”。

粉碎“四人帮”后，陈国凯被调回厂宣传科重操旧业，“主编”墙报，并焕发创作活力。1979年调到广东省作协从事专业创作，曾任广东省作家协会主席、《特区文学》主编等。创作出版长、中、短篇小说20余部，其中短篇小说《我应该怎么办？》获1979年全国优秀短篇小说奖，中篇小说《代价》（《当代》1980年第1期）获“当代”文学奖，长篇小说《好人阿通》（《收获》1983年第1期）获广东鲁迅文学奖，部分作品被译为英、法、德、日等多种文字，流传海外。

陈国凯的小说集《羊城一夜》由上海文艺出版社1979年出版，收在集中的18篇小说，都是反映工厂生活的；1987年出版的中短篇小说集《两情若是久长时》，其中的作品大多是写改革中的工厂新貌和丰富多彩的工人生活的。陈国凯被称为以写南国工人生活著称的作家。

陈建功（1949— ）

广西北海人。父母是大学、中学老师，1956年随父母来到北京定居，就读于人大附小、人大附中。1968年高中毕业，被分配到北京矿务局木城涧煤矿当井下采掘工人，在严酷的劳动环境中受到了磨炼，十年的矿工生活为他创作工人小说打下了基础。1973年陈建功开始了小说创作，他的小说处女作《铁扁担上任记》发表在《北京日报》“工农兵文艺”副刊上，并收入北京人民出版社出版的短篇小说集《火花》中，集中还收录了作者的另一篇小说《青山师傅》。此后有小说《尚奎师傅》《荷泽惊澜》在《北京文艺》发表。1978年陈建功进入北京大学中文系学习，大学期间边学习边创作，先后发表了《京西有个骚鞑子》《丹凤眼》《辘轳把胡同9号》等一系列工业题材的小说作品，塑造了一些青年矿工形象。1982年大学毕业，被分配到北京市文联从事专业创作。1995年调入中国作家协会任书记处书记，现为中国作协副主席。

陈绵（1901—1966）

原籍福建闽侯，出生于北京。早年以世家子弟、尚书公子的身份就读北京大学。北京大学毕业后，1921年赴法留学，获巴黎大学戏剧学博士学位。1929年，由巴黎现代出版社出版《中国近代戏剧》。1930年春天回到北京。

在20世纪30年代，陈绵一面在中法大学任教授，一面在中国旅行剧团出任导演，翻译、编排、导演了包括《茶花女》在内的多部剧作。北平沦陷后，曾参加具有敌伪性质的华北作家协会，出席第二次大东亚文学者大会，被视为“落水”。同时从事戏剧活动，组织长安剧社，自任团长。抗战胜利后，陈绵曾在北平当过小学校长，曾出任新出之《北方日报》副刊编辑，刊名《艺海》。新中国成立后，任北京外国语学院教授，以“齐放”的笔名翻译出版多部著作。“文化大革命”爆发后投水自尽。

陈绵在北大读书时，在《新青年》第7卷第5号上发表独幕剧《人力车夫》。作品描写了人力车夫李二一家凄惨的生活和悲苦的命运，对他们的遭遇表达出人道主义的同情。

陈淼（1927—1981）

原名陈治渭，祖籍山东蓬莱，生于辽宁大连。在北京辅仁中学读书期间，喜欢阅读新文学作品。1946年进入晋察冀边区华北联合大学文艺学院文学系学习，毕业后留在该校创作组从事创作。曾到涿鹿县和束鹿县参加土地改革运动。石家庄解放后，陈淼到大兴纱厂参加接收和恢复工作，在这里与鲁煤、刘沧浪、陈怀皑等共同创作了话剧《红旗歌》。同时，陈淼还创作了描写青年工人在劳动和斗争中建立爱情的中篇小说《劳动姻缘》（天下出版社1949年）。

新中国成立后，陈淼曾在中央文学研究所和中国作家协会工作，1952年加入中国作家协会。曾给丁玲当秘书。1954年后长期在鞍山钢铁公司深入生活，任第二炼钢厂党委副书记。20世纪60年代初期任鞍山市文联副主席、市委宣传部文艺处处长，作协辽宁分会常务理事。这期间出版描写工人生活的短篇小说集《炼钢工人》（新文艺出版社1954年）、《红榜的故事》（新文艺出版社1958年）。此外还有散文集《钢在沸腾》（辽宁人民出版社1958年）、《春雨集》（百花文艺出版社1963年）。

1962年参加广州会议后，与陈玙合作

完成了表现工程技术人员生活的话剧《风华正茂》，1964年在辽宁会演时得到好评。

1981年10月15日在上海中山医院病逝，时为作协辽宁分会副主席。

陈明（1917—2019）

江西鄱阳人，原名陈芝祥。1933年进入上海麦伦中学就读，其间参加戏剧演出和学生运动。1936年秋天，陈明考入上海商学院。1937年5月抵达延安，入抗日军政大学学习，后参加丁玲率领的西北战地服务团，任宣传股长，从事抗日救亡宣传。1942年春，陈明与丁玲结婚，之后患难与共四十年。出版有《我说丁玲》《我和丁玲五十年》。

陈明的文学创作并不多，且多与他人合作。与张可合作的独幕剧《翻车》（《文艺阵地》第2卷第8期）描写的是工人的抗敌斗争；与丁玲、逯斐合作完成的话剧《窑工》是解放区较早出现的反映工人斗争生活的剧作。

程树榛（1934—2022）

江苏省邳县人。在中学时代就喜爱文学，1951年10月，程树榛在上海《青年报》上发表了自己的第一篇文学作品——散文《幸福怎样得来的》，记录了作家对新中国、新的生活火热的爱，表达了作家对亲爱的党、亲爱的军队的深厚感情。在学校时他还发起成立了全校第一个文学小组，并担任第一任组长。

1953年，程树榛考入天津大学机器制造专业。在校期间，和同学一起创办天津大学诗社（后改名文学社），还参加校外的文学活动，和工厂企业的业余作者一起交流学习经验、创作体会。程树榛为《天津日报》等报刊写了一些短诗和散文。1957年春天，在无锡毕业实习时，程树榛开始创作长篇小说《大学时代》，初稿于夏天完成，1980年由人民文学出版社出版。

1957年大学毕业，程树榛被分配到黑龙江省富拉尔基重型机器厂从事技术工作，先后任技术员、工程师、厂党委宣传部副部长、企管办负责人，在企业一干就是20多年。

在工厂，程树榛用业余时间从事创作，几年内发表了不少的小说、诗歌和散文，如《午夜的焊接车间》（1957年）、《草原上的钢铁之母》《车间里来了个大学生》（1958年）、《红色之岸》（1960年）等。

20世纪60年代初，作家所在的富拉尔基重型机器厂在十分困难的情况下设计制造了万吨水压机、大型轧钢机，工人们把它们誉为“钢铁巨人”“争气机”。作为这场战斗的直接参加者，他内心产生强烈的创作欲望，要颂扬那些奋发图强、为使中华民族能自立于世界民族之林而英勇战斗的英雄形象。最终程树榛创作出长篇小说《钢铁巨人》，人民文学出版社上海分社于1966年2月出版。

“文化大革命”期间，程树榛受到冲击，挨批、受审、下放劳动。

进入新时期，程树榛重新焕发出生机和活力。1980年在《当代》上发表报告文学《励精图治》，描写黑龙江富拉尔基第一重型机器厂厂长宫本言拨乱反正、励精图治的动人事迹，获得了第一届全国优秀报告文学奖。后来又陆续创作了长篇小说《春天的呼唤》（百花文艺出版社1983年）、《生活变奏曲》（上海文艺出版社1984年）等改革题材的小说。

1983年秋，程树榛离开了整整生活了26年的工厂，调往黑龙江省作家协会从事专业创作，先后担任作协副主席、主席。1996年初，程树榛担任《人民文学》主编。

2002年9月出版长篇小说《遥远的北方》（作家出版社）。2004年退休。

2008年，十卷本《程树榛文集》由百花文艺出版社出版。

池莉（1957— ）

生于湖北仙桃，现居武汉。1974年高中毕业后曾作为知青下乡。1976年作为工农兵大学生，进入武汉冶金医学高等专科学校学习，次年在《武钢文艺》上发表诗歌处女作《雷锋之歌》。1979年专科毕业，被分配至武钢卫生处流行病防治科工作。1981年始，在《长江》丛刊、《长江文艺》、《芳草》等刊物上发表小说作品。1983年参加成人高考，进入武汉大学中文系成人教育班学习，1987年毕业，进入《芳草》编辑部任编辑。1990年调入武汉文学院，成为专业作家，1995年任武汉文学院院长。2000年11月当选武汉市文联主席，2007年9月当选湖北省文联副主席。2021年12月，当选中国作家协会第十届全国委员会委员。

池莉是武汉的代表作家，她的作品大部分体现出武汉的地域特色，写的人物大部分也和武汉这座大城市的性格有关。她插过队，当过教师、医生、编辑，不曾当过工人，但有在武钢多年的生活经历，使她对工人和工人生活并不陌生。作为新写实小说的代表作家，池莉自称“小市民”，她的作品以描写武汉市民生活为特色，其中一些人物的职业身份就是工人，从而反映了工人的生活、工人的情感，也为新时期的工业题材小说创作贡献了自己的一份力量。在这方面的代表作品有《烦恼人生》（1987年）、《太阳出世》（1990年）、《不要和陌生人说话》（1998年）等。

赤叶（1930— ）

原名李军，辽宁瓦房店人。1955年5月以“赤叶”为笔名，在《东北画报》副刊上发表第一首诗《在远离北京的地方》，此后四十年笔耕不断。在20世纪五六十年代，不断有诗作在《诗刊》《萌芽》《人民日报》上发表。著有诗集《初歌集》（新文艺出版社1958年）、《致故乡》（北方文艺出版社1959年）、《掘进集》（北方文艺出版社1964年9月）、《雪国草》（黑龙江人民出版社1987年）、《跋涉集》（哈尔滨出版社1999年），散文集《绿谷二十年纪》（黑龙江人民出版社1991年）、《北方，辽远辽远的海》（黑龙江人民出版社1993年）。1982年加入中国作家协会。作品曾获首届全国煤炭文学优秀作品一等奖、第二届全国煤矿文学乌金奖。

赤叶以他所熟悉的煤矿生活为主要反映对象，以写煤矿工人生活、奋斗、豪迈情怀、奉献精神著称，被誉为煤矿诗人。《初歌集》第一辑“献给我的煤矿区”热情歌颂了工人在新中国幸福工作的场景和激情；《掘进集》中的诗反映的是煤矿和煤矿工人的生活。到了晚年改写散文诗，并出版有《赤叶散文诗》。

楚荷（1962— ）

原名谭进军，湖南湘潭人。1978、1979年两次高考落榜，无奈之下考入湘机技校。毕业后在湘机六分厂当了3年的翻砂工，后来调到了湘潭自来水公司三水厂。1985年，板塘地区成立了湘水文学社，楚荷作为三水厂派出的代表参加了文学社，楚荷开始写作。1986年在《新创作》上发表处女作微型小说《秋叶》，1989年在《湖南文学》发表短篇小说《没有必要后悔》，此外还有其他一些作品发表。1992年停止写作，做了几年生意，亏得一塌糊涂。1997年又开始动笔写作，创作出两部长篇小说《梦里春秋》《棋王》，后自费出版（均为中国三峡出版社2000年出版）。《梦里春秋》和《棋王》的创作和出版，让楚荷收获了信心。

2005年，楚荷在《当代》上发表长篇小说《苦楝树》，并在当年《当代》长篇小说评选中荣获银奖。2009年，又在《当代》上发表长篇小说《工厂工会》。

《苦楝树》作为一篇关于国有企业改革的长篇小说，以普通工人的视角，表现了底层工人的温情和苦难，揭示了工厂文化对工人的支柱性作用，开启了改革小说的新动向。

《工厂工会》围绕一家私企工会的建立，表现了工人与商人的斗争，人性与资本的博弈，生存与爱情的抉择。

除《苦楝树》《工厂工会》等深受好评的工业题材长篇小说外，在楚荷的其他题材作品中也大多能看到工人的影子。《梦里春秋》《狗患王三》主要是以机械厂、水厂、船厂等为背景来写的,《棋王》《四兄弟》都有大量反映工厂生活的情节。

2006年加入中国作家协会，现为湖南省长篇小说创作委员会委员。

丛深(1928—2007)

原名丛凤轩，祖籍山东文登，生于黑龙江省延寿县。1947年在哈尔滨一中毕业，留校任政治辅导员，1948年秋调到市委宣传部工作，深入工厂开展工人业余文化活动，与工人合作，由他执笔，创作出第一个剧本《不泄气》，1949年5月在《东北日报》上发表。丛深在自传中将这部作品认为是自己的处女作。

1949年春，丛深调到市文联，主要工作还是下厂开展工人业余文艺活动，随后领导明确指示让丛深学习戏剧创作。1950年，丛深调任哈尔滨市工人文工团，任创作组组长。同年，他创作的活报剧《走投无路》在《哈尔滨公报》发表，署名“丛深”，此后发表作品均署此名。

1951年秋至1953年初，丛深在东北鲁迅艺术学院剧作干部研究班学习，毕业后仍回哈尔滨文联工作。

1953年，丛深在电机厂建筑工地深入生活，根据工作中的真切感受，创作出自己的成名作——独幕剧《百年大计》(东北人民出版社1954年)，在第一届全国话剧观摩演出会上，获独幕剧创作二等奖。

1958年，丛深调至哈尔滨电影制片厂任编剧，1959年创作电影文学剧本《笑逐颜开》(发表与出版时改名《娘子军》)，由长影厂、哈尔滨厂拍成电影《笑逐颜开》。1960年，调至哈尔滨话剧院任编剧。

1962年丛深驻电机厂体验生活，1963年创作四幕话剧，取名《还要住在一起》，在《剧本》发表时改为《祝你健康》，同年末，哈尔滨话剧院排练该剧并欲进京首演，经市委领导指示，剧名更换成《千万不要忘记》。《千万不要忘记》荣获文化部剧作奖，并被快速拍成同名电影，映红了大江南北、长城内外。

“文化大革命”期间，丛深被解除职务，隔离审查。

“文化大革命”后期丛深被“解放”，1970年，与另一位作家盛学仁一起深入大庆油田劳动锻炼，写出话剧《先锋战士》，该剧是一部歌颂大庆石油工人的作品，在当时被认为和电影《创业》有相同的问题，“文化大革命”后才得以公开发表，并被搬上舞台。

1977年，发表六场话剧《悲喜之秋》，描写“文化大革命”期间工人和干部与“四人帮”斗争的故事。

曾任哈尔滨市文联副主席、主席，哈尔滨市作协名誉主席，黑龙江省影协副主席。

崔德志（1927—2016）

黑龙江省青冈县人。1946至1948年，就读于哈尔滨大学文学系。学生时代开始写作，小说处女作《楼》反映了社会的不公，建筑工人为修高楼摔断了腿，住在破烂的棚子里，资本家则住进了高楼。他创作的第一篇报告文学《访劳动英模刘英源》描写的是哈尔滨发电厂的老工人刘英源修复被日寇破坏的发电机组，给哈尔滨送来光明的事迹，热情地讴歌了工人阶级。这些作品均以“马非”的笔名发表。

1948年崔德志大学毕业，开始从事专业创作，先后在东北文教队、东北人民艺术剧院、辽宁人民艺术剧院、辽宁省文联工作。1948年5月，崔德志参与了集体创作八场歌剧《立功》，这是新中国第一个工业题材的大型歌剧。

新中国成立后，从二十世纪五十年代初起，崔德志长年累月深入厂矿，扎根于工人之中，三十多年坚持不懈。工人们亲切地称呼他为“崔师傅”。工人阶级在生产建设中高昂的奋斗精神、高尚的人格情操深深地感染着崔德志，不断激发他的创作活力，使他从熟悉的工人生活中取材，创作出了一部部工业题材的剧作。

1955年，崔德志创作的独幕剧《刘莲英》一举成名，剧作成为当时舞台上受欢迎的独幕剧，荣获全国独幕话剧一等奖。

1959年发表独幕剧《生活的赞歌》，歌颂在技术革新中青年工人刘大明所表现出的优秀品质。1961年发表独幕剧《韩巧玲》，表达的是反对冒进、注重实事求是的主题，因主题的深刻获得好评。1963年创作了多幕剧《春之歌》，在先进与后进的思想冲突中塑造了女工李玉洁的崇高形象，且反映的生活更为广阔，涉及车间以外的工人生活。

粉碎“四人帮”后，崔德志重新活跃起来，先后创作了《报春花》（1979年）、《红玫瑰》（1984年），迎来了创作道路上的飞跃，使作品达到了一个新的现实主义的高度。《报春花》获新中国成立30周年剧本创作一等奖，被公认是一出“思想解放、感人至深”的好戏。

纵观崔德志的创作生涯，写纺织业题材的剧作偏多，剧作多善于挖掘纺织工人身上的美好品质，塑造带有时代光芒的社会主义建设者形象。

代路（1940— ）

祖籍山东淄博，生于济南。1960年考入济南市话剧团，两年后调到青岛市话剧院，得到很好的艺术熏陶。历任青岛话剧院演员、导演、编剧。2007年，代路从青岛话剧院退休。

二十世纪七十年代，代路开始从事话剧创作，独幕剧《试车》（1977年）、《甜甜蜜蜜》（1981年）反映的是工厂生活，可以算作代路工业题材戏剧创作的最初尝试。1982年发表的反映农村计划生育的《哥仨和媳妇们》（与赵建国合作）是他的成名作。

多场次话剧《女儿城》（《戏剧丛刊》1991年第1期）是一出反映女性产业工人当代生活的话剧，作品聚焦纺织工人，通过对四代纺织工人的描写，集中体现和讴歌了工人阶级无私奉献的国家主人公态度与集体主义精神。

作为《女儿城》姐妹篇的《海边有个男儿国》（《剧本》1991年第8期）描写了一组码头工人的群像，着力塑造了码头工人出身、中流砥柱式的领导干部马玉龙的光辉形象，人物刻画和描写虽带有一定理想主义的色彩，但体现了作家对党和社会主义的自我完善前景的无限期冀。1992年5月，该剧获第一届中宣部精神文明建设“五个一工程”入选作品奖。

《我曾经爱过你》（《新剧本》1995年第4期）再次聚焦纺织工人，描写了四位纺织工人出身的人物在商品经济大潮中不同的人生道路、价值观、道德观的分化与碰撞，在剧坛较早涉及下岗主题。

四幕话剧《工人世家》（《戏剧丛刊》1998年第5期）获中宣部“五个一工程”奖、文化部“文华”剧目奖。该剧透过一个祖孙三代都是工人的家庭发生的故事，讴歌了中国工人阶级以博大胸怀默默分担国有企业在转型期遇到的暂时困难的奉献精神。

创作于1999年的无场次话剧《天命》（《戏剧丛刊》2000年第4期），曾于当年作为向国庆50周年献礼剧目。剧作在改革开放的背景下，反映企业发展，在守旧与创新的激烈冲突中成功刻画了当代企业家贺自强的光辉形象。

代路2005年被党中央、国务院授予“全国劳动模范”称号，2007年被文化部授予“优秀话剧艺术工作者”称号。2007年代路从青岛话剧院退休，但依然活跃在戏剧舞台上。

邓刚（1945— ）

邓刚发表了小说处女作《心里的鲜花》（《海燕》1979年第4期），作品反映的是青年工人的情感生活，从此与工人题材文学结缘。此后邓刚创作了较多带有“铁味”的工业题材的小说，塑造了各式各样的工人形象。

《阵痛》（《鸭绿江》1983年第4期）获1983年全国优秀短篇小说奖，表现了工厂变革给一些工人带来的冲击，揭示了面对改革风潮一些工人真实的现实状况和心理冲突。

除工业题材小说外，邓刚还创作有海味小说。其中《迷人的海》获1983—1984年全国优秀中篇小说奖。

邓刚1983年加入中国作家协会，1993年调到大连市文联工作，成为专业作家。曾任大连市作协主席、辽宁省作协副主席等。

邓仁宪（1954— ）

重庆人。1969年下乡插队，1971年进厂当工人，先后任分厂工会主席、计划调度，公司总经办主任等职，现任四川大川压缩机有限责任公司监事会主席。

从20世纪80年代初开始文学创作，所发小说散见于《青年文学》《四川文学》《现代作家》《青年作家》《滇池》《小说林》《大时代文学》等文学刊物。1988年加入四川内江市作协，1993年加入四川省作家协会，现为四川简阳市作协名誉副主席。

出版有中短篇小说集《翻过那架山》（中国文史出版社2014年）。短篇小说《异情》获第二届中国工业文学作品大赛一等奖；中篇小说《坚守》获第二届中国工业文学作品大赛三等奖。

邓中夏（1894—1933）

湖南宜章人，字仲澥。1917年入北京大学学习。1920年3月，在李大钊领导下，与高君宇等人发起组织北京大学马克思学说研究会。后在此基础上，发起成立了北京的共产党早期组织，成为中国共产党最早的党员之一。1920年11月7日，北京共产主义小组在北京创办了《劳动》，由邓中夏、罗章龙担任编辑。1923年参与创办上海大学。1925年中华全国总工会成立，任秘书长兼宣传部部长，参与领导省港大罢工。1933年9月被国民党反动派杀害。

在从事工人运动中，邓中夏创作了一些工业题材作品。创作于1921年4月的诗歌《游工人之窟》（《少年中国》第2卷第10期），记录了自己“偕友游工人之窟”的见闻和感受，既展示了工人的生活，也预示了工人美好的未来。

1927年初，他在深入了解广州普通工人生活状况的基础上撰写完成《1926年之广州工潮》一文，深入剖析了1926年广州工潮爆发的原因、性质及解决办法，并对广州工人运动的经验做了总结，同时指出中国工人运动未来的发展方向和根本任务。

第广龙（1963— ）

甘肃平凉人。大专毕业。1982年参加工作，历任长庆油田井下作业处试油队钻工、采油二厂宣传科干事，《中国石油报》长庆记者站记者、副站长。1988年加入中国作家协会。著有诗集《第广龙石油诗选》（1994年）、《水边妹子》（1994年）。《第广龙石油诗选》获建国50周年首届石油文学最高奖中华铁人文学奖。散文集《走在吹风的路上》（2008年）2009年获第三届中华铁人文学奖。

2023年11月，当选西安市作家协会副主席。

丁克辛（1910— ）

原名胡惠德，江苏江阴人。抗战时期在晋察冀从事革命工作，并开始发表作品。1946年因在《时代妇女》创刊号上发表短篇小说《春夜》而受到批评。1951年因发表短篇小说《老工人郭福山》再次受到公开批评。后到铁路部门工作，其创作的话剧《二七风暴》在1958年由中国铁路文工团话剧团搬上舞台。晚年定居天津。出版有中篇小说《村长和他的兵》（群益出版社1949年）、报告《童工白玉玺》（劳动出版社1950年）、作品集《父子英雄》（新文艺出版社1951年）。

作为一名从晋察冀成长起来的作家，丁克辛最初的创作多为农村题材，1946年后创作了一些工业题材的作品，分别是短篇小说《春夜》《范工长的谜》《老工人郭福山》，报告《童工白玉玺》和话剧《二七风暴》，其中《老工人郭福山》在受到批评后，经过修改易名为《父子英雄》。

丁玲（1904—1986）

原名蒋祎文，字冰之，生于湖南临澧，长于常德。作为新文学史上的第二代女作家，其早期作品多描写富于叛逆精神而又苦闷彷徨的知识女性，如成名作《莎菲女士的日记》中的莎菲形象。1930年5月，丁玲加入“左联”，1931年9月，“左联”机关刊物《北斗》创刊，丁玲担任主编。1932年3月，丁玲加入中国共产党，并于下半年接替冯雪峰担任“左联”党团书记。作为一名左翼作家，丁玲在当时积极从事工人运动，从1931年夏天起，几乎每周深入工人群众，从事文化教育和宣传工作。对工人生活的初步熟悉和了解，使丁玲的小说创作在题材上突破了此前“革命加恋爱”小说中对知识分子的书写，创作了《法网》《消息》《夜会》等反映工人苦难和斗争的小说。

《法网》以汉口产业工人生活为背景，描写了发生在两个工人家庭的悲剧；《消息》以独特的角度反映了上海工人的生活和斗争；《夜会》描写的是1932年上海工人为了纪念“九一八”而举行的集会、演出活动，表达了民族救亡的热情和阶级仇恨的情感。

1936年，丁玲到达陕北。抗战初期，作为西北战地服务团团长，她率团去山西前线。1942年延安文艺座谈会后，丁玲积极响应《讲话》提出的文艺为工农兵服务的号召，1946年与陈明、逯斐合作写出了三幕话剧《窑工》。剧作以抗战胜利前后为背景，反映了窑工的悲惨命运以及在抗战胜利后的翻身解放。

除知识分子题材和工人题材的作品外，丁玲最重要的作品是长篇小说《太阳照在桑干河上》，作品反映华北地区农村的土地改革斗争，获斯大林文艺奖金二等奖。

杜鹏程（1921—1991）

原名杜红喜，陕西韩城人。出身于一个贫农家庭，幼年生活穷苦，进过孤儿院，当过学徒，还曾在乡村学校半工半读。1937年7月抗战爆发后，杜鹏程先是参加了当地的抗日救亡活动，又于次年6月奔赴延安。在延安，杜鹏程先后在八路军随营学校（抗日军政大学分校）和鲁迅师范学校学习，结业后被分配到延川县农村工作三年。之后回到延安，在延安大学学习。1944年，杜鹏程被调到延安边区被服厂工作，开始爱上文学。在工厂工作期间，杜鹏程开始了自己最早的工人文学创作，他创作了一些反映工人生活的秧歌剧，并由工人们演出。延安保卫战打响后，杜鹏程作为随军记者，跟随西北野战军转战各地，战争的亲身经历和见闻、感受，为作家后来创作《保卫延安》打下了坚实的基础。

新中国成立后，1951年杜鹏程从部队转业，曾任新华社记者、新华社新疆分社社长。1954年转到作协西安分会，从事专业创作。同年，出版长篇小说《保卫延安》。

1954年开始，杜鹏程投身铁路建设战线，先后深入黎湛线、宝成线、三门峡、陇海线、西韩线、成昆线等建设工地。1954年后，他陆续创作了《工地之夜》《延安人》《年青的朋友》《夜走灵官峡》《光辉的里程》等短篇小说，1958年4月出版中篇小说《在和平的日子里》（东风文艺出版社），出版后反响强烈。

1962年4月出版短篇小说集《年青的朋友》（中国青年出版社），共收小说11篇，几乎全部是反映工业建设的作品。

“文化大革命”中，杜鹏程受到林彪、“四人帮”的迫害，粉碎“四人帮”后得以平反昭雪。

1977年出版中短篇小说合集《光辉的里程》（人民文学出版社）。

杜卫东（1953— ）

生于北京。当过四年文艺兵，1976年从事编辑工作，先编书，后办刊物。曾任《炎黄春秋》杂志社副总编辑、《人民文学》杂志社副社长、《小说选刊》杂志社主编。现任中国纪实文学研究会副会长。20世纪80年代初开始在《人民文学》《人民日报》等报刊发表文学作品，1986年加入中国作家协会。出版有四卷本《杜卫东自选集》

（作家出版社2010年）。

所著长篇小说《江河水》（与人合作）是一部工业题材小说，作品通过江东港起落兴衰的命运，塑造出一批踏平陷阱、勇于探索、追求理想之光的时代人物。该小说还由杜卫东编剧，于2018年改编成44集同名电视连续剧。

杜印（1919— ）

原名任生，笔名林金。江苏镇江人。1939年奔赴延安，1940年在延安鲁艺戏剧系学习。历任鲁艺实验剧团及中央机关枣园文工团演员、导演，冀察热辽军区文工团戏剧部主任，东北鲁艺戏剧系主任，东北文工团副团长，电影局剧本创作所特约编剧。1946年开始发表作品。著有剧本《在新事物的面前》（与人合著），电影文学剧本《永不消逝的电波》（与人合著）等。

大型话剧《在新事物的面前》1950年问世，是较早正面反映社会主义工业建设的剧作。作品表现了党的领导干部对待“新事物”的两种不同态度及其相互斗争的过程，肯定和赞颂了以第三钢铁公司经理薛志刚为代表的转业军人，从硝烟弥漫的战争转入热火朝天的工业建设，面对新的工作、新的事物，所表现出的高度的事业心和强烈的责任感。

段瑞夏（1947— ）

上海人。上海无线电十八厂工人。1972年被厂里推荐进入仪表局组织的小说创作学习班，经过在学习班的刻苦学习，段瑞夏开始动笔写作，并得到大家的热情帮助。1973 年，他参加了上海文艺丛刊举办的第二期文学创作学习班，之后又多次参加，写出了第一篇小说《特别观众》，最终刊发在《朝霞》（上海文艺丛刊）的头条，之后又写出了多篇有影响的作品。

段瑞夏的小说创作集中在1973 年到1975 年，除《特别观众》外，还有《一篇揭矛盾的报告》《典型发言》《电视塔下》《初试锋芒》《十年树人》《这不是偶然的》，这些作品均刊登在《朝霞》杂志上。此外短篇小说《严峻的考验》1976年刊发于《人民文学》。他的小说数量不多，加上在其他报刊上发表的《锤与诗》《火红的臂章》等，总计不过十余篇，但在当时影响却很大，产生较为强烈的反响。

1988年移居美国西雅图，2015年出版散文集《西雅图随笔》（文汇出版社）。

冯乃超（1901—1983）

原籍广东南海，生于日本横滨。1923年在日本第八高等学校毕业后，进入京都帝国大学学习。大革命前曾在《创造月刊》上发表一些具有唯美倾向的诗作，成为早期象征诗派的代表诗人之一。大革命失败后弃学回国，次年参与革命文学的倡导。1929年冬与郑伯奇等人组织上海艺术剧社，从事左翼戏剧运动。参加中国左翼作家联盟的筹建工作，"左联"成立后，任第一任党团书记。1930年与龚冰庐合作发表独幕剧《阿珍》，反映纱厂女工生活，表现了工人的苦难和抗争。抗战时期曾在军委政治部第三厅从事抗日宣传工作，后在文委工作。新中国成立后，曾任中山大学副校长等职。

冯至（1905—1993）

原名冯承植，河北省涿县（今涿州市）人。作为诗人有诗集《昨日之歌》《北游及其他》《十四行集》《西郊集》《十年诗抄》等。1923年，冯至进入北京大学德文系学习；1925年，与杨晦、陈翔鹤、陈炜谟等人编印《沉钟》周刊；1927年北京大学毕业。1930年留学德国，学习文学和哲学。1935年回国。抗战爆发后，1939年冯至到西南联大任教授，抗战胜利后于1946年返回北平，任北京大学西语系教授。这一时期的诗集有《昨日之歌》（北新书局1927年）、《北游及其他》（沉钟社1929年）、《十四行集》（桂林明日社1942年）。

新中国成立后，在深入工厂生活的基础上，冯至创作了一些反映工业生产和工人生活的诗篇。1954年2月，冯至到鞍钢参观访问，集中写作了《鞍钢劳动模范》《鞍山街头素描》《老英雄孟泰》《咏张明山》《王崇伦的车间》等，这些诗都收入《西郊集》，它们的存在，昭示了冯至在工人诗歌方面创作的成绩。

凤章（1930— ）

原名滕凤章，江苏泰州人。1949年1月在盐城华中大学参加革命工作，4月随大军渡江南下。新中国成立后，历任《新苏州报》副刊编辑、记者、文艺组长、编委，苏州市文联秘书长。1960年调入作协江苏分会从事专业创作，同年参加第三次全国文学艺术工作者代表大会。1950年开始创作。在20世纪五六十年代出版有小说集《铁水长流》（江苏文艺出版社1959年）、小说特写集《传达》（上海文艺出版社1960年）、小说集《彩霞万里》（作家出版社1965年），作品多反映工厂里的沸腾生活，表现工人群众忘我的劳动精神。

1973至1978年，任江苏省文化局创作组副组长。1979年加入中国作家协会。著有长篇报告文学《张家港人》（江苏人民出版社1995年12月）。

福庚（1931— ）

工人作家，原名樊福庚，江苏丹阳人。1946年初中毕业，无力继续求学，到上海美商电话公司当工人。新中国成立后，任工会宣传干事、车间工会主席，并兼任《解放日报》《劳动报》通讯员。1951年开始发表作品。1955年发表《天线工人之歌》及歌词《小河水呀静静地流》，被谱成女声独唱歌曲，曾流行一时。1956年3月，参加全国青年文学创作者会议，同年加入中国作家协会。1956年出版诗文集《前进曲》（新文艺出版社）、诗集《上海组诗》。1958年到新安江水电站建设工地深入生活近四年，以新安江建设生活为题材创作了“新安江三部曲”——小说、散文集《新安江春讯》（上海文艺出版社1959年），诗集《新安江之歌》（上海文艺出版社1960年），报告文学《光芒万丈新安江》（少年儿童出版社1965年）。

1959年调到浙江省文联任专业作家。1960年出席全国第三次文代会。

“文化大革命”后期调到浙江省文化局创作室从事专业创作。

1976年10月后，依然有作品发表。1979年出席了第四次文代会。

傅仇（1928—1985）

原名傅永康。四川荣县人。幼时家贫，当过学徒和乡村老师。自小喜爱文学，十七八岁时开始学习写诗。1950年参军，担任文工团宣传员，写作诗歌、散文和剧本。1952年转业到四川省文联工作。1957年，在《星星》诗刊任执行编辑，1959年加入中国作家协会，1960年后从事专业创作。出版诗集有《森林之歌》（四川人民出版社1955年）、《雪山谣》（中国青年出版社1956年）、《伐木者》（重庆人民出版社1957年）、《种子·歌曲·路》（新文艺出版社1958年）、《钢铁江山》（中国青年出版社1960年）、《竹号》（四川人民出版社1964年）、《伐木声声》（作家出版社1964年）、《赤桦恋》（四川人民出版社1980年）。

傅仇长期在四川西部高原森林地区深入生活，诗作主要反映伐木工人的生活以及他们崇高的品格，被称为“森林诗人”。

傅用霖

生卒不详。先后在北京化工建筑公司、北京化工机械厂当工人，后成长为一名作家。1965年在《北京文艺》上发表短篇小说《老主任》《我的师傅》。“文化大革命”后期发表短篇小说《老库长》《百年大计》《新队长》《又一个回合》，均为工业题材作品。后调入《北京文学》编辑部，历任《北京文学》编辑、小说组组长、编辑部主任、社长兼副总编。新时期亦有作品问世。

高满堂（1955— ）

祖籍山东青岛平度市，出生于辽宁大连。1975年至1978年在大连市新金县（现普兰店区）下乡，1977年考上旅大师范专科学校（现大连大学）中文系，1981年发表第一部短篇小说《后窗》（与人合作，《海燕》1981年第3期）。1983年底，调入大连电视台电视剧部，开始编剧生涯，逐渐成为大名鼎鼎的金牌编剧。

高满堂编剧的电视剧数量众多，属于工业题材的有《大工匠》（2005年）、《漂亮的事》（2008年）、《钢铁年代》（2011年）、《工人大院》（2011年）。另著有长篇小说《大工匠》（万卷出版公司2006年）、《钢铁年代》（作家出版社2011年）等。

高延昌（1924—1985）

北京人。在旧社会为了谋生流浪过，做过搬运工和其他的杂工，最后在北京机床厂做了十四年钳工。1950年，高延昌开始写作，给报纸刊物写过不少通讯报道、生活速写和小故事，也用说唱文艺的形式反映过工人的劳动竞赛。1955年他在《新观察》《解放军文艺》《北京文艺》发表了短篇小说《玉兰子》《两个青年人》《我的两个朋友》，次年又在《人民文学》上发表小说《羞耻》，这些作品都是描写新中国成立后的工人生活。1956年加入中国作家协会，调入北京市文联创作研究会，1962年调入市文化局群众艺术馆，1973年任北京市宣武区第149中学语文教师。

出版小说集《离婚后》（上海文艺出版社1958年）。

葛琴（1907—1995）

江苏宜兴人。曾入上海大学学习，1926年后从事中共地下工作，任上海中央局宣传部内部交通员，抗战时期一边做党的工作，一边担任报纸、杂志的编辑。1949年后历任中央电影局编剧、北京电影制片厂副厂长。“文化大革命”一开始，葛琴即受到冲击，被隔离审查，失去了人身自由。1972年她在拘禁中被迫害致残，偏瘫失语，完全丧失了表达思想和写作的能力。

葛琴于1932年开始写作，在《北斗》上发表第一篇小说《总退却》，得到鲁迅的肯定和鼓励。创作于革命低潮时期的中篇小说《窑场》（良友图书公司1937年）被茅盾评论为“作者对窑场的生活是有真知灼见的，她给我们一幅生动而真实的手卷”。

新中国成立后，葛琴主要致力于电影文学剧本的创作，出版有《女司机》（文光书店1951年）、《三年》（艺术出版社1954年）和《海燕》（中国电影出版社1958年），其中《女司机》和《三年》均被拍成电影。这两部电影均为工业题材。《女司机》描写的是新中国成立后火车女司机的成长，《三年》反映的是1950年至1952年这三年间，上海某纱厂工人对不法资本家所进行的一系列的斗争。《海燕》则描写了大革命时代的工人运动。

龚冰庐（1908—1945）

江苏崇明人（今上海）。曾在上海纺织厂做技师，后到山东淄川矿务局当职员，为创作反映矿工生活的小说打下了基础。作为创造社的成员，龚冰庐曾作为小伙计参与创造社中期期刊的编辑工作，1927年在《洪水》上发表处女小说《炭坑里的炸弹》，以后又陆续创作了多篇反映矿工生活的小说，其中小说集《炭矿夫》（上海现代书局1929年）中的三篇小说《炭矿夫》《裁判》《矿山祭》全以矿工生活为描写内容。《炭矿夫》在《创造月刊》上发表时，被称为“有自信的力作”，小说集《炭矿夫》出版后，被誉为“一本有价值的真的文艺创作”。1930年出版中篇小说《黎明之前》。除小说创作外，作为上海艺术剧社的发起人之一，他还从事工人戏剧创作，先后创作有《换上新的》、《我们重新来开始》、《阿珍》（与冯乃超合作）、《五月一日》等剧作。1931年后龚冰庐淡出文艺界，抗战爆发后，曾在汪伪政权就任伪职，成为汉奸文人。

顾城（1956—1993）

原籍上海，生于北京，著名的朦胧诗人。1969年随父下放到山东，1974年返京后，在北京街道的一家小工厂做过搬运工、锯木工等。1980年单位解体，顾城处于失业状态。1987年顾城开始到欧洲进行访学等活动，1993年在新西兰杀死妻子后自缢身亡。

因为有在工厂生活的经验，顾城的一些诗作涉及工业题材。创作于1977年的《车间与库房》被称为“新时期第一首工人诗歌”（秦晓宇），《建设者（一）》《建设者（二）》颂扬城市建设最直接的执行者。

顾笑言（1941—2000）

黑龙江佳木斯人。父亲是一位教师，受父亲的影响从小喜欢诗歌。中学读书时，做过校刊的主编，1958年开始发表作品，确立了要成为一名作家的理想。1960年考入长春电影学院电影文学系，在大学期间发表了很多诗歌。1964年大学毕业，分配到吉林省文化局戏剧创作室从事专业创作，曾任白城子地区创作组创作员、长春电影制片厂总编室编剧。“文化大革命”后开始从事小说、报告文学、电影、戏剧创作。1982年加入中国作家协会。

中篇小说《你在想什么》获第二届（1981—1982）全国优秀中篇小说奖。作品反映的是矿山建设和矿工的生活。另著有长篇小说《洪峰通过峡谷》（花城出版社1985年）。

关露（1908—1982）

祖籍河北宣化，生于山西。1928年考入南京中央大学。1931年到上海，加入“左联”，在创作委员会诗歌组工作。1933年2月，中国诗歌会机关刊物《新诗歌》创刊后，参与编辑工作，在该刊发表《哥哥》《马达响了》《机声》等反映工人生活的诗作，此外还有诗歌《日夜班》，是中国诗歌会的重要诗人之一。

抗战期间在上海打入敌伪内部，为党做情报工作。抗战胜利后到解放区。出版有诗集《太平洋的歌声》（生活书店1935年）、中篇小说《新旧时代》（光明书店1940年）、《苹果园》（工人出版社1951年）。

管新生（1949— ）

上海人。1968年初中毕业后被分配至上海铝材厂，成为一名工人，在炉火奔涌的熔炉前烧烤了十三载，后来调往厂教育科、工会。1971年在《解放日报》副刊发表处女作小说《竞赛》，取材于当时工厂中的班组竞赛，自此与工业题材小说结缘。以后又陆续发表了《洋插队》《把脉》《生活的长河》《厂长轶事》等作品。20世纪90年代初，管新生被上海作协“借调”搞准专业创作离开工厂，1997年被选入首届“上海市十大艺术家”行列，并荣获“上海工人小说家”称号。曾任上海市杨浦区作家协会副主席、《杨树浦文艺》杂志常务副主编。

在管新生创作迄今的文学作品中，工人题材几乎占了一半。主要作品有长篇小说《兄弟时代》（浙江文艺出版社2000年）、《工人》（上海人民出版社2013年）、长篇纪实文学《工人新村——上海的另一种叙事记忆》（中国工人出版社2019年）。长篇小说《工人》与女儿管燕草合作，费时12载。全书共分三卷，通过一个家族几代人的命运展现了上海现代工业百年历程。第一卷《工人——天之光》获第二届全国青年产业工人文学奖长篇小说奖。《工人》后易名为《百年海上》，由中国工人出版社出版（2021年）。

管燕草（1978— ）

上海人。毕业于上海戏剧学院，现任上海淮剧团副团长。14岁（1992年）开始发表作品，2004年加入中国作家协会。在写工人题材之前，管燕草是青春文学作家，出版了13部长篇小说，有不少是白领小说、青春文学。2006年，管燕草发表了反映下岗工人生活的中篇小说《春似走马灯》（《青春》2006年第7期），《作品与争鸣》转载，受到好评。后来通过与父亲管新生共同创作长篇小说《工人》，管燕草开始全面从事工业文学创作。2011年，发表淮剧《大洪流》（《上海戏剧》2011年第9期）并搬上舞台，作品经过修改后于2016年再次发表（《剧本》2016年第5期）。作品以小人物的经历为线索，再现了上海工人第三次武装起义，艺术地表现了中国共产党人领导的悲壮激越、大气磅礴的工人运动。2023年管燕草又创作了原创话剧《暖·光》，以一个工人家庭三代人的故事，表现工人新村的故事，以工人住房条件的变化折射工人命运的变化。

鬼金（1974— ）

原名刘政波，辽宁本溪人。轧钢厂吊车司机。2008年开始小说创作，小说在《十月》《上海文学》《小说界》《山花》《青年文学》《大家》等杂志发表，多篇小说被《小说选刊》《中篇小说选刊》转载。短篇小说《金色的麦子》（《上海文学》2009年第6期）获第九届《上海文学》奖。中篇小说《追随天梯的旅程》（《上海文学》2010年第11期）获辽宁省文学奖。有小说集《用眼泪，作成狮子的纵发》（北京时代华文书局2013年）、《长在天上的树》（中国文史出版社2018年），长篇小说《我的乌托邦》（江苏凤凰文艺出版社2017年）。鲁迅文学院第15届、第28届中青年作家高研班学员，中国作家协会会员。

《用眼泪，作成狮子的纵发》是一部概念小说集，以东北老工业基地为背景，围绕轧钢厂和那些轧钢厂周围生活的人们，还原了一个时代的风貌。

鬼金的小说源自作家自己的生活体验，有不少作品带有一定的自传色彩，属于工业题材的范畴，“钢铁工人”“企业生活”是理解鬼金小说的关键词，但在艺术上体现出新世纪中国工人文学创作的新变。

郭靖宇（1973— ）

河北承德人，1991年，高中没毕业的郭靖宇以演员身份进入河北省承德话剧团，1994年到北京开始了北漂生涯。1996年与导演黄建中相识，成为其的徒弟，开始了导演生涯。主要作品有电视剧《铁梨花》《打狗棍》《娘道》《最美的青春》等。现为北京长信影视传媒有限公司董事长，中国电视剧制作产业协会青年工作委员会（青工委）主任。

郭靖宇监制和担任总编剧的电视剧《最美的青春》是一部关于承德塞罕坝林业工人奋斗奉献的青春史诗剧，获得第十五届精神文明建设“五个一工程”奖。在电视剧基础上创作的长篇小说《最美的青春》（与杨勇合作）由花山文艺出版社2018年出版。

郭先红（1929— ）

原名郭善鸿。山东省福山县人。少年时只读了四年多小学，14岁离乡做童工，卖苦力。新中国成立后，入沈阳一国营工厂当工人，参加工人政治文化学习班，并开始写通讯报道。后担任厂技术科科长、车间主任，工作之余坚持业余创作。1958年后陆续发表反映工厂生活的短篇小说《龙腾虎跃》《生龙活虎》《棋逢对手》《站起来的人们》等，其中《站起来的人们》受到茅盾的赞许，《人民日报》加以转载。1960年被评为省市文教群英会先进工作者，出席了全国第三次文学艺术工作者代表大会，在作协理事扩大会上，做了题为《在党的阳光照耀下成长》的发言。1964年后开始搞专业创作。“文化大革命”期间出版反映知识青年上山下乡的长篇小说《征途》（上海人民出版社1973年）。

海笑（1927—2018）

原名杨中，江苏南通人。1943年参加革命，1949年4月渡江南下。1953年开始发表作品。1958年参加作协江苏分会。1965年任江苏省委宣传部文艺处长，作协江苏分会理事。1974年任江苏省第六物探大队党委书记。1977年在江苏省文化局从事专业创作。曾任江苏省出版局副局长、江苏省作协副主席、党组书记。

短篇小说《厂长在我们当中》《师徒合同》《达到国家标准》等均反映的是工厂生活。长篇小说《春潮》（江苏人民出版社1973年）以我国发展国民经济的第一个五年计划为背景，集中反映了地处苏南的溪城纺织厂，在增产节约运动中所展开的一场尖锐、复杂的斗争。

韩统良（1934— ）

回族。黑龙江呼兰人。自幼喜好文学。17岁进哈尔滨第一工具厂当学徒。1952年开始业余创作，并有作品发表。经常给厂黑板报写稿，为厂业务文艺演出队编写演唱材料。历任厂车间工会主席、厂工会宣传委员、俱乐部主任。1956年任本厂萌芽文学小组负责人。1964年至1965年在哈尔滨市文联创作室工作。1965年出席全国青年业余创作积极分子大会。后在本厂做工和从事宣传工作至1969年。1970年参加黑龙江省文化局和上海文艺出版社组织的长篇小说创作组，赴大庆油田体验生活。1974年调任哈尔滨文联创作组。1979年加入中国作家协会。1981年参加全国作协文学讲习所第六期（少数民族班）学习。

作为一名工人出身的作家，其创作的作品多为工业题材。独幕话剧《遍地开花》（北京宝文堂书店1959年），写一个工具制造厂的生产生活；中篇小说《血液》（上海文艺出版社1980年）描写石油工人生活。此外还有短篇小说《一张才开头的大字报》《一面没人领的锦旗》《龙套》《家》等。

韩忆萍（1930—2014）

原名韩新荣，河北衡水人。工人诗人。因家乡遭水灾，全家逃荒到北京。读了四年小学。1952年进北京第一棉纺织厂当工人。曾担任《青岛日报》工人通讯员。1955年发表第一首诗，在业余创作中得到厂工会和一些报刊编辑的帮助和培养。20世纪五六十年代，在《北京文艺》《光明日报》《诗刊》《人民文学》等报刊发表数百首诗作，成为北京工人文学创作的主力军。

1959年出版第一本诗集《北京的节日》，诗有四辑，第二辑“纺织工的歌”和第四辑“在钢铁炉边”中的诗均和工业相关；1962年出版第二本诗集《铁匠传及其他》（北京出版社1962年），其中《铁匠传》为叙事长诗；第三本诗集《走窑人的歌》（北京出版社1965年），主要编选了一些具有民歌基调的叙事诗。

1979年，韩忆萍加入中国作家协会。曾任《冶金报》文艺版主编、冶金部文协秘书长。北京作协散文诗歌创委会副主任等。

航鹰（1944— ）

原名刘航英，祖籍山东平原，生于天津。1959年初中毕业，考入天津人民艺术剧院舞台美术训练班，后从事舞台美术工作。1970年开始剧本写作，创作了独幕喜剧《计划计划》和话剧《婚礼》。1980年开始小说创作。《金鹿儿》（《新港》1981年第4期）、《明姑娘》（《新港》1981年第4期）分获1981年、1982年全国优秀短篇小说奖。

作为一位女作家，航鹰在创作上侧重于爱情、伦理题材，主人公多为女性，心理描写细腻委婉。从职业的角度看，她创作的《金鹿儿》《明姑娘》《白衣仙女》《金驹儿》《倾斜的阁楼》等小说，刻画了售货员、社会福利厂工人、技术员、色织工人、建筑工人等不同类别的工人形象。

何一公（？—1926）

本名何鸿烈，浙江温州人，清华学生，曾任《清华周刊》总编辑。“凡爱国运动，靡不参与”。五卅惨案发生后，创作三幕剧《上海惨剧》发表在《京报副刊》上，第一幕“罢工风潮”，第二幕“激起公愤”，第三幕“枪杀学生”，全面反映了五卅爱国运动的全过程。1926年在三一八惨案中受伤，同年12月旧伤复发，不治身亡。

贺国甫（1946— ）

上海人。1965年高中毕业，因身体原因未能进入大学学习。离开学校后在家待业，其间当过一段时间的小学代课老师。两年后到一家照相馆当了一名学徒。1972年，贺国甫进入上海市工人文化宫戏剧班学习，师从曲信先。在“市宫”，贺国甫受到了较为系统的戏剧教育和训练。1980年，与宗福先合作的话剧《血，总是热的》一炮走红。1981年，贺国甫正式调入上海市工人文化宫，成了一名专职编剧。1983年在长江轮上生活了半年，与贾鸿源携手创作了五幕话剧《有一个航次》（《新剧作》1983年第5期）。该剧反映船员生活。1990年，作为上海电视台《当代工人》电视专栏的记者，贺国甫有幸到南浦大桥建设工地采访，怀着对大桥建设者的崇敬之情，贺国甫五易其稿，创作了反映大桥建设者生活的多场次话剧《大桥》，获全国优秀剧本奖。进入二十一世纪后，贺国甫依然笔耕不辍，与宗福先再次合作，创作了多场次话剧《谁主沉浮——道拉斯先生到来之前》(《上海文学》2005年第5期)，获全国优秀艺术精品工程优秀剧本奖。《谁主沉浮》反映的是国有企业改革转制的话题。

除从事话剧创作外，贺国甫还参与编剧了不少电视连续剧。

黑纪文

生平不详。1993年，她编剧的《那一年在夏天》被搬上舞台，作品展示的是某工业安装公司如火如荼的生活画卷，描写了队长梁瑞和副队长之间的矛盾冲突，表现了主人公梁瑞无私奉献的敬业精神和灵活机智的工作方法。2011年，她与黄伟英合作，以“当代雷锋”郭明义为原型创作了大型话剧《郭明义》，公演后好评如潮，并被改编成同名电影。2019年，黑纪文编剧的《工匠世家》在舞台上与观众见面，受到赞誉。除这些工业题材的剧作外，黑纪文还创作有《千字碑》和《国徽》。黑纪文编剧的话剧和电影多次获得中宣部全国“五个一工程”奖、文华大奖、国家电影华表奖。

恒传录（1975— ）

河南汝阳人，本名武玉传。1994年毕业于广州铁路机械学校，分配到铁道部电气化局三处五段三队，自此拉开了电气化铁路工程建设的岁月。作为一名接触网工，常年奋战在一线，先后参建宝天、夹孟、京沪、大秦、浙赣、大包、襄渝等电气化铁路建设。2012年开始接触地铁工程建设，在各级领导们的鼎力支持下，开启科技创新之路，获得多项国家实用新型发明专利证书。2017年开始文学创作，创作完成“电气化铁路工程建设纪实长篇小说三部曲”——《中国铁路人》《后中年时代》《第八密度纪》，其中《中国铁路人》于2019年获得第三届现实主义网文征文大赛一等奖，2020年获得“2019年度十佳数字阅读作品”荣誉称号。

《中国铁路人》于2019年由华东师范大学出版社出版。小说主人公白玉传是千万普通中国铁路人之一。作品描写刚刚毕业的大学生白玉传，投身铁路建设事业，从一个电气工人变成一个手握数项国家专利的铁路专业技术员的成长历程。

洪洋（1932—2022）

湖北武昌人。1948年开始发表作品。1960年加入中国作家协会。曾任湖北省文联副主席，湖北省作家协会党组书记、副主席，《长江文艺》杂志主编。长篇小说

《长江的黎明》（湖北人民出版社1978年）反映新中国成立初期长江海员斗争生活。此外还有小说集《工程师的恋爱史》（中国文联出版公司1985年）。

胡宝华（1932—2021）

工人作家。祖籍浙江宁波，生于上海。1952年进入上海电机厂当了一名工人，曾任厂党委的宣传干事、线圈车间的党支部书记等。从“大跃进”年代开始就写了很多反映工厂生活的作品，胡宝华从1958年起，陆续在《萌芽》《上海文学》等刊物上发表了《九十六条飞龙》《毛丫头大战霹雳火》《神仙爷》《毛丫头巧献锦囊计》《送东风》等小说，描写了工业战线上发生的故事，描绘了一幅社会主义工业建设的宏伟画卷。1965年8月，出版小说集《龙腾虎跃》（人民文学出版社上海分社）。1965年11月，作为上海代表参加在北京召开的全国青年业余文学创作积极分子代表大会。1975年，作为人大代表赴京参加第四届全国人民代表大会。1992年，胡宝华从电机厂退休。2020年出版自传《我在新中国追梦的历程》（时代文化出版社）。

胡绍轩（1911—2005）

湖北大冶人。青少年时期即酷爱戏剧艺术。20世纪30年代曾在武汉创办武汉文艺社并任社长，主编该社主办的《文艺》月刊和《文艺战线》旬刊。抗战初期曾参加筹备中华全国文艺界抗敌协会，并一度当选为常务理事兼总务部干事。抗战时期曾创作有大量抗战剧本。后历任国民政府教育部、国立中央民众教育馆编辑等职。新中国成立后，在云南省文联任上退休。

胡绍轩工业题材的戏剧作品是“抗建三部曲”。“抗建三部曲”包括《铁砂》《煤坑》《盐场》，其中《盐场》最后未发表。四幕剧《铁砂》描写的是大冶铁矿工人的斗争生活。三幕剧《煤坑》讲述的故事发生在1940年的河北井陉煤矿，反映了工人和日本人之间的矛盾斗争。

胡万春（1929—1998）

当代工人作家。原名胡阿根，祖籍浙江鄞县，生于上海一个工人家庭。由于家境贫寒，胡万春只读了两三年书。为了生计，胡万春13岁开始在一家酒店当学徒，15岁进入机器厂当学徒，17岁进入钢铁厂成为一名钢铁工人。新中国成立后，在党的培养下当了一名报纸的工农通讯员，通过写稿提高了文化。1951年胡万春开始学习写作，1952年3月，在《文汇报》副刊上发表了第一篇小说《修好轧钢机》。1957

年，自传体小说《骨肉》在世界青年联欢节上获国际文艺竞赛荣誉奖。经过多年努力，胡万春终于成为一位有影响的工人作家，相继出版了小说集《青春》（1956年）、《爱情的开始》（1957年）、《谁是奇迹的创造者》（1958年）、《特殊性格的人》（1959年）、《红光普照大地》（1961年）、《过年》（1962年）、《家庭问题》（1964年）等。其中短篇小说《家庭问题》被改编成同名电影，中篇小说《内部问题》被改编成话剧《激流勇进》在全国上演。

1966年“文化大革命”开始后，胡万春几经沉浮，1970年被张春桥“打回”上钢二厂劳动。1975年，胡万春被允许一边劳动改造一边从事文学创作。同年3月胡万春出版了中篇小说《战地春秋》。

粉碎“四人帮”后，胡万春重新焕发出较高的创作热情，陆续创作了反映工人生活的中篇小说《人生在世》《位置》等，此外还创作了反映旧社会水上人家生活和命运的长篇小说《蛙女》（1983年），自传体长篇小说《苦海小舟》（1984年）等。

胡小胡（1945— ）

浙江余姚人。1970年毕业于清华大学建筑系。历任木工、宣传干事、办公室调研员、段长、科长，鞍山三冶公司宣传部长、工会主席。1979年开始发表作品。1985年加入中国作家协会。1993年12月出版长篇小说《蓝城》（春风文艺出版社）；1996年12月出版长篇小说《太阳雪》（华夏出版社）。

《蓝城》围绕大方玻璃厂厂长蒋畏安准备和美国最大的MMG建材工业集团合资在大连开发区建设一家国内最先进、最具竞争力的浮法玻璃厂这一中心事件，描写了束缚企业自主权的僵化体制以及错综复杂的各种人事关系，也描写了蒋畏安个人在婚姻、爱情、情感上遇到的问题……

《太阳雪》以皇皇五十六万字的篇幅，描述了我国北方一个大都市的一家数万人的大型国有企业，在改革开放的历史背景下举步维艰，一步步陷入困境，深刻揭示了大型国有企业在当代经济生活中所面临的严峻挑战。同时，通过两个家庭、三代人之间的感情纠葛，真实地再现了当代人复杂的情感生活。

胡燕怀（1948— ）

湖北大冶人。自20世纪80年代开始发表小说作品，代表作有中篇小说《白板》（《当代作家》1992年第2期）。1993年以后主攻电视剧剧本创作。胡燕怀的工业题材创作是他的“汉冶萍三部曲”。第一部《大国烟云》出版于2014年（长江文艺出版社），以张之洞为中心人物，以张之洞顶着各方压力为修建铁路而兴建汉阳铁厂为中心事件。第二部《红顶尴尬》出版于2018年（长江文艺出版社），中心人物是盛宣怀，以成立汉冶萍公司为中心事件。第三部《烽火残阳》出版于2019年，作品描写汉冶萍公司在抗日战争中发挥的重要作用。“汉冶萍三部曲”以汉冶萍公司的源起、发展、高潮、衰落、灭亡为叙事主线，一定程度上可以视之为中国民族工业发展的史诗。

胡燕怀曾任湖北作家协会理事、黄石市作协副主席。

华汉（1902—1993）

原名欧阳本义，四川高县人。华汉是其发表自己的第一篇短篇小说《马林英》时开始使用的笔名。在其从事小说创作的“华汉”时期，除华汉的笔名外，曾使用的笔名还有林箐、寒生。1933年以后，作家逐渐放弃小说创作，转而致力于话剧和电影剧本的创作，步入“阳翰笙”时期。

在四川求学期间，华汉受到“五四”新文化运动的影响，积极参加进步学生活动。1924年来到上海，进入上海大学社会学系学习。在1925年的五卅运动中，华汉作为全国学生联合会代表和工人们并肩战斗。

1926年华汉赴广州，在黄埔军校从事党政、教育工作，嗣后参加北伐和南昌起义。南昌起义后，由海陆丰辗转香港回到上海，于1927年底参加创造社。自1928年3月发表自己的第一篇小说《马林英》，在普罗小说创作的“华汉”时期，华汉共创作有反映工人生活和斗争的短篇小说7篇，中篇小说2部（《复兴》和《义勇军》）。《复兴》主要描写的是上海法租界电车公司工人的罢工斗争；《义勇军》是以上海一·二八事变为背景的作品，反映的是上海东洋纱厂工人自动组织起来的义勇军的故事。

黄钢（1917—1993）

祖籍湖北黄冈，生于武昌。1938年到延安，进鲁迅艺术学院文学系学习。1939年初发表《开麦拉前的汪精卫》，开始了以报告文学为主的创作活动。1942年起，先后担任《解放日报》记者兼采访科科长，冀察热辽分区党报随军记者、新华分社副社长。1951年，出版报告文学《她们是胜利者——上海申新九厂工人斗争故事》（劳动出版社），描写上海最大的纱厂——申新九厂的工人的斗争故事，表现了工人阶级的英勇气概。1952年出版电影文学剧本《团结起来到明天》，反映上海某纱厂工人的斗争。剧本创作于1950年，次年被拍成同名电影。

黄声笑（1918—1995）

当代工人诗人。原名黄声孝，湖北宜昌人。7岁时读过一年私塾，14岁当了码头工人。新中国成立后，在宜昌港务局做装卸工人，黄声笑先后任宜昌港装卸队党支部书记、总支副书记、党委委员、海员俱乐部主任等职。1950年起，他一边学文化，一边写作鼓动生产干劲的快板诗。

1958年4月，湖北群众艺术馆主办的《布谷鸟》发表黄声笑的六十首现场鼓动快诗，8月，他的《装卸工人现场快板》发表在《人民文学》第8期。此后陆续有作品发表在《长江文艺》《诗刊》上。同年10月，黄声笑参加湖北省文艺跃进大会，他的《装卸工人现场快板》在会上被评为一等奖，并由湖北人民出版社出版。是年，他加入中国作家协会武汉分会。1959年，黄声笑出席了国庆十周年观礼大典，并参加了中央文化工作会议。1960年，黄声笑加入中国作家协会，参加中国文学艺术工作者第三次代表大会，并被选为大会主席团成员。1967年至1977年，任宜昌港务局文化室主任、党委委员。1978年调入汉口长江航运管理局政治部宣传处从事专业创作。1980年，黄声笑出席了全国第四次文代会。1986年，黄声笑从长江航务管理局政治部宣传处创作组退休。退休后的黄声笑还坚持写作，偶尔在《三峡文学》《长江日报》发表诗作。1995年1月18日，黄声笑在宜昌病逝。

黄声笑的诗集除《装卸工人现场快板》外，还有《歌声压住长江浪》（湖北人民出版社1958年）、《鼓起干劲来》（北京文字改革出版社1959年）、《站起来了的长江主人》（中国青年出版社1962年）。徐迟为《站起来了的长江主人》作序，称："这是一个码头工人写的，写码头工人的生活和斗争的一部英雄叙事诗。"

黄悌（1926—1998）

江苏江宁人。中共党员。1948年毕业于北京大学。历任华北大学文工团、中央戏剧学院创作室、文化部剧本创作室、中国剧协剧本创作室编剧。1958年，上级决定将中国剧协创作室的一批剧作家"下放"到地方基层，黄悌主动选择了西安话剧院，任西安话剧院副院长，后来曾任西安市文联主席、党组书记。

1949年开始发表作品，成名作是话剧剧本《钢铁运输兵》（《剧本》1953年10月号），反映的是抗美援朝，歌颂志愿军。独幕话剧《保卫干事》（通俗读物出版社1955年）以地质勘探队生活为背景，生动地描写了一个机智、能干的保护干事，怎样在党和群众的帮助下破获两个钻进勘探队、企图盗取蓝图的反革命分子。1964年发表的话剧《尖兵传》写的是新中国成立初期一支新中国的建设尖兵——地质勘探队，在党的领导下通过阶级斗争、生产斗争和科学实验，从而得到迅速成长的故事。同年发表的大型话剧《山花烂漫》（西安市话剧院集体创作，黄悌、万一等执笔，《剧本》1964年12月号）反映的是棉纺厂织布工人的生活。

黄秀萍（1966— ）

打工作家，广东阳春人。20世纪80年代末，来深圳打工，从最普通的流水线女工做起。业余时间从事写作。她创作的打工题材中短篇小说陆续在《大鹏湾》《特区文学》等上发表。1992年发表短篇小说《绿叶，在风中颤抖》（《特区文学》第1期）、《这里没有港湾》（《作品》第1期）、《云深不知处》、《可怨的风雨夜》（《作品》第10期），均以女性视角展现来深圳打工妹的生存现状和内心梦想。其中《可怨的风雨夜》获“深圳首届青年文学奖”。

2018年发表中篇小说《江南雪》（《中国作家》2018年第12期），以打工妹的独特视角继续书写打工妹的故事。

2020年发表长篇小说《中国智造》（《中国作家》2020年上半年长篇小说专号），讲述了几位企业家的创业故事，他们所开创的事业由中国制造升级为中国智造。2021年，由中国工人出版社出版。

j

贾鸿源（1951— ）

籍贯山东平阴，生于上海。1968年，年仅十七岁的贾鸿源进入上海市印刷四厂当了工人，后来担任工厂团委书记，1974年在轻工业局团委工作。1979年，贾鸿源参加了“市宫”的戏剧创作学习班，师从曲信先，并在学习班结识了马中骏，二人成为好友并多次合作。1980年，调到上海市工人文化宫任专职编剧。2007年加入中国作家协会。

主要剧作有《屋外有热流》（1980年，与人合作）、《路》（1981年，与人合作）、《街上流行红裙子》（1984年，与人合作）。《街上流行红裙子》反映新时期纺织女工的生活，被拍成同名电影。此外还创作了反映船员生活的话剧《一个姑娘和六个小伙子》（《建设者之歌》1985年第3期），获上海市《建设者之歌》征文奖；与贺国甫合写了话剧《有一个航次》。2000年，贾鸿源创作了无场次话剧《中国制造》，获“五个一工程奖”。

江帆（1916— ）

原名朱文渊，江苏南京人。1936年考入南京中央大学。1937年抗战全面爆发后奔赴延安，并开始业余文艺创作。1942年参加延安文艺整风和延安文艺座谈会。1945年抗战胜利后赴东北，在吉林、辽宁等地做党的宣传、文艺工作。1949年参加中华全国文学艺术界工作者代表大会。1950年东北作协成立即调入作协，从事专业创作。

1949年，与罗立韵编选《群众创作选集》（东北书店）。1950年出版工业题材的小说集《女厂长》（生活·读书·新知三联书店1950年），收包括《女厂长》在内的小说5篇。

蒋法武（1947— ）

回族。安徽颍上人。1965年毕业于安徽淮南市第二中学。1966年初春，跟随一支煤矿基本建设施工队伍从安徽去了贵州，开始了矿工生活。1973年从贵州调回淮南，先后任《淮南煤矿建设报》记者，淮南矿务局多种经营总公司宣传部干事，矿务局企业文化研究室干部，曾任中国煤矿作协副主席。1990年加入中国作家协会。

1982年开始发表作品。“规规矩矩的第一篇”小说是《窑神》（《清明》1982年第2期）。此后作品不断在刊物上发表。1986年出版小说集《爷们哥们妯娌们》（中国文联出版公司），收6篇小说，均反映煤矿工人生活，又没有停留在井下艰苦、忘我的劳动，而是拓向矿工们的心灵深处。1987年出版长篇小说《沈家爷儿们》（百花文艺出版社出版），以老工人沈传岳一家的命运，曲折地反映出中国当代的社会现实。

短篇小说《矿东村0号》（《当代》1983年第2期）获全国首届煤矿文学优秀作品奖，《沈家爷儿们》获首届煤矿题材长篇小说乌金奖，《瓦斯》（《花城》1986年第2期）获全国第二届煤矿文学作品乌金奖一等奖，电视剧剧本《爷们哥们妯娌们》获全国首届电影、电视、戏剧乌金奖一等奖。电视剧剧本《黑脸汉子》获第五届全国“五个一工程奖”、第十六届飞天奖。

蒋光慈（1901—1931）

原名蒋如恒，又名蒋宣恒、蒋光赤，自号侠生、侠僧。安徽六安人。1917年夏天，蒋光慈来到芜湖，进入安徽第五中学学习。1919年五四运动爆发后，蒋光慈参加和领导了芜湖的学生运动。1920年春，蒋光慈离开安徽来到上海，进入共产党人开办的外国语学社学习俄语，次年，赴莫斯科东方共产主义劳动大学学习。在苏联留学期间，蒋光慈加入中国共产党，出于对红色革命的信仰，改名为光赤。

1924年，蒋光慈回国，开始在上海发表文章，提倡革命文学。1925年1月，蒋光慈出版诗集《新梦》。在上海，除在上海大学任教外，蒋光慈还参加了一些实际斗争。

1926年1月，蒋光慈出版了他的第一部中篇小说《少年漂泊者》。上海工人三次武装起义后不久，他创作了反映上海工人武装起义的中篇小说《短裤党》（泰东图书局1927年）。

四一二反革命政变后，1927年底，蒋光慈与孟超、钱杏邨等人成立革命文学团体太阳社，与创造社共同倡导革命文学。

大革命失败后，蒋光慈先后创作、出版小说《野祭》《菊芬》，引领“革命+恋爱”的小说创作，并创作了表现青年工人自发反抗的长篇小说《最后的微笑》（现代书局1928年）。1929年在日本养病期间，他创作了中篇小说《冲出云围的月亮》（北新书局1930年），作品中也涉及一些工人罢工的内容。

1930年11月，蒋光慈的最后一部长篇小说《咆哮了的土地》（又名《田野的风》）完稿，在作品中，正面刻画了矿工出身的共产党张进德的光辉形象。

1931年6月30日病逝于上海。

蒋牧良（1901—1973）

原名蒋希仲，湖南涟源人。1922年中学毕业，1925年投军。参加了北伐战争。在旧军队干了5年，1930年春离开了部队，到南京就职，并开始了创作生涯，1933年11月，发表第一篇小说《高定祥》（《现代》第4卷第1期），并逐渐成为20世纪30年代左联时期涌现出来的著名小说家。蒋牧良的作品以农村题材为主，主要描写农村尖锐的阶级对立，但也有少量反映工人生活的作品。小说《锑矿上》（《文学季刊》第1卷第4期）表现出了锑砂工人的深仇，《夜工》（《春光》第1卷第3期）表现了印刷女工的血泪，《古记》（《小说家》第1期）则反映了矿工闹风潮以及导致的惨剧。

抗战爆发后，于1938年从上海回到湖南，担任报纸《力报》《昭报》副刊主编，并曾在国民党西北军中做统一战线工作。解放战争时期任新华社特派随军记者。

新中国成立后主要做领导工作，历任中央军委总政文化部创作员、《解放军文艺丛刊》编辑部副主任，1958年当选湖南省文联副主席、作协湖南分会主席。“文化大革命”期间受到冲击，1973年病逝。

蒋子龙（1941— ）

河北沧州人。14岁时离开沧州来到天津读书。1958年考入天津铸锻中心技术学校，1960年8月毕业后分配到国家重点企业天津重型机器厂工作。不久海军来天津招兵，蒋子龙顺利地穿上海军军服，成为一名海军战士。在部队期间，蒋子龙已经表现出了自己的写作才能，入伍三个月后就在《人民海军报》发表了自己的处女作，一篇不足千字的小散文，并在1965年发表自己的小说处女作《新站长》(《甘肃文艺》1965年第6期)。

1965年，蒋子龙退役回到原工厂，因能写点文章，被分配到厂长办公室当了秘书。“文化大革命”中，蒋子龙受到冲击，下放车间监督劳动。到了70年代初，蒋子龙在车间的处境有所改善，此时市里也开始恢复一些文艺刊物，于是他开始试着写点东西。1972年，他在《天津文艺》试刊第1期上发表了小说《三个起重工》，1974年又在该刊发表小说《压力》《春雷》，后来《三个起重工》《春雷》还被收入1975年天津人民出版社出版的“天津工人创作丛书”《春雷》，集名即取自蒋子龙的同名小说。

1976年，蒋子龙创作了短篇小说《机电局长的一天》(《人民文学》复刊第1期)，作品发表后引起一场风波，迫于压力，他创作了以“反击右倾翻案风”为主题的小说《铁锨传》。因为《机电局长的一天》引发的风波，蒋子龙被迫搁笔。

“文化大革命”结束后，《天津文艺》改版，主编万力想为《机电局长的一天》平反，于是“逼”蒋子龙将短篇改为中篇，易名为《机电局长》在《天津文艺》上连载。

1979年5月，《人民文学》的编辑来到天津向蒋子龙约稿。此时的蒋子龙是锻压车间的主任。蒋子龙仅用三天时间就完成了《乔厂长上任记》，发表在《人民文学》1979年第7期。《乔厂长上任记》开启了改革文学的大幕。此后，蒋子龙又陆续发表了《一个工厂秘书的日记》《一个女工程师的自述》《拜年》《人事厂长》《赤橙红绿青兰紫》等一批工业题材的作品，奠定了他在当代工业题材小说创作中举足轻重的地位。这些作品创造了“开拓者家族”人物形象系列，写出了工业体制改革的必要性、艰巨性、复杂性。

1982年，蒋子龙离开工厂，调到天津市作协，成为一名专业作家。曾担任天津作协主席、中国作家协会副主席。2018年12月，被党中央、国务院颁授改革先锋奖章，并获评“改革文学”作家的代表。

焦祖尧(1935—2023)

江苏武进人。1955年9月于江苏省苏南工业专科学校汽车发动机制造专业毕业，分配到山西大同六一六厂任技术员。1958年调到大同综合机床厂任技术科副科长。

1957年初，他发表了处女作《两个年轻人》(《火花》1957年第1期)，标志着焦祖尧正式迈入文坛，以后一发不可收，在《收获》《当代》《上海文学》上发表小说、散文和报告文学。1959年加入作协山西分会，1961年调入大同市文联任秘书长。曾任山西省作家协会副主席、主席，中国作家协会主席团委员。

第一本小说集《故事发生在双沟河边》（上海文艺出版社1960年）共收11篇小说，“写的都是工厂和农村的生产和斗争的题材”，工厂题材的作品只是其中的一部分。第二本小说集《春天在榆树堡》（山西人民出版社1962年）共有8篇作品，有7篇是写工人生活的。

焦祖尧工业题材的重要作品是长篇小说《总工程师和他的女儿》和《跋涉者》。《总工程师和他的女儿》出版于1978年，这是“解放后第一部以工程技术人员为主人公的反映当代生活的长篇小说”；《跋涉者》发表于《当代》1983年第2期，1984年由人民文学出版社出版单行本，反映国营煤矿企业的改革。

康濯（1920—1991）

原名毛季常，湖南湘阴人。在长沙高中读书期间，1935年冬参加了响应“一二·九”示威游行。抗战爆发后，1938年，奔赴延安参加革命，进入鲁迅艺术学院文学系学习，结业后随八路军120师进行战地实习，任随军记者。1939年夏，康濯赴晋察冀抗日根据地，在抗日群众团体工作，曾任文化界抗日救国会宣传部部长等职务。1942年延安文艺座谈会后，康濯的思想和写作都有明显提高，创作了许多反映边区人民抗日生活和斗争的小说。在抗战胜利之后，任《工人报》和《时代青年》主编，其间深入农村，参加土改。1949年参加了第一次全国文代会，此后近四十年担任了文艺界的行政和组织工作，先后在中国作协、河北省文联、湖南省文联任职。

在康濯五十多年的创作生涯中，创作的多是反映农村变革、农业合作化的小说，但在20世纪40年代，也创作了一些描写工人生活的作品。1940年，在联大文工团写有报告文学《井陉矿工》。1949年，康濯创作了反映工人生活的中篇小说《工人张飞虎》（《华北文艺》第3期）。长篇小说《黑石坡煤窑演义》先在《人民日报》连载，后由三联书店出版单行本，被认为是我国第一部写煤矿工人生活的长篇小说。

柯夫（1921—1987）

原名慕显德，笔名柯夫。山东蓬莱人。在蓬莱县中学师范班读书时，就参加救亡活动，1937年底参加游击队。1938年任蓬莱县委宣传部长。1939年底赴延安，先在中央党校学习，后到鲁迅艺术学院学习。抗战胜利后，先后在胜利剧社、文工团、宣传队工作。新中国成立后，曾任东北人民艺术剧院创作室主任、中国作协沈阳分会副主席、党组副书记、中国戏剧家协会沈阳分会副主席、辽宁省文联常委、省作协副主席、党组副书记、省剧协副主席等职，主编过《文学青年》《辽宁戏剧》。

柯夫创作的工业题材的作品有话剧《双婚记》（原名《瓦斯问题》，中国戏剧出版社1957年），反映煤矿工人的生活和命运的变化，后被改编成电影《换了人间》；反映纺织女工生活的话剧《魏金兰》，1972年修改后改名《银梭曲》；1927年与工人同志共同编写了以大连纺织厂“四二七”大罢工为题材的话剧《四·二七》。

此外，还创作有反映新中国成立后农民斗争生活的话剧《堤》（新华书店东北总分店1950年），与人合写电影文学剧本《难忘的岁月》。出版《柯夫剧作选》（春风文艺出版社1984年）。

柯仲平（1909—2000）

原名柯维翰，云南广南人，早年曾参加创造社和狂飙社的活动。1924年开始诗歌创作，1937年抗战爆发后去延安，发起街头诗、朗诵诗运动。1940年出版长诗《平汉路工人破坏大队的产生》，描写了在1937年冬天的郑州车站，平汉路工人破坏大队产生的过程。

新中国成立后曾先后任中国文联副主席、中国作协副主席、作协陕西分会主席等职。

蓝澄（1922—）

原名栾体桐，山东黄县人。1940年秋在家乡参加八路军。1942年开始从事创作。1942年他在抗大学习时，创作了反映“反拉网扫荡”的三幕话剧《冲破网》。1948年，他在担任东北煤矿文工团团长期间创作了大型歌剧《废铁炼成钢》（东北书店1949年），剧本根据李纳的小说《煤》改编而成，描写工人由后进变先进的故事。五幕话剧《不平坦的道路》（《剧本》1956年4月号）描写的是先进工人梁忠与官僚主义的领导和坏分子坚持斗争的故事。此外，蓝澄还创作有反映农村生活的五幕话剧《丰收之后》（《人民文学》1964年第3期）。

蓝光（1921—2005）

湖北老河口人，原名张惠兰。抗战时期曾参加抗敌演出队。1948年起任华北联合大学文艺学院研究员、中央戏剧学院创作室创作员，后转入中国戏剧家协会。

1978年任中央实验话剧院党委书记兼院长。

蓝光1940年开始发表戏剧作品，她创作的工业题材作品均在新中国成立之后。1951年她与丈夫赵寻合作发表了反映工人积极参加抗美援朝活动的独幕剧《人民的意志》（《人民戏剧》第2卷第4期），后又单独创作了反映纺织厂工人生活的独幕剧《姐妹俩》（《剧本》1954年第3期）和《苗桂珍》（《新港》1957年第4期）。此外还与他人合作，创作有话剧《母亲的心》和《高炉火花》。与丈夫赵寻合著的特写集《真实的故事》收13篇人物特写，其中大部分为工业题材。

老井（1968— ）

本名张克良。籍贯江苏宿迁人，生于安徽淮南。1984年初中毕业，进入淮南某机械厂建筑公司当瓦工五年。1989年到淮南新庄矿当井下工人，2007年后一直在潘北矿工作。1987年开始写诗，在《诗刊》《天涯》《草原》《星星诗刊》《安徽文学》等多家刊物发表过作品。出版有诗集《地心的蛙鸣》《坐井观天》。获得过第二届桂冠工人诗人奖、首届诗探索·中国新诗发现奖、第七届全国煤炭文学“乌金奖”等。参加过鲁迅文学院新时代诗歌高研班学习，是中国作协会员、煤矿作协理事、安徽作协会员、淮南市作协副主席。

老藤（1963— ）

本名滕贞甫，山东即墨人。毕业于黑河师专、哈尔滨师范大学，在职大学学历。1985年7月参加工作。先后在黑龙江省五大连池市、大连市旅顺口区、大连市西岗区等地任职，曾任辽宁省作协党组书记、辽宁省作协主席。现任辽宁省政协文史委副主任。

老藤1983年开始发表作品，因在党政机关工作，最初的小说创作多为官场小说和反映小人物生活和命运的作品。代表性作品有《黄昏里的“双规”》《换届》《无雨辽西》《西施乳》等。随着文学和生活的积累，创作视野日趋开阔，创作题材日趋丰富，开始涉足工业题材创作。

发表在2009年的中篇小说《都市忧郁人》是老藤较早创作的工业题材作品，作品通过曾是厂长、现为合资公司工会主席的老皮的经历和感受，反映了工厂的变迁和工人命运的变化。这是老藤在工人题材创作中的有益尝试。

2021年至2023年，老藤贡献出多篇工业题材的优秀之作。发表于2021年的长篇小说获第十六届中宣部“五个一工程奖”。作品聚焦三代铜匠的故事，颂扬工匠精神。

发表于2022年的中篇小说《鸡架之城》描写国企改革之后的众生百态。发表于2023年的长篇小说《北爱》，描写主人公苗青投身飞机制造行业，攻坚克难，助力飞机“鲲鹏号”飞上蓝天，礼赞了主人公科技报国的精神。

老藤还创作有描写下乡扶贫故事的长篇小说《战国红》，写两代人与北大荒的记忆和情感的长篇小说《北地》，写最后一个猎人的故事的长篇小说《北障》等。

出版有《老藤作品典藏》15卷（安徽文艺出版社2017年）。

老舍（1899—1966）

原名舒庆春，字舍予。满族人。出身于北京一个贫民家庭。1918年毕业于北京师范学校，后在教育界任职。1924年，经燕京大学艾温士教授推荐，赴英国任伦敦大学东方学院中文讲师。教书之余，大量阅读欧洲文学作品，开始创作长篇小说，先后完成了《老张的哲学》（1926年）、《赵子曰》（1927年）、《二马》（1929年），发表在国内的《小说月报》上。1929年夏天，老舍离英回国，因路费不足，在新加坡滞留半年。1930年3月回到北京。同年7月，赴山东任职，先后在济南的齐鲁大学和青岛的国立山东大学任教授，创作了长篇小说《猫城记》（1932年）、《离婚》（1933年）、《牛天赐传》（1934年）、《骆驼祥子》（1936年）和短篇小说《断魂枪》等代表性作品，是老舍小说创作的丰收期。其中《骆驼祥子》反映的是北平人力车夫的生活和命运。

1937年7月卢沟桥事变后，老舍只身离开青岛奔赴武汉，在次年3月中华全国文艺界抗敌协会成立大会上，被推举为常务理事兼总务组组长（即文协主要负责人），主办文协会刊《抗战文艺》。为了更好地服务于抗战宣传，他从1939年开始从事话剧创作，在抗战期间创作了《残雾》《国家至上》等9部多幕话剧，在抗战文艺的光辉历史上写下了浓墨重彩的一笔。1946年3月，受美国国务院的邀请，老舍和曹禺一同赴美国讲学，期满后继续在美从事文学创作。1949年10月启程回国，12月回到北京。历任中国文联副主席、中国作协副主席、北京市文联主席等职。“文化大革命”中老舍惨遭迫害，1966年8月24日离世。

从1950年到1966年，老舍以旺盛的创作热情创作了15部多幕话剧，其中除经典剧作《龙须沟》《茶馆》外，在工人戏剧方面也奉献了《春华秋实》（1953年）、《青年突击队》（1955年）、《女店员》（1959年）、《全家福》（1959年）。《春华秋实》反映私营铁工厂的“五反”运动；《青年突击队》描写首都建筑工人青年突击队的成长；《女店员》描写女店员成长的故事，歌颂在新社会妇女解放所取得的巨大成就；《全家福》通过一个工人家庭在旧社会妻离子散、在新社会喜获团圆的故事，反映了工人在新旧社会不同的命运。

雷加（1915—2009）

祖籍山东省广饶县，出生于辽宁安东（现名丹东）。原名刘涤，在延安时，改名雷加。1929年，雷加来到沈阳，进入冯庸大学中学部读书。1931年九一八事变后流亡到关内。曾作为义勇军，参加1932年的上海淞沪抗战，后来返回北平继续读书。1935年3月，雷加赴日留学，入东京法政大学学习，曾参加"剧人协会"的活动。1937年3月返回祖国，投身于抗战的洪流之中。1938年雷加奔赴延安，同年赴冀中抗日根据地做宣传工作，曾多次采访白求恩，并最终撰写长篇报道《国际友人白求恩》发表在延安《军政》杂志第2期。雷加创作的第一篇小说是《一支三八式》，第二篇是《水塔》，描绘了沦陷区铁路工人的抗日活动。

1945年抗战胜利后，雷加随军开赴东北，回到家乡。11月，他被派去接收安东造纸厂，一待就是五年，当了五年厂长。1950年底，调入北京任轻工部造纸处处长。回到北京的雷加很快离开行政岗位"归队"，成为一名专业作家。1952年4月，雷加出版反映造纸厂斗争生活的中篇小说《我们的节日》。随后雷加再接再厉，经过几年的努力，创作完成了长篇小说"潜力"三部曲——《春天来到了鸭绿江》《站在最前列》《蓝色的青枫林》，成为新中国成立初期反映工业建设和工人生活的优秀长篇之一，也使雷加成为新中国成立初期比较著名的工人作家。此外雷加还在1955年出版有传记文学《海员朱宝庭》，刻画了中国早期工人运动领袖朱宝庭这一工人阶级的英雄形象，丰富了雷加工人文学的创作内容。

雷加的作品以描写工业建设见长，反映了从解放战争到社会主义建设时期工业的发展。

李宝群（1963— ）

祖籍辽宁，出生于哈尔滨。两岁时来到沈阳，从小生活在工人家庭。1980年考入辽宁大学中文系，1984年毕业，分配到辽宁省文化厅剧目工作室，做内部刊物《辽宁剧作》的编辑，兼搞组联工作，从而进入辽宁戏剧界，并开始戏剧创作。1990年，李宝群与谢海威共同创作的话剧《安乐土》被辽宁人民艺术院团搬上舞台。经过多年的积累，1999年，李宝群创作了自己的成名作《父亲》。作品聚焦于普通的工人家庭，反映下岗潮给工人家庭带来的冲击，表现了面对艰难困境家庭成员之间的互相扶持、共渡难关，人与人之间的温情真切感人。作品被辽宁人民艺术剧院搬上舞台后，引起各界强烈的反响，获奖无数。

1999年至2001年，李宝群在中央戏剧学院高级编剧研修班学习，接受了较为系统的戏剧教育。2001年以后，李宝群的创作进入一个新的阶段，创作量日渐丰富，但对工人生活和命运的书写在其创作中依然占据了相当重要的位置，《母亲》（2001年），《长子》《师傅》（2004年）、《矸子山上的男人女人》（2007年）。

2007年，李宝群从辽宁来到北京，进入总政话剧团担任编剧。出于工作的需要，李宝群开始比较多地涉足军旅题材，然而，对故土的眷恋让李宝群并没有完全放弃对东北工人题材戏剧的创作，2010年他创作了《黑石岭的日子》，和此前创作的《父亲》《矸子山上的男人女人》共同组成“东北工人三部曲”，此外还创作了《长子》。

2015年，李宝群出版了四卷本的《李宝群剧作集》（中国戏剧出版社）。

李尔重（1914—2009）

原名李育三，河北丰润人。1929年在车轴山中学加入共产主义青年团。1930年参加薄一波等组织的唐山兵暴，1932年加入中国共产党。先后在我国北京大学、日本仙台帝国大学求学，亲历抗日战争、解放战争，并担任领导工作。

新中国成立后，历任武汉市委第二书记，湖北省委常委、中南局宣传部长，陕西省委常委、革委会副主任，河北省委书记兼省长。

李尔重从学生时代就开始发表作品，在1949年后创作有工业题材作品。1950年出版小说集《杜厂长》（新华书店中南总分店）；1956年，与人合作创作五场话剧《扬子江边》，描写汉口某机车车辆修理工厂的生产、建设。

李尔重最重要的作品是8卷本描写抗日战争全过程的巨著《新战争与和平》（武汉出版社1989年）。

李根宝（1933—2003）

原籍江苏江都，生于上海。15岁时即在上海学手艺谋生。新中国成立后，曾在沪东造船厂当车工，1954年，到上海第十九棉纺织厂，成为一名纺织工人。1955年以后，在工厂从事业余宣传工作，开始发表短篇小说和诗歌。

1958年，他以“上海纺织工人歌谣”的名义，发表了不少民歌体小诗，其中《什么阶级说什么话》和《烟囱》曾在群众中广为传诵。同年，出席了中国民间文学工作者代表大会，并在会上做了题为《铁锤打出诗万篇》的发言，后加入中国民间文艺研究会。

1958年至1960年，担任上海市工人文化宫业余诗歌创作组组长。1959年加入作协上海分会。1960年，上海文艺出版社出版了他的诗集《烟囱》，收长短诗歌45首，歌唱了上海工业战线取得的成就，赞美工人们崭新的精神面貌。同年，调入上海作协从事专业创作，曾担任过《文汇报》的编辑和记者。1960年，参加中国文学艺术工作者第三次代表大会。1979年加入中国作家协会，同年出席中国文学艺术工作者第四次代表大会。后调入上海社会科学院文学研究所工作。

李国文（1930—2022）

原籍江苏盐城，生于上海。1947年入南京国立戏剧专科学校读书，1949年毕业。同年进入华北革命大学学习。1950年至1953年间先后任天津铁路文工团和入朝中国人民志愿军某部文工团创作组组长。1954年到中国铁路总工会宣传部任文艺编辑。

1957年7月在《人民文学》发表短篇小说《改选》，作品以某厂工会委员会改选为背景，反映了工厂生活，刻画了受工人拥戴的工会干部老郝的形象。然而，这样一位被工人亲切地称为“老好”的工会干部职位却一降再降，从工会主席到副主席，再到劳保委员，最后成了一个没有什么具体分工，只是挂个名的委员。在改选时甚至不在候选人名单之列。作品发表后产生一定反响，作者也因此被打成右派，下放铁路工地劳动，此后长期搁笔。

进入新时期，李国文笔耕不辍，长篇小说《冬天里的春天》1982年获首届茅盾文学奖。作品虽非工业题材，主人公于而龙却是工业中人，是某大型军工动力厂党委书记兼厂长。

李季（1922—1980）

原名李振鹏，河南唐河人。只读了一年初中就参加了革命部队。1938年进入延安抗日军政大学学习，毕业后曾任八路军连政治指导员、小学教师、县政府秘书和地方石印小报编辑。毛泽东的《在延安文艺座谈会上的讲话》发表后，李季深受鼓舞，开始进行业余创作。1945年底，在《解放日报》发表民歌体叙事长诗《王贵与李香香》。

1949年7月，在北平出席了第一次全国文学艺术工作者代表大会。历任中南文联编辑出版部长、《长江文艺》主编、玉门油矿党委宣传部长、中国作协兰州分会主席、《人民文学》副主编、《诗刊》主编等职。

新中国成立后，李季长期生活在玉门、大庆、大港、任丘等石油矿区，为祖国的石油工业建设而歌唱，创作了石油系列诗歌，被誉为“石油诗人”。相关的诗集有《玉门诗抄》（1955年）、《致以石油工人的敬礼》（1956年）、《西苑诗草》（1958年）、《玉门诗抄》（二集）（1958年）、《心爱的柴达木》（1959年）、《海誓》（1961年）、《剑歌》（1964年）。此外还有长篇叙事诗《杨高传》第三部《玉门儿女出征记》，以大庆油田铁人王进喜为原型创作的长篇叙事诗《钻井队长的故事》。

李健吾（1906—1982）

山西运城人。10岁起在北京求学。1922年开始小说、戏剧创作。1925年考入清华大学，大学毕业后于1931年赴法国巴黎现代语言专修学校学习，1933年回国。在20世纪三四十年代，李健吾一面从事戏剧创作，一面从事文学批评。历任国立暨南大学文学院教授，上海孔德研究所研究员，上海市戏剧专科学校教授，北大文学研究所、中国科学院外文所研究员。话剧代表作是《这不过是春天》，著有评论集《咀华集》。

李健吾在20世纪20年代的剧作多反映底层人民生活的艰辛，其中反映工人生活的作品有《工人》和《翠子的将来》两个独幕剧，其中《工人》因表现了铁路工人的痛苦生活，曾被中共中央机关报《向导》转载。《翠子的将来》反映的是人力车夫的生活。

李良杰（1935— ）

安徽巢湖人。中共党员。1949年初参加中国人民解放军，1951年参加抗美援朝战争。1955年转业到上海工业战线，长期做基层党的宣传工作。50年代后期，他便在《收获》《萌芽》和各地报刊上发表通讯和报告文学，如《上海工业一瞥高高的炼油塔》《三访刘金堂》《刘金堂和他的伙伴们》等。

1973年8月调进《朝霞》文学期刊编辑部任编辑。1974年，长篇小说《较量》由上海人民出版社出版（与俞云泉合作），这是“文化大革命”以来上海出版的第一部工业题材的长篇小说。

李良杰自称是一个在上海工厂生活了30多年，也一直在写着中国工人阶级的作家。除《较量》外，他在新时期创作的一些长篇小说同样反映的是工人的历史和命运。《人生》（四川人民出版社1981年）反映20世纪50年代初期，工人阶级在战争的废墟上建造自己工厂的一段历史；《皇母宫的钟声》（与杨福根合著，福建人民出版社1981年）写20世纪40年代末期，工人阶级为迎接上海的解放而开展的护厂斗争；《悠悠岁月》（江西人民出版社1984年）反映“文化大革命”时期工厂的斗争，在特殊的历史时期，工人阶级仍然在推动着历史的车轮前进；《女工程师之死》（海峡文艺出版社1987年）反映20世纪80年代工人阶级如何投身改革开放、献身四化；《十里洋场》（重庆出版社1988年）反映的上海工人三次武装起义。

此外李良杰还出版有长篇小说《投向四〇一的魔影》（福建人民出版社1981年）、《天竺梦》（福建人民出版社1982年）、《月季情》（昆仑出版社1986年）、《中国大侦探》（宁夏人民出版社1993年）等。

李鸣生（1956—2022）

四川简阳人，毕业于解放军艺术学院文学系。

1973年底，作为文艺骨干被招入伍至西昌发射基地。1981年8月，在《凉山文艺》发表了第一首诗作《山泉》。1982年到1983年，连续两年在“全国诗歌写作竞赛”中获奖。1984年决定不再写诗，改写小说，后又暂时放弃小说的创作，改写报告文学。1984年，发表了报告文学处女作《用生命编写程序的人》，后来又发表了中篇报告文学《月亮城的风采》。1988年，被四川巴金文学院接纳为创作员。1989年考入解放军艺术学院文学系，创作出长篇报告文学《飞向太空港》，发表在《当代》1991年第1期，随后由作家出版社推出，并获得全国优秀报告文学奖。之后在近二十年时间里，创作完成了长篇纪实文学“航天七部曲”，除《飞向太空港》外，另外6部是《澳星风险发射》《走出地球村》《远征三万六》《中国长征号》《千古一梦——中国人第一次离开地球的故事》《发射将军》。2019年出版长篇报告文学《敢为天下先——中国航展二十年》（人民文学出版社）。

除航天题材外，2008年汶川大地震发生后，李鸣生用3年时间完成了“地震三部曲”——《震中在人心》《绝地重生》《后地震时代》。

李鸣生曾任中国报告文学学会副会长，中国作协报告文学委员会委员。2017年出版《李鸣生文集》16卷。曾三次获得鲁迅文学奖，三次获得“五个一工程”奖。

2022年12月17日，李鸣生因病医治无效在北京逝世，享年68岁。

李清联（1934—2019）

工人诗人。原名李得胜，河南沁阳人。出身贫苦，新中国成立前后断续上过几年学。1951年参加工作，在西安电业局当清扫工。1956年到长春第一汽车制造厂当电工。1958年移居洛阳，在洛阳第一拖拉机厂当电工，做过车间工会和团委干事。1965年在洛阳第一拖拉机厂铸造分厂党委和总厂党委做宣传干事。

1954年开始写诗，1959年出版第一本诗集《我们沸腾的工厂》（湖北人民出版社），诗作反映汽车和拖拉机厂工人生活。同年加入河南省文联。1960年1月出版诗集《拖拉机开出了厂房》（湖北人民出版社）。同年参加中国作家协会。1962年被选为洛阳市文联常委、洛阳市文学协会副主席。1964年5月，在《诗刊》发表了成名作《浇筑者》。1964年11月出版诗集《新犁催开浪花》（河南人民出版社）。

作为20世纪五六十年代在全国有影响的工人诗人，李清联用诗歌记录了那个时代，艺术地再现了新中国产业工人充实的工作和生活。

李清联一生笔耕不辍。晚年的他，提出了“无障碍诗写”理论，得到了诗坛的热烈响应。

李庆升（1920— ）

山东临沂人。1939年参加革命工作。在抗日战争和解放战争期间，主要在山东从事革命活动。新中国成立前夕，随军进入西南，后转业从事文艺工作，任重庆市文工团团长，1954年开始发表作品。著有三幕六场话剧《四十年的愿望》（与人合作）。剧作反映成渝铁路修筑工程这一重大题材，热情歌颂了钢铁厂工人在生产上表现出的高度积极性和创造性，表现了钢铁厂的工人们用自己造的钢轨来修筑铁路的自豪和荣耀。该剧在第一届全国话剧观摩演出会上，获多幕剧创作二等奖。该剧还曾在朝鲜慰问演出，受到志愿军战士的热烈欢迎。

李若冰（1926—2005）

原名杜德明，陕西泾阳人。1938年加入延安抗战剧团，先后在边区艺术干校、西北文工团、中央党校三部、鲁迅艺术学院文学系及中宣部学习、工作，参加了延安的大生产和整风运动。1947年参加解放战争，在部队负责报纸编辑和宣传工作。

1950年转业到西北文联，不久到北京中央文学研究所学习，1954年到作协西安分会从事专业创作。1956年被吸收为中国作家协会会员。

从1953年开始，先后到西北石油管理总局酒泉地质大队、大庆油田等地深入生活，以此为基础，创作了许多反映石油地质勘探生活的散文作品。主要散文集有：《在勘探的道路上》（作家出版社1956年）、《柴达木手记》（作家出版社1959年）、《旅途集》（中国青年出版社1959年）、《红色的道路》（东风文艺出版社1963年）、《山·湖·草原》（中国青年出版社1964年）。

1979年当选陕西省作协副主席，1986年任省作协党组书记。1993年3月当选陕西省文联主席。1993年8月和诗人李季一起被石油部授予“特殊贡献奖”，他俩被称为石油文学的奠基人和开拓者。1999年

11月，荣获中国石油铁人文学特殊贡献奖。

李铁（1962— ）

辽宁锦州人。1981年毕业于大连电力学校，后到锦州发电厂工作，在这里工作了近二十年。从20世纪80年代开始写小说，90年代末“小说写得有点样了”（作家语），1997年开始发表作品。二十一世纪初的几年里，李铁集束式地拿出了以国企改革及社会经济体制转型为背景的小说，《工会主席》（《特区文学》2000年第1期）、《厂长的摩托车》（《飞天》2001年第5期）、《乔师傅的手艺》（《青年文学》2003年第1期）、《杜一民的复辟》（《青年文学》2003年第10期）、《我们的负荷》[《小说月报》（原创版）2005年第1期]、《冰雪荔枝》（《花城》2005年第3期）、《工厂的大门》（《中国作家》2005年第8期）、《合同制老总》（《中国作家》2006年第6期）。

已出版小说集《冰雪荔枝》（河北教育出版社2006年）、长篇小说《热流》（大连出版社2018年）、长篇小说《锦绣》（春风文艺出版社2021年）。

2003年加入中国作家协会。2003年后历任锦州市文联编辑，市作协副主席、主席。

李新华（1971— ）

广东鹤山人。1989年在广东《支部生活》发表处女作。2004年考入广东省文联和中山大学联合举办的广东省粤剧编剧研究生班，全脱产学习三年，主修粤剧编剧，学成后创作了多部粤剧大戏，同时从事戏剧文学创作。话剧《铁血道钉》（《剧本》2017年第4期）描述的是中国铁路工程师詹天佑主持修建京张铁路的故事，写了“一个工科男的强国梦”（作者语），赞颂了主人公“实业救国，铁路兴邦”的爱国思想。其他话剧作品主要有《穷孩子·富孩子》、《康有为与梁启超》（又名《康梁》）等。

李新华现为广州文学艺术创作研究院副院长。

李学鳌（1933—1989）

当代工人诗人。河北灵寿人。1945年参加革命工作，1947年成为阜平县晋察冀边区印钞厂的印钞工人。1949年随厂进京，成为北京人民印刷厂的工人。1953年起历任厂党委宣传部干事、副部长。1955年和1958年，两次出席全国青年社会主义建设积极分子代表大会，荣获“全国青年社会主义建设积极分子”光荣称号。1971年被选为北京市第三次党代会代表。1977年8月，被选为中国共产党第十一次全国代表大会代表。

1951年，李学鳌开始创作活动，1952年在报纸上发表了第一首诗《光荣的任务》，此后一直坚持业余创作，写了几百首诗。出版有诗集:《印刷工人之歌》（北京大众出版社1956年）、《北京的春天》（北京出版社1959年）、《北京晨曲》（北京出版社1962年）、《李学鳌长诗选》等。“李学鳌的诗，由于他独特的经历，独特的人生感受，常常以一个工人的眼光和情怀，观察生活，体验生活，发现生活中符合工人阶级道德规范和审美理想的情趣和境界，他的诗中活跃的抒情主人公，永远是一个先进工人的姿态。”（苗雨时:《工人阶级的歌手——评李学鳌的诗》）

1953年和1956年，先后被北京市文联和中国作家协会吸收为会员。1953年被选为北京市文联理事。1956年出席全国青年文学创作会议，并到中央文学讲习所学习。1960年出席全国第三次文代会。1962年调入北京市文联从事专业创作。

李云德（1929—2022）

辽宁岫岩人。1947年参加人民解放军，被送到解放军测绘学校学习，毕业后分配到军委测绘局，在北京工作了一年，1951年转业到鞍钢物质勘探公司，在地质部门工作了五年。1955年，李云德在《辽宁文艺》上发表了小说《鸡蛋》，反映的是自己所熟悉的地质勘查生活。《鸡蛋》的发表，标志着李云德正式走上了文学道路。1956年，李云德出版了自己的第一本小说集《生活的第一课》。

1958年，第二本小说集《林中火光》（辽宁人民出版社）出版，所收短篇小说多为工业题材。

1959年，李云德调到鞍钢党委宣传部工作。在此前后，李云德先是参加了省作协组织的学习班，后又在鞍钢参加了草明辅导的工人业余作家学习班。20世纪60年代初，李云德开始了长篇小说创作的尝试，长篇小说《鹰之歌》1963年由春风文艺出版社出版，反映的是地质勘探生活。

受到《鹰之歌》出版的鼓舞，李云德动手写长篇小说《沸腾的群山》。《沸腾的群山》第一部1965年12月由人民文学出版社出版，小说还在1976年被改编成同名电影。在“文化大革命”期间完成了《沸腾的群山》第二部、第三部，分别由人民文学出版社出版于1973年10月和1976年9月。

“文化大革命”结束后，李云德笔耕不辍，多数作品依然热衷于描写工人题材。1982年群众出版社出版长篇小说《特殊案件》，1985年人民文学出版社出版长篇小说《地质春秋》。

李肇正（1954—2003）

上海嘉定人，1970年赴皖插队落户，1975年被推荐进入和县师范学校读书，1977年至1979年在和县一中任语文教师，1979年考入安徽师范大学中文系，大学毕业后，1983年至1993年在和县幼儿师范学校任教，1993年夏调回上海，在中学任教。2003年3月因突发心脏病遽然辞世，享年48岁。

李肇正在大学期间开始进行小说创作，处女作《林则徐夜访》是一篇历史小说，刊发在校办刊物《赭山》上，随后在合肥文联主办的刊物《希望》上发表小说《正气篇》（1983年）、《徐老板发迹记》（1985年）。之后的李肇正在创作上“走了许多弯路”，直到经历了1991年的安徽洪灾，基于真切的现实感受创作出中篇小说《浩劫》（《清明》1993年第6期），此后李肇正的小说创作才步入正轨。1995年，李肇正发表长篇小说《龙山吟》（《当代》1995年第3期）和中篇小说《女工》（《清明》1995年第4期），后者被《小说选刊》《小说月报》转载，并获《小说月报》第七届百花奖。李肇正坦承，自己“真正专注于写作，还是1995年以后的事”（李肇正：《我和〈清明〉》），他的小说创作进入了繁盛阶段。从1993年至2003年去世，李肇正共发表中篇小说57部，长篇小说《无言的结局》和《躁动的城市》两部，此外还有多部短篇小说。除《女工》外，中篇小说《永不说再见》《傻女香香》分别获得《小说月报》第十、十一届百花奖，部分作品刊发时登上了文学期刊的头条。

梁秉堃（1936—2023）

原籍广东南海，生于北京。小学毕业后，梁秉堃开始了在酒厂的学徒生活，两年的徒工生活让他尝到了生活的艰辛，看到了生活的复杂。1950年考入察哈尔省文艺干部训练班，毕业后分配到察哈尔省文工团，1954年回到北京，进入北京人民艺术剧院工作，干过灯光，搞过行政，当过演员。

还在文工团时，梁秉堃就开始了创作活动，从事戏剧创作活动则是从1959年开始的，1961年，和他人一起集体创作，把草明的长篇小说《乘风破浪》改编成话剧，并由北京人民艺术剧院搬上舞台。在生活中，梁秉堃几乎没有中断过与工厂干部、工人的联系，正是基于对工厂和工人生活的熟悉、了解，使他与工人文学结缘，在新时期创作了《谁是强者》《王建设当官》《阵痛的时刻》《夜晚过去是早晨》等工人戏剧作品，并结集为《梁秉堃戏剧集》出版（1988年），作品以“京味儿”的鲜明特征在新时期剧坛独树一帜。

此后的梁秉堃一直笔耕不辍，题材更为广泛，陆续创作有《冰糖葫芦》（1996年）、《春雪润之》（2009年）、《格桑花》

（2012年）、《叩问》（2014年），均有不错的反响。

梁小斌（1954— ）

安徽合肥人，朦胧诗重要诗人。1972年毕业于合肥市第32中学，之后上山下乡。1976年返城后，被分配到合肥制药厂当工人，1984年被工厂除名。之后一直靠阶段性的打工为生。前后曾从事过车间操作工、绿化工、电台编辑、杂志编辑、计划生育宣传干部、广告公司策划等多种职业。

1972年开始诗歌创作。1980年到北京参加《诗刊》社举办的首届“青春诗会”；同年10月，在《诗刊》发表《中国，我的钥匙丢了》《雪白的墙》等作品，奠定了梁小斌在新时期诗歌中的地位。因为有着工人的身份和生活，梁小斌在20世纪80年代创作了几首书写工人生活、工作、心理的诗歌，如《节奏感》（1979年）、《雪白的墙》（1979年）、《前额上的玫瑰》（1981年）、《一颗螺丝钉的故事》（1982年），并在诗歌中创造性地抒写了“师傅”和“螺丝钉”意象。

出版有诗集《少女军鼓队》、思想随笔集《独自成俑》《地主研究》等。

梁晓声（1949— ）

原名梁绍生。祖籍山东荣成，出生于哈尔滨市。1968年高中毕业后到北大荒插队，成为黑龙江生产建设兵团的一名“兵团战士”，1974年被推荐到上海复旦大学中文系读书。1977年毕业后分配到北京电影制片厂从事文学编辑工作。1979年开始发表文学作品。《这是一片神奇的土地》《今夜有暴风雪》《父亲》三部中短篇小说，均获全国优秀小说奖。作为一名曾经的知青，他的知青系列小说影响较大，除《这是一片神奇的土地》《今夜有暴风雪》外，还有长篇小说《雪城》《年轮》，还被改编成同名电视连续剧，反响强烈。

梁晓声的创作题材广泛，一些作品涉及工业题材。短篇小说《父亲》（《人民文学》1984年第11期）获1984年全国优秀短篇小说奖，作品中塑造了一位勤劳忠厚的老工人父亲形象；中篇小说《钳工王》（《北京文学》1997年第1期）反映的是工业领域生活；长篇小说《人世间》（中国青年出版社2017年）作为“人民史诗”“平民生活史”，虽不局限于表现工业领域生活，但在对一个工人家庭和三个子女人生之路的描写中，涉及较为广泛的工厂和工人生活。《人世间》获第七届茅盾文学奖。

刘安琪（1938— ）

重庆人。中共党员。1957年参加工作。先后在北京送变电工程局、内蒙古送变电工程公司、内蒙古电管局工作。曾任中国电力作协副主席。1956年开始发表作品。1999年加入中国作家协会。出版有小说集《巡线工》、散文集《盛世情怀》，《盛世情怀》获全国电力职工文学作品大奖赛优秀作品特别奖。作为一名长期在电力系统工作的员工，他创作的作品多反映电力职工的生活。代表作是短篇小说《巡线工》。

刘沧浪（1919—2002）

四川泸县人。1941年毕业于四川省实验戏剧学校。曾在中华剧艺社任演员。1946年任重庆《民主报》副刊主编。1948年到华北解放区，先在华北大学政治班学习，后任华北大学文工团三团编导。同年与鲁煤等合作完成多幕话剧《红旗歌》。1949年到北京，在中央戏剧学院创作室从事专业创作。1950年执笔创作《母亲的心》。1954年曾到宝成铁路工地上深入生活，完成一组散文特写《宝成铁路纪事》发表在《北京日报》上。1955年任《戏剧报》常务编委，1957年到剧协剧本创作委员会从事专业创作。1958年调入四川人民艺术剧院，任专职编剧，创作两场话剧《钢花怒放》（与吕长水合作）。1960年创作歌颂退休老矿工共产主义精神的话剧《十二颗红心》。

刘大白（1880—1932）

浙江绍兴人。早年曾参加同盟会的革命活动，1918年任浙江省立第一师范学校国文教员，次年夏天开始写作新诗，在《星期评论》《民国日报·觉悟》《晨报副刊》上发表诗作。刘大白是中国早期共产主义运动的积极分子，1920年8月参加上海党的早期组织。先进的革命理念，使刘大白率先用诗歌来歌颂工农，创作出了讴歌工人、讴歌五一运动的诗篇，开红色文学之先河。

1919年12月31日，刘大白为《星期评论》撰写了新年贺辞《红色的新年》，诗中对“拿锤儿的”（喻指工人）描写以及对“拿锤儿的”要锤匀“世间的不平不公”的预言，是对工人阶级的充分肯定以及对工人阶级光明未来的自信。

1921年4月30日，为了纪念“五一”国际劳动节，刘大白又写了《劳动节歌》《八点钟歌》《五一运动歌》，同时刊发在5月1日当天出版的《民国日报·觉悟》“劳动节纪念号”上，在歌颂工人阶级自己的节日的同时，继续礼赞工人、礼赞革命。

著有旧诗集《白屋遗诗》、新诗集《旧梦》。

刘恒（1954— ）

原名刘冠军，北京人。中学毕业后1969年入伍，在海军服役六年，复员后在汽车制造厂做了四年装配钳工。刘恒自述从十六七岁开始便热爱文学创作，经过七八年的努力，1977年发表小说处女作《小石磨》（《北京文艺》第7期）。1979年刘恒调入北京市文联，先后担任《北京文学》编辑、主编。2003年，刘恒被推举为北京作家协会主席，后又被选为中国作家协会副主席。

刘恒工业题材的文学创作并不多。中篇小说《狼窝》（《莽原》1985年第1期）写的是发生在狼窝沟里的小煤窑的故事，塑造了一些矿工形象。中篇小说《贫嘴张大民的幸福生活》（《北京文学》1997年第10期）描写锅炉工张大民一家各种鸡毛蒜皮的生活，反映了当代底层工人艰辛的生存境遇。作品获第一届北京市文学艺术奖、第一届老舍文学奖、《小说月报》第八届百花奖优秀中篇小说奖。

除小说外，刘恒还创作电影文学剧本《铁人》（人民文学出版社2009年）、评剧剧本《贫嘴张大民的幸福生活》（与王新纪合作，《新剧本》2000年第5期）、电视连续剧剧本《贫嘴张大民的幸福生活》（人民文学出版社2013年）。

刘庆邦（1951— ）

河南沈丘人。1967年中学毕业，之后在乡务农。1970年进入新密煤矿，开始了长达九年的煤矿工人生活，先是从事采石、挖煤，后调到矿务局宣传部从事编辑和新闻报道工作，其间参加毛泽东思想文艺宣传队。1978年从新密煤矿调到位于北京的国家煤炭工业部下属的《他们特别能战斗》杂志社当编辑。1996年任中国煤矿作家协会主席，2000年签约于北京市作协，成为驻会作家，现为北京作协副主席。

1978年发表第一篇小说《棉花白生生》（《郑州文艺》1978年第2期），已有300多万字的作品面世，其中一半以上是煤矿题材的。主要作品有中短篇小说《矿山儿女》（《中篇小说新作》1983年第6期）、《矿工的儿子》（《牡丹》1984年第3期）、《走窑汉》（《北京文学》1985年第9期）、《窑哥儿》（《湖南文学》1988年第7期）、《白煤》（《北京文学》1992年第4期）、《神木》（《十月》2000年第3期）。此外还有长篇小说《断层》（中国文联出版公司1986年）、《红煤》（北京十月文艺出版社2006年）、《黑白男女》（上海文艺出版社2015年）、《女工绘》（作家出版社2020年）。

刘庆邦的煤矿叙事，从20世纪五六十年代一直横跨到21世纪初，作品深刻反映了中国煤矿的变迁和发展，全面集中透视出了中国乡村社会向城镇工业化社会转型的过程。

刘彦林（1935— ）

陕西省子洲县人。1948年在延安参军，先后参加了解放战争和抗美援朝，获朝鲜民主主义人民共和国授予的军功章。1956年转业到石家庄华北制药厂，在105车间分包装岗位当药品检查工。后历任筹备处职工业余文化教员、团支部书记、宣传部干事、厂报主编、厂文协副主席、高级政工师。

1958年开始发表作品，陆续在《萌芽》《火花》《河北文学》《工人日报》等报刊上发表中短篇小说。如《永远唱不完的歌》《发奖》《车间主任》《周国英和她的组长》《我们的总工程师》《天外有天》《程金梅和朱芳》。其中《车间主任》发表后，由中央人民广播电台转播，引起文艺界的注意。这些作品为后来作家从事长篇小说创作打下了基础。

1973年，刘彦林出版长篇小说《东风浩荡》（人民文学出版社），这是作家经历了八个春秋创作出来的。作品描写了60年代初期我国社会主义革命和社会主义建设时期工业战线上的斗争生活。

进入新时期，刘彦林又出版长篇小说《春风得意》（工人出版社1983年）、《三月潮》（人民文学出版社1987年），它们与《东风浩荡》一起被称为“中国医药工人三部曲”，用文学方式记录了我国制药工业发展的历史变迁，表现了中国工业战线20世纪60年代至80年代的风云变幻。

刘一梦（1905—1931）

原名刘增容，山东沂水人。1923年进入上海大学，同年加入中国共产党。1925年五卅惨案后，在学校党组织的安排下深入工厂、学校，发动工人、学生，声讨英、日帝国主义的侵略罪行，组织救济受难同胞。1927年四一二反革命政变后，上海大学停办，刘一梦加入革命文化阵营。1927年冬，蒋光慈、钱杏邨在上海创办太阳社，刘一梦是该社主要成员及党的负责人之一。1928年，他被派往山东，先是在家乡从事农民运动，后又在济南、青岛等地从事工人运动。1929年4月刘一梦被捕，1931年4月5日，被山东军阀韩复榘杀害。

1927年10月，发表小说《工人的儿子》，反映工厂工人的罢工斗争。1929年1月出版小说集《失业以后》，其中描写产业工人的有3篇，分别是《工人的儿子》《车厂内》《失业以后》。

刘镇（1938— ）

江苏泰县人。1953年，年仅15岁的刘镇在泰县初师速成班结业后，来到沈阳第三机床厂，成了一名工人。1958年开始写诗，最初的诗多发表在车间的板报上。1960年参加沈阳市文化宫举办的一次赛诗会，受到作协辽宁分会的重视。同年参加作协辽宁分会。在前辈诗人的帮助、指导下，开始在《文艺红旗》《鸭绿江》《人民文学》《诗刊》上发表诗作。其中组诗《矿山云烟》(《鸭绿江》1964年第5期)发表后影响较大。

1961年12月，春风文艺出版社出版刘镇与李代生、高云的诗歌合集《满天飞霞》，集中收刘镇的诗12首。1963年3月，葛洛在《文艺报》发表文章，称刘镇为“工人阶级的年轻歌手”。

1975年，刘镇从沈阳被调到河南三门峡豫西机床厂，仍当钳工。

1978年12月，诗集《红色的云》由春风文艺出版社出版，收录的多是1960年至1964年间的诗作。方冰在序言中称刘镇为“工人阶级的诗人”，称刘镇的诗为“工人阶级的战歌”。

1980年，刘镇加入中国作家协会，同年底调回沈阳，后在辽宁作协从事专业创作。

诗集《眼泪与微笑》(春风文艺出版社1984年)所收诗作都是1980年底调入辽宁作协转入专业创作岗位后的新作，其中《我为我的劳动歌唱》《我爱沿着厂区大道走去》《雨后的厂区》《冶炼之章》《女工之晨》，均为描写工人生活的诗作。

此外，还有诗集《蓝色的探戈》(中国文联出版公司1988年)、《喧哗风景》(春风文艺出版社1989年)。

隆振彪(1951—2025)

湖南绥宁人，侗族。20世纪80年代初开始发表作品。1996年夏，他创作的短篇小说《卖厂》，在当年《湖南文学》第9期发表，又被《作品与争鸣》1997年第2期转载，引起了评论界的关注，《卖厂》成为20世纪90年代中后期“现实主义冲击波”中的代表作品。曾任绥宁县文联主席。

隆振彪的作品多以侗乡为背景，关注侗族人民的生活与命运，对侗族民俗进行审美观照，批判陋习恶俗，具有现实精神和朴素风格。

楼适夷(1905—2001)

浙江余姚人。曾用笔名楼建南。14岁到上海，在一家钱庄做学徒。1925年开始在创造社的刊物上发表作品。1928年入上海艺术大学，参加太阳社。1929年留学日本。1930年2月在《拓荒者》上发表短篇小说《盐场》，反映盐民的斗争生活。1931

年回国，在上海加入“左联”，并参与了《文艺新闻》的编辑工作。因为参加曙星剧社的活动，创作独幕剧《活路》，反映九一八事变后上海纱厂工人的斗争生活。独幕剧《S.O.S.》（又名《无线电急奏》）发表于1932年的《北斗》杂志上，反映的是九一八事变这一特殊的历史时刻，沈阳无线电台发报员们的生活。此外还创作有电影文学剧本《盐场》。1933年被捕，1937年出狱。抗日战争和解放战争时期，在各地从事文化工作。新中国成立后，长期在人民文学出版社工作。

芦芒（1920—1979）

上海人。1938年在上海学习绘画，接触革命作品，参加抗日救亡工作。1939年，参加新四军，从事美术工作，先后任《江淮日报》美术编辑、鲁艺工作团美术教员、《江淮画报》社总编辑等职。新中国成立后，任作协上海分会副秘书长，创作委员会诗歌组组长，《上海文学》《收获》《萌芽》编委等职。

20世纪50年代初到上海第一棉纺织厂体验生活，写了许多歌颂工人阶级和劳动模范的诗歌和散文。60年代，为深入生活曾任中共上海第一钢铁厂委员会宣传部部长，长期深入车间，创作电影文学剧本《钢铁虎将》（与吴洪侠、赵玉明合作，上海文艺出版社1960年）。除创作外，芦芒常在上海市工人文化宫、各区文化宫参加或举办赛诗会、诗歌朗诵会等群众性的文学活动，培养工人诗人。

出版的诗集有《东海之歌》（新文艺出版社1955年）、《红旗在城市上空卷动》（新文艺出版社1956年）、《上海、上海，向前！向前！》（上海文化出版社1958年）、《东方升起朝霞》（上海文艺出版社1959年）、《奔腾的马蹄》（上海文艺出版社1962年）、《大江行》（作家出版社1964年）以及《芦芒诗选》（人民文学出版社1980年）。

鲁煤（1923—2014）

原名王夫如，河北望都人。1937年抗战爆发后从家乡流亡到河南，后又流亡到重庆。1944年考入国立艺术专科学校，开始从事诗歌创作，有诗作在《希望》等刊物发表。1946年6月，鲁煤进入解放区，先后在华北联合大学政治班和文学院文学系学习。1947年11月石家庄解放后，鲁煤以华北联合大学文艺创作员的身份进入大兴纱厂，从事文教、宣传、工会等工作，参加了工厂的恢复生产以及保护工厂的斗争。1948年春天，鲁煤创作了独幕剧《反对三只手》，这是鲁煤话剧创作的处女作，发表于1949年1月21日、22日的《人民日报》上。1948年秋，鲁煤在大兴纱厂创作了自己的第二部剧作六幕话剧《里外工会》。1948年底，鲁煤开始创作话剧《红旗歌》，之前他已发表新诗《优胜旗》《红旗竞赛歌》，描写落后工人成长的短篇小说《双红旗》还在《人民日报》得以转载。最初参加集体讨论的是陈淼、辛大明，后来又加上了刘沧浪、陈怀皑、刘木铎三位导演。1949年4月，《红旗歌》完成。《红旗歌》是鲁煤个人话剧创作上的一个高峰，被誉为解放区、新中国“第一个描写工人生产的剧本”（周扬）。

1950年至1955年，先后在中央戏剧学院创作室、文化部艺术局创作室和中国戏剧家协会创作室工作。1953年加入中国作家协会，次年加入中国戏剧家协会。1956年至1966年，先后在《戏剧报》《剧本》编辑部任编辑，从事评论工作，发表戏剧评论。1977年在文化部文学艺术研究院工作，1979年到剧协任研究室副主任。2006年，中国戏剧出版社出版《鲁煤文集》。

陆俊超（1928—2017）

上海崇明人，出身于一个海员家庭，幼年随叔父侨居印尼、新加坡等东南亚国家。17岁进入外国商船工作，当了一名海员，从而拥有了丰富的航海生活经历。1946年回国，开始在中国的远洋货轮上工作。1950年参加香港招商局海员起义，驾船回到祖国，成为新中国的第一批海员。1951年被派往中波公司，1960年成长为一名船长。

陆俊超丰富的航海生活经历，耳闻亲历的海上传奇故事，激发了他的创作热情。1956年，他发表了自己的第一篇小说《海洋的主人》，次年发表《国际友谊号》，1958年发表《惊涛骇浪万里行》，一系列作品的发表以及作品浓郁的海洋特色引起文坛注目。出版有小说集《国际友谊号》（三个版本——少年儿童出版社1958年4月、人民文学出版社1959年6月、作家出版社1959年12月）、《姐妹船》（上海文艺出版社1961年），中篇小说《九级风暴》（作家出版社1959年9月），长篇小说《幸福的港湾》（上海文艺出版社1964年3月）。

“文化大革命”期间陆俊超受到冲击，曾经的远洋船长被下放到“战斗14”轮当了一名水手。到了新时期，陆俊超还有少量作品问世。1984年出版小说集《相逢在安特卫普》（黑龙江人民出版社）。

陆文夫（1928—2005）

原名陆纪贵，江苏泰兴人。1945年，陆文夫考入苏州高级中学。1948年高中毕业后，赴苏北解放区参加革命，在华中大学干部训练班学习半年。1949年随军南下苏州，当了八年的新闻记者。1955年发表第一篇小说《荣誉》，获得江苏省首届文学奖。1956年10月，在《萌芽》上发表了《小巷深处》，好评如潮，被视为他的成名作。

1957年，陆文夫结束记者生涯，任江苏省文联专业作家，开始从事专业创作。反右派斗争开始后，被下放到苏州机床厂当学徒工。在机床厂两年半时间，他不仅真诚地进行劳动改造、努力钻研技术，而且还坚持业余创作，发表了一批表现工厂工人生活的短篇小说，《葛师傅》《介绍》《二遇周泰》《棋高一着》等都是当时脍炙人口的佳作。

"文化大革命"期间，陆文夫的创作被迫中断，直至1978年陆文夫才恢复创作，发表了《小贩世家》《美食家》《围墙》等众多作品，中篇小说《有人敲门》、短篇小说《唐巧娣翻身》是这一时期少有的几篇工业题材的作品。

曾任苏州文联副主席、江苏省作协主席、中国作家协会副主席等。

m

逯斐(1917—1994)

原名王松黛，江苏无锡人。抗战初期曾参加抗敌演剧队，后在四川省立戏剧实验学校学习。1941年初到延安，后在延安文艺界抗敌剧协从事创作。抗战胜利后从延安到晋察冀，在华北联合大学戏剧系任教。1946年，与丁明、陈明合作，创作话剧《窑工》，是解放区文学中较早的反映工人斗争生活的剧作。1949年，与乔羽合作，创作反映工业题材的话剧《胜利列车》。

新中国成立后，任中央戏剧学院创作组创作员、中央文学研究所创作员等。1951年出版小说集《提炼》（新文艺出版社），所收的五个短篇小说都是反映工人或工厂生活的。1955年出版小说集《青春的光辉》（作家出版社）。

1958年到作协黑龙江分会从事专业创作，并深入工厂体验生活，曾任哈尔滨机车车辆厂车间支部书记、宣传部副部长。"文化大革命"后，去大兴安岭女子采伐连、女子架桥连深入生活。

逯斐的著作还有散文集《解冻以后》（作家出版社1957年）、《第一场风雪》（北方文艺出版社1963年），短篇小说集《森林在歌唱》（作家出版社1959年），报告文学《光荣的岗位》（与严辰合著，中国青年出版社）、《时代新人》（与严辰合作，北方文艺出版社1960年）。

路翎(1923—1994)

原名徐嗣兴，江苏南京人。1940年夏，路翎到国民政府经济部设在重庆北碚区的矿冶研究所当办事员，了解到矿工凄惨的生活。1939年9月，路翎写出了短篇小说《“要塞”退出之后》，次年5月第一次以“路翎”的署名发表在《七月》杂志上，从此结识了胡风，逐渐成为“七月派”重要的小说家。基于对矿工生活的了解和对矿工凄惨命运的同情，路翎陆续创作了反映矿工生活的小说《家》《祖父的职业》《黑色子孙之一》《何绍德被捕了》《卸煤台下》等，后来均收录于小说集《青春的祝福》中。此外，他还创作了中篇小说《饥饿的郭素娥》。

1949年4月，路翎在南京迎来了南京解放，担任了南京市军管会文艺处创作组组长。7月他创作了剧本《人民万岁》（后来改名为《迎着明天》）。次年3月，调入北京中国青年艺术剧院。5月他南下上海，到申新九厂了解工人的生活，回京后创作了四幕剧《英雄母亲》。抗美援朝开始后，同年12月，路翎赶写了四幕剧《祖国在前进》。作品出版后却被斥为“一部明目张胆地为资本家捧场的作品”。

1949年6月到1950年4月，路翎还创作了10篇反映新社会工人生活的短篇小说，结集为《朱桂花的故事》，1952年出版。

抗美援朝期间，曾去过朝鲜战场体验生活，创作了《初雪》《洼地上的“战役”》等反映抗美援朝题材的小说。

1955年受胡风冤案牵连，中断写作20余年。1979年平反昭雪。

罗丹（1911—1995）

原名罗士垣，广东兴宁人。在中学学习期间开始接触新思潮和新文学。抗战爆发后，1938年4月，由汕头历尽艰辛到达延安。1942年发表短篇小说《李炳龙》《高志坚》，此后不断有作品在延安的《解放日报》和重庆的《新华日报》发表。1945年日本投降后，他奉命随军前往东北，先后担任过《大连日报》社长兼总编辑、鞍钢铸管厂厂长、鞍钢炼钢厂副厂长等职。

在工作之余，罗丹笔耕不辍，陆续出版了短篇集《小号手》（光华书局1948年）、《信件》（光华书局1948年）、《飞狐口》（群益出版社1950年）。

1948年鞍山解放后不久，罗丹便开始在鞍钢工作，经过多年的辛勤努力，终于创作出反映鞍钢历史的长篇小说《风雨的黎明》，1959年1月由中国青年出版社出版。被评论者誉为“在某种意义上，它几乎是鞍钢的工厂史”。

经历了“文化大革命”，1978年罗丹重新回到创作岗位，任辽宁省作协主席，并于1990年出版了《风雨的黎明》的续篇《严峻的岁月》（中国青年出版社）。

罗丹还出版有剧本《秘密的斗争》（文化工作社1951年）。

马中骏（1957— ）

上海人，出生于工人家庭，高中毕业后成了一名马路工，后来进入城建局某厂当工人。1979年参加“市宫”的戏剧学习班，师从曲信先。历任上海市城建局市政工程管理处干部，江苏省文化厅文化艺术研究所创作员，中国青年艺术剧院编剧。马中骏后来从剧作家成为慈文传媒股份有限公司的掌门人。

与他人合作的剧作主要有《屋外有热流》（1980年）、《路》（1981年）、《街上流行红裙子》（1984年）、《红房间·白房间·黑房间》（1986年），此外还独立创作有话剧《老风流镇》（1988年）、《和空气爱人做游戏》（1990年）等。

五幕现代话剧《路》（《剧本》1981年第10期）和四幕喜剧《红房间·白房间·黑房间》（《收获》1986年第2期）虽然是马中骏与他人合作的结晶，但剧中描写的建筑工人生活显然更多得益于马中骏多年马路工的生活积累。

茅盾（1896—1981）

原名沈德鸿，字雁冰，浙江桐乡人。1913年中学毕业后考入北京大学预科。1916年进入上海商务印书馆编译所任职。1921年1月，发起成立文学研究会。大革命时期，他积极参加革命斗争。1927年大革命失败后开始从事小说创作。在20世纪30年代，加入“左联”并担任领导工作，同时创作了长篇小说《子夜》（开明书店1933年）和中篇小说《春蚕》《林家铺子》等。《子夜》是工业题材的重要作品。

抗日战争和解放战争时期，茅盾是国统区革命文艺运动的领导人之一。这一时期出版的剧本《清明前后》（开明书店1945年）、长篇小说《第一阶段的故事》（群益出版社1946年）、《霜叶红似二月花》（华华书店1946年）均为工业题材作品。

新中国成立后至1964年，一直担任文化部部长，此外，曾任全国政协副主席、全国文联副主席、中国作协主席。五六十年代，在培育文艺新生力量，特别是工人作家的培养方面，做出了巨大贡献。

苗培时（1918—2005）

曾用笔名大古、草田、任青、曹兰、有光等。北京房山人。1937年北京中法大学文学分院肄业，在学生时代曾参加一二·九爱国运动。抗战爆发后随平津学生流亡南京，1938年春去武汉，同年夏去陕甘宁边区，陕北公学高级研究班学习。不久转入延安鲁迅艺术学院编译部任编译员，专门从事口语文学、大众文学的研究工作。1943年夏，到晋冀鲁豫边区文联工作，任《华北文化》副主编。后调华北新华书店任文艺编辑。解放战争时期，任新华社特约战地记者、邢台市文教工作委员会主任、《新大众》半月刊杂志主编、《新大众报》副刊版主编。新中国成立后，历任北京市文化管制委员会调查研究组组长，北京市委文化工作委员会委员，《大众日报》《工人日报》编辑主任，工人出版社领导成员，新大众出版社总编辑，《说说唱唱》社执行编委。

出版著作有：中篇小说《矿工起义》（工人出版社1952年）、长篇小说《深仇记》（中国青年出版社1964年），小说集《红树岭》（与章容合著，工人出版社1950年）、《矿山喜事》（通俗读物出版社1954年）、《钢铁的妈妈》（新文艺出版社1958年），报告文学《矿山英雄马六孩和连万禄》（华北人民出版社1954年）等。《矿工起义》写山西一个煤矿的工人在抗战胜利时英勇起义的故事，被誉为中国文学史上反映煤矿工人斗争的第一篇作品；《深仇记》描写了一个矿工痛苦的一生和对新中国的祝福；《矿工喜事》写矿山工人生活。

1980年后创作有长篇历史小说《慈禧外传》、长篇传记小说《蒋介石传》。曾任中国煤矿文学创作研究会主任。

南丁（1931—2016）

原名何南丁，祖籍安徽安庆，生于安徽蚌埠。1949年7月结业于华东新闻学院。1950年初由河南日报社调至河南省文联，同年开始发表文学作品，1956年加入中国作家协会。从事过文学编辑、文学创作、文学组织等各项工作，历任《河南日报》编辑，河南省文联编辑、专业作家、主席、党组书记。

1954年短篇小说《检验工叶英》发表于《长江文艺》第2期，《人民文学》给予转载（1955年第8期）。作品刻画了一个具有高度责任感，敢于和落后行为做斗争的青年女工的形象。

出版有小说集《检验工叶英》（新文艺出版社1955年）、《在海上》（中国青年出版社1957年）、《被告》（花城出版社1983年）、《尾巴》（中原农民出版社1997年）等。

欧阳山（1908—2000）

原名杨凤岐，笔名凡鸟、罗西、龙贡公等。湖北荆州人。1924年发表第一篇短篇小说《那一夜》。1926年组织广州文学会，主编《广州文学》周刊，发表长篇小说《玫瑰残了》。1927年组织南中国文学会，次年初到上海，1933年参加“左联”和中国左翼文化总同盟，并任“文总”宣传部部长。抗战开始以后，辗转在广州、长沙、贵州、重庆等地从事抗日文化救亡活动。1941年到延安，1942年参加延安文艺座谈会，1944年到延安乡下安家落户，1947年创作了描写陕甘宁边区合作社经济发展的长篇小说《高干大》。新中国成立后回到广州，此后一直在广州，担任广东省文联、作协的领导工作，历任文联主席、作协主席以及中国作家协会副主席，并创作有多卷本长篇小说《一代风流》。

在20世纪30年代，欧阳山创作了描写工人斗争的长篇小说《竹尺与铁锤》（上海正午书店1931年），此外还有工人题材的短篇小说《水棚里的清道夫》《在渗井里》《七年忌》。

彭家煌（1898—1933）

湖南湘阴人。1919年毕业于湖南省立第一师范。后赴北京，曾在北京大学旁听。1924年进入上海中华书局工作，1925年转入商务印书馆编译所工作，先后助编《教育杂志》《儿童世界》等。1931年加入“左联”，1931年7月被国民党当局逮捕，在狱中受到严酷的刑讯，后被营救出狱。1933年因病去世。

作为20世纪20年代乡土小说的代表作家，其创作的《怂恿》《活鬼》等小说描写了农民的种种不幸，带有浓厚的地方色彩。《Dismeryer先生》反映的是都市生活，刻画了中国文学史上的第一个外国工人形象。

q

蒲风（1911—1942）

原名黄日华，广东梅县（今梅州）人。1927年开始诗歌创作，1930年参加“左联”。1932年9月，与杨骚等人发起成立中国诗歌会，作为中国诗歌会的重要成员，其代表作长诗《茫茫夜》和《六月流火》均反映的是发生在农村的土地革命。不过这一时期蒲风也创作有少量工人诗歌，有收入诗集《摇篮歌》中的《上海车夫曲》《女卖票员的歌》，还有未收入《摇篮歌》但被音乐家配曲传唱的诗歌《码头工人歌》《打砖歌》《打桩歌》。1937年，蒲风还创作有《咱们打铁匠》。

抗战爆发后曾先后在厦门、广州等地从事抗日救亡活动。后随新四军转战华东各地，由于积劳成疾，1942年早逝于皖南天长县。

著有诗集《茫茫夜》（国际编译馆1934年）、《六月流火》（东京黄飘霞发行，1935年）、《生活》（诗人俱乐部1936年）、《钢铁的歌唱》（诗歌出版社1936年）、《摇篮歌》（诗歌出版社1937年）、《抗战三部曲》（诗歌出版社1937年）。

戚积广（1941— ）

当代工人诗人。山东省黄县人，中国共产党党员，中国作家协会会员。童年在故乡念书种地，1956年进入长春第一汽车制造厂，成为一名工人。1958年开始业余创作，写过民歌、短诗等，后来有诗作发表在《诗刊》《人民文学》《萌芽》等刊物上。代表作有：《汽车城的心脏》（《诗刊》1961年第6期）、《车工谣》（《诗刊》1964年第1期）。1960年加入作协吉林分会并任二届理事。

1965年出版诗集《加热炉之歌》（人民文学出版社上海分社），收集歌颂汽车工人劳动、斗争生活的短诗38首。同年出席全国青年业余文学创作积极分子大会。1966年自修毕业于吉林函授学院中文系。1971年调厂政治部宣传处工作。

1979年走上编辑工作岗位，历任时代文艺出版社、文学丛刊《新苑》编辑，中国古典文学编辑室主任，副编审。诗集除《加热炉之歌》外还有《炉火集》（吉林人民出版社1973年）、《五彩的年华》（百花文艺出版社1985年）、《帆梦》（时代文艺出版社1987年）。另有散文、小说、杂文、诗评等作品发表。

齐橙（1969— ）

本名龚江辉，江西南昌人。9岁时跟随部队转业的父亲来到江西一个小县城，作为一名化工机械厂的子弟，在机械厂度过了自己的少年时代，培养了对机械工业的热爱。1988年考入中国人民大学，1992年毕业，分配至江西省团校工作。1995年考入中国人民大学统计学系读硕士研究生，1998年毕业后进入北京师范大学工作，现为北京师范大学经济与工商管理学院副教授。2003年至2006年在中国社会科学院工业经济研究所读博，获博士学位。

2011年开始在起点中文网发表网络小说，至今已发表《工业霸主》《材料帝国》《大明地师》《何日请长缨》等，是阅文集团起点中文网“大神作家”。2018年5月，在第三届“橙瓜网络文学奖”评选中，《大国重工》荣获年度百强作品奖。《何日请长缨》为2020年中国作家协会重点作品扶持项目“庆祝中国共产党成立100周年”主题唯一入选网络文学作品、“第四届全国现实主义网络文学征文大赛暨新中国成立七十周年主题征文”特等奖作品。出版有《材料帝国》（二十一世纪出版社）、《大国重工》（上海文艺出版社）、《何日请长缨》（安徽文艺出版社）。

仇学宝（1929— ）

上海浦东人。出生于一个工人家庭。1946年进入上海美商电话公司当学徒，成为一名机务员。1952年加入中国共产党，后在上海市电话局、上海市委宣传部做政治工作。1954年开始学习创作诗歌、散文，并最终成为一名工人诗人。1958年4月，在《诗刊》上发表诗歌《我的师傅》；1958年7月在《萌芽》上发表诗歌《我是中国工人》。1959年8月参加作协上海分会，1960年调往上海作协，历任《萌芽》《上海文学》编辑。1962年开始从事专业创作。"文化大革命"期间，创作并出版叙事长诗《金训华之歌》（上海人民出版社1970年），作品以饱满的革命激情，歌颂了革命青年的榜样——上海籍知青金训华。

作为工人诗人，仇学宝的作品主要反映电话工人的生活，因曾经到上海船厂深入生活，作品中也反映了船厂工人生活。

1976年10月后，仇学宝依然有作品问世，除诗歌外，还发表了一些小说和散文。1979年任上海市总工会文学月刊《工人创作》执行编委。

1985年，仇学宝加入中国作家协会。自印《仇学宝自选文集》（三卷）。

屈兴岐（1935— ）

黑龙江省巴彦县人。在中小学读书时，受鲁迅、高尔基的影响，立志走文学创作之路。1952年辍学后，到小兴安岭林区工作，先后当过小学教员、木材记账员、生产调度员、广播站编辑、子弟中学副教导主任。1956年发表反映林业工人生活的第一篇小说《出河》。此后不断有作品发表。1960年加入作协黑龙江分会。1962年至1965年，曾在省作协青年作者学习班、《人民文学》举办的读书班学习。1964年调伊春市工作，先后在市文化局、市文化馆、市文教办公室任职。1965年10月出席全国青年业余文学创作积极分子大会。1978年任省作协专业作家。1980年加入中国作家协会。

屈兴岐最重要的作品是长篇小说《伐木人传》（人民文学出版社1976年），《光明日报》发表文章，称之"为英雄的林业工人立传"。作品反映了特定年代林业战线上两条路线的斗争，塑造了伐木工人任明远、党委书记赵成业等光辉形象，展现了林区绚丽多彩的风貌。散文集《兴安雪》（黑龙江人民出版社1983年）中所收的散文，反映了林区在新中国成立三十年来物质与精神上的极大进步。

此外还有报告文学《第三十次突进——记供热工程师李承泽》（与吕中山合作，《当代》1980年第3期）。

冉淮舟（1937—　）

河北高阳人，1951年考入保定第一中学，1956年考入南开大学中文系，1961年毕业，先后在《新港》《天津文艺》担任编辑。在校期间课余从事文艺创作和评论写作。因工作原因，与孙犁关系较为密切。1980年至1984年在铁道兵文化部工作，后调至解放军艺术学院任教。

冉淮舟的散文、小说创作多为农村题材，反映冀中人民在战争年代的光荣历史，描写社会主义建设中的新人新事。“文化大革命”期间在河北涉县太行山区天津钢铁建设基地的一段生活和工作经历，成就了他的反映工业题材的长篇小说《建设者》（天津人民出版社1974年）。作品以北方一个工业基地的建设为背景，描写一个炼铁厂围绕着厂址选择和高炉建设展开的两个阶级、两条路线的斗争，形象地反映了当时社会主义工业建设的情形。

阮章竞（1914—2000）

广东中山人。只上了四年小学，13岁当徒工，20岁失业后到上海，过着饥寒交迫的生活。1935年，参加了抗日救亡歌咏活动。抗战爆发后到太行山抗日根据地，任太行山剧团政治指导员和艺术指导员。整个抗日战争和解放战争时期，一直在太行山上，除从事文艺工作外，还参加减租减息、土地改革、组织民兵等地方工作。新中国成立后，先后任中共中央华北局宣传部文艺处处长、副秘书长，中国作协党总支书记、党组成员，中国作协青年作家工作委员会主任，中共包头钢铁公司党委委员，《诗刊》第一副主席等职。1980年7月任北京作家协会主席、北京市文联副主席。

阮章竞是从写剧本开始走上文学道路的，1947年创作了大型歌剧《赤叶河》（太行新华书店1948年）。而他在文学史上影响最大的，是创作于1949年的民歌体叙事诗《漳河水》，写的是农村三个妇女翻身、解放的故事。

话剧《在时代的列车上》（作家出版社1955年）描写国家在过渡时期对资本主义工商业进行社会主义改造；长诗《白云鄂博交响诗》（《人民文学》1960年第9期）塑造了草原第一代钢铁工人形象；诗集《勘探者之歌》（作家出版社1963年）共分四辑，《钢都颂》描绘了包钢的跃进风貌。

思基（1920—　）

贵州印江人。1940年到达延安，先后在陕北公学和鲁迅艺术学院学习。曾在木工厂当过工人，其1945年发表的第一篇小说《我的师傅》即取材于木工厂生活。抗战胜利后到晋冀鲁豫边区，后到东北解放区。1952年在东北师范大学任教，1957年到作协沈阳分会从事专业创作。曾任辽宁省文联副主席。

短篇小说《我的师傅》是解放区较早出现的工业题材作品，晚年创作的长篇小说《昨夜风雨》（辽宁民族出版社1989年）是一部反映工业战线“三反”“五反”运动的作品。

韶华（1925— ）

原名周玉铭，河南滑县人。14岁参加革命，参加过抗日战争、解放战争、抗美援朝。1946年春到东北解放区，任《白山》文艺杂志社编辑、《西满报》记者，在这一时期，开始以韶华为笔名从事创作、发表作品。1949年出版了第一本短篇小说集《荣誉》。1950年，调入东北作家协会任专业作家。抗美援朝战争爆发后，随军到了朝鲜，创作了反映抗美援朝题材的长篇小说《燃烧的土地》（中国青年出版社1956年）。1951年，主持《东北文艺》编辑工作，同年出版了第二本短篇小说集《战斗的友谊》。韶华被派到辽宁大伙房水库建设指挥部任党委副书记兼宣传部部长，在那里一待就是五年，后来创作了以新中国首批水利建设为背景的长篇小说《浪涛滚滚》（中国青年出版社1962年）。1959年出版小说集《沸腾的山谷》（春风文艺出版社），收小说8篇，有7篇是反映水利建设工地生活的。

1960年后，韶华回到宣传文化系统，先后担任辽宁省委宣传部文艺处处长、辽宁作协副主席和党组书记、中国作协书记处书记等职务。

在新时期，出版长篇小说《沧海横流》（中国青年出版社1979年）。

1985年12月离休，但依然笔耕不辍，不时还有新作品与读者见面。

沈善增（1950—2018）

浙江鄞县人，1968年上山下乡到崇明东风农场，1973年到上海第十六制药厂工作，1970年开始发表文学作品，1981年调到市总工会《工人创作》编辑部任编辑。1984年通过自学考试毕业于华东师范大学中文系。1986年调到上海市作家协会创联室，负责“青创会”讲习班辅导工作。1989年被聘为上海作家协会专业作家。1991年加入中国作家协会。历任上海市作协第五、六、七届理事，第六、七届小说专业委员会副主任。

著有长篇小说《正常人》（人民文学

出版社1991年），中短篇小说集《心理门诊与魔鬼》（上海文艺出版社1993年），长篇纪实文学《我的气功纪实》（上海三联书店1993年），长篇文学随笔《上海人》（浙江人民出版社1995年）。

沈善增的创作涉猎多方面，工厂题材仅仅是其中一部分。代表性作品既有“现代工厂人情初探”系列的《她在半空中》《深层的激流》等小说，还有《心理门诊与魔鬼》《曼斯菲尔德》等。在他的工业题材作品中，常常出现两类人物——基层干部与青年工人。

沈玄庐（1883—1928）

浙江萧山人。1919年，受新文化运动的影响开始在上海《民国日报·觉悟》《妇女评论》以及《新青年》等报刊发表新诗和评论。同年6月，与李汉俊等在上海创办《星期评论》，刊载有关劳工工作、生活、罢工情况的记录调查，同时介绍社会主义学说。1920年8月，与陈独秀等共同发起成立上海党的早期组织，成为中国共产党的创建者之一。嗣后，还同陈独秀等一起指导上海的工人运动。1928年8月遭枪杀。

受社会主义学说影响，沈玄庐创作了一些反映工人生活、宣传社会主义思想的诗歌，如《工人乐》《富翁哭》《你嫌龌龊么？》《起劲》《劳动世界歌》。

沈叶沉（1904—1940）

浙江德清人，本名沈西苓，叶沉为笔名。早年就读于浙江甲种工业学校染织科，毕业后东渡日本，进入京都高等工业学校学习。在日本留学期间，结识日本戏剧家秋田雨雀、村山知义，1924年，在日本东京驻地小剧场跟村山知义实习剧场艺术。1928年回到上海，在上海美术专科学校及中华艺术大学任教。1929年冬与夏衍等组织上海艺术剧社，从事左翼戏剧运动。1930年3月参加中国左翼作家联盟，1931年进入电影界，先后在天一、明星、联华等影业公司担任美工师和编导。1931年发表独幕剧《租界风景》（《北斗》第4期），作品以租界为背景，通过发生在黄包车夫和日本水兵之间的冲突，反映了九一八事变之后，中国人民心中普遍存在的反日情绪。

他编导的电影《女性的呐喊》《上海二十四小时》也表现了工人的苦难生活和工人与资本家之间的矛盾斗争。

施燕平（1929— ）

江苏启东人。1944年参加革命，历任苏中军区宣传、人事、文化干部。上海解放后历任军管会特派员，上海印钞厂党委宣传部长，《萌芽》编委、编辑部主任，《上海文学》编辑部主任，《人民文学》编委、副主编。离休前为上海大学文学院教授、《上海大学报》常务副主编。1960年参加中国作家协会。著有长篇小说、长篇纪实文学、中短篇小说集、散文随笔集等十余部。

小说集《青年司炉工》（新文艺出版社1958年）共收6篇小说，其中5篇描写“大跃进”后上海工业生产战线上的新人新事。

石英（1935— ）

原名石恒基，山东龙口人。中共党员。是享誉中国文坛的“诗歌、小说、散文、文艺评论、杂文随笔等多栖作家”。被誉为“红色作家”“文学常青树”。1948年参加中国人民解放军，一直做机要密码电报工作。1956年考入南开大学中文系，并开始文学创作。1961年大学毕业。1979年加入中国作家协会。历任《新港》月刊编辑，百花文艺出版社副总编辑，《散文》月刊主编，天津作协副主席，《人民日报》文艺部副主任、高级编审，中国散文学会副会长、名誉会长。

1957年开始发表作品，创作丰富，题材多样，工业题材作品只是其中一小部分。1965年，第一部中篇小说《文明地狱》出版（作家出版社），在当时引起了很大的反响。作品根据老工人的口述材料，经过加工提炼而成，写的是天津亚东毛织厂经理孙培卿残酷压榨剥削工人的故事。长篇小说《火漫银滩》（人民文学出版社1980年）以渤海之滨的一个盐区为背景，真实地再现了盐业资本家对工人的残酷剥削与迫害，生动表现了盐、渔工怎样在党的领导下走上武装斗争的道路。

除《火漫银滩》外，长篇小说还有《同在蓝天下》《离乱之秋》《血雨》《密码》《公开潜伏》《人性伏击》《人性磁场》等。

史美俊

生卒不详，上海人。上海华生电扇厂工人。作为厂群众文艺积极分子，写过大量的歌词、三句半、对口词、柳琴书、天津快板，后来开始尝试话剧创作。

作为一名工业业余剧作者，史美俊的话剧作品多为工业题材。处女作独幕话剧《窗口》，讽刺那些对工人的困难漠不关心的人，并获得1980年上海市职工文艺会演优秀创作奖。

发表于1981年的独幕话剧《对手和情人》(《新剧作》1981年第2期）写的是发生在电视机厂的故事，获1981年上海市职工话剧会演创作奖和上海市首届戏剧节剧本征稿二等奖。

代表作独幕话剧《婆婆妈妈》(与上海冷气机厂工人业余作者张志成合作，《新剧作》1983年第5期）荣获1983年上海市职工业余话剧观摩演出一等奖，还被改编成电视剧。剧作围绕某纱厂某车间改选女工委员，反映了纱厂女工“婆婆妈妈”的琐碎而又真实的生活。

史美俊的作品还有独幕话剧《奖品》、《介绍》、《算命》(均与瞿新华合作）、《无字的纪念碑》(与瞿新华、梁星明合作）。

史美俊后来转向电视剧剧本创作。

舒群（1913—1989）

原名李书堂，满族，黑龙江哈尔滨人。15岁考入哈尔滨一中，后因家贫辍学。九一八事变后，1932年参加抗日义勇军并开始文学创作。1934年由哈尔滨到青岛，次年到上海，加入“左联”。1936年5月，在大型文学刊物《文学》上发表小说处女作和成名作《没有祖国的孩子》。1937年抗战全面爆发后，积极投身抗日救亡运动。1940年到延安，1942年4月《解放日报》改版，舒群担任副刊主编，并参加了5月召开的延安文艺座谈会。抗战胜利后回到东北工作，历任东北文艺工作团团长、中共东北局宣传部副主任、东北电影制片厂厂长。

新中国成立后曾任全国文联副秘书长、本溪合金厂副厂长等职。1978年任本溪市文联副主席，后在中国作家协会工作。

舒群创作的工业题材的小说在1949年之后数量不多，有长篇小说《这一代人》和短篇小说《崔毅》《在厂史以外》。

《这一代人》发表于《收获》1958年第1期，作家出版社1962年出版单行本。以一个工人出身、刚出大学校门的女青年技术员参加工业建设为主线，展开了对我国社会主义建设初期工业战线生活的描写。短篇小说《在厂史以外》(《人民文学》1962年第9期）以独特的方式塑造了青年工人寇金童的光辉形象。

舒婷（1952—　）

原名龚佩瑜，祖籍福建泉州，生于福建龙海。1969年，此时已随父母来到厦门的舒婷初中没有毕业便到闽西山区插队，下乡三年尝试写诗。1972年回到厦门当了一名工人，先在一家建筑公司当临时工，后在织布厂当染纱工和挡车工，1977

年在灯泡厂当焊锡工。工作虽然又苦又累，但依然坚持写作。1978年在民间刊物《今天》上发表了一首诗，1980年在《诗刊》上发表《致橡树》（1979年第4期），一举成名。后被调至福建省文联，从事专业写作。著有诗集及诗文集《双桅船》《会唱歌的鸢尾花》《始祖鸟》《舒婷的诗》《舒婷、顾城抒情诗选》《舒婷诗文自选集》《致橡树》等。

因为有多年当工人的经历，舒婷创作有少量工人诗歌。《流水线》（《莽原》1981年第1期）对工人生活的表现在新时期诗歌中独树一帜；《风暴过去之后——纪念“渤海2号”钻井船遇难》表达了诗人对72位遇难“兄弟”的同情、扼腕。

双雪涛（1983— ）

辽宁沈阳人。2003年考入吉林大学法律系，2007年毕业，在银行工作了5年。2010年开始写作，2011年小说《翅鬼》获华文世界电影小说奖首奖。2012年，长篇小说《翅鬼》出版（春风文艺出版社）。2013年6月，发表第一篇小说《我的朋友安德烈》（《文学界》2013年第6期）。之后有多篇作品在《芳草》《山花》《芙蓉》《上海文学》等刊物发表。2015年，进入中国人民大学首届创造性写作研究生班进修。2016年6月，第一本小说集《平原上的摩西》由百花文艺出版社出版，收小说10篇。2017年8月，出版小说集《飞行家》（广西师范大学出版社）。10月，中篇小说《平原上的摩西》获第十七届百花文学奖中篇小说奖。2019年7月，出版小说集《猎人》（北京日报出版社）。

在双雪涛的一些小说中，作为故事的背景和缘起被呈现的是作为父辈的下岗工人的经历，大量工人的下岗事件虽非故事的主线索，但在不同的作品中都存在着。某种意义上可以说，双雪涛在作品中以工人子弟的身份意识讲述父辈的故事，是在讲述工人阶级在时代变动中的痛，通过父辈的故事，勾勒出特殊时期传统工业的艰难图景。

水运宪（1948— ）

祖籍湖北武汉，生于湖南常德。1965年参加工作，在常德电机总厂当工人，业余从事文学创作。1975年开始发表作品。1980年发表多幕话剧《为了幸福，干杯！》，获第二届全国优秀剧本奖。1979年，他调入湖南广播电视艺术团从事专业创作，曾到中央戏剧学院戏剧文学系进修。1983年，中篇小说《祸起萧墙》（《收获》1981年第1期）获第二届全国优秀中篇小说奖；1985年反映城市经济改革的中篇小说《雷暴》获《当代》文学奖。

1983年加入中国作家协会，1985年调入湖南作家协会成为专业作家。曾任湖南省作协副主席、湖南《文学界》杂志社主编等。

孙少山（1947— ）

生于山东省胶南县，因在家乡生活艰难感到没有希望，1968年闯关东，流入黑龙江省东宁县，成为一个没有本地户口的“盲流”。以后进入煤矿成为一名矿工，在国营煤矿和社办煤矿都干过，长达十几年。生活的单调、枯燥和寂寞使他寄情于文学，在恶劣的环境中开始尝试写作小说。1981年发表小说处女作《燃烧》，次年发表《八百米深处》，获该年度全国优秀短篇小说奖，以一个无名之辈的身份登上了领奖台。1984年就读于鲁迅文学院，1986年又就读于北京大学作家班，1988年毕业。1985年加入中国作家协会。1987年调入黑龙江省作家协会从事专业写作。主要作品除《八百米深处》外，还有《盲流》《黑色的沉默》《黑色的诱惑》等。出版有小说集《八百米深处》（中国文联出版公司1990年）、《黑色的诱惑》（中国文史出版社2015年）等。

作为一名煤矿工人出身的作家，孙少山的大部分作品都是以煤矿生活为题材的。

孙肖平（1930—2023）

河北巨鹿人。1947年参加革命。历任新安旅行团演，上海歌剧院创作员，淮河建设工地团委书记，黄河三门峡工程局团委宣传部部长，安徽省作家协会、安徽省文学研究所专业作家。

1946年开始发表作品。1955年毕业于中国作协文学讲习所。1962年加入中国作家协会。

出版有小说《水落石出》（劳动出版社1950年）、小说集《水的声音》（安徽人民出版社1957年），小说散文集《黄河之春》（河南人民出版社1962年）、《前站》（人民文学出版社上海分社1965年），另出版有《孙肖平文集》四卷（时代作家出版社2009年）。其创作的小说和散文，有不少是工业题材的作品。

孙友田（1936— ）

安徽萧县人。当代工人诗人。1951年考入贾汪煤矿初级职业学校，1954年毕业后又考入淮南煤矿学校，1957年毕业，分配到徐州贾汪煤矿，在那里生活、工作了十几年。

1954年开始发表作品，1959年加入了中国作家协会。1960年，出席了全国文教群英会和全国青年业余文学创作积极分子大会。

1972年底到徐州矿务局宣传处工作。20世纪70年代中期以后，先后在江苏省文化局创作组、《雨花》编辑部工作，1984年调入作协江苏分会工作。1993年，当市场经济大潮汹涌澎湃扑面而来之时，他离开省城，重返徐州煤矿，在徐州矿务局党委宣传部挂职体验生活。

孙友田是从工人队伍中成长起来的工人诗人，他的诗主要是反映煤矿工人生活的，写矿山、矿工、煤炭，故被称为“煤矿诗人”。著有《煤海短歌》（江苏文艺出版社1958年）、《矿山锣鼓》（作家出版社1960年）、《煤城春早》（上海文艺出版社1962年）、《石炭歌》（作家出版社1964年）、《金色的星》（江苏人民出版社1965年）、《花雨江南》（江苏人民出版社1979年）等诗集。

谈歌（1954— ）

原名谭同占，祖籍河北完县（今顺平县），生于宣化龙烟铁矿。15岁作为知青下乡，1970年回城后进入宣化钢铁厂当了工人，以后历任机关干部、报社记者、某市副市长，后成为专业作家，曾任河北省作家协会副主席。1978年开始发表作品，创作量比较大，有长篇小说十余部，中篇小说七十余部，短篇小说百余篇。在题材类型上，有作为“现实主义冲击波”的“新工厂小说”，有展示传奇的笔记小说，有探索人性的都市系列小说，还有一系列历史题材的小说。其中影响广泛，并给作家带来良好声誉的，是体现现实主义冲击波的《大厂》系列小说。谈歌与何申、关仁山一起被称为河北的“三驾马车”。

1996年，谈歌的《大厂》《年底》《热风》《大厂（续篇）》《车间》等小说发表，特别是《大厂》1996年1月在《人民文学》第1期发表后，产生轰动效应。次年，又发表了《危矿》《小厂》《下岗》《年初》《污染》等作品。同年，中篇小说集《城市热风》《大厂》和长篇小说《城市守望》出版。谈歌的这些新工厂小说，反映了转型期国有大中型企业严峻的经济形势和窘迫的生存状况，提出了亟待解决的诸多问题，发出了作家的热切呼唤。

谭谈（1944— ）

原名谭达成，湖南涟源人。1959年进厂当徒工，1961年参军。1965年2月在《解放军文艺》发表第一篇短篇小说《听到故事之前》（署名“谭谈”）。1968年复员回金竹山煤矿，先后做过电焊工、矿区宣传干事、记者，在矿区工作了11年。1978年调到《工人日报》湖南记者站当记者，同年调入《湖南日报》文艺部。1984年调到湖南省作协任专业作家，并当选湖南省作家协会副主席，后任常务副主席、党组书记。1995年，当选湖南省文联主席。当选中国作家协会第六、七、八届副主席。被涟邵矿务局授予“终身矿工”荣誉称号。

《山道弯弯》获全国1981—1982年优秀中篇小说奖，长篇小说《风雨山中路》《山野情》均获中国首届乌金奖，长篇自传体文学《人生路弯弯》获全国第四届青年读物优秀图书奖，中篇小说《山雾散春》《你留下一支什么歌》获全国第一、二届乌金奖。出版有小说集《采石场上》（湖南人民出版社1979年）、《山道弯弯》（湖南人民出版社 1983年）、《罪过》（湖南文艺出版社1987）等，长篇小说《风雨山中路》（湖南人民出版社1982年）、《山野情》（上海文艺出版社1987年）等。

基于在矿区11年的工作经历，谭谈的很多创作都是从矿山生活中发掘出来的，反映了矿工的生活。

唐克新（1928—2023）

当代工人作家。原名唐克舜，祖籍江苏镇江，出生于苏州。幼年只上过两年小学，因家贫辍学。父母都是工人。他9岁时，父母失业，到处流浪。12岁时唐克新开始做童工，1949年解放后进入上海第六棉纺织厂当工人。

1950年，唐克新在上海《群众文艺》上发表短篇小说《大阿姊》。1953年发表短篇小说《车间里的春天》《我的师傅》，产生一定社会影响。1955年参加华东作家协会，任理事，兼任《萌芽》杂志编辑。1958年开始从事专业创作。1962年发表短篇小说《沙桂英》，引起广泛反响。

出版有小说集《车间里的春天》（通俗读物出版社1955年，中国青年出版社1956年）、《我的师傅》（人民文学出版社1958年），小说、散文、特写集《种子》（上海文艺出版社1962年）。

作为一名工人出身的作家，唐克新的作品大多描写工厂生活，刻画工人形象。

田汉（1898—1968）

原名田寿昌，湖南长沙人。1912年考入长沙第一师范学校，1916年毕业后东渡日本留学，考入东京高等师范学校。在日留学期间，田汉开始从事话剧创作，创作了话剧处女作《梵峨璘与蔷薇》，正式开启了自己的话剧创作历程。1922年回国。在“五四”时期创作了《咖啡店之一夜》《获虎之夜》等剧作，还创作了两部反映工人题材的剧作《薛亚萝之鬼》和《午饭之前》。1926年后，先后创办南国电影剧社、南国艺术学院、南国社等，领导南国艺术运动。

1930年3月，“左联”成立，田汉被选为“左联”七常委之一，同月，在《南国月刊》上发表了《我们自己的批判》，标志着田汉由一个小资产阶级知识分子转变为无产阶级文化战士。在30年代，伴随着思想的转变，服务于当时的左翼戏剧运动，田汉贡献出了多部工人戏剧作品，迎来了自己工人戏剧创作的高潮，创作了《火之跳舞》《年夜饭》《梅雨》《顾正红之死》和《一九三二的月光曲》等一系列反映工人阶级生活和斗争的剧作。除话剧外，田汉还从事电影创作活动。

抗战爆发后，积极从事抗日救亡活动。抗战胜利后，在上海创作《丽人行》《忆江南》等戏剧和电影剧本。

新中国成立后，主要从事文艺界领导工作，曾任中国戏剧家协会主席和党组书记、中国文联副主席等。“文化大革命”中，被迫害致死。

田间（1916—1985）

原名童天鉴。安徽无为人。1933年到上海光华大学读书，1934年加入“左联”。“左联”时期出版的诗集《未明集》《中国牧歌》《中国，农村的故事》中的诗，多反映农村生活，描写旧中国农村的贫困及农民的悲惨生活。1937年春去日本，在那里接触了裴多菲、马雅可夫斯基等人的诗作。不久抗战爆发即回国，在上海、武汉等地参加抗日救亡运动，创作了包括《给战斗者》在内的大量政治抒情诗。1938年到延安，后到晋察冀边区，致力于倡导街头诗运动，同时创作了反映解放区农民命运和变迁的长篇叙事诗《戎冠秀》《赶车传》。其间也创作了反映工人生活的两首抒情长诗——《工人节》《那些工人》。《工人节》意在通过工人的节日，召唤工人们去投身到消灭法西斯的抗日战争之中；《那些工人》“为祝福山西工人而作”，歌颂的是战斗在同蒲铁路上的铁路工人。

新中国成立后，曾任中国作协创作部副部长、河北省文联主席、《河北文学》主编、《诗刊》编委等。

W

田涛（1915—2002）

原名田德裕。河北望都县人。小学毕业后考取北平市立师范，1937年毕业。在校学习期间开始文学创作，并有作品发表。1936年出版小说集《荒》（文化生活出版社）。1937年抗战爆发后离开北平，参加了抗战工作。皖南事变后，到重庆从事文学创作。1946年后曾任上海法学院文学教授。新中国成立后，曾任中南文联编辑部副部长、《长江文艺》副主编。1964年调河北省文联任专业作家。曾任河北省作协副主席、河北省文联副主席。

田涛创作的作品数量较多，著有长篇小说《潮》《焰》《沃土》，中篇小说《子午线》《流亡图》《灾难》等，内容多为农民和知识分子题材，但也有少量工业题材作品。

中篇小说《金光灿烂》（湖北人民出版社1959年）对建设武钢一号高炉的英雄们的高尚品德作了热情的歌颂，记述了他们为提前出铁做出的动人事迹；小说集《工地主任》（湖北人民出版社1959年）中的8篇作品都是作者在1958年深入武钢工地后的创作，反映了武钢瞬息万变的建设情景，描写了武钢工人为了“十一”出铁的冲天干劲。

万国儒（1931—1990）

河北宁河人。1948年离开生活多年的农村来到天津，进入织染厂当学徒，新中国成立后成为天津织染厂的一名工人。在翻身学文化的热潮中，原本只有小学文化程度的万国儒在业余速成中学补习三年，在提高文化的同时，也培养了对于文学的兴趣。1954年他开始业余文学创作，1956年8月，加入天津工人文学创作社。1960年被吸收为中国作家协会会员。1961年任《新港》月刊编辑。1963年成为作协天津分会专业作家。

1958年是万国儒成名的一年，他先是在《人民日报》发表《突破重围》（3月19日）、《跳出圈外》（7月11日），后又在文学刊物上发表《风雪之夜》（《新港》第4期）、《踩电铃》（《人民文学》第8期）等，受到读者关注，从而成为1958年成长起来的天津工人作家。1960年发表短篇小说《欢乐的离别》（《人民文学》第3期），得到茅盾的好评。

在“文化大革命”前，万国儒出版有小说集《风雪之夜》（百花文艺出版社1958年11月、作家出版社1958年12月）、《龙飞凤舞》（百花文艺出版社1959年）、《欢乐的离别》（百花文艺出版社1964年）。

“文化大革命”期间，万国儒受到冲击，一度被下放到工厂劳动。1979年百花文艺出版社出版的小说集《欢乐的离别》系从该社此前出版的三个集子中选出了18篇，其他5篇，选自作家1964年前后的作品中。

万忆萱（1933—1988）

吉林扶余人。1948年12月参加革命。先后在省工会、省委办公室工作。1950年开始写作，并有作品在《工人日报》《劳动日报》上发表。1954年发表的短篇小说《第一台机器》（《东北文学》1954年第8期）是其创作的第一篇工业题材作品。他曾经深入第一汽车制造厂工地，写了许多特写，后结集为特写集《驰骋吧，祖国的汽车》（吉林人民出版社1956年）。此外，还出版有中篇小说《小组长》（吉林人民出版社1956年）、反特小说《戴白手套的人》（与人合作，上海文艺出版社1956年）、诗集《金黄金黄的婆婆丁呵》（长江文艺出版社1957年）。1956年，出席全国青年文学创作会议。后调到《吉林日报》，任编辑、记者、教育部主任。曾任作协吉林分会副主席。在新时期出版有诗集《白桦林随想曲》（吉林人民出版社1983年）、长篇童话诗《宝石山的传说》（吉林人民出版社1979年）。

王昌定（1924—2006）

原名吴兆安。河南固始县人。1940年入开封高中，开始爱好新文学。1943年高中毕业后，在家乡当过中小学教员。1947年考入北京大学，积极参加学生运动，1948年11月到解放区，经过短期学习，被分配到天津市军管会第三宣传队任干事，后又到市文化局任秘书等职。1952年开始在天津人民艺术剧院和文化局从事编剧工作。1956年，调《新港》月刊编辑部，任副主任、主任、副主编等，同年加入中国作家协会。1960年后从事专业文学创作。

早在北大读书期间，为配合学生运动，王昌定就创作过揭露美蒋特务的活报剧。新中国成立后，先后出版散文集《海河散歌》（上海晨光出版公司1950年）、《控诉》（上海晨光出版公司1951年），独幕话剧《悬崖》（天津通俗出版社1956年），独幕评剧《人面兽心》（与人合作，天津人民出版社1956年），独幕剧集《在胜利中前进》（新文艺出版社1956年），长篇小说《海河春浓》（新文艺出版社1957年）。作品多为工业题材。

王方武（1936— ）

工人诗人。原籍江苏省淮安县，生于上海。1956年到长春第一汽车制造厂锻造分厂当了一名工人。1961年为办好班组黑板报开始读新诗并练习写作，后来又办车间黑板报及分厂文艺黑板报《锤声》，陆续有诗作在《长春》《萌芽》《诗刊》等刊物上发表。

1965年后从事宣传工作。出版有诗集《红色的铆钉》（人民文学出版社上海分社1965年）、《锤声集》（吉林人民出版社1973年）。《红色的铆钉》中的诗描写了中国第一代汽车工人的生活；《锤声集》中的诗抒发了汽车工人的思想感情。

王慧芹（1932—　）

工人作家。1948年参加铁路工作，曾参加抗美援朝，20世纪50年代初当了一名火车司机。王慧芹写东西是从当报纸的通讯员开始的。60年代初，他连续发表了《白雪皑皑》（《北京文艺》1962年第5期）、《我们的工程师》（《北京文艺》1962年第7期）、《骏马飞驰》（《北京文艺》1963年第5期）等小说，都是描写铁路职工生活的。1965年，北京出版社出版了他的小说集《骏马飞驰》。《骏马飞驰》曾被人民文学出版社选入《短篇小说选》和北京出版社"庆祝新中国成立30周年"《北京短篇小说选》。

王火（1924—　）

原名王洪博。原籍江苏如东，生于上海。王火少年时在南京、上海等地读书，1948年复旦大学新闻系毕业后，长期从事编辑出版工作。1949年上海解放后，在上海总工会筹委会文教部工作。1950年，参与筹建劳动出版社、创办《工人》半月刊，任副总编辑。1953年调北京中华全国总工会，筹办北京《中国工人》杂志，任杂志主编助理兼编委。1961年被调往山东支援老区，在省属重点中学临沂一中和临沂地区出版办做领导工作（中学校长）。1983年到成都，任四川人民出版社副总编、编审，参与筹建四川文艺出版社，为第一任书记兼总编。1980年加入中国作家协会，曾任四川省作家协会名誉主席。

王火从20世纪40年代开始发表作品，著有长篇小说《战争和人》（三部曲）、《血染春秋——节振国传奇》等。《战争和人》获第二届国家图书奖、第四届茅盾文学奖。《血染春秋》（花山文艺出版社1982年）以1938年开滦五矿同盟大罢工、冀东人民武装抗日大暴动为背景，形象地表现了节振国在党的领导教育下迅速成长的过程，满腔热情地歌颂了节振国大智大勇、不怕牺牲的革命英雄主义精神。该书获全国首届乌金奖。

王计兵（1969—　）

江苏邳州人。初中没毕业就外出打工。为了谋生，王计兵从事过很多种工作。他当过小工，开过翻斗车，当过装卸工、捞沙工，摆过地摊，走街串巷卖过水果，蹬着三轮车捡拾过破烂（为此给自己起了"拾荒"的笔名）……1988年王计兵与文学结缘，一边打工，一边从事写作。1992年，他的小小说《小车进村》发表在《百花园·小小说世界》杂志上。发表作品的喜悦点燃了王计兵的创作热情，因写作影响了日常生活，被家人抵制，父亲一把火烧掉了他的全部文稿。此后25年的时间里，王计兵虽然没有停止写作，却再没有投过稿。

2005年底，王计兵和妻子在江苏昆山开了一间“金雁商店”，因为收入不足以负担家庭支出，王计兵成了一名外卖员，靠送外卖补贴家用。2009年，家里购置了一台旧电脑，王计兵开始在QQ空间里发自己的作品。也是在这一年，王计兵转行开始写诗。2017年，王诗兵的诗歌刊发在诗歌刊物《绿风》上。2018年，王计兵开启了送外卖之路。2019年，一次不愉快的送餐经历让他创作出了成名作《赶时间的人》。2020年9月，王计兵的诗歌发表在《诗刊》杂志上。2021年，他加入了江苏省作协。

2022年7月20日，《赶时间的人》被人转发至新浪微博平台，诗歌一经发布，即引发了无数“打工人”的共鸣，短时间内获得了超过2600万的浏览量。因外卖员的身份，王计兵赢得了“外卖诗人”的称号。同年12月，王计兵的第一本诗集《赶时间的人》由台海出版社出版。次年4月，第二本诗集《我笨拙地爱着这个世界》由江苏凤凰文艺出版社出版。2024年2月，王计兵的第三本诗集《低处飞行》由作家出版社出版，并获作家出版社“2024年年度好书”。

除个人诗集外，上海文艺出版社2023年3月出版的“快手诗集”《一个人，也要活成一个春天》也收录了王计兵的诗。

王立纯（1950—2011）

黑龙江巴彦人。1968年参加工作，曾长期在牡丹江林区生活、工作，历任教员、科员、林业局团委书记、林场党委书记。1979年开始发表文学作品，1983年调入大庆市从事专业文学创作。1990年毕业于北京大学中文系。1995年加入中国作家协会。

主要作品有长篇小说《庆典》（作家出版社1998年）、《北方故事》（北方文艺出版社1999年）、《苍山神话》（北京十月文艺出版社2001年）、《月亮上的篝火》（作家出版社2005年）、《龙伞》（作家出版社2010年）。此外还出版有小说集《拉依浪漫曲》《雾失楼台》《弥天大谎》《欠债还钱》《熊骨烟嘴》《白云苍狗》。

《月亮上的篝火》以20世纪50年代末60年代初大庆石油大会战为背景，全景式地展现中国石油工业艰难多舛且轰轰烈烈的昨天和今天。被誉为“石油创业者生活的史诗性画卷”，曾入围第七届茅盾文学奖。

王立信（1938— ）

早在1955年，便在《少年文艺》上发表小说《路标》（1955年第8期），在五六十年代不断有小说问世。后主要从事话剧创作，曾为江苏省人民艺术剧院级编剧。王立信的话题创作题材多样，影响较大的均为工业题材作品。话剧《世纪彩虹》（《剧本》2001年第2期）获文化部第九届文华新剧目奖、第六届中国艺术节优秀剧目奖，作品讲述的是三个生死与共的朋友半个世纪的建桥经历。六场话剧《平头百姓》（《剧影月报》2003年第1期）在第七届中国艺术节上获得“文华大奖”。作品表现的是下岗工人的底层生活，挖掘的是普通人身上闪光的精神和人格。2016年11月，王立信编剧的展现高铁建设发展的话剧《中国速度》在南京紫金大戏院上演，好评如潮。作品真实地反映了中国铁路人拼搏进取、不畏艰难、勇于实践的奋斗精神。

王梅定（1925—1995）

原名王梅汀，河南潢川县人。13岁就被迫离家四处谋生，1944年，发表第一篇小说《放马的二娃子》。1949年，参加了解放军，历任文工团创作组组长、军区文化部创作员、编辑。1952年底转业到云南文联当创作员、编辑。20世纪50年代初，在《人民文学》上连载发表反映工厂工人技术革新故事的中篇小说《滇池畔的红花》。1953年春，来到锡都个旧，将个旧作为创作基地。1955年，写出了第一篇以矿山为题材的作品，此后一发而不可收。1956年9月，出版了第一部反映个旧矿工生活的短篇小说集《矿山的主人》（新文艺出版社），共收7篇小说，都是反映我国著名锡都——个旧锡矿的工人，在为实现第一个五年计划的历史过程中的生活和斗争的。

1959年，王梅定来到个旧安家落户，先后担任红河州文联和个旧文联副主席、秘书长，《个旧文艺》主编。同年6月，第二本小说集《矿山在歌唱》由上海文艺出版社出版，收短篇小说7篇，大部分是反映个旧锡矿矿山的新人新事和新的气象。1961年10月，王梅定的短篇小说集《第三次要求》及报告文学集《光辉的道路》分别由工人出版社及云南人民出版社出版。

“文化大革命”时期，王梅定被打成“反革命”，下放到五七干校劳动，身心受到了极大的摧残。

在新时期，王梅定继续写作。1979年出版小说集《锡山春》（云南人民出版社），作品大多是反映云南个旧矿山工人生活。1997年5月，长篇小说《走厂——锡矿工人故事》由云南人民出版社出版，依然反映的是个旧锡矿工人的生活。

王命夫（1924—1969）

河北大城人。原名高崇礼，笔名郭敏仁。1942年进入天津师范学校学习，1945

年毕业。1946年参加革命，同年在华北联合大学学习时开始戏剧创作。先后在华北联大、华北大学、中央戏剧学院、文化部艺术局、中国剧协创作委员会从事戏剧创作。1958年离开北京，成为青岛市话剧团编剧。

早在1951年，王命夫便与李建庆合作，创作了反映煤矿工人生活的歌剧《考煤工》。来到青岛后，王命夫先后创作了以青岛为背景、反映青岛工人生活的话剧《敢想敢做的人》和《三八红旗手》。《敢想敢做的人》由青岛话剧团搬上舞台，演遍了大半个中国。

王十月（1972— ）

本名王世孝。湖北石首人。初中毕业后曾先后到武汉、深圳、广东等地打工，从事过流水线普工、调色工、编辑、记者等多种职业。2000年开始小说创作，同年因成绩突出，被聘入深圳市宝安区文化艺术中心《大鹏湾》杂志社，历任编辑、记者、编辑部主任等职。主要作品有长篇小说《烦躁不安》（花城出版社2000年）、《31区》（北岳文艺出版社2006年）、《无碑》（花城出版社2009年）、《大哥》（中国社会出版社2009年）、《活物》（江苏凤凰文艺出版社2017年）等，中篇小说集《国家订单》（中国社会科学出版社2009年），短篇小说集《成长的仪式》。2012年5月，王十月凭借《国家订单》一举夺得第五届鲁迅文学奖（2007—2009）中篇小说奖。王十月因早年发表众多打工题材的作品，被称为“打工作家”。现为《作品》杂志社长、总编辑。

《国家订单》通过完成20万面美国国旗的国家订单这一事件，以细腻的笔触写到了多位打工者内心深处的那份善良与纯真；《无碑》被称为“为打工者建造的一座丰碑”。

王维洲（1936— ）

辽宁营口人。1953年在鞍钢当电气工人，同时开始诗歌创作。1958年到武钢，先后任公司宣传部干事、编辑。1978年任湖北文联文学丛刊《长江》编辑组组长，1982年加入中国作家协会，1985年在湖北省作家协会任专业驻会作家。曾任《当代散文报》执行主编、湖北散文学会副会长。

出版的个人诗集有《可爱的时代》（湖北人民出版社1958年）、《小路的足迹》（长江文艺出版社1983年），此外还有与他人的诗歌合集《三人集》《鞍钢赞歌》《跃进歌声震天响》等。

作为一名工人诗人，王维洲在20世纪五六十年代的诗歌以反映工矿生活为主，气势豪迈。进入新时期以后，题材日趋广泛。

王亚平（1905—1983）

河北威县人。1920年考入河北省立第四师范，开始接受新思想、新文化。1924年开始尝试作诗。师范毕业后，王亚平开始了自己的流浪生涯，在各地以教书为业。1930年底，王亚平来到塘沽——渤海湾上一座新兴的工业市镇，让诗人认识了工厂、认识了工人，开始写作以劳工为主题的诗歌，如《高入云里的烟囱》等。九一八事变后，王亚平投身到救亡工作中。1932年9月，中国诗歌会在上海成立后，王亚平很快加入并组织成立了河北分会。王亚平这一时期的诗集有《都市的冬》（1935年）、《海燕的歌》（1936年）和长诗《十二月的风》（1936年）。

1936年10月，自费去日本留学，次年回国，创办诗刊《高射炮》，成立春草社，主编《春草诗丛》。解放战争时期，任冀鲁豫边区文联主任，主编《中原文艺》。新中国成立后，任北京文联秘书长、中国曲艺研究会副主席等。

王亚平的工业题材诗作创作于20世纪30年代，代表性作品有《塘沽盐歌》《盐工们》《磨石工》《女针工之歌》《铁道夫之歌》《女缝工》《煤夫的歌》《印刷者》《汽碾夫》，在作品中刻画了多种职业的工人形象。

王震之（1915—1957）

河北定县人。1935年考入同济大学。20世纪30年代开始发表作品。抗战前在上海参加中国剧作者协会，后赴延安，历任延安鲁迅艺术学院戏剧系教师、副主任及实验剧团主任，延安留守兵团部队艺术学校副校长，西北联防军政治部部队艺术工作团团长。在抗战期间一直从事文化宣传工作，从1937年开始，他先后写出《古城的怒吼》《咆哮的河北》《红灯》《流寇队长》（与莫耶合作）等剧作，在当时发挥了比较好的救亡宣传鼓动作用。其中独幕剧《红灯》《矿山》都是描写工人生活和斗争的作品。《红灯》描写铁路工人抗敌斗争生活；《矿山》聚焦于矿山上的一场罢工斗争。

1946年入东北电影制片厂任编剧。1949年调入中央电影局，次年任电影局电影剧本创作所所长。此期间，创作电影剧本《白衣战士》《卫国保家》和《内蒙人民的胜利》，均由东北电影制片厂拍成电影。1953年调回东北电影制片厂任编剧。

魏钢焰（1922—1995）

曾用名魏开城。山西繁峙人。1937年底参加八路军，在部队从事宣传工作。1953年开始文学创作，1955年底转业任《延河》副主编。1956年发表长诗《六公里》（《人民文学》1956年第5期），热情赞美铁道兵。1958年开始从事专业创作。1963年，创作报告文学《党的女儿赵梦桃》，先后发表于《陕西日报》和《延河》杂志，后被《人民文学》转载，讲述了全国劳动模范——纺织女工赵梦桃的感人事迹。作品发表后轰动中国文坛，成为当时最有影响的报告文学之一。

1964年至1966年，魏钢焰两次去大庆深入体验生活，和王进喜及所率标杆钻井队石油工人摸爬滚打在一起。1973年再返大庆，创作报告文学《这就叫大庆》《历史的谱写者》，分别发表于《人民文学》《陕西文艺》。1977年创作报告文学《忆铁人》，倾吐了对铁人、对大庆的十年积愫和心底的思念，1977年6月5日在《人民日报》刊载。1984年到淮北谢一矿深入生活，创作报告文学，《蚕茧是怎么被咬破的》发表于《开拓》1985年创刊号。

出版有散文集《船夫曲》（中国青年出版社1963年）、《绿叶赞》（人民文学出版社1978年），诗集《赤泥岭》（作家出版社1957年）、《灯海曲》（东风文艺出版社1965年），特写集《宝地·宝人·宝事》（东风文艺出版社1958年）。

魏连珍（1919— ）

河北省获鹿县（今鹿泉市）人，11岁入厂当学徒工，后成为技术工人，1947年参加土改，同时开始戏剧创作。1947年创作的话剧《解放》主要描写的是石家庄刚解放时群众对于党的政策的反应；《归来》（1948年）写一些工人受国民党的欺骗逃亡北平，受尽苦难，在石家庄解放后逃了回来。魏连珍创作的影响最大的作品是三幕九场话剧《不是蝉》。该剧在1950年曾赴京演出，获得各方好评。作品以轻松的笔调和喜剧的手法，刻画了一个落后工人在工人们的帮助下从落后到先进的思想改变，表现了工人阶级的成长。新中国成立后，魏连珍先后在北京、合肥、济南等地铁路系统工作。1957年创作了独幕喜剧《不是梦》。作品通过青年工人郝大平和胡工程师的奇妙交锋，热情歌颂了工人阶级的创造精神，讽刺了知识分子的孤芳自赏、自以为是。

魏巍（1920—2008）

河南郑州人，原名魏鸿杰，曾用笔名红杨树。1937年7月，全民族抗日战争爆发后，他参加了八路军。1950年底，他奔赴朝鲜前线，和志愿军战士一起生活、战斗。回国后，他创作了一批文艺通讯，其中最著名的是《谁是最可爱的人》，流传颇广。1978年，他创作完成了抗美援朝题材长篇小说《东方》，并于1983年获首届茅盾文学奖。

为了写作《东方》，魏巍曾于20世纪50年代在石景山钢铁厂和长辛店机车车辆厂体验生活，在工厂生活期间，他创作了短篇小说《老烟筒》，作品具体、生动地刻画了一个家在农村的老工人的形象。他还与人合作，创作了反映二七大罢工题材的长篇小说《红色的风暴》。

温流（1912—1937）

广东梅县（今梅州）人。幼时曾随父到南洋，做过打金工，后来回国。1930年，组织绿天文艺社，创办《绿天》文艺半月刊。1933年，在蒲风的支持下，发起成立中国诗歌会广州分会，成为广州分会的台柱子、华南新诗运动的开拓者，积极参与诗歌大众化的倡导。1937年1月13日，因鱼骨鲠喉被庸医误诊而死。诗集有《我们的堡》（1936年）、《最后的吼声》（1937年）。

温流创作的《打砖歌》《马来路工歌》《搭棚工人歌》《打金工人歌》《倒屎者的歌》《凿石碑工人歌》《钉砻工人歌》采用的都是歌谣体，分别描写的是打砖工人、马来筑路工人、搭棚工人、打金工人、倒屎工人、凿石碑工人、钉砻工人的生活，其中有些工人的生活经历得自诗人在南洋的异域生活，是诗人对中国工人诗歌的独特贡献。

吴宝三（1945— ）

黑龙江兰西人。1974年，毕业于北京大学中文系，同年分配到伊春市委工作。历任林业部兴城疗养院党委书记，黑龙江省森工总局宣传部副部长，林业物资局党委书记，黑龙江作协副厅级巡视员、秘书长兼《北方文学》主编。1991年，加入中国作家协会。

1963年，吴宝三在林业战线参加工作并开始了诗歌写作。1964年，他在《东北林业报》发表了第一首诗《上工》，后来又在《黑龙江日报》副刊发表了《林区筑路（二首）》，从此开启了森林诗写作的绿色生涯，成为“森林诗人”。

吴宝三在写森林诗的同时，还写了许多森林题材的散文。他与人合写的讲述老一代林业人马永顺故事的报告文学《马永顺传》获得了《人民文学》2002年报告文学优秀奖。

著有诗集《大海中的月亮》（春风文艺出版社1985年）、《伐木者和花》（中国林业出版社1989年）、《北国播种大雪——吴宝三诗集》（中国城市出版社2021年），报告文学集《马永顺传》等。

吴运铎（1917—1991）

江西萍乡人。1931年，随家人迁到湖北黄石，进源华煤矿学机电，学成后在该矿当机电技工。抗战爆发后，于1938年，赴皖南投奔新四军，在新四军司令部修械所工作。在10年的战争生活中，吴运铎随兵工厂从皖南到苏北，再到淮南，然后转战淮阴、沂蒙山，后又渡海到东北的大连。为了研发炮弹，他三次负重伤，4根手指被炸断，左眼被炸瞎，一条腿被炸断，被誉为“中国的保尔·柯察金”。

1950年，由莫斯科治病回国后，至中南任兵工厂厂长、中南兵工局副局长。1953年，发表传记《把一切献给党》（工人出版社），记述了一个普通工人在党的培养下成长为共产主义战士的真实历程。此书还被改编成同名话剧。

吴运铎的其他作品还有回忆录《终身献给党的事业》（天津通俗出版社1953年）、《第三次负伤》（通俗读物出版社1955年）、《枪榴弹造好了》（通俗读物出版社1955年）。

武歆（1962— ）

祖籍山东，现居天津。1980年高中毕业高考落榜，到天津发电设备厂工作，同年开始小说创作。自1983年3月发表小说处女作《在食堂里》（《新港》1983年第3期）。1988年调入天津市作家协会。2000年荣获天津市文学新人奖等。2002年加入中国作家协会。2004年曾在鲁迅文学院第三届中青年作家高级研讨班学习并结业。现在天津作协从事专业创作。

著有长篇小说《一百个都市家庭内幕》（天津社科院出版社1993年）、《黄昏碎影》（金盾杂志社1998年）、《天堂弥撒》（作家出版社1999年）、《树雨》（百花文艺出版社2003年）、《延安爱情》（作家出版社2010年）、《天津爱情》（百花文艺出版社2012年）、《重庆爱情》（百花文艺出版社2013年）、《密语者》（重庆出版社2020年）等，中短篇小说自选集《诺言》（百花文艺出版社 2005年）。

作为一个有着8年工厂经历的作家，工业题材是武歆小说创作的一个重要方向，代表作品有《天车》（《中国作家》2005年

X

第7期)、《抓贼》(《小说界》2008年第3期)、《风砂轮》(《中国作家》2008年第8期)、《老工人谢瑶环》(《中国作家》2010年第4期)等。这些作品表现了对工人生活与命运的思考，也表达了对工人阶级最终去向的隐忧。

奚青(1938—)

白族，辽宁昌图县人。1960年毕业于长春地质学院物理勘探系。历任地矿部水文地质技术方法研究所技术员、工程师，现为地质矿产部物探研究所工程师，地矿部文学创作室专业作家。1982年，加入中国作家协会。历任中国地质作家协会首届主席，中国地质文联首届副主席，河北省作家协会第一届理事及第二届、第三届主席团成员。

1974年，开始发表作品。著有长篇小说《朱蕾》(上海文艺出版社1978年)、《望婚崖》(上海文艺出版社1980年)、《天涯孤旅》(花山文艺出版社1984年)，中篇小说集《人约离婚后》(百花文艺出版社1993年)。作品多描写地质勘探生活。

夏衍(1900—1995)

原名沈乃熙，字端先。浙江杭州人。1914年，入浙江省立甲种工业学校学习，1920年，毕业后公费赴日留学，入明治专门学校学电工技术。留学期间积极参加日本工人运动和左翼文艺运动。1927年，被迫回国，从事工人运动，他是在先从事文学翻译，继而从事电影剧本创作才转而从事话剧创作的。1929年，他翻译的高尔基的小说《母亲》出版。同年，与郑伯奇等人组织艺术剧社。1930年3月，“左联”成立，被选为执行委员。随后又与田汉等发起组织左翼剧联。1932年，担任明星影片公司编剧顾问，1933年，任左翼电影小组组长。在此期间创作了《狂流》《春蚕》等电影文学剧本和许多电影评论文章。

1935年，白色恐怖加剧，在隐蔽期间因不能公开活动，于是夏衍拿起笔开始了话剧创作，他创作的第一个剧本是独幕剧《都会的一角》，此后笔耕不辍，在三四十年代贡献了《上海屋檐下》《法西斯细菌》《芳草天涯》等经典剧作。

1936年，他第一次使用“夏衍”的笔名发表的短篇小说《泡》描写的是肥皂厂工人的生活，他的报告文学《包身工》(《光明》创刊号)更是因其对包身工生活和命运的出色描绘，成为这一时期的报告文学经典。

抗战期间，夏衍先后主编《救亡日报》《新华日报》副刊。抗战胜利后，一直在国统区从事进步文学活动。

新中国成立后，负责上海文化工作。1955年，任文化部副部长。除在文化界担任领导工作外，他创作了《林家铺子》等电影剧本，还创作了自己唯一一部话剧《考验》(《人民文学》1954年第8期)，是当代戏剧中最早反映工业建设生活的优秀剧目之一。

1977年后，任中国文联副主席、中国影协主席等。

向春(1937—)

原名李向春。原籍山东东阿县，生于山东省汶上县。先在曲阜师范学校学习，后又在山东菏泽师范专科学校文史系学习，肄业后当过《跃进报》记者。1960年到枣庄矿务局朱子埠煤矿当工人，历任生产班长、车间工会主席、工区党支部书记、宣传科科长、矿政治部副主任等职。

向春一面当工人，一面坚持业余创作。在20世纪60年代，发表有《老妈妈》《老监察》《激浪》《煤城斗敌》等小说。1965年，参加全国青年业余文学创作积极分子代表大会。

1975年，向春以煤城工人抗日斗争活动为题材的长篇小说《煤城怒火》出版(山东人民出版社)，此后，他又创作了《煤城激浪》(山东人民出版社1978年)、《卧龙镇》(山东文艺出版社1985年)、《天怒人怨》(山东文艺出版社1988年)、《惊心动魄》(山东文艺出版社1990年)、《黑色世界》(明天出版社1992年)、《鳏夫与寡妇们》(花山文艺出版社1989年)、《山川恨》(青岛出版社1992年)、《恩怨》(山东文艺出版社1997年)等长篇小说。这些小说始终执着于描写煤城和煤矿工人，寄托了作家对于煤炭事业深深的爱。

1979年，加入中国作家协会。曾任中国煤矿文联理事、作家协会副主席，山东省作家协会理事，枣庄市文联副主席、作家协会主席，山东省煤矿作家协会主席。

肖克凡(1953—)

天津人。1970年，参加工作，成为一名翻砂工，体验了底层翻砂工人最艰苦的生活，也为后来的文学创作提供了宝贵的素材。1980年，参加天津工人文学社，1983年3月，在《新港》发表小说处女作《看车姑娘》，并获“首届《新港》小说奖”。《看车姑娘》描写了一个不辞辛苦、热情为工友提供无偿服务的“看车姑娘”形象，是肖克凡笔下第一个工人形象。

1987年，肖克凡在《天津文学》7月号发表成名作《黑砂》，作品发表后被《小说月报》《小说选刊》转载，并引起文学界广泛关注。《黑砂》获天津市1987—1988年度鲁迅文艺优秀作品奖，并被天津人民艺术剧院改编为话剧《黑砂》上演。此后，肖克凡又创作了《黑色部落》《黑宇》《黑圈》《黑色王国》《遗族》等描写翻砂工生活的小说作品，共同形成"黑色"翻砂系列小说。1992年，加入中国作家协会。

进入二十世纪九十年代以后，面对从计划经济向市场经济的社会转型，面对社会转型给工厂以及工厂的领导和工人带来的巨大冲击，肖克凡将目光聚焦工厂的命运，聚焦于底层工人，创作了《最后一个工人》《最后一座工厂》《一天八小时工作》《男工张义》《好大一棵树》等作品，在描述工厂命运的同时，刻画了在逆境中顽强拼搏的工人形象。

进入新世纪后，肖克凡先后出版有长篇小说《机器》（2006年）和《生铁开花》（2011年），作品在更为广阔的历史背景下反映工人的命运，塑造工人形象，在工人小说创作方面取得更为突出的业绩。

20世纪90年代以后，肖克凡还创作有描写天津地域文化的"津味小说"，作品主要反映20世纪二三十年代的天津风貌和人物。

著有长篇小说《鼠年》（花城出版社1995年）、《原址》（百花文艺出版社1997年）、《尴尬英雄》（中国文学出版社1999年）、《都市上空的爱情》（百花文艺出版社2005年）、《机器》（湖南文艺出版社2006年）、《生铁开花》（北京十月文艺出版社2011年）、《天津大码头》（中国青年出版社2011年）、《旧租界》（中国文史出版社2020年）等，出版有小说集《黑色部落》（百花文艺出版社1994年）、《赌者》（群众出版社2001年）、《中国作家·经典文库·肖克凡卷》（光明日报出版社2002年）、《人间城郭》（百花文艺出版社2005年）、《蓝色鸟》（天津古籍出版社2005年）、《旺族》（百花文艺出版社2005年）、《好大一棵树》（百花文艺出版社2005年）、《我为谁守身如玉》（北京十月文艺出版社2005年）、《唇边童话》（湖南文艺出版社2008年）、《爱情刀》（百花文艺出版社2013年）、《最后一个工人》（百花文艺出版社2014年）、《天津小爷》（北京十月文艺出版社2014年）、《中国好小说·肖克凡卷》（中国青年出版社2015年）。

萧军（1907—1988）

原名刘鸿霖，笔名萧军、三郎、田军等，辽宁义县人。从1925年起，在军阀部队当过骑兵、文书，后考入东北陆军讲武堂学习。

九一八事变后来到哈尔滨，开始文学生涯。1932年，萧军与萧红共同出版了小说、散文集《跋涉》。后离开东北来到上海，1935年8月，出版了描写东北革命军抗日斗争的著名长篇小说《八月的乡村》。

1937年，到武汉参加抗日救亡运动，

1938年，去延安，曾任鲁迅研究会主任干事、《文艺月刊》主编。1946年，回到东北，任东北大学鲁迅艺术文学院院长、鲁迅文化出版社社长、《文化报》总编等，在任《文化报》总编期间受到错误批判。1949年，去抚顺，深入矿山、体验生活。1951年，到北京，任北京市文物组研究员、戏曲研究所研究员。1954年，出版长篇小说《五月的矿山》（作家出版社），描写东北煤都乌金市的煤矿工人在东北解放初期的战斗生活，塑造了一批英勇无私的煤矿工人形象。此外还出版了多卷本长篇小说《过去的年代》（作家出版社1957年）。

新时期，创作了通俗历史小说《吴越春秋史话》（黑龙江人民出版社1980年）。

另出版有十卷本《萧军全集》（华夏出版社2008年）。

萧三（1896—1983）

湖南湘乡人。1918年，与毛泽东、蔡和森等创办新民学会，1920年，赴法勤工俭学。1922年底，从柏林到苏联，入莫斯科东方劳动者共产主义大学学习，1924年夏，回国从事革命活动。1928年底，去莫斯科疗养。

1930年，国内“左联”成立后，他成为“左联”常驻苏联代表，也是从这一年开始，萧三开始了自己真正的诗歌生涯，他“把诗歌当作‘子弹和刺刀’，当作一项严肃的革命事业”，用诗“来宣传中国的土地革命、工农红军，宣传左翼文学，揭露反动派屠杀革命人民的罪行”。

他在20世纪30年代所创作的革命诗歌中，有少量反映工人生活和斗争的诗作。例如创作于1931年的《南京路上》描写工人在南京路上书写宣传口号、张贴革命标语的斗争；创作于1933年的《三个（上海的）摇篮歌》反映了工人的苦难和斗争。

萧相风（1977— ）

湖南永州人，原名李刚。1999年，毕业于北京信息工程学院。2000年，赴珠江三角洲地区打工，从事过搬运工、机修等多种工作，同时涉足诗歌、小说和评论创作。他的作品《词典：南方工业生活》获2010年度人民文学奖非虚构作品奖。作品以“词典”的形式记录了自己南方工业生活见闻，生动描绘了中国工业时代南方外来务工人员的生活画卷，为读者打开了一扇了解南方工业生活的新窗口。

萧育轩（1937—2012）

湖南涟源人，原名萧毓辉。中专文化。1956年毕业于沈阳电力技工学校，在电厂当电业工人多年，后改行从事文学创作。曾任涟源地区文联创作干部，娄底文化局副局长，湖南省作家协会副主席、名誉主席。1962年，开始发表作品。1979年，加入中国作家协会。

作为一名电业工人出身的作家，萧育轩的一些有影响的作品，都是写电业工人生活的。从20世纪60年代的《迎冰曲》《风火录》，到70年代的《心声》《希望》《进击》三部曲，再到80年代的《孟广德那老头》《山水依依》，均是一脉相承。小说《风光录》（《人民文学》1964年第5期）反映的是电厂生活，作品塑造了一个革命精力充沛、迎难而进的老工人魏长青的形象。晚年创作的中篇小说《生死情缘》塑造了一个与工人生活相关的工会干部形象。

此外还著有儿童长篇小说《乱世少年》《三怪客》。

晓凡（1937— ）

当代工人诗人。原名范长钰，辽宁沈阳人。15岁起就到沈阳重型机器厂做钳工，后到工厂党委工作到1964年。1956年，开始业余创作，有小说、散文、诗歌发表。1958年8月，与毕增光、高东昶共同出版诗歌合集《春天的颂歌》（辽宁人民出版社）。同年，加入作协沈阳分会。1960年，出席中国文学艺术工作者第三次代表大会及作协第三次理事（扩大）会议。1961年，出版诗集《铁匠抒情曲》（春风文艺出版社）。1964年，晓凡的《车间风雷》（六首）在《诗刊》发表，引起文学界的重视和好评。1965年，调入作协辽宁分会，先后担任驻会作家、青年作家工作委员会主任、《当代诗歌》月刊主编、《当代作家评论》杂志主编、辽宁作协党组成员、书记处书记、专职副主席、辽宁新诗学会副会长等职。

1978年后，出版的诗集有《灿烂的青春》（辽宁人民出版社1978年）、《美的诱惑》（中国文联出版公司1987年）、《晓凡诗选》（春风文艺出版社1991年）。此外，与人合著有长篇传记文学《强者》（中国青年出版社1980年）、散文集《裸体的日本》（中国文联出版社1988年）。

谢丽虹（1953— ）

1972年参加工作，曾担任广州市执信中学的语文教师。1982年毕业于中央戏剧学院戏剧文学系。1985年，担任《中国电视》杂志编辑，后晋升为编辑部主任。20

世纪90年代初，她加入了中国电视剧制作中心，担任编辑和文学部主任，负责电视剧的策划和文学创作工作。

谢丽虹与成浩共同编剧的反映广东外来打工妹生活的10集电视连续剧《外来妹》在1991年播出，反响强烈，获全国第十二届电视剧飞天奖、第一届“五个一工程”奖等多项大奖。

谢挺宇（1911—2006）

原名谢庭玉，浙江义乌人。从家乡小镇先到上海，后又到北平求学。1934年在北平朝阳学院政治系毕业，随后到日本东京，进入政法大学学习。抗战爆发后毅然回国，求索抗战之路。1938年，到武汉随即被派往重庆国民党《扫荡报》任记者。“皖南事变”后到达延安，曾任新华社译电员等职。抗战胜利后来到东北。新中国成立后，历任辽宁省外事厅秘书、齐齐哈尔市一区区长、市政府工业局局长、阜新市新邱煤矿党委副书记、市文化局副局长、辽宁作协副主席等。

谢挺宇从1933年开始发表作品，三四十年代在《文学》月刊、《作家》月刊、《东北日报》等报刊发表小说、散文和诗歌。1950年后，任作协沈阳分会创作员、中国作家协会会员。著有诗集《毛泽东同志》（大众书店1947年），童话《玻璃火车》（文化供应社1951年），特写集《矿山上的人们》（东北人民出版社1954年），中篇小说《断线结网》（与马戈合著，新文艺出版社1955年），短篇小说集《雾夜紫灯》（作家出版社1958年）、《谢挺宇小说选》（春风文艺出版社1988年），特写《卖女记——农民血泪史》（辽宁人民出版社1964年）。

谢湘南（1974— ）

湖南耒阳人，现居深圳。1993年奔赴深圳成为打工者之一，先后做过工地小工、五金电镀厂搬运工、电子厂机床工等，同时开始了诗歌写作。1997年，他受邀参加“青春诗会”，以其独特的、极具现实感与现场感的诗歌崭露头角。1998年，谢湘南进入沙头角文化站，负责写材料、编杂志，在文化站工作4年。2003年，进入《南方都市报》，负责文化艺术内容、栏目的采编与统筹。2021年5月，当选为深圳市罗湖区作家协会主席。著有诗集《零点的搬运工》（华夏出版社2000年）、《过敏史》（阳光出版社2012年）、《谢湘南诗选》（长江文艺出版社2014年）、《深圳诗章》（文汇出版社2019年）；自传《深圳时间——一个深圳诗人的成长轨迹》（深圳报业集团出版社2018年）。

深圳最具代表性的“打工诗人”，他

的诗是写给特殊工种的打工人的挽歌，体现出一个与众不同的打工人在打工生活中发现的诗意，有着因背井离乡而导致的浓郁的怀乡情愫。

谢友鄞（1948— ）

祖籍湖南长沙，生于浙江鄞县，成长于辽西。1973年参加工作，曾在煤矿下井8年。1976年，开始发表作品。1984年，赴辽宁文学院学习，1986年毕业。后调任阜新市文化局创研室。曾任辽宁省作协副主席。1991年加入中国作家协会。1987年被授予“辽宁省优秀青年作家”。短篇小说《窑谷》获1985—1986年全国优秀短篇小说奖，《马嘶·秋诉》获1987—1988年全国优秀短篇小说奖。中篇小说《火神》获全国首届煤炭乌金奖。出版有《谢友鄞小说选》（百花文艺出版社1994年12月）、《大山藏不住》（作家出版社1989年8月）和长篇小说《嘶天》（人民文学出版社2000年9月）。

谢友义（1968— ）

广东省紫金县人。1990年，初中毕业后来到广州，在广州造船厂做保安。1992年，调入车间当起重工，次年升为班长，之后成为队委（相当于宣传委员）。在闲暇时间，谢友义经常写一些通讯稿发表在厂报上。1993年，他参加成人高考，考上了中山大学经济管理系，专科毕业后，又通过自学考试考取了本科，接着又在中大读了两年研究生，在中大共读了8年。

1997年，谢友义被授予广船第三届“五佳十优”的外来工称号。1999年，当选为广州市第四届“十佳百优”“十佳外来工”。从1999年开始，他真正走上了文学道路。2001年，他通过竞争上岗，任广船国际公司工会宣传部文体宣教综合干事。

现为中国作家协会会员、中国报告文学学会青年创作委员会副主任、广州市作家协会副主席。

谢友义创作了一系列反映产业工人生活的作品，有长篇小说《广州好男》（花城出版社2002年）、《心痛的感觉》（广州出版社2005年）、《广州工人》（广东经济出版社2015年）、《工友》（中国文联出版社2016年）、《工道》（团结出版社2018年）。《工道》作为谢友义最新工业题材长篇力作，作品描写了造船工人的日常生活图景和人生本相，努力书写造船工个体以及群体的传奇。

徐迟（1914—1996）

浙江吴兴人。1931年，进入东吴大学学习。九一八事变爆发后，积极参加学校的“爱国学生援马团”，北上参加抗战。“援马团”被迫滞留北平，徐迟进入燕京大学学习。20世纪30年代，徐迟步入诗坛，成为一名现代主义诗人。后来诗风发生转变，开始书写对民族命运和社会现实的深沉思考，用诗歌谱写了战斗的青春，喊出了时代的最强音。徐迟先后参与创办和编辑《新诗》《中国作家》《中原》等进步刊物。1949年7月，他到北平参加了第一次全国文代会。

新中国成立后，徐迟历任英文刊物《人民中国》编辑、《诗刊》第一副主编、《外国文学研究》主编、湖北省文联副主席、湖北省作协副主席和名誉主席。

在20世纪50年代，徐迟以《人民日报》特约记者的身份走访过柴达木盆地、大庆油田、胜利油田、江汉油田，见证了建设鞍钢、长春第一汽车制造厂、武汉长江大桥等的火热场景，他用小说、诗歌、通讯、报告文学等多种形式，反映社会主义新中国的工业建设。如《汽车厂速写》（《人民文学》1955年2月号）、《聪明的架工们》（《人民文学》1955年第5期）、《工地那是我家》（《长江文艺》1957年第7期）。出版反映工业建设的散文集《我们这时代的人》（作家出版社1956年）、《庆功宴》（作家出版社1957年），诗集《战争、和平、进步》（作家出版社1956年）、《美丽、神奇、丰富》（作家出版社1957年）、《共和国的歌》（作家出版社1959年）。

“文化大革命”期间，徐迟被批斗，全家下放农村。

“文化大革命”结束后，他以饱满的热情创作了一系列科学家题材的报告文学，如《哥德巴赫猜想》《地质之光》《生命之树常绿》等，其中《哥德巴赫猜想》和《地质之光》同获第一届（1977—1980年）全国优秀报告文学奖。1978年，出版报告文学集《哥德巴赫猜想》（人民文学出版社）。1993年，长江文艺出版社出版四卷本《徐迟文集》。

Y

徐俊杰

生卒不详，20世纪五六十年代上海出现的一位工人作家。他是上海江南造船厂的工人，在造船厂工作有十四年，虽然只读过六年书，文化程度不高，但被新中国成立后日新月异的火热的生活强烈吸引，于是拿起笔开始创作。1956年，他发表了第一篇小说《女车间主任》（《萌芽》1956年第4期），之后陆续发表了一些小说，特别是在1958年、1959年两年内创作上取得了更大的丰收。1960年，出版小说集《女车间主任》（上海文艺出版社1960年）。

作为一名江南造船厂的工人，徐俊杰

的小说写的大多是江南造船厂的工人生活，这里既有对新中国成立前工人斗争生活的叙述，更有对在社会主义建设中工人劳动生活的赞颂。

徐亚娟（1970— ）

黑龙江宾县人。作为中国铁路哈尔滨局集团有限公司的一名女职工，她从哈尔滨东站当实习生开始，成长为铁路高级会计师。20世纪90年代开始写作，在《北方文学》《中国铁路文艺》等多家报纸杂志发表小说、散文三十余万字。主要作品有中篇小说《追着太阳行走的慢火车》、散文《铁路示意图里的远方》《复兴号，让我看到了梦想实现的样子》。作为一名铁路员工，徐亚娟的作品大多反映了铁路工人生活和中国铁路的发展变化。

鄢国培（1934—1995）

祖籍四川铜梁，生于重庆南川。初中毕业后进重庆民生船舶厂当工人，1954年，在上海《少年文艺》第6期发表小说处女作《凤尾溪边》。1956年，调长江航运局当电工，同年出版短篇小说集《老鹰岩探矿》（重庆人民出版社）。1957年，因在上海《萌芽》发表的短篇小说《他们是幸福的》而受到批判，从此搁笔，一搁便是20年。1958年，上驳船当海员，之后调到航运管理局创作室。

1979年8月，长篇小说《漩流》由长江文艺出版社出版，此后又陆续出版《巴山月》（长江文艺出版社1981年）、《沧海浮云》（中国文联出版社1986年），三部作品合称“长江三部曲”。“长江三部曲”正面反映了抗战前夕至新中国成立十五年间长江流域特别是川江沿岸三峡区域广阔的社会生活，是一部形象化的川江航运史，也是一幅壮阔的三峡风俗画。

1990年，出版长篇小说《冉大爷历险记》（长江文艺出版社）。

曾任宜昌市文联副主席、宜昌市人代会常委。1984年，从宜昌调入湖北省作协当专业作家，当选为省作协副主席、主席。1995年12月22日，因一场意外车祸而去世。

雁翼（1927—2009）

原名颜洪林，河北馆陶人，1942年，参加八路军，在部队历任通讯员、警卫员、通讯班班长、政治指导员、文工团团长等职。1949年，开始诗歌写作，1953年，转业到铁道部西南工程局政治部。1956年，加入中国作家协会，调作协重庆分会从事创作，历任《奔腾》月刊副主编、《四川文艺》负责人等职。

1957年，创作了1500多行的长篇叙事诗《彩桥》，发表在《收获》1959年第6期，次年6月，由上海文艺出版社出版。这是一部以修筑宝成铁路中架桥工程为题材的长诗，反映了筑路工人的英勇斗争。组诗《在工业区拾到的抒情诗》（《诗刊》1980年第12期）获1979—1980年全国中青年诗人优秀诗歌奖。

雁翼是个多产作家，出版有诗集20部，小说散文集4部，此外还有电影文学剧本发表和出版。

杨宝琛（1939—2006）

出生于北京。1958年，高中毕业正值开发北大荒的热潮，放弃报考大学，毅然投身开发大军，来到北大荒，成为一名北大荒人，在农场开过荒、在林场伐过木，一干就是22年。在此期间开始了业余戏剧创作。1959年，在农场办的石英矿工作的杨宝琛以采矿生活为素材创作了第一个独幕话剧《雪夜探矿》。1962年，成为一名完达山林业工人，1974年秋，与人合作创作了独幕歌剧《林海哨兵》。这些创作可算是杨宝琛工人戏剧的最初尝试。1980年，杨宝琛调入鸡西市文化局，开始从事专业戏剧创作，在他二十余年的戏剧创作生涯中，先后创作了《孝子贤孙》（《剧作家》1987年第4期）、《大青山》（《剧本》1994年第7期）、《老矿》（1996年）、《青山不老》（《剧作家》2001年第6期）等工人题材的戏剧作品。其中《大青山》获中宣部“五个一工程”奖，《青山不老》1999年10月参加国庆50周年晋京献礼演出。出版有《北京往北是北大荒》（中国戏剧出版社2001年）。

杨宝琛的工人戏剧创作在题材上分为两类，一是反映煤矿工人生活的；二是反映林业工人生活的。

杨利民（1947— ）

出生于黑龙江齐齐哈尔，后来举家迁到鸡西煤矿，他把这里称作“我的故乡”。1964年初冬，他离开鸡西投身大庆石油，成为一名石油工人。从1964年至1974年的10年间，他作为一个普通的石油工人，亲身经历了大庆油田开发与建设最艰苦卓绝的创业阶段。他从写锣鼓词、快板书、诗歌、宣传材料、英雄事迹等入手，开始了自己的写作生涯。

进入新时期后，杨利民正式开始了自己的话剧创作，先后创作了《呼唤》《黑色的玫瑰》《黑色的石头》等剧作，作为植根大庆油田沃土的作家，这些剧作大多反映的是油田工人的生活，塑造了油田工人的形象。

1987年，杨利民考入中央戏剧学院攻

读硕士研究生，师从著名学者谭霈生教授。在校学习期间，他的毕业剧目《大雪地》于1989年9月由中央戏剧学院上演。1991年，他又创作了话剧《大荒野》，同年12月，在北京上演，获曹禺戏剧文学奖。《大雪地》《大荒野》两部剧作的创作可以看出在经过三年艺术殿堂的学习和研究之后，杨利民的剧作变得成熟和深沉了。

1996年，话剧《地质师》问世，赢得广泛赞誉，1997年9月，参加中国戏剧节，获文化部文华大将、中宣部“五个一工程”奖，并在全国十几座城市巡演，深受欢迎。

1999年5月，《在这个家庭里》由中国青年艺术剧院上演。

2005年，怀着对铁人王进喜的深厚感情，杨利民创作了大型多媒体话剧《铁人轶事》，在舞台上塑造了铁人王进喜的光辉形象，通过王进喜形象，讴歌了铁人精神。

除以上反映油田工人生活的剧作外，杨利民还创作了《危情夫妻》《黑草垛》《北方的湖》《秋天的二人转》《活着，并且高贵地活着》等多部其他题材的剧作，体现出对创作多样化的追求。

作为大庆人，杨利民的剧作中创作数量最多的毫无疑问是反映石油工人生活的作品，从1982年的《呼唤》到2005年的《铁人轶事》，延续二十余年，真正称得上是石油工人的歌者。

著有《大荒野——杨利民剧作选》（百花文艺出版社1991年）、《北方的湖》（中国戏剧出版社2001年）、《杨利民剧作集》（上下）（文化艺术出版社2007年），随笔集《戏里戏外的事情》（文化艺术出版社2013年），长篇小说《北方故事》（与人合著，北方文艺出版社1999年）。

杨朔（1913—1968）

原名杨毓瑨，山东蓬莱人。抗战爆发后到武汉，在报刊上发表文章宣传抗日救亡，后到延安参加革命。1938年，在广州《救亡日报》发表描写陕北革命根据地人民斗争生活的长篇小说《帕米尔高原的流脉》（生活书店1939年）。次年，参加作家战地访问团，深入华北抗日根据地，创作了反映根据地人民英雄业绩的作品。抗战胜利后，曾在河北宣化龙烟铁矿深入生活，写出了反映工人斗争生活的中篇小说《红石山》（新华书店1949年）。解放战争期间在晋察冀野战军任新华社特派记者，参加清风店、石家庄和平津等战役。

新中国成立后，任中华全国铁路总工会文艺部部长。1950年参加抗美援朝战争，写下长篇小说《三千里江山》（人民文学出版社1953年）和许多通讯特写。1955年后，任中国作家协会外国文学委员会主任。1956年起，长期从事外事工作，其间写有许多反映亚非人民生活的散文。作为五六十年代较为知名的散文家，代表作有《香山红叶》《海市》《雪浪花》《荔枝蜜》

《茶花赋》等。出版有《万古青春》(中国青年出版社1956年)、《东风第一枝》(作家出版社1961年)、《生命泉》(作家出版社1964年)、《杨朔散文选》(人民文学出版社1978年)、《杨朔短篇小说选》(人民文学出版社1979年)、《杨朔文集》(山东文艺出版社1984年)等。

杨咏鸣

生平不详，从发表作品时的作者信息，知其工作单位是舒兰矿务局。杨咏鸣发表的小说并不多，多为工业题材作品。《甜的铁，腥的铁》(《上海文学》1987年第3期)获1987—1988年全国优秀短篇小说奖。作品写的是一个家属女工“她”对“铁”的特殊亲切的感受。短篇小说《红的煤，黑的煤》(《上海文学》1987年第9期)从采煤工人的特定视角，展示劳动对象特定的质感与情趣。《一个采煤工快活的时候》(《短篇小说》1990年第4期)亦表现采煤工人的生活。

殷夫(1910—1931)

浙江象山人。1927年，他来到上海，一面在学校读书，一面参加革命。1929年，他离开学校，专门从事青年工人运动，曾参加上海丝厂工人罢工并被捕，出狱后继续在工人中间从事革命活动。1931年2月7日，被国民党当局枪杀，是“左联五烈士”之一。

1929年，是殷夫诗歌创作的高潮期，服务于当时的工人运动和革命活动，殷夫创作了《血字》《一九二九年的五月一日》《我们的诗》《一个红的笑》《静默的烟囱》《我们》，在1930年，又创作了《五一歌》，均反映出工人诗歌的内容，体现出工人诗歌的特质。

1930年，殷夫也发表过描绘工人在狱中斗争情形的散文《监房的一夜》(署名白莽，《萌芽》1930年第1卷第3期)。

殷慧芬(1949—)

原籍江苏无锡，在上海读小学和初中。1966年，初中毕业，1968年，进工厂当工人，在工厂生活多年。20世纪80年代初，殷慧芬开始小说创作，写过城市、乡村、爱情和死亡，唯独没有写过工厂。1987年1月，殷慧芬发表了自己第一篇工人题材的小说《衣飘飘兮袂举》(《红岩》1987年第1期)，描写了在那灰色贫困的年代里，一个漂亮的女工为了追求美丽的服装竟至失去了健康和青春的悲哀故事。后来，看到有些小说里粗俗的工人形象，它深深地刺痛了殷慧芬，于是她终于用自己的笔，开始写自己所熟悉的工厂里的人们。1990年后，以《厂医梅芳》为开端，殷慧芬连续发表了一系列工人题材的小说，除《厂医梅芳》外，还有《蜜枣》(《上海文学》1991年第3期)、《欲望的舞蹈》(《上海文学》1991年第9期)、《梦中锦帆》(《萌芽》1992年第1期)、《早晨的陷阱》(《小说界》1992年第5期)等。

1999年，长篇小说《汽车城》问世(载《小说界》1999年第3—4期，上海文艺出版社1999年9月)，这是殷慧芬描绘工厂、企业改革的代表作，获第五届"上海中长篇小说优秀作品大奖"长篇小说三等奖。

除《汽车城》外，还出版有小说集《欲望的舞蹈》(上海文艺出版社1993年)、《纪念》(文汇出版社1996年)、《屋檐下的河流》(上海文艺出版社1997年)、《吉庆里》(长江文艺出版社1999年)、《石库门风情画》(上海人民出版社2008年)、《厂医梅芳》(上海书店出版社2019年)，"苦情"长篇小说系列《苦叶》《苦屋》《苦缘》(九州图书出版社1995年)，长篇小说《和陌生人跳舞》(长江文艺出版社2002年)、《西郊别墅》(长江文艺出版社2002年)、散文集《一个人的河》(上海书店出版社2017年)等。

于逢(1915—2008)

原名李兆麟。原籍广东台山县，生于越南海防埠一个华侨家庭。1934年回国，在广州开始文学创作。1936年，到上海，在集美书店当编辑，1937年春，在《中流》半月刊发表短篇小说《红河的黑夜》和《卖茶妇人》。抗战爆发后，与欧阳山、草明，创办《光荣》文艺半月刊，参加抗日救亡活动。后在桂林、柳州等地任报刊编辑及中小学教员，并从事文学创作。抗战胜利后，于1946年回广州，创办《文艺世纪》月刊，任主编。1948年，赴香港，任香港《大公报》文艺副刊编辑。1950年10月回广州，任华南文联常委、编辑出版部长、《华南文艺》执行编辑。1954年，加入中国作家协会。80年代初，任作协广东分会副主席。

于逢工业题材的作品创作于新中国成立后。于逢长期深入工厂，担任基层领导职位，先后创作出版了描写工业题材的中篇小说《螺丝钉》(中国青年出版社1956年)和反映工业战线生活和斗争的长篇小说《无产者》(广东人民出版社1978年)。此外还创作有反映农业合作化运动的长篇小说《金沙洲》(作家出版社1959年)，出版有文学评论集《论〈虾球传〉及其他》(香港求实出版社1950年)、《评〈西沙儿女〉及其他》(人民文学出版社1979年)。

于坚（1954— ）

四川资阳人，出生于云南昆明。1970—1980年在昆明煤机厂当工人，当过铆工、电焊工、搬运工等。20岁开始写诗，1980年，正式发表作品。1980年，于坚考入云南大学中文系，从而离开工作了十年的工厂。1985年，他与韩东等人合办了《他们》，并最终成就继朦胧诗之后中国新诗史上具有里程碑意义的“第三代”诗潮。出版的诗集有《诗六十首》（云南人民出版社1989年）、《对一只乌鸦的命名》（国际文化出版公司1993年）、《于坚的诗》（人民文学出版社2000年）。2004年，云南人民出版社出版五卷本的《于坚集》（《一枚穿过天空的钉子》《〇档案》《人间笔记》《正在眼前的事物》《拒绝隐喻》）。

于坚的工厂题材诗歌是在云南大学读书期间完成的，《罗家生》（《诗刊》1986年第11期）、《锻工房》、《北郊工厂的女王》（《大西南文学》1988年第4期）、《赞美劳动》、《献给一个退休的锻工》等。

于伶（1907—1997）

江苏宜兴人。原名任禹成，笔名尤兢、于人等。1930年，考入北平大学法学院。1931年，参加“左联”，次年，参与筹建“剧联”北平分盟。于伶从1932年开始从事戏剧创作，从1932年至1936年，创作了十多个独幕剧，其中独幕剧《回声》（又名《梅世钧之死》）描写上海日本纱厂的工人平日遭受日本人的压榨和迫害；《警号》（又名《一颗炸弹》）反映的是以工人为主的东北人民的抗日活动。两个剧本均发表于1936年，适值国防戏剧运动时期，作品所表达的抗日爱国主题应和了国防戏剧的需要。

“七七”事变后，于伶在上海孤岛坚持进步戏剧工作，此时创作的《夜上海》《长夜行》反映了战时上海市民的生活，与工业题材无关。

1949年后，任上海市文化局副局长、上海电影制片厂厂长，全国“剧协”副主席等领导工作。

Z

于敏（1914—2014）

原名于民。祖籍山东潍县，生于烟台，在烟台长大。1937年，参加革命。抗战期间在延安当过记者、编辑、鲁迅艺术学院戏剧系教员、实验剧团党支部书记。抗战胜利后，到山东大学任教。1948年初，到东北电影制片厂，从事电影编剧工作，他编剧的电影《桥》是新中国电影史上第一部故事片，描写的是获得解放的中国第一代工人在极端艰难的条件下修成江桥支援解放大军的故事。1949年，到北京工作。

1956年，下放到长春电影制片厂，后到鞍山长期体验生活。

新中国成立后，于敏专门从事电影编剧工作，坚持写工人、写工业题材，做出了较为突出的成绩。他创作的工业题材的电影文学剧本有《高歌猛进》（中华书局1952年）、《无穷的潜力》（东北电影制片厂1954年）、《工地一青年》（中国电影出版社1958年）、《炉火正旺》等，出版有电影文学剧本集《炉火集》（中国电影出版社1965年）。

在小说和报告文学创作方面，于敏同样致力于工业题材的创作。著有报告文学《老孟泰的故事》（春风文艺出版社1959年）和《王秀兰和姐妹们》（春风文艺出版社1962年）。1978年，出版的长篇小说《第一个回合》（中国青年出版社）描写新中国成立初期某钢铁厂工人在党的领导下，克服重重困难发展生产的故事。

出版有十三卷《于敏文集》（中国电影出版社）。

喻荣军（1971— ）

安徽含山人。喻荣军在大学学的是运动医学，毕业后分到中南医科大做医生，后弃医从文，从事话剧创作。喻荣军话剧创作的量很大，作品获奖无数。《钢的琴》是其少有的工业题材剧作，改编自张猛编剧的同名电影。作品描写钢铁厂工人陈桂林的底层人生，表现小人物的追求与梦想、辛酸与苦闷。

曾任上海戏剧家协会第八届理事会副主席，现任上海话剧艺术中心艺术总监。出版有《喻荣军舞台剧作品选》（上下）、《喻荣军舞台剧改编作品选》等。

羽山（1921—2012）

原名寥星光。四川成都人。1939年2月，到延安鲁迅艺术学院学习，7月，随华北联大到晋察冀边区。1940年，在联大文艺部毕业，调联大文工团从事创作。1942年，调晋察冀军区政治部抗敌剧社工作。1945年，随军进入张家口，在《晋察冀日报》《张家口日报》工作，后又调回抗敌剧社。新中国成立后，1950年，调中央电影局北京电影剧本创作所任编剧，1956年，调长春电影制片厂任编剧，同年10月，调上海电影制片厂任编剧。

新中国成立前羽山写的大都是紧密配合斗争供剧社演出的小剧，多为独幕剧。新中国成立后，创作了不少电影剧本，其中影响最为广泛的是与邢野合作的《平原游击队》，拍成电影后在群众中产生极大的影响。

在工业题材文学创作方面，与徐昌霖合著的长篇小说《东风化雨》（第一部，上海文艺出版社1959年8月；第二部，上海文艺出版社1962年12月)，通过描写上海一家橡胶厂——长江橡胶厂的建立及其发展，反映了民族资产阶级在各个不同历史时期所经历的复杂曲折的道路；同时也反映了工人阶级在党的领导下与资产阶级及一切反动势力所做的斗争。与胡可合作的独幕话剧《钥匙在谁手里》写天津解放战役中，天津工人英勇的护厂斗争。

此外，还有与立高合著的长篇小说《千锤百炼》(上海群益出版社1949年12月)、《无坚不克》(与立高、孟君合著，平民出版社1952年)。

袁殊(1911—1987)

湖北蕲春人，学名袁学易，曾用名曾达斋，12岁时经人介绍入上海立达学院免费学习。1925年，参加五卅爱国运动。1927年初，参加北伐军，1928年初，脱离军队返回上海。

1929年秋，东渡日本留学，主攻新闻学。1931年初，回国，参加了“联合剧社”的演出，“左倾”思想日渐显露。1931年3月16日，袁殊在上海创办《文艺新闻》周刊，成为“左联”外围刊物，并以编者答复读者来信的形式，率先披露了“左联五烈士”遇害的消息。九一八事变后，组织成立曙星剧社。新的剧社应该有自己新的剧目，于是袁殊创作了剧本《工场夜景》。《工场夜景》描写的是上海一家铁工厂工人们辛勤劳作的场景，表现了工友们面对日本人的侵略，纷纷摩拳擦掌、准备抵抗。

1931年10月，袁殊经由潘汉年介绍加入中国共产党，成为中央特科情报人员。后逐渐淡出新闻界和文学界，主要从事特工工作。抗战时期作为多重间谍活跃于上海、苏州等地，他创办的《杂志》助力了张爱玲在上海的成名。

抗战胜利后，在组织的安排下袁殊进入苏北解放区。在三年解放战争中，先后在苏北、胶东、大连从事内勤工作。1955年受潘汉年案牵连，被捕入狱。1965年，袁殊被以“军统特务”“日本特务”和“汉奸”罪名判处15年徒刑。1982年，得以平反昭雪。

臧克家(1905—2004)

山东诸城人。1930年，入国立青岛大学学习，开始发表新诗，因诗中多描写20世纪30年代北方破败的农村，表现农民的命运，赢得“农民诗人”的称号。陆续出版诗集《烙印》《罪恶的黑手》《运河》《自己的写照》。抗战爆发后奔赴前线，创作了许多救亡诗歌，收入诗集《从军行》《泥淖集》。1942年初，到重庆，参加了中华全国文艺界抗敌协会，出版了诗集《泥土的歌》《呜咽的云烟》。1946年，到上海，主编《文讯月刊》，出版有政治讽刺诗集《宝贝儿》《生命的零度》。新中国成立后，曾任中国作家协会书记处书记、《诗刊》主编等职。

在21世纪30年代，作为“农民诗人”，臧克家也创作了少量表现工人生活的诗作。《炭鬼》《洋车夫》《歇午工》被闻一多称为是臧克家的“最有意义的诗”。长诗《罪恶的黑手》(《文学》第2卷第1期)通过描写工人兴建教堂，一方面揭露、谴责帝国主义分子的文化侵略；另一方面刻画工人形象，反映工人命运，揭示工人精神。

臧克家还创作有描写煤矿工人的生活散文《炭鬼的世界》，发表在1931年1月7日《大公报·小公园》上。

张宝申(1944—2013)

山东宁津人，回族。1961年，毕业于北京永定工业学校。1958年，参加工作，历任618厂工人、中国评剧院一级编剧。1992年，加入中国作家协会。

1965年，在《北京文艺》《北京日报》等报刊开始发表文学作品。同年，出席北京市业余文艺积极分子代表大会，为北京市著名的工人作家之一。张宝申最初的创作以诗歌为主，兼写小说和散文，调入中国评剧院后以写剧本为主。

著有诗集《四月草》(与人合著，北京出版社1982年)、《彩色的爱》(北京十月文艺出版社1996年)、《岁月剪影》(作家出版社2009年)，散文集《艺文散记》(光明日报出版社2008年)，中短篇小说集《黑大侠情话》(宁夏人民出版社1989年)、《张宝申小说散文选》(华龄出版社2001年)，电视剧剧本《银河湾》《情恋万家》《陈州遗恨》《西部热土》等。

诗歌《厂区飞出早春的歌》(《北京文学》1981年第12期)获1981年北京文学奖，现代评剧《黑头儿与四大名蛋》(《新剧本》1990年第6期)获1991年中宣部“五个一工程”奖、文化部第二届文华新剧目奖和第六届全国优秀剧本创作奖。

张光年(1913—2002)

笔名光未然，湖北省光化县(今老河口市)人。20世纪30年代起，从事进步戏剧和文学活动。1935年，发表歌词《五月的鲜花》。1936年，在上海从事抗日救亡活动。1939年，奔赴延安，同年，创作了著名组诗《黄河大合唱》，经冼星海谱曲，广为传唱。1946年，进入华北解放区，先后在北方大学艺术学院、华北大学文艺学院主持教学工作。新中国成立后，一直在北京从事文艺工作，先后担任《剧本》《文艺报》主编，中国作家协会书记处书记、党组书记，中国作协副主席。

在文艺界担任领导工作期间，张光年重视工人诗歌创作和工人作家的培养，曾发表《我与首都工人业余作者们谈天》（《文艺报》1958年第18期）、《从工人诗歌看诗歌的民族形式问题》（《红旗》1959年第1期），并身体力行，创作了长篇叙事诗《英雄钻井队》（《诗刊》1977年9月号），描写和讴歌工人阶级。

张洁（1937—2022）

祖籍辽宁抚顺，生于北京。读小学和中学时爱好音乐和文艺。1960年，毕业于中国人民大学计划统计系，此后多年在工业部门工作。1961年，加入中国作协。1978年，开始发表小说，长篇小说《沉重的翅膀》获第二届茅盾文学奖，长篇小说《无字》获第六届茅盾文学奖。

《沉重的翅膀》作为张洁自己的第一部长篇小说，将描写和反映的领域深入新时期的工业改革。作品最初发表在1981年第4、5期的《十月》杂志，同年12月由人民文学出版社出版单行本，发表和出版后引起社会的广泛关注，被认为是中国反映“四化”建设、工业改革的第一部长篇小说。

张平（1954— ）

山西新绛人。1972年，参加工作，1978年，考入山西师范大学中文系，在二年级时开始尝试向各种刊物投稿。1981年，发表第一个短篇小说《祭妻》，1984年，发表的小说《姐姐》获得全国优秀短篇小说奖。1985年，加入中国作家协会。历任山西新绛县东街学校教师，山西临汾地区文联编辑、文艺科长，山西省文联《火花》副主编、创研室副主任，省电影家协会主席，省文联副主席，山西省作协主席，山西省副省长，中国作协副主席、中国文联副主席等。

著有长篇小说《血魂》（1986年）、《法撼汾西》（1993年）、《天网》（1993年）、《抉择》（1997年）、《十面埋伏》（1999年）、《凶犯》（2001年）、《红雪》（2001年）、《国家干部》（2004年）、《重新生活》（2018年）、《生死守护》（2020年）、《换届》（2023年）等。张平以创作政治小说和反腐小说著称，他也被誉为“反腐作家”。《抉择》在反腐的主题下，涉及华北最大纺织厂之一的中阳纺织品集团公司领导层的腐败问题，同时反映了工厂广大工人的生活，刻画了原明亮、范秀芝、王英烈、胡辉中、夏玉莲等典型工人形象，体现出较多的工业题材内容。《抉择》获第五届茅盾文学奖，由此改编的电影《生死抉择》获中宣部“五个一工程”特别奖。

张士敏（1935— ）

笔名士敏、思明，上海南汇人。1951年，参加海军，后在海校和测绘学校学习，毕业后从事海洋测绘工作。1958年，从部队转业至上海航道局工作，1960年2月，在《萌芽》上发表第一篇小说《在蔚蓝色的海面上》，反映的是海军战士艰辛的测绘生活。此后他又陆续发表了《力争上游》《在码头上》《到五指山去》《引水员》《在三峡航道上》，反映的是航道测绘活动或其他工业建设，刻画了独特的工人形象。

张士敏在“文化大革命”期间发表的《暗礁》《胸怀》《深度》《潜流》《标灯闪闪》《铁肩谱》等小说，受时代的影响和制约，不可避免地受到政治因素的绑架。他在“文化大革命”期间最重要的作品长篇小说《江水滔滔》（署名“杭涛”，上海人民出版社1974年），反映的是上海航道工人的斗争生活，曾被上海电影制片厂拍成同名电影。

“文化大革命”结束后，张士敏在新时期出版了多部中短篇小说集和长篇小说，显示出较高的创作活力，如《虎皮斑纹贝》（上海文艺出版社1983年）、《H号沉没之谜》（花城出版社1984年）、《处女海》（上海文艺出版社1986年）、《她在黎明前死去》（海峡文艺出版社1987年）……其中一些作品依然取材于作家所熟悉的航海生活，刻画了远洋海员、航测员等人物形象。

张守刚（1971— ）

打工诗人，重庆云阳人。1989年，初中毕业的张守刚开始了在异乡打工的生涯，去过湖北做砖瓦工，闯过内蒙古钻煤窑，后来回到家乡，在一家汽车配件厂做冲压工，一次因冲床失控，被切断了4个手指。后来他又来到广东中山继续当“打工仔”，担任过保安队队长、总务主管、行政经理、学校校长、杂志及内刊编辑、记者、企业管理咨询师、文化宣传策划等职务。2001年与同人创办《打工诗人报》。2009年任云阳作协常务副主席。现为云阳县作家协会主席。

1997年开始诗歌创作，诗作在《人民文学》《诗刊》《星星》《诗选刊》等刊物上发表。出版有个人诗集《工卡上的日历》（远方出版社2001年）、《徘徊在城市和乡村之间》（重庆大学出版社2010年）。还曾自印诗集《最初的啼血》《昨夜西风》《流浪的灯盏》《叩问灵魂》等。除了打工题材，张守刚将更多的诗歌的题材转向了乡音、乡情、乡土。

张天民(1933—2002)

河北涿县人。童年在农村度过，1946年到北平读书，1949年考入北京四中读高中，1951年在《光明日报》发表小说处女作《斗争》。1952年到中央电影局电影学校编剧班学习，1954年到文化部电影局电影剧本创作所工作，1956年到长春电影制片厂任编剧。

“文化大革命”爆发后，作为“漏网右派”，张天民被下放、改造、批判。1972年回到长影后，曾去大庆体验生活，他满怀对石油工人的深情创作了电影剧本《创业》，由长春电影制片厂拍摄完成。电影公映后曾产生广泛的社会影响，被誉为“一曲自力更生的高昂赞歌”。在电影拍摄之时，受中国青年出版社之约，张天民开始从事长篇小说《创业》的创作。粉碎“四人帮”后，张天民终于完成了《创业》的写作，1977年7月由中国青年出版社出版。

1977年，张天民还创作了反映大庆石油工业建设的短篇小说《“院士”》和《地质锤》。1979年3月创作了反映改革开放的短篇小说《早春》。著有小说集《青与蓝》（吉林人民出版社1983年8月）和《末流演员》（吉林人民出版社1979年12月）。

张伟明(1964—)

广东梅州人，现居深圳。1980年高中毕业，进入蕉岭县锰化厂当了一名工人。1987年来到深圳打工，曾干过铣工、质检员、化验员等工作。1990年发表短篇小说《下一站》（《特区文学》1990年第1期）、《我们INT》（《青年文学》1990年第2期），引起关注。1992年任《大鹏湾》杂志编辑，2000年任执行主编。1995年毕业于西北大学中文系。

2003年后历任深圳宝安文化馆创作调研室主任兼《宝安群文》执行主编、深圳作家协会理事、广东省文学院首届签约作家、广东省青年产业工人作家协会副主席。2021年加入中国作家协会，是中国“打工文学”的代表人物之一。

著有长篇小说《无所适从》（作家出版社1999年）、《草鞋岗》（中国文史出版社2005年），小说集《青春之旅——深圳打工仔映画》（海天出版社1992年）、《我是打工仔》（花城出版社1993年）。

张伟明笔下塑造了一些具有强烈自我意识的打工者形象，他们是千千万万打工者的代表。

张贤亮(1936—2014)

江苏南京人。1955年高中毕业，自愿到甘肃贺兰的农村工作，次年调到甘肃省干部文化学校当教员。1957年因发表《大风歌》一诗被错划为右派分子，受监管达22年。当过农场工人。

1977年获得平反，调任宁夏文联，任《朔方》杂志编辑。曾任宁夏文联主席、中国作协副主席。从1979年开始发表小说，短篇小说《灵与肉》1980年获全国优秀短篇小说奖，中篇小说《绿化树》获第三届全国优秀中篇小说奖。

张贤亮的少量作品涉及工业题材。短篇小说《肖尔布拉克》(《文汇月刊》1983年2月号）讲述的是汽车司机李世英的故事；中篇小说《浪漫的黑炮》(《文学家》1984年第2期）通过一个荒诞的故事，揭示了由于人们旧观念、旧习惯的作祟，给工厂经济建设带来的危害。

张秀珍（1944— ）

河北石家庄人。工人作家。出生在一个铁路职工家庭，因家庭经济困难，初中一年级没有念完，便进入工厂当了工人，过早担起家庭生活的重担，当过钳工、印染工、食堂管理人员、出纳、团干部、工会干部、厂广播室编辑。尽管生活艰难，但她不忘追求文学之梦，经过一次次退稿，1982年6月发表处女作《学问》，此后陆续有小说在《工人日报》《河北日报》《新港》《新地》等报刊发表。1985年，她考上了河北师范大学作家班，接受了两年较为系统的专业学习。1986年6月调入石家庄广播电台任编辑，1999年11月9日，她从市电台退休。2012年，创作完成了20万字的半自传体长篇小说《梦》，后改编成电影《孔梦》。出版有三卷本《张秀珍文集》（花山文艺出版社2016年）。

张学梦（1940— ）

河北丰润人。1957年初中毕业，考上了唐山市话剧团，写海报、拉大幕、画布景、搞音响、跑龙套。后来离开话剧团去了唐山市冶金矿山机械厂，先在工会做宣传工作，后到车间生产一线，再后来随着工厂减员，他又到了唐山市劳动局生产服务队。1973年，进入唐山机械制造厂，干过翻砂工、炉前工、木模工、质检员，搞过企业管理。1979年开始发表诗作，第一首诗就是发表在《诗刊》上的《现代化和我们自己》（1979年第5期），诗作开启了新时期文学呼唤中国的现代化之先声。此诗获得了1979—1980全国中青年优秀诗歌奖。1980年，张学梦有幸参加了首届“青春诗会”的学习。参加“青春诗会”和诗歌获奖后，由工厂调到唐山市文联，成为专业作家。1982年加入中国作家协会，曾任河北省作家协会第五届副主席。

著有诗集《现代化和我们自己》(江苏人民出版社1983年)，获全国1983—1984年优秀新诗集奖，与李思业合著出版了格言集《爱的格言》《爱情箴言》《人生妙语》，与郁葱、大解合著出版了诗集《人类诗篇》(作家出版社2005年)，与郁葱合著出版了诗集《祖国诗篇》(花山文艺出版社2009年)。

工业题材的诗作有:《致经济学家》《前进，二万万》《写给袖珍电子计算机》《化铁炉》《小铸造厂》《生产力之歌》等。

张英

生卒不详。当代工人作家。上海分马力电机厂工人，1953年开始发表作品。他的第一篇小说是《风雨之夜》，描写一个青年工人为了保护国家财产，放弃个人利益，参加厂里的防汛突击工作，情节较为简单。1958年“大跃进”期间创作数量明显增多，题材上比较集中、及时地反映和歌颂了史无前例的工业大跃进。代表性作品有《青年突击队》《上海的浪花——大跃进中一天的片断》《红色标兵》《五只电动机》等。在人物刻画方面，老年工人的英雄形象塑造成绩较为突出。

出版有小说集《老年突击队》(与人合著，新文艺出版社1958年)、《上海的浪花》(上海文艺出版社1961年)。

张知行(1933—1990)

当代工人作家，河北迁安人。1947年，参加中国人民解放军，1950年，进入天津一家纺织厂当工人，为了宣传厂里的先进事迹，写了一些新闻通讯，后于1956年，参加天津工人文学社，开始发表作品，主要创作短篇小说、散文、诗歌和报告文学。1956年，在《天津日报》文艺周刊发表第一篇小说。1958年，加入作协天津分会。

他的小说反映了工人中的先进人物和先进事迹，也反映了“大跃进”中工人中间进行的思想斗争。代表作《巧大姐》(《天津日报》1959年5月28日)塑造了一位劳动模范、被人称为“巧大姐”的织布工人李嫂的光辉形象。张知行的小说篇幅短小，反映的生活较为单纯，人物也较为透明。

出版有小说、散文集《巧大姐》(百花文艺出版社1959年)、《张知行文集》(上下)(天津社会科学院出版社2017年)。

张志彤（1934—2023）

原籍山东蓬莱，生于辽宁大连。1948年，参加中国人民解放军，在部队做文艺宣传工作。1950年冬，参加中国人民志愿军赴朝参战，1953年7月，回国。1956年，从部队转业到内蒙古自治区包头矿务局召沟煤矿，先后担任过安全检查员、采煤班长、矿党委秘书、宣传干事。1958年，开始业余创作，发表第一篇小说《走在前面的人》（《草原》1958年第7期）。以后陆续有作品在《上海文学》《山东文学》《人民日报》等报刊发表。1959年，加入作协内蒙古分会，次年出席中国文学艺术工作者第三次全国代表大会。1960年冬，入内蒙古大学文学艺术研究班学习，1965年，毕业后到内蒙古煤炭公司《矿工报》任编辑，1972年，调内蒙古人民出版社，任汉文文艺编辑室编辑、主任。1980年，加入中国作家协会，后调入内蒙古作协，任理论刊物编辑、《草原》月刊负责人，内蒙古文联党组成员、常务副主席等。

著有小说集《温暖的海》（内蒙古人民出版社1978年）、《张志彤小说选》（内蒙古人民出版社1986年）。

张志彤作品的内容，主要是反映煤矿工人的生活、劳动和斗争。

赵天山（1954— ）

祖籍河北，自幼随父去克拉玛依油田，参加工作后当过油田工人、自治区报社记者。20世纪80年代进入辽河油田，任《辽河石油报》记者。其后他离开石油系统进入政府部门，先后任辽宁省委秘书、省文化厅剧目室副主任、辽宁省作协理事等职。

早年他以诗歌创作为主，1987年参加第七届“青春诗会”，出版有诗集《天之山》（华艺出版社1989年），后来开始从事小说和话剧创作。中篇小说《西圣地》（《十月》1990年第6期）获第六届“十月优秀文学奖”；与人合著的长篇小说《西圣地》（国际文化出版公司2006年）讲述新中国第一代石油人的感人故事，获首届中华铁人文学奖；他与林和平编剧的电视连续剧《西圣地》获中宣部“五个一工程”奖、第27届“飞天”优秀剧目一等奖；与人合著的话剧《红红的月亮 黑的血》反映石油女工的生活，由辽宁人民艺术剧院上演，获东北第二届话剧金奖。

赵自（1924— ）

原名赵家璥，浙江余姚人。小时随父亲来到上海生活。1947年在大学读书时参加过学生运动和工人运动，并以小河的笔名发表杂文和短篇小说。1948年在南通纺织学院毕业后到苏北解放区。

上海解放后任《劳动报》编委、《萌芽》编委，中国作协上海分会理事。1956年，加入中国作家协会。1976年10月后，先后在上海人民出版社编辑室、《上海文艺》编辑部工作。

传记《不死的王孝和》（与柯蓝合著，劳动出版社1950年）描写上海电力公司工人王孝和烈士成长的过程及就义的经过；短篇小说集《红浪花》（上海文艺出版社1958年）中的五篇作品反映了各个历史时期上海工人斗争的侧面；短篇小说集《在船台上》（上海文艺出版社1962年）则大多是反映造船工人生活的作品。此外还有儿童读物《奔驰在白云间》（少年儿童出版社1956年）。进入新时期后出版有小说集《第二双眼睛》（上海文艺出版社1985年）。

郑成义（1928—2023）

浙江淳安人。1949年，于杭州高级工业职工学校毕业，进入上海达丰印染厂当了一名工人，后升为技术员、车间主任。在工厂先是办黑板报，后担任报纸的通讯员，开始写作，1952年，开始发表作品，诗作发表在上海的一些报刊上，他的诗中歌颂了工人生活的变化，歌颂了新上海的成长。《瀑布》一首（《文艺月报》1955年第5期）曾经广为流传。1956年春，赴京参加全国青年创作者大会。1959年，加入中国作家协会，曾任作协上海分会理事和诗歌组干事。1966年5月，调作家协会上海分会《萌芽》编辑部任诗歌编辑。1971年，上海作协停止活动后仍回原厂。1979年，参加中国文学艺术工作者第四次代表大会。

主要著作有：与福庚的诗歌合集《上海组诗》（中国青年出版社1956年）、《烟囱下的短歌》（作家出版社1958年）、《河山春色》（新文艺出版社1958年），个人诗集《喜报》（新文艺出版社1956年）、《鼓点集》（上海文化出版社 1958年）、《万弦琴》（宁夏人民出版社1984年）、《湖岛》（上海文艺出版社1986年）、《外滩的贝壳》（学林出版社1987年）《雨中迷楼》（百家出版社1993年）。代表作有《布上鲜花朵朵开》《红色厂谱》。

郑万隆（1944— ）

祖籍河北省安次县，生于黑龙江瑷珲。1951年到北京上学。1963年，毕业于北京化工学校，到北京农药厂工作。同年，在《北京晚报》发表处女作诗歌《香飘京城》。在北京农药厂工作十年，历任北京农药一厂技术员、车间主任。1973年、1974年先后发表小说《一个心眼》（《北京文艺》1973年第3期）、《风雪河湾》（《北京文艺》

1974年第2期），北京人民出版社1973年11月出版的短篇小说集《火花》收录了郑万隆的小说《代理班长》。1974年，调北京出版社工作，先后任文艺编辑室编辑、副主任，《十月》杂志副主编，副编审。1980年，加入中国作家协会，曾任北京作协理事，中国作协第五届、第六届全委会委员。

著有长篇小说《响水湾》（北京人民出版社1976年）、《同龄人》（春风文艺出版社1983年）、《纸鸟》（中国青年出版社1990年）、《渴望》（与李晓明合作，北京十月文艺出版社1991年），中短篇小说集《红叶在山那边》（四川人民出版社1983年）、《当代青年三部曲》（人民文学出版社1984年）、《明天行动》（工人出版社1985年）、《有人敲门》（春风文艺出版社1986年）、《生命的图腾》（中国文联出版公司1986年）等。后主要致力于电影、电视剧的编剧、策划，创作、策划电影《北京人》《和你在一起》，电视剧《渴望》《雷雨》《不要和陌生人说话》《铁齿铜牙纪晓岚》《搭错车》《京华烟云》《麻辣婆媳》《子夜》《王熙凤》等。

由于有十年工厂工作的经历，郑万隆的小说在反映当代青年生活时，多涉及工厂和工人生活。如《当代青年三部曲》，全书围绕着青年女工李晖，描写了一群20世纪80年代青年人的形象。有的作品直接就是工业题材，如短篇小说《车间主任和他的儿子》（《新港》1980年8月号）。

郑小琼（1980— ）

四川南充人。1995年，初中毕业的郑小琼考入南充卫校，1999年毕业，未能进入正规医院当护士，在私营医院里当过一段护士后，为了还清上学时欠下的债务，2001年从四川来到广东打工。她进过鞋厂、家具厂、毛织厂、玩具厂等，几经辗转，在广东东莞黄麻岭一家五金工厂站住脚，当了一名流水线工人。为了抒发情感，同年，她开始写诗，第一首短诗《荷》发表在东莞大岭山镇报《大岭山报》上，后来诗作逐渐刊发在《东莞日报》以及更大的刊物上。2004年，她的诗歌《挣扎》《人行天桥》一度在网上大受追捧，受到关注。2005年，受邀参加《诗刊》社在新疆召开的第21届“青春诗会”。2007年，组诗《黄麻岭》（《诗刊》2007 年第13期）获得东莞年度诗歌奖。同年，以散文《铁·塑料厂》（《人民文学》2007年第5期）获得人民文学奖“新浪潮”散文奖。2008年当选广东省人大代表，调入广东省作协，在《作品》杂志社编辑部工作，历任编辑、副主编、副社长。组诗《珍珠》获中国作家协会《诗刊》2020年度陈子昂诗歌奖。

郑小琼的诗歌被称为工业题材诗歌、打工诗歌，她本人被称为“打工诗人”。已出版的诗集有《黄麻岭》（长征出版社2006年）、《两个村庄》（大众文艺出版社2007年）、《暗夜》（大众文艺出版社

2008年)、《郑小琼诗选》(花城出版社2008年)、《散落在机台上的诗》(中国社会出版社2009年)、《纯种植物》(花城出版社2011年)、《女工记》(花城出版社2012年)、《玫瑰庄园》(花城出版社2016年)、《郑小琼的诗》(阳光出版社2020年)等。其中《女工记》被誉为“中国诗歌史上第一部关于女性、劳动与资本的交响诗”。还出版有散文集《夜晚的深度》(大众文艺出版社2006年)。

郑执(1987—)

辽宁沈阳人。2006年，还在高三的他刚参加完高考，就开始在网上连载校园小说《我们是不是很无聊》，次年，易名为《浮》，由作家出版社出版。这是郑执出版的第一部长篇小说。2010年，又出版了自己的第二部长篇小说《别去那个镇》(作家出版社)。

郑执来到香港，进入香港浸会大学读书。读书期间父亲病故，郑执被迫休学回家，陪父亲走完生命里最后的日子，后又在家陪伴了母亲一段时间，然后回到学校，靠贷款完成了学业。2012年，郑执大学毕业，做过杂志编辑。他以父亲为原型创作了长篇小说《我只在乎你》(作家出版社2013年)。后来一家影视公司向他购买了《我只在乎你》的影视版权，郑执用这笔钱还清了债务。

2014年，郑执离开香港，曾去台湾短暂生活，2015年，离开台湾回到内地投身编剧行业，同时从事小说创作。

2017年，郑执出版了长篇悬疑小说《生吞》(浙江文艺出版社2017年)，引起人们关注。2018年，他又凭借短篇小说《仙症》获得了“鲤·匿名作家计划”首奖。郑执与双雪涛、班宇被评论界称为“铁西三剑客”。

除前面提及的著作外，郑执还出版有小说集《我在时间尽头等你》(江苏凤凰文艺出版社2016年)、《仙症》(北京日报出版社2020年)，散文集《从此学会隐藏忧伤》(江苏凤凰文艺出版社2015年)。

郑执作为“铁西三剑客”中年龄最小、创作生涯最久的作家，其小说大多以“子一代”的视角讲述父辈故事，通过讲述父辈的故事，以20世纪90年代工人“下岗潮”为背景，描写了东北底层人的生存困境，塑造了许多下岗工人，特别是“下岗父亲”的形象。

中杰英(1934—2018)

广东梅县(今梅州市)人，生于广东韶关。1949年，曾参加土改工作队文工团。1951年，考入清华大学，1955年，毕业留校执教。1957年，因发表《为历史辩护》等杂文被打成右派。1958年，被赶出校门，下放劳动改造，在工厂、矿山、农村、工地从事体力劳动，干过二十多个工种。1972年，中杰英被摘掉了右派帽子，恢复工资，开始在北京建筑行业工作。粉碎“四人帮”后的1979年，他开始转向文学创作，小说《罗浮山血泪祭》(《十月》1979年第2期)获得了1979年全国优秀小说奖。受当时话剧创作非常活跃的感染，本来对戏剧就有着浓厚兴趣的中杰英开始尝试话剧创作。他创作的第一个话剧《灰色王国的黎明》由中央实验话剧院搬上舞台，并荣获1981年全国优秀剧本奖，中杰英也因此调入中央实验话剧院任编剧。之后，中杰英又创作了《哥儿们折腾记》(1982年)、《哥儿们发财记》(1985年)以工人为主角的写“哥儿们”的戏，搬上舞台后反响也都非常大，并由长春电影制片厂改编拍摄成同名电影。此外还创作有四幕话剧《吴老九沉浮记》(1984年)。20世纪90年代，中杰英还创作了反映北京市民生活的《北京大爷》(1995年)和电影文学剧本《山河交响乐》(1997年)。出版有《中杰英小说选》(北京出版社1984年)、《哥儿们折腾记——中杰英剧作选》(江西人民出版社1988年)。

周而复(1914—2004)

原名周祖式。原籍安徽旌德，长于南京。1933年，入上海光华大学英文系学习，1938年夏毕业，同年，到延安。1939年，赴晋察冀边区，参加敌后抗日斗争。1944年冬，调重庆《新华日报》社工作。1946年，任中共南方局文化工作委员会委员、副书记。新中国成立后，长期在中共中央华东局统战部和中共上海市委统战部担任领导工作，后调北京工作，曾任中国人民对外文化协会副会长、中日友好协会副会长、文化部副部长等职。

周而复从20世纪30年代开始文学创作，作品丰富。主要作品有长篇小说《白求恩大夫》(上海知识出版社1949年)、《上海的早晨》、《长城万里图》(人民文学出版社1994年)，其中《长城万里图》获中宣部“五个一工程”文学奖。

《上海的早晨》共分四卷(第一卷人民文学出版社1958年，第二卷作家出版社1962年，第三卷、第四卷人民文学出版社1980年)，作品以20世纪50年代对资本主义工商业进行社会主义改造为背景，描写了上海沪江纱厂总经理徐义德等资本家在接受改造过程中的不同心态和不同倾向，同时揭示了资本家与工人之间的矛盾冲突。

周钢鸣（1909—1981）

原名周刚明，广西罗城人。1925年，参加国民革命军，1926年，随军北伐，在军队中接触了新文学作品，1929年，自动脱离军队，到上海谋生，1932年，加入“左联”外围文艺团体，从事左翼文化运动。1933年，加入“左联”，1935年，为左翼剧联党团成员，从事宣传工作、工人戏剧及救亡歌曲运动，创作了《救亡进行曲》歌词，经人谱曲广为传唱。1937年7月，抗日战争爆发，在夏衍主编的《救亡日报》当记者，写了上海“八一三”抗战和当时上海纱厂的工人运动的报道，后来结集为报告文学集《摇班到烽火》（离骚出版社1938年）。上海沦陷后，随《救亡日报》辗转广州和桂林。抗战胜利后到香港，负责香港九龙文学界协会工作，编辑《文艺丛刊》。新中国成立以后，在广西、广东文联、文化局及作协担任行政领导工作，曾任广东省文联及作协分会副主席。

周嘉俊（1934— ）

当代工人作家，原籍浙江镇海。作为一名普通工人，在新中国成立后得以进入夜校学习，在各方面的帮助和鼓励下，于20世纪50年代开始文学创作，把发生在工厂里的新鲜事，写成诗和小说，歌唱伟大的工人阶级的光辉业绩，歌颂祖国社会主义建设，同时表达自己对党和新社会的热爱之情。先后出版有小说、散文集《上海——伦敦》（上海文化出版社1958年）、《包身工的后代》（上海文艺出版社1959年）、《初航》（作家出版社1965年）。“文化大革命”中出版长篇小说《山风》（上海人民出版社1975年），反映上海知识青年农业学大寨的生活。“文化大革命”后笔耕不辍，《独特的旋律》获1979年全国优秀短篇小说奖，并出版有中篇小说集《下马部长》（黑龙江人民出版社1982年）、报告文学集《在宝钢的日子》（文汇出版社2003年）。

周立波（1908—1979）

原名周绍仪，湖南益阳人。“立波”是作者20世纪30年代在上海从事革命文学活动时常用的一个笔名。曾在湖南长沙省立一中和上海劳动大学读书。1932年2月，因参加罢工被国民党逮捕判刑。1934年，刑满出狱，同年9月，在上海参加“左联”。抗战全面爆发后，先在湖北、湖南、广西等地从事救亡工作，1939年12月，到延安，在鲁迅艺术学院任职。1942年，参加延安文艺座谈会。抗战胜利后于1946年冬，到东北参加土地改革运动。1947年起从事专业创作。新中国成立后，参加了《中国人民的胜利》《解放了的中国》两部影片的编摄工作。1955年，回故乡落户，曾任湖南省文联主席兼党组书记。

周立波的文学活动开始于“左联”时期，除从事编辑工作外，还写散文、文艺论文，并从事文学翻译工作，他翻译了肖洛霍夫的《被开垦的处女地》第一部和捷克作家基希的报告文学《秘密的中国》。在20世纪40年代，他最有影响的作品是长篇小说《暴风骤雨》（东北书店1948年），作品主要反映东北地区土地改革斗争，曾荣获斯大林文艺奖金三等奖。20世纪50年代，他完成反映新中国成立初期工业建设的长篇小说《铁水奔流》（作家出版社1958年），同时创作了反映农业合作化的长篇小说《山乡巨变》（作家出版社1958年）。还出版有短篇小说集《铁门里》（工人出版社1955年）、《禾场上》（上海文艺出版社1960年）等。进入新时期后创作热情不减，短篇小说《湘江一夜》（《人民文学》1978年第7期）荣获1978年度全国优秀短篇小说。

周力军（1959— ）

原籍湖南浏阳，生于北京，长在贵州遵义。1983年，毕业于西南交通大学运输系，分配至煤炭部邯邢煤矿设计院工作，从事工程设计。后在法律杂志当过记者、编辑部主任、常务副总编；闯过海南，办过公司。1978年，开始发表作品。2003年，加入中国作家协会。现任河北省文学艺术研究会会长。

编剧工业题材电影《苏醒》《那时风华》。

周良思（1933—）

原名于炳坤，江苏金坛人。1949年，参加解放军，后转业至上海市房管局。1958年，开始文学创作，在《上海文学》《萌芽》上发表散文、特写。20世纪60年代初，与人合作，共同执笔创作电影文学剧本《大浪淘沙》，由珠江电影制片厂拍摄完成。1965年，进上海戏剧学院编剧班学习，1968年毕业。“文化大革命”期间，周良思受到冲击，全家被赶出上海，到梅山铁矿劳动改造，做过运输工、养路工，还到过200米深的地下挖矿。这段经历成为他日后创作长篇小说《飞雪迎春》的重要素材。1972年，出版长篇小说《飞雪迎春》（上海人民出版社1972年）。作品反映60年代矿工生产、生活，通过湖影山铁矿的阶级斗争、路线斗争展开了波澜壮阔的大生产画面，塑造了新的一代工人阶级的英雄形象。

历任《上海文学》编辑部小说组副组长，上海文学艺术院副编审，上海市作家协会第五届、第六届理事。

除《大浪淘沙》《飞雪迎春》外，还著有长篇小说《黑色的漩涡》（江苏文艺出版社1986年）、《多情的泥淖》（海峡文艺出版社1987年），中短篇小说集《云层里闪出星光》（四川人民出版社1984年），电影文学剧本《英雄与罪人》《野外的红牵牛》等。

周梅森（1956— ）

出生于江苏扬州，1956年，随转业的父母来到徐州。1970年起，先在徐州韩桥煤矿半工半读，后正式分配在煤矿工作，作为一名矿工，在煤矿工作长达十年之久。15岁时写就一部题为“煤乡怒火”的长篇小说，未能发表和出版，但似乎已经预示未来在写作上与煤矿结缘。1978年，发表短篇小说处女作《老书记的西凤酒》，随后相继发表小说多篇，1980年，调入《青春》杂志社任小说编辑。1983年，发表中篇小说《沉沦的土地》，在文坛引起反响，1985年，调入江苏省作家协会，成为专业作家。这一时期的主要作品是被合称为《历史·土地·人》的反映煤矿发展历史的系列中篇小说《喧嚣的旷野》《沉沦的土地》《崛起的群山》《庄严的毁灭》《黑色的太阳》和长篇小说《黑坟》。20世纪80年代末，周梅森投身商海，先后从事房地产开发和证券投资。1995年，回归文坛，下海后新的生活经验和遭遇，触发了作家对复杂现实的感慨，小说创作出现了转轨，从发掘历史转向描绘当代现实，创作了长篇小说《人间正道》等反映现实的小说。2022年，出版现实主义题材长篇小说《大博弈》，作品围绕一家拥有百年历史的老厂展开，讲述了孙和平等一批敢想敢干的企业家勇于拼搏亮剑的故事，书写了时代浪潮下的中国工业制造。现为江苏省作家协会副主席、中国作家协会全国委员会委员、主席团成员。

周梅森创作内容十分丰富，主要著作有长篇小说《黑坟》（浙江文艺出版社1987年）、《重轭》（花城出版社1990年）、《人间正道》（人民文学出版社1996年）、《天下财富》（人民文学出版社1998年）、《天下大势》（上海文艺出版社2003年）、《我主沉浮》（作家出版社2004年）、《我本英雄》（作家出版社2005年）、《梦想与疯狂》（作家出版社2009年）、《人民的名义》（北京十月文艺出版社2017年）、《人民的财产》（作家出版社2021年）、《大博弈》（作家出版社2022年）。

除小说创作外，还担任了多部电视剧的编剧。

宗福先（1947— ）

祖籍江苏常熟，生于重庆。1968年，中学毕业后进上海热处理厂当了工人。1973年，开始文艺创作，次年，参加上海市工人文化宫业余话剧创作学习班学习。1978年，创作话剧剧本《于无声处》，获文化部、全国总工会特别嘉奖。1980年，调到上海市工人文化宫，从事创作与群众文艺工作。同年，与贺国甫共同创作反映工业改革的优秀话剧《血，总是热的》（《剧本》1980年第12期），获第一届全国优秀话剧剧本奖。1985年，调到上海市作家协会工作。后又创作话剧《传呼电话》（《剧本》1987年第2期），电影文学剧本《血，总是热的》（与贺国甫合作，《电影剧作》1982年第2期）、《桥》（《钟山》1988年第2期）、《意外事故》（《中外电影》1989年第3期）、《鸦片战争》（与他人合作，《当代电影》1997年第4期）、《高考1977》等。2005年，再次与贺国甫联手，创作了《谁主沉浮——道拉斯先生到来之前》（《上海文学》2005年第5期）。

曾任中国作家协会第四届至第八届理事、全委会委员，2007年，获得文化部话剧一百年“优秀话剧艺术工作者”荣誉称号。

邹荻帆（1917—1995）

湖北省天门人，当代诗人和翻译家出生于一个以木工为业的小市民家庭，从小与木工、木具为伴，对木工生活十分熟悉。1936年至1938年，在湖北省立师范学校学习。1937年，在《文学》第8卷第1号“新诗专号”上发表处女作《做棺材的人》，反映木工的生活和命运。同年发表叙事长诗《没有翅膀的人们》（《中流》第2卷第8期）。抗战爆发后从事救亡宣传工作。1940年，邹荻帆创作、出版了长诗《木厂》（文化生活出版社1940年），是新诗史上第一部反映农村木工命运的长诗。1940年以后，曾在重庆、香港等地从事进步文化工作。新中国成立后，历任对外文化联络局办公室主任、中国作家协会外事委员会委员、《文艺报》编辑部主任、《诗刊》主编等职。

著有诗集《在天门》（1938年）、《木厂》（1940年）、《意志的赌徒》（1942年）、《青空与林》（1942年）、《雪与村庄》（1943年）、《噩梦备忘录》（1948年）、《跨过》（1949年）、《总攻击令》（1949年）、《走向北方》（1953年）、《祖国抒情诗》（1957年）、《金塔一样的麦穗》（1958年）、《风驰电闪》（1959年）、《都门的抒情》（1962年）、《如果没有花朵》（1981年）、《布谷鸟与紫丁香》（1982年）、《邹荻帆抒情诗》（1983年）、《西柏林小夜曲》（1985年）、《浪漫曲》（1986年）等，此外还有长篇小说《大风歌》（作家出版社1964年）。

邹元辉（1970— ）

浙江宁波人。1988年技校毕业后，进入中国石化镇海炼化分公司，成了装置的一线操作工，凭借出色的工作能力，1995年初，邹元辉成为当时车间最年轻的操作工班长。1997年，邹元辉因过度劳累患重症肝炎被送进医院抢救，出院后被调整到装置辅助岗位。2000年邹元辉开始尝试写作，并有作品发表。2017年成为中国作家协会会员。现任中国石化作家协会副秘书长。

邹元辉的文学创作是从历史小说开始的，2011年、2016年，他先后出版《雄镇海战》《水师管带》。后来，邹元辉开始转入工业题材小说创作，以“工业亲历者”的身份书写工业故事，实现工业文学与企业文学的有机融合，并最终成为一名工业文学作家。

长篇小说《历程》（2018年）及其姊妹篇《涅槃》（2021年）是作家进行“大工业文学”写作的创作尝试，在描绘企业改制的小说创作中，作品聚焦企业从“改出来”走向“强起来”，基于“改革再出发”展开文学叙事。

作为“中国石油化工史诗”系列，邹元辉目前已经完成第一部和第二部。第一部长篇小说《启航》出版于2022年，讲述主人公李阿牛从一个小铁匠成长为我党工业战线领导者的历程。第二部《远航》（2023年）延续了首部《启航》的写作方式，讲述了李阿牛等工业战线小人物的工作生活经历，着重展现新中国成立初期工业立国奋斗征程的筚路蓝缕。

第三部《领航》正在筹划中。

著名工业文学作家作品研究资料

作品研究

论《红旗歌》

周　扬

《红旗歌》在北京、天津、上海、南京、重庆、兰州等城市陆续演出，受到了广大观众的热烈欢迎，特别是工人们的欢迎。在上海已连演一百四十八场，现在还在继续；在南京的演出也突破了从来该地话剧卖座的纪录。

这个剧本的成功，是偶然的吗？

对于这个剧本，不只根据它的演出效果，而主要地根据剧本本身思想艺术价值的具体分析，作出一个比较恰当和正确的评价，是必要的。特别是因为关于这个剧本已有各种不同的批评的意见，有些批评的意见是不恰当、不正确的，对它作一比较恰当和正确的评价，就更有必要了。

必须肯定，《红旗歌》是一个好剧本。它之所以好，就在于：它是第一个描写工人生产的剧本；它用艺术的力量，表扬了工人在生产竞赛中的高度劳动热情，批评了工人中的落后分子，也批评了某些积极分子对待落后工人不去耐心团结教育而只是讥讽打击的那种不正确的态度；表扬了行政管理上的民主作风，批评了官僚主义、命令主义的作风。这一切都通过了活生生的个性的描写。作者在人物性格的雕塑与语言的运用上显示了优秀的才能。这就是为什么这个剧本具有教育人、感动人的力量；不管它还有某些缺点甚至比较严重的缺点，我们都要给予这剧本以较高的评价。

剧本的故事是发生在人民解放战争转入胜利进攻，人民革命领导力量开始从农村进入城市的时候。我们进入城市第一个遇到的重要问题就是如何依靠工人，恢复与发展工业生产，学会管理工业。在这个问题上，我们曾不得不克服一个特殊的困难，就是由于我们党自一九二七年大革命失败以后，退入农村，在农村坚持斗争二十年之久，在这二十年当中敌人一直占据了城市，因而造成了共产党与自己的阶级——工人阶级长期隔离的状态，以致我们胜利回到城市的时候，不但许多工人受了敌人长期欺骗宣传的影响，对自己的政党不能立刻认识；同时我们的许多干部，他们大都是农民出身或是长期在农村斗争过来的，对于自己的阶级群众、城市产业工人也一度发生了生疏的、“格格不入”的感觉。许多干部曾经缺乏明确的“依靠工人阶级”的思想，而如果这个根本思想、根本立场不建立起来的话，我们是没有办法恢复与发展工业生产，把工业管理好的。这种思想上的模糊，受到了党的及时的提醒。解放以后，工人阶级在生产战线上所表现的高度的自觉性和积极性，及他们所创造的各种模范事迹，充分表现了中国工人阶级的伟大，同时也大大加强了我们许多干部的“依靠工人阶级”的思想。

《红旗歌》第一次把工人在生产竞赛中所表现的高度的劳动热情及在生产竞赛中所发生的问题搬到了舞台上。

剧本一开幕就展开了生产竞赛的热烈的场面。女工们完全卷入红旗竞赛的热潮中了。当细纱组生产组长也是工会分会主任的老刘说：

> ……这些小闺女们哪，看着那红旗比命还值重哪！
>
> 一个女工马上答嘴：
>
> ……我们自个儿为了积极生产，发动的竞赛，自个儿流汗争来的红旗，为什么不值重呵！

这些女工们为了争取红旗，饭不吃、水不喝地干着活。正如老刘所说的：“……半年以前没解放的时候，她们做梦也没想到过会这么痛快，也没想到这辈子还有这么大心劲儿来干活！”工人们一经解放，他们的政治觉悟就很快得到启发和提高；他们蕴藏的劳动的创造的热情和精力就会像源源不绝的泉水一样喷射出来，他们凭着这股劲儿就能够改变世界的面貌，创造出历史的奇迹。在竞赛中涌现了大批积极分子，他们和落后分子划分了显明的界限。一切工人，前进的和落后的，都将在竞赛中受到严格的考验。

下面是一个年幼的积极分子仙妮和一个同样年幼的但是盲从的落后分子小美姑之间的一段有趣的对话：

> 仙　……这会儿工厂是咱们自个儿的啦，为咱自个干活儿，积极生产，支援前线，得了红旗多光荣呵！
>
> 小　光荣？——光荣也吃不的，也喝不的，有什么用呵！
>
> 仙　多劳多得，你不知道吗？得红旗多了，到年底还发奖金哪！
>
> 小　到年底还有好几个月哪，谁知道到时候发不发呀？——你们没听我芬姐说呀，反正这会儿我们知道得了红旗也不多挣一斤小米儿，不得红旗也不少拿半张票儿，光图干活儿紧哪？——我们才不当那傻瓜蛋哪！

对于红旗的何等不同的看法呵！在这里就显示了工人中的积极分子与落后分子的全然不同的政治态度与劳动态度。一个把工厂看成自己的，把得红旗看成顶光荣的事，一个仍然以过去工人对待私人厂主的态度对待国家工厂，仍然抱着多挣钱、少做活的老主意，换句话说，就是一个已经开始有了主人翁的感觉，一个则还根本没有这种感觉；她仍然保持着旧的习惯和旧的思想。

作者在这里作了一个戏剧性的安排：两个小鬼的吵嘴不过是积极分子与落后分子两方面的一个前哨战罢了，接着登场的是双方的“两员大将”，被称为“瞎积极”的张大梅与被称为“马蜂窝”的马芬姐，她们围绕红旗竞赛展开了一连串的斗争，成为剧本的中心纠葛。作者从始到终贯串了这样一个思想：就是工人中的前进分子必须耐心地去团结、争取与教育落后的分子。

所谓“依靠工人阶级”，是什么意思呢？主要就是依靠工人的觉悟性与组织性。对于工人中的落后分子必须启发他的政治觉悟，鼓励他的劳动热情。对于已经有了觉悟的工人中的积极分子必须进一步提高他的觉悟程度，提高他在生产劳动中的团结互助精神。

剧中作为落后工人的突出的代表的，是被积极分子骂为“顽固堡垒”的马芬姐。马芬姐是怎样一个人呢？据作者的介绍，她是“一个被旧世界的剥削、压榨、凌辱所歪曲了的性格”。她在日寇和国民党统治时期曾两次毫无理由地被开除，因此她给工厂记下了“大仇”。解放了，但在她看来，“今天解放啦，…… 可是工人还不是穷工人，助理员还不是助理员，人家还不是把咱当成拉套的牲口？！”特别是对于那位解放前开除过她，解放后还是那样看不起工人的助理员万国英，她一直记着仇。她完全用旧的眼光来看解放后的工厂和管工人员。“没有哪一回厂里不是向着管工的，还能向着咱们穷工人？！”对于竞赛，她自然是反对的。“什么竞赛、红旗，还不是哄你们多干活儿？！”在竞赛的群众热潮中，她感到了孤立。“竞赛才不过两个星期，总共也只有二十天，就让你们弄的我站没站处，立没立处，没处藏，也没处躲？！ …… 你们把我当成大粪车子似的，谁见了谁恨，走到哪儿哪儿臭？！”在这种情况下，她就越发旷工、跑车，甚至扔白花，直到最后扔下围腰、证章，走出工厂。

马芬姐这样的人物是现实的吗？不管作者对于这个人物的孤僻倔强的个性的过分渲染，这个人物的落后思想心理是有它的社会根源的，是有它的一定的代表性的。工人与厂主历来是处于一种压迫与被压迫、剥削与被剥削的关系。职员虽然属于工人阶级的一部分，但由于他们工作职务、生活条件、思想意识与工人不同，因此工人与职员，特别是一些比较更接近资本家的上层职员之间，在过去也常常处于一种对立的关系。原来属于官僚资本家的工厂，现在属于人民的国家所有了，因而工人与工厂的关系发生了根本的变化：“工厂是工人自己的了。”但是要使每个工人意识并且适应这个变化，这就需要他在思想上认识工人是国家的领导阶级，并且根据他亲身的经验来达到这个认识。工人与职员的关系也要经过一番团结的努力才能获得协调。萧殷同志在评《红旗歌》的文章（载《文艺报》第十一期）中，认为像马芬姐那样“在旧社会里被压迫得深重的工人”，“应该很容易接受新社会的思想，很容易理解新社会与旧社会在本质上的不同”。他怀疑在解放了半年以后的工厂，还会有像马芬姐这样“顽固”“落后”的性格存在的可能，因此他觉得“马芬姐这个人物是不现实的，是缺乏社会基础的”。“应该”是一回事，“可能”又是一回事。在解放不过半年时间、工人的政治觉悟还没有普遍提高、工人物质福利还没有根本改善的情况下，工人中有像马芬姐这样“顽固”“落后”的思想是完全可能的、现实的，并不奇怪的。就在今天也还是如此。

认识新社会与旧社会的本质的不同（不是表面上的不同），并不是像萧殷同志所说的那样一件容易的事。不错，马芬姐在旧社会受过压迫，反抗过；但那不过是一种个人的无政府主义式的反抗。对旧社会的这种反抗，到了新社会就不完全合拍了，有时反成为个人与新社会结合的障碍。这样的情形是常见的。认识和适应新社会，是需要一个过程的。对于旧社会所遗留给人民的坏习惯和坏思想，我们必须有足够的估计，用长期教育的工作去改变它们。蔡天心同志在《〈红旗歌〉的主题思想》一文（载同期《文艺报》）中，也同样忽视了旧社会遗留给广大人民思想上的坏影响。他说：“旧社会，工人阶级在统治者的残酷压迫之下，为了反抗，工人也学会运用自己的力量和智慧反对统治阶级，怠工、破坏，但一般的都是团结一心，而不是工人们彼此互相倾轧、诬陷。就是最没有觉悟的工人，也还讲一些义气，而不肯做损人利己的事。只有少数沾染了剥削阶级意识的流氓工人，才专门诬陷别人，而这样人也大都是统治者的狗腿子。”在这里，蔡天心同志只看到了大工业的发展与工人阶级的利害一致，促使工人团结了起来，但他没有看到旧社会的各种统治者如何用收买、分化等方法来破坏工人的团结；工人中的行帮、宗派，对于工人的团结发生了多么有害的影响。一百年以前，《共产党宣言》中提出的“全世界无产者，联合起来！”的口号，今天还是全世界工人阶级共同奋斗的目标。因为民族的、地域的、宗教的、政治的种种原因而被分裂了的全世界工人阶级要在共同的政治方向下通过各种具体行动而日益扩大地团结起来，这是一个世界历史性的伟大的任务。如果工人已经“团结一心”了，那还用得着工人阶级的先锋队——共产党用极大的努力在广大工人群众中间去进行团结工作和教育工作吗？难怪在蔡天心同志看来，马芬姐既然那么落后，不，简直是“无法无天”，对于她就应当实行“组织处分与纪律制裁”，而不应当那么委曲求全地去团结和争取她；他认为这种团结是毫无原则的。他以我们所要求于一个共产党员的组织性纪律性来要求一个落后工人，因而对她做出无情的判决。对于这个人物的这种处理方法，无论从艺术上或实际上说，难道是正确的吗？

工人阶级要团结和领导全国人民必须首先自己团结一致。积极分子应当成为团结的骨干。但是积极分子最容易犯的毛病却恰好是个人突出、脱离群众；而这种毛病在竞赛中就特别容易显露出来。大梅就是这样一个典型的代表者。美兰的本位主义不过是这种个人英雄主义的另一种表现罢了。因此在生产竞赛中必须强调个人模范与集体模范相结合，先进的帮助落后的，英雄带动大家，这才是真正新的集体主义的英雄主义。一切个人突出、骄傲自大、本位主义等，也都是旧社会所遗留给我们的坏习惯和坏思想。剧本中对张大梅这个人物给予了适当的批评，是完全必要的，有教育意义的。

毛主席在《论人民民主专政》中说：

> 人民……用民主的方法，教育自己和改造自己，使自己脱离内外反动派的影响（这个影响现在还是很大的，并将在长时期内存在着，不能很快地消灭），改造自己从旧社会得来的坏习惯和坏思想，不使自己走入反动派指引的错误路上去，并继续前进，向着社会主义社会和共产主义社会发展。

在这里，毛主席明确指示了：第一，必须充分估计，反动统治者所给予人民思想上的坏影响是很大的，并将长期存在着；第二，人民教育自己和改造自己，必须采用民主的方法。

要启发和提高工人的自觉性、积极性，主要关键就在管理民主化；工厂管理人员在工作中要走群众路线，要有民主作风。《红旗歌》表现了工人在生产战线上新的劳动态度（包括团结互助）与旧的劳动态度之间的斗争，同时也表现了工厂管理上两种不同的作风，即彭管理员所代表的民主作风与万助理员所代表的官僚主义、命令主义的作风之间的斗争，这两种斗争交错着，就构成了《红旗歌》的全部主题。

官僚主义、命令主义的思想根源是什么呢？主要就是“看不起群众”。万国英根本不相信工人的觉悟。他说：

> ……工人生成的就是想多挣钱、少干活儿，管理上就是想增加产

量、提高质量、减低成本。管理和工人根本是矛盾的，……

……真要提高生产，达到标准数，只要管理上订计划、下命令、有魄力、有信心，勤查勤管，有错就罚，就会完成任务，根本用不着发动群众，根本用不着让她们自个儿管理自个儿！……

在他看来，什么“民主管理”，什么“生产竞赛”，都不过是“自找麻烦”。万助理员的这种思想和作风在新解放城市的旧技术人员中是相当普遍存在的。萧殷同志认为“这人物也是不够现实的”。他说：“据一般情形，城市解放之后，工人就有诉苦运动，对于有坏作风的旧人员，一定受到群众的批评教育，即令他们在思想上还存留着旧的渣滓，但他们懂得共产党是反对欺压工人的，他们绝不敢做得这么露骨（像万国英那样）。即使旧思想偶尔冒出来，欺压了工人，而工人们也绝不会认为他的欺压行为就是厂方的意志。”这里所举的理由是不充分的。一般的情形，城市解放之后，工人并没有诉苦运动。而旧人员的旧的作风也没有那样容易改变；他们习惯了那套旧的管理方法，那跟他们的整个思想和经验是分不开的。他们思想上存留着的“旧的渣滓”，岂止“偶尔冒出”一下，而是在他们工作中经常起作用的因素。像万助理员那样官僚主义、命令主义的作风，不但在新解放城市的旧人员中，而且在老解放区的一部分共产党员的干部中，也是存在的。正如刘少奇同志在最近庆祝“五一”劳动节的讲话中谈到我们工作中的缺点、错误时所说的：“错误中最严重的是命令主义的错误。”我们在生产工作及其他一切工作中都必须反对我们干部中的命令主义的错误作风。蔡天心同志不从这个实际情况出发，倒认为万国英是“一个品质很好的同志”，好像他的那种命令主义的错误，不过是工作作风上的一点“缺点”，并不严重；好像我们今天在工作中所要反对的，主要并不是干部的命令主义的作风，而是人民群众的“落后”。这难道是正确的吗？

《红旗歌》批评了万助理员的命令主义作风，表扬了彭管理员的民主作风，是完全需要的。自然，彭管理员还不是管理民主化的完满的体现者。但无论如何，他的作风是民主的，他对待自己的阶级兄弟，不是“吹胡子瞪眼”，而是带着满腔的热情与十分关切的态度。他关心他们的切身利益；他对他们的缺点错误耐心地进行说服教育，做到仁至义尽的地步。就是马芬姐也不能不讲他好：“你把我当人看”，这是从心里说出来的感激的话。

要发动和组织生产竞赛，单靠个别管理人员的民主作风和耐心说服教育的方法，当然还是不够的。生产竞赛是一个广大工人群众的自觉的运动，是行政管理上一个巨大复杂的组织的工作。没有坚强的党的政治领导和工会的积极活动，没有党、工会和行政组织在工作上的良好的配合，竞赛是发动不起来的，即使发动起来也是不能坚持下去的。《红旗歌》的主要的也是比较严重的缺点就是没有很好地表现出工厂中党的领导和工会活动的作用。不错，彭管理员、老刘、金芳都是代表党的人物，但是看不见党的集体的领导，只看见彭管理员一人“单枪匹马”。党员的形象显得没有力量。具有光荣的斗争传统的上海工人，看了金芳这个人物，就觉得她太软弱了，不够他们所理想的共产党员的水平。他们的这个批评是很对的。工会的活动也太少，几乎完全成了行政的附庸。工会分会主任老刘的一个重要活动，就是送配卖面到马芬姐家中，并送还她的围腰、证章，通知她回厂，这一件事引起了正在绝望中的马芬姐思想上情感上激烈的变化，使她走上最后的转变。工会关心工人的物质福利，并在可能条件下改善工人生活，对于启发和提高工人的政治觉悟，巩固他们的劳动纪律，具有重大的意义。但是作为共产主义学校的工会，应当抓紧一切机会对工人进行阶级的政治的教育；作为工会分会主任的老刘却没有尽到这样的责任。他对马芬姐的错误没有进行过一次认真的批评。不但是他，就是彭管理员、金芳，在对待马芬姐的错误上，耐心说服是很够的，但有些地方却表现了过多的感情的迁就。就团结和教育的方法上的这种缺点来说，蔡天心同志的批评是对的。新社会的劳动纪律所以与旧社会的劳动纪律不同，就在它是建立在广大工人自觉的基础上的；它首先是靠说服教育的方法建立与巩固起来的。但在工人自觉水平不齐的情况下，不能仅仅限于说服鼓励的方法，同时还要采取必要的强制手段来对付好吃懒做、破坏劳动纪律的分子，虽然马芬姐还不是这样的分子，她还不是真正存心破坏生产。

在《红旗歌》中，工厂的正规的民主管理制度并没有建立起来，这种制度

原载《人民日报》1950年5月7日，
《文艺报》第2卷第4期，1950年5月。
这里选用的是《文艺报》刊发的版本。

是必须通过工厂管理委员会和工人代表会议等组织形式才能正式建立起来的。这个工厂不过在管理民主化上走了第一步。《红旗歌》中的竞赛也带着生产竞赛运动的初期的，甚至自发的形态。我们看到工人一经解放就立刻爆发出空前未有的劳动热情，这股热情是蓬蓬勃勃的，但还没有凝结起来，形成新的生产秩序与新的劳动纪律。《红旗歌》的许多场面给了人一个印象，好像在这竞赛中工人们并不在紧张生产，而只是在争执和吵架，这固然是为了展开剧中人物的思想斗争，并且因为正面表现生产过程受到舞台的限制，但同时也反映了这个工厂的生产领导还没有完全纳入正规。“红旗”竞赛也还只是单纯依靠工人的生产热情和提高劳动强度，而还没有转到节省原料、减低成本、发明创造、改进技术的方面去。现在我们的工业生产，我们的生产竞赛是前进很远了！在东北，展开了群众性的新纪录运动。这个运动已由个人的新纪录发展到集体的新纪录，由单纯提高劳动强度的新纪录发展到改进技术操作、生产保安和发明创造的新纪录了。因为《红旗歌》中的竞赛还是初期的，在这竞赛中进步了、转变了的张大梅、马芬姐、万助理员，他们的进步和转变自然也还只是初步的，基础不稳固的，在他们面前还等待着有更多的考验。

《红旗歌》正是反映了我们工业生产战线上的初期的情况和缺点。作者对于当时的情况自然也还是没有反映得完全，他更没有比现实看得更远。

《红旗歌》没有足够地表现工厂中党的领导与工会活动的作用，但却过多地、不适当地描写了马芬姐孤僻、顽强的性格，使工业生产上的严肃的思想斗争，在某些地方变成了大梅和芬姐两个不同性格的冲突，这形成了这个剧本的另一方面的缺点，削弱了这个剧本的教育的意义。马芬姐的转变，在第三幕是已经完成了的，但为要表现马芬姐的那种特出的性格，作者故布疑阵，使观众担心，不知她到底转变没有，而当看到她最后那么热情、那么激动地表白自己态度的时候，观众的心理就受到了更大的安慰和鼓动。这种戏剧的效果，就恰恰显示了艺术创作上有害的人为的痕迹。对马芬姐性格的某些过分的不适当的描写，萧殷同志的批评是正确的。

读《考验》

风　子

夏衍剧作《考验》以国营企业中领导思想的斗争为背景，反映出过渡时期中我国人民重大的政治生活的一面。全国人民都学习过党在过渡时期的总路线，也学习了党的七届四中全会的公报，联系到工作和生活的实际，都程度不同地接触了或参加了同资产阶级思想的斗争和自我斗争。现在读到或看到《考验》，如同又照一次镜子，可以从剧中人物找到自己某一方面的影子，我们会不自觉地同剧中人的思想感情交织在一起。

正如四中全会公报所指出的，全国新民主主义革命胜利后，有一部分人滋长了极端危险的骄傲情绪，背着革命包袱，夸大个人作用，强调个人威信……甚至把自己所领导的地区和部门看作个人的资本和独立王国。这些被胜利冲昏了头脑的人，不但自己栽了跟头，给群众极坏的影响，更糟的是使工作蒙受了难以估计的损失。

以文艺的形式讴歌了党的思想战线上的又一次胜利，揭发和批评骄傲自满的官僚主义者，《考验》的主题体现四中全会公报所指示的精神，具有着非常现实的教育意义。它被各地话剧团列为演出剧目不是偶然的。它相当成功地刻画出投进到尖锐的思想斗争里面的几个典型人物，批判了自以为辛辛苦苦，实际上目无组织并脱离群众的杨仲安；写出了具有一定的共产党员修养的领导干部丁纬和坚持党员立场的王蕙；相当成功地为留用的技术人员总工程师钱沛之留下一幅剪影；同时作者的笔也触及现实生活中新生的一代人物——徐达民和俞嘉华等。

作者擅于运用环境氛围来烘托人物的思想性格，而且相当成功地用对比的手法写出两个不同的思想性格的人物来。丁纬和杨仲安，在冲突中，思想是尖锐地对立着的；就在矛盾斗争中，作者不放松对人物思想性格具体的描绘。

丁纬和杨仲安都是多年革命的老干部，过去的老战友，而且是有过生死之交的。现在又回到同一的岗位上来——搞工业。过去的友谊使他们庆幸又能在一块工作，可是现实揭露了两人思想上的距离。在第一幕、第四幕和第三幕二场中，对照鲜明地写出两人不同的家庭生活，从而看出他们两人对待生活的不同的态度。同样，第二幕和第五幕，通过人物的环境，看出他们两人不同的领导思想和工作作风。

以杨仲安为例，作者从各个方面写出了这样一个典型人物，首先作者写出了杨仲安应该肯定的某些部分：他是一个有十多年革命历史的老党员，如方克所说的：他“对党忠心，对生活严肃”，我们看到这个人物精力饱满，热爱工作。问题在他的思想方法不对头，由于三年接管阶段，他做了很多工作，有了很大的贡献，“三反”运动中，他是一个群众意见较少的军代表。老干部这个包袱，加上三年来的成绩，却变成了他前进的绊脚石。他不但未改变“主观强”和“什么事都一把抓，自己劳碌，也不让人家休息”的一贯作风，反而“还有点自负”了。他的自负不自觉地流露于言谈之间，第一幕丁纬问到工厂生产情况，他答道：“你放心，有我……我摸了三年，差不离了，已经有了底儿。”第四幕同丁纬谈到徐达民，他说：“我？我对他可不坏呵！你也许不知道，他是市委派来搞民主改革的。搞完了就要走。我看他还能干，是我争着把他留下来的，他当车间副主任，也是我提议的……”看吧，这个“我”字在他的思想里占多大分量，个人作用是如何地被强调。

第二幕厂长办公室，办公室主人没有上场以前，那一片忙乱景象就介绍出这个厂的领导人的思想和作风。时间是三月底，为了完成第一季度的任务，副厂长正忙于用扩音器喊话，电话在报告车间出了事故，有的干部等着副厂长来告状，还有一大沓请购单、报销单、请假单在等着批。副厂长出场，的确具有“为革命献身的精神”，把自己陷进忙乱的事务工作中。既然不能全面地掌握计划，按节奏生产，就只好盲目地来完成任务了。他签署了不合规格的线圈，他命令：“咬碎牙齿也得干，不能太民主！”听到有人讲怪话，就叫小组长把讲怪话的人的名字记下来；听到积极分子也反对这样变相的加班加点，就批评干部没有做好政治工作。可是他的所谓政治工作的具体内容呢？借方克的话就是：“看来，训话、做大报告，他所说的‘打通思想’，已经成了他的完成任务的唯一领导方法……”

三幕二场，从他的家庭，从王蕙的言行中，我们也看出了杨仲安这个人物的精神面貌，他是一个不懂得生活的人。星期天“不是打电话，就是约人来谈话”，再好的天气，“连院子里也不去走走”。从他对待王蕙的态度，看出他给予妻子儿女精神上的压力是不轻的。主观地自以为是，不重视集体领导制，和组织对立，不去了解实际情况，不解决生产中的关键问题，轻视群众的创造，不去推动群众挖掘潜力，只盲目地追求完成生产数字，为了维护个人威信，不择手段地打击报复批评者，杨仲安这样一个领导干部，发展到抗拒和压制批评，例如他决定调走徐达民，意图指使王蕙向党报写反批评的文章，这一系列的思想和行动，在现实生活中绝不是仅有的。总体来看这个人物是活的，我们在工作中，可能接触到某一面和杨仲安相类似的人物，甚至在我们身上也可能存在杨仲安具有的某些缺点，因此，这个人物是有典型性的。通过这个人物使我们又照了一次镜子，作者以艺术的手法概括地创造了这样一个有严重的思想问题的人物，对于现实中类似杨仲安的大小干部，是有一定的批评教育作用。

和杨仲安思想相冲突的另一方面，也就是矛盾的主要一面的代表人物有丁纬、方克、徐达民、王蕙等，作者用写杨仲安的手法来写丁纬，人物的思想性格通过环境氛围和人物对待事物的态度表现得相当鲜明。方克和徐达民两人写得较弱，而以王蕙写得比较成功。生活中我们看到过王蕙这样的妇女，在她的身上体现了中国妇女在旧社会所经历的双重苦难！全国解放了，可是妇女们并未全部从封建意识影响下的男权思想的统治中翻身。在艰苦的革命环境里斗争过来了的王蕙，今天却被儿女拖累，个人能力赶不上工作需要，在丈夫的眼里是孩子的保姆，生活上的问题不得不容忍、迁就；但作为一个革命工作者，一个共产党员，遇到原则问题，就要坚持党员的立场，据理力争。王蕙对自己丈夫的思想问题是有认识的，三幕二场她参与丁纬和杨仲安对于徐达民和薛为德这两个干部的看法的谈话，她同意丁纬的意见并指出杨仲安的看法有片面性，当杨仲安的思想发展到抗拒批评，甚至指使她冒名向党报写反批评时，她严正地批评了杨仲安的错误。后来当组织上检查杨仲安的问题时，她站在党的立场帮助杨仲安进行检查。在王蕙身上我们看到受到革命锻炼、党的培养的具有新的道德品质的妇女，事实上作者对这个人物着笔并不多，却描绘出一个完整的人物形象。

作者写的总工程师钱沛之，一方面体现了党的政策，党对技术人员改造的政策；另方面也对解放四年多来的技术人员的觉悟给了一定的估价。三幕一场工厂会议室，丁纬为了了解情况约徐达民谈话，不期碰到躲着学俄文的钱沛之，这场戏钱沛之这个人物的轮廓勾画得非常鲜明，对待一位新上级，他下意识地非常世故，但不流于圆滑，谈话时是谨小慎微的，当发现对方的诚意时也就不自觉地流露出个人的看法了。以学俄文这件事来说，作者肯定了这一类型的科学家积极的一面，也说明了生活在集体中的个人可能有的发展和变化；但长时期生活在旧社会里的老技术人员，必然残留下旧的思想和作风，因为思想改造需要较长的时间。如果不遇到像丁纬这样的领导，钱沛之绝不会主动地靠近组织并积极地来推动技术改进工作。

作者的文笔是以含蓄、朴素、简练见长的，《考验》保持了作者一贯的风格。《考验》的主题在于体现四中全会指示的精神、加强集体领导、批评骄傲自满的资产阶级个人主义，作者意图以丁纬的领导思想和作风来对照杨仲安的领导思想和作风，从而说明主题。就在这个问题上，我们感到有些不够和不足的地方，似乎作者的笔力尚未能完满地达到这个意图。我们想一方面由于作者着笔时过于含蓄、过于简练，因而使主题表现得不够突出和有力。更主要是作者意图强调的未能通过“正面人物”方克和丁纬的行动表现出来。

任何一个单位如果方针政策出了偏差，说明该单位思想领导差，也就是党的领导不强。杨仲安和丁纬之间的冲突，实质是杨仲安和党委书记方克两种不同的领导思想的矛盾的发展。杨仲安是一个忙忙碌碌、辛辛苦苦的官僚主义者，由于有骄傲情绪，自以为是，也就必然轻视群众、和组织闹对立。杨仲安忽视集体领导，闹个人主义这一点刻画得是不够的。问题不在写杨仲安如何对抗党委会，问题在方克这个人物写得弱了一点，所以弱的原因，作者未让方克正面地投进到矛盾斗争中来。党委会对杨仲安的思想作风曾经而且继续在斗争，可是，作者只侧面地提一两句。第二幕方克找丁纬，揭露了这个问题。例如丁纬问方克："你说的是厂长和党委之间的关系？"方克答："……这不是普通的所谓关系，而是思想上的距离。"对于思想上的距离，丁纬来厂以前党委会是做了许多工作的，如呼吁上级派一个得力的厂长，与杨仲安也有过斗争的。作为党委书记的方克可能能力弱一点，未能帮助杨仲安及时改正错误。而事实上杨仲安不再兼党委书记和丁纬的被派来厂，是党委会同杨仲安思想斗争的成果。方克在戏里第一次出场，和丁纬谈到杨仲安，主要应是说明党委会对于杨仲安的问题的看法，而不应急于检讨。方克检讨自己："……能力不够……党性不强……在重要问题上不能坚持原则……"这些话是有损于人物的。同时也抹杀了党委会在思想领导方面和杨仲安作斗争的事实。丁纬来厂以后，通过对待徐达民的问题，杨仲安的思想问题就更明确了，而在思想矛盾发展的过程中，我们看不到党委书记方克的行动，因此丁纬到厂后给人的印象是"个人单干"。方克再次出场是第五幕，已经是尾声了。方克代表组织宣布对于杨仲安的处理，同时通过王蕙不但反映了杨仲安受到党的批评和处分后的思想情况，并且从王蕙对组织表示的态度使我们相信杨仲安有改正错误的可能，这场戏是必要的；但另方面，这场戏并未解决属于方克这个人物的根本问题。丁纬在第四幕表明了他对原则问题的看法："到党委会去争，由集体来做主。"但在做法上，也就是在行动上，我们却看不到以党为代表的集体领导的力量。我们并不希望舞台上出现"党委会开会"的场面，但很希望方克和丁纬之间，能够有有机的联系。第五幕方克第二次出场，他似乎是丁纬的下级，他和丁纬商量今后的工作安排，意味着检讨和请示，而丁纬对方克的谈话却也有批评和指示的意味。这段戏，对于这两个人物都有损害，就内容看，也似乎是多余的。

丁纬的“个人单干”也表现在和杨仲安工作上的合作关系，丁纬初步同意成立一个专门性的技术小组，事先并未同杨仲安商量。第四幕同杨仲安谈到这个问题同时提出自己的意见“打算叫徐达民来负责”，这样的商量也必然会激怒对方。方克说过丁纬是帮助和纠正杨仲安的最适当的人物，因为丁纬懂得杨的长处和缺点，可是在行动上，丁纬对杨的帮助就不够了。

新生力量的代表人物徐达民，是一个肯负责任，肯钻研业务，有群众观点，敢于同官僚主义者作斗争的青年。青年人的优点，热情、积极，和青年人可能有的性格上的缺点，急躁，在徐达民身上都具有着。作者写这样一个人物的目的，正如丁纬劝杨仲安时说的：“咱们这一辈子，是在革命和战争的环境中生活过来、成长起来的。而现在，碰上了新环境，咱们熟悉的那一套，闲下来了，用处不火了，我们完全不熟悉的，却逼着我们去做。我们肩上的责任很重，自己去钻、去学，当然很重要，可是，更重要的，是有意识地去培养、扶植年轻的一代。”培养、扶植的精神是完全对的，可是作者在处理杨仲安的问题同时提拔徐达民为副厂长，使人感到有点意外了。新生力量应该提拔，甚至越级提升是可以而且应该的。具体到徐达民这个青年，能否胜任副厂长的职务是令人怀疑的。作者只写出他热情、积极和敢于斗争的一面，而缺乏对于他在工作方面的能力的描绘。同时，通过俞嘉华这个人物谈到团支部开会时她对徐达民所提的意见，看来，徐达民在政治上还不够成熟。作者写他的天真却使人感到人物近乎幼稚，第三幕一场在小会议室，徐达民应丁纬召，第一次单独和新厂长见面就进行检讨，这不只是幼稚，而且也不符合人物的性格。

《考验》的矛盾揭露得相当慢，第二幕只有一些现象，第三幕才提出问题，到第四幕才展开面对面的斗争，而第五幕已经是尾声了。从剧本整个的结构来看高潮似乎是搁在幕后。作者这样的安排，显然有意地不落俗套，避免来一个公式概念的结尾，这意图未始不好，问题是没有读过剧本的观众，看到第四幕才明确问题，也必然有兴趣知道问题是怎样解决的，但剧本不给观众正面的答

原载《剧本》1955年第7期，
1955年7月。

复，观众也必然不能满足。

以上提到的关于剧本主题、人物和结构等几个问题，只是个人读后的感觉，分析得不够全面，仅供参考。

一本具有革命风格的作品

——读《在和平的日子里》

冯　牧

以创作长篇小说《保卫延安》而著称的杜鹏程同志，近两年来，把自己的创作题材从革命战争转向和平建设以后，完成的作品是不多的；但是，他写得严肃，写得扎实而精练。从他近年来发表的一些短篇小说和特写来看，尽管在水平和成就上不尽相同，而在文学技巧上，也可以使人明显地感觉到，这位作家比以前是更加致力于语言辞章的推敲和修饰了；但更重要的是，在这些作品中间，却共同具有着一种吸引人的力量，一种跃然纸上的生活气息；一种具有深入斗争生活底层，和劳动者共欢乐共疾苦的人才体现得出的主人翁的浓烈情感和战斗气氛；特别是作品中到处回荡着的那种工人阶级的战斗激情和豪迈信心。

《在和平的日子里》（西安东风出版社出版）写的是社会主义建设的故事。它描绘了一支铁路工程队在开辟秦岭打通铁路线的几天中的战斗生活。作者自己在《后记》里谦虚地把这本书称作“工地生活十日记”。但是，通过他的艺术语言和文学形象呈现在我们眼前的，却不是一些平常的日子和一些普通的生活场景。这建设生活中短短的几天，是何等惊天动地、气吞山河呵！当我们和作者笔下的人物们一起，共同经历了这样的几天之后，我们感觉仿佛不是经历了几天，而是几年；不是经历了某一工地上的一段劳动建设进程，而是和这些人物共同走过了一个轰轰烈烈的社会主义建设的历史阶段。当然，作者所给予我们这一切感受，都是通过一个工地上的斗争生活的片断，通过了几个劳动者的人物形象表达出来的。这就明显地显示了：作为一本好的文学作品，它不但描写了一些动人的故事、一些活跃的人物和一些有趣的生活，而且它还在读者的思想上给予了更为丰富的东西。

《在和平的日子里》的故事虽然并不复杂，但是情节和结构却很紧凑，有许多章节都是惊心动魄、扣人心弦的。它集中地描写了发生在几天当中的斗争，这里面有英勇的社会主义建设者和变幻莫测、冷酷无情的大自然的斗争；有崇高的共产主义思想和卑鄙的个人主义的斗争；有社会主义建设的正确路线方法和保守主义思想的斗争。这一系列的斗争是互相交织在一起的，而几个中心人物在几天中的不平凡的生活、行动和遭遇，他们的血肉饱满、性格分明的形象，就通过这一系列斗争表现得异常突出、生动而又有说服性。在这里特别值得我们重视的，是这种思想和风格上的鲜明性。这种鲜明性，不但表现在作者叙述他的故事时所显示出的那种充沛而蓬勃的革命热情上，而且也表现在作者对于他的人物所持有的那种爱憎分明的高度的阶级感情上。这一切都令人感到作品从头至尾、字里行间都燃烧着一种可以激动人心、又可以发人深省的炽烈的革命感情。这种充溢在全书中的革命感情，使这本作品形成了一种十分动人的风格，一种极可珍贵的革命的文学风格。

关于文学作品的风格问题，我以为除了那对于文学创作是必不可少的语言形式上的特色以外，还应当包括一个更为重要的方面，这就是作者通过他的作品、他的语言和形象所显示出来的一种思想情感和艺术气质。社会主义的文学作品，它们自然可以有种种不同的艺术风格。社会主义现实主义并不排斥而且鼓励着文学创作上的不同风格特色的制造和发展。这自然是无可争论的。党的“百花齐放”的方针正在把我们的文学领域培育成为一个百花争妍、浓郁芬芳的花园。在这个花园里面，每个作家都有着自己的观点、爱好和习惯；这些观点、爱好和习惯都使他的作品多少具有着一种不同于别人的风格（即使是不成熟的风格）。但是，不管怎样，对于一个社会主义作家，向他提出具有革命风格这样的要求，我想决不算苛刻：他应当力求使自己追求一种从语言形式到思想情感上的真正的革命风格。

《在和平的日子里》贯穿全书的正是这种社会主义文学风格特色。无论在描写雄伟宏大的工地建设场景时或是在刻画着那些性格突出的各种不同人物时，都是旗帜鲜明、思想明确的。对于那些壮丽而紧张的工地上日日夜夜的劳动，对于那些除了党的事业外从不虑及其他的伟大而又平凡的英雄，作者都是用了最高度的深情热爱、最热情最明朗的语言来加以描绘和讴歌的。这种强烈的思想倾向性和炽热的阶级情感，从始至终都贯串在作品中的一切叙述和描写上。而对于那些对立面的形象，那些为作者所鞭挞所批判的人物，在字里行间也都充满了一种工人阶级的义愤。这一切，从作品的一开始，就紧紧地抓住了读者的心灵，使你不能不为作品中急速展开的矛盾和冲突所激动，不能不为那些具有共产主义精神的英雄人物的生活和命运所振奋，并且不能不对这一切产生深深的关切和同情。

对于这种做法，这种风格，是不是有人会大不以为然，认为这是违背了某种现实主义创作法则中的“常规”呢？据说，（同时也确实有些人持有着这种观点和习惯），有的作家在塑造着他的艺术形象时，总是偏好这样一种做法：尽量客观地反映生活，尽量冷静地描写人物，甚至要客观到、冷静到超然物外、无动于衷的地步。这样，就使我们有时读到了这样的作品。在它们中间，除了一些精致的生活细节和人物活动的片断描绘引起欣赏以外，看不出作者的思想意图，有时甚至必须借助于猜测才能想得出作品的主题思想来。就算这也是一种文学风格和艺术特色吧。但是这究竟是怎样一种“现实主义”呢？难道说，在社会主义的时代，这种思想隐蔽、作风晦涩的作家和作品，也能算是具有着较高的文学风格么？

因此，与此相反的，我认为，《在和平的日子里》所表现出来的风格，是一种比较高的文学风格。我们应当重视这种革命风格。这种风格之所以可贵，就是由于它对于表现我们的社会主义建设的时代，表现我们轰轰烈烈、气吞山河的共产主义英雄的时代，是一种较为适宜的风格，是一种旗帜鲜明的风格。我这样说，是指的这部作品的总的方面而言，并不是说这部作品中的一切篇章都是尽善尽美的了。比如说，尽管我们并不一概排斥在作品中发议论，但是，在这作品中发议论的部分并不全是十分精当的，有些地方，为了更加细致地描写生活，作者本来是可以少发一些议论或者是稍微抑制一下自己的奔放的情感的。

谈到作品的成功之处，当然最重要的方面还是表现在人物形象的创造上。我认为，作品中所着重描写的六个人物都是写得成功的。虽然，在人物形象的完整、深刻和典型性方面，它们的成功还存在着程度上的不同；但是，能够在这样短短的篇幅中写出了这样一些色彩鲜明、性格各异的有血有肉的人物来，确实是一个值得赞扬的成就。所以能够达到这一点，我认为，除了首先必须归功于作者的丰富的生活实践和对于劳动人民的深厚感情外，同时也应当归功于作者对于现实生活的艺术概括能力和运用语言的出色的本领。在艺术手法上，整个作品的极其突出的特点之一，是作者绝不孤立地描写他的人物。不论是在描写书里的主要英雄人物阎兴和刘子青的时候，或者是刻画那个革命队伍里的蜕化者梁建和逃兵常飞的时候，作者都没有花费多少篇幅来对他们作出种种性格介绍，而是采用了一种极其简练的手法：从一开始就把这些人物聚集在一项极为严重而艰巨的战斗任务之前，然后按照这些人物的生活和性格的发展逻辑，逐个地使他们在投入紧张而尖锐的冲突与斗争之中去表现自己，这样就突出了人物的性格，而使人感到分外简洁生动。

这些人物形象所以能够比一般文学作品中的人物更激动人心，更具有教育作用，还因为作者写的并不是一些缺乏时代特征的普通人物，而是一些具有社会主义时代特征、具有共产主义精神和风格的真正的英雄。在读着这本作品的时候，我们不能不为这些人物的生活和行为所感动；动人的形象把我们引入了他们正在艰苦奋战着的生活当中，使我们不能自已地为他们的胜利而欢欣，为他们的挫折而忧虑，为他们的危难而紧张，为他们的牺牲而悲痛。我们看见了阎兴，我们对他似乎原来就不陌生；我们似乎和他一同经历过战争中的艰苦的日子，而现在，这个饱经战火烧炼的战士，又投身于另一个新的战斗之中；这对他是困难的，他必须学会许多新的本领，他要和各种艰难、各种敌人（这些

原载《读书月报》1958年第12期，
1958年12月。

没有武器的敌人要比战争中的敌人更狡猾、更顽强）作斗争；这经常使他陷入困境，但他从来没有退缩；正如同战争期间一样，他的目标只有一个：完成党的任务。这是一个英勇顽强、一往无前的战士，同时又是一个情感丰富、胸怀宽宏的人。这个人，在作品中被刻画得那样自然而鲜明，以致使我们在一看见他出场时就会感觉到：尽管有着那样繁重的困难，但事情一定会在他手下获得成功，无论是人间的和天上的敌人，都将被他所战胜。

我们也看见了刘子青，在整个作品中，这个聪明可爱、坚强机智的人物，给我们带来了更大的激动。对于这个年轻人，这个乐天派，这个从来不知道什么叫作困难的小伙子，我们也是感到那样亲切，那样熟悉：我们熟悉他的脾性，我们熟悉他的身影和语气，甚至当他冒着生命危险渡过大江时的动作和姿态，我们也很熟悉；好像就在不久前，他曾经用着同样的姿态、同样的英勇，渡过同样的大江去袭击敌人。因此，当他为了祖国而付出生命，我们好像和他已经相处了好几年，而绝不是短短的十天……

我们也看见了那个忠诚的老工程师张如松，那个纯洁而勇敢的姑娘、技术员韦珍，并且，通过他们，我们仿佛还看见了更多的人；他们不是几个人，而是成千上万的人。我们之中有很多阎兴那样的领导人，有很多小刘和韦珍那样的年轻人，也有不少张如松那样的老年人；他们紧紧地靠拢在一起，汇集成一股伟大的、无坚不摧的力量，这股力量，可以斩断长江，可以削平高山，可以把荒瘠的土地变成富饶的花园！

当然，我们也看到了像梁建和常飞那样的人。像这样的人物，这样的掉队者和逃兵，我们也是熟悉的，因为他们还没有在我们中间绝迹。

中国工人阶级的革命风格

——评《乘风破浪》

方　明

我读过的反映当代生活的一些小说，其中许多作品感动了我，教育了我。但从来没有像读《乘风破浪》这样，它反映的思想和斗争使我感到这样亲近。这部小说以社会主义的钢铁联合企业的大生产为背景，热情地歌颂了中国人民乘长风破万里浪的不断革命的风格；他们敢于蔑视困难，一定要改变中国“一穷二白”的面貌。小说以一定的思想深度反映了“反右派”斗争和整风运动时期的无产阶级和资产阶级在工业战线上的两种世界观和两条路线的斗争，描写了破本位主义立集体主义、破保守思想立先进思想、破单纯技术观点立政治挂帅大走群众路线的思想斗争，描写了企业领导者引火烧身自觉改造的革命风格。小说通过这一切，反映人与人之间的关系的新的变化。

我们欢迎《乘风破浪》这部小说，首先是因为作者比较成功地创造了像刘进春、李少祥这样的先进工人的形象。老工人刘进春和青年工人李少祥是过去时代文学创作中很少接触到的新式的英雄人物，是社会主义的建设者和革命家。作者在这两个人物身上强调地表现了工人阶级的先进品质和时代色彩。

老工人刘进春是炼钢厂修理工段的段长、党委委员，后来被任命为副厂长。三十年前是他亲自安装这个厂里的第一根大梁的。他经历了工厂被日本帝国主义者当作压榨中国人血汗的工具的日子，工人被当作奴隶的日子。解放后，他以领导阶级的当家作主的气魄参加了工厂的扩建工程。斗争的锻炼和党的教育，使他对一切旧事物都有着深刻的憎恨，对一切新事物都怀着强烈的爱。他好像一只老鹰，总是那样尖锐和细致地观察着一切。他对大是大非问题特别敏感。在市委召开的批判反党分子冯棣平的会议上，他愤怒地大声喝问："你想把我们领到哪去？"生活告诉他，离开共产党的领导，就要走回头路，回到用工人的鲜血和眼泪来铸炼钢铁的悲惨的日子。刘进春对厂长宋紫峰的观察也是非常深刻的。他对这位能干、有魄力但又具有严重右倾保守思想的厂长的态度，是把爱和憎交织在一起的。用他自己的话说就是："半拉子的心爱他，半拉子的心怨他"。由于宋紫峰的坚持，党委会没有作出积极完成公司规定的增产指标的决议。开完了会，刘进春抑制不住愤怒，径直找厂长去了。小说有一节生动地描写了这位老工人的心理变化。一开始，他抬腿怒气冲冲地走去。一路上，那些标志着工厂前进步伐的巨大生产设备和生动景象，使他联想起宋厂长和工人在一起劳动，在多次生产会议上充满信心地号召大家完成计划的面孔。他觉得宋紫峰还是一位好厂长。他走进厂长室的时候，用心爱的眼光注视着宋紫峰，看着他那股专心和热忱的劲，赞叹宋紫峰在和别人谈话时双眼里放射出的朝气和果敢的光辉。但当宋紫峰一拿出计算尺来，坚持只能增产十二万吨，说二十五万吨的增产指标不可能达到时，这位老工人又被激怒了，他看出宋紫峰是满足于已有的成绩，只往后看了，忍不住指责说："十三万吨钢就耽误在你手里呀！"宋紫峰的只相信自己不相信群众的资产阶级老爷态度，伤透了他的心。他给厂长送去的一份建议，被风吹到地上，他俯身把它拾起来，又放在厂长的面前，可是厂长只冷冰冰地说了一声"谢谢"！整风中，宋紫峰在群众燃烧起的熊熊的火焰里失去了信心，对工作中暂时出现的没有秩序、极端民主的现象，也不敢过问了。这时，老工人刘进春看见厂长，便激动地质问说："你还是个厂长不是？""你是个共产党员，为什么不坚持真理？"这个质问，对宋紫峰是一个巨大的震动。他眼睛里滚着热泪，握着刘进春的手说了一声"谢谢"。这一次的"谢谢"却代表着宋紫峰对这位老工人的无限尊敬的感情。这时，在读者眼里，刘进春的形象也显得更高大了。

老工人刘进春对一切旧事物，总是采取挑战的态度。对一切新事物则采取积极支持的态度，对一切困难更采取主动进攻的态度。根据钢铁公司总经理陈家骏的观察，这位老工人像一把火种，到哪就把哪烧得滚烫。青年工人李少祥提出扩大平炉装入量的建议，保守主义者却用安全的名义提出了反对，刘进春拍着胸脯对李少祥说："出了事故我姓刘的张开嘴巴把钢水接着。"扩大平炉装入量刚试验成功，他又揣摩着直铸钢锭的问题。英雄人物懂得英雄人物的感情，刘进春和李少祥，就像父子那样的亲切知心。小说里有这样一个生动细节：夏天，大雨淹了蓄热室，他们在现场抢救到深夜，刘进春忽然发现自己的口袋里有老伴偷偷给装上的用小药瓶盛着的烧酒。他悄悄地喊过李少祥，命令他只许喝两格，可是，又不好意思地说："你明儿汇报时千万不要说我带了瓶酒。这是违反……"这时，作者通过李少祥的心理活动，表示出这个人物的热辣辣的感情。李少祥不禁想着："我要汇报的，我并且向全国同胞汇报，说兴隆市有个五十多岁的老工人，长期害胃病，夜里雨下得正猛，他从睡梦里爬起来跑回工厂，半截身子泡在水里，抢救煤气管道，累了一宿还不肯去休息，他老伴偷偷地给他装了二百克的烧酒……"

作者对青年炉长李少祥的描写，是要着重地刻画他的像钢铁一样坚强、像炉水一样火热的性格，是要努力把他塑造成一个茁壮地生长着的富于生命力的社会主义工人的形象，具有共产主义风格的形象。作者的这个努力是有一定收获的。

这个在老解放区战争的炮火中长大的青年，又在钢铁大生产中得到了新的锻炼。一次又一次地征服像童话里恶魔一样的钢水，使读者越来越认识到工人阶级双手的力量。同时，大生产的集体劳动，越来越使他谦虚，从不表现自己，他热爱和尊重自己的阶级弟兄。作者特别通过几次抢险斗争突出地表现了这个青年工人干劲冲天、叱咤风云的气概。他奋不顾身用蘸水的草包抱开邻炉"长征号"出钢口结的铁瘤子。在试验一次新的生产建议时，"共青号"平炉的假炉门坎被冲开缺口，一时钢水四溅，烟火弥漫，但他是那样镇静，那样勇猛地指挥、抢救着，他的呼喊，压倒了熊熊烈焰和沸腾钢水的咆哮。人们忽然听不到李少祥的声音了，这才发现他已被火烧得晕倒在地。在医院里，他苏醒过来以后，第一句就问："有没有停炉？"在生产中，他勇猛如虎；在对人上，他又表现了无限的共产主义的关切。李少祥对落后工人易大光，几乎是用自己的生命启发了他的阶级觉悟。

这位先进的青年工人形象的另一个特征，是把困难留给自己、把方便让给别人的共产主义的协作精神。除夕，他们的平炉，本来是可以用增产一万吨钢的成绩来迎接1958年的，但为了让邻炉能完成任务，在明年好进一步鼓足干劲，李少祥把吊车让给了"解放号"，这就是把荣誉让给了别人。李少祥的这个举动没有立刻受到同伴的支持，他突然被孤立起来。他相信自己是对的，只是不得不忍受不被理解的痛苦。但是工人们从不认识到认识了协作精神的意义，这是一个生动的共产主义教育的过程。

刘进春和李少祥这两个工人的形象，表现了中国工人阶级的革命风格，是富有现实意义和教育意义的形象。

二

小说也比较成功地塑造了炼钢厂厂长宋紫峰、市委宣传部部长邵云端、兴隆钢铁公司总经理陈家骏等领导干部的形象。宋紫峰有很多可爱的地方。他专心、肯干，很快地从一个地方干部学成炼钢专家。1956年他来到这个炼钢厂，有魄力地改变了这里的落后局面，一下子增产了十八万吨。这当然是个不小的跃进。但从此以后，他的思想停滞下来了。宋紫峰自负是懂得科学的，是按着科学的规律办事的，实际上他只相信自己。他把计算尺当作一个偶像来崇拜，只见物而不见人。他取得了一些成绩，就觉得自己是炼钢的权威，忽视党的领导，不相信群众，总觉得自己是最聪明的、可以管理群众而不必向群众学习的人。他所坚持的路线，实质上是资产阶级办工业的路线，他的思想深处潜藏着的还是资产阶级的世界观。因此，他不相信群众的伟大创造力量，做了"计算尺"的奴隶，他不自觉地支持了冯棣平的反党活动。党领导的整风运动，深深地震撼了他的资产阶级世界观，群众性的批评火焰，冲击了他的三风五气，使他清醒过来。虽然在他觉醒过来的初期，曾有一度无所适从，但在党的指导和群众的帮助下，很快就改正过来，正确地领导了群众投入夺钢的战斗，实现了党的跃进指标。宋紫峰这个形象，虽然有些地方还挖掘得不够深刻，批判得不够有力，如对于这个形象的资产阶级世界观的挖掘和批判，但这是富有典型意义的。从宋紫峰这面镜子里，可以清晰地反映出种种资产阶级思想感情的丑恶面貌，以及资产阶级思想观点给社会主义革命和社会主义建设带来的极大的危害。只有彻底改造自己的资产阶级世界观，建立无产阶级世界观，才符合历史的要求，才是人民所需要的。

总经理陈家骏是后来到任的。他一出场就和宋紫峰成为鲜明的对照。他坚决相信人是生产力中最积极的因素，他认为这里的最大困难是领导上的右倾保守思想。因而，他一来到，就访问工人群众。并且很快就发现了刘进春、李少祥这样的先进人物，并深感和他们的谈话使自己受到了教育，吸收了营养。他认为自己还不是内行，领导这样一个庞大的生产企业，对他还是生疏的。但他坚持党的原则，坚持从群众中来、到群众中去的党的工作的根本路线。这个“外行”就成功地领导了内行。

作者在揭示宋紫峰和陈家骏这两个人物的内心世界时，我们就越感到这两个人物的思想实质的根本差别。宋紫峰快活和严肃地巡视着巨大的车间，总觉得自己很高大，而且从别人对他尊敬和钦佩的眼色中得到满足。而陈家骏在来到这里两个多月以后，还感到自己是一棵被风摇撼着的小树，一点也摆脱不开被动的局面。他觉得自己应该很快成为一棵大树。这样，才能和大伙结成防风林，挡住大风。这两个人的不同的内心的声音，正反映着两种不同的世界观，两种不同的思想方法。宋紫峰害怕矛盾，害怕新的不平衡打乱了他的工作秩序，他觉得党委、工会、青年团总来找他的麻烦。他认为群众的生产革新的积极性常常成为惹祸的根苗，到头来上级的批评还是落到自己的头上。陈家骏却敢于正视矛盾，敢于打破旧的不平衡，他的性格特征是困难越多，就越觉得有兴味。他觉得不断地发现工作中的复杂问题的规律性，不断地加以解决，才是革命工作的最大快乐。他一来到兴隆，工人们立刻从他的行动中感觉到这是真正党的领导干部，是他们前进的旗手。炼钢厂在讨论扩大平炉装入量的建议时，先进和保守的两种力量展开了斗争，一时僵持不下。忽然，陈家骏在人们的背后出现了。这时，李少祥高兴得闭上了眼睛，因为一滴眼泪几乎要滚下来。在这里领导和群众的新的关系得到了生动的表现。

宋紫峰的妻子邵云端，是她的丈夫直接对立的正面形象。邵云端是可爱的、赢得读者极大同情的人物。作为宋紫峰的妻子，她所处的地位很困难，她的内心很痛苦。宋紫峰的个人膨胀，和工程师汪丽斯感情上的纠葛，越来越觉得妻子邵云端的不妥协态度的冰冷。他甚至发现从前和这位表姐的结婚是一个错误。邵云端是热烈地爱着自己的丈夫的。她悄悄地跑到丈夫的房间里，吻着丈夫的枕头，一阵熟悉的气味使她心醉起来。但是，当宋紫峰主动地找她来表示和好，又不愿意承认错误时，她并没有妥协。她觉得宋紫峰是她生活里不可缺少的，她不敢设想他们的分裂会带来怎样的后果。但他们思想上的分裂已经是客观存在了。邵云端是冷静地正视着这个矛盾的。她相信宋紫峰会转变。在和丈夫的相处中，有耐心的等待，也有原则的斗争。当有人过分地称赞她的丈夫时，她一点也不高兴，认为这只会助长宋紫峰的错误；当有人抹杀一切，不是实事求是地对宋紫峰进行批评的时候，她又为这个犯了错误的同志，进行必要的辩解。她是善良的妻子，最好的同志，优秀的领导干部。

宋紫峰和刘进春、李少祥，以及他的妻子邵云端的冲突，是人民内部的矛盾。这个矛盾的性质是尖锐的，这是两种世界观，两条路线的斗争。但是，党对于犯了错误的人，并不是一棍子打死的态度，而是根据团结—批评—团结的公式，以和风细雨的思想斗争把犯错误的同志引到正路上来。犯了错误的人，尽管要出一身冷汗，尽管要进行激烈的思想斗争，最后还是达到心情舒畅的境地。现实生活中的这一严肃的、生动活泼的政治局面，在《乘风破浪》这部小说里得到了形象的反映，这是小说的一大成功。

作者对宋紫峰这个人物花费了较多的笔墨是值得的。读者关心着这个人物的发展。读者和刘进春、李少祥、邵云端这些人物在一起，为宋紫峰的错误倾向而惋惜、而焦虑，甚至愤怒，但也为他的转变而高兴。整风后的一个清晨，因烧伤住院的李少祥刚刚出院，到工厂休息室去找迟睡的厂长，可是这里有十几个汉子在横七竖八地蒙头大睡，无法认出哪个是厂长。这一景象生动地反映了一个人的思想变化，人与人之间关系的新的变化。

三

为什么小说会获得这样的成功呢？小说有什么不足的地方呢？小说的这些成功首先是作者深入生活的结果。新中国成立十多年以来，在表现工业生产斗争、表现工人生活方面，虽然有了几部比较优秀的作品，但文学艺术如何创造更高大的工人阶级的典型人物，仍然是一个重要的课题。工业生产对我们曾经是生疏的，既然我们的革命干部对这些不熟悉的事物，可以深入下去，一年两年，三年五年，十年八年地下苦功夫，熟悉它，掌握它，我们的作家、艺术家当然也应当这样去做。《乘风破浪》这部小说让人信服地通过巨大的生产斗争表现了工人阶级的思想风貌。如果没有深入生活就很难写出在先进工人身上体现出来的共产主义思想、共产主义风格；就很难通过热爱生活、热爱劳动、热爱工作的人们的眼睛，描画出那些动人的生产景象；就很难写出像宋紫峰的计算尺这样富有典型意义的细节描写（小说里是用各种不同的眼光、不同的语言，描画这把计算尺的）。小说的创作实践，反驳了这样一种论调，说什么工业生产是枯燥无味的，不可能通过生产表现人的思想性格。说这种话的人实际上是以资产阶级老爷态度看待劳动生产的。他们根本不理解社会主义生产是最能表现劳动人民生气勃勃的主动性和创造性的。这里产生最生动的诗，最美丽的画，最动听的歌。

《乘风破浪》中先进工人刘进春、李少祥的形象，虽然是比较成功的，但仍然觉得不够深厚，这两个人物还缺乏一读难忘的那种吸引人的力量，还缺乏丰富的内心世界的描写。至于他们的同伴们，在艺术的描写上，多半缺乏自己的性格和色彩。这个缺点，决不能怪作者在生产中去表现人物，而是因为作者进入生产进入生活的深度不够，对人在生产中的活动观察得还不够深刻，不够细致。李少祥和易大光的关系，对这个落后工人的教育和改造，作者用了较多的笔墨，但易大光的忽冷忽热，忽好忽坏，很多地方缺乏他自己的生活逻辑。因而易大光的存在对表现李少祥这个人物帮助并不大。

生活斗争是复杂的、多方面的，人的思想性格也反映在生活的各个方面。小说在描写宋紫峰和邵云端这两个人物时，就不仅仅在生产斗争和政治生活中表现了他们，而且也比较出色地在家庭生活中表现了他们。这里描写的家庭生活是思想斗争的另一个战线，只不过是因为通过家庭的特点，显得更亲切，思想感情描写得更细致罢了。宋紫峰这一家人，在微妙的感情接触中度过的中秋节之夜，是小说中极为生动的一节。不过，小说描写的李少祥的爱情生活，却是失败的。原因并不在于作者写了工人的恋爱，而是因为没有描写好。李少祥的恋爱除了表现他对女性的腼腆以外，好像什么也没有说明。而且，小说中过多的爱情误会和多角关系的描写，并没有引起读者的兴趣，反而招致来厌烦情绪。因为这些描写是和创造人物、表现作品的主题相游离的。这里也说明对工人生活的深刻观察和熟悉应该是多方面的。

小说成功的另一个原因是作者敢于给自己出新题目，出大题目，紧紧围绕着当前阶级斗争的新形势，安排作品的矛盾冲突，刻画富有时代意义的人物形象。当然，这并不是说要鼓励所有的作者去好高骛远地写作品。如果作者的生活基础是雄厚的，自己的思想又紧紧地跟上了时代前进的脚步，那就不能不为火热的斗争生活所激动，使自己的作品能更好地为政治斗争服务。据作者在一篇文章里介绍，她在1957年春天，凭她在钢都的生活体验，构思了一个长篇小说的故事。想写1956年那个时期工人的生产干劲，写工人与右倾保守思想作斗争，党的领导干部、工人与资产阶级路线的代表人物作斗争。后来领悟到：要彻底发动群众，反对右倾保守思想，就必须坚持党的工业建设路线，与资产阶级的路线展开斗争。经过补充，长篇的主题更明确了。

现在看来，小说的结尾拖得长了一些。整风以后，小说的主要矛盾已经解决了，只留了一个落后工人易大光的转变的悬案没有交代，但吸引力已经不大。如果是在剧场里，有些观众就要立起身来离开剧场了。但小说又接着写了三章。这三章写了李少祥为了抢救炼钢炉而受伤，写了夺钢斗争，其中有不少生动的

原载《文艺报》1960年第6期，
1960年6月。

描写，但读起来总觉得像过了时的通讯，缺乏艺术的力量。用最后一章描写夺钢斗争，在这一章里，时间转移得太快，过程写得太多，又急于交代各个人物的收场，实际上并没有进一步表现人的思想性格的发展。小说主要矛盾的对立面宋紫峰的转变也显得潦草了。我这样设想过：如果作者只在小说的结尾渲染出形势已成定局，而不直接描写大跃进，以上的缺点就可以避免。

为工人创作而歌

——《工人短篇小说选》序

康　濯

一

中华全国总工会宣传部编辑的这本《工人短篇小说选》，历时一年多，从各地工会、文联和作家协会分会推荐的作品中反复挑选，认真审核，并且一再征求了中国作家协会以及部分作家和评论家的意见。我在编选过程中也参加了看稿的工作。这本书首先使我想到的不是任何意见，而是其中的许多作品曾经使我激动，曾经触发起我遏制不住的热情。这是一本严肃编选的书，是一本由开动机器、铸出钢锭、支援农业和织出锦缎的同一双手写出来的劳动、斗争和创造的书，是一曲发自我国工人阶级心灵深处的激越昂扬的合唱。

选集包括二十九篇作品，出自工人作家和职工业余作者共三十人的手笔。这些作品不论思想内容和艺术质量，都达到了难得的水平。比之前些年的职工创作，显然已有了鲜明的提高；其中不少篇章更已是反映当前我国工人生活的短篇中公认的优秀之作。多年来，我们文学上描写工人生活的作品似乎一直比较少。作家们对工人群众生活和思想的天地可能还不是很熟悉。而这本书的作者，以自己工业战线上地道的主人公身份和自己的真情实感，在物质生产的同时献出来的精神产品，比起还不太熟悉工人生活的作家，自会要带来更大一些的力量。因而这本书不仅是近年间我国工人文艺上的代表作之一，在目前我们整个文学创作中的意义也是难能可贵的。

本书中所有的作品都是发表于一九五八年到一九六二年初。我们从书中看到的，也处处都是这段时期内我国人民中闪发着社会主义、共产主义星光的新的英雄、新的事物、新的思想，是深挚感人的生活气氛和真切朴素的艺术描写，是引人回味的劳动、斗争和创造的画意与诗情。这使我想起毛泽东同志一九四〇年写的《〈中国工人〉发刊词》中，曾经殷切期望工人的刊物“多载些生动的文字，切忌死板、老套，令人看不懂，没味道，不起劲”。而这个选集从思想和艺术统一的角度来看，就大多是生动的篇章，内容上很少死板和老套，文字也亲切有味。字里行间往往忍不住便会鼓舞起人们斗争的勇气和理想，会给人以生活的欢娱和乐观。整个选集所组成的合唱就这样焕发着我国人民的时代精神，洋溢着亲切诱人的艺术力量。这就是为什么我在读稿过程中会经常热情触发，并且遏制不住地要在这儿写一些感想，唱一曲赞歌。

二

这本选集所表现的时代精神，这些作品对于我们时代的歌颂，是全书中一个突出而强烈、鲜明的特色。我们所处的时代，是新的革命的社会主义的伟大时代。全国解放后，我们的国家就一直在为社会主义革命和建设的彻底胜利，而进行着忘我的斗争。特别是一九五八年以来，我国人民在党的总路线、“大跃进”、人民公社“三面红旗”的指引下，发愤图强，自力更生，短短的时间更创造了惊人的业绩。这本书便也恰恰通过一定的规模和深度，反映了我国工人阶级紧跟着党的总路线，伴随着农村人民公社的诞生和成长，所表现出来的大跃进的英雄本色和革命气概，与鼓足干劲、力争上游的大无畏的时代精神。

唐克新的《沙桂英》，织布机旁边一个二十一岁的挡车女工，竟能把一批全工厂都不要的，甚至都无法修理的老爷车，在各方面担心和疑怪的眼色中，不声不响、一步一步居然给修好，用好！并且，随着老爷车面貌的改变，沙桂英竟还像“《西游记》中的唐僧会念紧箍咒”那样，使得周围的人们和环境全都飞跃变化，使得“小捣蛋”们“不再那样调皮了”，那个旧社会影响很深的新嫂子“脾气也不再那样暴躁了”，甚至全工区开起小组会来也不再如过去那么沉闷！这难道不是化腐朽为神奇的事迹？然而沙桂英这位“唐僧”创造的事迹又决不是从天而降。对老爷车，不过是和她对新嫂子说的那样：“你要摸熟机器的脾气，灵活地掌握工作法。”并且是“说也说不清，等一会我领你去看”。就是说，她毫无多言多语和高腔高调，而只是从劳动、斗争的实践中一层一层找出了老爷车的毛病，并以平易而顽强的态度和行动，惊慑和促使周围的环境不断改变，又通过周围人们的帮助和灵活的工作方法驾驭了老爷车。沙桂英的力量就是这样可信可亲，震人心魄。

作者另一篇《种子》也同是可信可亲，而同样是挡车女工，但却已五十上下的王小妹，她那番创造可又展示了怎样不凡的气势！人家一天只能做七十多车，她却做到一百车以上！这还是个伶仃干瘦、呆头木脑、谁都看不上眼，只想“照顾”着让她去休息的生手，她挡的车也同样是老爷车！况且她对自己创造的奇迹还根本就一句都说不出来，也从没想到自己创造了什么奇迹，甚至工人出身的车间主任反反复复都找不到她那创造的秘诀。原来她的秘诀是在接头上，别的车子断纱停车以后，便得到处寻找断头之处，然后再接上，再开车；但王小妹却与众不同，她从日常的实践中锻炼得只要控制断头的钢针掉了，就能在那山呼海啸的车间听到掉针的音响，自己立即就“准确地知道断头在哪里，半步冤枉路也不必走”。至于这个看来有点神奇莫测的事物，归根结底当然也照样并无过分特殊之处。要知道我们的将军都能在炮火隆隆之中，听得出每一响枪声的方向！王小妹的力量，只不过是由于她把自己挡的车当作了“身上的一部分”；由于透过她那瘦小迟钝的身子，在灵魂深处蕴藏着一颗革命的理想的种子，这颗种子鲜红发亮，饱含着足以排除万难和创造一切的时代精神。

或许这两篇作品所展开的场景都近于平凡，都缺少最近几年生活中那种磅礴雄巍的“大跃进”气势？事实并非如此。沙桂英和王小妹都正是在“大跃进”的风云起伏之中，才完成了自己的创造。沙桂英还说过：“五六年前，这里还是一片田野，现在却成了一座工人城了。”又说：“听说在北方我们新建了一个完全新式装备的大纺织联合企业……”这不就是作品中和生活中的工业建设一浪高过一浪的背景？至于王小妹，也正是由于“大跃进”的速度形成了你追我赶的情况，她的经验才得以发掘和推广的。况且我们“大跃进”当中那种大无畏的干劲又是和实事求是的钻劲联成一体，那种一往无前的风格又是和科学实验的严肃态度结合起来的。这是党一再强调的方针，也是近几年间生活发展的现实规律。在这里，《沙桂英》和《种子》不是恰恰表现了大跃进的真实面貌的一角，和三面红旗的整个革命精神么？

而胡万春的《一点红在高空中》，则是着重于通过“三面红旗”的浩荡雄美的声威，描写了人的长成和个人在集体中的地位。我们看到那壮阔的工地上大卡车开来开去，车轮把泥浆溅得老高；一架架怪物似的推土机吐着青烟，呜呜地爬动；六七只黑色热水瓶似的高炉冲天矗立；各种类型的建筑物上，无数充满了青春活力的年轻人爬上了高空。就在这火热宽广的熔炉的高空，有一个外号“一点红”的娇惯的姑娘阿珍，经受了锤炼和正在成长；就是说，这位“一点红”正在红光普照的高空里，消失于一片金红的人海，融化于整个时代的鲜红的集体之中。

雄阔的步伐而又结合着实事求是的精神，这在许多作品中都遏制不住地跃然升起。像《老工人的心》中那个六十余年只专一修理火车头的“二七”老工厂，在“大跃进”的年月就居然干劲冲天地敢于试制机车！但他们对锻制尾梁的关键活儿却又是那样严肃认真，反复试验。又像《在任主任身边》所描写的“小魏虎舍命救锅炉”的事迹，正如工人们所说，那该有怎样的熊心豹胆！然而，通过老工人、老游击队长、如今的任主任对魏虎的教育、培养的种种动人的细节，却又使人感到小魏虎的共产主义风格是闪发得何等自然！还有《风雪韩家山》，描写了一群大都刚离开学校的测量队员，在暴风雪之夜的荒山上分散坚持工作中，那使人忧喜交加的情景。他们一开始有人胆小得尖声怪叫，有人甚至还开了小差。怎么办？他们老帮新，大帮小，互相支持和鼓舞，为几年以后这山里将要煤井林立的理想所激动，从自己烧起的熊熊篝火中吸取温暖和乐观。他们终于表现得像组长所说“都是好样的”，开小差的那一位也有情有理地回来了。

这都是促人向上和引人回味的思想和艺术的力量。这种力量跳动于选集之中，展示着非凡的气势和科学实验的精神，构成了整部作品里一个强烈而鲜明的性格。

三

我国工人阶级一直站在劳动创造的最前列，特别是最近几年更从广阔和深刻的领域，多方面地发挥了新的革命的时代精神。上述作品中所反映的那种自力更生和发愤图强的创造的光辉，在生活中就会形成深入人心的技术革新和技术革命运动，而这一选集也向我们揭示了这一群众运动的魅人的景象。不只是老爷车的征服和锻制尾梁的创造，几乎大部分作品都触及了技术革新。万国儒的《欢乐的离别》中，那个老冯头是不把全厂的手工活全部机械化就决不收兵，最后并同他那老师傅留下和伴随自己一生的一把血泪斑斑的大铁锤，也终于激动而欢乐地告别。选集中还多样地反映了"分秒必争"的紧张的创造，甚至一个哑巴搬运工都智慧迸发，搞出了有益的创造发明。而《革新曲》则通过一个工人家庭中父女之间和岳父、女婿之间的互相帮助和斗争，描绘了一个玻璃工厂为了"高产、优质、低耗"而创制纤维池炉的纠葛和胜利。整个选集就正是通过这一丛一丛的火炬，照映出了生活中技术革命运动的火海火洋。

是不是这一类点滴星火般的创造发明，终于未免有点平常，倒反而显出了我国工业水平的落后？不，一方面，我们的落后和贫穷是来自旧社会，而新社会却能像对待老爷车那样化无用为有用；其意义可怎能稍加轻视！另一方面，更重要的是像"一点红"和小魏虎所在的那些千军万马般工地上的劳动，整个都是我们在工业现代化过程中的壮阔的技术革命；况且选集还通过其他作品，比如通过《晨》所展现的那个十几只烟囱喷着浓烟的电厂，通过那个电厂同新的工业区里钢炉、船台、脚手架等等所建立的，电缆如蛛网一般血肉相连的那一番壮丽景色，十足反映了我们的落后和贫穷早已在逐步改变面貌，和我国工业技术日益先进的水平。再者，尤为重要的，是作品中对所有这些技术的发展和革新，又都主要并非着眼于技术，而主要是着眼于改革和提高技术的主人，着眼于他们每一细小创造和行为的崇高目的和理想。这只要看看《老将出马》：

在一个三十多人的小修理厂发展成为三千人的拖拉机厂里，一位爱发发火的杨师傅，三年中便送走十二个徒弟支援了外厂，虽然他每一回都很不乐意人家调走他精心培养的徒弟，却又每一次都感奋交加地劝说徒弟服从调动；特别是最后连他自己也被外调，而他也终于在绵绵的留恋中坚决离厂！他这都是为了什么？原来他是为了要全国“一盘棋”，更为了要叫厂里轰隆隆的创造之声传出去，“叫它在边疆、在内地、在山沟里都能听到”！也就是为了要把我们的社会主义建设得更加美好。此情此景，难道不是更加鼓舞了我们对祖国工业现代化和祖国富强的坚强信念么？

有些人往往醉心于讥讽我们的贫穷，这种人不过是早已丧尽了革命的志气。我们却敢于正视贫穷和勇于改变“一穷二白”，勇于从一切细微的革新着手和分秒必争。选集中的《风雪之夜》里有个黄师傅，会被人误解为有“小家子鬼”作风，因为他连一滴水也不让浪费，而另一篇《副工长》中的小强则“乱纱废絮都是宝”；但他们的风格都终于激励和带动了周围的人，因为他们都闪发着社会主义节约原则的光辉，闪发着今天工业战线上到处传扬的“一厘钱精神”，当然这也是我们时代的革命精神的体现。

我们新的时代精神还通过这本选集，闪发在许多领域的宽广的角落。《我和王师傅》《变穷山》以及《管家娘子》，就从不同的侧面，描写了工业支援农业和工农的密切相关。《新助手》等篇又通过工厂党委书记下放参加劳动的巧妙安排，鲜活地描绘了我们党的领导同群众结合这一艰苦奋斗的传统。此外还有更多的作品，则着力反映了我们的时代人与人之间极其重要的全新的关系，反映了在这种关系中跃动着的，社会主义、共产主义思想的光芒。

这种关系首先浸透在工人之间的协作相帮和革命竞赛中，选集里的《副工长》和《不相识的对手》等篇，就在这方面展开了意趣不同的情节。那协作和竞赛的双方都是怎样不约而同地要求得极其严格！每一方都暗下死劲，对对手甚至更凶狠地监视督促，毫不留情！然而，当对方一旦面临困难之时，有的虽要假装冷脸，却不论是谁，都会主动、无私地全力相帮，热心热肠地宁愿把困难留给自己。特别是《战斗的里程》中，火车司机刘百能和胡大海共同跑过的那短短一段路，更把一个先进支援后进的简单过程雕塑得那样巧妙、含蓄和不留痕迹，使得先进者和后进者的思想，跟随那迎着狂风暴雨猛烈冲击的列车而自然地升华、高大，而在精神的风雨里飞跃前行。这短短一段人与人之间协作相帮的战斗里程，便也这样显得又严峻又亲和，显得一新耳目。

另有一些作品反映了师徒之间的新的关系，反映了师傅培养徒弟的新的过程，这当中《金枝玉叶》足为代表。这些作品一扫过去师徒关系中落后的痕迹，而变得他们之间完全是忠诚的同志与亲和的朋友；并且不论徒弟是怎样千差万别，师傅的要求总是寸步不让，但又往往关怀得近乎过分和多余。《金枝玉叶》中的老师傅对徒弟有时简直是严厉斥责和铁面无情，另一方面却又连黑夜睡觉都对徒弟体贴备至。更突出的是，他的严厉原来首先是严厉在要把无产阶级的斗争的命运教给徒弟，首先要求徒弟成为无产阶级的金枝玉叶和金子骨头！这就使得那个奶气未干的小学徒转眼便自然成熟起来，至于他技术上的飞速长进，显而易见是谁都不会怀疑的了。

这种出自崇高的阶级之情的关系，还通过其他作品，渗透于工会的组织生活中和民族的友谊中，渗透于家庭之间以及男女之间的爱情关系里面。《副工长》就从一对青年男女在劳动中的互相帮助、督促和互相“满意”，写出了他们阶级同心的爱情的初春。《刘兰》则通过女儿和父亲以及她的爱人之间种种关系的巧妙安排，从严格而温暖的阶级感情着眼，同时写出了新的家庭、新的爱情和新的事业水乳交融的面貌。这类作品都有着牵动心弦的纯真的魅力，给人以劳动斗争的诱惑和和平建设的向往，使人感到幸福的欢欣。

四

我们所向往的幸福和和平，正如同《革新曲》中所描写的那样，当然都是建筑在劳动的和革命斗争的基础之上，都决不齿于乞求和等待，而是敢于通过斗争去全力争取的。敢于斗争，敢于胜利，这从来就是我国人民大无畏的英雄气概，也是我们最彻底的时代精神。而回避斗争却不过表现了对人民力量缺乏信心，这即使是职工的文艺创作，也没有采取此等廉价乐观的道路。选集中的一些作品，便记下了我国工人阶级历史上的“二七”罢工和其他革命事迹，也申诉了帝国主义和反动派的罪恶，并把这一切都化成了今天劳动斗争中的力量。另外一些作品，则从阶级斗争的观点反映了我们工业战线上种种人民内部的矛盾，揭示了工人群众中某些旧意识的残余和影响，并且刻画了这些矛盾通过斗争而被正确克服的各式各样的具体过程。

《沙桂英》就大胆揭示了新旧之间的无情的冲突。这篇作品首先是通过沙桂英和副工长邵宝顺那种个人主义的对立，错综交叉地进而展开了落后工人新嫂子同沙桂英的矛盾，以及许多人对沙桂英的怀疑和不了解；甚至沙桂英也同调皮的青工和严格的老技工发生过争吵，同母亲都有过龃龉。但这位年轻的女工却敢于平静无波地毅然面对这些，只顾顽强地通过调查研究和群众的帮助，而全心着力于老爷车的征服；并终于在那批车子逐步驯化之中，逼使得上述工人们自然地同她靠近和对她尊敬，甚至都逼使得那位宛如老爷车的新嫂子也开始转变，就连邵宝顺竟也会忽然积极起来。

不过更惊人的，是作品并没有在这样很不轻松的斗争胜利后就告结束；而居然又毫无顾忌地再深挖下去，随着老爷车的进一步征服，狠狠刨出了邵宝顺的积极不过仍然是为了个人荣誉，特别还是为了对沙桂英的十分庸俗的爱情追求。这又不能不再次引起新嫂子和其他工人对沙桂英的新的误解和怀疑，可是，沙桂英却依然照样，还是不露锋芒地勇敢前进！对邵宝顺的庸俗追求予以断然拒绝，但又绝无怨恨地向他指出了上进的道路；对新嫂子更是毫没私心地一帮到底，使得那样一部“老爷车”也终于有了可以见到的彻底的转变。而作品就这样通过尖锐、复杂和强韧的战斗，带来了思想、生活和艺术的巨大胜利。

但作品竟也还没就此结束，又在最后一页，留下了一个沙桂英全不计较劳模荣誉的那种态度使有些人仍不理解的结尾。不过这当然只是暂时的不理解，并且沙桂英实际当然已是劳模，也当然定会很快通过正式手续成为劳模；她那全然忘我的洁白晶莹的思想，自也会越来越被更多的人理解，和召唤起更多的人全心学习。就是说，作品便又以这似未解决的矛盾所赋予的暗示，最后再把整个思想、生活和艺术的力量，激扬震魄地推向了更高一步的峰巅。

选集中的大部分作品都接触了种种样样的矛盾和斗争，有的是由于经验不足而产生的，有的则发源于对党和人民的力量认识不足，或是由于旧的习惯势力作祟而出现的误解；更主要的则是集体主义同某些个人意识和本位主义残余的冲突和斗争。其中有些篇章是侧面或间接触及冲突的，《说客》与《我和王师傅》等篇则是从正面铺开，并几经反复才获得了胜利。《说客》中那位娇惯的落后工人所表现的贪玩爱闹、无虑无忧、对工作缺乏责任感的不良习气，从某一生活领域来看，该是有一定代表性的；那位党员组长下决心改造落后者的思想过程及其种种行为，也有着一些平易引人的力量。

胡万春在《步高师傅所想到的……》那一篇中展开的矛盾，则是集中而尖锐。写的是师徒二人都担任了工段长，徒弟还跟师傅展开了竞赛；但徒弟居然以“独立工作”“威望”和竞赛的荣誉为借口，而盲目自信地一再拒绝师傅的帮助！这实在叫师傅差点儿就要没有办法，不过师傅所想到的是不能丝毫损害集体的利益，不能放任不管自己的徒弟；他终于从党支部直接汲取了力量，并且毫不退让地通过严格而无情的实践，促使得徒弟猛然惊醒转来，也同时带给了我们胜利的欢愉和快慰。

这篇作品的结尾，还描写了步高师傅把常常带给徒弟的烧饼，换成了《把一切献给党》这么本书。这一有意的安排，毋宁看作对于我们在处理人民内部矛盾中，依靠批评和自我批评、耐心说服以及拿事实进行教育这一整套方法的简单概括。我们对待敌我矛盾，是坚决战斗到胜利；至于内部矛盾，尽管也同样是毫不妥协，尽管采取的方法暂时或许还会有人觉着不大习惯，但终于都会像步高师傅的徒弟那样得到衷心的温暖。因为这当中蕴积着我们阶级感情的绵长的力量，蕴藏着我们时代精神的不尽的源泉。

五

阶级和时代力量及其源泉，都来自站在阶级斗争和时代尖端的人物。这本选集在人物塑造上也有难能可贵的表现。首先可以鲜明看到一批性格各异，但精神面貌都同样感人的老年工人的形象；这当中的步高师傅和《金枝玉叶》里的定邦师傅，又通过他们各自的特色，而足以代表书中的部分老工人。那个定邦师傅常常怒气冲冲，开口就拿“过去的烈士”来要求一切；谁若说他老，就要抖着山羊胡子硬生生斥责；对徒弟更严厉得有点近于凶暴，对任何人都轻易不肯赞扬。然而那个老头子却又是菩萨心肠，阶级感情和以革命历史教育后代的那份热心，简直不仅使得他的徒弟，也会使任何人难忘和激奋。这莫非不是我们生活中不难看到的性格，和工业战线上随处可见的脊梁骨么？

《种子》中的王小妹又代表了另外一类老工人，这个“风也吹得倒”的王大妈，外表上怕谁都很难看出她的意志和威力。人们只记得她仅有一次表示不甘老弱，再三坚持过“让我去挡车”。可谁知她在进入车间后那呆头木脑的情景中，倒天天都暗暗记下自己的成绩，万一成绩偶有减少便要吃睡无心！同时就也这样坚韧不拔地默默摸索，竟把整个心身都钻入了机器的灵魂深处，以至自己毫没察觉，便能在海啸的车间听到一根针掉落的音响。这是怎样非凡和难于服人的威力！但事实俱在，更重要的是她还早在开始识字和自学党课，早已写下了“我想入党，够不够？”这样一张申请书；她是被旧社会埋没的火种和宝珠，如今不过是宝珠出土发光，红色的种子抽芽结果而已。当然王小妹的形象也恰恰是在这里有一定的典型意义，这个独特的王小妹在我们生活中又绝不止一个，而是成千成万的。

选集中还塑造了一批活跳跳的青年工人，像定邦师傅的徒弟陈继志虽是奶气未干，但又决不甘于年小体弱而显露了顽强和沉厚；像刘兰是为了坚持原则而面对任何压力都岿然不动，这位年轻女工的风采和性格，可以说代表了书中好些个棱角逼人的俊俏的姑娘；还有《晨》当中的王小杰实在过于贪玩，不过他又和“说客”不同，他是把工作重担都放到了师傅的身上，而当师傅一旦病了的时候，他却突然张皇失措地感到担子“全倒在他的身上”，并从痛苦的自责中挺起了腰板，一步一步合情合理地开始把师傅的担子担了起来。这一批青年全都性格鲜明，也都显然是我们工业战线上可以信赖的接班人的形象。

在《战斗的里程》中出现的刘百能和胡大海，在《管家嫂子》中出现的那位直冲直闯和赤胆衷肠的大嫂，性格刻画得也都跃然纸上。《新助手》中的党委书记老张和《在任主任身边》中的任主任，又描出了两个老革命干部艰苦奋斗、默默无闻、只怕别人着凉而记不得自己吃药的各不相同的性格。这都是朴素、崇高的性格，我们这些老革命的性格永远世代相传，而年轻的沙桂英，则可以说是完全无愧地接住了他们的接力棒。

沙桂英从她那老革命工人的父亲身上，无形接受了“保住自己并不算好人”这种思想，形成了全心全意劳动斗争的天然本色。她生产很好，对任何工作和任何人的缺点都绝不妥协而又毫没私心成见，这一切在她简直都是无心无意，都来得那样不用考虑和习惯自然。即使那位邵宝顺专一为了保住个人，沙桂英对他有过反感，却也照样是该给予帮助的，依然不用考虑便给予帮助。而她又并不是什么圣女神胎，她甚至也要在家里的桌子上练练乒乓球手腕。当那个刻画得不坏的邵宝顺凭着个人幻想，把她日常对自己的无心帮助看成是有什么情分，并终于向她求爱的时候，她那素有的大胆泼辣竟也会变得张皇无主。当然她最后是坚决拒绝，可是见到人家那万分沮丧的神色，她又感到自己虽“不喜欢他，但不应该毁坏他，而是应该帮助”，同时便送给他两本助人向上的好书。此外，她从没想过要当劳模，就也依然再三地照样直说。沙桂英就是这样平凡而难得，她的形象也就这样放出了富有典型意义的光辉。

作品中曾把她戏称为“傻桂英”，称呼得好，称呼得和“傻雷锋”一样。这正是代表着我们时代精神的英雄的名字，我们时代的英雄都正是“傻”得平凡、杰出和崇高。有些人正在宣扬文学上的什么平庸灰色的“非英雄”，这只不过是希图麻痹人民的革命意志。我国人民则是要永远坚持革命，我们许多的“傻雷锋”“傻桂英”都永远站在革命的尖端。

六

这本书的某些篇章还透露着鲜明可喜的浪漫精神，透露着关于工业现代化以及个人前途同集体结合的宽阔美好的理想，这在《沙桂英》和《风雪韩家山》中都不难见到。而在“一点红”的那个工地以及其他场合，则又朴素点染了一些浪漫手法的色彩；特别是那个高空里的“一点红”融化于火红人海之中的一

原载中华全国总工会宣传部编《工人短篇小说选》，
工人出版社1963年12月；
另刊《湖南文学》1963年第10期，1963年10月。
这里选用的是《湖南文学》的版本。

派景象，更显得画里江山炽热和意境悠长。另有一些劳动画面也魅力诱人，像步高师傅的那个车间竟把火红的钢条变得面条一般，像沙桂英操作表演的细密轻盈和飞翔如春燕，就都展示了劳动创造的浓香和壮美。

在艺术结构上，除了《沙桂英》是错综而分明，绝大部分作品都是开门见山，单纯紧凑。人物一出场就赋予特色，文章一开始便摆出纠葛和斗争。不拖沓，不冗长，语言也相当生动。像《金枝玉叶》等篇中就有不少语言脆爽、风趣和追求性格化，看得出是来自斗争和劳动，来自工人生活的广阔的底层。

选集中也并非白璧无瑕，不，无论思想和艺术都还有明显的不够之处。对近年间我国工业跃进和提高的巨大变化，就反映得不够充分。特别是对我国工人阶级在工业跃进过程中所面临的种种阶级斗争和复杂的矛盾，以及突破这些矛盾而一往无前的曲折过程，反映得不广，不深，力量不足。此外，我们生活中沙桂英式的人物到处都有，但也记载得不多。作品质量也不太平衡，有几篇的题材、构思和艺术表现甚至还有点雷同，描写竞赛和技术革新的篇章较多，第一人称的表现手法也较多，显得生活的发掘和艺术的创造不够广阔和丰富。另外，还有少数地区和部分工人作家的作品，选集中没能包括。这都很可能是由于选稿的疏漏。不过，尽管如此，上述种种都显然只是次要的瑕疵。这本书的整个光霞闪射纷飞，这本书完全无愧于最近几年我国工人文艺创作上的代表作之一。这本书组成了一曲关于劳动、斗争和创造的激扬的合唱，并通过整个乐曲中显露出来的时代精神和艺术格调的潜力，预示着这一曲合唱将要更加高昂奋发，预示着我国工人文艺创作将要日益又新又美，日益发展和提高。

一九六三年七月十一日于长沙

话剧的新收获

——《千万不要忘记》观后感

曹　禺

一

这两年，话剧又一次获得大丰收，出现了一系列反映时代精神、反映革命现实的剧本和演出。这些剧本抓住当前工农业生产斗争、阶级斗争的重大问题，写了适合工农群众需要的新题材。话剧作为一种上层建筑，现在更紧密地和工农兵结合在一道，更有力地为社会主义经济基础服务。戏剧舞台在普遍开花，各种戏曲，包括京剧，都出现了许多成功的写新题材、写当前斗争生活的剧本，呈现出欣欣向荣的新气象。这几年，戏剧阔步前进，是和我们最广大的人民群众一直坚定地高举总路线、“大跃进”、人民公社“三面红旗”，充分发扬自力更生，奋发图强的战斗精神分不开的。中国人民在党中央和毛主席的领导下，积极地同困难作斗争，全力投入生产斗争、阶级斗争、科学实验三大革命运动，获得了辉煌的成就。优秀话剧创作，正表现了我国工人、农民、部队和知识分子为无产阶级革命事业艰苦奋斗、勇往直前的精神。

话剧舞台上出现许多令人感奋、有高度阶级觉悟、有共产主义风格的英雄人物。《霓虹灯下的哨兵》中的鲁大成和赵大大，《雷锋》中的雷锋，《李双双》中的李双双，《丰收之后》中的赵五婶，《年青的一代》中的萧继业，《远方青年》中的沙特克,《激流勇进》中的王刚,《千万不要忘记》中的丁海宽和季友良,《第二个春天》中的冯涛和刘之茵,《南海长城》中的区英才等，这些鲜明生动的形象给全国千千万万的观众以深刻的无产阶级的思想教育。他们都是从生活中提炼出来的真实人物，洋溢着饱满的革命精神，生龙活虎，大公无私，因此感动我们，也教育我们。

这些剧本不只是反映了当前的革命斗争，也提出了各种各样的重大问题。比如，个人、集体与国家的关系如何安排(《龙江颂》《丰收之后》)；怎样教育革命的下一代(《年青的一代》《远方青年》《小足球队》)；工业、农业战线上的人民内部矛盾如何处理(《激流勇进》《李双双》等)；怎样是科学实验中的实事求是，高度负责的态度(《激流勇进》)；又如，生活中的无产阶级思想与资产阶级思想的严重斗争(《千万不要忘记》)，向帝国主义和反动派斗争的敌我矛盾(《霓虹灯下的哨兵》《第二个春天》)，工农业战线上的阶级斗争(《箭杆河边》等)，生产战线上比、学、赶、帮的运动中先进与落后的关系(《一家人》)，高级知识分子不断改造的重要(《三人行》)，全民皆兵的伟大军事思想(《南海长城》)。这些问题在近来的优秀剧本中得到了比较深刻的反映。看了戏，我们更理解了今天的时代精神和我们在革命斗争中应站的位置。可以说，这些优秀的剧本是时代的号角，催动我们团结一致，昂首前进。

话剧能获得这些成功演出，并不是偶然的。如果没有党中央多年来的教育和指示，没有八届十中全会给我们的思想武器，以阶级分析的方法来看当前的斗争，这次话剧创作的丰收是不可想象的。有了伟大的毛泽东思想作指导，剧作者们才开始从复杂多样的生活中看出问题，认识到问题的本质，他们才能体验、分析、研究一切阶级、人物和生活。第二个原因，这些年剧作者们深入生活，参加各种战线上的斗争，和工农兵一道进行社会主义革命和建设。他们从生活斗争的实践中获得了创作的源泉。第三，剧本的成功和当地党的领导，甚至更高的领导，有密切的关系。无论在题材的选择，人物的塑造，思想主题的酝酿，以至台词的锤炼上，都或多或少依靠了党的指点。这是一个成功的指导创作的经验。由于党一直是高瞻远瞩，具体指导，一抓到底，许多剧本才有现

1.《关于正确处理人民内部矛盾的问题》，第26—27页，人民出版社，1957年版。

在这样优异的成绩。另外，群众的智慧和帮助，也丰富了剧本的内容，提高了剧本的艺术表现。自然，作者的辛勤劳动和思想与艺术上的成就是剧本成功的主要力量。但是领导、群众、作者三结合的创作方法无疑的是一个行之有效的好办法。

看了这些优秀剧本，我得到了很大的启发。它们不只在思想上给予我们深刻的教育，在艺术上也是光彩夺目的。现在我仅就一个戏，哈尔滨话剧院丛深同志写的《千万不要忘记》谈一谈我学习的感想。

二

《千万不要忘记》是一个很出色的剧本。我看了演出，读了剧本。它使我震动，促我思考，叫我不能忘记身边一件严峻的事实：日常生活中，资产阶级思想意识正在隐蔽地或者露骨地和我们争夺接班人。

像剧中开鲜果铺的姚母一类的人，难道我们的身边没有吗？我们认识的年轻人的思想感情，不也有被这类三亲六故"下了蛆"吗？大规模的急风暴雨式的阶级斗争虽是基本结束了，毛主席却一再教导我们："……无产阶级和资产阶级之间在意识形态方面的阶级斗争，还是长时期的，曲折的，有时甚至是很激烈的。"[1]资产阶级影响和旧社会的习惯势力远没有完全消灭。生活中有一些"姚母"，"用他们日常的、琐碎的、看不见摸不着的腐化活动"，涣散无产阶级的接班人的革命意志。这些人虽然在人口上比例不大，但一有机会，他们便影响人离开社会主义道路，走资本主义道路。这些人的思想，是和无产阶级敌对的，不能两立的。这些思想所及之处便有可能成为修正主义的温床。姚母这一类人还是属于人民内部的，但他们的恶言恶行，如果任其发展，必然会对无产阶级专政的基础有所损害。这些人，不管他们是否意识到，事实上是为资产阶级复辟开辟道路。

丁海宽这个人物向我们大喝一声：必须和这些病菌一样的东西进行针锋相对的斗争，这是一种容易被人忘记的阶级斗争，我们千万不要忘记！

这声警钟敲得响亮、及时。这出戏也有力地说明另一个真理：只能使大家认识了这种阶级斗争会长期存在，提高警惕，则无论资产阶级敌人如何隐蔽，如何进行腐蚀活动，他必然被指着鼻子拉出来，被看作过街的老鼠，被目光锐利、坚持真理的工农群众所铲除。

因此，作者所安排的环境和人物的关系是典型的，真实的（有几个人物，如丁海宽、丁少纯、丁爷爷、丁母、季友良和小业主姚母等都写得很生动）。一台戏里，写了许多正面人物。这些生气勃勃的正面人物，有的可能犯错误，有缺点，但他们都是要为社会主义革命和建设积极贡献自己力量的人。这样写，便写出社会主义中国绝大多数人的心情，写出一个自力更生、奋发图强的时代风貌。大家有革命干劲，大家对前途有信心。

老工人丁海宽是清清楚楚地意识到新社会的巨大力量的。剧中的姚母，这个被识破了的过街老鼠，挎着包袱要下屯，找她在农村中的女儿的时候，丁海宽出乎儿子、儿媳意料之外，留住这个开过鲜果铺的亲家说："别走了亲家母！走到哪儿还不都是新社会呢？……"这一句话包含着无产阶级对革命的信念，仿佛他在庄严地对资产阶级思想宣判：资产阶级思想在新社会到处都站不住脚，早晚必然被消灭。"姚母"的思想哪里也吃不开。丁海宽正确地估计了这一场在思想领域中长期、复杂、激烈的阶级斗争的必然结果。

《千万不要忘记》的作者的阶级感官是敏锐的。他在许许多多、日常惯见的小事情上，嗅到一种与无产阶级相敌对的东西。他下去做党委工作。他在一个电机厂里跟一位二十几岁的"老"师傅当徒工。他住在工人的单身宿舍里，和一些苦水里熬出来、政治觉悟高的老工人在一起；也和一些技术高，聪明伶俐，从戴红领巾，入青年团，一路顺风，一两句话就可以写完自传，但在政治上却显得十分幼稚的小师傅们在一起。他结识了不少先进工人。他们身上不带一分钱，整天爱钻图书馆，想革新，想改进。除了进车间，便是搞试验，他们创造很多新工具。许多单位来取经，他们不骄傲，还是勤勤恳恳，一心一意，干他们热爱的工作。他们不想任何享受、浮华，不盘算自己的工资高低。他们的心，整个地放在党的革命事业里。他们认为这样的生活、工作、研究便是一种崇高的快乐。别人提起生活上的享用，他们说："想那些东西是无止境的，没

1.《关于正确处理人民内部矛盾的问题》，人民出版社，1957年，第27页。

什么意思！”这就是今天社会主义的典型的工人。

但是，作者在这一片欣欣向荣、如花似锦的工厂生活里，也看见一些旧的，不健康的东西。生活里偶然也露出一些不对头的思想、言语和行动。工人们的三亲六故谈笑之中，有的人表现出对浮华享乐生活的羡慕，有的人鼓吹投机取巧的行为。有个别思想幼稚，但也可以说是糊涂的青年工人，有时却对这些错误的言语、行动采取淡漠的态度，有时甚至受了影响。这些细小、琐碎、刚刚冒头的东西使作者不安、吃惊、焦虑、思索。他感到这些东西像水银泻地一般，哪里有空隙，哪里便要钻进去；不去提防，简直是无法封锁住的。

他被那些“小师傅”的姐姐、岳母、叔叔、大爷们给他们思想上的毒害，大大震惊了。有一个自小到大，一直受党的养育的青年工人，接触了恶亲坏友，便渐渐分不清是非，看不清美丑，竟和这些坏思想坏意识和平共处，被他们牵着走上另外一条道路：羡慕高工资，要手头阔绰，居然想做取巧的事情了。作者感到这里有问题。但还摸不清这问题的实质是什么，它有多深、多广。当时一般干部群众正热火朝天地进行生产斗争，对我国社会中现存的阶级斗争还不像今天这样敏感。很多人还没有意识到敌对的资产阶级思想向我们进行“渗透”，进行“溶化”的危险。

直等到作者读了列宁的《共产主义运动中的“左派”幼稚病》。一再读了党的八届十中全会公报，深深体会了毛主席指出无产阶级和资产阶级在意识形态方面的阶级斗争以后，他才有了明确的认识。仿佛关在黑屋里摸来摸去，碰到些东西，不知是什么，一下子照亮了，才看见磕手碰脚的就是这些资产阶级的坛坛罐罐。有了毛泽东思想的指点，有了这个指路明灯，他准确地理解了他所接触的现实，更深地感觉到了阻碍人们前进的资产阶级思想的顽固性。原来，我们要向后一代“传”道理，“传”思想；他们也要向后一代“传”道理，“传”思想。正如毛主席说的：“无产阶级要按照自己的世界观改造世界，资产阶级也要按照自己的世界观改造世界。”[1]这是两条道路的斗争，是关系无产阶级大业兴废存亡的问题。

这个剧本给我的印象：作者是一个敏于观察的人。他能用毛泽东思想分析、

1. 《实践论》，《毛泽东选集》第1卷，第275页，人民出版社，1952年版。
2. 《在延安文艺座谈会上的讲话》，《毛泽东选集》第3卷，第871页，人民出版社版，1953年。

研究自己所掌握的材料，而不被湮没在大量的生活素材里。他有深厚的革命感情，但是，只有当他用马克思主义的观点来理解事物的时候，他才能看清楚生活中那些有问题的现象，才能把感觉到的问题搞明白，才引起他更深刻的感受，才有可能产生抑制不住的革命的创作冲动。毛主席说："感觉到了的东西，我们不能立刻理解它，只有理解了的东西才更深刻地感觉它。"[1]为什么《千万不要忘记》这个剧本指出的问题那样震动我们，教育我们，原因之一是作者的毛泽东思想和阶级感情在这部作品的创作里起了作用。

三

任何剧本都应该在思想、人物、结构、语言上见功夫。四者都见光彩，互相配合，互相呼应，为主题服务，才能使我们既受到深刻的教育，也能得到较高的艺术快感。写一部好作品是艰难的，需要作者既懂政治，又懂艺术，更需要他肯下功夫：实践、认识，再实践、再认识；不断地切磋琢磨，思索再思索，修改再修改，才能做到。好作品的标准是什么呢？就是"革命的政治内容和尽可能完美的艺术形式的统一"[2]。

《千万不要忘记》的作者是朝着这样的方向奋力前进，有了可喜的成就的。它的结构自然、细致，人物真实、生动，语言丰富而且比较活泼。这些都经得住推敲，使人念念不忘。剧本首先要经得起剧场里群众的考验，其次要经得住群众仔细揣摩，经得住静下来细读。这类剧本不多，这个剧本似乎是一本既可演又可读的作品。

引人深思的人物和语言是这个剧本的一个特点。

我很喜欢丁海宽，这是一位踏踏实实、爱工作、爱革命的下一代，洋溢着阶级感情的老工人。他说话很多，观众却非常愿意听下去。他有些话是大家知道的马克思主义普遍真理，却一经他说，便蕴藏着人物的思想感情。他肯用思想，严格要求自己，也严格要求别人。他的话是一个老工人的肺腑之言，又恰恰放在一个正需要他那样讲的"坎儿"上，你就爱听，非听不可。当作者把性格、结构、语言配搭得恰当的时候，富有思想的语言便显得自然、真实、逻辑，而不使人感觉造作、干瘪。

作者给丁海宽很多机会，激起他做父亲的责任感，做工人的阶级感，使他深思默想，使他时时刻刻忘记不了他对他的阶级、社会、国家应尽的责任，和他在复杂生活中应站的位置。儿子——那个思想单纯可是政治上幼稚的年青工人丁少纯，为了爱情，居然“根本不计较”人的阶级性了。他，一个工人家庭长大的，可以和他的朋友季友良同样成长为有共产主义风格的青年人，居然被那个开鲜果铺的岳母撺掇着打野鸭，卖野鸭，摆排场，讲究穿纯毛料子衣服了。他，一个正在和朋友创造革新，搞“科学实验”的青年工人，被只想“吃香的、喝辣的”，投机倒把的岳母煽惑，居然误了工了。最后，这个父亲放过多少年猪，祖父扛过三十六年大活的丁少纯因为沾染了病菌一般的思想，竟在下线时马马虎虎，把钥匙掉在电机的槽子里，出了生产事故了。一件一件的事情安排得丝丝入扣，事理的逻辑一步一步引申发展，柳暗花明，曲折而自然，一直引到高潮。由身边琐事引到国家大事，由个人的生活思想小事引到集体的社会主义生产大事。问题解决了：返了工，拆开电机的槽子，取出来丁少纯的钥匙——那把标志了丁少纯一度沾染过资产阶级思想毒害的钥匙。谁不想知道这把钥匙会引起丁海宽，这位热爱革命的下一代的父亲，怎样的想法呢？我们应该怎样看待这个开鲜果铺的老板娘呢？怎样认识她散布的思想呢？丁海宽如何处理这位亲家母的事情呢？是留下她，还是让她走呢？这些问题暂时放下来，却使丁海宽先说出那一长段爆发出思想火花的话。这当日，观众里哪一个不想听下去，不愿意接受这场教育呢？

丁海宽对他的儿媳说：“你以为把你母亲一送走你们就保险了？不，你们想得太简单了。这不是你母亲一个人的问题，这是一种旧社会的顽固势力，像你母亲这样的母亲，这样的岳母，这样的大姑、二姨、三叔、四舅，这样的老亲、故友、街坊、邻居，不是到处都有吗？他们那些有毒的旧思想，就像散布在空气里的病菌一样，无孔不入，常常在你不知不觉之间损害你的思想健康。党要把你们培养成无产阶级的接班人，可是他们，有意无意地总要把你们培养成资产阶级的接班人，这就是一种阶级斗争啊！这种斗争，没有枪声，没有炮声，常常在说说笑笑之间就进行着。这是一种不容易看得清楚的阶级斗争，可是我们必须学会看清它！这是一种容易被人忘记的阶级斗争，可是我们千万不要忘记！”

我想告诉作者，我们是忘记不了的！《千万不要忘记》，不只那些接班的年轻人应该看，正在值班的父母们也很应该看。它告诉我们应该向接班人如何交班，也就是说，应该检查一下自己对阶级、社会、国家的关系摆得对不对，在曲折复杂的阶级斗争中，怎样随时随地地端正自己的位置。它告诉我们，今天的父母们应当怎样要求自己。

四

有人说，有些戏“议论”多了总不太好。我们并不赞成空发议论，无的放矢。但是如果所指的“议论”（实际上是指正面人物对错误的言行如何进行说服教育的话），不是应景的，不空泛，不浮夸，如果这些话是符合正面人物的性格，契合结构的安排，反映生活的真实，满足群众的需要，阐明了创作的中心思想，传达了时代的精神，那么，这样的话，只要它写得精练，是从生活中深刻体会出来的认识，它便是戏的重要的组成部分，有时甚至是戏的动作核心。戏并没有因为有了这些话而停顿下来，相反，往往因为有了这些富有思想意义的语言，节奏更流畅，动作更开展起来。

剧中第二幕第二场，在车间工作正热火朝天的时候，丁少纯因为打野鸭误了工。丁海宽心里闷着火，已经感到姚母和儿媳在儿子身上起了坏影响，不觉问道：“你们借了五十元互助金，干啥用了？”姚母，那个周身散发着市侩气的小业主，居然张口就是：“给你儿子买了一套毛料子衣服。”

丁海宽：毛料子衣服？花多少钱？

姚臣：一百四十八。

丁爷爷：一百四十八？一套衣服？……买那么贵的干啥？

小业主心里瞧不起丁爷爷，顶了一句：“你孙子稀罕，穿着好看，体面！”父子两代这才为了姚母在孙子身上的影响抬起杠来。台上只剩下丁海宽和他的老伴了。丁海宽那段陷入沉思以后的话：“……是啊，我原来想得是太简单了！……”谁能不当作最好的戏看呢？谁能不当作最好的内心独自听下去呢？“在孩子们的脖子上系着红领巾的时候，就有人总想偷偷摸摸地给他们系上一条‘黑领巾’！……”这话谁听了能不震惊呢？“咱们教育孩子不太得法，常常不能把好思想像刻戳子那样刻在他们心上，倒像往黑板上写粉笔字……那些旧思想就像一些破抹布，三下两下就能给你擦得模模糊糊。”听了这些话，我们怎么能不向自己的四周看一看呢？

上面这段话不只教育我们，它在戏里起了和结尾那段话不同的作用。它打开观众的眼睛，要观众看清楚主要人物的思想斗争的中心是什么。有了这段话，各个人物在这场思想斗争的位置忽然明明白白地摆在我们的面前。它指点观众去注意人物在思想斗争中的变化，挑起我们的兴趣，使我们不禁要追问在这场新与旧、好与坏、正与反的思想斗争里，性格、情节如何发展，结果又是如何的，如果说剧尾丁海宽那段长话是戏的思想的总结，动作性已经没有多少了，那么这段话便正在强烈的动作当中，它推动了戏的动作，使无产阶级与资产阶级的思想斗争在观众心目中更明朗起来，开展起来。

五

丁少纯的内心是一块你争我夺的战场。在这战场上，资产阶级思想向无产阶级思想不断地袭击。姚母打着各种各样的黑旗：什么“会积极”“傻积极”“如今工作不容易”“好汉不挣有数的钱”“当伙计的比当掌柜的还省心”……向丁少纯进攻。丁少纯手里反击的武器不多，使人记得最清楚的，是他那一句“可也是”。这句口头语有性格，又有思想意义，选择得十分恰当，非一般写人物随意加上去的口头语可比。每当他和敌对思想针锋相对，相持到要见分晓的时候，他的“可也是”就使他败下阵来。他经常是这样打一仗败一仗，被姚母的思想长驱直入，占领了阵地。

然而这个人物塑造得好。他是和平环境中，工人家庭里长大的一种青年，还是个求进取、有理想、有抱负的好青年。他经历简单，思想单纯，性格软弱，没有在阶级斗争里锻炼过，一经姚母这样甜言蜜语，又看不出她对他的危害性，他就成了这个小业主的思想俘虏。幸亏他的基础厚，要连根拔，还拔不动。他的错误是失足，不是变质。他终于走上了正路。以后如何呢？戏里没有说，也没有肯定经过这次交锋后，丁少纯一生从此走上"又红又专"的道路。盖棺论定，丁少纯受了这次教训，对他我还是不能完全放下心来的。如果再遇见比姚母的"道理"厉害得多的思想"病菌"来侵袭，而且这种"病菌"更为隐蔽些，狡猾些，险恶些，伪装些，进攻的方法多一些，也高明一些，那么对丁少纯又是一场考验了。

这样说，不是要人想丁少纯是一个永远改不好的傻子，也不是说和资产阶级意识形态的斗争中，人必定要跌过许多次筋斗，受够了教训，才能确保安全，更不是说，资产阶级思想的侵蚀是防不胜防，终归会打败我们。不是这个意思。我们坚决相信资产阶级和资产阶级思想意识必然会被我们在地球上坚决、完全、干净、彻底地消灭掉。而是说，今天青年人与资产阶级的思想意识的斗争，是长期的、曲折的、复杂的斗争，不是打一次"防疫针"就可以终身免疫的。

丁少纯这个典型选择得好，写得比较深刻，是因为他这个人物使人有想象的余地。我们可以设想，在作者没有着笔写的场合里，他会如何行事的。大约，一个人物写活了，他就仿佛可以离开作者的笔下，有了独立的生命；我们可以随他到任何环境中，即使是作者毫没有想过的地方，似乎都可以预料他可能说出什么，做出什么。丁少纯被作者放在这样、那样的环境里，反应着，变化着，发展着，虽然不能说完全写活了，他毕竟给我们有想象的可能。他使我们可以设想，台上的戏虽然完了，他还要生活下去。

我们设想丁少纯还需要继续在思想斗争中锻炼，才能做到像季友良那样坚强，才能最后称得起过了关。作者是不是有意这样写这个人物的呢？我不清楚。但这个人物的深刻的教育意义在于，不是闭了幕，丁少纯的自我改造，他和资产阶级思想意识的较量也告终了，而恰是刚刚开始。他虽然比以前聪明些了，有经验些了，但他还需要在斗争的风浪里锻炼，再锻炼，而且时时都要拿出最大的警惕性来，不然还是要跌倒的。

好文章多半有听不尽的弦外之音，这个戏就给我这样的感觉，“言有穷，而情不可终”，好的作品应该如此。

但我不是批评家，片面的理解，单方面的揣测，是难免的。可能作者原来的企图并不是这样，丁少纯并非按我所说的那样地用心塑造的，因为作者对丁少纯的笔墨也没有点清他将来还有可能如何如何。丁少纯的这次事故固然使我们得到深刻的教育，但如果戏写得使我们更清楚地想下去，考虑到一个年轻人终身的道路：在丁少纯身上的兴无灭资的斗争并不能一次解决，而是长期的、曲折的、复杂的。提醒我们要和资产阶级思想意识一生周旋到底；要拿出最大的警惕性，最坚决的革命性，才能获得最后的胜利。那岂不也很好吗？

六

这个戏有一个使人惊心动魄的反面教员，那便是脸上甜蜜蜜，用心似乎也是在为儿女好，但在和新社会的关系上却总是格格不入的姚母。这个反面的典型选择得好，因为她在社会上是一个无足轻重的人，在家庭里似乎又是不能起多大作用的，但在她的小圈圈里，她却无时无刻不在起着毒害思想的作用。经济命脉已经不操持在她手里了，她是一个下了台的资产阶级。但是，仿佛在内心深处她还在觊觎着经济大权，如果她的周围不是丁海宽那类把关把得紧的人，而大都是丁少纯那类总在“可也是”的人，就在这工人家庭里她还是可以卷土重来，在某种方式下又当上“掌柜”的。这个反面教员可以说是写活了的，其完整性要比其他人物高。她自是，骄傲，浅陋，愚蠢，庸俗，狡黠，离不开享受，而总是自得其乐，在任何生活里，她都要安排得使自己满足，满足得叫人厌恶。她过得那样有滋有味，却是一种没有任何精神活动的低等动物的生活。然而这些还是她外面的表现，她内心里却藏着一种突出的、秘密的感情，那是一种和我们的社会的一切不相协调，却又不得不在新社会里活下去的抗拒感。这种抗拒感使她不住地、有意无意地放毒，像绿头苍蝇，到处下蛆。她看不见新社会有什么好，自己是怎样丑，也从没想过什么改造，而她成天做的却是如何“改造”别人。这是一个带着十足东北色彩的小业主，气质、语言、习惯，都有这样那样的特征。在小业主里，她也不一般，她确实像那种“卖个瓜果梨桃、烟酒汽水啥的，小鲜货铺子的老板娘”。买三种新牌子烟，一支一支地吸，“咱们娘儿俩品一品，看哪样好抽”，看来，只有有这样经历的小业主才能如此。

她的语言有强烈的阶级特征，职业特征，性格特征，几乎每句话都是打她心窝里蹦出来的。当她和丁爷爷聊家常的时候，谈起她家的历史，你听：

姚母：玉娟她爸爸早年开个小鲜货铺子，卖个瓜果桃梨、烟酒汽水啥的。康德六年就归了合营了。

玉娟：一九五六年！

姚母：对，是一九五六年，我这嘴。

在她身上，新社会不发生任何影响，她的“灵魂”还活在康德六年。她的脑子是一个密封的铁罐，装的只有旧社会的东西。再听听：

姚母：都说我们有点剥削，其实谁剥削谁呀？当伙计的比掌柜的还省心。

这是她心眼里的话。遇见一个顶真的对手，丁爷爷，她顾不得作假，登时暴露出一个小业主的嘴脸。

我喜欢人物嘴里似乎漫不经心，而又表现心情和性格的语句。丁少纯的母亲把捡来的煤核送给姚母烧，姚母说：“哟，我可烧不好那玩意儿。”丁少纯因为爸爸当了车间主任，也不赞成妈妈捡煤核。一句话戳伤了妈妈的心，妈妈忍不住气愤地叙起家史来（这段家史叙得很自然，不勉强）：

丁母：虚啥心？我偷人家抢人家了？纯粹是吃饱饭把你撑的一身毛病！我五岁的时候就跟着我爷爷奶奶去捡煤核，我过了门以后，你爸爸还时常去捡呢，到了你这儿嫌我们给你丢脸了？我告诉你吧，咱们老丁家的家谱上就没有你得意的“光彩”事儿！你爸爸的外号叫“丁麻袋片”，他给地主扛了三十六年大活，年轻的时候穿不上裤子，无冬历夏腰里围着一块破麻袋片！你爸爸小时候给地主放牛，没穿过鞋……

玉娟：（向丁母）妈！您别生他的气。

丁母:（向丁少纯）你还不如玉娟懂事呢！（这句话也写得好，恰是她在这样的亲家母面前对着儿媳妇说的口气。表面上她骂的是丁少纯，其实她已骂够了儿子，她现在指的是亲家母，是这母女两个。——本文作者）

姚母:（一直坐在一旁咯咯地笑）我说亲家母，你真是个装钱的柜子！稀烂贱的煤，省那几个小钱犯得上吗？

这个小业主的神经仿佛油上了一道厚厚的保护漆，感觉不到任何新社会的东西。丁少纯的母亲谈着痛苦的过去，作者半天不让这小业主插一句话，却让她一直坐在那里咯咯地笑，最后方说:“我说亲家母，你真是个装钱的匣子！”可以想象得出她眉目间的那种自得、满足，藐视丁母的神气。实际上，她是站在自己的阶级立场嘲弄着丁家过去的痛苦。她永远不能理解丁母为什么看见煤核白扔了心疼，不能理解劳动人民对付出劳动、辛苦得来的东西那样爱护的心情。从她的眼睛看出去，一切仅仅是钱；“煤核”是小钱，不值得捡。“你真是个装钱的匣子”这一句话，把她那阶级的臭味都说出来了。这种对话不见雕琢，却那样丰满。

七

有些人感到反面人物容易写，就不去深入地观察和研究。有人说，画鬼容易画人难，其实反面人物本质上虽是鬼，但还是个人，因此要把他写好也同样需要下功夫，才能真像，才能激起我们比较深的愤恨。“正”和“反”是矛盾的两面，统一在一个戏里，都应该起教育作用。写反面人物首先要选择得恰当，要看哪一类人物最有典型意义，真可以当作正面人物放矢的“的”。如果选错了，便是无的放矢，正面人物也相对地减轻了意义。其次，反面人物要写得真像，不然就像挽强弓，射草人，射穿了，也并不显得“弓”有多强。

这几年来，塑造人物上有一个十分可喜的现象，戏剧中的许多正面人物显然地逐渐高大起来，精神扎实饱满，形象真实生动，整个说，从思想感情到言谈举止，都使人感到真是从生活中来的活生生的人物。因此，他们的崇高的理想和感情，我们能理解，也能教育我们。这是一个巨大的成就，解决了今天创作中的重要问题；但相形之下，反面人物似乎写得差了一些，像是没有给予足够的注意。

这个戏不然，正面人物和反面人物可以说是旗鼓相当的。假设《千万不要忘记》这个戏里没有姚母这个人物，而写一个远比姚母贫乏的人物来代替她，那么戏里面丁海宽、季友良、丁爷爷这些人物不仅是无从施展，也不可能写得像现在这样令人信服。“正”和“反”是互相依存的。必须树立起一个鲜明强烈、令人信服的正面人物的形象。但是在比例上适当、不违背时代真实的条件下，写出同样鲜明真实，激起人愤慨的反面人物形象，做正面人物的对手，这将增强正面人物的真实性，也增强作品的教育性。

八

《千万不要忘记》仿佛就是从一件毛料子服写起的，整个人物、事件都围绕着那件毛料子服安排下来，深刻的思想斗争也就从这件毛料子服一层一层地展开。这身料子服所代表的内容，自然、有深度，又一看便能明白，有故事，有思想，二者十分熨帖地结合在一起。这身“毛料子衣服”的具体形象和思想内容是作者明确精练的艺术构思，要下很大工夫才可以获得的。

有一种戏的写法，是占有了材料，抓到新题材，不经深思熟虑就写成的。虽然看起来也有结构、布局、人物等等，但读起来它总给人一种“走着瞧”的印象；仿佛写的时候心中没有数，仿佛队伍还没有排列整齐，就开步走了。这种戏不给人完整感，甚至常常写不出事物的本质，作者没有写出他所掌握的材料的最核心的东西。作者自己没有看清楚，也没有准确地感觉到那本质的、核心的东西是什么。作者不是踏踏实实地攻坚，在实践与认识的反复过程中，想“透”了，有了艺术构思再写，而是凭一个冲动硬写。他想出了故事，安上主题，但还不太清楚他究竟要写什么，要突出什么。我们听作者说出了主题，但感觉不到那个主题。这类戏很难深刻地打动人。它首先给人的印象，是笨重，舞台上塞满了一大堆事情和人物；其次就是空泛，说来说去，总没有说在“点儿”上。

好戏的主题一般说应该是简单明确，一句话便能说出来的；道理本身不复杂，但能启发人想下去。作者对他的主题有情感，有认识，有充足的生活，他可以穷追到底，可以不东拉西扯、以壮声势。

戏不好，不打动人，可能因为作品的思想水平不高，或者因为作者生活不足，但也有这样的可能，作者没有认真考虑过艺术构思。我们常说我是如何构思的，其实有时说的，常是一种创作过程，而不是艺术构思。艺术构思并不需要说一大堆才能明白，话多了，反而听不出用意究竟在哪里。它应该是一个精练的思想、感受和艺术形象融化在一起的结晶。有了这个东西，便知道如何从众多材料中取舍，有了它，才知道如何把结构、人物融合在一起，表现一个统一的思想。这里，作者马列主义的思想水平，生活实践，阶级觉悟，艺术修养，都起着重要的作用，但更主要的，它是作者在这个基础上想“透”了的结果。作者已经不需要罗列许多事件来说明问题，他可以使人从他所选择的角度看他的题材，把原来众多、复杂的生活现象，理清楚，看明白，仿佛拿着望远镜对光，一下子对准了。看了他的戏，我们恍然大悟，明白了生活中原来藏着这样一个大问题，而这问题有时只是模模糊糊地知道，却不深知道，有时竟然是全不知道的。

有了这样完整的构思的作者，多半是已经找着了典型环境和典型人物的，他已经能够写出他所看到的，所感到的生活斗争的一个缩影。有了一个完整的构思，他写出来的剧本便容易感动人，而不使我们觉得作者硬要说服教育人，却自己还没有准备好。

作者要用脑筋，要思想，但最后还是要用形象把自己的思想传达给人，因此我们常说作家是用形象来思维的。在《千万不要忘记》里，这件“毛料子衣裳”看上去很简单，但这是在感受、生活、思维、认识、复杂反复的过程中逐渐地，自然而然形成的一个清晰、明确的形象，其中有思想，有人物，有结构，是作者完成了艺术思维的工作才浮现出来的。大概这就是比较好的艺术构思的一个例子吧。

九

让我谈一点我感到不够满足的地方。这仅是个人的片面看法。每个作者都有他自己的创作过程，在他的创作逻辑里，总有他这样那样安排的道理。因此，有时别人指出的所谓“缺点”，常常不切合他的创作实际，甚至是无中生有的。艺术的完美，每个作者都有自己的具体的标准，这在他的写作中有时会表现出来，而且，都有它具体的基础。因此一谈到具体的剧本，尤其是这样一个优秀的剧本，别人就很难说得准确、恰当，是地方。我姑且说一说。其实，作者的甘苦常常不是他人能充分明了的。

有了一个完整的艺术构思，我想还是可以注意全剧运用对话的经济与凝练问题。整个看来，剧中的言论有的地方多了，显得重复；警句多了（一般的剧本是令人回味的语言太少了），反而有些抵消力量。仿佛一个善于说书的艺术家，一身功夫，拍惊堂木却不都是地方。在是“坎儿”的地方拍，不是“坎儿”的地方也拍，或者，安排的“坎儿”太多，老觉得他不断地在拍惊堂木。尽管这样还是引人注意，但总不若使用得经济些，省略一些好。丁海宽的话大都很精彩，有说服力，但多了，就突出不了他在关键上议论的力量。丁爷爷的话就不大给我这样的感觉。确实，作者的语言的功夫很深，几乎句句都是从生活中来的，而且带着浓厚的地方色彩，因此特别有感染力。但有时戏里仿佛有一种忙于说服教育的痕迹，就显得整个语言的安排不够凝练。

其次，姚母的描画也嫌多了一点。描画多了，不等于写足、写透。譬如，姚母的二女婿邵永斌那一段回叙姚母的思想如何影响了外孙子的话。我以为对姚母已经写得很够了，不必再写这一段来刻画她（自然，这也可能是为了写邵永斌）。这类地方应该让出来，写和“毛料子衣裳”的构思有关的事情或者索性删去，也可以使戏短一些。

《千万不要忘记》中发生的事情都是真实而自然的。它以严谨的生活现实的选取，打动我们。邵永斌为了取电机，从北京来到了他的连襟丁少纯家，发现丁少纯的父亲却是他从前的师叔。丁海宽也认出他是从前的“小鎯头”，现在当了工程师，生活里当然会有这样的事。但在这样的戏里，这种“巧合”，就显得和整个戏的自然、真实、妥帖的安排有些不太协调。尤其是因为作者在这一点上渲染得比较重。“巧合”在某一种戏里可用，但在这里，就有些不合适。

邵永斌仅作为丁少纯的连襟，也就够了，似乎无须要加上他与丁海宽又有什么关系。剧中那样安排，邵永斌可以一下子和丁海宽合拍，可以很快地就和丁海宽一道投入戏中正在进行的斗争里，确实有方便的一面。但是否也可以有另外一种写法：一个工人出身、由党培养起来的工程师，如果他和丁海宽是素不相识的，却也发现了丁少纯所犯的错误，这有可能对进一步刻画丁海宽的性格有好处。而现在丁海宽接触的都是他熟悉的亲友。邵永斌作为丁家的来客，一个工人出身的工程师，他如何参加正在发生的矛盾，进行斗争。这也可能对刻画邵永斌的性格有些好处。

这样布置也许可以使某些地方翻起一些波澜，也许可以使邵永斌的形象更鲜明一些。但缺点是：搞不好，便是横生枝节，把简单的事弄复杂了，远不若原来的布置顺当，容易推动已定的戏剧动作。

一个缺乏工人斗争生活的人，妄加批评一本有深厚生活基础的剧本，容易从所谓“艺术”一面吹毛求疵。而写作的艺术常是与生活分不开的。上述可能都是片面的看法，没有了解作者的意图，才提出这些不恰当、不切合实际的要求。

《千万不要忘记》是话剧的新收获，然而这不是仅有的一个。像《霓虹灯下的哨兵》《李双双》《激流勇进》《龙江颂》《丰收之后》和《南海长城》以及其他优秀剧目，都是鼓舞人心、写出时代精神的好剧本。它们的出现说明了社会主义话剧有无限前途。话剧和话剧工作者正在进行着深刻的改造，党和人民要求我们更密切地和工农兵结合，要求我们更长期地深入生活，要求我们更深地学习毛泽东思想，为工农兵服务。今天的话剧事业正在革命化。在国内国外呈现一片大好形势下，出现了话剧的新收获，这是万分可喜的。但这仅是开始，是万里长征的第一步。中国社会主义戏剧的远景将比现在还要灿烂光明，它的创作和作者定会比今天在质量上还要优

原载《文学评论》1964年第3期，
1964年3月。

秀，话剧舞台上将会充满更高昂的革命精神，更多更有气派的英雄人物。社会主义话剧定会推动人民群众向社会主义的更高阶段前进。让我们高举毛泽东思想红旗，艰苦奋斗，创作思想性更高，艺术性更强、更完整的好剧本吧！

精神同代人的质询

——谈歌《城市热风》论片

颜　敏

一、“似曾相识燕归来”

近来，当代文学批评界有一种懒惰的倾向，不愿对作家和文本作具体深入的研读，避免费神地思考作品指涉的问题，而热衷于群体式地对某一批作家进行表态性的评价。我以为，与其以简单两极性的方式去褒贬“现实主义的回归”，还不如进行切实的个案研究。适逢谈歌的中篇小说集面世（百花洲文艺出版社出版），我有兴趣对他的作品作一番探讨。

我相信，读过谈歌小说集《城市热风》的人，大都会有一种似曾相识的感觉。就外感而言，谈歌小说的空间指涉国有大中型企业。作者执著地流连于变换之中的产业工人生活区域。在这里，我们可以全景式地感触到国有企业在经济转型期的种种难题，瞥见因无所适从而凄惶困惑的众生相，在市场经济的巨大惯性重压下，他们如此地缺乏心理准备，以至于分辨不清自身究竟是处于黎明前的黑暗，还是黑夜前的黄昏。即使你有幸地置身于这种生活旋流之外，也能够感受到这种生活对社会现实冲击的震波，意识到它可能给我们的未来造成何种影响。从文学史的角度看，这也许是对“新状态”小说的一种反拨。“新状态”小说过分地专注于一己的内心世界，不足以显现大众生活的“喧哗与骚动”，从而不由自主地流溢出自恋的情结。

1. 福柯：《什么是启蒙》
2. 同上。

就内感来说，谈歌小说的时间是现在进行时态。小说叙述时间的指针，无误地指向当下的历史转型期。现时生活景观中因经济转轨而生发的戏剧性事件，充分表达出这个时代与其他时代的差异。同时，作者的忧患意识和人性关怀，也标示出他作为精神上同代人的身份。这种明晰的现时态，与前几年的"新历史主义"小说迥然不同，我们有时很难厘清新历史主义小说的历史世界与生活世界的临界面。面对模糊和破碎的历史断片，我们只好重新理缀和编织，在寓言式想象中体悟当下的生存状态。

在空间与时间这两种"感性直观之纯粹方式"统摄下，谈歌小说一方面向人们开启了面对现时生活景观的一扇窗户。另一方面"问题小说"的体式，召唤人们关于直面人生的文学史记性，这也许就是我们对谈歌小说似曾相识的缘故吧。谈歌的优势，正在于他对特定时空下生存境况的敏感与体验，在于他贴近和介入现时生活的责任和勇气，遂使他有力量接受因文学史序列上的母题变异或形式创新而带来的严峻挑战，从而受到文坛的普遍关注。

人们对"问题小说"的误解与偏见由来已久，几代作家和批评家习惯于把提出问题与解决问题混为一谈。他们往往站在具体的历史现实之外，谈论小说中所提及的问题，自以为是地设定有关另一个社会、另一种思想方式、另一种文化和另一种世界观的整体方案。其实，这种思维方式，只能导致最危险的传统的复辟。[1]直至他们撞倒在自己建构的希望碑石下，并有勇气承认，人们还没成熟到有能力建构科学的形而上的体系时，才不得不返回到现实之中。"问题小说"的批判实践，是对一些事件作历史性的探寻，而不是为了证实具有普遍价值的体系。正是这种对历史事件的质询，引导我们认识自我与社会，"试图为自由的未经定义的工作寻找一种尽可能深远的新的原动力"[2]，我们不妨以福科的这种说法为思想出发点，思考谈歌小说中指涉的一些问题。

二、镜像意识与自我意识

城市化和世俗化是现代化的两个标识。在中国城镇人口随着现代化的加速运转而激增的同时，原来的产业工人当然地转换为世俗社会的大众市民。而且，牢固坐落在经济市场并受大众社会顶礼膜拜的神像，只是金钱与权力，而与钱权无缘的产业大军，就成为名副其实的“无产阶级”。这对曾经备受恩宠的“工人阶级”来说，无疑是一种人生的尴尬。他们觉得，仿佛在一夜之间被推向城市经济文化和政治文化的边缘。《大忙年》中的陈浩，极富象征意味。他曾是岳母家的宠婿，如今另外几个女婿噌噌地发达了，要么下海成了腰缠万贯的个体户，要么高升为炙手可热的官人，而依旧属蓝领阶层的陈浩，人微言轻，在这个家中沦落为厨子的角色，给他人制作丰盛的筵宴。岳母的眼光凝聚着变化之中的世俗社会的价值准则。渗透进家族人伦中的功利主义，就是如此冷酷地六亲不认！

内在的失落还可以通过自我调节和想象来抚平与解脱，而外在的压抑则是无法依赖个体的自我平衡就可以移去的生活现实，不用说厚重的铜墙铁壁，就是日常生活中的残垣断壁的消除也不容易。没有现金就不能住院医疗，没有住房就不能离婚（《车间》）。当这些生活的苦痛被明确地感受到，它们又会转换成心里的压抑，因此，内在的失落和外在的压抑，使这些人深切体验到生命的不堪承受之重。

在这种生命之重的压力下，产业工人的社会心理容器发出嘎嘎作响的不和谐之音，标示着他们应变能力接近于极限。《雪崩》中的工人得知工厂濒临破产，蜂拥而至涌向办公大楼。他们对厂长的质询、咒骂和唾沫、耳光，足以证明他们难以言状的积愤和不解。究竟是现实改革的挑战力度过大，还是工人的心理承受力过于脆弱呢？我以为，从某种意义上说这是合二为一的问题，在相同的改革幅度面前，脆弱的社会心理会显得疲惫不堪，而坚忍的社会心理则能从容应对。

把工人心理承受力的脆弱，完全归咎于现实社会的改革幅度与速度，显然是不合理的，只需检视工人心理主体的内容以及这些内容形成的历史，就可以证实这一点。在现代文学史的人物谱系中，工人远远没有农民与知识分子那么鲜活，这种状况一直可回溯到现代小说之父鲁迅。倘若说新中国之前工人形象的缺席，是由于他们在泱泱农业大国中毕竟微光暗淡的话，那么建国后，在产业大军不断扩增的历史现实条件下工人形象依旧不能真实地站立，则很大程度上要归咎于先验意识形态的过分恩宠。工人在社会意义的坐标系上，接受父法的命名和定位。他们牺牲了欲望的真实才得以完成建立主体的过程，而这个主体即镜像的自我，是由他者话语构成的幻想之物。把拉康的镜像概念说得直白一些就是，他们关于自身与周围世界的一切复杂观念和情感，不是在其自身的生活追求和精神追求的基础上产生的，而是为他者话语先验地框定。当他者话语在成为他们维系直接经验正当性的心理容器之后，他们在获得生命归宿感和安全感的同时，也就失去了真实的自我。

镜像化的心理主体一旦形成，具有滞后的心理惰性。这种惰性使他们无法从自身的角度辨认正在变异的社会现实，无法从自我发展的角度预知即将到来的事件。所以现代化启动的预兆并没有触动他们任何的危机感，直至市场经济真正形成不可逆转的惯性力，“大厂”已经陷入困顿，他们才如梦初醒，而且睡眼惺忪无所适从。其实不是这个世界变化快，而是社会心理反应麻木，或者说他们缺乏真实生活的心理期待。《雪崩》中东风啤酒厂的危机，既不是始于现任厂长的任职期间，也不可归因于前任厂长，而是隐伏于他们之前的厂长胡玉兰的任职时。只有工厂破产的严酷现实，才使他们醒悟到镜像的虚幻性，体验出精神世界与现实世界分裂的痛苦。

现代化的概念，是一个具有广泛涵盖性的定义。缺乏现代的心理态度、价值观念等思想支援的经济技术现代化，至少是一种不健全的现代化。令人难以理解的是，市场经济已经席卷所有的“大厂”，原有的计划经济的意识形态仍旧专心致志地修补父法，用想象关系替代现实的关系，而来不及依据现代社会的变革需求，重构适应现实的价值观念，遂使整个社会心理滞后于现实，不少市民拥有被动的、被时代拖着走的感觉。传统的精神教化，正如《天下匆匆》里仓库遗留的神像，除了偶尔让工人从现实中抽身而去，在甜美记忆中寻求片刻的心理慰藉，丝毫无助于工人现时精神和物质的生存状况的实质性转变和改善。

谈歌在《小说与什么接轨》中提及“平民意识”，又在《后论》里认同小说的“公民意识”。其叙事中的“隐含读者”，无疑指向大众市民，试图向芸芸众生呈示普通人的现时生存情景，与大众交流内心情感。如果这种民间性的沟通能如愿以偿的话，那么大众市民将会从文本的批判实践中体认到真实的自我，了解自身生活世界的时代特质，并从现时的质询中察知预兆，把握自己的命运。

三、最后据点的守护者

谈歌小说叙述上的显著特征，是叙述视角游移于工厂的管理阶层，即在厂长、书记、车间主任及科室成员之间穿梭扫描，小说经由叙述观察角的推移，下可俯瞩全厂或车间的概貌，上能呈现各级领导的面容神色，左右则可通达种种社会网络，诸如公安、法院、银行、工商等职权部门，极大增添了小说的内蕴。这样，既可以在整个社会文化背景中凸显工厂改革的举步维艰，也可以通过工厂改革折射出变动时代复杂的社会景观。

值得注意的是，小说并没有停留在这类人物的外视角即观察对象上，而常常触及人物的内视角即观察者的内心世界。所以在谈歌小说中，这个形象系列给人印象最深，如《大厂》中的吕建国、贺玉梅，《雪崩》中的向大跃、谢光，还有《车间》和《热风》中的乔亮等。

一般而言，人们把前现代社会称作礼俗社会，现代社会称为法理社会。前者通行道德、协同和特殊主义，而后者注重法律、契约和普遍主义，当代中国处于历史的转型期，人们普遍生存在礼俗与法理的夹缝之中，故此很难凭借单一的价值准则断言人们行为的正当性。《大厂》中的吕建国，为了推销产品让办公室蔡主任陪同客户吃喝嫖赌，蔡主任和客户被拘留之后，他又使用特殊主义的关系学打通公安，为了功利目的而选择不道德手段。同样是吕建国，在资金异常紧张之时，筹款为职工及其子女治疗，为道德目的而不计功利。在他身上，道德/法律、协同/契约、特殊主义/普遍主义混为一体。既有的某种价值体系显然无法规范这个形象系列。

与二十年前蒋子龙的“当代英雄”乔光朴形象系列相比，谈歌的吕建国形象系列只能是“维持会长”。乔光朴的强悍精干，是在光明磊落和百折不挠的攻击行进中显现，他事业人生的障碍只能证实他的英雄本色。时过境迁，乔光朴家族的后代发生了变异，吕建国们不再是开拓进取的角色，甚至连自我牺牲的方式都发生了畸变，他们不会倒在面对面的厮杀战阵中，却很可能瘫在陪喝的酒席上。他们充其量只是最后防线的守护者。这倒不是他们没有直面事业人生的勇气，也不是他们缺乏自我奉献的精神，而是他们所面对的现实难以直面。他们在处处碰壁之后感悟到，堂堂正正地应战和大刀阔斧地前行，实际上意味着承认失败，意味着承认自己是个不合时宜的悲剧人物。

最能体现这个形象系列英雄末路的是《山问》。这篇小说在本书中具有特殊的地位。地质队长黄超远离家人、远离城市、远离幸福，长年跋涉在野山丛林，最终牺牲在矿井架下，他的死亡无疑具有象征的意味。应该说，黄超在事业和职责的祭坛上奉献自己的生命，这种死超越了自然时间的肉体生死，不朽性凝结在人类创造未来的实践上，其殉职精神，值得任何正常的文明社会的颂扬。然而，他生前遭人诽谤，说他“官迷心窍，黑了心肺，连老婆孩子都不顾了”。如果说一个人的升迁，是意味对这个人事业价值的认可，那么这种向上的人生精神有什么错呢？何况他的职业决定了他只得离家远行。黄超死后，报纸拒绝刊登关于他的报告文学，因为他没有体现“战天斗地的乐观精神”，也没有打出“太大成果”的矿井。在价值失范的荒谬年代，黄超的死在某种程度上象征着崇高、信念和事业等正义价值的消解。黄超曾意识到自己只能不幸，他动情地嘱咐儿子，不要再干这种不是人干的活。这是一种明知不可为而为之的命运悲剧。谈歌为纯正的末路英雄敬奉一曲悲壮而哀婉的挽歌。

当然，黄超这种末路英雄的悲剧意义，主要是体现在审美价值上，于世俗社会并没有多少“实用”的价值。平心而论，在现实生活中，拥有吕建国、乔亮这些最后据点的守护者，芸芸众生也算是三生有幸，而摊上《天下大事》中的李厂长、《雪崩》里的胡玉兰等，工人除了自认命苦，又能怎样？李厂长可谓四面楚歌，厂里眼看就发不出工资，可工人家属患病要钱治疗，陪酒桌上喝死了人要钱赔偿。然而对于李厂长来说，“天下大事”是追查“谣言”，防止自己受贿与玩弄女性的丑行外泄，否则权位岌岌可危。作品的忧患意识显豁。倘若社会容忍李厂长之类自行其是，那么上至国家机体腐朽，下至一方百姓遭殃，最终致使社会的信任系统瓦解，“劝君看取利名场，今古梦茫茫”。不过，作

原载《当代文坛》1997年第4期，
1997年4月。

者在涉及这类人物时过分谨慎，往往以举重若轻的叙述方式费心缝合。这也许表明他无意模仿《官场现形记》或“黑幕小说”，也许是规避现实的重压。权力、金钱和异性，对人性固然具有极强的诱惑性和腐蚀性，但人类并非对此无能为力，外在社会机制的管束和内在文化良知的抑制，是行之有效的。谈歌小说由于过多地寄托于内在良知，而对外在规范机制缺乏信心，所以流露出善者的懦弱。当然，这种可以理解的懦弱的主要原因还不在于作者本身，或许在欲说还休的他之外。

这部中篇小说集的局限，首先体现在它的大部分篇章是同一语义层面的重复，较难察知其深层面的推进，它们仿佛出自作家的同一创作阶段。其次，作者以“平民意识”写苍生疾苦，思想资源显然出自人道主义，所以同情有余而启悟不足。譬如工人依附工厂，厂长依附上级，他们企盼尊者恩赐，而没有思考尊者是否真正和完全靠得住。日益私人化的公共空间，人与人的关系不再是人身依附关系，必将转换成平等交互关系，因此重要的是自救自立和自我发展。其实，创作主体的平民意识不可绝对排斥精英意识，否则将削弱楔入和质询现实生活的思想力度。

畸变的背后

——读刘庆邦的长篇新作《红煤》

白　烨

一直以短篇小说写作见长的刘庆邦，近年来涉足长篇小说创作，作品频频亮相，成绩不菲，尤其是新推出的长篇新作《红煤》（北京十月文艺出版社，2006年），以充沛的生活元气和细切的艺术质感引人入胜，也把他的创作推向了一个新的高度，使得人们对写长篇之后的刘庆邦不能不刮目相看。

《红煤》主要描写的是青年农民宋长玉得到在国营煤矿当轮换工的机会后，怀揣着改变命运的种种梦想去苦苦奋斗，但却在走向成功的过程中步入邪路的故事。简单地说，这是一个当下中国的"红"与"黑"的故事，即一个原本质朴、本色的农村青年渐渐变成一个刻薄、势利的不法商人的经过。但作者并没有把这个故事简单化，而是具体而微地写出了这种变异的演进过程和内外原因。

宋长玉原本想从一个采煤工开始，一步步实现自己的种种人生梦想。这个当了轮换工的农民，与我们在路遥的《平凡的世界》里看到的孙少安、孙少平并无多少区别，但有两件事使他感受到了人生的莫大挫败，这就是追求漂亮的女护士唐丽华碰了钉子，而后被她的当矿长的继父唐洪涛借机辞退，这种让他重回农村等于逼他退回原地的变故，使他从人生到心态都发生了巨大的变异。他在邻近的红煤厂村找到了一份临时工的活，并以此作为立足点重新奋起。他从这个时候起，不仅在为改变自己的命运而拼搏，也在为改写别人的命运而攒力。为了在红煤厂村站住脚，他有意去赢得支书女儿金凤的芳心，取得支书明守福的逐步信任，最终成为明家的上门女婿。他又通过策划旅游、张罗办矿等手段，从砖厂工人摇身成为红煤厂矿长，在千方百计地聚敛着财富的同时他也在想方设法地攫取着名声。随着身份与地位的日渐显赫，他的心态与性情也愈见跋扈，他制造了受贿的陷阱使唐洪涛犯罪丢官，又把已为人妻的唐丽华勾引到手肆意玩弄；他利用井下作业故意把煤道掘向乔集矿，截断了这个曾经辞退了他的煤矿的煤路；他利用经济实力回家乡炫富，并以向乡镇干部行贿的方式把村支书换成了自家堂弟。这种极尽能事的报复行为，一直发展到他的矿井出了漏水淹人的特大事故，自己只好仓皇出逃。这时候的宋长玉，已完完全全变得与他所厌恶的、所反对的唐洪涛、宋海林等人毫无二致，甚至在势利与冷酷上有过之而无不及了。

在宋长玉的这样一个奋斗者由“红”变“黑”的畸变中，作品实际上实现了两个真实的揭示。一方面，是真实地揭示了社会转型期一部分农村青年心理世界的不平衡与不健全。他们出于小农心理的短视与虚荣，以及简单的交换意识和浓重的报复心理，使得他们在看待问题和处理事情时，常常从一个极端走向另一个极端。这种小农意识的存在与显现，不仅表现于宋长玉的人生蜕变中，还表现于孟东辉待人的极其势利，宋长兴为人的得意忘形等方面。可以说，他们身上潜藏的这些问题因子，正是他们的命运最终发生变故的内因所在。另一方面，是真实地揭示了一些基层掌权者的病态状况，如乔集矿长唐洪涛的沽名钓誉、两面三刀，县煤炭局局长王利民的欺下媚上、受贿行贿，乡党委书记国世才的趋炎附势、随风使舵，包括宋家庄支书宋海林的欺压百姓，红煤厂村支书明守福的以权谋私，这样一些掌权者的比比皆是和相互作用，必然造成管理体制的麻木与社会环境的腐败，而这又构成了如宋长玉这样的人由“红”变“黑”的外部因素。小农意识的势利与基层官员的腐败这两种病症是彼此感染、相互影响的。换句话说，过去是“官逼民反”，现在则可能是“官腐民变”。写出这样一个在看似痛快中让人倍感痛苦的真实现状，是这部作品的深刻寓意所在，也是这部作品的最大价值所在。

原载《北京日报》2006年4月11日。

《红煤》一作在艺术表现方面，也把刘庆邦小说创作上的固有特点发挥得淋漓尽致。简要地说，主要是两个方面。一是在描述事态时始终注意人物心态的显现，二是在叙述故事情节时特别注重细节描写。刘庆邦一般不单纯写故事，也不纯粹写心理，他总是把事态与心态交织起来描写，写行动中的思想和思想中的行动，如开首一节描写宋长玉从矿井出来的洗澡，在整个漫长的洗澡过程中，始终伴之以人物的种种心理活动，使得人物在洗澡的同时也在做着精神上的徜徉。这样，事情的所由有了心理的依托，人物的表现及故事的演进也具有了律动感和立体感。在重细节描写方面，《红煤》也达到了令人叹服的程度。开首写宋长玉的洗澡，一上手就是近七千字的篇幅。从宋长玉进入洗澡的步骤到认真洗澡的过程，步步都有他关于洗澡和超出洗澡的不同想法，从干净的自我感觉到干净的给予别人特别是女性带来的好感，以及这种好感可能带来的意外收获等，在这种认真与想象之中，他获得了超出洗澡本身的更多的满足与快感。这便把一个爱干净、有想法和有个性的宋长玉，在登场亮相阶段就写得不同凡响。接下来写宋长玉给唐丽华写信，也是近五千字的篇幅。这样有关生活细节的两段文字，字数之多，篇幅之长，一般的小说作品中极其少见，在这里以其精彩异常对塑造人物和展开故事，都起到了无以替代的独特作用。细节描写，不是单靠凭空想象和文字堆砌，它依仗的是生活的积累、生活的观察与生活的玩味。只有生活的热爱者与生活的有心人才能拥有如此丰沛的感受，写出如此精妙的细节。

刘庆邦区别于别的作家的，是他与现实生活的密切联系。他出身矿工，成长于矿区，长期做煤矿报道与宣传工作，成为职业作家后也与煤矿保持着千丝万缕的联系。可以说，我们的作家很多，但像他这样的作家实属凤毛麟角。因而，在小说创作中，他几乎是天然地比别人更见底气，更有元气。正因为这样，刘庆邦特别值得敬重，也特别值得人们期待。这是他难能可贵的优势所在，也是他能够写出《红煤》这样的分量独具的力作的缘由所在。

劳动诗篇与平民传奇的艺术光彩

——浅析肖克凡长篇小说《机器》的艺术特色

何镇邦

天津实力派作家肖克凡的长篇小说新作《机器》出版半年多来，已经在文坛内外引起相当强烈的反响，赢得了评论界与广大读者普遍的赞誉，并接连获得第十届“五个一工程”奖的一本好书奖和首届中国出版政府奖。我以为，这不仅是由于这部小说写了一个工人世家在半个世纪里（20世纪40年代中期至90年代中期）三代人平凡而富于传奇性的经历，被誉为“中国工人阶级的成长史”和“工人世家的平民传奇”，在都市丽人、高层白领占据统治地位和脂粉味甚浓的当下文坛，它无疑是异军突起、鹤立鸡群，引起人们的注意和好评。但《机器》的成功绝不是在题材上占了便宜，也不仅是由于它意蕴深厚、韵味隽永，而且由于它在艺术上具有许多鲜明的特色，诸如小说中对于工人日常生活和劳动的诗意化抒写与倾心的赞美而构成的具有独特审美意味的劳动诗篇，对于男女主人公牟棉花、王金炳以及他们的四个子女王援朝、王莹、王建设、王凤的艺术形象精心的刻画，小说中若干传奇色彩颇浓的情节设计，还有明显打上肖克凡深深艺术烙印的具有津味和肖味相融合的叙述艺术，都显得更加吸引人，也更值得加以深入剖析与研究。

一部具有独特审美价值的劳动诗篇

《机器》写的是一个工人世家三代人的生活经历，而工人最主要的生活就是劳动。小说的女主人公牟棉花是个著名劳动模范，她创造了全国的接头纪录，被称为“全国纺织战线的一面旗帜”。后来她虽然因疲劳过度晕倒而长期住疗养院，或到阿富汗援建纺织厂，但她这面旗帜永远不倒。她的丈夫王金炳也是著名劳动模范，是“工业战线红管家”。她的四个子女（包括养子王援朝）或工人或农民也都是劳动者。小说写这个工人世家，也可以说是劳动模范世家三代人（包括牟棉花两个即将成年的外孙冯器和丁苹果）在半个世纪里的生活经历，除了一些具有传奇色彩的日常生活，就是劳动的抒写与赞美。小说中没有什么重大的事件和大起大落的情节，有的是被作者诗意化也就是审美化的日常生活与劳动场面的抒写。肖克凡有过工厂生活的经历与积累，写起来得心应手，也融注进其深刻而独特的审美感受。应该说，小说中关于劳动的抒写与赞美是最具闪光艺术色彩的篇章。因此。我们似可把《机器》当作一部具有独特审美价值的劳动诗篇来读。

小说“螺丝钉卷”中的“怀孕与分娩”一节，写牟棉花怀着身孕参加“全国纺织系统操作表演比赛”，其中有一段写大名鼎鼎的上海选手许金娣的“挡车芭蕾舞”，颇为精彩：

> 她巡回看车，步履轻盈；她换梭装纬，姿态优美；她察看布面，身段潇洒；果然拥有“挡车芭蕾舞”的艺术魅力。牟棉花情不自禁叫了一声好，差点儿欢呼起来。许金娣的操作真美啊，一台台高速织机化作一件件舞台道具，一个挡车女工竟然把这种又苦又累的机器操作变成一种又轻又柔的艺术表演，令人心悦诚服。牟棉花紧紧握着望远镜，忘了肚里孩子忘了自己是参赛选手，完全沉浸在“挡车芭蕾舞”的艺术享受之中，久久不能自拔。

这一曲“挡车芭蕾舞”，这种对劳动诗意化的描写，如果没有对劳动生活的熟悉与深厚的感情是绝对写不出来的，而这种笔墨正表现出《机器》的长处和肖克凡的长处。

《机器》的长处还在于把工厂的日常生活诗意化。“链条卷”的“缱绻与决绝”一节中写牟棉花的小女儿王凤（小名傻凤）在她大哥王援朝的一番富于传奇色彩的斗争与周旋下，由金水村的知青，与有个表舅在市生产指挥部当主任的女知青焦慧珠一起选调回城当了工人，做了成衣车间的缝纫工。“傻凤”是从小立志要当工人，要像她妈妈牟棉花一样当劳模的，进了工厂当工人，遂了愿，一切都看起来顺眼，有诗意。且看这段描写：“自从做了成衣车间缝纫工，王凤欢欢喜喜，工厂多好啊。清晨上班把自己的饭盒放到蒸箱里去干活儿。中午打开蒸箱，一只只饭盒散发着各种各样的香味，你中有我，我中有它，融洽极了。下班洗澡，赤身裸体放在热水喷头下，理直气壮冲洗着。结伴乘坐公共汽车回家，一路乐乐呵呵使你觉得社会主义处处有亲人。当了工人，王凤终于体验到追求人生幸福的含义。”

工厂的日常生活，一起在蒸箱里热饭，一起在热水喷头下冲澡，一起乘坐公共汽车回家，这样的集体生活让喜欢当工人的王凤体验到人生幸福的含义，这种日常生活的描写也让人感受到生活中的诗意。

类似的描写，当然还可以举出不少。诸如劳动模范牟棉花劳动一天回到家后王金炳端来一盆热水为她泡脚洗脚的描写；在工人疗养院里为王建设的儿子王继承（王舒）举行“百岁儿”家宴的描写，也都是富有诗意的。文学创作的重要任务是对生活的发现与开掘，能够从平凡的劳动与日常生活中发现与开掘出诗意、开掘出美来的作家，方可称为高手。肖克凡在他的新作《机器》中做到了这一点，这才是最难能可贵的。

一组性格鲜明的工人形象

《机器》另一重要艺术成就体现在一组具有鲜明性格的工人形象的精彩刻画上。创造了全国纺织业中接头纪录，被称为“全国纺织战线一面旗帜”的著名劳动模范牟棉花当然是作者精心刻画的一个工人形象。她在日伪时期考进东洋纱厂当工人，后来又先后成为中纺五厂和国棉十九厂的纺织工人，并成为著名的劳动模范，全家住进“劳模楼”。在刻画牟棉花的形象时，注重表现她的爽朗、泼辣的性格，诸如她同白小林（日本名小林白）的关系，她的绰号“牟大胆”的来历，她在解放前夕的护厂行动，解放后她当了模范之后在厂里是模范、回家让人伺候的行为，她对养子王援朝的呵护，如此等等，都表现出她的鲜明性格。但是，作者很快把牟棉花“边缘化”了。当小说写到三分之一的篇幅时，“文化大革命”爆发了，作者很快安排她从疗养院里直接去了阿富汗援建纺织厂，一去八年。这样做，看来一是避免她在国内“文化大革命”中一段遭遇的描述，同时也是为了用更多的笔墨写她的女儿王莹而腾出篇幅。作者这样做是聪明的，但因此也带来牟棉花形象的不够丰满。

作者似乎把更多的笔墨给了牟棉花的女儿王莹，把这个生在新中国、长在红旗下的工人女儿的形象刻画得更加鲜明、更加丰满。王莹的小名叫“灵莹”，与她的妹妹“傻凤”恰成鲜明对比。由于父母都是著名的劳动模范，顾不了家，尤其是她母亲牟棉花，在厂里当模范回家让人伺候，而且“文革”之后很快去了阿富汗援建棉纺厂，回国之后又直接住进了疗养院，于是，这个工人阶级的女儿灵莹很小就当起了家。小学三年级时，她就主持家政，买菜做饭，为弟妹开家长会，为哥哥、弟弟、妹妹离家和结婚准备被褥，操持着她妈妈应该操持的一切家务。在学校里和工厂里，她也是能干的，技校毕业分到东方制冷设备厂，自愿报名当了一名清扫工，后又被选为工宣队队员，三十岁刚出头，就当上了大厂的党委书记兼厂长，与返城老知青滕维丽一起紧密配合，组织起了被称为“裙子队”的“简报班”，把一个大厂指挥得团团转，成了有名的女强人，她妹妹“傻凤”到厂里见此情景称她为“慈禧太后”。王莹的性格中，既继承了她母亲牟棉花麻利、泼辣、坚韧的一面，又有一些新的时代特色。她过于同自己“较劲”，事业上并不一帆风顺，加上感情上的诸多不顺遂：暗恋哥哥王援朝，由于王援朝寄养王家的秘密直至他同白瀛瀛结婚才被披露，她当然没有机会了；进厂时她的初恋情人董泰建很快死于工伤事故；匆忙之中嫁给一直追求她的复员军人冯五一、后来又有了婚变……实际上，到头来她的结局是带有悲剧色彩的。在王莹这个工人形象的塑造中，作者留给人们思考的东西是相当多的。

《机器》中所塑造的王家其他几个工人形象也都是性格鲜明、给人留下难忘的印象。牟棉花的丈夫王金炳，从在三条石的华昌机器厂当学徒到解放后随着李亦墩转换着一个又一个工作岗位，成了模范管理员，被称为“红管家”，他无论在单位或是家里，始终是个配角。软弱的性格、配角的身份，成了王金炳最重要的标志。王家的养子王援朝，作者似乎突出他的思想者的特点和在金水村二十多年的经历中沾染的“江湖气”。他从一个下乡插队的知青到“轮椅书记”再成为神通广大的乡镇企业家，再加上他身份的传奇性，使他带有相当浓厚的传奇色彩。下面这段从“傻凤”的视角看她哥哥的文字颇有意思：

> 王凤很为哥哥感到得意，“轮椅书记”权力真大，天上的直升机一张口就租，地上的汽车一张口就派。这种乡镇企业家气派多了。坐进哥哥派的汽车里，她心里寻思着哥哥的变化。有时他咄咄逼人，顶得那位康总恼怒而去；有时他高深莫测，弄得小孤庄书记俯首帖耳；有时他略显油滑，好像拿什么都不当回事；有时他慷慨激昂，对社会不良风气充满忧愤……总之，单纯的书生哥哥变了，变成了复杂的江湖哥哥。

由“单纯的书生哥哥变了，变成了复杂的江湖哥哥”，这是作者借王凤的视角对王援朝性格变化作一个精确的概括，而从这个概括中，我们似乎可以看到王援朝这个人物形象中所包含的认识和审美的内容。

王建设与王凤的形象似乎都比较单纯。王建设迷恋于机器，擅长于革新，似乎有点“倔”有点“呆”，王莹想把他调到她的厂里给予照顾，他去了一阵又跑了。王凤表面上“傻”实则相当灵，她在婚姻的选择上，以及对当工人和劳动模范一以贯之的追求上，都表现出她同姊姊王莹不同的“灵”。“设子”与“傻凤”兄妹俩似乎概括了更多工人家庭子弟的性格，更像工人的孩子。

除了王家大小六口，《机器》还用极其省俭的笔墨为我们刻画了三条石老企业主白鸣岐及其儿子白小林（小林白）、当年东洋纱厂的“主考官”靳大姑、王莹的搭档、返城知青滕维丽等人物形象，他们也都是性格突出、形象鲜明、让人过目不忘的。

说到底，一部优秀的长篇小说最重要的任务还是调动一切艺术手段为读者创造形形色色具有认识价值与审美价值的人物形象。在这方面，《机器》所取得的艺术成就是值得嘉许的。

情节的提纯与传奇色彩

情节的丰富性与复杂性往往被看作长篇小说的一个重要的审美特征，因为长篇小说的作者需要从整体上把握和表现生活，因此其情节必然比较丰富比较复杂。但这不是绝对的。我们看到，一些作家在他们的长篇小说中，往往把情节提纯和简化，使情节显得单纯，这种不采取加法而运用减法来表现生活的做法，同样可以取得很好的艺术效果。《机器》描述的是在半个世纪波澜壮阔的历史里一个工人家庭三代人的生活经历，是一部“工人世家的平民传奇”。肖克凡试图把宏大的历史叙事同对工人世家日常生活的叙事结合起来，在四十余万字不算太长的篇幅里讲述半个世纪里一个工人世家的平民传奇，这就需要把情节提纯，使情节单纯化。于是，在这方面就显示出肖克凡提炼生活素材和驾驭宏大叙事，把宏大的历史叙事与日常生活叙事紧密结合起来的非凡的才能，表现出其作为平民传奇的重要特色。

这种特色之一就是把情节提纯，表现出情节的单纯与叙事的简洁。写牟棉花与王金炳这对劳动模范夫妻从日伪时期到抗战胜利以及解放初期十几年的经历，只用了“螺丝钉卷”的六节、约八万字，把两个人的出身、经历以及相识、结婚，还有横跨三个历史时期的重大历史事件都写出来了，可谓提纯得相当单纯。这种简洁的叙事和粗线条的描述同对某些生活场景相当细致的描绘（例如“红烧与清蒸”一节中描写牟棉花与王金炳在李亦墩、徐贰芬家里见面情景的描写）结合起来，就产生一种特别的艺术韵味。小说的中后部分对“文化大革命”的叙事，也是经过提纯的，它只正面描写了“文化大革命”初期王家被抄，王金炳被斗，还有牟棉花在疗养院被群众冲击的场面，其余都作为一种背景来写一笔带过。当然，有略写就有详写。对于工人家庭日常生活的描写以及工厂里劳动场面的描写，尤其是涉及几个主要人物性格展示的情节，作者是不厌其烦的。这在对王莹的某些描写中可以看到。

作为一部工人世家的平民传奇，另一重要的特色是情节的传奇色彩。小说中处处都可看到充满传奇色彩的故事情节。三条石华昌机器厂的小徒工瘦猴儿佟小喜半夜爬树受凉，一连喝了几服汤药不见好转死了，老东家发慈悲准备给他一副棺材厚葬，化装成账房先生的地下党员李亦墩趁机调包，将佟小喜埋在后院，而用准备装佟小喜的棺材装上根据地急需的物资利用葬礼运出天津，送往根据地。这一充满神秘色彩和传奇色彩的情节贯穿全书。在“链条卷”的“都市与村庄”里，叙述王援朝为妹妹王凤进城当工人之事，精心设计了一出好戏，同白瀛瀛一起带着写上“吴玉旗，请不要走后门儿”字样的白布黑字大标语到市委大楼前请愿，要求利用权力把在金水村插队的表外甥女焦慧珠调入城里当工人的市生产指挥部主任吴玉旗接见并做出解释，终于迫使吴主任把他的妹妹王凤一起调进城当了工人。这一充满喜剧性的事件描述，既充分表现了王援朝带有“江湖气”的性格，也使故事情节充满传奇色彩。类似这样的传奇性的情节和细节还可以举出许多，诸如滕维丽的自杀与被救，老东家白鸣岐一定要办成一座不再被叫作“作坊”的工厂，终于又集资注册在“新三条石工业园”办起了华昌机器厂，王援朝的生父勾华东的失踪与再现，牟棉花的两度进东洋纱厂的工号“9551”同她去世的日期1995年5月1日暗合，等等，都是充满传奇色彩的。这种传奇色彩，既增强了小说的可读性，也使作为一个工人世家平民传奇的《机器》的艺术特色更为鲜明。

充满幽默感的叙述语调

一个作家的文字语言具有鲜明的艺术个性，可以称之为他的“语言指纹”的时候，这样的作家就可以称为文体家了。而一个作家成为文体家，正是他的艺术生命达到成熟的重要标志之一。肖克凡正在朝着成为文体家的目标前进着。一种属于肖克凡的艺术境界便油然而生了。肖氏的长篇小说新作《机器》便是明证。

《机器》的叙述语调充满着幽默感，这是由津味语言与肖氏幽默融合而成的，它大体表现在以下两个方面。

一是叙述中的调侃语调，例如：

他大大咧咧夹起一只炸得焦黄的泼了酱汁儿的大蚂蚱，放进一九四五年秋天的小嘴里，馋猫儿似地咀嚼起来。

——《机器》第34页

这是牟棉花和白小林约在小饭馆里吃下炸蚂蚱的情景。“放进一九四五年秋天的小嘴里”，一句调侃的话儿，把时间与情景描绘出来，也把牟棉花爽朗泼辣的性格勾画出来了。

再如以下这些叙述语式，也都充满调侃意味的幽默感：

白小林——小林白，这姓氏的颠倒使得一个中国人霎时变成一个日本人。

——《机器》第2—9页

哥哥阅读的表情，宛如一尊石雕。他突然拍着轮椅扶手激动地说，灵莹，敢情妈妈代表四个伟大支援阿富汗人民建设去了……

——《机器》第140页

牟棉花捅了捅老伴儿说，金炳你是一家之主，你发表社论吧！

——《机器》第284页

简大姐告诉王莹，自从退休“返聘”来到东方小型锅炉厂，就夕阳红了。

——《机器》第343页

读着这些充满幽默感的语句，尤其是加重点线的词句，感到有一种发自内心的笑和难以名状的韵味，于是，一种属于肖克凡的艺术境界便油然而生了。这就是肖氏的“语言指纹”。

另一方面是一些由工人群众集体创作的能够反映世风与民风的一些歌谣俚语的引用，也大大增添了津味小说的韵味；对于一部作为劳动诗篇和平民传奇的长篇小说而言，也起了调味剂的作用。下面随意摘引一些来看看：

原载《南方文坛》2008年第2期，
2008年2月。

小时候歌谣这样唱道："男的想女的，媳妇给兄弟娶的，女的想男的，姐姐给妹妹瞒着。"这首童谣简明扼要，男的想女的，女的想男的——这就是人间的大道理了。

——《机器》第48页

电工？四句方针，别拿钳子当榔头，别拿螺丝刀当锥子，别拿电线系腰带，别拿电工刀子切萝卜。

——《机器》第172页

车钳铣，没法比；电气焊，凑合干；要翻砂，就回家。

五八瞪蛋是冲工，大锤震耳是铆工，溜溜达达是电工，轻轻松松是化验工。

——《机器》第155页

伺候国营厂，心里热爱共产党，工资就是不见长；伺候私营厂，心里仇恨资本家，月月高薪拿回家。

——《机器》第324页

2007年12月12日草于洛杉矶

作家研究

谈一个青年工人的诗

臧克家

自从一九五二年以来，李学鳌同志在《说说唱唱》《北京日报》《工人日报》上以及本期《北京文艺》上，连续地发表了他的一些诗歌创作，虽然数量并不多，可是读者们已经投给它们以注意的眼光。所以引起注意，并不纯乎是由于这些诗歌的作者是一个青年工人，而主要的是因为这些为数不多的诗篇表达了一个工人同志的思想情感和他相当程度的艺术表现能力。

我所读到的李学鳌同志的诗，打总只有十一篇。它们的主题可以归结为两个大项，那就是对于有着重大意义的政治事件的关注和对于工人创造性劳动的歌颂。前者例如《写信慰问志愿军》《光荣的任务》《斯大林永远鼓舞着我们前进》以及《我们看到了金日成元帅》等等，后一方面的则有《印刷工人之歌》《时间的主人》《机器的主人》和《每当我印好一幅新地图的时候》…… 这些诗篇的主题的积极性和题材的现实性，表现了这位青年工人的政治的敏感性和对伟大祖国的澎湃热情。可是，我觉得，还应当补充一点，这是保证这些诗比较受到读者欢迎的一个重要条件，那就是当他抒发自己的思想和热情的时候，总是能联系到自己生活和工作的实际状况，这样就比较亲切，不大令人发生一般化的感觉。在这十一篇诗里，那些写生活实感或从实际生活出发的思想情感的描写，都比较生动和真实，距离生活实际远一点或对生活体会得不深的就觉得差一点。例如《我们看到了金日成元帅》，虽然也蛮热情，但我们觉得这种热情还没到深沉的地步，在那种环境之下的那种心情的描绘不能说是不真实的，但是不够深入，就免不了有点表面化。至于那篇纪念马雅可夫斯基诞生六十周年的《中国人民的好朋友》，从概念出发的情况就很显然了。

纪念斯大林同志逝世的这篇诗，就因为联系到作者自己的工作和生活，从这里发出的那种情感也就觉得真实具体而不流于一般。以赶印斯大林同志遗像的《实际行动悼念斯大林》，作者展开了工人同志们热情劳动的描写，同时他也展开了他的想象，他想到“当斯大林的遗像”“送到鞍山”“送到朝鲜战地”“送到淮河工地上”“送到各个村庄”“送到各个学校”的一切情况，这样悼念斯大林就发出一股雄伟的力量，这股力量坚强地把全中国、全世界的劳动人民联结在一起。看过了这一切情况的描写，回顾以下的句子，就格外感觉到它的力量：

我们的誓言斩钉截铁，
我们的意志坚强如钢，
誓言字字牢记心坎，
像铁钉铆在铁板上！

《光荣的任务》和《写信慰问志愿军》，情况也像纪念斯大林的诗一样。前者通过赶制信笺信封作为送给“最可爱的人”的赠礼的真实情况，表现出了工人同志忘我的突击劳动精神，同时，也表现出了对志愿军的尊敬和热爱。因为是具体的描写，有着生活实感作底子，所以给人的感觉不是空泛的一般化。

一寸纸，一寸金，
一线油墨一颗心，
六万万颗心全印上，
寄呀！寄给最可爱的人。

我们读了上面的句子，不觉得颇为生动吗？

大家都光着膀子，
厂长也脱掉外边的衣裳，
在这冷森森的秋夜，

汗水却流在下巴颏上。

读了上面的句子，是会发生真实亲切的感觉的。

《写信慰问志愿军》，写了各种有着代表意义的人物，向志愿军同志们报告自己工作的成就和光荣的事迹，用生产的实际来支援这些远在朝鲜战地的中国人民的英雄子弟。志愿军的英勇行动是鼓舞工人努力生产的一股雄伟的力量，反过来，工人的生产成绩和爱国主义热情，也会对志愿军起很大的鼓动作用。这样，前方和后方就联系了起来；生产工人和卫国战士，就成为为祖国建设事业这一伟大目标而努力的兄弟。这就无怪乎工人们在写慰问信的时候，是这么的热情澎湃：

热腾腾的句子热腾腾的心，
下边的字句已经模糊不清，
原来小姜写信时太激动，
热泪滴在纸上把字儿冲。

在《印刷工人之歌》和致王崇伦、张明山这同样主题的一组诗里，作者凭自己痛切的生活经验，比照了解放前后工人地位和生活的悬殊。对于祖国远景的急切的渴慕，主人公的光荣和责任感，成为工人创造性劳动的鼓动力量。

呵！共和国的突击队员！
是用力劳动的人，
是用脑劳动的人，
成为一切的主人的“工人”，
在我们这个时代里诞生。

在这样一些诗句里，我们可以呼吸到作为新社会主人的工人那种英雄气概。这一组诗，在李学鳌同志的十几篇作品里并不能算是最好的诗，但它们却无比鲜明地表现了作为一个印刷工人的作者对于祖国未来的高度希望、热情和豪迈的创造精神。

在作者所有的作品里，最受欢迎的是《每当我印好一幅地图的时候》，它一起头就响着动人的声音：

我爱我的祖国，
像爱我的母亲，
我虽然不生产钢铁和小麦，
我却用我全部的力量，
描绘着她庄严的面容。

在整篇诗里，作者用了亲切骄傲而又光荣的情感和热情欢快的调子，歌唱着伟大祖国日新月异的壮丽情景。从他手底下印出的地图上的一些小黑点和线条上，他认出了鞍钢、戈壁滩上的玉门油矿。他认出了：

呵，这儿是宝成和兰新铁路，
多少年来只是爬在纸上的两条虚线，
看今天！它们多么像受了热的水银柱，
飞快地伸展在地图上面！

他描写了“向自然进军的尖兵们”“用铁锤叩醒了沉睡的山林”，他描写了：

为了让列车跨过滔滔的江水，
江面上正筑起一道钢铁的长虹。

一种深切的对祖国的爱，使他的描写和歌颂带上了充沛的热情。因而，他的词句也就有了鲜亮的色彩和动听的声响。《每当我印好一幅地图的时候》这一首诗，实际上也就成为一篇想象飞腾、热情饱满的祖国颂了。

为了这喜讯呵，
我的印刷机又和我在一起狂欢！

从这样的句子里，我们可以觉到青年诗人的那一颗火热的心。

一般工人同志的诗歌创作，多半采取了快板的表现形式，而李学鳌同志的诗却不是这样。他运用的是一般格律诗的形式。从他所有的作品看，他是有着一定的表现能力的。他的理想力也不算弱。但当他的某些诗不是从真情实感出发的时候，就显得干巴，不生动。有的诗，写得开展了，但比起它的内容来，有些膨胀的感觉，也就是说，压缩精炼的工夫还是欠缺的。快板这个形式固然简单一点，但它也有一个好处，容易使句子朴素有力。当然，表现形式和表现

原载《北京文艺》1955年第6期，
1955年6月。

力最后还是决定于对被表现内容深入把握的程度。

李学鳌同志还是一位很年轻的工人，他在几年里做出了这样的成绩，是应该受到注意和欢迎的。我们希望这些作品，对于他是走向更远大前程的第一个里程碑。李学鳌同志一定会像他努力生产一样努力地去创造他的诗。许多读者在这位青年工人诗人身上投射出希望的眼光。

一九五五年五月十二日

1. 蒋子龙:《路，弯弯曲曲》,《青春》1981年第11期。

蒋子龙创作论

夏康达

按着别人的脚印走不出自己的文学创作的路，自己的路要自己去闯，去踩。[1]

——蒋子龙

一

蒋子龙是迈着一个打铁匠的决非轻捷的步履走上文坛的。追寻他走过的道路，不仅一步一个脚印清晰地记载了他前行的轨迹，而且那深沉有力的脚步声，至今回音萦绕不绝。蒋子龙的某些作品曾引起不同看法，甚至争论激烈，毁誉迥异。然而，这样一个事实恐怕是谁也无法否认的：他的主要作品在广大读者中反响强烈，《乔厂长上任记》更加突出，不仅震动了文坛，而且在社会上也引起了极大反响。

对这个事实，人们曾经提出过各种各样的解释。例如有人说，蒋子龙的作品引人注目，是因为他写了领导干部。如果仅就某几个作品来说，这种解释即使可以算作一种因素的话，也是十分次要的。要了解根本原因，还是听听作家自己的经验之谈吧。他说："文学是人民的心声，人民是文学的灵魂。作家胸中郁积的愤懑，一旦和人民的悲苦搅在一起，便会产生震撼人心的力量。人民的悲欢滋补了文学的血肉，人民的鲜血强壮了文学的筋骨。"[1]说起来，这也不是

1. 蒋子龙:《路，弯弯曲曲》,《青春》1981年第11期。
2. 同上。

什么新鲜的见解。我们曾经无数次地听到作家们从不同的角度、理论家们用相似的语言，来阐述这样的思想。

但要做到，也不是轻而易举的。还是在初中上学的时候，一位教师被划为右派，“罪行”之一是所谓宣扬“一本书主义”，蒋子龙颇为不平，说了几句“每个作家都能写出一本好书也就不简单了”之类的话，因而受到批判，有人还诬称他“想当作家”，并加以嘲讽。这个原本只把当工人作为奋斗目标的农民的儿子，一气之下，决心要掌握笔杆子了。他拚命读小说，写文章，偷偷投稿，到处碰壁。后来当了工人，又参了军。在部队的宣传队，编写说唱作品。有一次在一个贫穷的小村子演出，他们的“诗表演”勾起了农民对往事的追忆，台下一片唏嘘之声。蒋子龙的心灵为之战栗。他懂得了:“文艺不是玩玩闹闹，文学也决不是名利思想的产物。把写作当成追名逐利，以为只有想当作家才去写作，都是可怕的无知和偏见。然而我为了给自己争口气而投稿，以至于失败，也是理所当然的。因为我肩上没有责任，对人民没有责任，对文学也不负有责任，抱着试一试的态度，一试不行就拉倒。文学不喜欢浅尝辄止，不喜欢轻浮油滑，不喜欢哗众取宠。写作是和人的灵魂打交道，是件异常严肃而又负有特殊责任的工作。人的灵魂是不能憋死的，同样需要呼吸，文学就是灵魂的气管。”[2]当夜，他无法入睡，写了一篇散文，发表在《光明日报》上。接着又写了一个短篇小说《新站长》(《甘肃文艺》一九六五年第六期)。蒋子龙就是这样走上文坛，从人民的爱憎中获得巨大的创作动力的。

是的，路是弯弯曲曲的，而且坑坑洼洼。蒋子龙的创作生活，尤其是那颠三倒四的十年内乱中的经历，又使他懂得自己的作品真正做到与人民休戚与共，是要付出代价的；这代价，有时甚至是很沉痛的。然而，不管道路多么曲折，总还是通向前方的。一九七九年，当他重新握笔的时候，依然怀着当年那个乡村之夜的激动心情，而且更加坚定，也比较成熟了。

在这样的创作动力推进下，他的视线总是在努力搜索生活中人民群众最为关注的重大现实问题。他的主要作品题材重大，思想敏锐，主题深刻。发表于一九七六年第一期《人民文学》上的《机电局长的一天》，是在那个动乱的岁月中，短篇小说创作第一次理直气壮地表达了广大群众积郁心头的强烈意愿——加速祖国社会主义现代化建设。作品及其作者在当时难逃厄运，这不是蒋子龙个人的悲剧，而是我们民族的悲剧。然而，这样的作品，人民是不会忘记的。沉默的反响是无声的惊雷，总有一天要爆发出来。《乔厂长上任记》（《人民文学》一九七九年第七期）生逢其时，发表之后，几乎可以说在社会上刮起了一阵“乔厂长”的旋风。短篇小说《基础》（《上海文学》一九七九年第十二期）围绕着一台五百吨快锻钢筋水泥基础的质量事故展开矛盾，实际上提出了必须及时铲除“四人帮”遗留下来的虚假“基础”的重大社会问题。作品言近旨远，含意深长，锋芒锐利而又情意真切。《血往心里流》（《人民文学》一九七九年第九期）则表现了一群涉世尚浅的青年工人之间的纷争、倾轧，作品的题目点明了主人公的不幸与不平的遭遇，但小说并不局限于表现人物个人的不幸，而是通过他们对处世哲学的探索，反映被“四人帮”污染了的社会风尚的改造问题。《一个工厂秘书的日记》（《新港》一九八〇年第五期）的最大特点是写出了人物的复杂性，作者真正的着眼点则在于揭示造成这种复杂乃至畸形性格的社会原因。《一个女工程师的自述》（《文汇》月刊一九八一年第五期）所袒露的女主人公内心的痛苦，决不仅仅是一个知识分子家庭在思想感情上的崩溃，而且揭露了近年来在某些人中出现的崇洋媚洋的卑劣作风，作品发出了爱国主义的强烈呼喊。中篇小说《开拓者》（《十月》一九八〇年第六期）力图站在四化建设全局性的立场，反映乃至探讨正在逐步调整与改革中的我国工业的发展道路。在我国当代文学史上，这样从大处着眼的反映工业题材的作品，以前似还未曾有过。

文艺作品旨在反映社会生活，探讨工业发展的道路并非文学所应承担的任务。但是，不管蒋子龙是否有此意图，他的作品确实使人感到作者不是纯客观地记录生活，而是在探索生活发展的道路；不仅提出问题，而且试图要解决问题。比如《乔厂长上任记》发表之后，许多读者确是怀着探求如何加速实现四化的目的来阅读这篇作品的。因此产生了这样的“文坛佳话”：有的读者写信给编辑部，要求“乔厂长”到他们单位去上任；有人找到蒋子龙，要向“乔厂长”

告状。

有人认为当前反映强烈的作品不过热闹一阵，难以载入史册，这种情况不能一概而论。对一个作家来说，写了作品总希望能立即得到知音。藏之名山，留之后人，实在也是不得已而为之，在当今世界恐更罕见。至于蒋子龙的作品以其反映社会现实的深刻和感召力量的强烈，在社会上产生巨大反响，其效果是积极的。这难道不正是一个人民作家所应当追求的目标吗！

现在重新回到本节开头所提出的问题。我想借用物理学上的一个术语来加以说明：蒋子龙的作品所具有的震撼读者的能量，主要来自积聚在广大人民心中的巨大的精神“势能”。这种“势能”可以比作已经上膛的子弹。作家深切地感受到广大群众凝聚在心底的最强烈的呼声，并且在作品中运用艺术手法予以强化的表现，这就犹如扣动了枪机，顿时产生爆炸性的效果。作家要善于把握社会的“势能”，也即善于感知人民思想的脉搏和情感的起伏，尤其要敢于关注和反映与广大群众切身利益关系密切的重大社会现实问题。作品的反响，是作者了解人民心声的频率，使自己的作品与人民群众急欲表达的思想感情发生共鸣，才能得到读者的欢迎和支持。也只有这样的作品，才能成为站在时代峰巅所发出的强音。蒋子龙当然还未曾达到这样的高度，但他是在朝这个方向努力的。

这就决定了蒋子龙创作的这一特点：选材的严肃性。我以为，提倡“重大题材”不如要求作家注重题材的严肃性。倘若作家时时关注着祖国的前途和人民的命运，那么，他所选取的题材无论重大与否，肯定都是严肃的，也必定具有一定的社会意义。蒋子龙正是这样来选择创作题材的，因此他作品中所反映的生活场景和人物命运，都是与整个社会紧密相关的。做到了这一点，就自然而然地把写人生与写社会问题很好地结合起来了。即使有些作品也描写了人物内心深处的创伤，但丝毫没有“咀嚼着身边的小小的悲欢，而且就看这小悲欢为全世界”[1]的弊端。近来文艺界正在讨论写社会问题与写人生的关系问题，蒋子龙是用他的作品做出了回答的。

1. 鲁迅:《〈中国新文学大系〉小说二集序》

二

在同代作家中，蒋子龙不算多产，但是在中国当今文学发展的进程中，发表了在他个人的创作道路上具有里程碑意义，而且在整个文坛上影响巨大，甚至是开风气之先的作品。我认为，这是蒋子龙创作道路发展中最引人瞩目的一个特点，其“奥秘”何在，也是许多读者和评论者很感兴趣的问题。

“李杜诗篇万口传，至今已觉不新鲜。江山代有才人出，各领风骚数百年。”赵翼此诗，气度不凡。切莫把它看作对李杜诗歌的具体评价，诗人是在阐发他对文学发展趋势的看法。读者当然珍惜和赞赏优秀的文学遗产，然而更加渴求新的佳作不断涌现。时代不断地筛选着作家，在生活发展的速度愈益加快的现代，筛选的频率更为加速了。一个当代作家在这样飞跃发展的文学事业中要尽量延长创作生命，不被过早地淘汰，不仅要在思想上紧跟时代的步伐，还必须在艺术上有新的开拓。蒋子龙是一个在创作道路上力戒原地踏步，力求不断地超过自己的永远进击的作家。置身于文学发展的长河中，他既注意顺乎正常发展的艺术潮流，又勇于保持自我，从而给予潮流以一定影响。他艰难地、顽强地要使自己成长为一棵独立的大树。

《机电局长的一天》写于一九七五年末。这篇作品的诞生，是与当时中国政治、经济、文化一度出现的新的生机分不开的。在艺术上，蒋子龙努力挣脱当时各种创作模式的束缚，勇敢地显示自己独到的艺术锋芒。一九七五年六月，他在给笔者的一封信中，对当时文艺的公式化表示了不满，同时检讨了自己创作上的差距:“思想上不去，对生活的认识和提炼、矛盾的概括和揭示深不下去，都反映了思想上的差距，另外生活底子太薄，也太窄。”那时外界正在议论蒋子龙写不出作品是“骄傲”了。其实他是对自己不满，当然也对那时千篇一律的创作状况不满。他要“另辟阵地，改换点办法”。他说到做到，很快拿出了《机电局长的一天》。这个短篇小说独树一帜，在当时荒寂的中国文坛上堪称空谷足音。

“四人帮”被粉碎后，文艺枷锁一个个被打碎，中国文坛开始复苏。一九七八年，蒋子龙正在深刻地回顾着自己走过的道路，他还不能动笔，也不想动笔，但已经在思考今后的发展方向。他在一九七八年四月二日给笔者的一封信中说："一个时代有一个时代的文艺，50年代的文艺不同于30年代，70年代的作品也不同于'文化大革命'以前的作品。历史有惊人的相似之处，但不会重演。作为反映社会生活的文艺，一个时代有一个时代的特点，模拟和重复上一个时期的文艺是不可能的。也就是说，今后的文艺怎样我想说，今后中国的文艺是一种什么样子，现在还很难说。我要写就应该有一种新的风格，新的气质。如果没有'绝'的，宁可不写。"一年以后，他拿出了《乔厂长上任记》。是不是有点新的风格，新的气质，也有点"绝"的东西呢？我看是有的。第一，正当所谓"伤痕文学"（姑且借用这个称呼）兴盛之时，蒋子龙吸取了这类作品正视现实、揭露矛盾的优点，揭示生活矛盾的深度显然比《机电局长的一天》跨进了一大步，然而他又不以单纯揭示历史的伤痕为目的，却把目光转向当前，深切地关注着创伤的愈合。第二，批判了"四人帮"鼓吹的"根本任务论""三突出"之后，文学作品能否塑造以及怎样塑造英雄人物的问题，使许多作家感到迷惘，蒋子龙却倾注了自己的全部热情抒写了当今文学中第一个新长征英雄的典型形象。《乔厂长上任记》显然得益于当时中国文学新潮流的巨大推动力，在这股潮流中蒋子龙却又不随波逐流，清醒地保持着自我。因而，《乔厂长上任记》在所谓"伤痕文学"方兴未艾时独树一帜，影响所及，塑造创业者形象的文学作品日益增多了。蒋子龙的"绝"，就在于他的"独到"——有所借鉴而决不重蹈覆辙，鲜明地、强烈地表现出自己独有的风格与气质，令人耳目一新。

80年代的中国文坛又开始孕育着新的转机。近年来蜚声文坛的一批中青年作家，都在探索下一步踏向何处。正在这个时候，蒋子龙发表了中篇小说《赤橙黄绿青蓝紫》（《当代》一九八一年第四期），以扎实的生活底子，生动的艺术形象，显示了作者丰厚的创作潜力，展现了文学创作反映现实题材的广阔天地。小说并不割断历史，如实反映了"十年动乱"残存在生活中的痕迹，但是作品所显示的，完全是当前现实生活的崭新面貌；小说也不回避问题，但是作品所展现的问题，完全融化于人生道路的探求之中。蒋子龙以他的作品《赤橙黄绿青蓝紫》向我们昭示，在这丰富多彩的生活中，创作道路不是越走越窄，而是愈益宽广，艺术家手中的彩笔是大有用武之地的。

面对着时代的筛选，任何作家都没有别的出路，只有挺身而出，接受考验。在各种艺术潮流中，不能随波逐流，不能无所适从，要择善而从，并且坚定不移地创造自我，保持自我，完善自我，也即要在高出于潮流的浪尖上，建树自己独特的艺术风格。蒋子龙孜孜以求的正是这样一种艺术境界。

三

蒋子龙小说创作在艺术上所显现的“自我”究竟是什么呢？也就是说，他的作品有哪些艺术特色？我认为，最突出的一点，就是注重刻画人物性格，而且对主要人物的性格，往往加以强化的表现。

《三个起重工》(《天津文艺》一九七二年第一期)是他的第一个比较有影响的短篇小说。这个作品显然带有那个时期文艺创作的某些特点，例如生编硬造一些阶级斗争的情节，然而作品的主要情节还是具有生活基础的。跟他最早发表的小说《新站长》相比，在人物刻画方面有了很大进步。写三个起重工，就是要表现三种性格；他的创作特点在这个作品中已见端倪。《机电局长的一天》人物形象的刻画，更是有了长足的进步。霍大道不像当时流行的作品中的领导干部那样，只是某种概念的图解或某种品质的化身，而是个性鲜明的老干部的典型形象。人物的个性，又是通过一些真实可信的细节和情节来加以强化的表现，给人的印象格外深刻。例如他给地主放牛时，杀死了东家的牛，切断了退路去投奔红军；位居机电局长时，义无反顾地抱病涉水赶到下属工厂。这些情节都是刻画人物性格的有力笔触。他是按照自己的性格渡过革命者共同的艰难而又光荣的历程的。由于作品写于那个时期，当然也与作者当时的艺术功力有关，霍大道的性格比较鲜明，却不很丰富。《乔厂长上任记》确实别开生面。小说既写工作，又写生活；写顺境，也写逆境，从多方面展示人物性格。比之于霍大道，乔光朴的性格更加鲜明丰富了。这里我们举个小例子来说明蒋子龙对实现人物性格的重视程度。乔光朴在厂党委会上突然宣布与童贞结婚，这一举动极能显现人物个性。但是有读者提出，他们没有履行个人问题，好在是个细节，改一下看来不难，让他们先去登记就是了。可是这样一改，先要让乔光朴征得童贞同意，也就谈不上是什么突然的决定。蒋子龙感到这么改动，效果全没了。为了这个细节，颇费了些脑筋，后来让霍大道说了句让他们坐他的车去办个登记手续，算是补了漏。其实细心的读者不难发现，这事发生在夜晚，我们国家哪有昼夜办公的结婚登记处？这毕竟是个小问题，小说不等于实际生活，作品已经表明了对法律的尊重，有些枝节可以不必求全责备。我讲这件事，主要想说明蒋子龙对性格刻画的追求达到了何等程度，以及他是怎样采用强化的手法来凸显人物个性的。需要指出的是，乔光朴与童贞的爱情线索，固然是刻画人物的一个重要方面，但多少还有点为写性格而故意设置的痕迹，未能完全融为作品的有机部分。中篇小说《赤橙黄绿青蓝紫》则是蒋子龙迄今刻画性格达到最高境界的作品。两个主要人物解净和刘思佳，两个次要人物何顺和叶芳，他们之间的性格冲突构成了跌宕起伏的矛盾冲突和引人入胜的故事情节，作品的思想意义也完全融化在性格冲突之中，真可谓功到自然成，绝不推销商品似的硬塞给读者。这篇小说标志着蒋子龙在艺术表现上达到的又一个新高度。

蒋子龙刻画性格，决不是肤浅地表现人物的某种脾气，诸如急躁、粗暴、温柔、懦弱等等，而是致力于创造一种性格美。他所追求的性格美，主要是人物内在的心灵的力量与外部的独特的表现的完美统一。例如，蒋子龙的作品中常常描写人物的英雄行为。这也是对人物性格加以强化的表现的重要手法。在现实生活中，任何壮烈的英雄行为都是感人至深的，但在小说中，仅仅表面地写出这种行为的经过，并不能真正打动读者，也不能说是创作的重要目的。必须写出人物在进行这些英雄行为时的独特个性。不见人物性格的英雄行为，在小说创作中是意义不大的。《赤橙黄绿青蓝紫》第九节，解净与刘思佳将失火的汽车开出油库的情节，正是用熊熊烈火照亮了人物性格，把他们各自的个性照射得何等鲜明！刘思佳打了那个惹了祸却躲在一边的司机一巴掌，当他被何顺拉住正在犹豫时，看到解净冲了上去，他甩开何顺骂了他一句“你是个真正的混蛋！”便冲了上去。他把解净推下车后听到她被摔痛的喊声，不禁流下了眼泪。救灭了火，他赶紧回去换上西装革履，躲开了颂扬者们的纠缠，还冲着解净说讽刺话，解净会意地不说穿真相。何顺和叶芳也通过这件事产生了思想性格的巨大转折，作家把他们性格深处被各种因素遮掩着的美，恰如其分地发掘出来了。一场大火，把几个人物的性格发展都推向高峰，这样描写英雄行为，才真叫"惊心动魄"呢！

蒋子龙对人物性格的强化的表现，还有一个特点，就是善于在冲突中表现性格。蒋子龙在一九八一年只发表了两个短篇小说，其中一篇叫《一件离婚案》（《新港》一九八一年第九期），读者的看法分歧也很大。这本来是一门不相称的婚配，男女双方的思想性格差异太大，但在那个压抑个性的不正常的时期，他们凑合成一对，虽无爱情，倒也能相安无事。一旦生活走上正轨，人们的个性可以适当地有所发展的时候，矛盾产生了，以致达到闹离婚的程度。从思想上讲，他们之间虽有差异，但也没有什么大是大非之争，只是生活情趣的差异太大了。作品对人物的思想无所褒贬，倘若他们不在一个家庭，各人完全有权按照自己的喜好去度过光阴。可是他们偏偏生活在同一个房顶下，性格冲突便不可回避了。作品将这种冲突步步推进，任其按照自身的逻辑发展到顶点，毫不给予调和的余地。最后为了孩子，主动提出离婚的女方改变了主意，男方却坚持要离。这个显得十分窝囊的男子，由于他的真诚憨厚，看似软弱的性格，实际上具有内在的坚韧的力量。他完全是正视现实，出于诚意，而决非蓄意报复，故而他的这种性格力量具有一种纯朴的美。那个机敏开朗，更多地带有现代气息的女方，反而显得软弱了。但是，男方一句真诚的关心之言，使她感到自尊心受到损害，不要孩子也同意离婚。这一出人意料的结局，典型地体现了蒋子龙刻画性格的特点。在两种性格的反复冲突中，各种性格自身都得到了完美（艺术上的完美）的表现。

在冲突中表现性格的最突出的作品，还是《赤橙黄绿青蓝紫》。解净和刘思佳的性格都很坚毅，解净是刚中有柔，刘思佳是勇中有谋。这是两块璞玉，不同的生活道路把他们置于对立的地位。他们在相互的撞击摩擦中，清除着身上的瑕疵。作品还将性格冲突与思想冲突和谐地融合在一起，使矛盾冲突层次复杂，蕴藉丰富。思想冲突如果离开了性格冲突去展开，其结果只能是简单地

1. 阎纲:《又一个厂长上任了》,《小说选刊》1980年第1期。

弄清思想是非，这未必是文学作品要承担的主要任务。各种性格的人物是通过不同的方式去表现人物思想的发展，才能创造出富于个性的典型形象。刘思佳思想面貌的改观，不仅由于解净的循循善诱，还因为他折服于解净的性格力量。正是从这两个坚强性格的撞击所迸发出来的火光中，我们看到了这一代青年正在洗刷从那个动乱岁月中带来的各种尘埃，他们将会给我们的时代增添许多鲜艳的色彩。

由于蒋子龙无论表现生活中的什么矛盾都与人物的性格冲突紧密结合起来，读他的小说就不会因为一眼就看到底而感到作品浅薄。蒋子龙写的作品不多，却塑造了好几个得到社会公认的典型形象，也是跟他注重人物性格刻画、善于揭示人物的性格美的艺术创造能力密不可分的。

四

有一位评论家曾对蒋子龙的小说作过这样的高度评价:“仅就工业题材的创作领域而言，我以为蒋子龙文起当代之衰!”[1]在中华人民共和国文学史上，蒋子龙的小说创作在反映工业题材方面的重大建树，确实是不可磨灭的。

蒋子龙反映工业题材的第一个特点，是真正深入工业中去。他是以一个工业家的眼光来看工业的，而且深深地看到工业的骨髓中去。有些反映工业题材的作品只是把工厂作背景，实际上人物的活动根本与工业无关，只要稍作改动就可变成农业或别的什么题材，好像穿了工作服的演员，换件土布衫，就变成农民了。蒋子龙悉心研究经济结构、管理体制、技术改造等工业发展的重大问题，并且环绕着这些问题揭示矛盾，展开情节，构成作品的骨架。这跟那些只不过是让人物穿上一件工作服或者仅仅描写工厂里一些好人好事的作品相比，蒋子龙的小说可以称得上是反映工业题材的大手笔。在现代化的大工业迅速发展的今天，我们多么需要文坛上涌现更多这样的大手笔啊!

蒋子龙反映工业题材的第二个特点是能够跳出工业。所谓跳出工业，首先是不让自己被枯燥的经济问题和技术问题缚住手脚，而要始终记住“文学是人学”这个命题，着重反映现代工业给人与人之间的关系所带来的变化，给社

1. 蒋子龙:《大地和天空》《北京师院学报》1981年第3期。

会生活带来的变化。所谓跳出工业，还要扩大视野，要了解工厂生活与整个社会千丝万缕的关系。作品所表现的只能是生活的某个局部，作家对生活的观察，决不能仅仅局限于自己身边那个狭隘的生活圈子。不对生活的全局有广泛的了解，就不可能对自己摄入作品的局部生活有深刻的理解。一个作品要写得绘声绘形，具有生活气息，这还不是很难的；但要揭示出生活含义，就不那么容易了。蒋子龙的作品是达到这个境界的。他十分注意对生活作宏观的思考研究，并且在宏观指导下进行具象的文艺创作。他作品中所反映的生活场景和人物命运，都是与整个社会紧密相关的。蒋子龙认为："思想视野狭窄是创作的死敌。一个作家仅仅熟悉一个领域的生活是不够的，缺乏对生活的广泛研究，就影响作家有力地揭示生活中具有普遍意义和最本质的东西。""对于写工业题材的人，不仅要了解现代化大生产，而且要把大工业当作舞台，把整个社会作为背景。"[1]许多评论者都认为蒋子龙是一个敏感的作家；敏感是比较而来的，没有比较就谈不上敏感不敏感。倘对工厂以外的社会生活缺乏了解，也就无从比较，感觉必然迟钝。当然，开阔视野的意义决不仅限于敏感，随之而来的是作品的广度和深度。蒋子龙一直在这方面进行着不倦的探索，尽管他对自己至今取得的成果并不满意，但是他的作品还是显示了这种努力的成效，呈现着一种富于魅力的新气派。《开拓者》虽然只是一个中篇，却反映了从省委领导到普通工人如此广阔的社会生活领域内，各种社会力量、思潮错综复杂的联系、矛盾、支持、倾轧，从而反映中国工业在艰难的境况中重新起步的曲折道路。《开拓者》在某种意义上，甚至可以看作反映我国经济发展这一转折时期的具有初步的史诗意味的作品。《赤橙黄绿青蓝紫》是反映青年工人生活的，倘若认为它只是提出了一个青年教育问题，恐怕没有真正理解作品的深意。小说写的只是一个工厂生活，实际上表现了我国社会中，政治与经济的关系的调整、政治工作的改进、经济政策的改革等等意义重大的发展，在一代青年中造成的思想、心理的巨大震动，展示并描绘了新一代青年如何成为生活强者的成长道路。蒋子龙小说深入工业又跳出工业的特点，在这个作品中得到了比较完美的体现。

还有人说，蒋子龙的小说给当代文坛带来了一股豪气，这是说到了蒋子龙原载《文学评论》1982年第3期，1982年3月。

1. 蒋子龙:《路，弯弯曲曲》，《青春》1981年第11期。

创作风格的主要特色的。他的作品刚健、粗犷、豪放，有人以“深沉雄大”概括之，很是恰当。

围绕着一个“粗”字，对蒋子龙的作品也有两种不同的看法。有人说是“粗犷”，有人说是“粗糙”。这两者之间自然是有严格区别的。粗糙是不够细致所造成的，风格粗犷的作家可能因为功夫不到家而写得粗糙，风格细柔的作家，也可能出于同样的原因写出粗糙的作品。蒋子龙有些作品，某些细节或语言确实有点粗糙，但切不可将他大刀阔斧的表现方法也一概而论地视为“粗糙”。国画有泼墨画，也有工笔画，但决不等于泼墨粗糙，工笔细致。写作小说也与此同理。蒋子龙很少对人物外形、周围环境、人物内心做静止的细腻描写，但他大笔勾勒，戛然而止，又使你回味无穷。这样的粗线条的描写，是情节发展和人物性格的需要，是经过作者细致思考的“粗犷”，绝非艺术上的“粗糙”。

如前所述，我们并不否认蒋子龙小说中确实有些地方比较粗糙，有时说教性的语言也略多了些。不过从他近来发表的作品看，这方面改进很大。我还是要说《赤橙黄绿青蓝紫》，这个作品既保持了奔放浩荡的粗犷风格，同时又是细腻的。

回顾蒋子龙的创作经历，我们可以说他正在走着一条成功的道路。但是，肯定这条道路，并不意味着否定别的道路。让我们再重复一遍蒋子龙的这句话吧:“按着别人的脚印走不出自己的文学创作道路，自己的路要自己去闯，去踩。”[1]

一九八二年一月十七日初稿

三月十一日修改

他执着地追逐春光

——谈崔德志和他笔下的纺织工人家族

陈悦青

春光，和煦、温暖。它为人间驱散阴霾、寒冷，它给大地带来生机、希望。因此，春光为人人所喜爱和憧憬。但是，一位作家能使自己的作品始终洋溢着明媚的春光，这却不是一件很容易的事。

早在50年代就蜚声剧坛的崔德志，于长期的艰苦求索中，不论狂飙突起，还是艳阳高照，他都以作家的良知和胆识执着地追寻春光。他始终自觉地、能动地跟随着时代的脚步，用敏锐的目光观察着现实，用敏捷的头脑思考和发现新的问题，并以旺盛的激情讴歌新事物，在对新的追寻中探求艺术的美学价值。他植根于生活的沃土，努力开掘蕴藏于工人阶级心灵深处的真善美，塑造了丰富多彩的纺织工人的艺术形象，在当代戏剧的人物画廊中构成了独具特色的文学家族。这两方面就构成了他鲜明的创作个性，使他成为表现工业题材的佼佼者。

兴旺的纺织工人家族

凡是在艺术上成熟而且独具创作个性的作家，在他们各自创作的人物画廊中，其主角和有影响的人物，往往会形成在思想特征上有血缘关系的“家族”或人物系列。这些人物在作品中虽然没有情节的前后连续性，并且他们的身世、经历、气质、禀赋都有明显的不同，但是，其社会性质、思想性格上却具有相通之处。这种既有个性，又有共性的人物家族的产生，不仅反映了作家在创作思想上的一贯性，而且是他们的思想感情与美学理想统一的产物。以建国以来有影响的作家为例，在赵树理创作的诸多如社会风俗画的作品中，三仙姑（《小二黑结婚》）、小腿痛（《锻炼锻炼》）、常有理、能不够（《三里湾》）这一组人物就构成了一个家族，她们是在经济落后、宗法残余颇深的我国农村中小私有者的落后妇女的人物系列。她们虽然年龄、爱好各异，思想特征上却都是自私自利、占尖取巧、因循守旧，总是新生事物的阻力；而蒋子龙笔下的乔光朴、霍大道（《乔厂长上任记》）、胡友良（《血往心里流》）、牛宏（《锅碗瓢盆交响曲》）、车篷宽、曾淮（《开拓者》）这一组人物也足以构成一个新时期改革者的家族。崔德志同他们一样，在长期的艺术实践中，也创造了一个优秀的纺织工人家族。在这个兴旺的家族里，有各色各样具有不同经历、不同命运和不同性格的纺织工人。他们像一朵朵报春花，以自己独特的姿态，盛开在各个历史时期。他们都置身于时代的先进行列里，心灵中闪现着共产主义的思想光辉。他们自觉地用青春和生命去追寻春光，装点春光，为了赢得祖国万紫千红的春光一片，他们自觉地含辛茹苦，宁愿牺牲自己宝贵的一切。基于这一共同的思想属性与本质特征，他们可以毫无愧色地被命名为“报春花”家族。

我们不妨先认识一下这个家族中最主要的四姐妹。最早诞生于1954年的大姐刘莲英（《刘莲英》），是在我国第一个五年计划时期涌现出来的优秀纺织女工的典型。她沐浴着新中国的朝阳，吮吸着党的乳汁成长，工作有火一样的热情，心地像水晶般的透明。她胸怀磊落，大公无私，关心集体，顾全大局。在劳动竞赛胜负攸关的时刻，她不愿独占春光，毅然决定派本组的技术能手去支援竞赛的对手，因此与坚持本位主义的恋人发生了激烈的冲突。为了迎来祖国社会主义建设的大好春天，她毫不吝惜自己的荣誉和爱情。这个家族的共性自然地融汇在她的个性之中。刘莲英是新中国继往开来的第一代工人，她身上带着旧社会童工的深仇大恨。苦难的童年，生活的磨炼，她养成了沉着稳重的个性和关心工友、体贴入微的作风，就连恋爱也带着过分的拘谨和羞涩。但洋溢在心中的新中国主人翁的自豪感与责任感，又使她柔中有刚，敢于斗争，勇于牺牲。正因为她是从生活中走出来的有血有肉的人物，所以她一出现便引起了人们的瞩目。

十年后出世的二姐李玉洁(《春之歌》)是60年代社会主义建设时期优秀纺织工人的代表。作为同一个家族的成员，她与刘莲英有着共同的血统。这种亲密的血缘关系，使她们的生活、思想、感情、愿望以及在社会斗争中所处的地位都有许多共同之处。在集体中她不以自己一人先进为满足，把荣誉与报酬置之度外，主动到落后班组去，把好机台让给别人，通过艰苦的努力，终于使整个车间春色满园。李玉洁的内心世界也较刘莲英更为丰富。她以春天般的温暖关怀后进的同志；以宽阔的胸怀团结那些反对、阻挠她的人；以百折不挠的毅力克服困难，勇挑重担。不幸的是，酷暑与严寒交替着降临大地，在形势逼迫着人们齐唱“念念不忘阶级斗争”，而且斗争得越残酷越好的时候，李玉洁和作家一起遭到厄运。文艺界极“左”思潮的干扰，使李玉洁过早地夭折，崔德志也因此搁笔中断了正在喷涌的创作之泉。“四人帮”肆虐时期，作家被迫沉默了十多年。

1976年10月的金风，重新扇起了他行将熄灭的创作之火，在粉碎“四人帮”两年之后，白洁(《报春花》)继刘莲英和李玉洁之后，以独特的风采和不同凡响的艺术魅力走上了戏剧舞台。在“报春花”的家族中，白洁较之前两个姐妹虽然诞生得晚，但是由于她汲取了姐妹们的营养，因此显得更丰满，也更成熟。白洁作为70年代成长起来的优秀纺织女工的典型，即使在是非颠倒、人妖难辨的动乱年代，她仍然与这个家族中的其他成员一样，具有一颗助人为乐、舍己为人的高洁的灵魂和正直、善良、纯洁、勤奋等优秀的素质。在李健被批斗，心脏病突然发作，危在旦夕之际，她悄悄地送上了急救药，挽救了李健垂危的生命；当吴晓峰因反对江青被投入监狱之后，她又冒着风险，以“未婚妻”的身份前去探望，给吴晓峰以精神上和道义上的支持，当全厂生产处于混乱局面，废品堆积如山的时候，又是她默默地站在机台旁，“四年干了五年活”，连续几万米无次布，以自己辛勤的汗水为人民送去温暖。她从不奢望荣誉和报偿，就像报春花一样，无意和群芳争春斗艳，只想让自己的血“一滴一滴地流”，把全部光和热无声地献给祖国和人民。白洁是这个家族中一个特殊的成员，与苦大仇深的刘莲英和李玉洁出身与经历不同，她属于这个家族中父母有“问题”、出身不好的另一个家庭，因此她曾被无情地抛到社会最卑微的政治地位上。特殊的遭遇和社会地位使她形成了多干少说、内热外冷、稳重沉静、不苟言笑的特点。她的内心世界较之前者空前的丰富、复杂，她的心灵深处既有党和社会主义制度的光明投影，又有不公正的待遇所留下的累累伤痕，因此她心中鸣奏的不再是单纯、明快的小夜曲，而是许多乐器合奏的，既有欢乐又有悲怆、既有叹息又有希望的雄浑的交响乐。她的性格不是外露而是内向，不是火爆而是深沉。白洁为了李健的安全，违心地压抑着心中沸腾的激情，默默地把别人的次布算在自己头上，亲手毁掉了盼望多年的成绩；为了吴晓峰的前途和幸福，她又违心地熄灭了感情的火焰，独自无声地吞掉爱情的苦果。作家在白洁的身上，努力把人物性格中的单纯与复杂、冷静深沉与热情奔放辩证地统一起来，把人物心灵底蕴的真善美开掘出来，使她以全新的姿态进入了当代文学艺术典型的画廊。

四姐妹中年龄最小的朱凌燕是在向四化进军的改革浪潮中应运而生的，“报春花”家族的思想特质在她身上带着80年代的特点表现出来。工人出身的朱凌燕在科学的春天里走进了高等学府。但是她没有忘记工人师傅的辛勤培育，大学毕业后，她放弃了进研究所的难得机会，毅然回厂。为了改变工厂亏损的落后局面，她忍受着未婚夫的误解和来自多方面的压力，大胆起用有专长的技术人员；她不计个人得失，不顾个人安危，兴利除弊，大胆改革；她忍受着失去家庭幸福的感情煎熬，在曲折、坎坷的困窘中顽强苦斗，终于使服装厂的面貌焕然一新。朱凌燕的形象塑造，虽然在深度与力度上不如白洁，但由于时代的发展，她却比所有的姐妹更有作为。她不再是操作在机台旁的普通工人，而是一个有才干、有魄力的改革家。她的命运与个性辉映着强烈的时代色彩，三中全会以后，随着拨乱反正、解放思想，十年动乱的影响逐渐被消除，因此朱凌燕全然没有白洁心上的伤痕和因感情的火山被压抑而形成的缄默。她朝气蓬勃，毫无顾忌，在事业上，有着一股所向披靡、顽强进取的锐气。她像一朵带刺的玫瑰，对一切陈规陋习，毫不留情地针砭。但朱凌燕毕竟是目睹了十年浩劫，经过了痛苦的思想裂变而觉醒的一代青年。因此她不再像刘莲英、李玉洁一样只懂得品尝劳动的幸福和斗争的欢乐。而是既有顺境时的欣慰、憧憬，更有逆境时的苦恼、迷惘。她像每一个现实生活中的真实的人一样，存在着自身的弱点和毛病，如过分地争胜好强，任性使气，甚至在感情激动时发狂失态。但正因为这一切，才使她与我们之间缩短了距离，才使她的存在真实可信。

在这个兴旺的家族里，除了光彩照人、亭亭玉立的四姐妹，还有为了帮助别人取得成功，毫无保留地让出自己革新成果的青年工人刘大明(《生活的赞歌》)；默默无闻地埋头苦干，改变了车间落后面貌之后，又悄悄报名去大西北的纺织机修工刘得力；老当益壮、以有生之年呼唤改革的春天的纺织厂厂长李健(《报春花》)等。这个家族的诸多成员，虽然出身、命运不同，性格、修养各异，但他们共同的属性却像一条红线贯串其中。由于这个家族中的人们都是在同一母亲——党的怀抱里成长，他们都是党的儿女，人民的赤子，因此他们的血脉中奔流着对党和人民的忠诚。这就决定了“报春花”家族“向阳”的属性；又由于这个家族是植根于新中国的土壤中，所以他们的身上不仅继承了中华民族的勤劳、勇敢、助人为乐的传统美德，而且他们的心灵还被在中国蔚然成风的共产主义思想所照亮，因此他们在荣誉面前是“俏也不争春”，而且自觉地用青春和生命去呼唤春天。为了迎来“山花烂漫”的大好春光，他们可以含笑舍弃自己的一切。这就是他们共有的“报春”的思想特质。

但是，由于同一家族的诸多成员生活的年代和政治气候不同，他们各自的性格、气质、禀赋也相差甚远。她们有的像朴实无华在路边顽强开放的蒲公英，有的像冰清玉洁带露吐艳的梨花，也有的像在寒风中散发着幽香的迎春，更有的像“占得春光第一香”的红玫瑰。

崔德志笔下的“报春花”家族的诞生有着重要的社会和文学的双重意义。这个家族的四姐妹分别出生在建国后四个不同的历史时期，在他们身上，可以看到我国工人阶级在50年代当家做主的自豪感、责任感；在60年代社会主义建设中他们高涨的劳动热情和巨大的创造力，在70年代我国历史由黑暗向光明的转折时期，他们的痛苦和觉醒；也可以看到在80年代向四化进军的征途上，他们的飒爽英姿。这个家族的发展史像里程碑一样记录了中国工人阶级成长发展的历史。从文学的意义上说，这个家族的发展过程，正是崔德志在戏剧园地三十年辛勤耕耘和探索的过程，也是剧作家向着艺术高峰勇敢攀登、逐渐走向成熟的过程。从刘莲英到朱凌燕，是崔德志同志逐次奉献于戏剧舞台的一代社会主义新人。刘莲英带着作家的稚气；李玉洁身上凝铸着作家辛勤的探索；白洁标志着作家创作中的一次飞跃；朱凌燕则表现出作家新的追求。由此可见，这个家族的发展史，也真实地记录了作家本人成长的历史。

“报春花”家族的诞生还具有令人注目的美学价值。这个家族的成员都是一些纯洁、善良、勤劳、勇敢、舍己为人的心灵洁美的人。这是作家运用革命现实主义的创作方法，独具慧眼地发现和不辞辛苦地开掘的结果，也是他追求生活真实与艺术真实的统一、现实与理想的统一的结果。他通过“报春花”家族的诸多成员把真善美昭示给人们，并把这个家族优秀的思想特质放在美的范畴中，都属于带着喜剧因素的正剧。这不仅指富有生活情趣的诙谐，更主要是指这个家族的人物都是新生事物的代表，都是真善美的化身，他们的斗争虽然有痛苦和曲折，但美终将战胜丑，新生必定代替腐朽。因此他们身上都洋溢着带有喜剧色彩的乐观和自信。这种阳刚之美会给人以进取和向上的力量。从这种意义上讲，崔德志对“报春花”家族的创造是完成了社会与文学两重使命的。

文学家族中的作家自我

崔德志创造的“报春花”家族，不仅是时代和社会生活的产儿，也是作家思想感情与美学理想的结晶。因为在文学创作上，任何一个文学家族的诞生，不仅在客观上有许多复杂的社会、历史原因，而且也直接受到作家思想感情、艺术修养、审美趣味等主观因素的制约。作家的思想修养和艺术造诣不仅决定着创作的宗旨、立意、典型的塑造和题材的选择，而且决定着一个文学家族的思想特质、感情基调和发展趋向。“报春花”家族“向阳”与“报春”的属性，不仅有前面提及的社会与历史的原因，而且与作家本身思想的发展与文学觉醒的过程密切相关。

崔德志与工人阶级的特殊感情，也许要追溯到他那下煤矿、爬掌子面、做矿工的父亲。父辈的苦难和爱憎陶冶和锤炼了他幼小的心灵。朴素的阶级感情使他在中学时代就关注着工人的命运。他的处女作——《楼》就揭示了旧社会建筑工人为修建高楼摔断了腿而被解雇、栖身于破席棚里饥寒交迫的悲惨命运，抨击了资本家不劳而获、安居高楼大厦的不合理的社会现象。此后不久，他在刚解放的哈尔滨结识了发电厂的老工人刘英源。这位老工人虽然目不识丁，寡言少语，但身上却蕴藏着巨大的力量。他带领工人为夜的哈尔滨带来了光明。从刘英源身上，他真正看到工人阶级的伟力。他的第一篇报告文学《访劳动模范刘英源》不久就发表于当时的《东北日报》。可见，他从最早的文学觉醒便与工人阶级结下了不解之缘，这也是他后来创造纺织工人家族的思想萌芽。1948年以后，他投身革命，参加了东北文教队。革命大熔炉的锻炼，与工农兵的接触，马列主义认识论和方法论的启迪，使他掌握了观察问题的望远镜与显微镜，也赋予他对生活敏锐的艺术感受能力。在祖国刚刚解放的自由的天地里，他全身心地投入了生活的激流，他努力在浩瀚的生活海洋中撷取新的浪花，于雄浑的交响乐中倾听新的音响。20世纪50年代初，在工人阶级为完成第一个五年计划开展如火如荼的劳动竞赛中，他不仅及时地发现了许多带倾向性的问题，而且也敏锐地发现了在竞赛中闪耀出来的共产主义思想因素。这种崭新的思想因素，虽然在刚刚破土萌芽的时候尚很稚嫩，甚至会受到许多阻力与压抑，但崔德志却看到了它们强大的生命力。因为它们是真善美的实体，它们像严冬过后向阳坡上最早绽放的报春花，预示着身后姹紫嫣红的烂漫春光。崔德志以对春的敏感，及时地捕捉了刘莲英这一鲜活的形象，于是“报春花”家族的第一个成员便应运而生。刘莲英的思想特质为以后整个家族的发展确定了思想的主旋律，这一点也许作家当时并未自觉地意识到。他在此后十年的辛勤耕耘中，开始向生活的纵深处开掘，他发现在20世纪60年代初，虽然同样是工厂的劳动竞赛，却不是停留在同等设备条件下赛思想，赛技术，而是涌现出在技术装备落后的情况下，努力改造旧设备，革新技术夺高产的新人。他又一次意识到，这是社会主义建设飞速发展时，向生产的深度和广度的进军，它预示了技术革命的春天将要到来。于是“报春花”家族的第二个成员李玉洁便作为这种发展的新势头的代表，唱着“春之歌”走来了。

不久，随着政治上的风云突变，崔德志的创作出现了沉默期。他在沉默中回顾、自省、探索。这个沉默期实际上是一个思考期。在此期间，他不可能不受到当时社会思潮的影响，但同时他又痛苦地发现流行于当时的“阶级斗争学说”和反动的“血统论”束缚着甚至窒息了许多人的聪明才智。他陷入了深思：我们信仰马列主义，却为什么摆脱不了形而上学的桎梏？我们崇尚实事求是，却为什么出现人的面貌被颠倒的现象？粉碎“四人帮”后，崔德志从党中央拨乱反正的决心里，感到了春天的气息。他以不可遏止的创作冲动，表现自己对春的渴望。于是，一个震动千万人心灵的深刻题旨在作家的头脑中豁然明晰起来，白洁像一朵报春花，带着早春的寒意闯进作家的心扉。但是一个历史反革命和右派的女儿能当作真善美的形象歌颂吗？白洁能够成为和苦大仇深的刘莲英、李玉洁同属一个家族的亲姐妹吗？能！生活已经做出了回答。但在创作上冲破禁区是需要胆识和勇气的。崔德志以追寻春光的执着与坚韧，终于完成了他思想与艺术上的飞跃，写出了《报春花》。

当全党的工作重心发生了历史性转变的时刻，作家敏锐地认识到，经济落后的祖国只有走改革之路才能腾飞于世界，于是“报春花”的家族又增添了一位预报改革的春天即将到来的女厂长朱凌燕。

从这个文学家族发展的本身，可以明显地看到作家的思想感情、审美选择、创作心理等许多主观素质的清晰投影。作家对春的热爱、对美的追求、对新的敏感等心理素质，奠定了这个家族的共同思想属性。作家对生活的乐观与进取，对新事物的赞助与扶植，决定了这个家族高昂的感情基调。作家多方面的艺术修养与审美情趣又决定了这个家族诸多成员丰姿多彩的个性特色。总之，我们从作家长期的感情积累过程中看到了这个家族形成的过程。作家因为执着地追逐春光，而创造了“报春花”的家族，我们却又从这个家族的成员身上看到了作家“报春花”的自我形象。

原载《当代作家评论》1984年第2期，
1984年2月。

作家制约着一个文学家族的主观素质，不仅有他的思想积累、感情酝酿的作用，而且有他的生活积累所产生的不可忽视的作用。要创造一个优秀工人的文学家族，作家必须有工人生活的雄厚积累。而在这一点上，崔德志是得天独厚的。他曾长期扎根在工人之中，在辽宁作家中素有“崔师傅”的美名。鞍钢的平炉旁、抚顺煤矿的坑道里、沈阳重机厂的车床边，都留下过他的脚印。他下纺织厂的时间尤长，足迹遍及辽宁八大纺织厂。在工厂里，他甘当工人师傅恭谨勤劳的小学生。他拜过师、学过徒，和工人一起睡过十几个人的大通铺。在长期深入生活的过程中，他和工人的心贴在一起，汗洒在一起，成了工人信赖的知心朋友。工人的红白喜事，家庭纠纷都要找他帮忙，甚至有的青年工人给心爱的姑娘写情书也曾找他当参谋。在与工人的真诚相处中，作家逐渐地了解了他们，发现了蕴藏在他们心灵深处的美好品德。纺织工人家族的第一个艺术生命刘莲英就是崔德志趴在纺织厂工人宿舍的大通铺上创造出来的。而这个家族中最娇艳的一朵报春花 —— 白洁，则是作家在丹东毛绢厂、金纺、瓦纺等地把先后发现的几个命运相类似的纺织女工加以典型化塑造出来的。作家对工人性格、心灵、气质、禀赋的细致入微的洞察，为“报春花”家族的诞生提供了取之不竭的生活素材。

没有坚实的生活积累，没有作家与人民的休戚与共和心灵相通，就不会产生能走进人们心灵深处的艺术形象，更不会有一个纺织工人的文学家族诞生。“水性虚而涟漪结，木质实而花萼振”，正因为崔德志深深植根于生活的沃土中，所以他笔下的报春花才越开越鲜艳。

作家以他三十年艰苦的艺术探索，以他对春光不倦的追寻，为当代剧坛奉献了一个辉映着光彩的“报春花”家族。这个文学家族的出现，不论在社会历史、文学还是美学方面都具有重要的意义，并提供了宝贵的经验。我们企望着这位培育报春花的园丁能继续不断地向生活的纵深处开掘，使这个兴旺的文学家族不断增添新的艺术奇葩。

1984.2.25

大雪覆盖下的火山

——论巴金关于工人题材的创作

陈思和　李　辉

巴金在民主革命时期的创作，始终贯穿着一个鲜明的主题：无情地揭露中国封建制度的黑暗、残暴，抨击反动统治者对人民的非人剥削，热情地呼唤人民群众为争取自身的解放而起来反抗。围绕这一主题，他在小说创作中反映了各种各样的生活侧面。其中反映现代工人生活和斗争题材的中篇小说《砂丁》和《雪》，在他创作中占着令人注目的地位。

巴金早年是个社会活动家。1923年离开成都后，他在上海、南京等地从事过安那其活动，很可能接触过工人运动。1927年他去巴黎，也十分注意对欧洲工人运动的研究。1886年美国芝加哥工人运动、1926年英国工人总同盟罢工，以及震动全世界的“萨凡事件”，都对巴金产生过深刻的影响。巴金早期的创作中，几乎每部中篇小说的主人公都领导或参加过工人运动。1931年，他应一个朋友的邀请，到浙江长兴煤矿去住了一个星期。他利用这个有利条件，观察了矿区的各种生活，还特地到刚发生过爆炸事故不久的窑里去待了两个多钟点。在那儿，他亲眼看到矿工们的非人生活，回来后就写了一个短篇小说《煤坑》，通过新矿工小陈第一次下井劳动的描写，再现了煤矿工人苦难的生活惨景。1932年，他又从一个朋友那儿听到云南个旧锡矿里的一些事情，便着手创作了《砂丁》。第二年，他又写出了反映矿工罢工斗争的中篇小说《雪》。这些

1. 引自徐懋庸《巴金在台州》。

作品虽然算不得巴金的上乘之作，但对于研究巴金社会思想以及创作道路，是十分重要的。

一

打开《砂丁》，一种悲哀的气氛立刻就抓住了读者的心。在作者细腻流畅的笔触下，工人脚上的铁镣、矿警手中的枪刺、井下黑暗的坑道、井上阴森的矿区、统治者的阴险无耻、矿工们的受骗身死……构成了一幅幅阴惨可怕的图画，真实反映了旧中国矿工牛马不如的生活情况。正如作者所说的，他在小说中反映出一种悲哀，“要使人类普遍地感到这悲哀。感到这悲哀的人，一定会去努力消灭这悲哀的来源的”。[1]

这种“人类普遍的悲哀”，实际上正是作家审视社会阶级压迫的结果。作者在这儿不仅是要表现矿工的生活，而是通过对这一群“砂丁”囚徒般的命运描绘，来反映整个旧中国人压迫人、人剥削人的不合理现象。小说的主人公们在沦落为“砂丁”之前，都是纯朴、善良、贫困的农民和小手工业者，贫穷的生活促使他们追求着朦胧的生活理想。就在这个时候，近代工业资本出现了，当这个怪物用血与火的文字刚刚载入人类编年史，立刻就施展了它剥削他人的两手：花言巧语的欺骗和残暴血腥的镇压。小说中的主人公正是在资本家的甜言蜜语下上当受骗，陷入绝境的。当他们到达“死城”之后，等待他们的不是金山银山，而是铁镣枪弹和无耻的欺诈。他们丧失了人类最宝贵的自由，在野蛮的强权之下进行着囚徒的非人劳动。理想破灭了，人生的希望成了泡影，正如老矿工癞头和尚所描绘的:“在这儿挖塃的，便是身体结实的，也活不过十年，我在这儿也不过六七年光景，我就看见死了一百多；还有逃走被枪打死的也有好几十。那边山坳里不晓得丢了多少尸首，都给野狗吃光了”。这种悲惨情景使每个人都意识到绝望，他们有的发疯了，有的自杀了，有的用自暴自弃来麻醉自己，也有的暗暗下决心逃走，但终于没有逃成……作家在作品中着重描绘的正是这群囚徒的惨不忍睹的心理变化过程。

小说主要刻画了三个人物:吴洪发、老张和升义。吴洪发是个性格有点浮躁的年轻人，起先他满怀着乐观和希望进入矿山。一进矿山，就同竖眉瞪眼的三角脸监督干了一场。他不驯服和盲目乐观，结果在毒打和病痛的折磨下最先陷入绝望，终于发疯而死了。老张是个世故的中年人，他有着中国农民传统的安分、忍受、善于应付绝境的本领，当他知道受了骗以后，还安慰自己，企图熬过五年再设法出头。他内心也苦闷，也气愤，但他不敢有非分的想法，只求平安渡过眼前的劫数。升义处于这二者之间，他有着明确的生活目的，即要把自己的爱人从火坑里救出来，当他发觉自己受骗后，“逃走”的思想一直盘踞在他的脑子里，这虽然是一种消极的反抗，但在工人没有觉悟到为自己的解放而联合起来斗争时，仍然是一种追求出路的表现。可是他没有逃成功，在一次矿井漏水事故中，他和安分守己的老张都悲惨地死去了。

由于作家在小说中通过几个矿工对待强权统治的不同态度和相同命运来揭示人类普遍的“悲哀”，这就不可避免地使这些人物笼罩着一种绝望、忧郁的精神状态。然而这部作品的意义不在于表现了这一点，它同作家的其他作品一样，贯穿了一个火一般的思想：对黑暗制度的猛烈抨击和对统治者的勇敢反抗。尽管《砂丁》里没有直接明确地描写工人的觉悟和斗争，但作者还是试图在对矿工遭遇的描写中表现这样一个思想：面对自己的不幸命运，不能听命于天，不能逆来顺受，只有靠自己的奋斗反抗，才有出路。

作品在后半部分出现了一个老矿工癞头和尚。这是个带有几分流氓无产者习气的人物，他有不平凡的经历，在环境的压迫下，变得玩世不恭，自暴自弃，但一颗顽强的心从未死去，在他思想中占主导地位的是反抗。有一次他挥着拳头大吼：“我的拳头是不好惹的，什么师爷！什么总爷！有一天都会给我的拳头打掉的，我不高兴做一辈子的砂丁……我挖，我去给他们挖坟呀！”这简直是一篇反抗的宣言。遗憾的是，癞头和尚始终是个癞头和尚，他只是一个不觉悟的个人反抗者，他的拳头到了小说结束时也未对准过统治者。但在矿井漏水时，他是以一个战斗者的姿态出现，当别人都惊慌失措、迷失方向时，他又抢到前面去领路。他斥责贪生怕死者，也嘲笑乞求神灵保佑者，他高喊：“我不怕死”，最后只有他一个人奇迹般地脱离了危险。很显然，作者在这个人物身上寄寓了

1. 巴金:《〈砂丁〉序》。

一定的暗示意义。癞头和尚拼命搏斗的不是一个即将倒塌的矿井，而是黑暗的制度。在这种制度下，软弱的，乞求神灵的，都会被吞噬，唯有敢于反抗者才有得到解放的可能。癞头和尚最后爬出矿井，正是作者所期冀的反抗精神的胜利。这就是尽管作品的基调是低沉的，但人们仍会从中看到“掩藏在绝望和忧郁里面的光明和希望”。[1]

如果说，《砂丁》仅仅用曲折的象征手法，暗示了工人只有经过反抗斗争，才能摆脱统治者强加给他们的命运，那么，《雪》却再也不是这种含糊的暗示，它是一幅色彩鲜明、线条清晰的图画，直截了当地描绘了工人团结起来，为争取人类的解放去英勇斗争。这部小说一开始，就使读者接触到一种浓烈的火药味，一种不安定的平静笼罩着这座被大雪覆盖着即将爆发的火山。

巴金没有孤立地描写一场工人斗争，而是把这场斗争放在矿山工人斗争发展史上，作为其中一个环节来描写，写出了鲜明的历史感，使人感觉到，作家所描写的这场斗争只是一株已经破土而出，还将不断抽芽成长的萌芽。小说中的矿工们，不像《砂丁》的主人公那么绝望，一个为革命牺牲的烈士的幽灵不断在提醒他们，唤起他们的斗争觉悟。这个革命者是周春辉，他抛弃学业，深入矿区，在矿工中间点燃了反抗的火种，尽管他牺牲了，但工人们怀念他，他编的革命歌曲也不断地在工人中间流传。当工人起来斗争时，周春辉的形象又鼓舞着他们，最后他们的斗争失败了，但希望并没有绝种，正如赵科员所说的:“你不知道力量是在继续不断的斗争中生长起来的，在斗争中流的血是有代价的。胜利好比是一棵草，它慢慢地发芽。”这段话揭示了作家对这场斗争意义的理解。我们不觉得这是在总结一场斗争的失败，而是预言一场新的斗争的开始。

在描写这场工人斗争中，巴金突出刻画了三种人:以小刘为代表的工人、改良主义知识分子曹蕴平，以及革命知识分子赵科员。在小刘等工人形象中，作家首先强调了他们由于所处的阶级地位的不平等，产生了对统治者的原始仇恨。当局长过生日大摆酒宴时，小刘等几个工人却冒着寒夜等着下窑，他听着局长们淫荡的笑声，仇恨地向俱乐部里扔石子，并在地上写下几个“恨”字。

他意志坚定，当发现赌场是个骗局时，就拿定主意不再去赌钱，并劝其他工人也不要去，他找到了发泄自己精力的地方，那就是寻求反抗的出路。他一次又一次地找老矿工打听革命者周春辉的事迹，摸索革命的方式，最后认清了工人斗争必须联合起来的道理，于是挺身而出，做了工人斗争的带头人。在这个人物身上，巴金主要揭示了工人阶级在同资本家的斗争中，逐渐从自发的仇恨意识向有目的的自觉意识，从盲目的个人反抗到认识到群众力量的必然发展。这个思想，也可以说是巴金自己的思想。他在创作《新生》时，就着意于“个人主义到集体主义”的变化，但那是通过小资产阶级知识分子李冷的内心反省所达到的。而在《雪》中，作家将这种认识与工人们的生产关系和生产活动联系在一起。书中写着：“他们都在流他们的汗和血，他们彼此看不见却听得见彼此的呼吸，他们是从各地方来的，但是同样的命运，把他们彼此联结在一起了。”正是这样的生活环境决定了工人们有着共同的语言、共同的思想和共同的敌人，也决定了他们能从自发的个人反抗升华为自觉的集体斗争。

曹蕴平是小资产阶级知识分子的典型。他同情工人的遭遇，但反对公开使用暴力，他只是想办工人夜校、工人俱乐部等改良措施来逐步改善工人的生活，但严酷的现实使他这种极其软弱的改良碰了壁，最后他走上了逃避现实的道路，悄悄地离开了矿山。巴金把这样的知识分子与工人相对照，不留情面地写出了他们的软弱和无能。

还有一类是赵科员这样的知识分子，他是周春辉的同志，具有明确的信仰和坚定的性格。他主动和工人交朋友，向他们宣传革命道理，鼓励他们起来斗争。在这个人物的塑造上，作者是很掌握分寸的。他没有让赵科员像救世主一样凌驾于工人之上，去指手画脚地包办一切，而是把他放在工人运动的一边，作为一个工人运动的支持者和策划者。如他鼓励小刘他们组织工会时说:“我说工会应该马上组织起来，大家团结在一起就会有力量，你们就有力量保护自己的利益。”很显然，他对工人的力量是很信任的。作家这样安排赵科员，目的在于告诉读者：工人反对资本家的斗争，真正的领导和主力军则是工人自己，决不是一二个知识分子所能操纵，包办代替的，知识分子只有投入工人群众中

1. 周立波:《中国文学的发展》。

去，成为他们的一员，才能真正为他们做出些事情来。

不用说，巴金描写的这场工人斗争，不是中国共产党领导下有组织有领导的斗争，而是带有一些自发的性质，从某种意义上讲，还有点无政府主义色彩。书中描写的周春辉和赵科员都是无政府主义者。但我们从实际出发来看书中所描写的工人斗争的具体内容，那些贫富两极的对立，工人为捍卫自身权利而建立工会，甚至书中描写的革命者的理想：“一个人如果不同时使他周围的人得到解放，他也不能解放自己。万人的自由就是我的自由。”这些内容在当时完全是进步的，无可非议的。我们应该看到，“四·一二”反革命政变以后，工人运动在白色恐怖下，是以各种方式进行斗争，有的在党领导下公开举行武装起义，同国民党反动派展开军事斗争，也有的组织罢工，把经济斗争和政治斗争结合起来，反抗资本家的剥削，另外还有一些工人刚刚觉醒，正在摸索正确的道路。这些斗争，尽管方式不同，作用不同，但都反映了工人阶级的斗争现实。正如周立波同志对这一类作品创作所评价的：“那时也有用别样的精神，凝视许多新的现象和新的问题的人们。罢工问题，工厂的日常生活等都是引起作者和读者注目的主题。因为生活不熟悉或艺术的感动力不足的种种缘故，这方面也并没有可以长期深印人心的巨大绘卷，然而他们的确给予了文学一种新的精神，替后来的努力者开辟了一条新的途径。”[1]

二

作为一个杰出的语言艺术家，巴金在这两部反映工人题材的作品里，也体现了他一贯的创作风格：故事情节单纯，人物形象鲜明，以及一泻千里的奔腾式语言和火山爆发似的感情，使读者在可歌可泣的故事中仿佛看到了作者声泪俱下的容貌。但如果将两部小说作一比较的话，那不难看出，《雪》里包含着一些新颖的写作特点，那就是在这部小说中，表现出巴金前期著作中不常见的现实主义写作方法。

这一点早在《雪》初版问世时，就受到了评论界的注意。当时就有人指出：“这部小说不似《海底梦》那样的鼓着玄想之翼纯粹流于冥想，也不似《电》那

1. 王淑明:《萌芽》。
2. 王文修:《巴金近作〈雪〉》。

样的渲染着虚无主义的色调”。而“在这里作者却能把自己作品在前期里所流露的主要弱点——浪漫主义的手法——相当的克服过来了。”[1]还有的文章从《雪》中看出巴金的创作趋向:“《雪》，这是巴金先生创作中一部特异的著作，它有独特的风格，这也许是作者在现时代必然的趋向，但作者毕竟成功了，因为他已渐渐地走上现实主义的道路上”。[2]这些评论都说明了一点：巴金的《雪》中所表现出来的现实主义创作方法，比他前期的其他作品更为明显了。

这首先是因为作家在创作这部小说前，亲自下过矿井，对矿井的环境和人与人之间的关系，作过一番考察，虽然这也是浮光掠影的，但比《砂丁》那样坐在亭子间里听讲故事得来的素材要实在得多。其次，法国作家左拉杰出的语言艺术与细致的描绘能力，也深深地影响了巴金。这位法国自然主义创始人在他的杰作《萌芽》中顽强地表现了“就连最大胆的作者也会感到难以表述的构思”，运用纯客观的细节描写，艺术地再现了史诗般规模的群众性的场面。作家怀着对工人的深厚同情，一方面如实写出了工人阶级在资本主义制度残酷压榨下，可怕的体力衰退和精神麻木的状况，写出了他们在力不胜任的繁重劳动中，人的理性感情都丧失了，只剩下赤裸裸的动物本能，但另一方面又深刻地揭示了工人阶级内在的精神崇高和道德的美。这种美正是体现在工人群众纯朴的日常生活和劳动之中。左拉的这一切，都深刻地影响了巴金的创作。我们从《雪》里的很多描绘手法，都可以看到左拉的影子。

小说一开始，我们看到的不是《灭亡》那样的汽车撞死人的耸人听闻事件，也不是《砂丁》那样的男女离别的浪漫情调，而是作者用写史的笔法，朴实地叙述了一个矿山的形成历史以及它给周围地区带来的变化，给人一种雄伟的感觉。在具体描写矿山环境和人物时，作家也显示出细微观察生活的结果，“几盏电灯照着潮湿的土地，几根木柱挺直地立在地上，被顶上的石块重重地压着，略略显了一点弯曲的样子。两条小轨道交叉地在地面上伸出来，合成了一条，伸进了那浓密的黑暗里面，三辆煤车凌乱地躲在铁轨上，二辆空着，其余的一辆里装了大半车的石块”。又如对矿工的描绘：“小刘把一只脚踏在板凳上，另一只脚放在地上，板起脸接连喝了几杯茶，说说几句抱怨这工头的话”。这些描写无论写景写人，都真实具体，没有知识分子的书卷气。作家对矿山的一些风俗描写也是精彩的，如小镇上的踩高跷游戏，街头的卖唱女，以及《砂丁》中关于赌场的描写，读起来都十分动人。

更为重要的是，巴金与左拉一样，着重于写出工人阶级在集体劳动和斗争中体现出来的内在美德。即使在把工人写得比较消极的《砂丁》中，这样的诗意也不乏见。如吴洪发受到疾病和精神两方面的折磨，在矿底下挖不动矿时，作家这样写道：

> 升义默默地走到他的身边，忽然从自己的麻袋里抓出几大块“塃”塞进他的袋里去，然后像兄弟般地安慰他道：“你歇歇罢，不要紧，我说过，我一个人做两个人的事。”……老张起初鼓着腮不作声，后来忽然把锄丢在地上，跑到吴洪发身边，一面对升义说：“你对！你对，我们只会说空话！”他也从自己的麻袋里抓了几块“塃”出来放进吴洪发的袋里去。
>
> “你们都这样，难道我这副老骨头，就一点儿也不肯拿出来吗？我也有良心！”另一个上了年纪的砂丁感动地跑过来对大家说，他也拿了几块“塃”给吴洪发。
>
> 其余的人都围过来，每个人都分些“塃”给吴洪发，他的麻袋装满了，还剩下一些“塃”堆在面前的地上。“够了，够了，你们拿回去，我不要。”吴洪发挥着手，又笑又哭地说。他挖了一块“塃”在手里死死地看着它。“好，现在就让他一个人歇歇罢，大家不要吵他。”升义放心地说，他的眼睛里闪着泪光。众人又散开了，大家回到原来的地方，带着感动的心情继续努力地挖“塃”。

这里没有优美的诗情画意，也没有华丽的遣词造句，只是用抒情的语言叙述一件朴素的事件，却洋溢着劳动人民内在的慷慨仁慈和无私牺牲，这种精神应该说是人民最本质的方面。它的最优美、最动人的诗意，除了来自内容本身，还在于作家的写作技巧。作家首先写了吴洪发的病魔缠身和精神分裂，造成一种如怨如诉的气氛，接着又通过升义、老张和老“砂丁”三个不同性格的人的言行，展开了情节，引出了众人送“垅”的高潮，最后，作家又不仅写了吴洪发的受感动，而且写了送“垅”者们被自己不由自主爆发出来的崇高美德所感染，“升义的眼睛里闪着泪光。大家都带着感动的心情继续努力挖‘垅’”，这样描写就使整个场景涂上一种庄严肃穆的气氛，增添了诗的光彩，它同其他场面中工人们互相抬杠，以及种种落后意识形成互相衬映，把工人的形象更加生动地表现出来。这种劳动的诗意，在巴金的散文《机械的诗》里已经充分描绘过，但在这两部小说中，描写得更为具体生动了。

在语言的运用上，作家也表现出杰出的描写才能，巴金善于用形象具体、比喻新奇但又恰当的字眼来形容描写对象，给人留下深刻的印象。如对于矿井底下工人劳动场面的描写，作家使用了一个惊心动魄的比喻：

> 矿坑里就像一个古罗马的斗兽场，那许多猛兽带有原始的野性跟煤块斗争，监工头像一个尊贵的看客那样在旁边暗笑。

作家将瑰丽的联想、夸张的形容和严肃的现实糅合在这短短的三个分句里，给读者产生了强烈的效果。在这幅画面上不仅真实揭示了现代资本主义工业的极其野蛮的两极对立，矿工们的悲惨和统治者的冷酷，而且从矿工们从事的原始的沉重劳动中呈现出一种悲壮的美。

三

巴金在写作这两部小说时，都十分崇敬地提到了左拉的《萌芽》。在《砂丁》的序中，他说过想写一部像左拉的《萌芽》这样的大作品，在《雪》的序中，他又说：“这部《雪》比起左拉的小说来，太渺小了，不过我的心还没有死，也许再过几年我会把这小说重写一次，那时候我希望它更像样些。”

凡读过左拉作品的人都会承认，巴金在序中的话并非自谦。《砂丁》与《雪》无论从反映社会生活的深度广度，还是工人形象的生动有力，都不如左拉的《萌芽》。这除了作家本身在艺术修养方面的原因，更主要的原因还在于客观方面：第一，从工人运动的发展来看，西欧的工人阶级从里昂起义到巴黎公社经过了较长时间的斗争过程，爆发了许多震惊世界的起义运动，尤其是马克思主义在这一时期的诞生，有力地推动了工人运动的发展壮大。特别是在法国，十九世纪末法国社会民主党中盖德派同可能派、无政府主义和工团主义等机会主义进行了激烈的斗争。这些客观现实都大大丰富了作家的创作内容。而在五四运动刚刚登上政治舞台，20世纪20年代的二七罢工，五卅运动，上海三次武装起义等，在中国革命史上做出了不可磨灭的贡献，可惜这段历史很短促，随着“左倾”机会主义路线的失败，工人运动转为低潮。以后我党主要是采用毛泽东同志的“农村包围城市”的战略方针，把革命的重点放在农村。中国的工人运动不可能像西欧的巴黎公社那样对作家产生如此深刻、清晰的影响，而且我党在白区长期进行秘密工作，许多内幕详情也不是一般作家所能掌握的。第二，从文学运动的发展来看，西欧文学上反映工人斗争题材的创作也有着较长的历史传统。早在英国宪章运动以后，就产生了一批注意描写下层工人生活的作家队伍，如狄更斯、盖斯凯尔夫人以及宪章运动诗歌派，德国也产生了海涅、维尔特等人反映工人斗争的诗歌，法国在巴黎公社以后，曾出现过一批反映公社起义的文学作品。所有这一切，都为左拉创作工人题材的小说开创了良好的条件。而在中国新文学发展的十几年里，反映现代工人题材的创作则处于拓荒阶段。五四运动是一场反帝反封建的伟大革命，应这个时代潮流而诞生的新文学，首先就把斗争的锋芒直指几千年的封建礼教和腐朽的家庭制度。反映工人生活的作品几乎没有。“五卅”以前，在寥寥无几的反映工人生活的小说中，主要有《三天半劳工的自述》（利民）、《师弟》（许志行）、《乡心》（潘训）、《春风沉醉的晚上》（郁达夫）、《灵魂还可以卖吗？》（庐隐）等，这些作品反映了工人的一部分生活，开了中国新文学反映工人题材的先河。但它们所反映的主要还是城市手工业者，作品的主人公大多是学徒、车夫、匠人等，其中有些是刚刚离开农村，从农民或其他阶层转变为工人的，因此，要从这些人物身上反映出新兴的无产阶级的要求和力量是比较困难的。同时，从作者当时的思想水平来看，主要还是注重于揭露统治阶级对手工业者的压迫，以引起疗救者的同情，对于工人与资本家之间由于生产关系引起的矛盾和斗争，基本上还没有接触到。五卅运动以后，“左联”一些作家受到“革命文学”口号的鼓动，有意

1. 巴金:《一封公开的信》。(署名黑浪)
2. 北京师范大学中文系巴金研究小组:《从〈砂丁〉和〈雪〉中看巴金小说的工人形象》。

识去描写工人的生活和斗争，但由于这些作家，对工人阶级的革命精神，对工人的生活现状都不甚了解，所以他们仅仅在发掘工人的斗争性这一点上写对了，而对工人阶级的精神面貌并没有刻画出来。巴金的《砂丁》与《雪》正是产生在这样一个时期，基本上也带着这时期工人题材的作品共有的优点和缺点。一切都只能相比较而言，在整个20世纪30年代文学反映工人题材都比较薄弱的前提下，我们认为巴金的创作还是难能可贵的。

关于巴金工人题材的创作，过去评论界没有给予重视过。解放以后出现过为数很少的几篇评论文章，也总是夸大其词地进行“批判”。如有一个观点，说巴金在这些小说中美化了小资产阶级知识分子，把他们描绘成“救世主”，而把工人群众写得“麻木不仁”“愚蠢无知”。根据我们上文对赵科员、曹蕴平等形象的分析可以看出，这种批判是不负责任、完全违背事实的。我们不否认巴金作为一个小资产阶级知识分子，在创作过程中对知识分子形象寄予很大同情，但他没有把知识分子革命家凌驾于工人之上。相反，从《死去的太阳》中的吴养清、《雪》中的曹蕴平的形象中，我们都能看到，巴金对小资产阶级知识分子的动摇和软弱，是持批判态度的。这种态度必须联系巴金自己的世界观来分析才能实事求是。一九二七年大革命失败后，巴金亲眼看到起先挂着无政府主义招牌的知识分子纷纷投入了国民党政府的怀抱，他由此得出结论:“最好的无政府主义者便是工人，从资产阶级出身的无政府主义者是靠不住的”。[1]同时他还为自己出身于封建资产阶级家庭感到耻辱。在这种思想的指导下，他在小说中不是贬低工人形象，而是有意识地写出工人高于小资产阶级知识分子，指出知识分子必须与工人结合，投入他们的运动中去才有出息。值得注意的是，这一结论在巴金小说中，并不是作为作者已认定的真理来向读者宣传的，而是被当作作者自己的感受和体会，在作品的情节中自然而然地流露出来，仿佛是在同读者谈心和交流，因此需要读者仔细地从情节中去体会才能得到。

对于这些作品的另一个指责是，巴金在小说中写了工人们的赌钱和想女人。这曾经使作品遭到过极大的攻击，许多评论文章认为这是把工人描写成“庸俗的、低级趣味的酒色财气之徒”“对工人阶级有很大程度的歪曲”。[2]关于这一点，我们觉得也应该作些具体分析。不用说，解放前在资本家非人的剥削压榨下，工人还未觉悟到自己阶级的内在力量时，赌钱酗酒都是很普遍的行为。问题不在于作家能不能写工人的赌钱酗酒，而在于如何从这些生活细节中发掘出更有意义的内涵来。同样是描写酗酒，左拉从遗传的角度作了解释，而高尔基在《母亲》中却把它当作工人在未觉悟前发泄苦闷的表现，当巴威尔一旦走上革命道路后，他毅然拒绝了重蹈父辈的覆辙。巴金在写工人赌钱时，首先指出了促使他们留恋于赌场的是一种企图发财的心理，这虽然也不无正确之处，但作家决没有停止在这个水平上。我们在《雪》里就可以看到赌场的秘密：矿山附近的三个赌场，最大的一个是煤栈主任的一位亲戚开设的，也有几个矿局职员的股子。矿局的张科长本人就是赌场的一个大股东。这就清楚地揭露了赌场不过是资本家在榨取工人剩余价值之后，又换一种剥削工人的手法。至于工人嗜赌成癖，作家通过老矿工冯阿大的形象告诉我们，工人们深深怀念革命者周春辉，但一时又找不到新的出路，只能把苦闷发泄在赌场上，赌钱正是他们为了排遣革命失败后的苦闷心情。他们一旦找到斗争出路后，就立刻积极投入斗争，如同小刘一样，再也不去赌了。由此可见，作家在这方面的描写是有利于揭露资本家的剥削和刻画工人形象的。至于描写工人想女人，这也不外是写出了工人对自己生活幸福的一种向往和追求，这种畸形的心理状态，正是由于资本家残酷的剥削和他们极端贫困的生活现状所造成的，这跟上层阶级荒淫无耻的生活趣味（如局长同王科员的同性恋爱）有着根本的区别。如果一个工人连最低限度的生活欲望也没有，他怎能够为更高理想，为争取工人解放而斗争呢？但应该指出的是作家在有些斗争场面中不适当地加入了恋爱场面（如小刘同小朱寡妇的恋爱），冲淡了整个作品的悲壮气氛，这个缺点是存在的。

只要我们用历史的眼光，而不是站在今天的角度去苛求前人，我们就能恰如其分地分清巴金作品的优点和缺点。尽管他对工人生活不很熟悉，在描写具体人物形象时不自觉地倾注了小资产阶级的思想感情，没有塑造出二三十年代工人阶级的典型形象，但决不能因此就一笔抹杀巴金在反映现代工人生活和斗争题材创作上的努力，否定他的创作在客观上无疑是配合了当时中国共产党领原载《海南大学学报》1984年第2期，1984年2月。

1. 王淑明：《萌芽》。

导下的工人革命斗争。

关于用文学来反映矿工的生活斗争的问题，很早就引起了我党的重视。一九二三年十一月号的《中国青年》上曾发表了秋士的文章《告研究文学的青年》，文中写道："我曾经在一个煤矿附近做过工，时常有机会到煤窟里去，那十几里黑暗的隧道中，有六七千牛马不如的苦工人在作每日十二小时的工，作了二十多年了。我对一个朋友说：'这种苦况可惜没有文学家在这里，把它描写出来。'那位朋友答话是：'这还不是现在的事，现在还没有进煤窟的文学家啊！'我觉得他这句话是真实的，也是文学家的耻辱"。七八年过去了，这样的作品仍然没有出现，偶然有一些短篇，可是作者都是坐在亭子间里从未到过矿山的，"至于连矿山的设备，矿工们的术语都不知道"。[1]而巴金的作品正好填补了这一空白，这在现代文学史上是应给予充分肯定的。

底层生活的讲述者与底层精神的开掘者

——评李宝群及其戏剧创作

宋宝珍

2008年适逢中国改革开放30年。回首这30年来的历史性巨变，总会令人振奋并感慨万千。如果说宏大的历史叙述着眼的是现代化的成果，那么处在世事变迁中的普通人，尤其是底层大众的命运和他们的心灵史，才是艺术应当关注的焦点。较之其他艺术形式，话剧因为具有“活人演给活人看”的剧场性特点，更适于再现现实生活中生动、具体、鲜活的人，并通过剧中人在特定情境中的人生体验，展示富有质感的人性本真，以艺术的魅力打动观众的心灵。李宝群正是通过话剧这种鲜活的艺术形式，始终真诚地讲述着社会转型期底层人、普通人的现实生活。

李宝群是一位来自辽宁的专业剧作家，在东北老工业基地的工人家属院中长大，深厚的生活积淀，使他对工人和他们的生活十分熟悉，在情感上没有距离。自1990年代以来，他先后创作了《鸣岐书记》（1996年）、《父亲》（1999年）、《母亲》（2001年）、《师傅》（2004年）、《带陌生女人回家》（2004年）、《那座山村那条路》（2005年）、《沼泽里的鹤》（2006年）、《月亮花》（2006年）、《矸子山上的男人女人》（2007年）、《两个底层人物的夜生活》（2008年）等近30部话剧，

1. 鲁迅：《记念刘和珍君》，《鲁迅全集》第3卷，第274页，人民文学出版社1991年版。宝群曾在接受采访时背诵过这一段话。

此外，他还创作过小品、歌剧、舞剧、戏曲、电影等。他的剧作也多半由辽宁人民艺术剧院首演，2008年他被调入中国人民解放军总政治部话剧团任专职编剧。其剧作多取材于东北老工业区，运笔凝重却不乏激情，风格质朴却意态灵动。他常常透过工人在改革大潮中的人生际遇和他们受到的心灵撞击，着意展现在现实生活图景中，他们生命的韧性和内心的真诚，以及他们可歌可泣的胸襟、血性。

二

在共和国的历史中，一个相当长的时期，工业建设成为经济主体，工人群体因较少散漫、自私的小农意识，具有严明的组织性、纪律性而理所当然地成为"领导阶级"。在国家"一五"计划重点建设的东北工业基地，工人们曾自豪地宣称他们是"共和国的长子"。然而，改革开放以后，东北工业基地却出现设备老化、资源枯竭、技术滞后、结构失衡等问题，一些企业遭遇关、停、并、转的命运。毋庸置疑，这是共和国工业史上的凤凰涅槃，它具有激活生产力、优化产业结构、强化市场竞争力的功效；但是，对于身处其中的工人群体而言，他们的人生与企业密切相关，因此，当他们下岗时，面临着心理的失衡、身份的焦虑和对人生前景的茫然，这是不争的事实。

李宝群创作的话剧《父亲》，关注的正是这些下岗工人和他们的现实境遇。这部话剧首演于国庆50周年，当时就有人提出疑问：何必如此？既然是献礼之作，就应当是一块松软甜香的"蛋糕"。言下之意，是说《父亲》纤维质过多，苦涩、粗硬、不合时宜。岂不知，甜腻的东西吃多了，人会倒胃口，且血脂血糖增高，影响健康。李宝群声称自己"不做蛋糕"，他信奉鲁迅先生的名言"真的猛士敢于直面惨淡的人生，敢于正视淋漓的鲜血"。[1]他要反映工人当下处境的艰难与茫然，困惑与求索，从中发现他们生命中爱与美的真谛。

《父亲》取材于1990年代中后期的东北工业区，在一个风雪交加的冬日，机床厂老劳模、八级钳工杨师傅的家庭遭遇变故：他的长女大玲和儿子二强都下了岗，他们因找不到工作而精神迷惘。最让父亲看好的长子大强马上要被提拔为副厂长，父亲兴奋之余忙着替他拿主张。而大强却毅然辞职，准备另建私营新厂。父亲不能理解儿子的举动，在劝说无果的情况下，以不认儿子相威胁，迫使大强含泪离开家门。心情郁闷时父亲向无所事事的二强发火儿，二强恼怒之下埋怨父亲没用，说他的劳模声誉和一堆奖状什么都不顶，声称他们姐弟三人都怨恨他。被儿子奚落的父亲非常伤感，他的老伴却为他曾经的荣耀而自豪，鼓励他度过人生这道坎儿。父亲一向耿直、倔强、刚强，甚至有几分粗线条的严厉，但是对待子女，他的牵挂和柔情却深藏心底，正所谓“大爱无言”。剧中对此做了充分的展现：父亲不忍心让卖报的女儿在冰天雪地里站到天黑，每晚总雇人买下女儿剩余的报纸，自己再带回家里；他埋怨二强没出息，罚他站在雪地里，可是当二强刷洗大楼摔伤了腿脚时，父亲却满含疼爱把他背进屋里；父亲与大强在辞职的问题上尖锐对立，可是当大强的工厂做不出订货样品时，是父亲默默磨炼手艺，亲自上阵帮他解决了危机。在现实的考验面前，父亲的子女们磨硬了翅膀，强化了意志，各自找到了人生位置。正当父亲感到欣慰，准备借自己生日之际，好好在家里庆贺一番时，大强的工厂却因姐夫介绍的供货商截流货款，面临倒闭的危险。人生的长河也许总有急流险滩，但父亲却鼓励他的孩子们，无论遇到什么情况，都要坦然面对，勇敢承担。

《父亲》写的是退休的劳模和他的下岗子女的现实处境，着墨的重点在于家庭与亲情，刻画的是普通人真实、美好的人性。在新时期工业改革的进程中，他们以自己的血肉之躯，承载了历史的重负。面对新的人生挑战，他们有过心灵的挣扎和灵魂的隐痛，但是却精神不倒、意志不屈，决不沉溺于怨天尤人的悲情泪影，而是勤勤恳恳、扎实努力，在挫折中调整，在迷惘中奋起，从不放弃对人生美好的憧憬。

1999年8月，《父亲》在辽宁人民艺术剧院老院长李默然的坐镇部署下，经丁尼导演、宋国锋主演，经剧院同人一起努力，演出于“第六届中国戏剧节”，并获得了戏剧节金奖。此后，《父亲》在全国巡演，好评如潮。2000年此剧获得中国艺术节大奖，2001年获得中宣部“五个一工程”奖，后来经曹其敬导演再度打磨加工，艺术品格又有所提升。2003年由同名话剧改编的电影在开罗国际

1. 李默然：《〈父亲〉的断想》，《辽宁人艺》2007年第1期。
2. 李宝群：《我与〈父亲〉》，《辽宁人艺》2007年第1期。
3. 李宝群：《当代话剧的一大困境》，《中国戏剧》2007年第8期。

电影节上获得导演、表演两项大奖，2004年此剧在演出300多场之后，获得“国家舞台艺术精品工程”十大精品第二名。据报道，《父亲》在北京演出时，时任总理的朱镕基在剧场里几度被剧情感动，忍不住潸然泪下。《父亲》在北京大学百年纪念大讲堂演出时，上千名莘莘学子为它欢呼，群情激动。

《父亲》在短短几年中就上演300多场，他的成功固然有很多原因，但是重要的前提是剧作家对现实的准确把握和对生活的深入开掘。李默然说：“《父亲》创作集体，正是凭着正确的世界观和艺术观，演绎了当代这个尖锐的题材，它必然取得正面的社会效应。从剧作家李宝群到辽艺的二度创作，都是在想人民之所想、急人民之所急的统一思想下进行的创作。立场观点对一个艺术家来讲始终是至关重要的。”[1]李宝群说，“这个戏前后耗去了我7年的时光，也调动了我近40年的生活积累和人生体验。”[2]“当现实在舞台上缺席的时候，观众就会在舞台下缺席。”“生活是艺术的源泉，生活是艺术家进行艺术创造的母体，这句话任何时候都不过时，缺少生活我们的剧作就会不深刻不坚实。”[3]从生活的河床里打捞出来的父亲形象，有东北强悍民风赋予他的直爽刚强，有工业文明熏陶下的严明硬朗，对待家庭他有顶梁柱式的威严，对待子女他有母鸡护雏般的慈祥。

父亲的生命史与共和国的工业史重合在一起，他对工厂的感情具有发自心底的真挚。剧中，父亲在劝说儿子大强收回辞呈时，有一段颇动感情也颇具个性的言辞：“儿子，听爸一句话，明个一早赶紧回厂子去，收回你那屁辞职书，老老实实在厂子上班！厂子一天不黄咱就在厂子干一天！我和你妈都是建厂时的老工人，那几个老厂房是我和我那些老哥们一砖一瓦砌起来的，那些老床子老设备是我们光着膀子肩扛手抬戳起来的。‘文化大革命’，造反派要冲咱们的厂子砸咱们的设备，我们把后事都安排好了，成宿隔夜地在厂里守着——这机床厂就是咱的家呀！家呀！我告诉你，兴厂子不要咱们不兴咱自己跳槽！你给我死了这条心！”这样的话语，在标榜个性自由、自我选择的所谓现代人看来，也许不以为然，但是我却不忍心谴责父亲的“固执”和“迂腐”。我不愿把他对工厂的不舍不弃看成是思想的保守、惯性的因袭、自主意识的丧失，而愿意看成是他年华老去时对过往峥嵘岁月的铭记以及对自我生命价值的认知。对社会有付出、有担当的人总是令人敬佩的。尽管有很多人在垂暮之年追悔往事，但这不仅对自身徒劳无益，也会在周遭散播衰朽气息，而这样的生命只能令人扼腕叹息。一个生命个体，为了社会事业，贡献了自身绝大部分的心血、汗水、精力，并且这项事业被公认为是有益的，那么谁有理由去谴责其奋斗的历史呢？但是，父亲和儿子面对着不同的历史机遇，大强毕竟年轻，有抉择，有前程，有无限的可能。因此当他感到自己所在的工厂人浮于事、积重难返时，他对父亲说：“爸，这件事你就让我做一回主吧！”然后义无反顾地去筹建私营工厂。好的戏剧所制造的矛盾冲突，一定是冲突双方各有充分理由、势成抵牾。我们不能站在父亲的立场去否定儿子当下的背离，同样，也不能站在儿子的立场去否定父亲曾经的坚守。事情本没有那么简单：半个多世纪之前中国薄弱的工业基础，需要举全国之力通盘布局，需要像父亲这样的一代工人阶级，为着民族利益艰苦奋斗；而半个多世纪之后，中国从计划经济向市场经济过渡，开放搞活的形势需要像大强这样的人去开拓进取。

《父亲》的成功，给李宝群带来了戏剧创作上的莫大欣慰，也让他明确了自己的艺术取向，那就是为社会的底层民众书写心灵史。

二

2001年，李宝群创作了一部反映工人家庭的话剧《母亲》(又名《秦娘》)，继续其反映底层人群的命运际遇、精神情感的主题。此剧由刘喜廷任总导演，邢彬任执行导演，张舒云、张玉春主演，辽宁人民艺术剧院首演，自上演以来，已获辽宁省第五届艺术节银奖、优秀编剧奖。

《母亲》的舞台呈现很有平民气息：低矮的工棚、袅袅的炊烟，孩子们在烟尘里戏耍，大人们在风雪中奔波。“文革”前夕，秦娘的丈夫因工伤去世，她一个人抚养几个孩子，生活拮据。尽管自家寝食难安，她还是收留了严冬里独自饮泣的孤儿小明。母亲与工人老宋情投意合，他们本来可以生活在一起，可是因为长女小琴与宋家儿子宋雁恋爱，且未婚先孕，这让母亲心有顾虑，打消了嫁给老宋的主意。宋雁因捡拾厂里的废铁卖钱，被抓进牢房，母亲顶住压力，照顾小琴生下孩子。若干年后，出狱的宋雁不愿待在家里去了南方，母亲的儿子在工厂的事故中不幸身亡。在伤心的日子里，母亲坚持让养子小明复读备考，使他终于考上了大学。孩子们长大了，母亲还来不及松一口气，女儿小琴又下岗了。小琴与身残的妹妹一起，开办缝纫店，痴心等待着多年杳无音信的恋人。工人居住的棚户区要改造，母亲盼着住进新楼房，可是小琴苦等的宋雁，却作为拆迁负责人出现，他早已投入了女开发商的怀抱。面对一重又一重的打击，母亲跟她的孩子们不气馁，不抱怨，顽强地把日子过下去。

剧中的母亲，可以说命运多舛，含辛茹苦：她中年丧夫，老年丧子，真心相爱的男人咫尺天涯，疼爱有加的女儿屡屡让她揪心。母亲善良、真诚，宠辱不惊，是非分明。她一直默默照顾老宋的生活，而对趋炎附势的老侯则白眼相向。生活的重轭磨硬了她的筋骨，也锤炼了她的意志，她没有什么自我考虑，全部的生活目标就是把孩子养大，为他们遮风挡雨。她自然不是仪态万方，也没空多愁善感，更不会哀怨泣诉，她像孕育了生命的黑土地一样朴实，像野地里自然生长的大树一样坚实。

话剧《母亲》向人们揭示了普通人平凡的生活际遇:有辛酸，有苦痛，有坚忍，有盼头。在这样的生活中，不会有永远的阳光，也同样不会有永远的阴云，苦乐参半、悲欣交集，这才是人生常态的真实。事实上，正是在这活生生的底层生活的苦难现实中，隐藏着一个社会、一个民族真正坚不可摧的精神性力量。这是一种隐忍的、悲壮的、崇高的力量，是直面人生苦难的自觉态度。社会的改革与发展必然带来阵痛，而广大底层民众是这种痛苦的最直接承受者，在这种意义上，底层人民是民族前进过程的脊梁，他们那种面对痛苦，积极乐观的精神提供了社会前进的根本力量，由此更见底层大众的伟大。

《母亲》上演之后，李宝群的创作思路又回到了对产业工人的关注，一直萦绕在他心田的是“父亲”的心路。他要把一个跟共和国共命运的工人形象，做进一步的具体描述。2004年，李宝群创作了表现炼钢工人工作、生活历程的话剧《师傅》。此剧由宋国锋导演，姚居德、王余昌等主演，辽宁人民艺术剧院首演，曾获辽宁省第六届文化艺术节银奖。

《师傅》的剧情，时间跨度达半个多世纪，从解放初期写到了二十世纪末期。剧中的炼钢工人牛大山，以自己的生命历程见证了共和国半个多世纪的工业建设史。解放初期，共产党政权接管钢厂，党员童书记为恢复生产，走进工棚探访群众，解决他们的生活困难。这让年轻的牛师傅打心眼里感激，决心跟着共产党好好干。新的时代，新的气象，让工人扬眉吐气成为工厂的主人。牛师傅和师弟二虎、小宝结成生产小组，在劳动竞赛中争先恐后。牛师傅踏实的人品和突出的工作表现，为他赢得了漂亮姑娘素芝的芳心。在妻子的辅导和帮助下，他不仅学文化，还大搞技术革新。三年困难时期，工人们饿着肚子加紧生产，表现了强烈的主人翁意识。牛师傅、二虎和小宝在厂里表现突出，不断进步，不幸的是二虎在一次排险中殉职。勤劳的汗水为牛师傅带来很多荣誉，作为全国劳模，他代表工人阶级与国家领导人一起，在国庆之际登上了天安门，这是他一生最大的荣耀。然而，“文革”来了，造反派夺了童书记的权，工厂一片混乱，小宝不堪迫害坠身致残。靠边站的牛师傅舍身保护设备，跟造反派斗争。历史进入新时期以后，工厂发生了新的变化，作为厂领导的牛师傅的儿子，要带人拆除父亲视之如命的三号高炉，这让牛师傅十分愤怒。而儿子告诉他，更新老设备后，工厂将展现更新、更美的发展蓝图。带着欣慰和憧憬，牛师傅含笑走完了他无怨无悔的人生。

如果说，《父亲》表现的是一个工人家庭的骨肉亲情，而《师傅》表现的则是钢厂工人的生命历程，并通过他们展现社会主义工业建设的历史缩影。由于作者对“过程”着墨过多，群像式展示分散了笔墨，在一定程度上影响了他对戏剧主人公深藏在内部的灵魂的开掘，因此，这个戏的生动性和感染力略逊于《父亲》。

1. 李宝群:《做另一种戏剧，走另一条道路——写在话剧〈矸子山上的男人女人〉发表之际》,《剧本》2007年第5期。
2. 李宝群:《煤城行》,《辽宁人艺》2007年第2期。

三

作为国家一级编剧的李宝群，对生活、对艺术有他自己的深入理解和睿智把握。他不甘心沉湎于《父亲》的成功光环，他要向生活的更深层次、艺术的更高水平冲击。于是，有了话剧百年纪念展演中的力作《矸子山上的男人女人》。此剧经查明哲导演，宋国锋主演，自2007年由辽宁人民艺术剧院首演以来，先后荣获中国艺术节奖，文化部“文华大奖”，中国戏剧节大奖。

谈到这个戏的创作，李宝群说，“这部剧本，用掉了我整整两年时光。2005年初，东北最寒冷的日子，我相继走访了数座重工业城市，煤城、钢城，港口城市、以制造业为主的城市，我接触了很多普通工人，很多底层人群，每一天都在感动中，而这其中，一群矿山拣煤女工深深地吸引了我——初见她们就是在黑黑的矸子山上，她们在寒风中默默地埋头劳作着，黑灰的工装，粗糙的脸庞，变形的手指，眼角、鼻沟都是煤粉，矿山即将作为资源枯竭企业陆续关闭，她们在焦灼，在担忧，在渴盼，矸子山下则是望不到尽头的低矮拥挤的棚户区，那是矿工们住了几十年的家。”[1]“这些天我的眼泪一直在眼中转，心一直在发酸，晚上回到住地总是睡不着，每夜入睡都是后半夜一两点以后，闭上眼都是那些脸，那些手。”[2]戏剧创作就是如此，若想在台上打动观众，必得在台下先打动创作者自己。李宝群不想在剧作里冒充先锋、追求时髦、谄媚俗众，他立志要刻画的是这些被宏大历史叙述所忽略的“小数点后面的人群”。

在商业运作模式中，有一个乏味的公式:原材料+劳动力+机器=商品+利润。为追求利润最大化，显然必须降低原材料、劳动力和机器成本;但是，劳动力有其特殊性，因为他或她是人，当自身价值被压低或被抛弃之后，人会做出失落、焦虑、痛苦的情绪反应，工作毕竟是人获取社会生存、保持个人身份、赢得别人尊重的重要原因。如果有人漠视下岗工人的忧虑与茫然，不妨设身处地地想想他们的处境。实事求是地说，很多人并不真正了解经济转轨后下岗工人身份的失落和真实的困境，想当然地认为，他们贫穷是因为他们顾及面子，不做苦工，思想僵化，不会变通。而李宝群眼里走下矸子山的女工们，其真实情形却是这样的:“我们接触了许多工人。有一位女工在养牛，刚开始时不

1. 李宝群：《煤城行》，《辽宁人艺》2007年第2期。
2. 李宝群：《煤城行》，《辽宁人艺》2007年第2期。

知怎么养，三千元一头牛，生怕牛跑了，紧紧拉着，结果被牛顶到沟里。她昏了过去，醒来第一句话就问我的牛呢？有一位女工全家五口，公公婆婆全是半身不遂，丈夫有严重的心脏病，三口人把一铺炕躺满了。她一个人照顾三个病人，还要照顾五六岁的孩子。她到处借钱给家人看病，亲戚朋友都借遍了，人人见了她就躲。有人劝她领着孩子离开，但善良的她不忍心，坚持着，熬着。后来她借钱买了些兔子养在家里，边照顾病人边照顾兔子。但兔子病的病死的死，她不知流了多少泪。"[1]显然，养牛的女人对牛的珍重，化作了《矸子山上的男人女人》中队长佟丽顶风冒雪上山找羊的行动；养兔子的女人的善良与真诚，在剧中变成了女工平平日常生活的情形。但是她们都没有自暴自弃，而是满怀希望，顽强地支撑着，艰苦地奋斗着，追求着未来的美好人生。现实中，一些人成功再就业，他们"劳动量很大，全天站着操作，一分钟不能停下。他们工资只有几百元，都十分满足……这里的工人在开展互助，每位在岗工人每月捐出十元钱，作为全市下岗工人特困户的救助基金……煤城的人依然有梦"。[2]李宝群从生活的底层里打捞出来的厚重、沉实的素材，凝结着他的现实感悟和人生思索，化作了其话剧作品中恢宏大气的戏剧意象。

《矸子山上的男人女人》写了一位男性支书和一群性格各异的捡煤女工在矿山关闭后自谋生路的故事。秦铁柱原本是井下出色的矿工队长，工伤后被安置在女子捡煤队做支书，此人绰号"秦大咧咧"，胸无沟壑，口无遮拦，喜欢编故事讲笑话信口开河。他这"大咧咧"的毛病，给女工们单调、艰苦的劳动增添了不少笑声。大矿即将关闭的时候，面对一群焦急、渴盼的女工，他不忍心让她们失望，就乱编一套美好前程安慰大家，露出破绽后被女工们一阵追打。停工后女工们的生活陷入困境，大咧咧到矿上讨说法，可他人微言轻起不到作用，只好把老娘为他积攒的娶妻的钱拿出来分给大家，还愣说是矿上发的。他心里一直爱着队长、劳模佟丽，可又总是欲言又止。在女工们伤心埋怨时，他以自己的乐观、爽直为她们鼓劲、打气。佟丽的男人在矿难中去世，她带着哑巴女儿生活艰难，从劳模到下岗女工，巨大的心理落差让她心痛，大咧咧就用贫嘴鸹舌为她解忧，用真挚爱情温暖她的心灵；平平的婆婆年老体弱，丈夫瘫

1. 《〈矸子山上的男人女人〉——为平民百姓深情歌吟》(演后座谈会发言记录),《中国戏剧》2007年第6期。

瘓在床，孩子小，债务多，大咧咧就设法帮她在家养兔子，解决生活难题。年轻漂亮的女工亮亮下岗后被私窑主控制、包养，大咧咧与私窑主赌气，在严冬里只穿内衣愣是把亮亮背回家里。女工们把他当成主心骨，他也笑称自己是党代表洪常青。他带着女工们蹬三轮、养兔子、养羊、卖馄饨，让她们看到人生的希望，并赢得了佟丽的爱情。除夕，捡煤队的工友聚在一起包饺子，此时一声巨响，私人偷挖的小煤窑坍塌，大咧咧奋不顾身去救矿工，自己却不幸牺牲。女工们仰望矸子山，感慨万千。

剧中大咧咧这一形象非同一般，他以一个男人的身份跟一群弱女子、寡妇们混在一起，干着辛苦、单调却不受重视的工作，还时常成为女工们撒气、奚落的对象，处境实在有点窝囊。他想为下岗女工争取权利，每每想见厂长又总是胆怯心慌，害怕碰壁后让女工们失望。剧中有一个细节，很能反映大咧咧的卑微处境和他的应变潜能:矿山关闭后，他到有关部门催办女工们从事第三产业的营业执照，办事人因他给不了好处，就故意戏弄，让他耍活宝。大咧咧感到对方在拿下岗工人寻开心，有尊严受辱的气愤。他干脆拿着锣鼓家伙来到办事处，一通猛敲，惊动了领导，迫使他们盖章办证。大咧咧粗喉大嗓说话，不存私心做事，心肠像原野的火呼啦啦的热，性子像朔北的风直挺挺的硬。无论生活多苦多难他都保持乐观，任由女工们吆喝、驱使，不仅不觉得被冒犯，反而觉得自己被需要、有价值、有快感。

在中国剧协为此剧上演举行的座谈会上，《中国戏剧》主编姜志涛肯定它“直面当下生活，思想厚重、立意深邃”,《剧本》主编温大勇称赞此剧的编、导、演“都在用全身心创作，都满怀深情地去切身感受与真实表现现实社会中普通劳动者的人性、人情和人生”。戏剧评论家黄维钧说，剧作家“是和着汗水和血水，怀着同情和悲悯、敬爱和关爱在写煤矸石山上的失业人群。”戏剧评论家马也说，此剧“在向我们展现人性之深的同时，也揭示了人性之美”,“现实主义的剧作与诗化的导演处理相结合，使这部戏在艺术表现上如行云流水般舒展自如。”[1]《矸子山上的男人女人》的成功上演，再次显示了李宝群深厚的创作功力，也显示了现实主义戏剧的强大魅力。

原载《文艺理论与批评》2008年第5期，
2008年5月。

戏剧要想在当代艺术发展的格局中立于不败之地，就必须保持对生活的密切关注、对人性的深刻剖析、对时代精神的准确把握，以及对社会民众的审美熏陶和思想启迪。李宝群谨守社会的良心，满怀未来的希望，潜心于生活的流程中，探索其真实的底蕴。他运笔于普通民众的灵魂，表现了中国人特别是东北人的灵魂之真核——乐观向上的精神，为改革时代人民的心灵留下了宝贵的历史印证。在创作方法上，他一直遵循现实主义的传统，不矫饰、不媚俗、有继承、有创新，他常常截取生活长河中有意味、有激荡的一段流程，从中表现戏剧人物的现实处境、心理变化和性格特征，他笔下的人物生动、传神，内在精神富有诗韵。他不爱卖弄玄机，构建一个离奇、古怪的情节模式，而是朴朴实实地落笔，踏踏实实地铺叙，但其戏剧结构却是主线突出、和谐统一。他不喜欢艺术粉饰生活、简化矛盾，因此他的戏剧很少有大团圆结局，总是在看起来已经风平浪静的情境中，波澜又生，陡转再起。这不仅反映了现实生活中常态的真实，而且显现了他对生活的态度是客观冷静的，其戏剧美学风格是鲜明独特的。

工业题材小说中的“草明现象”

逄增玉

中国现代真正的工业题材小说，产生于解放战争时期的东北，而女作家草明则是工业题材小说的创始者之一。

草明写作工业题材小说的历史几乎与解放战争进程和共和国工业化进程的脚步同步：在北满解放区写发电厂，沈阳解放后又随军来到沈阳铁路工厂，写下长篇小说《火车头》。解放后，随着大规模工业化建设的展开，她又扎根于中国第一个钢铁基地鞍钢，并于1959年出版长篇小说《乘风破浪》。“文化大革命”结束后，又写作和出版了以“文化大革命”时期的北京机床厂为背景的长篇小说《神州儿女》。此外，草明还写作了一些反映工厂和工人生活的短篇小说与散文。从《原动力》《火车头》到《乘风破浪》和《神州儿女》，草明的工业题材小说堪称20世纪40至70年代文学形象化的中国工业发展史，其工业小说的开创性、独特性以及在内容和艺术上存在的缺陷，既有作家本人的功力因素，更是中国现当代工业发展道路的时代性与复杂性、现当代工业题材小说发展的时代性与局限性分不开的，是现当代工业题材文学几乎都具有的现象和问题。“草明现象”在现当代工业题材文学既有独特性，也有普遍性。

一

作为经历过延安文艺整风运动的作家，草明与很多来自延安解放区的作家一样，其身份首先是体制内的党员和干部，然后才是作家，或者说是党员作家和干部作家，是《在延安文艺座谈会上的讲话》提出的政治家、革命家与文艺家的主次关系地位和身份意识已经完成转换的政治化作家。由此，这样的作家在进行文学写作时，往往会同时带来三方面特征：一是政治化或意识形态化的世界观、文学观已然形成；二是政治和意识形态决定的主题先行，即在写作之前或初始已经具有了比较明确的政治和意识形态化的主题，而文学写作的动机和目的就是通过叙述和描写生活现象并转化为文学形象以表达主题，显示结论，完成政治和意识形态要求文学完成的诉求；三是如此写作和完成的作品总体上都属于为政治服务的政治文学和服务文学。这里说的政治文学并非贬义，因为从清末梁启超倡导政治小说以来，启蒙、救亡和革命的时代主潮一直要求文学的配合和服务，中国近现代文学本质上大都属于“载道”的政治化文学。

因此，当草明在东北解放区开始写作中国现代第一部真正的工业题材小说《原动力》之际,《讲话》要求将文学表现对象由知识分子和市民转为工农兵（革命现代性工程确立的政治和历史主体）、文学为工农兵服务的鲜明意识，以及东北解放区政治领导人的指示，使得草明写作《原动力》的主旨和目的非常明确：通过描写工人修复被日伪和国民党破坏的发电厂机器、给城市重新送来电力和光明、给解放战争和革命带来动力的行为，表现和揭示工人阶级的伟大先进即他们是革命和历史的动力与主体，文学化地呼应和传达草明参与和为之奋斗的革命在理论上确定的工人阶级是领导阶级和先进阶级的意识形态理念，同时描写作为代表先进生产力和历史主体阶级的工人，其先进性和主体性必须体现出与政党和政治的联系，先进政党对其先进性的唤醒、培育与领导作用。在一定意义上,《原动力》的这种描写“大写的”的工人及其阶级先进性的理念和诉求，在小说中得到了基本成功的体现，这是这部小说作为工业题材文学的着力点和文学史“亮点”所在，当然，从人物形象、个性描写、场面与内容的丰富等小说艺术的角度看，这部小说还是相当粗线条的，叙述与描写的功力显然存在不足。

不过，作者的主观动机和诉求是一回事，能否完全落实和体现于小说文本则是另一回事。生活现象的复杂性和真实性，往往会使作家先在或先行的世界观与意识形态目的未必同步和完满地灌注于具象的描写，传统文艺理论用世界观决定创作方法、创作方法大于世界观和对世界观进行纠偏与超越来解释这一现象。不管用何种理论解释，在《原动力》中，我们的确看到了该小说在鲜明的政治时代性主题下，内含和呈现出了一些更复杂和深刻的、对政治和意识形态诉求有所偏离乃至颠覆的东西。《原动力》描写的北满玉带湖发电厂，在东北光复后共产党已经来到此地建立政权、但还没有进驻发电厂之前，以老孙头为代表的工人群众就开始自发地、不计报酬地保护和维修机器，主动地找到县里的军代表要求恢复生产。然而，军代表拒绝了工人的要求，甚至对工业和电力表示蔑视，认为过去没有工厂和电力一样干革命。随着根据地的建立，新政权派来了几位干部。可是这些党的干部却有两种致命的缺陷：政治上缺乏对工人阶级先进性和主人公地位的认识与辨别好坏、敌我的能力，一度好坏人不分，未能依赖工人群众却任用坏人，致使工人对干部和新政权也产生疏远隔膜；业务上缺乏领导工业恢复与生产的能力，缺乏现代性工业文明的素质。在这样的描写和对比中，人们看到的是天然具有生产积极性的工人群众，与落后于工人、缺乏领导和管理工业能力的干部之间的矛盾（与暗藏的敌人的斗争则是另一条主线）。老孙头等工人在日伪垮台、国民党接收大员劫掠之际，能自觉智慧地保护机器，自发地修复机器并盼望恢复发电，是工人先天具有的阶级先进性——自身存在的“原动力”的自然体现。而作为在理论上是工人阶级先锋队的新政权和新干部，在老解放区形成的惯性思维和工作方式，使他们缺乏对工人阶级先进性和工业的足够认识，反而成为工人阶级先天的原动力不能发挥且造成挫伤的重要原因，客观上一度与暗藏的敌人和破坏者共同构成了对工人身上的“原动力”的破坏，对工业生产恢复和工业建设的拖累。解决干部对工业和工人的认识与领导能力、清除小生产意识、深刻认识工人阶级的历史主体性、让工人以主人翁和领导者身份参与企业管理，是恢复、弘扬和解放工人阶级原动力的重要因素。小说也以大团圆式的结尾，描写经历了事实教育的上级领导意识到了在干部使用、发挥工人阶级先进性和积极性方面的错误，采取了更换干部和依赖、提拔先进工人的措施，使工人阶级积极性和创造性得到发挥，他们的工作不仅使电厂重新发电带来城乡社会的光明，更为新社会新政权提供了革命与建设的“原动力”。

据此，小说实际上在正确鲜明的政治性主题中、从工业恢复和建设的角度，也思考、触及和表现了新政权在理论上对工人阶级先进性的认识和实际工作中的一度不对等，表现了在缺乏现代工业的农村长期进行以革命夺权为目标的“革命现代性”在遭遇工业现代性时的一度不适应和自我调整，以及工人阶级先进性、工业现代性与革命政权之间历史关系的形成和形成的曲折过程。先进的工人与落后的干部，需要被帮助和领导的工人却教育和帮助了干部与新政权，影响、带领和促使后者了解工业文明和工人阶级的价值，走向“成熟”和掌握领导工业的能力，这是草明最早在工业题材文学中提出和思考的重要问题，也是与她原初的表现新政权和党干部如何唤醒和焕发工人阶级原动力、领导工人承担革命性与现代性双重任务的创作理念和在此理念下所要构建的叙事模式——党、干部是领导者、引路者和“圣者”，工人阶级虽然天然具有先进性，却是被领导着走向历史主体的“成长者”和被帮助者——相背离之处，更是这部不甚完美的小说的独特价值。一个在延安文艺整风后完全遵从《讲话》精神、力图以小说贯彻和体现政治和意识形态构成的先在主题、完成文学的政治工具和武器作用的作家，却在具象的文本中表现出对先行的政治化主题和模式的偏离、背离、超越乃至颠覆，这种矛盾、断裂现象一直存在于草明及其写作中。

二

如果说，在《原动力》里，工人阶级先进性与主体性同新的政权和政党“谁教育谁、谁帮助谁”的关系，还比较朴素和“原生态”，本欲表现革命政党政权对工人的唤醒与引导、对其阶级先进性的理解认识和依赖爱护，使得工人成为工业电厂和革命大业的原动力，而实际上却是先进的工人阶级带领着政权和干部前进，小说的叙事功能与目的发生了内在的对调和自逆，那么，在时代背景是全国解放战争即将取得胜利前夕的长篇小说《火车头》里，小说力图继续深化表现工人的先进性和主体性与党干部的领导、革命性与现代性之间的主次和依存关系。“火车头”在小说里是一个包含多重意蕴的现实形象和隐喻能指，其“所指”首先是描写获得解放的大城市沈阳的铁路工厂、工人维修和生产物质的“火车头”、为在关内进行的解放战争和即将诞生的共和国提供现代化工业化动力设备，这是小说的主要内容和情节；第二，通过将工人的劳动创造与代表现代工业文明的火车头之间关系的描写，继续表现和讴歌工人阶级的先进性——他们是现代工业文明和先进生产力的代表，是推动历史前进和社会进步的强大动力；第三，通过引用马克思“革命是历史的火车头”的话语，意在表现和强调作为推动历史前进火车头的工人阶级，需要作为革命发动者和领导者的革命政党的驾驭与领导，革命政党是火车头的引路者和指导者。接受了《原动力》出版后被指出的没有写好“党的领导作用”的批评，草明在这部小说里极力追求“政治正确”——表现新政权和党领导者对工人阶级先进性的“育成”作用，即新政权和党干部如何发掘、调动和培养工人阶级的革命性与先进性，进而恢复生产、开发技术、修复机车、扩大产量，并由此实现新政权和干部从工业生产的外行向内行的转变，从革命性向工业现代性的转变，凸显革命性政党的领导作用与工人阶级先进性和工业现代性之间的历史性融合，工人阶级的先进性和由此转化成的物质生产力——机车与工业化，是被革命政治和党领导者“助燃”和指引的。为此，小说描写的来自老区的党干部、工会主席方晓红，就是体现“党”的正确领导的优秀党务干部。她对马克思主义和中共的革命现代性话语认识清楚，虽然也是来自革命老区的红色干部，但由于参加革命前在南方受过大学教育，所以对新解放区接收的现代化联合企业、对工厂和工业风景不仅有政治理性上的正确认识，也有对工业和现代的情感与审美欣赏，对工人阶级予以高度的政治肯定，又肯于了解和尊重工人的生活与创造。但是，方晓红的所作所为所体现的工人阶级先进性与党的领导和培养教育的关系，在小说里仍然显得单薄，好的政党干部的作用在小说中，大都是关心工人生活、深入工人家庭访贫问苦、支持工人技术革新等生活和生产的琐事，仍然外在于工人的真正生活和工业化管理与生产的细致过程。换言之，革命性与现代性之间仍然有点隔膜和游离。所以小说第一稿因为没有充分写出党的领导作用，出版后受到批评和作者自己的自责，在修改时力图把这一所谓“不足”加以弥补和强化。不过实际看来这样的强调和“强化”在修改后的小说里仍然显得薄弱，有理念大于形象之弊。一个长期从事农村革命的政党进入城市和管理工业之时，显然还需要一个过程才能真正地“进入角色”，才能把宏大的政治诉求与现代的物质化工业事物有机地融合与显现，而草明写作《火车头》之际，这种融合显然还未完成，所以指出她没有写好政治领导与工业文明的关系是容易的，但写好其实是极其艰难的，直至今日，所谓工业题材小说在这方面还鲜有成功，这也是中国工业题材小说的软肋和难题甚至被称为“陷阱”。

在描写和凸显先进性的工人阶级与共产党干部的关系中，小说的另一情节主线是描写来自农村的革命干部进入城市和工厂之后遭遇的“转型”困境，即农村革命经验与企业和工业管理之间、乡村革命性与城市现代性之间的矛盾与不适应，这成为小说中更具有历史意味和文学意义的母题，也是草明在中国现代工业小说中最早提出和表现的问题。而对这一问题的发现和表现，在小说里是通过铁路工厂的厂长刘国梁的形象完成的。在延安和老区当过县长、领导农村工作得心应手的“老革命”，到东北担任有上万人、有二十三个“协力厂”的现代化大型联合企业厂长后，遇到了艰巨的挑战和新问题：不懂得工业生产和管理，不懂得现代工业文明的复杂，不懂得领导工业与工人和领导农村与农民的差别，这些“不懂”归根到底，是“刘国梁丝毫没有意识到现代化工业对他提出的新问题”，只是以过去在延安和农村领导学校和农村的经验管理工厂，因而整天忙乱的结果是工厂管理混乱，客观上成为工人积极性和创造性、工厂的生产和“历史火车头”前进的障碍。应该说，刘国梁这样的以外行领导内行、以农村工作经验领导大型企业、成为辛辛苦苦的官僚主义的干部，不是政治问题而是“文明”问题，是中国这样一个落后的农业国家在工业建设中普遍存在的重要现象，也是革命政党从革命性向现代性、从革命夺权向工业建设转型普遍面临的问题。在农村包围城市武装夺取政权的革命即将取得胜利、即将从农村和窑洞进入城市接管城市之时，中共对如何进入和接管城市具有清醒的认识，从政治上、组织上、认识上、学习上做了相应安排。小说也以引述的方式记述了主管工业的中共领导李富春的报告内容："工业，对我们来说是个新的东西，不好搞，错误和缺点，几乎是不可避免的"，"厂矿的管理必须科学化和民主化，认真转变工业里农村作风，和认真肃清官僚主义"。但是，由于长期的农村革命方式和大批干部没有管理城市和工业的经验，所以在进入城市后他们普遍面临着思维方式、知识结构、工作方式的断裂与转型，必然出现转型的阵痛。而这种革命起家的农村干部在城市和工业战线上遇到的问题，所谓"老革命遇到新问题"，是一个具有历史性价值和意义的社会现象，深刻地描写这种转型的阵痛和过程，挖掘其中蕴含的政治与文明对接和碰撞涉及的各种有意味的社会、心理、价值观、思维与生活方式的问题，在多元矛盾、阵痛和纠葛中立体地描写文明碰撞的阵痛和阵痛后的变化，对现当代工业文学而言，是一个极其有价值的开拓和贡献，也是可以大出彩头的文学天地。草明敏锐地发现并描写了这种现象，并把它作为小说中一条重要的情节线索予以描写，这是《火车头》和草明的工业文学叙事中非常可贵的地方。

不足的是，由于篇幅的限制以及作者自觉遵从的、来自以延安整风以后解放区文学的大团圆和将悲剧正剧化的方式，使小说描写了"组织"对刘国梁的批评帮助、工作调动和他从"党性差"、"硬搬农村经验"、缺乏"有创造性的科学的管理方法"、以"保守的凌乱的农村式的工作方法"管理现代化联合企业等角度对自己犯错误原因的总结，总结后的"转变"以及"组织"与同志们高度政治化的谅解与宽宥，没有更深入丰富地表现出两种文明碰撞和冲突的过程以及人物思想转变的复杂性。

由此，小说描写和揭示出的拥有技术和能力的先进的工人阶级、现代性的工业文明，实质上教育和改造了来自农村的老革命并促使他们向现代性和工业文明转型，本来是要体现党和政治对工人阶级先进性的"育成"作用，但实质方晓红等优秀正确的"党干部"也被工人感动和教育、被工业文明启蒙，在党

1. 刘少奇:《在北京市第三届人民代表会议上的讲话》,《刘少奇选集》(下卷),第60页,人民出版社1985年版。

领导者与工人的关系中,《火车头》总体表达的是党领导者若要真正领导和驾驭城市与工业,需要理解和尊重工人,需要学习技术和管理,进行思维、身份、能力的转型,进行工业文明的补课和重新学习。《火车头》敏锐揭示和表现的这种关于党工作者如何领导企业和工人、党的政治性与工人阶级先进性如何互为主体和互相融合、来自农村的革命性如何与工业现代性融合与转化、工业化和工业文明对红色专家和权威的需求与呼唤的叙事和主题,不仅以更广阔的工厂生活场景继承和深化了《原动力》提出和表现的问题,而且也是对政治和意识形态化的创作理念与诉求的更大的超越和“解构”,是真实的生活现实对先行理念的纠偏和冲击后形成的“现实主义胜利”在草明工业小说写作中的又一次显现。

从更广阔的视角和更深的层次来看,对方晓红和刘国梁形象的描写、对来自农村的革命老区干部在城市和大型企业的境遇与问题的揭示,实质内含和潜隐地表达出当时环境下中共追求的政治革命性与工业现代性的“复合”诉求:既需要对工业文明、对技术和管理熟悉与驾驭的内行和专家的出现,需要他们管理和领导现代企业与工业,也需要让政治上属于领导阶级和国家主人的工人参与管理和领导,发挥他们的领导作用和主观能动性,新民主主义的、社会主义的企业生产和管理、工业化和现代化需要这样的双主体性的存在和融合无间,这就是小说一再提到的工业化、科学化与民主化的含义,也是所谓社会主义工业化的最早的文学表达和陈述。而这种对于工业化与民主化关系的强调,是中共在新民主主义革命时期和社会主义现代化建设初期的工业化思想的重要组成部分。如刘少奇在他关于工业化建设的著述中一再强调工业化与民主化的关系:“没有我们国家的民主化,没有新民主主义政权的发展,就不能保障新民主主义经济的发展和国家工业化。反过来,新民主主义经济的发展和国家工业化,又要大大加强和巩固新民主主义政权的基础。在我们这里,民主化与工业化是不能分离的。我们的基本口号是:民主化与工业化!”[1]显然,这里的“民主化”与新民主主义和社会主义政权的政治基础即革命性是紧密联系在一起的,工人阶级的政治领导地位、历史主人公地位决定的全面参与工业管理和发挥主体作用，是民主化的本义和主旨，在这样的政治基础上实现工业化——社会主义的以计划经济为根本的工业化和现代化，而工业化的实现又会加强和巩固革命性——新民主主义和社会主义政权。党领导工业的政治革命性、发挥工人阶级的生产力主体性（民主性）、建立以工业理性为基础的权威性与现代性——草明小说反复描写和叙述的工业生产和企业管理的民主化与科学化，深层内涵的就是这种民主革命时期中共对于革命政治性与工业现代性的诉求和意蕴。

三

《乘风破浪》是草明以她生活和供职的当时中国最大的钢铁基地鞍钢为背景写作的政治倾向性鲜明但内蕴和潜在话语又比较复杂的长篇小说。这种复杂性，一方面来源于草明经过延安文艺整风后形成和坚定不移信仰的“配合”意识，即对政治、意识形态和国家政策的紧密配合，并以小说予以形象演绎和反映，甘愿做政治与意识形态的传声筒；另一方面，在紧密配合和反映政治与政策之际，作为信仰单纯的作家，草明并不完全通晓和了解政策制定者和决策者之间对于工业化、现代化和国家发展道路与模式等重大问题，其实存在争论和不同认识，存在着后来“文革”时期毛泽东所说的两条道路的斗争——毛泽东把它们上升到阶级、政治和路线斗争的高度。因此，草明在《乘风破浪》里最直接追求和所要表现的，依然是此前小说表达的主题之一：先进的工人阶级的生产热情、主人公意识和创造精神，在“反右”和“大跃进”的大背景下如何同专家和权威为代表的技术官僚主义、保守主义，同工业主义的规章制度产生矛盾。不仅如此，小说在描写和揭示工人的生产热情、革命干劲、技术革新与以技术和管理权威为代表的保守主义和官僚主义的矛盾这一最显性的主题之际，还极力把这一矛盾与政治大环境联系起来，将其上升到与“反右”、“大跃进”等时代性政治斗争具有内在关系的“路线斗争”的高度。不同于《原动力》里的落后于工人和看不到工人阶级主体性和先进性、属于思想和能力低下的官僚主义，也不同于《火车头》里刘国梁代表的由农村作风、工作方式和工业文明造成的官僚主义，《乘风破浪》里描写的围绕“跃进”与“反跃进”展开的工

1. 恩格斯:《论权威》,《马克思恩格斯选集》第2卷,第552、553页,人民出版社1977年版。

人与技术官僚的矛盾,既与迷信技术与管理的成规、思想和工作方法上不相信“无知”群众、丢掉群众路线这一“革命法宝”以及由此滋生的技术精英主义有关,也与政治上更宏大的问题——对“大跃进”和反右斗争的认识不足,甚至与政治上的这种“思想路线”错误具有精神同源性和同构性,已经具有了工业生产与政治和阶级斗争密切相关的味道,即工业战线存在强化党对工业绝对领导的社会主义工业化道路和削弱淡化党的领导的资本主义工业化道路,具有了后来“千万不要忘记阶级斗争”时代描写任何领域都存在两条路线斗争文学的基本模式。

草明在小说中力图紧密配合时代政治并自以为自己的描写和反映具有政治正确性的上述倾向和主题,确实内含20世纪50年代中国工业化建设时期“两条道路”模式的矛盾及一系列内在深刻的矛盾和问题。而对这些矛盾和矛盾性质的不甚清楚的认识与理解,只追求“传声”和配合并把它们反映在小说中,就构成了《乘风破浪》文本的复杂性与矛盾性,在看似简洁明晰的描写和叙事背后,其实包含或隐含着更复杂的东西。

首先是社会主义工业化与现代化内涵的结构性和背反性矛盾,即革命政治性与工业现代性的矛盾。草明的工业小说从一开始就存在着一个来自政治和意识形态的仰视视角:表现工人阶级的领导地位、主体地位和先进性,因为这是中国的新民主主义革命和社会主义革命性质规定的。所以从《原动力》《火车头》到《乘风破浪》,工人阶级总是高于周围的环境和其他人物,而名义上是工人上级的干部总是被工人教育和改造。但是,工业化和现代化又具有自己内在的逻辑——工业主义的逻辑,它需要高深技术和严格按照工业逻辑建立的规范管理,需要技术专家和管理专家,需要权威“统治”。恩格斯在《论权威》中曾阐述了现代工业生产方式的组织性、复杂性需要权威的合理性,批驳了“有些社会主义者”反对权威原则的肤浅与幼稚,指出“想消灭大工业中的权威,就等于想消灭工业本身”,“一方面是一定的权威,不管它是怎样造成的,另一方面是一定的服从,这两者,不管社会组织怎样,在产品的生产和流通赖以进行的物质条件下,都是我们所必需的”[1]。德国学者马克斯·韦伯则把建立在科技理性基础上的科层管理和官僚制度和由此导致的必要的官僚制度视为资本主义发展的必然产物，也是现代性的标志和代价。而这样的工业主义逻辑即权威与科层制度又必然性地使得政治上居于主人和领导地位的工人，在具体的企业生产和管理流程中居于被领导和服从分工与管理需要的位置。在资本主义工业化和现代化过程中，这是当然的企业组织结构并由此构成社会结构，成为资本主义的工业现代性和社会现代性的表征。但是，在中国的社会主义工业化和现代化中，这样的结构却是互相矛盾和背反的，由此构成社会主义工业化的内在矛盾。在描写工业生产恢复的《原动力》和《火车头》里，这样的矛盾还不突出，《火车头》甚至描写日本人留下的联合企业性质的“协力”工厂里，信任和依靠工人与需要内行和专家型干部领导企业的双重必要性，表现出一定的对工业主义权威的呼唤。而到了《乘风破浪》里，这种内在矛盾却在工人与专家型领导之间不断爆发——优秀炼钢工人李少祥的技术革新、跃进热情和创造积极性，与信奉技术规范和管理规范的厂长之间几度发生矛盾，后者以科学、技术和规章压制前者，这些构成小说的基本情节和内容。在草明的前几部小说中不断提出和粗略表现的企业管理的民主化、发挥工人积极性和创造性、反官僚主义的问题，在这里演化为集中突出的工人的主体性、创造性与技术官僚的保守主义、权威主义、规范主义的矛盾。社会主义工业化需要技术和管理，需要工业文明和工业主义衍生出的规范，但是又必须发挥工人的领导地位和主体性，不能将工人边缘化和被动化，因为那与社会主义的政治理念背离。在革命成功后进行大规模社会主义工业化建设时期，这是必然发生的结构性矛盾，如何解决这一矛盾使之圆融统一，是执政党和草明都碰到的问题。而草明给出的解决之道即小说结局是正剧性的：工人的生产热情、技术革新和创造精神使得看似不那么科学和规范的钢铁大跃进的目标顺利实现，并以事实教育了墨守“科学”和规章制度的技术专家和厂长，也即具有政治优势和献身精神的社会主义工业化的主体力量——工人的思想和实践战胜和改造了工业理性为代表的新保守主义与技术官僚主义。工业现代性被革命政治性所教育和改造，来自老区农村和革命家庭、文化程度不高的炼钢工人李少祥，以实际行动教育和帮助了念过大学、留

1. 参见陶大镛等著:《关于国家的社会主义工业化的几个问题》,中南人民出版社1954年版。

学苏联、参加过革命的专家厂长宋紫峰，这样的叙事已经构成了对草明此前工业小说的颠覆，表现了特定时代革命政治性与工业现代性的矛盾与紧张。

其次,《乘风破浪》所描写的这种革命政治性与工业现代性的矛盾、权威专家主体还是工人主体的矛盾、工业主义的管理逻辑还是社会主义的政治逻辑的矛盾，实际上是时代语境中涉及的中国工业化的道路、模式及社会主义阵营和制度内现代性之间的矛盾等重大问题。由于中国整体工业的落后，所以在建国后开始大规模工业化建设之时，只能学习和模仿第一个社会主义国家苏联的工业化和现代化模式。不论是中共领导人还是像后来被打成右派的经济学家陶大镛，都强调学习苏联工业化经验的重要性和必要性[1]。建国后实施大规模工业化建设以后，不仅陆续多年派出大批留学生到苏联留学，同时也邀请大批苏联专家来华帮助进行工业化建设和管理。《乘风破浪》里的炼钢厂长宋紫峰，就是青年时期参加革命、建国后被选拔派到苏联马格尼托格斯克(亦称马格尼托哥尔斯克冶金联合工厂，马钢宪法的诞生地)钢铁联合企业实习从而成为技术权威和管理专家。在苏联的工业化和现代化工程中，虽然出于苏共和社会主义工业化的性质他们也强调工人的历史主体性和先进性，把他们作为“大写的人”予以歌颂，如苏联电影《炼钢工人》，但同时，苏联的工业化又非常重视和强调科学、技术、专家、权威的重要性，技术理性、科层分工、权威管理得到了比较完整的价值认同和接受，列宁所说的苏维埃制度加电气化(现代化和工业化的时代性表述)等于共产主义的思想，在苏联的工业化和现代化中得到发扬光大，一般性的工业主义逻辑(技术理性与现代性权威)与苏联的社会主义制度和工业化制度之间并无抵牾而是适应融合，因此，像电影《工程师》和描写厂长与各种技术专家权威性的文学，在苏联的工业文学中是屡见不鲜的。苏联强调的厂长专家的工业化和管理模式以“马钢宪法”为代表(指以马格尼托哥尔斯克冶金联合工厂经验为代表的苏联厂长权威制和一长制管理方法)。而在20世纪50年代强调各个方面特别是工业化建设方面都要走“俄国人的路”和“全面学习苏联”的中国，一方面确实重视专家与权威的作用，承认工业主义的独特逻辑，大批苏联专家在中国20世纪50年代的工业化建设和管理中发挥的重要

1. 见沈志华:《苏联专家在中国》,新华出版社2009年版；刘人伟:《永恒的记忆：苏联专家基列夫的中国情结》,世界知识出版社2010年版。

作用、对中国工业化的历史贡献和积极意义，我们一直承认[1]，另一方面，中国国情和革命道路的特殊性，使得20世纪50年代的社会主义工业化道路和模式，在学习苏联的同时又很快开始形成中国特色，出现与苏联不尽一致的工业化和现代化的模式与逻辑。

这种模式与逻辑的权威阐释和法理代表是草明的《乘风破浪》出版一年后问世的毛泽东《鞍钢宪法》。1960年3月22日毛泽东在中央转发《鞍山市委关于技术革新和技术革命运动开展情况报告》的批语中，正式提出以“两参一改三结合”为核心内容的“鞍钢宪法”，抛弃“大跃进”以前以苏联“马钢宪法”为神圣不可侵犯的工业管理的圣经。毛泽东认为鞍钢给中央的“大跃进”和反右倾报告“帮助了当时批判右倾机会主义的斗争”，进而认为鞍钢创造的鞍钢宪法，标志着在远东、在中国出现了中国式的工业化道路和模式。联系草明的《乘风破浪》的全部内容，可以鲜明地看出,《乘风破浪》几乎就是以对“大跃进”时代大型钢铁企业的文学描绘和叙事，具象地展示和呈现了毛泽东总结的“鞍钢宪法”的诞生过程。

因此,《乘风破浪》表现的工人李少祥与宋紫峰厂长的矛盾，群众式、跃进式、运动式工业管理与规范化、技术化和权威化管理的矛盾，不仅包含了中国的社会主义工业现代性与一般的肇始于西方的工业现代性的矛盾，还包含了苏联与中国的工业化模式——“马钢宪法”和“鞍钢宪法”的矛盾，即同为社会主义制度的国家之间的工业化、社会主义现代性的内部矛盾。草明小说实际上通过老区革命农民出身的工人与留学苏联的专家厂长的矛盾以及矛盾的解决，形象地演绎了中国的社会主义工业化和现代化道路与模式（鞍钢宪法）的产生与出现——中国工业和现代化发展道路的“毛泽东思想”和“毛主义”的亮相与集大成，表达了对苏联代表的另一种社会主义工业化和现代性模式的否定与扬弃。而在这种对鞍钢宪法为表征的中国工业化模式和发展道路的“中国特色”的肯定、对苏联的社会主义工业化模式和现代性的否定中，内含更深刻的政治和意识形态原因——现实中苏中两党两国的政治关系和国家关系开始破裂和分道扬镳，因此对中苏两种社会主义工业化和现代性的肯定与否定，深层里还包含着对马克思列宁主义和社会主义、共产主义思想的解释权、话语权的争夺，对世界共产主义和社会主义运动领导权、正宗者地位的争夺。

追求文学的政治和意识形态使命的草明，在《乘风破浪》中如此这般地把时代、政治、革命、工业化、现代性等复杂内容熔铸到小说里，并力图以工业化生活“配合”“反右”、“大跃进”等时代宏大话语，表达所谓中国社会主义工业化道路和模式的诞生与特色，既扬弃一般的工业现代性模式和逻辑，也否定苏联的社会主义工业化模式，这样的叙事和诉求不仅构成了对她此前工业小说的叙述颠覆和背离，使得草明工业小说文本之间矛盾和互斥，即便在《乘风破浪》同一文本内，也出现了矛盾和互斥现象。小说写到强调工业特殊性、否定党委干预企业的市委工业书记被批判免职、专家型厂长被批评教育改正“错误”后，企业一度出现不遵守所有规章制度和工人自动废除一切规章制度的现象，认为所有的老规矩都是束缚工人热情的绊脚石，结果给生产带来损失，企业出现乱象。不仅受到批评的宋厂长对此焦急，连先进的工人也对这种“光有运动、热情，没有制度”和“连老规矩都不要”的混乱局面感到不满，认为是“宋厂长来了以后没有过的现象”。虽然小说以新来的党委书记的睿智和“辩证”，以“新晴天主义”式的方式解决了问题，强调“热情要与科学结合”和尊重群众热情与尊重规章制度的双重必要性，但是这种正剧化和大团圆式的解决方式，其实只是一种文学化的遮蔽和“想象的解决”，作者的被“整风化”的政治立场和文学态度使她必须如此处理和描写，可作为长期生活于大型企业的草明又在内心里知道专家、权威、技术、规范对于工厂管理和生产的重要性与必要性，知道苏联式社会主义工业化在当时的先进性（小说对苏联专家的描写都是正面的），因此，为政治服务和尊重生活真实的纠结，就这样导致草明在这部小说中对革命政治、时代话语与工业现代性的矛盾与困惑，这矛盾必然带来小说文本上述的裂痕。

这样的态度和矛盾也出现在草明最后一部工业题材小说《神州儿女》中。这部草明晚年写作的以“文革”前后特别是“文革”时期北京机床厂为背景的长篇工业小说，其描写的造反派和“四人帮”在企业的爪牙的罪行，主要就是对

原载《文学评论》2012年第5期，
2012年5月。

工业管理和生产制度即对一般的工业现代性的全面破坏，对知识分子、技术专家、技术工人和红专兼具的革命干部的迫害，对工业生产的破坏。而代表正确路线的好工人与好干部在激烈的政治斗争中，努力坚持生产、研制新产品并维护规章制度和秩序，并在“文革”结束和“四人帮”倒台后重建工业秩序和实现工业现代化。过去被视为资本主义经营模式和“马钢宪法”代表的“修正主义”模式的所谓管、卡、压制度，即建立在权威和科层管理制度基础上的工业主义逻辑，成为先进工人和好干部在动乱时期十分怀念、期望恢复的大善，而维护还是破坏这种制度，成为好工人好干部与造反派和历史上叛变革命的坏干部之间斗争的焦点之一，成为判别好坏善恶的分水岭之一。这种表达重建工业生产秩序和制度、重建工业现代性和权威性的历史诉求的叙写，显然又构成对“大跃进”时期的《乘风破浪》的叙事否定，是对小说中一度描写的秩序、权威和规范管理的现代性与必要性的承续，也是对《原动力》和《火车头》表达的对工业文明及其价值呼唤主题的回归与发扬。

纵观草明的工业题材小说创作，呈现出从呼唤懂得工业和管理的专家型权威、体现出对一般性的工业主义逻辑的认同和对中国工业化模式的思索，到质疑和颠覆一般性工业主义逻辑、展示中国式工业发展模式与道路优越性，再到重新呼唤工业主义与现代性诉求的三个阶段，这种政治革命性、工业现代性之间曲折变化、互相矛盾的表现和嬗变，既表现了草明及其工业题材小说写作的主观努力、能力与矛盾，也叠印着现代中国革命建国、工业建设、现代化转型和诉求的复杂历史过程和内容，它们共同构成了现当代中国工业题材文学中饶有意味的“草明现象”。

1. 1983年肖克凡在《新港》3月号发表了处女作《看车姑娘》，作品描写了一个不辞劳苦，顶着误解热情为工友提供各种无偿服务的“看车姑娘”的形象。

投身时代的孤独者

——肖克凡工业叙事三十年研究

俞春玲

在中国当代文学史上，肖克凡是一个独特的存在。他始终关注着工业领域，紧随时代的脚步而又不苟且迎合，塑造出丰富多彩、各具特色的工人形象，并在作品中探讨着各种现实问题。肖克凡笔下的工人形象史，在一定程度上正反映了中国当代工人在不同时代的境遇及面临的考验，体现了不同文化语境对于工人的呼唤以及作家对于现代化进程中人的生存与意义的思考。而纵观肖克凡的工业文学作品，可以发现他敢于做孤独者，不放弃理想的积极写作姿态。

一、1980年代的工业叙事

1980年代，随着改革开放步伐的加快以及人道主义精神的传播，作家们逐渐抛弃了毫无私欲的高大全式的英雄，转而体味现实生存中普通人的喜怒哀乐。这一时期的工人形象，既有以刘思佳为代表的从混沌中觉醒，独立思考、摆脱束缚的“新人形象”，也有面对原有价值观被遗弃，无法适应时代的老劳模形象。在经历了1980年代初对踏实工作、无私奉献风尚的歌颂之后[1]，肖克凡将自己的关注重心放在工作和生存在极其艰苦条件下的工人身上，以更加犀利的笔调，展现这部分工人在特殊环境下形成的特殊性格。异于工业文学创作大多昂扬奋进的基调，肖克凡此时的作品显得悲壮低沉。小说中的工人形象没有夺目的光

1. 肖克凡:《黑色部落》,第357页,百花文艺出版社1994年版。
2. 肖克凡:《黑色部落》,第365页,百花文艺出版社1994年版。
3. 肖克凡:《黑色部落》,第376页,百花文艺出版社1994年版。
4. 肖克凡:《黑色部落》,第384页,百花文艺出版社1994年版。

彩,他们的代表颜色不是“红”而是“黑”。《黑色部落》(1987年)刻骨地写出了翻砂工人们的艰难处境以及人性的挣扎。作品对劳动场面的描写既不崇高也不诗意,“炉眼里流出一股子桔黄色小流儿来。没大劲头,像九十九岁老头儿撒的尿,很艰难。”[1]工人们整日工作在粉尘侵袭与烈火炙烤中,工作不仅摧残着他们的健康,甚至可能随时夺去他们的生命。“投毒犯”准备翌日开始新的生活,生日这天却被跑出的铁水烫死。烫伤对他们来说是家常便饭,患上矽肺病最终窒息而死又常常成为他们逃不脱的归宿。当很多人还在为工业生产盲目呐喊的时候,肖克凡较早地在作品中关注了职业病这一现象,而这一关乎工人生死、国人健康的重大问题直到世纪之交才受到应有的广泛重视。

在严酷的环境中,工人们养成了独特的脾性,言谈举止都染上了群体的特色。他们语言粗俗,喜欢开有关性的玩笑,男男女女打成一片。而这正是他们应对恶劣的工作,调剂困苦人生的一种方式。“翻砂工们每天都在拿自己开心。靠自嘲支撑起一个‘生’。”[2]他们仿佛置生死于度外,对于死的态度是坦然的,尽管会因工友死去而伤心,却又以嬉笑怒骂的方式来对待自己的最终归宿。在外人看来,“翻砂工个个都是用神秘材料制成的人。蒸不熟煮不烂橡胶脑袋不过电。”[3]其实他们并非没有常人的喜怒哀乐,他们同样渴望美好的生活,也富于同情心。只是在现实的磨砺中,他们的情感和表达方式略显粗糙。作品中《四大豁亮》《四大舒坦》《四大财迷》《四大瓷实》(《黑砂》1987年)等歌谣,以朴素幽默的语言总结了工人们对于艰苦生活的思考。作家故意以轻松、揶揄的语调叙述故事,正与严酷的现实形成强烈对比。

与向着现代化前进的文明、理性的工人形象相比,这些人物身上显示出了原始的野性,也流露出保守与愚昧。当这个生产落后、低效高耗的车间要被取消时,有人竟还加以阻挠:“从南京到北京,谁不知道干翻砂就是拿人肉换铸件!”[4]在这番争论中,尽管其中有工人对工作的留恋,但也体现了部分工人落

1. 林希:《文坛黑马肖克凡》,载《时代文学》2003年第3期。

后于时代、固守成规的原地踏步状态。事实上,他们又何曾真的满意呢?一封封申请调走的信被驳回,他们只得以一种沉潜的方式面对现实,直至麻木。通过这样一群黑色的工人形象,作品流露出非常复杂的情感:一方面,对于工人们要在恶劣的环境中艰辛地工作,应对无时不在的生命危险,作品渗透着深深的同情;另一方面,对于呈现出兽性、消磨了意志的工人们,作品在理解的同时又有鞭策。

相对于十七年光彩照人、意气风发的工人形象,相对于1980年代初期心系改革、胸怀壮志的"新人"形象,这些作品以平凡的普通工人为表现对象,更多着眼于工人之作为人在社会中的生存状态,写出了他们无奈的人生,以及被现实压抑、磨蚀的情感。此前同题材作品在表现工人形象时多侧重强调集体理性,在这些作品中则更多地显露了个人性、自然性的特点,体现着文学创作由理想化向世俗化的转向,而这一转向恰恰是时代变化的反映。

与擅写宏大改革场面的某些工业题材作家相比,肖克凡似乎不具有政治家俯瞰社会的胸襟,然而,他有着来自生活最底层的观察与把握。有论者指出,"彼时彼际,所谓工业题材的作品,正在思考中国重工业到底应该姓'社'还是可以姓'资',更多的工业题材小说正在为中国工业的未来规划新的蓝图。工业题材小说带给读者新的希望,高举思想解放的大旗,吹响了改革开放的号角。只有肖克凡,他似是不想负有任何使命,他倒更是要向读者倾诉他自己工业人生的悲凉。"[1]事实上,作家并非无视使命,在这些作品中,饱含着作者对底层工人的关怀与剖析。尽管在对人性挖掘的力度上并不相同,但作家的目标又与鲁迅有着相似之处。

二、1990年代的工业叙事

1990年代转型期的纷繁复杂催生了各种新的社会问题,呼唤文学对现实的真实反映,对工人的密切观照。肖克凡的《原址》旨在书写经济转型期企业兼并、破产,工人下岗、失业等现象。部分国有企业和工人所面临的困境,以及工人们在新形势下的积极努力与苦恼困惑,也是作者这一时期关注的内容。而

1. 肖克凡:《最后一个工人》,载《小说家》1996年第6期。
2. 肖克凡:《最后一个工人》,载《小说家》1996年第6期。

与许多作品对“分享艰难”的英雄式工人形象的倡扬相对,肖克凡的《一天八小时工作》(1994年)、《最后一个工人》(1996年)、《男工张义》(1998年)等作品,则着力描写在沉重的打击中辗转反侧,呈现出复杂“蜕变”的一类工人。它们最大的特点在于,不是将工人作为体制改革的陪衬,而是写出了在困窘生活的逼迫下,在外界的挤压下,工人们在思想、心理和情感上发生的微妙而复杂的变化,展现了新的人格类型。

作品写出了这一时期工人正在经历丧失自我的迷惑和痛苦。大量工人失去自己的岗位,生存成为他们的第一要务,他们对“工人阶级”这个称谓产生了怀疑,对自己的价值也发出了疑问。“如今时行新名词啦。工人阶级叫工薪阶层,咱们叫普通蓝领……”有的工人甚至自嘲地说自己是“黑领”。[1]在陷入困境的工厂中,技术革新这些原本极为重要的事情也不那么被看重了,技术能手、劳动模范被忽视,先进工人得不到应有的支持和尊重。与十七年工人形象的欢欣鼓舞相对,骄傲与自豪显然已不属于他们。失去了车间和机器,失去了劳动的机会,工人们的身份也变得模糊不明。“我是谁”,“我从哪里来,要到哪里去”,这恰恰成了工人们自我征询却不得其解的问题。

在这个基础上,肖克凡真正站在工人的立场,为工人的利益歌哭。工人们为工厂奉献了自己的青春,在新的历史时期却被抛弃,甚至连基本的生存也得不到保障,这种状况无疑是不合理的。由于多年的劳作,工人们患上了无法治愈的职业病,未获得有效的补偿就被编入了下岗的行列,他们四处申诉:“老子是计划经济时期患的职业病,如今一句话你就商品时代啦!我们的职业病也是商品,你们要花钱把这个商品收购回去!”[2]这些看似粗俗的“歪理”,却说出了冷酷的现实,表达了工人们的困惑乃至愤慨。他们成为尴尬的一代人,不仅无法享受现代化建设的成果,甚至与社会形成“断裂”,这不得不引发我们的思考。

工人是社会主义现代化建设的中流砥柱,曾经具有无上的光荣,可在1990年代的时代大潮中,他们已经失去了耀眼的光环,成为弱势群体。悲哀的是,对于大量工人来说,沦入弱势的原因往往不在他们自身。“与传统的弱势群体相比,他们中的许多人并不是由于个人的某些弱势特征而沦落到弱势群体中去

1. 孙立平:《断裂——20世纪90年代以来的中国社会》，第68—69页，社会科学文献出版社2003年版。

2. 肖克凡:《最后一个工人》，载《小说家》1996年第6期。

的，而是由于在经济转型的过程中，他们所在的行业，所在的单位，由于种种原因，被淘汰了。他们成为社会弱势群体的一员，与其说是由于自己的原因，不如说是由于社会的原因。”[1]这些工人常常是有技术、有能力，却被剥夺了发挥才能的机会。也正因为这样，他们在缅怀曾经的荣誉和火热的信念之余，更加深切地感受到被动地处于弱势的凄凉，从而充满了深深的失落和无限的怅惘。

肖克凡的作品还进一步探析了在时代浪潮的冲击下，工人们价值观的变化，这种变化实际上是工人品格在特定语境下另一层面的激发。日复一日的八小时工作中人们逐渐领悟，精神崇高不能与基本的物质生活相抵触，经济收益也是衡量人的价值的重要标准。周家林意识到工人是这场改革的牺牲品，必须采取各种方法积极自救，他的想法却得不到厂领导的支持。周家林毅然决定:“无论厂里的头头意见如何，反正铸造铜佛的任务我们接下啦。”这得到了工友们的拥护和称赞:“这才像是工人阶级说的话。”[2]组织性和纪律性是现代工业生产的基本要求，可在如果一味听从上级领导的错误指示，就只能坐以待毙的特定环境下，独立性和反抗性这些久已失去的工人品格被重新召回。

工业时代一个较为普遍的问题是，人往往被异化为生产线的一部分，与此同时，他们丰富的内心世界却被漠视，人作为个体的意义没有得到必要的尊重，肖克凡的作品也关注了这一现代化大生产不得不面对的严峻问题。《男工张义》以一个略显荒诞的故事，书写了工人在现实压力下心理以及生理的变异。自打他成为“缝纫男工”后，他就不再长胡子了，这一病症意味着张义作为男性的“去势”。正是角色改变的巨大压力对主人公的心理产生了强烈冲击，甚至影响了人的正常机能，才使人物得了这样奇特的“病”。尽管在现实中缝纫工作并非女性的专属职业，但这并不能否定作品的价值。当许多作品还停留于对人物苦难的浅层描述，为转型期要求工人们付出“代价”进行辩护的时候，肖克凡则突入了人物内心，有层次地写出了这一过程对人物造成的深层创伤。作品还用大量笔墨描写了车间里的场景，参观者只能看到一个个忙碌的背影，分不清男女，更无法了解工人们幽深的心灵。卢卡契在谈到机器生产对人的影响时说，人成为“被结合到一个机械体系中的一个机械部分……无论他是否乐意，他都

1. 卢卡契:《历史阶级意识》,97—99页，张西平译，重庆出版社1993年版。

必须服从它的规律”，工业生产“存在着一种不断向着高度理性发展，逐步地消除工人在特性、人性和个人性格上的倾向”[1]。《男工张义》反映了大工业时代对工人们的巨大压力以及对其身心造成的影响，虽然情节有些夸张，但其摄取的现实问题却是客观存在、发人深省的。

在书写这样一类处于底层、为生存而苦苦挣扎的工人形象时，作家的心情必定是沉重的，心理也是极为复杂的。作品对工人们的窘迫境遇充满同情，同时对他们承受压力的坚韧表示钦佩，因而，有时不免在结尾添一笔亮色，给人们以战胜困难的希望和勇气。总体而言，就作品对人物生存状况的展现、心理变化的挖掘以及现实问题的思考来看，作家的关注不是浮泛的，其同情也不是廉价的，为此所做的努力值得肯定。

三、新世纪的工业叙事

工业叙事并不缺少长篇小说，可是缺乏成功的史诗性作品，这是长期以来中国文学界所焦虑的问题之一。进入新世纪以来，肖克凡在这一领域进行了可贵的探索，献上了《机器》(2007年)和《生铁开花》(2011年)两部力作。由中国作协重点扶持、2007年出版的《机器》，从新中国成立前的手工业作坊和日本纱厂写起，描述了半个世纪工人生产生活的变迁。在对两代人不同经历的讲述中，展现了中国不同历史时期的建设风貌和社会导向，也表现了工人阶级积极进取、坚韧乐观的血脉延续。尽管作品仍有修改的空间，但已经可以看出作者致力于书写“一部工人阶级的成长史”的努力。稍后，肖克凡又出版了反映一代工业人心灵成长史的《生铁开花》。作品在表现各种社会浪潮对工人群体重要影响的同时，也展现了多个层面、不同性格的工人，写出了人物特殊经历、特定性格促成其不同选择的复杂过程，以开阔的视野展开了较为丰富的历史画卷。

在这些作品中，可以看出肖克凡对工人的观照更加全面，对工人的处境和价值也思考得更为深入。作品中占中心地位的工人形象仍然是工作扎实、乐于奉献的工人英雄式人物。《机器》围绕两位老劳模牟棉花和王金炳的故事展开。他们在旧社会都是深受压迫的穷苦人，进入新中国的工厂后备受鼓舞，于

1. 肖克凡:《生铁开花》,第460页,北京十月文艺出版社2011年版。

是把一生都献给了工业建设。牟棉花争分夺秒多生产,甚至把上厕所的时间都节省下来,身体受到极大摧残。她的丈夫王金炳则是另一种类型的劳模,虽然一生没有轰轰烈烈的事迹,却是新中国工业战线上的“万金油”,哪里需要哪里去。为了节约公家财产他在工作时吸入大量有害粉尘以致患病,穿女性的胸衣来掩饰病变。即便如此,他并没有悲悯自己,而是告诫工友一定要注意安全生产。需要注意的是,不同于“十七年文学”对这类人物的无限歌颂和倡扬,作品显示了作者的理性思考。牟棉花对国家乃至世界的工业发展做出了贡献,在社会上实现了自己的最大价值,可是她舍弃了家庭,成了“编外母亲,业余妻子”,能否摆脱内心的愧疚?她创造了新的劳动纪录,而这一纪录终将无人打破,因为这种生产方式已被淘汰,她的不断练习是否还有意义?王金炳在辗转于需要他的岗位时,充满着尴尬与矛盾,他并不想依附他人,却又不能自主选择,这样的命运是否悲哀?作品表达了对工人英雄的崇敬,对可贵品格的赞颂,与此同时,更多的对这些工人形象进行了人道主义的关怀,深入地挖掘了他们的内心世界,并反思了某些对理想型工人倡扬的不合理性。

随着历史脚步的前进,新的时代对工人提出了新的要求,工人们要想适应新的形势就必须做出改变。尽管这一过程或许非常艰难,但走出这一步才能迎来又一个春天。关于这一层面的思考和信念,是肖克凡异于当下许多作家的独特之处。王宪钢(《生铁开花》)因中学时演了《沙家浜》中满身正气的郭建刚,又因为父亲的临终嘱托,所以处处以“当个好工人”来要求自己。他关心工友、解危济困,替旷工的工友顶包,被刷下合资企业的名单而毫无怨言;他踏实工作、不计私利,为了帮工厂获得公关费而私设管道偷气,败露后一人承担,这似乎体现着人物的“愚忠”。不过,人物的认识和想法也在变化。当企业逐渐陷入困境,他意识到“时候变了,人也得跟着变,光靠手里有绝活儿是不行了”[1]。他自学法律取得了律师资格,想出帮助企业摆脱不平等合同制约的方法,还牵针引线联系到新的合资人,又走出锅炉房拉来了订单,从而使得企业获得新的机遇,可谓新时代的工人英雄。

曾引起广泛关注的曹征路的《那儿》等作品,也塑造了新世纪的工人英雄

1. 肖克凡:《机器》，第322页，湖南文艺出版社2006年版。

形象，但人物的抗争均以失败而告终，充溢其中的是没落和悲哀。与同类题材作品不同的是，在肖克凡笔下，无论是《机器》还是《生铁开花》，企业都找到了脱困的方法，而青年工人也在现代化建设中体现出了新的价值。尽管作品中某些解决问题的方式有刻意之嫌，出现了诸多巧合（如王宪钢是老干部的私生子，得以引见同父异母的弟弟参与企业合资），但可以看出作者对现实问题的思考以及对解决问题的信心。《机器》中，作者通过人物之口发出感叹:"这就是中国工人啊。跌倒了，站起来，就是不肯趴下。一步一步朝前走，尽管远处的目标显得朦朦胧胧的。"[1]当苦难成为一种叙述策略的时候，当文坛面对现实出路呈现集体喑哑的时候，肖克凡没有逃避，反而奏出了昂扬的进行曲，这正体现了作家的责任意识和迎接挑战的勇气。

与当下同类题材作品的风格不同，也与作家自己前期作品的风格不同，这一时期肖克凡的作品高举着理想主义的大旗，气势更加恢宏。在对劳动场面的描写中，肖克凡前期作品多写环境的恶劣，工人的不满；而新世纪的作品中，却描写了劳动场面的壮观，老手艺的珍贵，更有诗意色彩。《生铁开花》中，为了安全搬运塔吊，要用传统的铆焊技术，而这一技术在现代化生产的车间久已失传。当两位老工人气宇轩昂地出现在现场，伴随着工厂版的"风雅颂"——劳动说唱，地面高空配合默契，技术精准地完成任务时，在场的人无不被深深感动。《机器》中王建设以聪明才智化解了高空作业的困难和危险，用实际行动证明"死亡，不属于工人"，并在日常生产中发明创造，成为产生巨大价值的"蓝领王"。作品中的这类描写绝不仅是对工人技术的赞颂，更体现出对吃苦耐劳、敢为先锋的高贵品格的留恋。无论在怎样的时代，这种精神都是可贵的，也是现代化发展所需要的，而工人们的价值也是无可取代的。

对于企业改革、经济转型过程中所出现的诸多不合理现象，肖克凡并没有回避。这些作品展现了合资大潮中的盲目所造成的国企利益的损失，表现了股份制改革中国有资产的流失，以及卖掉工厂、拆毁车间大肆进行房地产开发可能导致的泡沫经济的危险……这些描写虽不能说是先见的，可是体现了作家的清醒和良知，作品中振聋发聩的呼声足以引起读者的警醒。

1. 肖克凡:《想起工业题材》，载《文学自由谈》2011年第2期。
2. 转引自马季:《肖克凡：一个作家就是一颗太阳》，载《文化月刊》2007年第7期。

四、贯彻始终的创作基点

纵观肖克凡的工业叙事作品，可以看到其各个时期思考问题的重心、塑造形象的特质以及作品的情感基调不尽相同，但有几个基点却又贯穿其创作历程。

1.坚定执着的创作信念。自1983年发表处女作起，肖克凡与工业叙事结缘已经整整三十年。这三十年里，肖克凡时而会用另一套笔墨写作，创作了大量具有浓厚天津风味的世俗小说，与此同时，却又始终被认为是工业文学作家的重要代表。之所以能在工业文学这片天地收获丰厚的成果，既得益于作家先天的优势，更源于他后天的不懈耕耘。首先，与许多为了创作而“深入生活”的作家不同，肖克凡是从工厂中走出来的，对这一领域有着直接的观感和深切的体会。肖克凡有多年的工厂生活积累，大学读的又是机械制造专业。他对于工厂以及工人非常熟悉，外人看来枯燥的技术和术语，对于他来说却如同家常闲话。也正是因为这种熟悉和理解，才让作家觉得有话要说，并且有责任反映这一领域的问题，表现工人的生存境遇以及喜怒哀乐。其次，当文学即将成为“夕阳产业”的论调响起时，肖克凡并没有悲观。“一个作家就是一颗太阳，无论朝阳还是夕阳，一定会自行燃烧下去了。即使不能照亮别人也能燃烧自己。”[1]而当工业题材受到冷落或质疑时，肖克凡则以其深切的体验，认为这一领域的文学创作非但不会终结，并且，“这数不胜数的工厂生活细节与生活场所，似乎都应当成为系列文化符号而转为恒久的写作资源，从而丰富着不亚于农村自然风光的大工业文学景观。”[2]正是对文学立场的坚守，作家没有对卖点题材趋之若鹜，而是清醒地思考纷繁复杂的现实问题，使自己的创作成为工业领域乃至现代化建设的一面镜子。

2.以人为本的创作核心。工人形象的塑造，被认为是创作上的一个难点。以往大量作品将工人的活动区域局限于工厂、车间，将表现人物的情节设置为技术改造、劳动竞赛，人物的活动均围绕路线斗争等政治目标展开，这在“十七年文学”尤其是“文化大革命”中甚至形成一种模式，从而造成了这一领域文学创作“见生产不见人”的弊病。工人形象往往是作为“阶级—阶层—

1. 肖克凡:《想起工业题材》，载《文学自由谈》2011年第2期。
2. 石锋:《工业文学衰落原因——“工业中心”解构后的工业写作困境》，载《社会科学辑刊》2012年第6期。
3. 肖克凡:《想起工业题材》，载《文学自由谈》2011年第2期。

类”的整体在文学中体现其价值，成为工业振兴与时代发展的符号化象征，个体的境遇与独特性常被忽略。并且，“时至今日，工业写作的最终目标指向的仍是发展中的工业建设，而非具体的人的发展与需要。”[1]而肖克凡认为，“只要工业题材文学仍然属于文学范畴，只要‘文学是人学’的基本定义不会发生走移，那么工业题材文学作品的本质仍然是‘人学’。”[2]尽管肖克凡的作品中仍常出现工厂、车间的场景，但出于对劳动生活的熟悉和对工人的了解，这些场景切实成为展现人物的舞台，体现了劳动的艰辛与欢乐，呈现出现实生活中的工人形象。并且，即便是对具有光辉品格的工人英雄的书写，作家也没有忘记他们的个性。肖克凡着力描写了工人之作为个体的人而非集体的英雄时，在日常生活中所面临的种种矛盾和困扰，写出了工人丰富的性格和情感，冷静地剖析着城市普通工人的生存窘境与人性变异，凸显了作为“人”的工人。

3.独立思考的创作姿态。纵观肖克凡的工业叙事，可以看到各个时期作品的表现重心和基调是有变化的，而其创作姿态却又是始终不变的，那就是关注焦点问题，但又不盲目屈从于这个时期的主潮。由于工业建设对于现代化进程的重要作用，工业题材与意识形态联系得过分紧密，使得这一领域的作品一方面承载了太多的社会责任，甚至被作为解决现实问题的灵药良方；另一方面却又容易不接地气，常常被主流意识所裹挟，成为某些宏大问题的传声筒，欠缺文学表现的丰富性和深刻性。“其实，工业题材文学作品，不必过分追求尖锐的社会性，不必过分追求匡正的使命感，不必把工业看作推动社会进步的特殊力量……如此这般，工业题材文学作品反而会走出偏见和狭小，使钢铁有了温暖，使机器有了性情，从而赢得与其他题材文学作品同样宽广的天地。”[3]正是对这一层面的认识，使得肖克凡在工人形象的塑造上和工业问题的思考上体现出一种冷静和深刻，常常能发现易被忽视的问题，使其创作独具价值，成为工业文学史上不可磨灭的重要一笔。

4.追求艺术品质的创作目标。长期以来，工业文学的创作被认为是薄弱的，原载《南方文坛》2014年第3期，2014年3月。

1. 肖克凡：《想起工业题材》，载《文学自由谈》2011年第2期。
2. 何镇邦：《劳动诗篇与平民传奇的艺术光彩——浅析肖克凡长篇小说〈机器〉的艺术特色》，载《南方文坛》2008年第2期。

其艺术水平整体不高困扰着文学界和批评界。在悠久的农业文明的灌溉下，与现代文学史上农民和知识分子两大传统题材相比，这一题材显然不具备那样深厚的文化基础，无论对创作者还是接受者来说都是价值观和审美性的双重考验。在许多人看来，冰冷的机器，乏味的流水线，繁复的生产操作，缺少人类日常生活的魅力和风光。这一领域的文学创作要想得到长足发展，必须吸取各种优秀的写作资源，综合多种艺术手法丰富其审美性。肖克凡意识到，“所谓工业题材小说，能否表现出‘工业乡土小说’的风景，这正是值得思考的问题”[1]。由此，作家在这方面做出了积极的努力。其笔下不乏对工人日常生活和劳动的抒写，构成了具有独特审美意味的劳动诗篇，人物形象和情节设计富于传奇色彩，增强了作品的艺术趣味。与此同时，作品中还出现了大量由工人群众集体创作，能够反映世风与民风的歌谣俚语，起到了调味剂的作用。[2]肖克凡可以用乡土小说的笔调与趣味，去描写工厂和工人的日常生活，使作品摆脱了冰冷和生硬，具有强烈的世俗生活气息。正是将津味和肖式冷幽默相融合的叙述艺术，使得作品深深地打上了肖克凡的艺术烙印，在相当程度上构成了巴尔扎克式的当代工人百科全书。

在人类对现代化的追寻中，工业和工人仍然发挥着举足轻重的作用，这一领域也会随之产生各种复杂的变化。尽管当下已不再强调“题材”的意义，但其中的问题仍然需要得到持久而深入的关注，文学作为人学也理应对此做出积极的反映。与喧嚣保持距离，独立而审慎的思考，潜心于文学艺术本身，这样的作品正是时代所呼唤的。

大庆精神的话剧传承与文学反思

——杨利民笔下的东北石油工人

何国忠

东北老工业基地是中国工业现代化的重要起点。作为“共和国长子”，它曾经为祖国的工业化建设源源不断地提供着资源、人才和技术。剧作家杨利民生于东北、长于东北，青年时期曾投身大庆油田建设，做过油田工人。“油田情结”是杨利民“黑土情结”中一个重要的组成部分。在杨利民一系列有关工业主题和石油主题的话剧中，蕴藏着他自己对“油田精神”“大庆精神”的理解和体味，在文学反思中完成了对崇高精神的话剧传承实践。

一、大庆精神的具象化：从“新铁人”到“老铁人”

大庆精神初步形成于20世纪60年代的石油大会战，这正是杨利民参加油田建设的时期，大会战不可避免地在杨利民的思想中刻下深深的烙印。1990年，大庆精神的内核最终被确定为爱国主义精神、求实精神和奉献精神。2011年建党90周年之际，大庆精神与井冈山精神、长征精神、延安精神、“两弹一星”精神、雷锋精神、改革开放精神一同并列为中国共产党的伟大精神。

在杨利民的话剧创作中，《地质师》以“新铁人”王启民为主角，《铁人轶事》以“老铁人”王进喜为主角，两代铁人以肉体之躯承载着大庆精神，他们本身就是大庆精神的媒介载体和精神图腾。王进喜和王启民这样的劳动模范具有明显的政治符号形式，他们是主流意识形态的载体，在潜移默化中发挥着价值导向的政治作用；同时，他们也是从最广大的油田人中涌现出的典型和先锋，发挥着凝聚社会力量的精神功能。

典型人物的力量在于其动人的事迹和细节，这些细节尤其适合在话剧等艺术作品中表现出来，杨利民的剧作也赋予了他们更为人性化的英雄内核。以《铁人轶事》为例，王进喜的事迹早已家喻户晓，创作者站在今天时代的高度，截取了石油会战这一断面，通过王进喜的8个生活片段，对“铁人”精神进行了酣畅淋漓的挖掘，从而引起观众的强烈共鸣。《地质师》围绕一批地质学院毕业后奔赴大庆的大学生展开，在话剧结尾，他们一同唱起《地质队员之歌》：“是那山谷的风，吹动了我们的红旗/是那狂暴的雨，洗刷了我们的帐篷/我们有火焰般的热情，战胜了一切疲劳和寒冷/背起了我们的行装，攀上了层层的山峰/我们满怀无限的希望，为祖国寻找出富饶的矿藏。”这一情节设置将爱国、求实、奉献的大庆精神中的崇高感推向了极致。

在东北老工业基地发展的历程中，具有伟大奋斗精神的广大劳动者，始终忘我劳动、砥砺奋进。面对东北经济增长的困局，除了分析市场、体制、人口，也应从文化精神上进行深层次的剖析与再造。文化是一种活生生的有机体，是人类文明的总称，也是一种自觉的精神和价值观念体系。两代“铁人”的形象出现在话剧舞台上，呈现给观众的绝不只是大庆油田的诞生与发展历程，更是对东北工人优秀精神文化的呼唤，对共和国一个壮丽的历史时代的集体记忆的唤起，对数代石油建设者精神风貌的赞美与讴歌。

二、崇高与人性之间的平衡反思：从《黑色的石头》到《铁人轶事》

在杨利民的作品年表中，《黑色的石头》《大雪地》《地质师》《铁人轶事》等都是以东北油田工人为主要表现对象的重要作品。在这些作品中，有重点刻画某一人物的《铁人轶事》，也有反映石油工人群像的《黑色的石头》和《大荒野》；有更贴近主旋律的《地质师》，也有具备深刻反思性的《大雪地》。

杨利民的戏剧创作不是对油田工人生活工作的简单反映，而是从生活体验出发，对人的终极状态和存在价值进行深沉的思考。《黑色的石头》着重表现了一群青年石油工人在集体宿舍中平凡而生动的日常生活。甚至包括谈女人、骂领导、发牢骚、幽会、私通等似乎不那么正面的生活事件，揭示了20世纪80年代青年石油工人内心深处的精神苦闷和人生追求，展示了常年生活在荒郊野外的年轻石油人自然而然的人性部分。《大雪地》在对人的存在价值的思考上走得更远，对主人公黄子牛的刻画向我们呈现出“铁人”以外的工人形象，这种文学性的反思并没有构成对大庆精神和铁人精神的否定，而是对如何使大庆精神与人的价值和存在达到和谐统一的一种平衡性反思。

精神、文化和传统从来都不是一成不变的，随着时代的变迁、理念的更新，精神的内涵是不断拓展的。大庆精神能够在建党90周年之际，被列为党的八大精神之一，恰恰证明它在几十年间从未停止过自我反思与自我更新。康德认为，崇高与理性是相关的。在《判断力批判》中，康德认为崇高的无形式和无限性决定了它属于理性范畴，因为在人的主观能力中，恰恰只有理性才能处理和把握崇高的概念。理性是提供先验理念的能力，一般情况下，它要自发地提供意志自由等理念，崇高属于鉴赏范围，是一种反思判断，不需要也不可能有确定的理性理念，但理性又要参与其间、出来活动。在杨利民的剧作中，对崇高和人性之间矛盾统一的表现，就是一种艺术反思的理性思维活动。只有达到了崇高与人性的统一与并举，才能使大庆精神和东北工业精神走向深远，并真正成为富有生命力的崇高精神。

即使是《铁人轶事》，其中也存在着一种悲情感，“宁可少活二十年，也要拼命拿下大油田”，王进喜用自己的行动践行了他曾经喊出的口号，无数观众在剧场流下悲情的泪水，泪水中包含的首先就是对生命至高无上的爱惜。杨利民话剧中包含的反思，再次将英雄拉回到人的视野，反而为石油工人的崇高提供了触手可及的一种“平视”的视角，也将工业文化精神和大庆精神拉回到可供参照与践行的地平线上来。

如果说大庆精神等崇高精神在后来的确经历了一个失落和断裂的过程，那么杨利民就用他有血有肉的话剧人物、生动鲜活的话剧情节将这种崇高精神进行了一次重建。不躲避崇高，也不忽视苦难，是杨利民话剧一以贯之的现实主义精神。杨利民曾自我评论道，“我崇尚苦难中的崇高”。崇高的实质是人的心灵超越，它既是人性发展的自然需要，也是人性走向最终的自由与完善的必需元素，是人永远不可缺少的精神一维。当代艺术应该重塑人性化的崇高美，使崇高的精神如春风化雨，真正深入人心，这正是杨利民的话剧所探索和实践的。

三、话剧的使命：从文化自觉到文化自信

费孝通先生于1997年提出“文化自觉”，即文化应具有的自我觉醒、自我反省和自我创建，在文化自觉的基础上才能做到文化自信。文化自信是一个区域和一个民族自强的根基，它体现的是文化主体对自身文化价值的充分肯定和对未来的信心。习近平总书记在庆祝中国共产党成立95周年大会上的讲话中强调，文化自信是更基础、更广泛、更深厚的自信。话剧等文艺建设也要坚持为人民服务、为社会主义服务，坚持百花齐放、百家争鸣，坚持创造性转化、创新性发展，不断铸就中华文化新辉煌。

杨利民的话剧中蕴藏的就是东北工人文化的自觉和自信。东北从来不缺文化，也不缺先进文化，以大庆精神为代表的工人文化就是一种先进的文化代表，作为一种现代传统，它可以与当代相结合，与多元相结合，与创新相结合，成为一种具有历史穿透力的文化，成为东北复兴的优秀文化根基。

东北工人文化的自信来源于劳动本身所体现的力与美。2013年4月28日，中共中央总书记、国家主席、中央军委主席习近平在全国总工会机关同全国劳动模范代表座谈时强调，必须牢固树立劳动最光荣、劳动最崇高、劳动最伟大、劳动最美丽的观念。杨利民的话剧中对东北石油工人的颂扬也大篇幅集中在劳动之上。《铁人轶事》第二幕“肉体与钢铁的碰撞”中描写道，“三条粗大的绳

原载《中国戏剧》2020年第10期，
2020年10月。

索深深勒进工人们的肩胛骨，肩头的棉工服露出了棉花，脚下的大头鞋避掉了底儿”；第六幕“铁人小学与第一堂课”中，配合《干打垒之歌》，舞蹈演员的道具主要是木榹、铁锹，舞姿体现出的也是一种原生态的劳动律动与劳动之美。

东北工人文化的自信还来源于劳动所创造出的社会价值，习近平总书记也多次指出：劳动创造了整个人类的全部历史；劳动是一切财富、价值的源泉，更是幸福的源泉。20世纪60年代，大庆的石油工人在荒野上创造了从无到有的工业神话，这就是劳动价值的体现，在杨利民的话剧中，也随处可见对石油工人劳动价值的歌颂和赞美。他表现出艺术家对最广大劳动人民真挚的情感，表现出质朴真纯的艺术真实，表现出艰难的生活境遇里人的尊严、人的思想、人的心灵、人的精神的伟大。

杨利民在谈到《铁人轶事》的创作时说：“我是1964年到大庆的，铁人王进喜一直是我的榜样，他的事迹一直在我脑海里盘桓。现在，我觉得应该写写他，让现代人知道曾有这样一个人，他的忧患意识，他不等、不靠、不伸手的民族气节，他的牺牲精神和奉献精神，他为国尽忠、为民尽责、为父母尽孝、为孩子尽爱的伟大品格，令人深深敬仰。”杨利民对东北工业优秀传统文化和对大庆精神的文化自信，正如他在《铁人轶事》最后一幕结尾处的台词那样：

小时候，我想长大后做个铁人，
后来我怕了……
这不是因为我怯懦，
而是我想不明白，
那是一种什么样的精神，
和怎样的一种境界，
也许那就是——
一种伟大的民族精神，
一种良知与人性的伟大品格！

百年工业文学书目索引

（1900—2024）

1905年

- （著者未署名）:《苦社会》，申报馆发行，光绪三十一年（1905年）秋7月。

1906年

- 中国凉血人:《拒约奇谈》，启智书局1906年（光绪三十二年）。

1908年

- 姬文:《市声》（上下）（实业小说），商务印书馆1908年3月。

1924年

- 梁绍文:《南洋旅行漫记》，上海：中华书局1924年10月。

1925年

- 王统照等:《生与死的一行列》（小说集），上海：商务印书馆1925年4月。
- 徐海萍:《脱簪记》（三幕剧），上海：商务印书馆1925年8月。

1926年

- 蒋光赤（蒋光慈）:《少年漂泊者》（中篇小说），上海：亚东图书馆1926年1月。

1927年

- 庞人铨:《庞人铨烈士遗著戏剧集》，上海：黄庞六周纪念筹备会1927年8月编印。
- 蒋光慈:《短裤党》（中篇小说），上海：泰东图书局1927年11月。
- 蒋光慈:《野祭》（中篇小说），上海：创造社出版部1927年11月。

1928年

- 冯宪章:《梦后》（诗集），上海：紫藤出版部1928年7月。
- 蒋光慈:《最后的微笑》（中篇小说），上海：现代书局1928年9月。
- 龚冰庐:《黎明之前》（中篇小说），上海：创造社出版部1928年9月。
- 钱杏邨:《饿人与饥鹰》（诗集），上海：现代书局1928年9月。

1929年

- 刘一梦:《失业以后》（小说集），上海：春野书店1929年1月。
- 龚冰庐:《炭矿夫》（小说集），上海：现代书局1929年3月。
- 华汉:《十姑的悲愁》（小说集），上海：现代书局1929年6月。
- 许杰:《剿匪店》（小说集），上海：明日书店1929年6月。

- 蒋光慈:《战鼓》(诗集),上海:北新书局1929年6月。
- 刘大白:《卖布谣》(诗集),上海:开明书店1929年11月。

1930年

- 张资平:《跳跃着的人们》(长篇小说),上海:文艺书局1930年3月。
- 洪灵菲:《气力出卖者》(小说集),上海:乐华图书公司1930年3月。
- 蒋光慈编:《失业以后》(小说集),上海:北新书局1930年4月。
- 华汉:《活力》(小说集),上海:平凡书局1930年9月。
- 华汉:《复兴》(中篇小说),上海:平凡书局1930年10月。

1931年

- 巴金:《死去的太阳》(中篇小说),上海:开明书店1931年1月。
- 罗西:《竹尺和铁锤》(长篇小说),上海:正午书店1931年7月。
- 袁殊、适夷:《工场夜景》(剧本集),上海:文艺新闻社1931年11月。

1932年

- 钱台生:《盐场》(中篇小说),上海:生光出版部1932年1月。
- 王志之:《革命的前夜》(新兴戏剧创作集),上海:大众书局1932年3月。
- 丁玲:《法网》(小说),上海:良友图书公司1932年4月。
- 华汉:《最后一天》(小说集),上海:湖风书局1932年7月。
- 张资平:《恋爱错综》(长篇小说),上海:文艺书局1932年7月。

1933年

- 茅盾:《子夜》(长篇小说),上海:开明书店1933年1月。
- 巴金:《砂丁》(中篇小说),上海:开明书店1933年1月。
- 林箐(阳翰笙):《义勇军》(中篇小说),上海:湖风书店1933年1月。
- 麦克昂(郭沫若):《一只手——献给新时代的小朋友》(小说),上海:大光书店1933年4月。
- 巴金:《萌芽》(中篇小说),上海:现代书局1933年8月。
- 巴金:《新生》(中篇小说),上海:开明书店1933年9月。
- 蒋本沂:《一条战线》(剧本集),上海:乐华图书公司1933年。

1934年

- 凌鹤:《高贵的人们》(三幕剧),上海:千秋出版社1934年8月。

1935年

- 欧阳山:《七年忌》(小说集),上海:生活书店1935年3月。
- 王亚平:《都市的冬》(诗集),上海:国际书店1935年6月。
- 草明:《女人的故事》(小说集),上海:天马书店1935年9月。
- 荒煤:《刘麻木》(小说集),上海:天马书店1935年9月。
- 江岳浪:《路工之歌》(诗集),青岛:青岛诗歌出版社1935年11月。

1936年

- 蒋牧良:《锑砂》(小说集),上海:文化生活出版社1936年5月。
- 温流:《我们的堡》(诗集),青岛:青岛诗歌出版社1936 年 5月。
- 钟文殊:《海滨集》(诗集),松柏山房1936年5月。
- 王亚平:《海燕的歌》(诗集),上海:上海联合出版社1936年10月。
- 陶映霞:《筑地黄昏》(诗集),上海:黎明书局1936年10月。
- 万迪鹤:《达生篇》(小说集),上海:文化生活出版社1936年11月。
- 毕奂午:《掘金记》(诗和散文合集),上海:文化生活出版社1936年。

1937年

- 陈荒煤:《长江上》(小说集),上海:文化生活出版社1937年1月。
- 葛琴:《窑场》(中篇小说),上海:良友图书公司1937年3月。
- 蒋牧良:《夜工》(小说集),上海:文化生活出版社1937年3月。
- 草明:《绝地》(中篇小说),上海:良友图书公司1937年5月。

1938年

- 夏衍:《包身工》,广州:离骚出版社1938年4月。
- 吴名编:《宣传剧》(第3集),汉口:大陆书店1938年6月。
- 周钢鸣:《摇班到烽火》(报告文学集),广州:离骚出版社1938年。

1939年

- 老舍:《骆驼祥子》(长篇小说),上海:人间书屋1939年3月。
- 塞克、周伯勋、丁伯骝:《歼灭》(三幕剧),重庆：生活书店1939年4月。

1940年

- 孙达生:《自作孽》(独幕剧)，重庆：中国空军出版社1940年1月。
- 宋超:《离婚》(独幕剧)，上海：海燕出版社1940年1月。
- 王震之:《矿山》(独幕剧集)，桂林：南方出版社1940年5月。
- 邹荻帆:《木厂》(长诗)，上海：文化生活出版社1940年8月。
- 卞之琳:《慰劳信集》(诗集)，昆明：明日社出版部1940年。
- 崔嵬:《矿工队》(多幕剧)，冀中火线剧社1940年油印本。

1941年

- 王秋萤:《小工厂》(小说集)，奉天(今沈阳)：益智书店1941年9月。
- 陈白尘:《大地回春》(五幕剧)，桂林：文化供应社1941年12月。

1942年

- 胡绍轩:《铁砂》(四幕剧)(“抗建三部曲”之一)，重庆：独立出版社1942年9月。

1943年

- 路翎:《饥饿的郭素娥》(中篇小说)，重庆：希望社1943年3月。
- 孙望:《煤矿夫》(诗集)，重庆：正中书局1943年8月。

1945年

- 路翎:《青春的祝福》(小说集)，重庆：希望社1945年7月。
- 宋霖:《滩》(长篇小说)，重庆：开明书店1945年8月。
- 茅盾:《清明前后》(五幕话剧)，重庆：开明书店1945年10月。

1946年

- 茅盾:《第一阶段的故事》(长篇小说)，上海：群益出版社1946年1月。
- 吴天:《子夜》(七场话剧，根据茅盾同名小说改编)，上海：永祥印书馆1946年2月。
- 周而复:《东北横断面》，香港：今日出版社1946年2月。
- 茅盾:《霜叶红似二月花》(长篇小说)，上海：华华书店1946年3月。
- 甘永柏:《暗流》(长篇小说)，上海：文华书店1946年4月。
- 徐昌霖:《工程师的故事》(长篇小说)，上海：建国书店1946年10月。

1947年

- 草明:《今天》(小说集)，哈尔滨：光华书店1947年11月。

1948年

- 草明:《原动力》(中篇小说)，哈尔滨：东北书店1948年6月。
- 李衍白:《工人的旗帜赵占魁》(报告文学)，哈尔滨：东北书店1948年6月。
- 孙芋:《取长补短》(一幕两场剧)，哈尔滨：东北书店1948年9月。
- 蔡子人、许诚、崔德志、李士勤、杨继武、王琅、李鹰航、陈玲、张风、冷岩集体创作:《立功》(八场歌剧)，哈尔滨：光华书店1948年10月。
- 叶联薰:《大时代的插曲》(独幕剧集)，新星书店1948年12月。
- 晋驼:《炼狱》(三幕六场剧)，哈尔滨：光华书店1948年。

1949年

- 陈淼:《劳动姻缘》(中篇小说)，北京：天下出版社1949年2月。
- 华北总工会筹备委员会编:《工人创作选》(第一集)，天津：天津新华书店，1949年4月。
- 余晓等:《验工》(戏剧集)(工厂文艺丛刊之一)，天津：天津人民艺术出版社1949年4月。
- 杨润身等:《献礼》(工厂文艺丛刊之二)，天津：天津人民艺术出版社1949年4月。
- 田野:《做活要认真》(独幕歌剧)，天津：天津人民艺术出版社1949年4月。
- 蓝澄:《废铁炼成钢》(歌舞剧)，哈尔滨：东北书店1949年4月。
- 郭更:《没有克服不了的困难》(报告文学集)，哈尔滨：东北书店1949年4月。
- 柳夷:《红灯记》(中篇小说)，上海：新华书店1949年5月。
- 鲁煤等:《双红旗》(小说集)，北京：新华书店1949年5月。
- 刘沧浪等集体创作，鲁煤执笔:《红旗歌》(话剧)，天津：新华书店1949年5月。
- 沙丹:《一个战士》(四幕剧)，哈尔滨：东北书店1949年5月。
- 玛金等:《本是一家人》(话剧)，天津：天津人民艺术出版社1949年5月。
- 刘白羽:《龙烟村纪事》，上海：中兴出版社1949年6月。
- 江帆、罗立韵编:《群众创作选集》，哈尔滨：东北书店1949年6月。
- 余晓等:《钥匙在谁的手里？》(工人独幕剧集)，武汉：武汉人民艺术出版社1949年6月。
- 康濯:《工人张飞虎》(小说集)，上海：群益出版社1949年8月。
- 王拙成:《十个滚珠》(秧歌剧)，哈尔滨：新中国书局1949年8月。

- 陈波儿:《劳动的光辉》(话剧),哈尔滨:新中国书局1949年8月。
- 雅俊:《师徒关系》(戏剧),沈阳:辽东新华书店1949年8月。
- 平原:《红灯记》(越剧),上海:新华书店1949年8月。
- 陈荒煤编:《论工人文艺》(论文集),上海:上海杂志公司1949年8月。
- 杨朔:《红石山》(中篇小说),上海:新华书店1949年9月。
- 杨朔:《红石山》(中篇小说),沈阳:东北新华书店辽东分店1949年9月。
- 草明:《遗失的笑》(小说集),上海:文化工作社1949年10月。
- 《积极生产及其他》(戏剧集),济南:山东新华书店1949年10月。
- 王火:《大家办工会》(戏剧集),上海:劳动出版社1949年11月。
- 纱厂工人集体创作,辛大明执笔:《争红旗》(歌剧),哈尔滨:东北新华书店1949年11月。
- 李根红:《人民的声音》(小说集),上海:文化工作社1949年12月。
- 丁玲、陈明、逯斐:《窑工》(三幕七场剧),北京:大众书店1949年12月。
- 北京七十兵工厂集体创作:《生产长一寸》(二幕五场剧),武汉:中南新华书店1949年12月。
- 王火:《为什么一边倒》(工人广播剧),上海:劳动出版社1949年12月。

1950年

- 时梅等:《火红的太阳——印刷工人创作诗歌选》,北京:新华书店1950年1月。
- 骆文、海默著,海默执笔:《矿山的主人》(三幕剧),上海:上海杂志公司1950年1月。
- 蓝光、刘沧浪、桑夫、华生:《思想问题》(话剧),北京:生活·读书·新知三联书店1950年2月。
- 张德裕:《红花还得绿叶扶》(小说),济南:山东新华书店1950年2月。
- 李尔重:《第七班》(小说),武汉:中南新华书店1950年3月。
- 柯蓝、赵自:《不死的王孝和》(传记),上海:劳动出版社1950年3月。
- 李彤编:《矿山就是俺的家》(戏剧),济南:山东新华书店1950年3月。
- 逯斐、乔羽:《胜利列车》(戏剧),北京:生活·读书·新知三联书店1950年4月。
- 陈其通:《炮弹是怎样造成的》(话剧),上海:新华书店华东局分店1950年5月。
- 杨孔娴编:《上海工人诗选》,上海:劳动出版社1950年6月。
- 巴牧编:《转变——工人创作选》(小说集),上海:通俗文化出版社1950年7月。
- 巴牧编:《优胜旗》(小说集),上海:通俗文化出版社1950年7月。
- 张万有、金剑等:《荣誉是他的》(戏剧集),哈尔滨:新华书店东北总分店1950年7月。
- 章容、苗培时:《红树岭》(中篇小说),北京:工人出版社1950年8月。
- 杨金著,杜朴译:《工人成了工程师》,北京:工人出版社1950年8月。
- 黄祖模:《工人之家》(戏曲),上海:文化工作社1950年8月。
- 苏汎:《永远向前》(戏曲),上海:文化工作社1950年8月。
- 艾明之:《炉边风波》(戏曲),上海:文化工作社1950年8月。
- 施星火:《劳动最光荣》(戏曲),上海:文化工作社1950年8月。
- 魏连珍:《不是蝉》(三幕九场话剧),上海:新华书店华东总分店1950年9月。
- 刘沧浪等集体创作,王善本改编:《红旗歌》(越剧,劳动戏曲丛书),上海:劳动出版社1950年9月。
- 赵丹、林谷、田野:《工人有力量》(戏曲),上海:文化工作社1950年9月。
- 毛钧力:《不许浪费》(戏曲),上海:文化工作社1950年9月。
- 康捷:《打通思想》(戏曲),上海:文化工作社1950年9月。
- 王昌定:《海河散歌》(散文集)(工人文艺习作丛书),上海:晨光出版公司1950年9月。
- 草明:《新夫妇》(小说集),北京:天下图书公司1950年10月。
- 孙肖平:《水落石出》(小说),上海:劳动出版社1950年10月。
- 雷加:《男英雄和女英雄》(小说集),北京:天下图书公司1950年10月。
- 路翎:《朱桂花的故事》(小说集),天津:知识书店1950年10月。
- 赵铠、闻达、郭卓、茹志鹃、岁寒:《八〇〇机车出动了》(四幕话剧),上海:新华书店华东总分店1950年10月。
- 汪伦、刘沸:《苦干立功》(戏曲),上海:文化工作社1950年10月。
- 苏汎:《红旗的伙伴们》(戏曲),上海:文化工作社1950年10月。
- 黄顺宗:《五勇士》(戏曲),上海:文化工作社1950年10月。
- 草明:《火车头》(长篇小说),北京:工人出版社1950年11月。
- 康濯:《黑石坡煤窑演义》(长篇小说),北京:生活·读书·新知三联书店1950年11月。
- 李尔重:《杜厂长》(小说集),武汉:新华书店中南总分店1950年11月。
- 董廼相:《我的老婆》(小说集),天津:知识书店1950年11月。
- 大吕:《郝家俭卖布》(小说集),天津:知识书店1950年11月。
- 丁克辛:《童工白玉玺》(报告),劳动出版社

1950年11月。
- 草明编:《东北工人剧选》，北京：工人出版社1950年11月。
- 河北文艺社编:《工厂五勇士》（剧本），天津：河北省人民出版社1950年11月 。
- 安娥:《苏联分厂长塔拉索夫——大连中长铁路苏联分厂长》（报告文学），哈尔滨：新华书店东北总分店1950年11月。
- 江帆:《女厂长》（小说集），北京：生活·读书·新知三联书店1950年12月。
- 杜印、刘相如、胡零:《在新事物的面前》（三幕剧），哈尔滨：新华书店东北总分店1950年12月。
- 东北文教队集体创作，柯夫编剧:《堤》（话剧），哈尔滨：新华书店东北总分店1950年12月。
- 苗培时等作:《生产方法大改良》（鼓词），天津：新华书店1950年12月。
- 叶于:《工人花》（青年文艺丛书第一辑），北京：青年出版社1950年12月。
- 阿英:《下厂与创作》（工厂文艺习作丛书），上海：晨光出版公司1950年12月。
- 武汉市工人文艺研究会辑:《工人诗选》，武汉：武汉工人出版社1950年。
- 苗培时:《煤镐尖上论英豪》，北京：宝文堂书局1950年。

1951年

- 苗培时:《刘英源传》（中篇小说），北京：工人出版社1951年1月。
- 长正:《爸爸回来了》（小说集），北京：生活·读书·新知三联书店1951年1月。
- 菡子:《综丝事件》，上海：新华书店华东总分店1951年1月。
- 葛琴:《女司机》（电影文学剧本），北京：文光书店1951年1月。
- 安娥:《苏联大嫂》（报告文学），上海：劳动出版社1951年1月。
- 张琳:《女人开火车》（报告文学），北京：工人出版社1951年1月。
- 劳动出版社编辑部:《上海工人抗美援朝的故事》，上海：劳动出版社1951年1月。
- 王昌定:《控诉》（工厂文艺创作丛书），上海：晨光出版公司1951年2月。
- 艾明之:《竞赛》（小说集），上海：华东人民出版社1951年3月。
- 骆宾基:《张保洛的回忆》（短篇小说），济南：山东人民出版社1951年3月。
- 黄钢:《她们是胜利者——上海申新九厂工人斗争故事》（报告文学），上海：劳动出版社1951年3月。
- 晋驼:《报名》（独幕话剧），哈尔滨：东北人民出版社1951年3月。
- 李纳:《煤》（小说集），北京：工人出版社1951年4月。
- 中华全国总工会文教部编:《工人文艺创作选集》（第一集），北京：工人出版社1951年4月。
- 劳动出版社编审部编:《上海工人首届戏剧观摩演出剧选》，上海：劳动出版社1951年4月。
- 武汉市文学艺术界联合会辑:《武汉工人创作戏剧选》，武汉：中南人民出版社1951年5月。
- 田间:《一杆红旗》（收获文艺丛书），北京：工人出版社1951年5月。
- 苗培时:《双喜临门》（小说集），北京：工人出版社1951年6月。
- 李微含:《光荣花》（小说集），北京：工人出版社1951年6月。
- 艾明之:《钢铁的力量》（四幕剧），上海：劳动出版社1951年6月。
- 赵国有、李永、郭树德:《三个工人出国日记》，北京：工人出版社1951年6月。
- 中华全国总工会文教部编:《工人文艺创作选集》（第二集），北京：工人出版社1951年6月。
- 白朗:《为了幸福的明天》（中篇小说），北京：人民文学出版社1951年7月。
- 路工:《煤山上》（长诗），北京：工人出版社1951年7月。
- 苗培时:《马恒昌小说组访问记》，北京：工人出版社1951年7月。
- 逯斐:《提炼》（小说集），上海：新文艺出版社1951年8月。
- 韩笑:《血泪的控诉》（诗集），沈阳：东北人民出版社1951年8月。
- 武汉市文学艺术界联合会:《武汉市工人文艺创作经验》，武汉：中南人民出版社1951年8月。
- 路翎:《迎着明天》（剧本），北京：天下出版社1951年8月。
- 赵寻、蓝光:《人民的意志》（戏剧集），北京：生活·读书·新知三联书店1951年8月。
- 刘沧浪、赵寻、蓝光讨论，刘沧浪执笔:《母亲的心》（独幕话剧），北京：生活·读书·新知三联书店1951年8月。
- 阿凤:《擦车》（小说散文集），上海：晨光出版公司1951年9月。
- 路翎:《英雄母亲》（话剧），上海：泥土社1951年9月。
- 中华全国总工会文教部编:《工人文艺创作选集》（第三辑），北京：工人出版社1951年9月。
- 天津市搬运工人文工团集体创作，王血波、张学新执笔:《六号门》（话剧），北京：工人出版社1951年10月。
- 安娥:《一个劳动英雄的成长》，上海：劳动出版社1951年10月。
- 劳动出版社编审部编:《上海工人二届戏剧观摩演出剧选》，上海：劳动出版社1951年11月。
- 杜印、刘相如、胡零等:《在新事物的面前》（三幕剧），北京：青年出版社1951年11月。
- 武汉市文学艺术界联合会编:《武汉市工人文艺运动》，武汉：武汉工人出版社1951年11月。

1952年

- 吕荧:《关于工人文艺》(评论), 上海: 新文艺出版社1952年3月。
- 于敏:《高歌猛进》(电影剧本), 北京: 中华书局1952年5月。
- 苗培时:《矿工起义》(中篇小说), 北京: 工人出版社1952年10月。
- 张德裕:《红花还得绿叶扶》(小说集), 北京: 工人出版社1952年10月。
- 赵坚:《互助》(小说集), 北京: 工人出版社1952年10月。
- 海枫:《大家的智慧》(工人增产节约的故事), 沈阳: 辽东通俗出版社1952年。

1953年

- 鲍昌:《复工》(小说), 北京: 工人出版社1953年1月。
- 艾明之:《不疲倦的斗争》(长篇小说), 北京: 人民文学出版社1953年3月。
- 杨朔:《三千里江山》(长篇小说), 北京: 人民文学出版社1953年3月。
- 吴运铎:《把一切献给党》(自传体小说), 北京: 工人出版社1953年7月。
- 徐开磊:《上海工人支援全国建设的成就》, 上海: 上海人民出版社1953年9月。
- 《长江日报》文艺组编:《接送最可爱的人——工人生活故事集》, 武汉: 中南人民文学艺术出版社1953年9月。
- 阿凤:《提拔》(小说集), 天津: 天津通俗出版社1953年11月。
- 阿凤:《过年》(小说散文集), 天津: 天津通俗出版社1953年11月。

1954年

- 芦甸:《浪涛中的人们》(中篇小说), 北京: 作家出版社1954年1月。
- 知侠:《铁道游击队》(长篇小说), 上海: 新文艺出版社1954年1月。
- 李庆升、石玺、石曼、田广才、赵锵等:《四十年的愿望》, 上海: 新文艺出版社1954年2月。
- 谢挺宇:《矿山上的人们》(特写集), 沈阳: 东北人民出版社1954年4月。
- 苗培时:《矿山英雄马六孩和连万禄》, 北京: 华北人民出版社1954年5月。
- 贾克等:《为了建设》(戏剧集), 北京: 华北人民出版社1954年5月。
- 丛深:《百年大计》(独幕话剧), 沈阳: 东北人民出版社1954年5月。
- 陈淼:《炼钢工人》(小说集), 上海: 新文艺出版社1954年6月。
- 郑克西:《沈师傅回来的一天》(小说集), 武汉: 中南人民文艺出版社1954年6月。
- 蓝光等:《姐妹俩》(剧本选), 北京: 华北人民出版社1954年7月。
- 殷志扬等:《三个青年工人》(散文集), 南京: 江苏人民出版社1954年7月。
- 苗培时:《矿山喜事》(中篇小说), 北京: 通俗读物出版社1954年8月。
- 工人出版社编:《工人文艺创作选集》, 北京: 工人出版社1954年8月。
- 蓝光原著, 李智雁改编:《姐妹俩》(戏剧), 上海: 新文艺出版社1954年8月。
- 葛琴:《三年》(电影文学剧本), 北京: 艺术出版社1954年8月。
- 雷加:《春天来到了鸭绿江》(长篇小说), 北京: 作家出版社1954年9月。
- 白得易:《钢水沸腾》(诗集), 上海: 新文艺出版社1954年9月。
- 甘肃省文联筹委会编:《1954年工人文艺作品选》, 甘肃省文联筹委会1954年9月。
- 郭业勤等著:《江边》(武汉工人文艺创作选第二辑), 武汉: 湖北人民出版社1954年10月。
- 萧军:《五月的矿山》(长篇小说), 北京: 作家出版社1954年11月。
- 海枫(汤士安):《工地上的故事》(小说), 沈阳: 辽宁人民出版社1954年12月。
- 戈扬:《王进忠的故事》(小说集), 北京: 工人出版社1954年12月。
- 紫风:《团年夜》(小说集), 广州: 南方通俗出版社1954年12月。
- 新文艺出版社编:《上海工人文艺创作选集》(第一集), 上海: 新文艺出版社1954年12月。
- 丁景唐、修孟千编:《怎样开展工人业余文艺活动》, 上海: 文化生活出版社1954年12月。

1955年

- 贾克、陈剑云:《大势所趋》(通俗演唱丛书), 上海: 文化生活出版社1955年2月。
- 白朗:《真正的老师》(中篇小说), 北京: 人民文学出版社1955年3月。
- 大吕、阿凤等:《工人创作选》, 北京: 通俗读物出版社1955年3月。
- 马吉星、刘一民:《黎明之前》(话剧), 北京: 通俗文艺出版社1955年3月。
- 姜维朴:《压邪传》(小说), 北京: 宝文堂书店1955年4月。
- 李季:《玉门诗抄——春风普度玉门关》(诗集), 北京: 作家出版社1955年4月。
- 李季:《生活之歌》(长诗), 北京: 中国青年出版社1955年4月。
- 傅仇:《森林之歌》(诗集), 成都: 四川人民出版社1955年4月。
- 崔德志:《刘莲英》(独幕话剧), 沈阳: 辽宁人民出版社1955年4月。
- 柯蓝、赵自:《不死的王孝和》(传记故事), 北京: 工人出版社1955年4月。
- 周立波:《铁水奔流》(长篇小说), 北京: 作家出版社1955年5月。

- 唐克新:《车间里的春天》(小说集)，北京：通俗读物出版社1955年5月。
- 谢挺宇等:《验收员》(短篇集)，北京：作家出版社1955年5月。
- 艾明之:《年轻的心》(短篇小说)，北京：通俗文艺出版社1955年6月。
- 工人出版社编:《工人文艺创作选集》，北京：工人出版社1955年6月。
- 碧野:《钢铁动脉》(长篇小说)，上海：新文艺出版社1955年7月。
- 南丁:《检验工叶英》(小说集)，上海：新文艺出版社1955年7月。
- 崔德志:《刘莲英》(独幕话剧)，北京：通俗文艺出版社1955年7月。
- 崔德志:《时间的罪人》(独幕话剧)，沈阳：辽宁人民出版社1955年8月。
- 王命夫:《闹家务》(评剧)，北京：通俗读物出版社1955年8月。
- 老舍:《青年突击队》(话剧)，北京：大众出版社1955年9月。
- 草明等:《诞生》(小说集)，北京：工人出版社1955年11月。
- 雷加:《海员朱宝庭》(中篇小说)，北京：工人出版社1955年12月。
- 丛深:《百年大计》(独幕话剧)，北京：作家出版社1955年12月。
- 蓝光:《姐妹俩》(独幕话剧)，北京：作家出版社1955年12月。
- 黄悌:《保卫干事》(独幕话剧)，北京：通俗读物出版社1955年12月。

1956年

- 易巩:《在风雪到来之前》(中篇小说)，北京：中国青年出版社1956年1月。
- 王昌定:《悬崖》(独幕话剧)，天津：天津通俗出版社1956年1月。
- 李鹏荣:《自作聪明》(独幕讽刺喜剧)，长春：吉林人民出版社1956年1月。
- 新文艺出版社编:《上海工人文艺创作选集》(第二集)，上海：新文艺出版社1956年2月。
- 李学鳌:《印刷工人之歌》(诗集)，北京：北京大众出版社1956年2月。
- 四川人民艺术剧院集体创作，刘莲池、李佩、栗粟执笔:《一个木工》(四幕七场话剧)，成都：四川人民出版社1956年2月。
- 王昌定、杨紫江:《人面兽心》(独幕评剧)，天津：天津人民出版社1956年2月。
- 陆文夫:《荣誉》(小说集)，上海：新文艺出版社1956年3月。
- 高延昌、魏巍等:《我的朋友》(小说集)，北京：北京大众出版社1956年3月。
- 万忆萱:《戴白手套的人》(小说集)，上海：上海文化出版社1956年3月。
- 逯斐、严辰:《光荣的岗位》(人物故事集)，北京：中国青年出版社1956年3月。
- 李若冰:《在勘探的道路上》(散文集)，北京：作家出版社1956年3月。
- 作家出版社编辑部编:《工人创作选》(散文集)，北京：作家出版社1956年3月。
- 王命夫:《如此记者》(独幕讽刺喜剧)，北京：通俗读物出版社1956年5月。
- 《人民文学》编辑部编:《在工业战线上》(散文、特写集)，北京：作家出版社1956年5月。
- 白朗:《在轨道上前进》(长篇小说)，北京：人民文学出版社1956年6月。
- 辛雷:《长江上的战斗》(小说集)，北京：中国青年出版社1956年6月。
- 樊福庚、郑成义:《上海组诗》(诗集)，北京：中国青年出版社1956年6月。
- 作家出版社编辑部编:《建设的歌——经济建设诗集》，北京：作家出版社1956年6月。
- 福庚:《前进曲》(诗歌、散文、特写集)，上海：新文艺出版社1956年6月。
- 陈桂珍:《家务事》(独幕话剧)，哈尔滨：黑龙江人民出版社1956年6月。
- 艾文会:《安全员》(独幕话剧)，天津：天津人民出版社1956年6月。
- 徐迟:《我们这时代的人》(特写集)，北京：作家出版社1956年6月。
- 雷加:《站在最前列》(长篇小说)，北京：作家出版社1956年7月。
- 万忆萱:《小组长》(中篇小说)，长春：吉林人民出版社1956年7月。
- 辽宁文艺社编:《在我们的工区里》(作品集)，沈阳：辽宁人民出版社1956年7月。
- 郑成义:《喜报》(诗集)，上海：新文艺出版社1956年7月。
- 阿凤:《望鞍钢》(散文集)，上海：新文艺出版社1956年7月。
- 魏巍、钱小惠:《红色的风暴》(长篇小说)，北京：工人出版社1956年7月。
- 辽宁文艺社编:《在我们的工区里》(散文集)，沈阳：辽宁人民出版社1956年7月。
- 胡万春:《青春》(小说集)，北京：中国青年出版社1956年8月。
- 费礼文:《成长》(小说集)，北京：中国青年出版社1956年8月。
- 梅定:《矿山的主人》(小说集)，上海：新文艺出版社1956年9月。
- 周一翃:《接班人》(小说集)，上海：新文艺出版社1956年9月。
- 于逢:《螺丝钉》(中篇小说)，北京：中国青年出版社1956年9月。
- 艾明之:《工人的儿子》(中篇小说)，上海：少年儿童出版社1956年10月。
- 李云德:《生活的第一课》(小说集)，沈阳：辽宁人民出版社1956年10月。
- 李季:《致以石油工人的敬礼》(诗集)，武汉：长江文艺出版社1956年10月。
- 胡昭等:《汽车城的节日》(诗集),长春:吉林人民出版社1956年10月。
- 屈楚、周均、丁力:《初开的花朵》(原名《为了明天》,四幕五场现代剧),上海:新文艺出版社1956 年10月。
- 艾明之:《汽车在叫唤》(散文集),北京:作家出版社1956年10月。
- 万忆萱:《驰骋吧,祖国的汽车》(特写集),长春:吉林人民出版社1956年10月。
- 刘宾雁等:《在桥梁工地上》(报告文学集),北京:作家出版社1956年10月。
- 唐克新:《车间里的春天》(小说集),北京:中国青年出版社1956年11月。
- 佟震宇:《在高潮中》(小说、特写集),上海:新文艺出版社1956年11月。
- 何泽沛等:《移山填海的人》(小说集),北京:作家出版社1956年11月。
- 傅仇:《雪山谣》(诗集),北京:中国青年出版社1956年11月。
- 草明:《爱情》(小说集),北京:工人出版社1956年12月。
- 滕鸿涛:《送牛奶的人》(小说、特写集),北京:中国青年出版社1956年12月。
- 穆仁、杨山:《工厂短诗》(诗集),重庆:重庆人民出版社1956年12月。
- 杨鹤年改编:《检验工叶英》(独幕话剧),北京:通俗文艺出版社1956年12月。
- 崔德志:《爱的波折》(独幕话剧),北京:通俗文艺出版社1956年12月。
- 梅定:《光辉的道路》(特写、报告集),昆明:云南人民出版社1956年12月。
- 鄢国培:《老鹰岩探矿》(小说集),重庆:重庆人民出版社1956年。

1957年

- 浩荡:《李秀花》(小说、散文集),上海:新文艺出版社1957年1月。
- 蓝澄:《不平坦的道路》(五幕话剧),北京:中国戏剧出版社1957年1月。
- 中国铁路工会全国委员会宣传部辑:《东西两峒口》(独幕话剧选),北京:人民铁道出版社1957年1月。
- 阿凤:《散文二十六篇》(散文集),北京:中国青年出版社1957年1月。
- 杨大群:《小矿工》(中篇小说),上海:少年儿童出版社1957年2月。
- 崔德志:《爱的波折》(独幕剧集),上海:新文艺出版社1957年2月。
- 颂扬:《地下的春天》(三幕五场话剧),北京:中国戏剧出版社1957年2月。
- 草明:《鞍山的人》(散文、特写集),天津:天津人民出版社1957年3月。
- 黄岑:《鹰厦铁路》(报告文学),福州:福建人民出版社1957年3月。
- 张晓:《工地上的星光》(报告文学),北京:中国青年出版社1957年3月。
- 海枫:《劳动的喜悦》(中篇小说),上海:新文艺出版社1957年4月。
- 艾明之:《幸福》(电影文学剧本),上海:新文艺出版社1957年4月。
- 王命夫:《胡胖子瘦了》(小说集),天津:天津人民出版社1957年5月。
- 柯夫:《双婚记》(五幕六场话剧),北京:中国戏剧出版社1957年5月。
- 傅仇:《伐木者》(诗集),重庆:重庆人民出版社1957年6月。
- 王少燕:《主任外传》(戏剧集),上海:新文艺出版社1957年6月。
- 徐迟:《庆功宴》(特写集),北京:作家出版社1957年7月。
- 草明:《草明短篇小说集》,北京:作家出版社1957年9月。
- 肖容:《在漩涡中》(中篇小说),杭州:东海文艺出版社1957年9月。
- 于黑丁:《炭窑》(小说集),北京:作家出版社1957年9月。
- 万忆萱:《金黄金黄的婆婆丁呵》(诗集),武汉:长江文艺出版社1957年9月。
- 柯灵:《不夜城》(电影文学剧本),北京:中国电影出版社1957年9月。
- 艾文会:《炉边剪影》(小说集),天津:天津人民出版社1957年10月。
- 宏林:《矿工之歌》(报告文学),北京:工人出版社1957年10月。
- 艾明之:《浮沉》(长篇小说),上海:新文艺出版社1957年11月。
- 孙肖平:《水的声音》(小说集),合肥:安徽人民出版社1957年11月。
- 胡万春:《爱情的开始》(小说集),上海:新文艺出版社1957年11月。
- 王火、刘谈夫:《赤胆忠心:红色游击队长节振国的故事》,北京:工人出版社1957年11月。
- 王昌定:《海河春浓》(长篇小说),上海:新文艺出版社1957年12月。
- 艾明之:《护士日记》(电影文学剧本),北京:中国电影出版社1957年12月。

1958年

- 苗培时:《钢铁的妈妈》(小说集),上海:新文艺出版社1958年1月。
- 傅仇:《种子·歌曲·路》(诗集),上海:新文艺出版社1958年2月。
- 雷加:《蓝色的青枫林》(长篇小说),北京:作家出版社1958年3月。
- 杜鹏程:《在和平的日子里》(中篇小说),西安:东风文艺出版社1958年4月。
- 刘锡颖:《海河涛声》(小说),天津:天津人民出

1950s

版社1958年4月。
- 陆俊超:《国际友谊号》(小说),上海:少年儿童出版社1958年4月。
- 贾克:《引火烧身》(小型话剧),太原:山西人民出版社1958年4月。
- 艾芜:《百炼成钢》(长篇小说),北京:作家出版社1958年5月。
- 艾芜:《夜归》(小说集),北京:作家出版社1958年5月。
- 黄声孝:《装卸工人现场快板》(诗集),武汉:湖北人民出版社1958年5月。
- 贾克:《四姊妹》(又名《女工》,四幕话剧),太原:山西人民出版社1958年5月。
- 曾炜:《快马加鞭》(活报剧),广州:广东人民出版社1958年5月。
- 葛琴:《海燕》(电影文学剧本),北京:中国电影出版社1958年5月。
- 陈淼:《钢在沸腾》(散文集),沈阳:辽宁人民出版社1958年5月。
- 谢挺宇:《雾夜紫灯》(小说集),北京:作家出版社1958年6月。
- 福庚、郑成义:《烟囱下的短歌》(诗集),北京:作家出版社1958年6月。
- 孙友田:《煤海短歌》(诗集),南京:江苏文艺出版社1958年6月。
- 柯岩:《相亲记》(独幕喜剧),北京:中国戏剧出版社1958年6月。
- 陆俊超等:《劳动号油轮》(特写),北京:作家出版社1958年6月。
- 周而复:《上海的早晨》(第一卷)(长篇小说),北京:人民文学出版社1958年7月。
- 《人民文学》编辑部编:《船厂追踪》(小说集),北京:作家出版社1958年7月。
- 郑成义、福庚:《河山春色》(诗集),上海:新文艺出版社1958年7月。
- 中流:《松花江短笛》(诗集),上海:上海文艺出版社1958年7月。
- 魏连珍:《不是梦》(独幕话剧),北京:中国戏剧出版社1958年7月。
- 中共北京棉纺织联合厂委员会宣传部编:《工人歌颂总路线——北京棉纺织联合厂工人宣传总路线文艺创作选》,北京:北京出版社1958年7月。
- 冯育栋:《在锻钢车间》(中篇小说),太原:山西人民出版社1958年8月。
- 王黎拓:《春到工地》(中篇小说),北京:作家出版社1958年8月。
- 费礼文:《竞赛没有结束》(小说特写集),上海:新文艺出版社1958年8月。
- 毕增光、晓凡、高东昶:《春天的颂歌》(诗集),沈阳:辽宁人民出版社1958年8月。
- 赤叶:《初歌集》(诗集),上海:新文艺出版社1958年8月。
- 赵寻、蓝光:《生活小喜剧》(戏剧集),武汉:长江文艺出版社1958年8月。
- 《红旗遍"江南"》(文集),上海:新文艺出版社、上海文化出版社1958年8月。
- 苏鹰:《万紫千红》(中篇小说),上海:新文艺出版社1958年9月。
- 唐克新等:《我的师傅》(小说集),北京:人民文学出版社1958年9月。
- 陈淼:《红榜的故事》(小说集),上海:新文艺出版社1958年9月。
- 周嘉俊:《上海——伦敦》(小说散文集),上海:上海文化出版社1958年9月。
- 《诗刊》社编:《工人诗歌一百首》(诗集),北京:中国青年出版社1958年9月。
- 郑成义:《鼓点集》(诗集),上海:上海文化出版社1958年9月。
- 张英等:《老年突击队》(工农兵创作丛书5),上海:新文艺出版社1958年9月。
- 陈桂珍:《万里行程》(独幕话剧),哈尔滨:黑龙江人民出版社1958年9月。
- 刘振武、熊辉:《快马加鞭》(独幕话剧),武汉:湖北人民出版社1958年9月。
- 苗培时、杨亚冬等:《水力采煤颂》(曲艺集),北京:煤炭工业出版社1958年9月。
- 于敏:《工地一青年》(电影文学剧本),北京:中国电影出版社1958年9月。
- 中国公路运输工会北京市委员会、人民交通出版社编:《跃进中的首都运输工人文艺创作选》,北京:人民交通出版社1958年9月。
- 巴金等:《创造奇迹的时代》(小说集),北京:作家出版社1958年10月。
- 于清等:《三个瓦工》(小说集),北京:作家出版社1958年10月。
- 赵自:《红浪花》(小说集),上海:上海文艺出版社1958年10月。
- 雷加:《青春的召唤》(短篇小说集),北京:中国青年出版社1958年10月。
- 《萌芽》编辑部编:《大跃进中的日日夜夜》(小说、特写集),上海:上海文艺出版社1958年10月。
- 李季:《玉门诗抄》(二集)(诗集),北京:作家出版社1958年10月。
- 阮章竞:《虹霓集》(诗集),北京:作家出版社1958年10月。
- 金山:《红色风暴》(话剧),北京:中国戏剧出版社1958年10月。
- 成荫、海默:《春城无处不飞花》(电影文学剧本),天津:百花文艺出版社1958年10月。
- 费礼文:《钢人铁马》(电影文学剧本),上海:上海文艺出版社1958年10月。
- 芷汀:《老电工》(革命故事小丛书),北京:中国青年出版社1958年10月。
- 万国儒:《风雪之夜》(小说集),天津:百花文艺出版社1958年11月。
- 陈恭敏、王炼:《共产主义的凯歌》(话剧),上海:上海文艺出版社1958年11月。
- 孙穆:《东风》(电影文学剧本),北京:中国电影出版社1958年11月。

- 桑弧等:《英雄赶派克》(电影文学剧本),北京:中国电影出版社1958年11月。
- 艾芜:《新的家》(小说集),北京:人民文学出版社1958年12月。
- 胡万春:《谁是奇迹的创造者》(小说集),上海:上海文艺出版社1958年12月。
- 本社编:《后浪推前浪》(小说集)(鞍山青年创作选集),天津:百花文艺出版社1958年12月。
- 万国儒:《风雪之夜》(小说集),北京:作家出版社1958年12月。
- 高延昌:《离婚后》(小说集),上海:上海文艺出版社1958年12月。
- 施燕平:《青年司炉工》(小说特写集),上海:上海文艺出版社1958年12月。
- 人民交通出版社编辑:《筑路工人创作诗歌选》(诗集),北京:人民交通出版社1958年12月。
- 沙金:《矿工之歌》(诗集),上海:上海文艺出版社1958年12月。
- 刘沧浪、吕长水:《钢花怒放》(两场话剧),北京:宝文堂书店1958年12月。
- 中国青年艺术剧院集体改编,李章、于真执笔:《把一切献给党》(三幕八场话剧),北京:中国戏剧出版社1958年12月。
- 集体创作,陈夫、叶明执笔:《黄宝妹》(电影文学剧本),北京:中国电影出版社1958年12月。
- 华山等:《童话的时代》(散文集),北京:人民文学出版社1958年12月。
- 共青团贵州省委员会编:《工业战线上的突击手》(青春的火花丛书),贵阳:贵州人民出版社1958年12月。
- 本社编:《后浪推前浪——鞍山青年创作选集》,天津:百花文艺出版社1958年12月。
- 作家出版社编辑部编:《地方工业满天星——工业跃进歌谣》,北京:作家出版社1958年。
- 苗培时:《矿工喜讯》(散文集),保定:河北人民出版社1958年。
- 苗培时:《追风赶月话开滦》(散文集),保定:河北人民出版社1958年。

1959年

- 罗丹:《风雨的黎明》(长篇小说),北京:中国青年出版社1959年1月。
- 胡万春:《爱情的开始》(小说集),上海:上海文艺出版社1959年1月。
- 草明:《草明选集》,北京:人民文学出版社1959年1月。
- 陆俊超等:《惊涛骇浪万里行》(小说集),上海:上海文艺出版社1959年1月。
- 何泽沛:《移天填海的人》(小说特写集),上海:上海文艺出版社1959年1月。
- 《汽笛——工人诗歌一二〇首》(诗集),北京:人民文学出版社1959年1月。
- 北京出版社编:《北京工人诗百首》(诗集),北京:北京出版社1959年1月。
- 共青团贵州省委员会编:《为钢铁而战的先锋队》(青春的火花丛书),贵阳:贵州人民出版社1959年1月。
- 凤章:《铁水长流》(小说集),南京:江苏文艺出版社1959年2月。
- 李季:《心爱的柴达木》(诗集),天津:百花文艺出版社1959年2月。
- 沙惟、赵大民:《把一切献给党》(四幕八场话剧,根据吴运铎同志所著同名小说改编),天津:百花文艺出版社1959年2月。
- 费礼文:《船厂追踪》(电影文学剧本),上海:上海文艺出版社1959年2月。
- 陶尔夫:《伐木者》(中篇小说),上海:上海文艺出版社1959年3月。
- 艾明之等:《雨》(小说集),北京:作家出版社1959年3月。
- 俞志辉等:《师徒献礼》(小说集),上海:上海文艺出版社1959年3月。
- 韶华:《沸腾的山谷》(小说、特写集),沈阳:春风文艺出版社1959年3月。
- 李清联:《我们沸腾的工厂》(诗集),武汉:湖北人民出版社1959年3月。
- 艾明之:《常青树》(电影文学剧本),北京:中国电影出版社1959年3月。
- 苗培时编:《毛主席到煤矿》(矿工文化辅助读物第一册),北京:煤炭工业出版社1959年3月。
- 苗培时编:《刘少奇同志接见我》(矿工文化辅助读物第二册),北京:煤炭工业出版社1959年3月。
- 李若冰:《旅途集》(散文集),北京:中国青年出版社1959年3月。
- 辛雷:《万古长青》(长篇小说),武汉:湖北人民出版社1959年4月。
- 田涛:《工地主任》(小说集),武汉:湖北人民出版社1959年4月。
- 李学鳌:《北京的春天》(诗集),北京:北京出版社1959年4月。
- 人民交通出版社编辑:《筑路工人创作诗歌选》(第二辑),北京:人民交通出版社1959年4月。
- 金山:《风暴》(电影文学剧本,根据话剧《红色风暴》改编),北京:中国电影出版社1959年4月。
- 福庚原著,张骏祥编剧:《新安江上》(电影文学剧本),北京:中国电影出版社1959年4月。
- 李若冰:《柴达木手记》(散文集),北京:作家出版社1959年4月。
- 何永鳌:《戈壁滩上的探矿队》(散文集),北京:作家出版社1959年4月。
- 逯斐:《森林在歌唱》(小说集),北京:作家出版社1959年5月。
- 何芷:《一夜之间》(小说、特写集),广州:广州文化出版社1959年5月。
- 陆俊超:《国际友谊号》(小说集),北京:人民文学出版社1959年6月。
- 邓蜀艺:《幸福的时刻》(小说集),长沙:湖南人民出版社1959年6月。
- 梅定:《矿山在歌唱》(小说、特写集),上海:上海文艺出版社1959年6月。
- 黄声孝:《歌声压住长江浪》(诗集),武汉:湖北人民出版社1959年6月。
- 王命夫:《敢想敢做的人》(多幕新型话剧),天津:百花文艺出版社1959年6月。
- 李清联等:《烈火红旗》(歌唱工农业大跃进剧本选),郑州:河南人民出版社1959年6月。
- 于敏:《桥》(电影文学剧本),北京:中国电影出版社1959年6月。
- 苗培时编:《水力采煤参观记》(报告文学),北京:煤炭工业出版社1959年6月。
- 苗培时编:《荣获列宁勋章的中国老矿工》(报告文学),北京:煤炭工业出版社1959年6月。
- 苗培时编:《领袖和我们同劳动》(煤矿工人文化辅助读物第三册),北京:煤炭工业出版社1959年6月。
- 田涛:《金光灿烂》(中篇小说),武汉:湖北人民出版社1959年7月。
- 闻捷:《河西走廊行》(诗集),北京:作家出版社1959年7月。
- 刘文玉:《矿山烽火》(叙事长诗),沈阳:春风文艺出版社1959年7月。
- 羽山、徐昌霖:《东风化雨》(第一部)(长篇小说),上海:上海文艺出版社1959年8月。
- 李殿杰:《矿山新人》(中篇小说),太原:山西人民出版社1959年8月。
- 李志:《探宝之歌》(诗集),沈阳:春风文艺出版社1959年8月。
- 禾波:《三门峡的歌》(诗集),沈阳:春风文艺出版社1959年8月。
- 人民交通出版社编辑:《筑路工人创作诗歌选》(第三辑),北京:人民交通出版社1959年8月。
- 金山:《红色风暴》(话剧),北京:人民文学出版社1959年8月。
- 林艺、崔国印、田润林集体创作,林艺执笔:《矿灯》(电影文学剧本),北京:北京出版社1959年8月。
- 王维洲:《可爱的时代》(诗集),武汉:湖北人民出版社1959年8月。
- 草明:《乘风破浪》(长篇小说),北京:作家出版社1959年9月。
- 陆俊超:《九级风暴》(中篇小说),北京:作家出版社1959年9月。
- 陈志铭:《红色锅炉房》(中篇小说),太原:山西人民出版社1959年9月。
- 丰村:《我的师傅和他的师兄弟》(小说集),上海:上海文艺出版社1959年9月。
- 福庚:《新安在天上》(小说、散文集),杭州:东海文艺出版社1959年9月。
- 韩忆萍:《北京的节日》(诗集),北京:北京出版社1959年9月。
- 蓝光:《最后一幕》(话剧),武汉:长江文艺出版社1959年9月。
- 王命夫:《敢想敢做的人》(话剧),济南:山东人民出版社1959年9月。
- 伍赛文原著,朝阳通俗话剧团体整理:《三个母亲》(通俗话剧),上海:上海文艺出版社1959年9月。
- 韩统良:《遍地开花》(独幕话剧),北京:宝文堂书店1959年9月。
- 上海华联扬剧团集体讨论,曹静卿、陆金宝、孔春楼编剧:《黄浦江激流》(扬剧),上海:上海文艺出版社1959年9月。
- 艾明之、陈西禾:《黄浦江故事》(电影文学剧本),上海:上海文艺出版社1959年9月。
- 丛深:《娘子军》(电影文学剧本),北京:中国电影出版社1959年9月。
- 潘青、胡苏:《万木春》(电影文学剧本),北京:中国电影出版社1959年9月。
- 上海海运管理局《海上巨龙》创作组孙敏、陈斌、林子良、陆品山、窦功亚:《海上巨龙》(电影文学剧本),上海:上海文艺出版社1959年9月。
- 李季:《戈壁旅伴》(散文集),上海:上海文艺出版社1959年9月。
- 阿凤:《在岗位上》(散文集),北京:作家出版社1959年9月。
- 赵寻、蓝光:《真实的故事》(特写集),武汉:湖北人民出版社1959年9月。
- 中共萍乡矿务局委员会宣传部编:《红色安源》,南昌:江西人民出版社1959年9月。
- 中国作家协会天津分会编:《野火烧不尽》(天津工厂史丛书),天津:百花文艺出版社1959年9月。
- 周嘉俊:《包身工的后代》(小说、特写集),上海:上海文艺出版社1959年10月。
- 《师傅的心》(工农兵文学创作丛书),福州:福建人民出版社1959年10月。
- 胡万春:《特殊性格的人》(小说集),北京:人民文学出版社1959年11月。
- 李云德:《林中火光》(小说集),沈阳:春风文艺出版社1959年11月。
- 陆俊超等:《姊妹船》(小说集),北京:作家出版社1959年11月。
- 万国儒:《龙飞凤舞》(小说、散文集),天津:百花文艺出版社1959年11月。
- 张知行:《巧大姐》(小说、散文集),天津:百花文艺出版社1959年11月。
- 张敏:《双凤齐飞》(沪剧),上海:上海文艺出版社1959年11月。
- 武汉人民艺术剧院《向秀丽》创作组集体创作,程云、莎莱等执笔:《向秀丽》(七场歌剧),武汉:湖北人民出版社1959年11月。
- 杜鹏程:《在和平的日子里》(中篇小说),北京:人民文学出版社1959年12月。
- 苏鹰:《炼》(小说),上海:上海文艺出版社1959年12月。
- 艾芜:《回家》(小说集),北京:作家出版社1959年12月。

- 赤叶:《致故乡》(诗集),哈尔滨:北方文艺出版社1959年12月。
- 人民交通出版社编辑:《筑路工人创作诗歌选》(第四辑),北京:人民交通出版社1959年12月。
- 崔德志:《生活的赞歌》(独幕话剧),北京:中国戏剧出版社1959年12月。
- 胡万春:《钢铁世家》(电影文学剧本),上海:上海文艺出版社1959年12月。
- 胡苏、吴天、王滨:《双婚记》(电影文学剧本),北京:中国电影出版社1959年12月。
- 柯灵、谢俊峰、桑弧:《春满人间》(电影文学剧本),上海:上海文艺出版社1959年12月。
- 福庚:《新安江春讯》(小说、特写集),上海:上海文艺出版社1959年12月。
- 陈伯吹:《三峡工地上两少年》(散文集),上海:少年儿童出版社1959年12月。
- 冯育栋:《太钢的故事》(报告文学),太原:山西人民出版社1959年12月。

1960年

- 艾芜:《钢铁的人》(小说),北京:作家出版社1960年1月。(本书是从长篇小说《百炼成钢》中选出来的。)
- 李清联:《拖拉机开出了厂房》(诗集),武汉:湖北人民出版社1960年1月。
- 赵自等:《英雄礼赞》(散文、特写集),上海:上海文艺出版社1960年1月。
- 于敏:《老孟泰的故事》(报告文学),沈阳:春风文艺出版社1960年1月。
- 东亚工厂史编写小说组编写,袁静协助编写:《大地回春——东亚毛麻厂工人斗争的故事》,天津:百花文艺出版社1960年1月。
- 王建富:《巨变》(中篇小说),太原:山西人民出版社1960年2月。
- 阿英编:《反美华工禁约文学集》,北京:中华书局1960年2月。
- 北京出版社编:《光辉颂——北京工人诗歌选集》,北京:北京出版社1960年2月。
- 上海文艺出版社:编《工人歌谣》(通俗文艺丛书),上海:上海文艺出版社1960年2月。
- 《湖南工人》编辑部编:《跃进的浪花》(工农作者作品选集),长沙:湖南人民出版社1960年2月。
- 刘福堂编:《我们的工厂》(故事集),长春:吉林人民出版社1960年2月。
- 徐俊杰:《女车间主任》(小说、特写、散文集),上海:上海文艺出版社1960年3月。
- 焦祖尧:《故事发生在双沟河边》(小说集),上海:上海文艺出版社1960年3月。
- 福庚:《新安江之歌》(诗集),上海:上海文艺出版社1960年3月。
- 傅仇:《钢铁江山》(诗集),北京:中国青年出版社1960年3月。
- 湖南省话剧团集体创作,万钟耕执笔:《阳光下》(七场话剧),长沙:湖南人民出版社1960年3月。
- 唐克新等:《共产主义的火花》(特写集),上海:上海文艺出版社1960年3月。
- 贵州工人社编:《工人歌唱大跃进——工人短诗集》,贵阳:贵州人民出版社1960年4月。
- 张漠青、陈克、连裕斌:《慧眼丹心》(电影文学剧本),广州:广东人民出版社1960年4月。
- 《煤都矿工》写作小组编:《煤都矿工》,沈阳:春风文艺出版社1960年4月。
- 李季:《玉门儿女出征记》(长篇叙事诗),北京:作家出版社1960年5月。
- 杜鹏程原作,章烙改编:《在和平的日子里》(六场话剧),北京:中国戏剧出版社1960年5月。
- 徐光夫:《炉火纯青》(小说集),沈阳:春风文艺出版社1960年6月。
- 凤章:《传达》(小说、特写集),上海:上海文艺出版社1960年6月。
- 雁翼:《彩桥》(长篇叙事诗),上海:上海文艺出版社1960年6月。
- 李志:《火花集》(诗集),哈尔滨:北方文艺出版社1960年6月。
- 梅定:《锡城的故事》(电影文学剧本),上海:上海文艺出版社1960年6月。
- 芦芒、吴洪侠、赵玉明:《钢城虎将》(电影文学剧本),上海:上海文艺出版社1960年6月。
- 张骏祥、沈浮、黄宗英、齐闻韶、刘琼、林扬、丁然、孙永平、韩非、温锡莹、刘非、李其珍、周冲、梁博罗集体创作:《六十年代第一春》(电影文学剧本),上海:上海文艺出版社1960年6月。
- 程造之:《黄埔春潮》(长篇小说),上海:上海文艺出版社1960年6月。
- 费礼文、艾明之:《风流人物数今朝》(电影文学剧本),上海:上海文艺出版社1960年7月。
- 黄声孝:《鼓起干劲来》(注音识字读物),北京:文字改革出版社1960年8月。
- 李根宝:《烟囱》(诗集),上海:上海文艺出版社1960年8月。
- 天津市评剧院艺术室集体创作:《张士珍》(评剧),北京:中国戏剧出版社1960年8月。
- 孙友田:《矿山锣鼓》(诗集),北京:作家出版社1960年9月。
- 中央戏剧学院实验话剧院原著,何孝充、庞贵生、杨志诚改编:《英雄列车》(中国评剧院演出本),北京:宝文堂书店1960年9月。
- 张学新、方沈:《驯海英雄》(七场话剧),天津:百花文艺出版社1960年11月。

1961年

- 中央戏剧学院实验话剧院编:《英雄列车》(话剧),北京:北京出版社1961年2月。
- 中国铁路文工团话剧团集体创作,章烙、丁治霖等执笔:《12次列车》(话剧),上海:上海文艺出版社1961年2月。
- 晓凡:《铁匠抒情曲》(诗集),沈阳:春风文艺出版社1961年3月。

- 中华全国总工会宣传部编:《工人歌谣选》，北京：工人出版社1961年5月。
- 张英:《上海的浪花》(小说集)，上海：上海文艺出版社1961年5月。
- 陆俊超:《姊妹船》(小说集)，上海：上海文艺出版社1961年6月。
- 韶华:《巨人的故事》(小说集)，沈阳：春风文艺出版社1961年9月。
- 陈见尧:《他是个矿工》(小说集)，上海：上海文艺出版社1961年11月。
- 胡万春:《红光普照大地》(小说集)，北京：作家出版社1961年11月。
- 肖木(萧木):《宽广的世界》(小说集)，上海：上海文艺出版社1961年11月。
- 彭永辉、李洪辛:《燎原》(电影文学剧本)，上海：上海文艺出版社1961年11月。
- 李代生、刘镇、高云:《满天飞霞》(诗集)，沈阳：春风文艺出版社1961年12月。

1962年

- 福庚:《安家集》(小说集)，上海：上海文艺出版社1962年2月。
- 张家口铁路地区职工业余创作组编辑:《火焰千里》(七场话剧)，天津：百花文艺出版社1962年2月。
- 中华全国总工会宣传部编:《工人戏剧选》，北京：工人出版社1962年2月。
- 韩忆萍:《铁匠传及其他》(诗集)，北京：北京出版社1962年3月。
- 杜鹏程:《年青的朋友》(小说集)，北京：中国青年出版社1962年4月。
- 唐克新:《种子》(小说、特写、散文集)，上海：上海文艺出版社1962年5月。
- 孙友田:《煤城春早》(诗集)，上海：上海文艺出版社1962年5月。
- 李学鳌:《北京晨曲》(诗集)，北京：北京出版社1962年5月。
- 福庚:《工地琵琶》(小说、散文集)，杭州：东海文艺出版社1962年7月。
- 舒群:《这一代人》(长篇小说)，北京：作家出版社1962年8月。
- 韶华:《浪涛滚滚》(中篇小说)，北京：中国青年出版社1962年8月。
- 赵自:《在船台上》(小说集)，上海：上海文艺出版社1962年8月。
- 孙肖平:《黄河之春》(小说、散文集)，郑州：河南人民出版社1962年9月。
- 于敏:《王秀兰和姐妹们》(报告文学)，沈阳：春风文艺出版社1962年9月。
- 任文祥:《鼓山风雷》(长篇小说)，天津：百花文艺出版社1962年10月。
- 费礼文:《早春》(小说集)，上海：上海文艺出版社1962年10月。
- 林予:《雁飞塞北》(长篇小说)，北京：作家出版社1962年11月。
- 黄声孝:《站起来的长江主人》(第一部)(长诗)，北京：中国青年出版社1962年11月。
- 于伶、叶明 、谢晋、梁延靖 、伍黎、姜荣泉:《大李、小李和老李》(电影文学剧本)，上海：上海文艺出版社1962年11月。
- 周而复:《上海的早晨》(第二部)(长篇小说)，北京：作家出版社1962年12月。
- 羽山、徐昌霖:《东风化雨》(第二部)(长篇小说)，上海：上海文艺出版社1962年12月。
- 赵大民(执笔)、庄小季、王泉:《红色工会》(话剧)，天津：百花文艺出版社1962年12月。

1963年

- 李纳:《明净的水》(小说集)，天津：百花文艺出版社1963年2月。
- 禾波:《煤海浪花》(诗集)，沈阳：春风文艺出版社1963年4月。
- 阮章竞:《勘探者之歌》(诗集)，北京：作家出版社1963年8月。
- 陈淼:《早晨集》(散文集)，沈阳：春风文艺出版社1963年8月。
- 艾明之:《阳光下》(小说集)，上海：上海文艺出版社1963年9月。
- 碧野:《情满青山》(散文集)，北京：中国青年出版社1963年9月。
- 巴波:《林姐》(小说集)，哈尔滨：北方文艺出版社1963年10月。
- 李若冰:《红色的道路》(特写集)，西安：东风文艺出版社1963年10月。
- 艾明之:《火种》(长篇小说，“火焰三部曲”第一部)，北京：作家出版社1963年11月。
- 汪浙成:《大兴安岭人》(独幕话剧)，北京：农村读物出版社1963年11月。
- 王命夫:《皆大欢喜》(话剧)，济南：山东人民出版社1963年11月。
- 中华全国总工会宣传部编:《工人短篇小说选》，北京：工人出版社1963年12月。
- 中华全国总工会工人文工团话剧团编:《红花——独幕剧选集》，北京：工人出版社1963年12月。

1964年

- 牡丹江农垦局话剧团集体创作，小范执笔:《北大荒人》(五幕话剧)，北京:中国戏剧出版社1964年1月。
- 北京市总工会宣传部、共青团北京市委宣传部、北京群众艺术馆编:《好榜样》(话剧)，北京：中国戏剧出版社1964年1月。
- 陆文夫:《二遇周泰》(小说集)，上海：上海文艺出版社1964年2月。
- 陆俊超:《幸福的港湾》(中篇小说)，上海：上海文艺出版社1964年3月。
- 丛深:《千万不要忘记》(又名《祝你健康》)(四

幕五场话剧），北京：中国戏剧出版社1964年3月。

- 苗培时：《深仇记》（中篇小说），北京：中国青年出版社1964年4月。
- 栾云桂：《好榜样》（话剧），济南：山东人民出版社1964年4月。
- 北京市总工会宣传部、共青团北京市委宣传部、北京群众艺术馆编：《柜台》（独幕话剧），北京：中国戏剧出版社1964年4月。
- 万国儒：《欢乐的离别》（小说集），天津：百花文艺出版社1964年6月。
- 胡万春、佐临、仝洛编剧，仝洛执笔：《激流勇进》（三幕话剧）（根据胡万春小说《内部问题》改编），上海：上海文化出版社1964年6月。
- 东生：《无产者》（电影文学剧本），上海：上海文化出版社1964年6月。
- 张孟良：《三辈儿》（小说），北京：中国青年出版社1964年7月。
- 阮章竞：《白云鄂博交响诗》（长诗），北京：作家出版社1964年7月。
- 胡万春、陈恭敏、费礼文、洪宝堃：《一家人》（话剧），上海：上海文化出版社1964年7月。
- 李若冰：《山·湖·草原》（散文集），北京：中国青年出版社1964年7月。
- 王有为、贺朗：《跃马扬鞭》（中篇小说），北京：作家出版社1964年8月。
- 丰村：《我的师傅和他的师兄弟》（小说集），上海：作家出版社上海编辑所1964年8月。
- 木生、齐特：《杨柳春风》（独幕话剧），北京：中国戏剧出版社1964年8月。
- 赵自：《在船台上》（小说集），北京：作家出版社1964年9月。
- 傅仇：《竹号》（诗集），成都：四川人民出版社1964年9月。
- 赤叶：《掘进集》（诗集），哈尔滨：北方文艺出版社1964年9月。
- 姚运焕、程士荣：《雪山风云》（话剧），北京：群众出版社1964年9月。
- 肖木：《宽广的世界》（小说集），北京：作家出版社1964年10月。
- 胡万春、傅超武：《家庭问题》（电影文学剧本，根据胡万春同名小说改编），上海：上海文化出版社1964年10月。
- 李晓民：《海港的早晨》（六场淮剧），上海：上海文化出版社1964年10月。
- 李清联：《新犁催开浪花》（诗集），郑州：河南人民出版社1964年11月。
- 陈耘、章力挥、徐景贤：《年青的一代》（四幕话剧）（修订本），北京：中国戏剧出版社1964年11月。
- 哈尔滨市京剧团演出本，王洪熙、于绍田、史玉良改编：《革命自有后来人》（京剧，根据同名电影文学本改编），北京：中国戏剧出版社1964年11月。
- 胡万春：《家庭问题》（小说集），上海：作家出版社上海编辑所1964年12月。
- 傅仇：《伐木声声》（诗集），北京：作家出版社1964年12月。
- 孙友田：《石炭歌》（诗集），北京：作家出版社1964年12月。

1965年

- 史大千：《青年鲁班》（电影文学剧本），北京：中国电影出版社1965年1月。
- 李季：《石油诗》（第一集），北京：作家出版社1965年2月。
- 李季：《石油诗》（第二集），北京：作家出版社1965年2月。
- 凤章：《彩霞万里》（小说集），北京：作家出版社1965年3月。
- 周嘉俊：《初航》（小说集），北京：作家出版社1965年3月。
- 王慧芹：《骏马飞驰》（小说集），北京：北京出版社1965年3月。
- 周正行、葛乃庆、袁一灵编剧，周正行、葛乃庆执笔：《一千零一天》（喜剧），上海：上海文化出版社1965年3月。
- 翁偶虹、阿甲改编：《红灯记》（京剧），北京：中国戏剧出版社1965年4月。
- 孙友田：《金色的星》（诗集），南京：江苏人民出版社1965年5月。
- 石英：《文明地狱》（中篇小说），北京：作家出版社1965年6月。
- 王锡荣、李家禄：《血染三条石》（小说），北京：作家出版社1965年6月。
- 天津市红桥区业余创作组集体创作，张秀岭、周绍绪、宋明袂执笔：《煤店新工人》（独幕歌剧），天津：百花文艺出版社1965年6月。
- 于敏：《炉火集》（电影文学剧本集），北京：中国电影出版社1965年6月。
- 福庚：《光芒万丈新安江》（报告文学），上海：少年儿童出版社1965年6月。
- 韩忆萍：《走窑人的歌》（诗集），北京：北京出版社1965年7月。
- 杨烜、罗烽：《列车在前进——记孙家养路工区》（报告文学），沈阳：春风文艺出版社1965年7月。
- 孙肖平：《前站》（小说、散文集），上海：人民文学出版社上海分社1965年8月。
- 王方武：《红色的铆钉》（诗集），上海：人民文学出版社上海分社1965年8月。
- 高彬、吴新泰、林凤山：《包钢人》（六场话剧），天津：百花文艺出版社1965年8月。
- 赵起扬、于是之、丘扬、禾土：《矿山兄弟》（六幕话剧），天津：百花文艺出版社1965年8月。
- 陈勇、红耘、董成仁：《天亮之前》（中篇小说），北京：人民文学出版社1965年9月。
- 陈嘉章、张文轩、李向军改编：《六号门》（京剧，根据六号门业余艺术团集体创作，王血波、张学新执笔的同名话剧改编），北京：中国戏剧出版社1965年9月。
- 丛深原著，谢铁骊、丛深改编:《千万不要忘记》（电影文学剧本），北京：中国电影出版社1965年9月。
- 戚积广:《加热炉之歌》（诗集），上海：人民文学出版社上海分社1965年10月。
- 哈尔滨市文联编:《萌芽小组作品选》，哈尔滨：北方文艺出版社1965年10月。
- 濮思温、刘振烝、罗国良:《南方汽笛》（七场话剧），北京：中国戏剧出版社1965年10月。
- 《生活的彩练》（戏剧集），天津：百花文艺出版社1965年10月。
- 洪都皮鞋厂集体创作，林戈改编:《把关》（小戏曲），南昌：江西人民出版社1965年10月。
- 杨新富:《怒火》（中篇小说），上海：人民文学出版社上海分社1965年11月。
- 张枫:《珠碧江边》（中篇小说），广州：广东人民出版社1965年11月。
- 胡书锷、向彬人、唐健平、郑世俊:《电闪雷鸣》（五幕话剧），北京：中国戏剧出版社1965年11月。
- 胡书锷、向彬人、唐健平、郑世俊:《电闪雷鸣》（五幕话剧），长沙：湖南人民出版社1965年11月。
- 李云德:《沸腾的群山》（第一部）（长篇小说），北京：人民文学出版社1965年12月。

1966年
- 程树榛:《钢铁巨人》（长篇小说），上海：人民文学出版社上海分社1966年2月。
- 孙友田:《矿山鸟声》（叙事长诗），上海：少年儿童出版社1966年2月。
- 贺雅贤:《红色火车头》（话剧），哈尔滨：北方文艺出版社1966年2月。
- 上海人民艺术剧院话剧一团改编:《一千〇一天》（根据周正行、葛乃庆、袁一灵著同名喜剧改编），北京：中国戏剧出版社1966年3月。
- 林予:《雁飞塞北》（长篇小说），北京：作家出版社1962年11月。
- 上海人民艺术剧院滑稽剧团集体创作，周正行执笔:《满园春色》（剧本），上海：上海文艺出版社1962年11月。
- 黄声孝:《站起来的长江主人》（长诗），北京：中国青年出版社1962年11月。

1968年
- 上海京剧院《海港》创作组编:《海港》（京剧），北京：人民文学出版社1968年9月。
- 上海工人革命文艺创作队编:《红太阳照亮安源山》（诗集），上海：上海文化出版社1968年9月。

1969年
- 费礼文:《阳光万里照金桥》，广州：广东人民出版社1969年。

1970年
- “一二五”工人写作组:《“一二五”赞歌》（报告文学集），上海：上海市出版革命组，1970年5月。
- 《南京长江大桥》工人写作组:《南京长江大桥》（报告文学集），上海：上海人民出版社1970年6月。

1971年
- 中共长春第一汽车制造厂委员会、工人业余文学创作小组编:《白玉基石颂》（诗集），长春：吉林人民出版社1971年6月。
- 九四二四工人写作班:《铁水奔腾》（报告文学集），上海：上海人民出版社1971年6月。
- 新港船厂工人写作组:《船台战歌》，天津：天津人民出版社1971年8月。
- 《新的高度》（短篇小说集），上海：上海人民出版社1971年9月。

1972年
- 《中国工人阶级的先锋战士——铁人王进喜》，济南：山东人民出版社1972年1月。
- 《中国工人阶级的先锋战士——铁人王进喜》，南昌：江西人民出版社1972年1月。
- 《中国工人阶级的先锋战士——铁人王进喜》，长春：吉林人民出版社1972年1月。
- 《中国工人阶级的先锋战士——铁人王进喜》，武汉：湖北人民出版社1972年2月。
- 《中国工人阶级的先锋战士——铁人王进喜》，成都：四川人民出版社1972年2月。
- 《中国工人阶级的先锋战士——铁人王进喜》，太原：山西人民出版社1972年2月。
- 《中国工人阶级的先锋战士——铁人王进喜》，银川：宁夏人民出版社1972年2月。
- 《中国工人阶级的先锋战士——铁人王进喜》，石家庄：河北人民出版社1972年2月。
- 《中国工人阶级的先锋战士——铁人王进喜》，南京：江苏人民出版社1972年2月。
- 《中国工人阶级的先锋战士——铁人王进喜》，北京：北京人民出版社1972年2月。
- 《中国工人阶级的先锋战士——铁人王进喜》，郑州：河南人民出版社1972年2月。
- 《中国工人阶级的先锋战士——铁人王进喜》，上海：上海人民出版社1972年2月。
- 《中国工人阶级的先锋战士——铁人王进喜》，杭州：浙江人民出版社1972年2月。
- 《中国工人阶级的先锋战士——铁人王进喜》，兰州：甘肃人民出版社1972年2月。
- 《中国工人阶级的先锋战士——铁人王进喜》，哈尔滨：黑龙江人民出版社1972年2月。
- 《中国工人阶级的先锋战士——铁人王进喜》，昆明：云南人民出版社1972年2月。
- 上海京剧院《海港》剧组集体改编:《海港》（革命现代京剧）（1972年1月演出本），沈阳：辽宁人民出版社1972年2月。

- 江西九〇九地质队工人写作组:《开路先锋》(报告文学),南昌:江西人民出版社1972年3月。
- 上海港工人业余写作组集体编写:《迎春展翅》(小说集),上海:上海人民出版社1972年4月。
- 李学诗:《矿山风云》(长篇小说),上海:上海人民出版社1972年5月。
- 前锋文艺创作组编:《开端》(短篇小说集),杭州:浙江人民出版社1972年5月。
- 《列车飞奔——安徽短篇小说集》,合肥:安徽人民出版社1972年5月。
- 李学鳌:《放歌长城岭》(诗集),北京:人民文学出版社1972年5月。
- 《号声嘹亮》(工农兵短篇小说选),北京:人民文学出版社1972年6月。
- 周良思:《飞雪迎春》(长篇小说),上海:上海人民出版社1972年8月。
- 《中流砥柱》(小说集),哈尔滨:黑龙江人民出版社1972年8月。
- 孙友田:《煤海放歌》(诗集),南京:江苏人民出版社1972年11月。
- 六四一厂工人写作组:《油田尖兵》(短篇小说集),天津:天津人民出版社1972年12月。
- 《篝火正旺》(工农兵短篇小说选),北京:人民文学出版社1972年12月。
- 陆扬烈:《海防线上》(小说集),杭州:浙江人民出版社1972年12月。
- 江海红:《黄海长缨》(小说集),南京:江苏人民出版社1972年12月。
- 《风展红旗——工农兵诗选》,北京:人民文学出版社1972年12月。
- 《在灿烂的阳光下》(小说集),天津:天津人民出版社1972年。

1973年

- 《骏马飞腾》(短篇小说集),石家庄:河北人民出版社1973年2月。
- 《索道隆隆》(矿山短篇小说集),北京:人民文学出版社1973年3月。
- 上海电机厂五一工大文科班、工人业余创作组:《小将》(小说集),上海:上海人民出版社1973年4月。
- 何芷:《小山鹰》(中篇小说),广州:广东人民出版社1973年5月。
- 辽宁人民出版社编:《锤声不断》(小说集),沈阳:辽宁人民出版社1973年6月。
- 《创业主任》(独幕话剧选),济南:山东人民出版社1973年6月。
- 《彩虹万里——工程兵诗歌集》,哈尔滨:黑龙江人民出版社1973年7月。
- 《高原春笛——工农兵诗集》,西宁:青海人民出版社1973年7月。
- 天津动力机厂工人写作组:《朝霞万里》(小说集),天津:天津人民出版社1973年7月。
- 宁宇:《红色的道路》(诗集),上海:上海人民出版社1973年8月。
- 刘彦林:《东风浩荡》(长篇小说),北京:人民文学出版社1973年10月。
- 李云德:《沸腾的群山》(二)(长篇小说),北京:人民文学出版社,1973年10月。
- 保定市群众艺术馆创作组编:《春色满城》,石家庄:河北人民出版社1973年10月。
- 天津汉沽盐场文学创作组集体创作,崔椿蕃执笔:《盐民游击队》,天津:天津人民出版社1973年11月。
- 《火花》(小说集),北京:北京人民出版社1973年11月。
- 戚积广:《炉火集》(诗集),长春:吉林人民出版社1973年11月。
- 《锤声集——工人诗选》,太原:山西人民出版社1973年11月。
- 海笑:《春潮》(长篇小说),南京:江苏人民出版社1973年12月。
- 《碧水长流》(小说集),上海:上海人民出版社1973年12月。
- 《北京的歌——工农兵诗选》,北京:北京人民出版社1973年12月。

1974年

- 张枫:《胶林儿女》(中篇小说),广州:广东人民出版社1974年1月。
- 冉淮舟:《建设者》(长篇小说),天津:天津人民出版社1974年2月。
- 王方武:《锤声集》(诗集),长春:吉林人民出版社1974年2月。
- 《钢城飞花——包头工人诗选》,呼和浩特:内蒙古人民出版社1974年2月。
- 李学鳌:《英雄颂》(诗集),北京:北京人民出版社1974年3月。
- 李良杰、俞云泉:《较量》(长篇小说),上海:上海人民出版社1974年5月。
- 大庆油田工人写作组编:《大庆战歌——大庆工人诗选》,北京:人民文学出版社1974年5月。
- 上海电影制片厂根据上海儿童艺术剧院话剧《钢铁洪流》集体改编,叶丹、傅超武执笔:《火红的年代》(电影文学剧本),上海:上海人民出版社1974年5月。
- 李良杰、俞云泉:《较量》(长篇小说),上海:上海人民出版社1974年6月。
- 上海汽轮机厂工人业余创作组等:《雏鹰》(叙事诗集),上海:上海人民出版社1974年7月。
- 《征途号角——工农兵诗选》,太原:山西人民出版社1974年8月。
- 杭涛(张士敏):《江水滔滔》(长篇小说),上海:上海人民出版社1974年9月。
- 《迎着朝阳》(小说集),北京:人民文学出版社1974年9月。
- 上海市仪表电讯工业局工会业余创作组:《快马加鞭》(小说集),上海:上海人民出版社1974年9月。

- 李学鳌:《凤凰林》(叙事长诗),北京:人民文学出版社1974年9月。
- 上海电机厂《大樑》创作组:《大樑》(长篇小说),上海:上海人民出版社1974年10月。
- 许淇:《第一盏矿灯》(散文集),呼和浩特:内蒙古人民出版社1974年10月。
- 上海铁路分局工人业余创作组:《列车奔腾》(小说集),上海:上海人民出版社1974年11月。
- 《他们特别能战斗》编写小组:《他们特别能战斗》(报告文学集),北京:人民文学出版社1974年11月。
- 大连钢厂宣传组编:《钢花怒放——工业学大庆报告文学集》,沈阳:辽宁人民出版社1974年11月。
- 沈顺根:《水下尖兵》(长篇小说),北京:北京人民出版社1974年12月。
- 上海市工人文化宫业余小戏创作班:《新委员》(独幕话剧),北京:人民文学出版社1974年12月。
- 许淇:《第一盏矿灯》(散文集),呼和浩特:内蒙古人民出版社1974年12月。

1975年

- 洛阳东方红拖拉机厂工人文艺创作组:《我为祖国造铁牛》,北京:人民文学出版社1975年1月。
- 何芷:《铁匠的儿子》(中篇小说),广州:广东人民出版社1975年2月。
- 鞍山市文艺创作组编:《春满钢城》(小说集),沈阳:辽宁人民出版社1975年3月。
- 《春雷》(小说集,天津工人创作丛书),天津:天津人民出版社1975年3月。
- 向春:《煤城怒火》(长篇小说),济南:山东人民出版社1975年4月。
- 刘怀章:《激流》(长篇小说),石家庄:河北人民出版社1975年4月。
- 《小兵上阵》(小说集),上海:上海人民出版社1975年5月。
- 上海市造船公司文艺创作组:《大海铺路》(长篇小说),上海:上海人民出版社1975年5月。
- 上海儿童艺术剧院创作:《钢铁洪流》(七场话剧),上海:上海人民出版社1975年5月。
- 任彦芳:《钻塔上的青春》(诗集),北京:人民文学出版社1975年6月。
- 大港油田政治部编:《满天飞霞》(天津工人创作丛书),天津:天津人民出版社1975年7月。
- 《洪流集》编创组:《洪流集——工农兵诗选》,北京:人民文学出版社1975年7月。
- 黄声笑:《挑山担海跟党走》(诗集),北京:人民文学出版社1975年7月。
- 鲁之洛:《路》(长篇小说),长沙:湖南人民出版社1975年8月。
- 程树榛:《钢铁巨人》(长篇小说),上海:上海人民出版社1975年9月。
- 李荣德、王颖:《大雁山》(小说),北京:北京人民出版社1975年9月。
- 杜峻:《志气歌》(长篇小说),广州:广东人民出版社1975年10月。
- 南通市《拂晓的号角》创作组:《拂晓的号角》(长篇小说),南京:江苏人民出版社1975年10月。
- "三结合"集体创作:《创造者的歌》(小说集),上海:上海人民出版社1975年10月。
- 李冰、胡庆树:《迎着朝阳》(独幕话剧),北京:人民文学出版社1975年10月。
- 丁盈川:《"04"号产品》(长篇小说),西安:陕西人民出版社1975年11月。
- 《"铁人"式的工人李国才》,北京:石油化学工业出版社1975年11月。
- 李云德:《探宝记》(中篇小说),沈阳:辽宁人民出版社1975年12月。
- 《油浪滚滚》(小说集),上海:上海人民出版社1975年12月。
- 《革命要钢我们炼》编辑组:《革命要钢我们炼》(诗集),北京:人民文学出版社1975年12月。
- 常州市柴油机厂业余文艺创作组:《方向问题》(独幕话剧),南京:江苏人民出版社1975年12月。

1976年

- 屈兴岐:《伐木人传》(长篇小说),北京:人民文学出版社1976年1月。
- 大庆油田文化馆编:《大庆凯歌——大庆工人诗选》,哈尔滨:黑龙江人民出版社1976年1月。
- 大庆油田、长春电影制片厂《创业》创作组集体创作,张天民执笔:《创业》(电影文学剧本),北京:人民文学出版社1976年1月。
- 《洪流》(工人短篇小说集),石家庄:河北人民出版社1976年2月。
- 承德市革委文化局编:《风雨战旗红》(小说集),石家庄:河北人民出版社1976年2月。
- 本社编:《哨兵》(天津工人创作丛书),天津:天津人民出版社1976年3月。
- 李学鳌:《列车行》(诗集),北京:人民文学出版社1976年3月。
- 周振天:《斗争在继续》(长篇小说),石家庄:河北人民出版社1976年4月。
- 杜冶秋、刘世正、王公序:《战船台》(话剧),上海:上海人民出版社1976年5月。
- 青海《高山尖兵》创作组集体创作:《高山尖兵》(六场话剧),北京:人民文学出版社1976年5月。
- 江苏省话剧团《大江飞虹》创作组集体创作:《大江飞虹》(话剧),北京:人民文学出版社1976年5月。
- 李景城(天津第二电子仪器厂):《新试题》(独幕话剧),天津:天津人民出版社1976年6月。
- 西安铁路分局工人创作组:《汽笛长鸣》(长篇小说),西安:陕西人民出版社1976年7月。
- 上海纺织工业局三结合创作组:《肯登攀的人》(小说集),上海:上海人民出版社1976年7月。

- 胡笳:《油海浪花》(诗集),成都:四川人民出版社1976年7月。
- 李云德:《沸腾的群山》(三)(长篇小说),北京:人民文学出版社1976年9月。
- 叶晓山:《第一声汽笛》(诗集),天津:天津人民出版社1976年10月。
- 广东省话剧团集体创作:《来参观的人》(独幕话剧),北京:人民文学出版社1976年12月。
- 大庆油田、长春电影制片厂《创业》创作组集体创作,张天民执笔:《创业》(电影文学剧本),上海:上海人民出版社1976年12月。

1977年

- 丛深、盛学仁:《先锋战士》(六场话剧),哈尔滨:黑龙江人民出版社1977年3月。
- 李季:《石油大哥》(长篇说唱诗),北京:人民文学出版社1977年4月。
- 扎拉嘎胡:《草原的早晨》(长篇小说),北京:人民文学出版社1977年 6月。
- 张天民:《创业》(长篇小说),北京:中国青年出版社1977年7月。
- 郎澜:《铁道前哨》(长篇小说),上海:上海人民出版社1977年8月。
- 丛深、盛学仁等:《先锋战士》(六场话剧),北京:人民文学出版社1977年9月。
- 中共第一重型机械厂委员会政治部编:《淬火集》(小说集),北京:人民文学出版社1977年11月。
- 大庆职业家属集体讨论,孙维世执笔:《初升的太阳》(六场话剧),北京:人民文学出版社1977年11月。
- 朱春雨:《大业千秋》(长篇小说),长春:吉林人民出版社1977年12月。
- 杜鹏程:《光辉的里程》(小说集),北京:人民文学出版社1977年12月。
- 叶晓山:《风笛颂》(诗集),天津:天津人民出版社1977年12月。

1978年

- 于敏:《第一个回合》(长篇小说),北京:中国青年出版社1978年1月。
- 奚青:《朱蕾》(长篇小说),上海:上海文艺出版社1978年2月。
- 张志彤:《温暖的海》(小说集),呼和浩特:内蒙古人民出版社1978年4月。
- 谢箴厚:《不灭的炉火》(长篇小说),济南:山东人民出版社1978年5月。
- 张笑天:《严峻的历程》(长篇小说),北京:北京人民出版社1978年7月。
- 洪洋:《长江的黎明》(长篇小说),武汉:湖北人民出版社1978年8月。
- 胡书锷、向彬人、唐健平、郑世俊:《电闪雷鸣》(五幕话剧),长沙:湖南人民出版社1978年8月。
- 向春:《煤城激浪》(长篇小说),济南:山东人民出版社1978年9月。
- 张林:《火焰花——列车长的日记》(中篇小说),上海:上海文艺出版社1978年9月。
- 艾芜:《夜归》(小说集),成都:四川人民出版社1978年9月。
- 于逢:《无产者》(长篇小说),广州:广东人民出版社1978年10月。
- 焦祖尧:《总工程师和他的女儿》(长篇小说),北京:人民文学出版社1978年12月。
- 刘镇:《红色的云》(诗集),沈阳:春风文艺出版社1978年12月。
- 晓凡:《灿烂的青春》(诗集),沈阳:辽宁人民出版社1978年12月。

1979年

- 太原市总工会编:《工人戏剧选》,太原:太原市总工会1979年1月。
- 海龙县文化馆、四平市总工会:《笑逐颜开》(故事集),长春:吉林人民出版社1979年1月。
- 黄声笑:《搭肩一抖春风来》(诗集),武汉:湖北人民出版社1979年2月。
- 王以平:《伐木者的野宴》(小说集),长沙:湖南人民出版社1979年6月。
- 韶华:《沧海横流》(长篇小说),北京:中国青年出版社1979年8月。
- 碧野:《丹凤朝阳》(长篇小说),天津:百花文艺出版社1979年8月。
- 王梅定:《锡山春》(小说集),昆明:云南人民出版社1979年8月。
- 万国儒:《欢乐的离别》(小说集),天津:百花文艺出版社1979年8月。
- 李季:《石油六歌》(诗集),济南:山东人民出版社1979年10月。
- 甘肃省总工会宣传部编:《工人文艺作品选》,兰州:甘肃人民出版社1979年10月。
- 陈国凯:《羊城一夜》(小说集),上海:上海文艺出版社1979年11月。
- 谭谈:《采石场上》(小说集),长沙:湖南人民出版社1979年12月。

1980年

- 韩统良:《血液》(中篇小说),上海:上海文艺出版社1980年1月。
- 崔德志:《报春花》(七场话剧),沈阳:春风文艺出版社1980年1月。
- 阿凤:《海河散记》(散文集),天津:百花文艺出版社1980年1月。
- 周而复:《上海的早晨》(第三部)(长篇小说),北京:人民文学出版社1980年2月。
- 董玉振:《精明人的苦恼》(长篇小说),北京:人民文学出版社1980年2月。
- 郭先红、韩统良、吕中山:《新芽》(小说集),哈尔滨:黑龙江人民出版社1980年2月。
- 士敏:《海,沉思的海》(长篇小说),杭州:浙江人民出版社1980年5月。
- 彭慧:《不尽长江滚滚来》(长篇小说),北京:人民文学出版社1980年5月。
- 崔德志:《报春花》(七场话剧),北京:中国戏剧出版社1980年6月。
- 赵梓雄:《未来在召唤》(三幕十二场话剧),北京:中国戏剧出版社1980年6月。
- 蒋子龙:《蒋子龙短篇小说集》,北京:中国青年出版社1980年7月。
- 洪永宏:《海囚》(小说),福州:福建人民出版社1980年8月。
- 傅仇:《赤桦恋》(诗集),成都:四川人民出版社1980年8月。
- 曹建勋:《巫山燕》(长篇小说),武汉:长江文艺出版社1980年9月。
- 石英:《火漫银滩》(长篇小说),北京:人民文学出版社1980年9月。
- 孔捷生:《追求》(短篇小说集),广州:广东人民出版社1980年9月。
- 张万舒:《黄山松》(诗集),上海:上海文艺出版社1980年9月。
- 石英:《血雨》(长篇小说),太原:山西人民出版社1980年10月。
- 朱金晨:《山高水长》(诗集),上海:上海文艺出版社1980年10月。
- 奚青:《望婚崖》(长篇小说),上海:上海文艺出版社1980年11月。
- 邬朝祝、刘汉勋:《在地层深处》(中篇小说),长沙:湖南人民出版社1980年11月。
- 陈国凯:《代价》(中篇小说),北京:人民文学出版社1980年11月。
- 周而复:《上海的早晨》(第四部)(长篇小说),北京:人民文学出版社1980年12月。
- 洪丝丝:《异乡奇遇》(长篇小说),北京:人民文学出版社1980年12月。

1981年

- 袁明云、侍继余、应凤鸣:《亮了　出发的信号》(诗集),合肥:安徽人民出版社1981年2月。
- 刘宾雁:《刘宾雁报告文学选》(报告文学),北京:北京出版社1981年2月。
- 蒋子龙:《开拓者》(小说集),北京:中国青年出版社1981年3月。
- 鄢国培:《巴山月》(上下),武汉:长江文艺出版社1981年4月。
- 茅盾:《锻炼》(长篇小说),北京:文化艺术出版社1981年5月。
- 李纳:《刺绣者的花》(长篇小说),北京:人民文学出版社1981年5月。
- 中华全国总工会宣传部编:《榕湖春暖——职工曲艺调演作品选》,北京:工人出版社1981年6月。
- 胡万春:《心声集》(小说集),上海:上海文艺出版社1981年7月。
- 邓刚:《迷人的海——邓刚中短篇小说选》(小说集),沈阳:春风文艺出版社1981年7月。
- 郑万隆:《年轻的朋友们》(小说集),天津:百花文艺出版社1981年8月。
- 陈建功:《迷乱的星空》(小说集),天津:百花文艺出版社1981年9月。
- 李凡、青羊:《神奇的爆炸》(报告文学),沈阳:春风文艺出版社1981年9月。
- 李良杰:《人生》(长篇小说),成都:四川人民出版社1981年10月。
- 谢文礼:《夜明珠》(长篇叙事诗),武汉:长江文艺出版社1981年10月。
- 贵州省总工会编:《一朵迟开的玫瑰》,贵阳:贵州人民出版社1981年10月。
- 宗福先、贺国甫:《血,总是热的》(话剧),北京:中国戏剧出版社1981年10月。
- 李良杰、杨福根:《皇母宫的钟声》(长篇小说),福州:福建人民出版社1981年11月。
- 张洁:《沉重的翅膀》(长篇小说),北京:人民文学出版社1981年12月。
- 蒋子龙:《赤橙黄绿青蓝紫》(中篇小说),天津:百花文艺出版社1981年12月。

1982年

- 顾笑言:《你在想什么》(长篇小说),广州:花城出版社1982年1月。
- 李汀:《出钢的地方》(长篇小说),呼和浩特:内蒙古人民出版社1982年1月。
- 蒋子龙:《蒋子龙中篇小说集》,长沙:湖南人民出版社1982年1月。
- 李景城:《分忧》(话剧),天津:百花文艺出版社1982年1月。
- 水运宪:《祸起萧墙》(中篇小说),北京:中国青年出版社1982年2月。
- 刘章仪:《铁魂》(长篇小说),武汉:长江文艺出版社1982年2月。
- 陈国凯:《家庭喜剧——陈国凯小说选》,长沙:湖南人民出版社1982年2月。
- 诗刊社编:《森林抒情》(诗集),成都:四川人民出版社1982年2月。
- 本社编:《电视剧本选》(一),北京:广播出版社1982年2月。
- 李云德:《特殊案件》(长篇小说),北京:群众出版社1982年3月。
- 幺顺华、刘冬生:《煤乡英烈传》(长篇小说),北京:人民文学出版社1982年4月。
- 王火:《血染春秋——节振国传奇》(长篇小说),石家庄:花山文艺出版社1982年4月。
- 朱敏慎:《三个同龄的女人》(小说),上海:上海文艺出版社1982年4月。
- 蒋子龙:《一个工厂秘书的日记》(小说集),广州:花城出版社1982年5月。
- 中华全国总工会宣传部编:《风向杜鹃吹来——工人话剧创作集》,北京:工人出版社1982年

5月。
- 《煤海群英——全国煤炭工业劳动模范发言集》，北京：煤炭工业出版社1982年6月。
- 韩笑：《韩笑诗选》，长沙：湖南人民出版社1982年7月。
- 谭谈：《风雨山中路》（长篇小说），长沙：湖南人民出版社1982年8月。
- 周嘉俊：《下马部长》（小说集），哈尔滨：黑龙江人民出版社1982年8月。
- 中华全国总工会宣传部编：《五月槐花香——工人小说散文集》，北京：工人出版社1982年8月。
- 王继：《喷红的地平线》（长篇小说），武汉：长江文艺出版社1982年10月。
- 赵日升、武兆强、张宝申、陈松叶：《四月草》（诗集），北京：北京出版社1982年12月。

1983年

- 程树榛：《春天的呼唤》（长篇小说），天津：百花文艺出版社1983年4月。
- 邹维之：《初春》（五幕话剧），北京：中国戏剧出版社1983年4月。
- 张学梦：《现代化和我们自己》（诗集），南京：江苏人民出版社1983年5月。
- 李学鳌：《李学鳌诗选》，北京：北京出版社1983年5月。
- 俞天白：《现代人》（长篇小说），哈尔滨：黑龙江人民出版社1983年6月。
- 丁耶：《鸭绿江上的木帮》（诗集），长春：吉林人民出版社1983年6月。
- 郑万隆：《同龄人》（长篇小说），沈阳：春风文艺出版社1983年7月。
- 梁秉堃：《谁是强者》（六场话剧），北京：中国戏剧出版社1983年7月。
- 刘彦林：《春风得意》（长篇小说），北京：工人出版社1983年8月。
- 中华全国总工会宣传部、工人日报、工人出版社编：《一九八一年全国职工独幕话剧征文评选获奖作品集》，北京：工人出版社1983年8月。
- 屈兴岐：《兴安雪》（散文集），哈尔滨：黑龙江人民出版社1983年8月。
- 张锲：《改革者》（长篇小说），北京：人民文学出版社1983年9月。
- 程树榛：《人约黄昏后》（中篇小说），北京：中国文艺联合出版公司1983年9月。
- 蒋子龙：《蒋子龙选集》（一），天津：百花文艺出版社1983年9月。
- 聂鑫森：《地面和地底的开拓》（诗集），长沙：湖南人民出版社1983年9月。
- 张士敏：《虎皮斑纹贝》（小说集），上海：上海文艺出版社1983年10月。
- 蒋子龙：《蒋子龙选集》（二），天津：百花文艺出版社1983年10月。
- 蒋子龙：《蒋子龙选集》（三），天津：百花文艺出版社1983年10月。
- 胡万春：《胡万春中篇小说集》，哈尔滨：黑龙江人民出版社1983年10月。
- 陈国凯：《陈国凯中篇小说集》，长沙：湖南人民出版社1983年11月。
- 崔德志：《崔德志剧作选》，沈阳：春风文艺出版社1983年11月。
- 陈冲：《无反馈快速跟踪》（小说集），石家庄：花山文艺出版社1983年12月。
- 孔捷生：《普通女工》（小说集），上海：上海文艺出版社1983年12月。
- 王家斌：《大海落叶》（小说集），北京：群众出版社1983年12月。
- 王怀让：《诗为杨皂而作》（诗集），郑州：河南人民出版社1983年12月。

1984年

- 本社编：《电视剧本选》（二），北京：广播出版社1984年1月。
- 程树榛：《励精图治》（报告文学），上海：上海文艺出版社1984年1月。
- 陆文夫：《小巷人物志》（小说集），北京：中国文艺联合出版公司1984年3月。
- 单学鹏：《这里通向世界》（小说集），石家庄：花山文艺出版社1984年3月。
- 焦祖尧：《跋涉者》（长篇小说），北京：人民文学出版社1984年4月。
- 朱春雨：《山魂》（长篇小说），北京：人民文学出版社1984年4月。
- 鲍昌：《神秘果》（长篇小说），天津：百花文艺出版社1984年4月。
- 曹建勋：《海明月》（长篇小说），武汉：长江文艺出版社1984年4月。
- 蒋子龙：《拜年》（小说集），上海：上海文艺出版社1984年4月。
- 水运宪：《为了幸福，干杯》（七场喜剧），北京：中国戏剧出版社1984年4月。
- 草明：《神州儿女》（长篇小说），北京：工人出版社1984年5月。
- 航鹰：《倾斜的阁楼》（小说集），北京：中国青年出版社1984年5月。
- 陈冲：《无反馈快速跟踪》（小说集），福州：福建人民出版社1984年5月。
- 沈永年、杜来、田战义：《秘密列车》（评书），北京：中国曲艺出版社1984年5月。
- 中杰英：《中杰英小说选》，北京：北京出版社1984年6月。
- 本社编：《电视剧本选》（三），北京：广播出版社1984年6月。
- 程树榛：《生活变奏曲》（长篇小说），上海：上海文艺出版社1984年7月。
- 于炳坤：《云层里，闪出星光》（小说集），成都：四川人民出版社1984年7月。
- 李嘉楼：《柴达木传奇》（长篇小说），广州：花城出版社1984年8月。

- 《开拓者的足迹》（报告文学），济南：山东文艺出版社1984年8月。
- 崔为工：《绿宝石》（长篇小说），福州：福建人民出版社1984年9月。
- 李良杰：《悠悠岁月》（长篇小说），南昌：江西人民出版社1984年9月。
- 郑万隆：《当代青年三部曲》（中篇小说集），北京：人民文学出版社1984年9月。
- 李若冰：《旅途集》（散文集），北京：中国青年出版社1984年9月。
- 马佳：《晚风》（长篇小说），北京：中国文联出版公司1984年10月。
- 王忆惠：《眷恋》（长篇小说），济南：山东文艺出版社1984年10月。
- 朱昌勤：《安源山》（诗集），北京：工人出版社1984年10月。
- 神剑文学艺术学会电子分会文学部编：《金丝细雨飞虹——电子工业系统作品选》，北京：电子工业出版社1984年11月。
- 王力雄：《天堂之门》（长篇小说），广州：花城出版社1984年11月。
- 柯夫：《柯夫剧作选》，沈阳：春风文艺出版社1984年11月。
- 奚青：《天涯孤旅》（长篇小说），石家庄：花山文艺出版社1984年12月。
- 《春风沉醉的晚上——1919—1949工业题材短篇小说选》，北京：工人出版社1984年12月。
- 刘镇：《眼泪与微笑》（诗集），沈阳：春风文艺出版社1984年12月。

1985年

- 李云德：《地质春秋》（长篇小说），北京：人民文学出版社1985年1月。
- 郑万隆：《明天行动》（小说集），北京：工人出版社1985年1月。
- 韩笑：《白山黑水》（诗集），哈尔滨：北方文艺出版社1985年1月。
- 本社、《江苏戏剧》编辑部合编：《人间重晚情》（戏剧集），南京：江苏人民出版社1985年1月。
- 顾笑言：《洪峰通过峡谷》（长篇小说），广州：花城出版社1985年3月。
- 梁星明、杨时文：《快乐的单身汉》（电影文学剧本），北京：中国电影出版社1985年3月。
- 王剑：《强者》（长篇小说），成都：四川人民出版社1985年4月。
- 陈国凯：《陈国凯小说选》，北京：工人出版社1985年4月。
- 李学鳌：《李学鳌长诗选》（诗集），石家庄：花山文艺出版社1985年4月。
- 海辛：《伞下悄悄情》（长篇小说），北京：中国友谊出版公司1985年6月。
- 韶华：《过渡年代》（长篇小说），北京：中国青年出版社1985年6月。
- 焦祖尧：《复苏集》（小说集），北京：工人出版社1985年6月。
- 戚积广：《五彩的年华》（诗集），天津：百花文艺出版社1985年6月。
- 张锲、陈桂棣：《主人》（报告文学），北京：工人出版社1985年6月。
- 单学鹏：《奔腾的大海》（长篇小说），北京：人民文学出版社1985年8月。
- 王家新：《纪念》（诗集），武汉：长江文艺出版社1985年8月。
- 安定一：《痴情》（电视文学剧本），乌鲁木齐：新疆青少年出版社1985年9月。
- 本社编：《改革者的塑像》（报告文学），上海：上海人民出版社1985年9月。
- 陈建功：《陈建功小说选》（小说集），北京：北京出版社1985年10月。
- 核工业部神剑分会编：《秘密历程——记我国第一颗原子弹的诞生》（报告文学），北京：原子能出版社1985年10月。
- 《当代工人》杂志编选：《开拓者列传》（报告文学），沈阳：春风文艺出版社1985年11月。
- 郑盛丰等：《希望·追求·探索——当代企业家的故事》（报告文学），南宁：广西人民出版社1985年11月。
- 陈冲：《陈冲短篇小说集》，石家庄：花山文艺出版社1985年12月。
- 洪洋：《工程师的恋爱史》（小说集），北京：中国文联出版公司1985年12月。
- 华北石油管理局党委宣传部编：《华北石油诗选》（诗集），石家庄：花山文艺出版社1985年12月。
- 赵鹏万、刘允章、李蕴：《绿色的追求》（报告文学），北京：中国文联出版公司1985年12月。

1986年

- 傅仇：《在甜蜜的森林里》（诗集），成都：四川文艺出版社1986年1月。
- 巴人：《女工秋菊》（长篇小说），哈尔滨：北方文艺出版社1986年3月。
- 蒋法武：《爷们哥们妯娌们》（小说集），北京：中国文联出版公司1985年4月。
- 叶文玲：《太阳的骄子》（长篇小说），上海：上海文艺出版社1986年5月。
- 傅仇：《傅仇森林诗》（诗集），北京：中国林业出版社1986年5月。
- 刘庆邦：《断层》（长篇小说），北京：中国文联出版公司1986年6月。
- 申文钟：《篱笆》（长篇小说），石家庄：花山文艺出版社1986年6月。
- 陈冲：《会计今年四十七》（小说集），上海：上海文艺出版社1986年6月。
- 萧育轩：《山水依依》（长篇小说），上海：上海文艺出版社1986年7月。
- 蒋子龙：《蒋子龙创作精选集》，长春：时代文艺出版社1986年8月。
- 黄大铣：《狼筅》（长篇小说），福州：海峡文艺出版社1986年9月。
- 航天工业部征文办公室编:《航天事业三十年》，北京：宇航出版社1986年9月。
- 煤炭工业部政策研究室编:《开采光和热的人们》（报告），北京：煤炭工业出版社1986年9月。
- 李翔凌:《孙大圣外传》（长篇小说），武汉：长江文艺出版社1986年10月。
- 韩忆萍等:《霜天六重奏》（诗集），北京：中国文联出版公司1986年10月。
- 周梅森:《沉沦的土地》（中篇小说集），广州：花城出版社1986年12月。
- 陈祖芬:《挑战与机会》（报告文学），北京：北京十月文艺出版社1986年12月。

1987年

- 周梅森:《黑坟》（长篇小说），杭州：浙江文艺出版社1987年1月。
- 李良杰:《女工程师之死》（长篇小说），福州：海峡文艺出版社1987年2月。
- 冯云:《光恋》（诗集），北京：水利电力出版社1987年3月。
- 赤叶:《雪国草》（诗集），哈尔滨：黑龙江人民出版社1987年3月。
- 刘彦林:《三月潮》（长篇小说），北京：人民文学出版社1987年5月。
- 玉门石油管理局宣传部编:《玉门石油诗选》，成都：四川文艺出版社1987年5月。
- 田登高、王同经编:《哈尔滨亚麻厂发生重大爆炸事故之后》（报告文学），哈尔滨：黑龙江人民出版社1987年5月。
- 王家斌:《死海惊奇》（长篇小说），天津：百花文艺出版社1987年6月。
- 戚积广:《帆梦》（诗集），长春：时代文艺出版社1987年6月。
- 蒋法武:《沈家爷儿们》（长篇小说），天津：百花文艺出版社1987年7月。
- 谭谈:《山野情》（长篇小说），上海：上海文艺出版社1987年7月。

1988年

- 范源:《中国——生命的台风季》（长篇报告诗），北京：工人出版社1988年2月。
- 薛尔康:《企业之星》（报告文学），北京：工人出版社1988年2月。
- 陈冲:《粉红色的车间》（长篇小说），石家庄：花山文艺出版社1988年3月。
- 星城:《立体交叉战争》（长篇小说），北京：工人出版社1988年4月。
- 杨继柱主编:《明星企业家》（第1集）（报告文学集），沈阳：辽宁人民出版社1988年4月。
- 艾奇等:《中国第一乡》（报告文学），南京：江苏文艺出版社1988年4月。
- 何玉锁:《总是风云情》（诗集），北京：北京十月文艺出版社1988年5月。
- 张贤亮等:《黑炮事件——从小说到电影》，北京：中国电影出版社1988年5月。
- 无锡市文学工作者协会编:《“金三角”明星的奥秘》（报告文学集），北京：工人出版社1988年6月。
- 《昆仑》编辑部编:《朝阳》（报告文学集），北京：解放军文艺出版社1988年7月。
- 谭伟文、江扬编:《南粤企业群星》（报告文学），广州：新世纪出版社1988年8月。
- 周而复:《长江还在奔流》（长篇小说），北京：人民文学出版社1988年9月。
- 孙友田:《孙友田煤矿抒情诗选》，北京：中国文联出版公司1988年9月。
- 中杰英:《哥儿们折腾记——中杰英剧作选》，南昌：江西人民出版社1988年9月。
- 丁金银、李发章、刘国尧:《甜美的呼唤》（报告文学），银川：宁夏人民出版社1988年9月。
- 李良杰:《十里洋场》（长篇小说），重庆：重庆出版社1988年10月。
- 周铜主编:《在历史与未来的交叉点上》（报告文学），北京：工人出版社1988年10月。
- 李长文、任民、李华南、赵锡纯、张薇薇:《在地球的这一点上》（明星企业录），沈阳：春风文艺出版社1988年10月。
- 赵国柱、王立生主编:《工源诗歌选》，北京：工人出版社1988年11月。
- 袁晓川、吴文洋:《星，闪光的星》（报告文学），沈阳：辽宁人民出版社1988年11月。
- 梁秉堃:《梁秉堃戏剧集》（话剧），北京：中国戏剧出版社1988年12月。
- 张昌、王素英主编:《女企业家传》（报告文学），大连：大连理工大学出版社1988年12月。
- 赵国兴、韩凤岐等:《企业家的风采》（报告文学），石家庄：花山文艺出版社1988年12月。
- 呼和浩特铁路局工程处编:《工程人》（报告文学），呼和浩特：内蒙古人民出版社1988年。

1989年

- 吴宝三:《伐木者和花》（诗集），北京：中国林业出版社1989年2月。
- 谷石:《黑鬼》（长篇小说），哈尔滨：哈尔滨出版社1989年3月。
- 张玲:《纯情少女》（长篇小说），北京：工人出版社1989年4月。
- 鸿平:《春风初度玉门关》（长篇小说），北京：石油工业出版社1989年4月。
- 向春:《鳏夫与寡妇们》（长篇小说），石家庄：花山文艺出版社1989年4月。
- 龙志毅:《厂长的私生活》（中篇小说），贵阳：贵州人民出版社1989年4月。
- 毛守仁:《下河滩的女人们》（小说集），太原：北岳文艺出版社1989年5月。
- 本社编:《白色的源流》（报告文学），呼和浩特：内蒙古人民出版社1989年4月。

- 刘玉欣、亓勇建、亓同秋编:《大桥在这里崛起》(报告文学),济南:山东人民出版社1989年5月。
- 陈冲:《腥风血雨》(长篇小说),北京:作家出版社1989年6月。
- 王慧芹:《道是无情却有情》(小说集),北京:工人出版社1989年6月。
- 吴星峰:《大庆的春天》(纪实文学),厦门:厦门大学出版社1989年6月。
- 思基:《昨夜风雨》(长篇小说),沈阳:辽宁民族出版社1989年7月。
- 柯愈勋:《命运之河》(诗集),北京:华夏出版社1989年7月。
- 白煤国:《飞翔的江河》(诗集),哈尔滨:哈尔滨出版社1989年7月。
- 胡子贵:《踏月吹箫》(报告文学),西安:陕西人民出版社1989年7月。
- 程树榛:《假如生活欺骗了你》(小说集),北京:工人出版社1989年8月。
- 胡辛、蔚文:《姹紫嫣红总是春》(报告文学),南昌:江西人民出版社1989年9月。
- 黄志远:《爱路漫漫》(长篇小说),杭州:浙江文艺出版社1989年10月。
- 岳卷玉:《黑色太阳》(长篇小说),石家庄:花山文艺出版社1989年10月。
- 鲍嘉玲、曹润生:《弄潮儿》(报告文学),南昌:江西人民出版社1989年11月。
- 刘镇:《喧哗风景》(诗集),沈阳:春风文艺出版社1989年12月。
- 屈兴岐:《金奖是怎样铸成的》(长篇报告文学),北京:中国文联出版公司1989年12月。

1990年

- 杨子忱、曹保明:《关东粮行》(长篇纪实文学),长春:长春出版社1990年1月。
- 母国政:《寻梦》(小说集),北京:文化艺术出版社1990年2月。
- 本社编:《壮志精英——冶金职工报告文学集》(报告文学集),北京:冶金工业出版社1990年2月。
- 冶金工业部冶金报社编:《人与钢》(报告文学集),北京:北京出版社1990年4月。
- 苗木:《开拓者的足迹》(通讯、报告文学、散文集),北京:中国工人出版社1990年5月。
- 程树榛:《那年冬天没有雪》(长篇小说),上海:上海文艺出版社1990年6月。
- 周葆华主编:《红波罗畅想曲》(淮阴大浪潮报告文学集),北京:中国经济出版社1990年7月。
- 聂鑫森:《夫人党》(长篇小说),桂林:漓江出版社1990年8月。
- 孙少山:《八百米深处》(小说集),北京:中国文联出版公司1990年8月。
- 长城特殊钢公司工会编:《多彩的旋律》(诗集),成都:四川文艺出版社1990年8月。
- 屈兴岐、于润水:《白森林告诉未来》(长篇报告文学),北京:华龄出版社1990年8月。
- 罗丹:《严峻的岁月》(长篇小说,《风雨的黎明》的续篇),北京:中国青年出版社1990年12月。
- 周端木、邓定维:《天字号风云录》(电视文学剧本),中国戏剧出版社1990年12月。
- 赵扬编:《石圪节——中国煤矿的脊梁》(报道、特写、报告文学),太原:山西人民出版社1990年12月。

1991年

- 黄卫平:《魔幻巷道》(小说集),西安:陕西人民出版社1991年1月。
- 樊廉欣主编:《我比大庆小两岁——首届全国石油职工文化大赛丛书散文获奖作品选》,北京:石油工业出版社1991年3月。
- 樊廉欣主编:《铁人魂——首届全国石油职工文化大赛丛书报告文学获奖作品选》,北京:石油工业出版社1991年3月。
- 林坚编:《外面的世界——中国学者看国外》,北京:中国人民大学出版社1991年3月。
- 宝钢工程指挥部党委编:《宝钢焊王——曾乐》,上海:学林出版社1991年4月。
- 梦萌:《绿太阳》(小说集),北京:中国工人出版社1991年5月。
- 周而复:《太平洋的拂晓》(长篇小说),北京:人民文学出版社1991年6月。
- 湘潭白石诗社编:《中华工业诗词选》,北京:中国文史出版社1991年7月。
- 俞天白:《大上海沉没》(长篇小说),北京:人民文学出版社1991年8月。
- 郭襄:《鬼墙》(长篇小说),哈尔滨:北方文艺出版社1991年8月。
- 张朴夫、吴勤生:《苦路芳林——知青创建连云港东风制药厂大纪实》(纪实文学),上海:上海人民出版社1991年8月。
- 刘庆邦:《走窑汉》(小说集),北京:文化艺术出版社1991年9月。
- 苏渝:《失踪元素追踪》(小说集),南宁:广西民族出版社1991年9月。
- 罗时汉:《孤云独去》(散文集),南宁:广西民族出版社1991年9月。
- 周震亚:《黑吊车》(小说集),南宁:广西民族出版社1991年9月。
- 家弟:《香港姑娘》(小说集),南宁:广西民族出版社1991年9月。
- 杜为政:《老街》(小说集),南宁:广西民族出版社1991年9月。
- 蒋育德:《相思树》(诗集),南宁:广西民族出版社1991年9月。
- 董宏量:《少女与鸽子》(诗集),南宁:广西民族出版社1991年9月。
- 郑因:《袅袅和她的朋友们》(小说集),南宁:广西民族出版社1991年9月。
- 王志钦:《自由神下的选择》(小说集),南宁:广西民族出版社1991年9月。

- 李声明:《宝石花》(诗集),南宁:广西民族出版社1991年9月。
- 何玉茹:《她们的记忆》(小说集),石家庄:花山文艺出版社1991年10月。
- 吕中山:《是谁绣出花世界——吕中山报告文学选》,哈尔滨:黑龙江人民出版社1991年10月。
- 兵器工业神剑文学艺术学会编:《铸剑春秋——纪念人民兵工创建60周年文学作品集》,北京:北京理工大学出版社1991年10月。
- 新疆石油管理局教育培训中心编:《油城烛光》(报告文学集),乌鲁木齐:新疆人民出版社1991年11月。
- 上海第一钢铁厂编:《坚实的脊梁——上钢一厂职工文学作品选》(上下),南宁:广西民族出版社1991年12月。
- 刘晓滨:《搏击者》(报告文学),北京:中国工人出版社1991年12月。
- 刘观德:《我的财富在澳洲》(长篇小说),上海:上海文艺出版社1991年12月。
- 梅宝恒:《多彩辐射光》(长篇报告文学),沈阳:沈阳出版社1991年。

1992年

- 《国之光荣——秦山核电站建设者之歌》,北京:原子能出版社1992年1月。
- 莫臻、郭启祥主编:《腾飞不是梦》,南宁:广西民族出版社1992年4月。
- 刘增岗:《燃烧的土地》(长篇小说),北京:人民文学出版社1992年5月。
- 安子:《青春驿站——深圳打工妹写真》(纪实文学),深圳:海天出版社1992年5月。
- 武钢工人报编:《巨人的侧影——〈武汉工人报〉周末文萃》,南宁:广西民族出版社1992年5月。
- 许世杰:《路魂卷·第一分卷:失去平衡的方舟》,南宁:广西民族出版社1992年6月。
- 莘泉、沛雨:《火海征战录》(报告文学),成都:四川文艺出版社1992年6月。
- 刘立波:《炉边夜话》(小说集),北京:蓝天出版社1992年8月。
- 林战青主编:《希望在沙漠》(报告文学),乌鲁木齐:新疆青少年出版社1992年8月。
- 张伟明、林坚:《青春之旅——深圳打工仔映画》(报告文学),深圳:海天出版社1992年9月。
- 《鹿野钢魂》(包头钢铁稀土公司),南宁:广西民族出版社1992年9月。
- 田永元、杨作乾:《深圳铁路之魂》(报告文学),沈阳:春风文艺出版社1992年9月。
- 草明:《草明文集》,北京:光明日报出版社1992年10月。
- 樊祥达:《上海人在东京》(报告文学),北京:作家出版社1992年10月。
- 曾平:《喀斯特的呼唤》(报告文学),北京:中国工人出版社1992年10月。
- 孙宜才:《暮色》(小说集),北京:中国工人出版社1992年11月。
- 谭谈:《人生路弯弯》(长篇小说),长沙:湖南文艺出版社1992年12月。
- 黄鸿文、李芳晨主编:《十年印迹——〈中国煤炭报〉通讯、报告文学选》,北京:煤炭工业出版社1992年12月。
- 莫伸:《中国第一路》(报告文学),北京:中国工人出版社1992年12月。

1993年

- 陈建功:《前科》(小说集),北京:华艺出版社1993年4月。
- 沈善增:《心理门诊与魔鬼》(小说集),上海:上海文艺出版社1993年6月。
- 代路:《代路剧作选》,青岛:青岛出版社1993年6月。
- 安子:《人性的超越——100万临工大扫描》(报告文学),深圳:海天出版社1993年6月。
- 安子:《青春絮语——打工仔打工妹情简》(报告文学),深圳:海天出版社1993年6月。
- 李鸣生:《澳星风险发射》(长篇报告文学),北京:作家出版社1993年9月。
- 王昌定:《王昌定文集》(四卷),天津:天津社会科学出版社1993年9月。
- 于逢:《金水长流》(长篇小说),广州:花城出版社1993年10月。
- 郭启祥、陈雅妮:《宝钢,世纪之谜》(报告文学),北京:人民文学出版社1993年11月。
- 胡小胡:《蓝城》(长篇小说),沈阳:春风文艺出版社1993年12月。

1994年

- 肖克凡:《黑色部落》(中篇小说集),天津:百花文艺出版社1994年1月。
- 和军校:《和军校小说选》(当代石油作家文学创作丛书),北京:石油工业出版社1994年1月。
- 赵钧海:《赵钧海小说选》(当代石油作家文学创作丛书),北京:石油工业出版社1994年4月。
- 周绍义:《周绍义短篇小说选》(当代石油作家文学创作丛书),北京:石油工业出版社1994年4月。
- 沈国凡:《中国西部热土上的移民城》(报告文学),成都:四川文艺出版社1994年5月。
- 曹建勋:《大漠烟》(长篇小说),武汉:武汉出版社1994年8月。
- 张洪波:《张洪波石油诗选》(当代石油作家文学创作丛书),北京:石油工业出版社1994年10月。
- 第广龙:《第广龙石油诗精选》(当代石油作家文学创作丛书),北京:石油工业出版社1994年10月。
- 李文彦:《李文彦散文选》(当代石油作家文学创作丛书),北京:石油工业出版社1994年10月。

- 北原:《北原散文选》(当代石油作家文学创作丛书),北京:石油工业出版社1994年10月。
- 《如此多娇》编委会编:《如此多娇》(《石油巾帼》第一集、第二集、第三集),北京:石油工业出版社1994年10月。
- 林坚:《有个地方在城外》(长篇小说),广州:花城出版社1994年12月。
- 高小莉:《永远的漂泊》(长篇小说),广州:花城出版社1994年12月。
- 谢友鄞:《谢友鄞小说选》,天津:百花文艺出版社1994年12月。
- 王伟:《王伟小说选》(当代石油作家文学创作丛书),北京:石油工业出版社1994年。
- 杨帆、高鹏主编:《创业开拓风采录》(报告文学集),北京:石油工业出版社1994年。

1995年

- 梁崇真:《烟雨阳关》(长篇小说),北京:中国文联出版公司1995年1月。
- 桑逢康:《荣氏家族》(报告文学),北京:中国青年出版社1995年1月。
- 刘希涛:《从徒工到富豪》(报告文学),南京:江苏文艺出版社1995年1月。
- 王熹亮:《诡道》(中篇小说集),天津:百花文艺出版社1995年4月。
- 周崇贤:《隐形沼泽》(长篇小说),广州:广东人民出版社1995年5月。
- 钱小惠:《独臂厂长》(报告文学),北京:西苑出版社1995年5月。
- 刘庆邦:《心疼初恋》(小说集),北京:京华出版社1995年7月。
- 古耜:《美文之美》(《地火》文学丛书),北京:中国和平出版社1995年11月。
- 老小:《心迹影印》(《地火》文学丛书),北京:中国和平出版社1995年11月。
- 李华芹:《李华芹散文》(《地火》文学丛书),北京:中国和平出版社1995年11月。
- 赵国青:《最难风雨故人来》(《地火》文学丛书),北京:中国和平出版社1995年11月。
- 冯敬兰:《谁主宰着我们》(《地火》文学丛书),北京:中国和平出版社1995年11月。
- 冰珂:《冰珂散文》(《地火》文学丛书),北京:中国和平出版社1995年11月。
- 李蕾:《苍野云霓》(《地火》文学丛书),北京:中国和平出版社1995年11月。
- 贾祥伦:《贾祥伦散文》(《地火》文学丛书),北京:中国和平出版社1995年11月。
- 李鸣生:《走出地球村》(长篇报告文学),北京:人民文学出版社1995年12月。
- 凤章:《张家港人》(报告文学),南京:江苏人民出版社1995年12月。

1996年

- 铁道部文联编:《神州大动脉——京九铁路建设报告文学集》,北京:大众文艺出版社1996年2月。
- 陈风:《弄潮——陈风剧作选》,广州:花城出版社1996年7月。
- 王大恒主编:《立体交响曲:中国建设建材文学作品集》,北京:大众文艺出版社1996年7月。
- 刘醒龙:《生命是劳动与仁慈》(长篇小说),北京:人民文学出版社1996年8月。
- 郝贵平、王志明:《沙海壮举》(报告文学),新疆人民出版社、石油工业出版社1996年8月。
- 李继顺主编:《脊梁》(报告文学集),北京:石油工业出版社1996年8月。
- 周绍义:《黑白》(长篇小说),济南:山东文艺出版社1996年10月。
- 莫伸:《中国大动脉京九铁路建设工程纪实》,南宁:广西科学技术出版社1996年10月。
- 王志明:《王志明报告文学选》(当代石油作家文学创作丛书),北京:石油工业出版社1996年10月。
- 张恕基主编:《油海风流》(报告文学集),北京:大众文艺出版社1996年11月。
- 郭保林:《塔克拉玛干:红黄黑》(报告文学),济南:山东文艺出版社1996年11月。
- 郝敏:《钢铁和太阳》(长篇小说),北京:北京十月文艺出版社1996年12月。
- 胡小胡:《太阳雪》(长篇小说),北京:华夏出版社1996年12月。
- 张敬群:《世界沙漠第一路》(长篇报告文学),北京:石油工业出版社1996年12月。
- 莫伸:《大京九纪实》(报告文学),西安:太白文艺出版社1996年12月。

1997年

- 金炳华:《新时期创业者风采》(报告文学),上海:上海远东出版社1997年1月。
- 李鸣生:《澳星风险发射——中国航天发射大写真》(报告文学),福州:福建人民出版社1997年2月。
- 李鸣生:《走出地球村——中国航天发射大写真》(报告文学),福州:福建人民出版社1997年1月。
- 李鸣生:《远征三万六——中国航天发射大写真》(报告文学),福州:福建人民出版社1997年2月。
- 李鸣生:《飞向太空港——中国航天发射大写真》(报告文学),福州:福建人民出版社1997年2月。
- 张宏森:《车间主任》(长篇小说),济南:山东文艺出版社1997年3月。
- 韩起:《水焚》(长篇小说),北京:人民文学出版社1997年3月。
- 谈歌:《城市热风》(小说集),南昌:百花洲文艺出版社1997年3月。
- 王梅定:《走厂——锡矿工人故事》(长篇小说),昆明:云南人民出版社1997年5月。

- 唐云好:《盐滩的风》(诗集),天津:百花文艺出版社1997年7月。
- 金钟超主编:《新生代石油文学优秀作品书库》,北京:作家出版社1997年7月。
- 冯敬兰编:《夏日辉煌》(中篇小说卷),北京:作家出版社1997年7月。
- 冯敬兰编:《我们的故事》(短篇小说卷),北京:作家出版社1997年7月。
- 肖复华编:《希望之海》(报告文学卷),北京:作家出版社1997年7月。
- 张洪波编:《在日升日落的天地间》(散文卷),北京:作家出版社1997年7月。
- 张洪波编:《塑盔里的月亮》(诗歌卷),北京:作家出版社1997年7月。
- 张洪波编:《塑盔里的月亮》(诗歌卷),北京:作家出版社1997年7月。
- 刘安琪:《盛世情怀》(散文集),呼和浩特:远方出版社1997年7月。
- 谈歌:《城市守望》(长篇小说),天津:百花文艺出版社1997年8月。
- 谈歌:《大厂》(小说集),天津:百花文艺出版社1997年8月。
- 关仁山:《福镇》(长篇小说),天津:百花文艺出版社1997年8月。
- 刘醒龙:《寂寞歌唱》(长篇小说),天津:百花文艺出版社1997年8月。
- 李肇正:《无言的结局》(长篇小说),天津:百花文艺出版社1997年8月。
- 何申:《年前年后》(长篇小说),天津:百花文艺出版社1997年8月。
- 关仁山:《大雪无痕》(长篇小说),天津:百花文艺出版社1997年8月。
- 张平:《抉择》(长篇小说),北京:群众出版社1997年8月。
- 陈建功:《鬈毛》(小说集),北京:北京燕山出版社1997年8月。
- 王光明、尹世林、李广科等:《铁血之旅》(报告文学),天津:百花文艺出版社1997年8月。
- 肖克凡:《原址》(长篇小说),天津:百花文艺出版社1997年10月。
- 李继顺主编:《胜利油田文学艺术精品库》,北京:石油工业出版社1997年10月。
- 李继顺主编:《群雕》(报告文学集),北京:石油工业出版社1997年10月。
- 李继顺主编:《红柳滩》(戏剧曲艺集),北京:石油工业出版社1997年10月。
- 李继顺主编:《心灵的感应》(诗集),北京:石油工业出版社1997年10月。
- 李继顺主编:《绿草茵茵》(散文集),北京:石油工业出版社1997年10月。
- 周梅森:《原狱》(长篇小说),武汉:长江文艺出版社1997年12月。
- 周梅森:《黑坟》(长篇小说),武汉:长江文艺出版社1997年12月。
- 郝敏:《钢铁和太阳》(上、下)(长篇小说),北京:北京十月文艺出版社1997年12月。
- 李佩甫:《底色》(长篇小说),郑州:河南文艺出版社1997年。
- 冯敬兰编:《夏日辉煌》,北京:作家出版社1997年。
- 赵连友:《回归》(上下),北京:作家出版社1997年。
- 《你是电建人》(湖北电建二公司新生代石油文学优秀作品书库),北京:作家出版社1997年。

1998年

- 何玉湖:《燃烧的家园》(长篇小说),太原:北岳文艺出版社1998年1月。
- 孙和林:《世纪的回响》(报告文学集),北京:作家出版社1998年1月。
- 赵雁:《空谷》(长篇小说),北京:人民文学出版社1998年4月。
- 谭伟文:《广州梦》(上下)(长篇小说),广州:花城出版社1998年4月。
- 任荣会:《庚子遗恨》(长篇小说),北京:新华出版社1998年4月。
- 赵香琴:《花季无雨》(长篇小说),哈尔滨:北方文艺出版社1998年5月。
- 郝贵平、路小路:《大漠铁驼》(报告文学),北京:石油工业出版社1998年5月。
- 《岁月流金》编委会:《岁月流金——记石油科技专家》(纪实文学),北京:石油工业出版社1998年5月。
- 任希光:《蜗牛》(长篇小说),北京:作家出版社1998年8月。
- 刘安琪:《巡线工》(小说集),呼和浩特:内蒙古人民出版社1998年8月。

1999年

- 李肇正:《躁动的城市》(长篇小说),上海:上海文艺出版社1999年1月。
- 贺传圣:《飞升的诱惑》(长篇小说),北京:中国青年出版社1999年4月。
- 侯孟:《原色》(长篇小说),北京:中国工人出版社1999年5月。
- 张伟明:《无所适从》(长篇小说),北京:作家出版社1999年5月。
- 殷慧芬:《汽车城》(长篇小说),上海:上海文艺出版社1999年9月。
- 王洪江:《情系邯钢》(长篇纪实文学),北京:经济科学出版社1999年。

2000年

- 谢丽虹、成浩:《外来妹》(电视故事),北京:昆仑出版社2000年1月。
- 杨宏海主编:《打工世界:青春的涌动》(作品集),广州:花城出版社2000年3月。
- 管新生:《兄弟时代》(长篇小说),杭州:浙江文艺出版社2000年9月。

- 大庆铁人传写作组编著，孙宝范、卢泽洲执笔：《铁人传》（上下）（长篇传记文学），北京：石油工业出版社2000年11月。

2001年

- 向本贵：《遍地黄金》（长篇小说），北京：作家出版社2001年1月。
- 张守刚：《工卡上的日历》（诗集），呼和浩特：远方出版社2001年6月。

2002年

- 王行：《不怠录》（劳动者文集），天津：天津古籍出版社2002年4月。
- 杨金锡：《深夜静悄悄》（劳动者文集），天津：天津古籍出版社2002年4月。
- 《石油摇篮》编委会：《石油摇篮——玉门油矿60年》（纪实文学），兰州：甘肃人民出版社2002年4月。
- 谢友义：《广州好男》（长篇小说），广州：花城出版社2002年6月。
- 蒋杏：《走进夏天》（长篇小说），武汉：长江文艺出版社2002年7月。
- 程树榛：《遥远的北方》（长篇小说），北京：作家出版社2002年9月。
- 《百年石油》编写组：《百年石油》（纪实文学），北京：当代中国出版社2002年9月。
- 吴天明、罗雪莹、胡建新：《首席执行官——一个中国企业家的真实故事》（长篇小说），北京：作家出版社2002年10月。
- 吴天明、罗雪莹、胡建新：《首席执行官》（电影文学剧本），青岛：青岛出版社2002年10月。
- 李春雷：《宝山》（长篇报告文学），石家庄：花山文艺出版社2002年12月。

2003年

- 周嘉俊：《在宝钢的日子》（报告文学），上海：文汇出版社2003年4月。
- 余兆荣：《铁人词典》（长诗），哈尔滨：北方文艺出版社2003年6月。
- 马镇：《大漠无情》（长篇报告文学），北京：中国文联出版社2003年8月。
- 李鸣生：《风雨长征号》（长篇报告文学），北京：人民文学出版社2003年10月。
- 杨智华：《矿长的上午——矿山题材中篇小说选》，西安：陕西旅游出版社2003年。

2004年

- 王十月：《烦躁不安》（长篇小说），广州：花城出版社2004年5月。
- 刘海民、林红梅：《中国工人许振超》（报告文学），北京：新华出版社2004年5月。

2005年

- 谢友义：《心痛的感觉》（长篇小说），广州：广州出版社2005年1月。
- 孙晶岩：《中国动脉》（长篇报告文学），北京：人民文学出版社2005年1月。
- 李宏林：《非常城市》（长篇小说），沈阳：春风文艺出版社2005年5月。
- 《第二届中华铁人文学奖获奖作品选》（上、下），北京：人民文学出版社2005年5月。
- 李肇正：《城市生活》（中篇小说集），上海：上海文艺出版社2005年6月。
- 张嵩山、任荣会：《大龙脉》（长篇小说），北京：线装书局、中国社会科学出版社2005年6月。
- 康胜利：《八千里气龙越神州》（长篇报告文学），北京：石油工业出版社2005年6月。
- 许俊德：《井组夫妻》（小说集），昆明：云南人民出版社2005年8月。
- 吕中山：《兵工厂长——许远明与华安的故事》（报告文学），北京：作家出版社2005年8月。
- 王立纯：《月亮上的篝火》（长篇小说），北京：作家出版社2005年9月。
- 和谷、路小路：《中国百年油矿》（长篇报告文学），北京：人民文学出版社2005年9月。
- 徐剑：《东方哈达——中国青藏铁路全景实录》（修订本），南昌：百花洲文艺出版社2005年12月。

2006年

- 刘庆邦：《红煤》（长篇小说），北京：北京十月文艺出版社2006年1月。
- 迟子建：《世界上所有的夜晚》（中篇小说），北京：人民文学出版社2006年1月。
- 何建明：《部长与国家》（报告文学），北京：新世界出版社2006年1月。
- 赵天山、林和平：《西圣地》（长篇小说），北京：国际文化出版公司2006年3月。
- 关毅：《啊！新大陆》（长篇小说），北京：石油工业出版社2006年3月。
- 忽培元：《共和国不会忘记——大庆人的故事》（长诗），北京：人民文学出版社2006年9月。
- 杨金锡：《激荡的年代》（劳动者文集），长春：吉林美术出版社2006年9月。
- 贾旭：《平衡》（劳动者文集），长春：吉林美术出版社2006年9月。
- 董秀娜：《八仙山》（劳动者文集），长春：吉林美术出版社2006年9月。
- 安连发：《极限》（劳动者文集），天津：天津古籍出版社2006年9月。
- 高满堂：《大工匠》（长篇小说），沈阳：万卷出版公司2006年11月。
- 肖克凡：《机器》（长篇小说），长沙：湖南文艺出版社2006年12月。
- 吴崇源：《太阳醒着》（长篇小说），上海：上海文艺出版社2006年12月。

2007年

- 葛水平:《官煤》(小说集),长沙:湖南文艺出版社2007年1月。
- 赵香琴:《国血》(长篇小说),长沙:湖南文艺出版社2007年1月。
- 焦祖尧:《飞狐》(长篇小说),北京:作家出版社2007年6月。
- 乔盛:《黄沙窝》(长篇小说),上海:上海文艺出版社2007年8月。
- 梅洁:《大江北去》(报告文学),北京:北京十月文艺出版社2007年10月。

2008年

- 何建明:《部长与国家》(报告文学),长春:时代文艺出版社2008年1月。
- 徐坤:《八月狂想曲》(长篇小说),北京:北京十月文艺出版社2008年6月。
- 许俊德:《我的大庆》(散文集),北京:中国工人出版社2008年7月。
- 彭瑞高:《东方大港》(长篇小说),上海:上海文艺出版社2008年8月。
- 任荣会:《开平寻梦》(长篇小说),北京:新华出版社2008年9月。
- 贺晓彤:《钢铁是这样炼成的》(长篇小说),长沙:湖南文艺出版社2008年9月。
- 余红:《黑煤》(长篇小说),长沙:湖南文艺出版社2008年10月。
- 王洪江:《海事丰碑》(报告文学),北京:人民交通出版社2008年12月。

2009年

- 阿耐:《大江东去》(一、二、三)(长篇小说),武汉:长江文艺出版社2009年1月。
- 曹征路:《问苍茫》(长篇小说),北京:人民文学出版社2009年2月。
- 赵剑斌:《新潮旋风》(长篇小说),北京:大众文艺出版社2009年3月。
- 李鸣生:《千古一梦——中国人第一次离开地球的故事》(长篇报告文学),南昌:江西人民出版社、百花洲文艺出版社2009年3月。
- 贾樟柯:《中国工人访谈录——二十四城记》,济南:山东画报出版社2009年3月。
- 刘恒:《铁人》(电影文学剧本),北京:人民文学出版社2009年4月。
- 张学东:《超低空滑翔》(长篇小说),上海:上海文艺出版社2009年8月。
- 王十月:《无碑》(长篇小说),广州:花城出版社2009年8月。
- 第广龙:《记住这些人》(散文集),西安:太白文艺出版社2009年8月。
- 《百年石油》编写组:《百年石油》(纪实文学),北京:石油工业出版社2009年8月。
- 《石油摇篮》编委会编:《石油摇篮》(纪实文学),北京:石油工业出版社2009年9月。
- 王十月:《国家订单》(小说集),北京:中国社会科学出版社2009年10月。
- 曹建勋:《路基石》(报告文学集),武汉:长江出版社2009年10月。

2010年

- “中国航空工业院士丛书”2010年1月由航空工业出版社出版,共8种。
- 施宗灿:《多彩的人生——记中国科学院院士曹春晓》,北京:航空工业出版社2010年1月。
- 徐德起、李晓滨、杨洋编著:《情志蓝天——记航空气动专家、中国科学院院士李天》,北京:航空工业出版社2010年1月。
- 王树棕等编著:《“凤”舞蓝天——记中国工程院院士杨凤田》,北京:航空工业出版社2010年1月。
- 刘大响:《我心飞翔——航空动力专家刘大响院士回忆录》,北京:航空工业出版社2010年1月。
- 许珊、雷杰佳:《放飞雄鹰——记K—8/教8飞机总设计师石屏院士》,北京:航空工业出版社2010年1月。
- 李韶华:《如钢人生——记中国工程院院士赵振业》,北京:航空工业出版社2010年1月。
- 姚远、刘凡君:《生命之光——记国际著名焊接专家、中国工程院院士关桥》,北京:航空工业出版社2010年1月。
- 顾诵芬口述、师元光整理:《我的飞机设计生涯》,北京:航空工业出版社2010年1月。
- 张国勇:《大雪围城》(长篇小说),北京:中国工人出版社2010年1月。
- 林青:《湿润的上海》(长篇小说),银川:宁夏人民出版社2010年5月。
- 李鸣生:《发射将军》(报告文学),北京:北京十月文艺出版社2010年7月。
- 彭康:《荒原不长庄稼》(小说集),北京:石油工业出版社2010年8月。
- 中国石油天然气集团公司思想政治工作部编:《金色记忆——60年文学作品选编》,北京:石油工业出版社2010年9月。
- 张志荣:《火焰山下》(报告文学集),乌鲁木齐:新疆人民出版社2010年11月。
- 刘华:《车头爹车厢娘》(长篇小说),武汉:长江文艺出版社2010年12月。
- 张守刚:《徘徊在城市和乡村之间》(诗集),重庆:重庆大学出版社2010年12月。

2011年

- 高满堂:《钢铁年代》(长篇小说),北京:作家出版社2011年1月。
- 中共辽宁省委宣传部编:《当代雷锋:郭明义》,北京:人民出版社2011年3月。
- 蒋巍:《咱们工人——铁血记忆·首钢九十年》(长篇纪实文学),北京:人民日报出版社2011年4月。
- 肖克凡:《生铁开花》(长篇小说),北京:北京十月文艺出版社2011年5月。

- 于泽俊:《工人》(长篇小说)，北京：文化艺术出版社2011年7月。
- 萧相风:《词典：南方工业生活》，广州：花城出版社2011年8月。
- 郭明义事迹编写组:《郭明义的故事》，北京：中国工人出版社2011年8月。
- 田文赋:《遥远的胡杨河》(小说集)，乌鲁木齐：新疆美术出版社2011年10月。
- 李芮:《季节深处》(长篇小说)，北京：新华出版社2011年11月。
- 李春雷:《幸福是什么——当代雷锋郭明义》(报告文学)，沈阳：春风文艺出版社2011年12月。

2012年

- 王十月:《开冲床的人》(小说集)，深圳：海天出版社2012年1月。
- 亚东:《陕北煤老板》(长篇小说)，北京：九州出版社2012年1月。
- 亚东:《风起毛乌素》(长篇小说)，西安：太白文艺出版社2012年3月。
- 温恕:《工人村》(长篇小说)，沈阳：沈阳出版社2012年3月。
- 赵雁:《红昼》(长篇小说)，北京：人民文学出版社2012年3月。
- 赵钧海:《准噶尔之书》(散文集)，乌鲁木齐：新疆人民出版社2012年3月。
- 殷常青:《灿烂》(诗集)，北京：石油工业出版社2012年4月。
- 徐剑:《浴火重生》(长篇报告文学)，沈阳：万卷出版公司2012年4月。
- 何华:《石化魂——兰州石化人对中国工业的贡献》(长篇报告文学)，兰州：甘肃人民出版社2012年4月。
- 谷地:《石油的名义》(诗集)，石家庄：花山文艺出版社2012年6月。
- 刘奇:《郭明义之歌》(通俗读物)，沈阳：沈阳出版社2012年7月。
- 罗基础:《玛依塔柯之恋》(长篇小说)，北京：石油工业出版社2012年8月。
- 尹顺国:《其实我们并未相逢》(小说集)，北京：中国言实出版社2012年8月。
- 郑小琼:《女工记》(诗集)，广州：花城出版社2012年12月。

2013年

- 刘恒:《贫嘴张大民的幸福生活》(中国电视剧三十年优秀剧作丛书)，北京：人民文学出版社2013年1月。
- 管新生、管燕草:《工人》(长篇小说)，上海：上海人民出版社2013年1月。
- 丁燕:《工厂女孩》(报告文学)，北京：外文出版社2013年5月。
- 璎宁:《飞翔的另一种形式》(散文集)，北京：中国文联出版社2013年6月。
- 谢友义:《广州的天空》(报告文学)，北京：中国文联出版社2013年8月。
- 和军校:《本色》(六幕十三场话剧)，西安：三秦出版社2013年12月。
- 马行:《地平线上的卡车》(诗集)，济南：山东画报出版社2013年12月。

2014年

- 吴崇源:《穿越上海》(长篇小说)，北京：作家出版社2014年1月。
- 肖克凡:《最后一个工人》(小说集)，天津：百花文艺出版社2014年1月。
- 谢友义:《职校生》(电视剧本，根据长篇小说《心痛的感觉》改编)，沈阳：白山出版社2014年1月。
- 侯红芳、陈国明、黄素珍:《战渤海》(长篇报告文学)，北京：光明日报出版社2014年4月。
- 李建学:《石油上的人——李建学小说选》，北京：石油工业出版社2014年5月。
- 安路一方:《道班工人》(长篇小说)，北京：人民交通出版社2014年7月。
- 盛丹隽:《开吧，茉莉》(小说集)，兰州：敦煌文艺出版社2014年8月。
- 杜卫东、周新京:《江河水》(长篇小说)，北京：东方出版社2014年9月。
- 胡燕怀:《大国烟云》(长篇小说)，武汉：长江文艺出版社2014年9月。
- 邓仁宪:《翻过那架山》(小说集)，北京：中国文史出版社2014年11月。
- 吴国霖主编:《2014中国工业题材短篇小说选》，南京：南京出版社2014年11月。
- 孙秋生:《流动的黑金》(长篇小说)，北京：中国文联出版社2014年12月。
- 陈风:《风染草原》(小说集)，北京：中国工人出版社2014年12月。
- 穆冬:《回归》(诗集)，北京：中国工人出版社2014年12月。
- 张永波:《地火芬芳》(诗集)，北京：中国工人出版社2014年12月。
- 孙琦:《依然心动》(散文集)，北京：中国工人出版社2014年12月。
- 陈文学:《长卷气象》(报告文学集)，北京：中国工人出版社2014年12月。
- 潘顺梅:《莽原长风》(报告文学集)，北京：中国工人出版社2014年12月。

2015年

- 孙少山:《黑色的诱惑》(小说集)，北京：中国文史出版社2015年1月。
- 彤子:《南方建筑词条》(长篇小说)，广州：羊城晚报出版社2015年1月。
- 南洁:《大漠磐石——南洁报告文学集》(报告文学集)，北京：石油工业出版社2015年4月。

- 湖北省作家协会编:《湖北工业题材中篇小说选》，武汉：长江文艺出版社2015年5月。
- 湖北省作家协会编:《湖北工业题材短篇小说选》，武汉：长江文艺出版社2015年5月。
- 陈年喜:《炸裂志》（诗集），西安：太白文艺出版社2015年5月。
- 刘庆邦:《黑白男女》（长篇小说），上海：上海文艺出版社2015年6月。
- 王克荣:《山上雪 山下人》（长篇小说），长春：吉林人民出版社2015年8月。
- 齐橙:《材料帝国》（长篇小说），二十一世纪出版社2015年8月。
- 秦晓宇:《我的诗篇——当代工人诗典》，北京：作家出版社2015年8月。
- 杨立秋、杨瑞峰:《渝水两岸》（长篇小说），天津：百花文艺出版社2015年9月。
- 朱子青:《月亮湖》（中篇小说集），兰州：敦煌文艺出版社2015年9月。
- 齐橙:《材料帝国》（2）（长篇小说），二十一世纪出版社2015年10月。
- 王立新:《大海上的钢城》（长篇报告文学），石家庄：河北教育出版社2015年10月。
- 陈年:《小烟妆》（中短篇小说集），太原：北岳文艺出版社2015年11月。
- 盛慧:《闯广东》（长篇小说），广州：花城出版社2015年12月。
- 高安侠:《野百合》（长篇小说），北京：石油工业出版社2015年12月。
- 《石油不了情：金秋作品集》，北京：石油工业出版社2015年12月。
- 岛影:《国之底气——中国首个页岩气田的“涪陵样本”》（长篇报告文学），武汉：长江出版社2015年12月。

2016年

- 李鸣生:《中国长征号——中国火箭打入国际商业市场的风险与阵痛》（报告文学），北京：天地出版社2016年1月。
- 丁燕:《工厂男孩》（报告文学），广州：花城出版社2016年5月。
- 双雪涛:《平原上的摩西》（小说集），天津：百花文艺出版社2016年6月。
- 谢友义:《工友》（长篇小说），北京：中国文联出版社2016年6月。
- 王雄:《中国速度——中国高速铁路发展纪实》（报告文学），北京：外文出版社2016年6月。
- 鹤蜚（孙学丽）:《大机车》（报告文学），大连：大连出版社2016年8月。
- 殷铁梅:《夜班工人》（长篇小说），武汉：长江文艺出版社2016年11月。
- 崔立民:《父亲的红钢城》（长篇小说），武汉：长江文艺出版社2016年11月。
- 李文红:《坦克吊上的向日葵》（长篇小说），武汉：长江文艺出版社2016年11月。
- 梁小琳:《未临黄昏》（长篇小说），武汉：长江文艺出版社2016年11月。
- 谭冰:《走吧，兄弟》（长篇小说），武汉：长江文艺出版社2016年11月。
- 陆明祥:《深秋》（长篇小说），武汉：长江文艺出版社2016年11月。
- 柳晓春:《白棉花》（长篇小说），武汉：长江文艺出版社2016年11月。
- 王国良:《大峪口》（长篇小说），武汉：长江文艺出版社2016年11月。
- 付汉勇:《五十年代生》（长篇小说），武汉：长江文艺出版社2016年11月。
- 贾勇:《在钢铁中生长》（长篇小说），武汉：长江文艺出版社2016年11月。
- 马行:《无人区》（诗集），桂林：漓江出版社2016年11月。
- 《潜山之歌》创作组:《潜山之歌》（长篇报告文学），北京：石油工业出版社2016年11月。
- 汤儒勤:《凝眸——大庆石油大会战采纪》（报告文学集），北京：中国工人出版社2016年11月。
- 吕天琳:《肆意妖娆》（散文集），北京：人民文学出版社2016年11月。
- 曹志军:《燃烧的大漠》（长篇小说），乌鲁木齐：新疆人民出版社2016年12月。

2017年

- 庞伟华:《岁月的回响》（报告文学集），沈阳：春风文艺出版社2017年3月。
- 刘莉:《开满鲜花的原野》（小说集），北京：中国工人出版社2017年4月。
- 周洪成、卢丙申、姜化明:《大国工匠——代旭升传》（长篇报告文学），北京：中国工人出版社2017年4月。
- 李秀恩:《大庆扛旗人——记“大庆新铁人”李新民》（长篇报告文学），北京：中国工人出版社2017年5月。
- 闫建文:《当油气遇见光明——翟光明传》（长篇报告文学），中国科学技术出版社、上海交通大学出版社2017年5月。
- 鬼金:《用眼泪，作成狮子的纵发》（小说集），北京：北京时代华文书局2017年5月。
- 广东省青年产业工人作家协会编:《亲爱的南方——西樵山杯·第三届青年产业工人文学大赛优秀作品集》，北京：中国青年出版社2017年5月。
- 路小路:《路漫漫》（散文集），北京：石油工业出版社2017年6月。
- 鬼金:《我的乌托邦》（长篇小说），南京：江苏凤凰文艺出版社2017年7月。
- 阿龙:《复兴之路》（长篇小说），上海：上海文艺出版社2017年8月。
- 双雪涛:《飞行家》（小说集），桂林：广西师范大学出版社2017年8月。
- 郑执:《生吞》（长篇小说），杭州：浙江文艺出版社2017年10月。
- 梁晓声:《人世间》(长篇小说),北京:中国青年出版社2017年11月。
- 赫东军:《谁主沉浮》(长篇小说),南昌:江西人民出版社2017年12月。

2018年

- 李铁:《热流》(长篇小说),大连:大连出版社2018年1月。
- 鬼金:《长在天上的树》(小说集),北京:中国文史出版社2018年5月。
- 齐橙:《大国重工》(一)(长篇小说),上海:上海文艺出版社2018年7月。
- 班宇:《冬泳》(小说集),上海:上海三联书店2018年9月。
- 郭靖宇、杨勇:《最美的青春》(长篇小说),石家庄:花山文艺出版社2018年10月。
- 胡燕怀:《红顶尴尬》(汉冶萍三部曲之二)(长篇小说),武汉:长江文艺出版社2018年10月。
- 杜卫东:《江河水》(电视剧文学剧本),北京:光明日报出版社2018年12月。
- 齐橙:《大国重工》(二)(长篇小说),上海:上海文艺出版社2018年12月。
- 邹元辉:《启航》(长篇小说),宁波:宁波出版社2018年12月。
- 谢友义:《工道》(长篇小说),北京:团结出版社2018年。

2019年

- 侯波:《流火季》(长篇小说),西安:太白文艺出版社2019年1月。
- 老井:《坐井观天》(诗集),西安:太白文艺出版社2019年1月。
- 广州市总工会编:《中国梦　劳动美——广州市职工新时代文学创作优秀作品集》,北京:中国工人出版社2019年3月。
- 齐橙:《大国重工》(三)(长篇小说),上海:上海文艺出版社2019年4月。
- 管新生:《工人新村——上海的另一种叙事记忆》(纪实文学),北京:中国工人出版社2019年6月。
- 杨立秋:《远行的火》(小说集),上海:上海文艺出版社2019年7月。
- 林蔚然:《大国工匠》(剧作集),兰州:敦煌文艺出版社2019年7月。
- 齐橙:《大国重工》(四)(长篇小说),上海:上海文艺出版社2019年8月。
- 恒传录:《中国铁路人》(长篇小说),上海:华东师范大学出版社2019年8月。
- 孟广顺:《高铁作证》(长篇小说),北京:中国工人出版社2019年10月。
- 胡燕怀:《烽火残阳》(汉冶萍三部曲之三)(长篇小说),武汉:长江文艺出版社2019年11月。

2020年

- 阿莹:《秦岭深处》(戏剧),北京:中国工人出版社2020年1月。
- 齐橙:《大国重工》(五)(长篇小说),上海:上海文艺出版社2020年3月。
- 班宇:《逍遥游》(小说集),沈阳:春风文艺出版社2020年5月。
- 凡一平:《我们的师傅》(小说集),桂林:广西师范大学出版社2020年7月。
- 孟广顺:《国门之外》(长篇小说),北京:中国工人出版社2020年8月。
- 刘庆邦:《女工绘》(长篇小说),北京:作家出版社2020年8月。
- 郑执:《仙症》(小说集),北京:北京日报出版社2020年10月。
- 安顺国:《大地气象》(报告文学),北京:石油工业出版社2020年10月。
- 王琦:《戈壁筑路人》(报告文学),银川:宁夏人民出版社2020年10月。

2021年

- 邱贵平:《五朵厂花》(长篇小说),北京:中国文史出版社2021年1月。
- 李庆霞:《石油花》(报告文学集),西宁:青海人民出版社2021年1月。
- 萧根胜:《国瓷之光——李国桢传》(长篇报告文学),郑州:河南美术出版社2021年1月。
- 潘一掷:《子弟》(长篇小说),北京:人民文学出版社2021年2月。
- 赵杨:《春风故事》(长篇小说),北京:北京联合出版有限公司2021年2月。
- 张永波:《隔山有耳》(诗集),北京:团结出版社2021年2月。
- 崔美兰:《钢铁之上》(散文集),呼和浩特:内蒙古人民出版社2021年2月。
- 周梅森:《人民的财产》(长篇小说),北京:作家出版社2021年3月。
- 秦北:《归心》(长篇小说),北京:人民文学出版社2021年3月。
- 路程、朱六轩:《痴心》(长篇小说),开封:河南大学出版社2021年4月。
- 金仁顺:《众生》(散文集),郑州:河南文艺出版社2021年3月。
- 邹元辉:《涅槃》(长篇小说),宁波:宁波出版社2021年4月。
- 双雪涛:《平原上的摩西》(小说集),北京:北京日报出版社2021年4月。
- 杜亮亮:《光耀那曲——国网浙江电力援藏帮扶纪实》(报告文学),北京:中国电力出版社2021年4月。
- 我本疯狂:《铁骨铮铮》(长篇小说),银川:阳光出版社2021年5月。
- 徐智勇:《大国脉》(长篇小说),乌鲁木齐:新疆人民出版社2021年6月。

- 李木马:《高铁，高铁……》(诗集)，北京：中国铁道出版社2021年6月。
- 赵韦:《国家至上》(长篇报告文学)，西安：陕西人民出版社2021年6月。
- 李春雷:《中国塞罕坝》(纪实文学)，石家庄：河北美术出版社2021年6月。
- 梁小明、笔锋:《大国工匠》(长篇小说)，北京：天地出版社2021年7月。
- 黄秀萍:《中国智造》(长篇小说)，北京：中国工人出版社2021年7月。
- 阿莹:《长安》(长篇小说)，北京：作家出版社2021年7月。
- 蒙蒙:《油城邂逅》(小说集)，开封：河南大学出版社2021年7月。
- 霍俊明编：《先锋——百年工人诗歌1921—2021》，北京：中国工人出版社2021年7月。
- 方欣来:《湘路》(长篇报告文学)，长沙：湖南教育出版社2021年8月。
- 何建明:《大桥》(长篇报告文学)，北京：北京联合出版公司2021年8月。
- 革非:《火红年华》(长篇小说)，济南：山东文艺出版社2021年10月。
- 何喜东:《地火升腾》(小说集)，沈阳：春风文艺出版社2021年10月。
- 陈崎嵘:《东方大港》(长篇报告文学)，北京：红旗出版社2021年10月。
- 第广龙:《高高的太阳坡》(长篇小说)，沈阳：春风文艺出版社2021年10月。
- 曹建川:《父亲的高原》(长篇小说)，西宁：青海人民出版社2021年11月。
- 付久江:《王进喜：我为祖国献石油》(长篇报告文学)，北京：中国青年出版社2021年11月。
- 马行:《无人区手记》(散文集)，北京：中国大地出版社2021年11月。
- 李铁:《锦绣》(长篇小说)，沈阳：春风文艺出版社2021年12月。
- 马行:《无人区的卡车》(诗集)，济南：山东文艺出版社2021年12月。
- 龚盛辉:《中国北斗》(长篇报告文学)，济南：山东文艺出版社2021年12月。

2022年

- 龙小龙:《新工业叙事》(诗集)，北京：中国言实出版社2022年1月。
- 晨飒:《重卡雄风》(长篇小说)，福州：海峡文艺出版社2022年3月。
- 于潇湉:《冷湖上的拥抱》(长篇小说)，武汉：长江少年儿童出版社2022年3月。
- 樊希安:《黄金团》(长篇小说)，成都：四川人民出版社2022年3月。
- 老藤:《铜行里》(长篇小说)，北京：作家出版社2022年4月。
- 陈启文:《血脉——东深供水工程建设实录》(长篇报告文学)，广州：广东人民出版社2022年3月。
- 王永军:《时光曲》(散文集)，北京：团结出版社2022年5月。
- 罗日新:《钢的城》(长篇小说)，北京：人民文学出版社2022年7月。
- 学芯:《蓝光》(诗集)，北京：中国言实出版社2022年7月。
- 殷常青:《这里》(散文集)，北京：石油工业出版社2022年8月。
- 秦晓宇:《异化之诗——新编工人诗典》,《诗歌与人》2022年第8期。
- 陈亚军、洛城:《万山红韵——朱砂古镇纪事》(报告文学)，北京：作家出版社2022年8月。
- 王成刚:《重中之重》(长篇小说)，长沙：湖南人民出版社2022年9月。
- 顾伟:《天涯咫尺》(诗集)，乌鲁木齐：新疆人民出版社2022年9月。
- 王二冬:《快递中国》(诗集)，北京：中国言实出版社2022年9月。
- 水运宪:《戴花》(长篇小说)，长沙：湖南文艺出版社2022年10月。
- 邹元辉:《启航》(长篇小说)，北京：中国工人出版社2022年11月。
- 班宇:《缓步》(小说集)，上海：上海文艺出版社2022年11月。
- 苏虹:《海上晨钟》(长篇小说)，北京：作家出版社2022年11月。
- 李康平:《风雪新天路——川藏铁路拉林段建设纪实》(长篇报告文学)，北京：作家出版社2022年11月。
- 王延才:《中国名片》(长篇小说)，哈尔滨：黑龙江教育出版社2022年12月。
- 王计兵:《赶时间的人——一个外卖员的诗》(诗集)，北京：台海出版社2022年12月。
- 曹立光:《喜鹊邻居》(诗集)，北京：人民文学出版社2022年12月。
- 王雄:《纽带——中老铁路纪行》(长篇报告文学)，昆明：云南教育出版社2022年12月。
- 丁捷:《“三”生有幸》(长篇报告文学)，南京：江苏凤凰文艺出版社2022年12月。

2023年

- 老藤:《北爱》(长篇小说)，长沙：湖南文艺出版社2023年2月。
- 叶梅:《北斗牵着我的手》(儿童小说)，北京：北京少年儿童出版社2023年2月。
- 胡安焉:《我在北京送快递》(非虚构作品集)，长沙：湖南文艺出版社2023年2月。
- 叶辉:《流金黑土地》(长篇小说)，沈阳：辽宁少年儿童出版社2023年3月。
- 齐橙:《何日请长缨 脱困》(上)(长篇小说)，合肥：安徽文艺出版社2023年3月。
- 齐橙:《何日请长缨 脱困》(下)(长篇小说)，合肥：安徽文艺出版社2023年3月。

- 齐橙:《何日请长缨 崛起》(上)(长篇小说),合肥:安徽文艺出版社2023年3月。
- 齐橙:《何日请长缨 崛起》(下)(长篇小说),合肥:安徽文艺出版社2023年3月。
- 齐橙:《何日请长缨 搏击》(上)(长篇小说),合肥:安徽文艺出版社2023年3月。
- 齐橙:《何日请长缨 搏击》(下)(长篇小说),合肥:安徽文艺出版社2023年3月。
- 齐橙:《何日请长缨 辉煌》(长篇小说),合肥:安徽文艺出版社2023年3月。
- 马行:《地球的工号》(诗集),北京:中国言实出版社2023年3月。
- 塞壬:《无尘车间》(报告文学),南京:译林出版社2023年3月。
- 王琰、徐佳:《地火——攻克"磨刀石"油藏纪实》(长篇报告文学),石家庄:河北科技出版社2023年5月。
- 剑钧:《黎明,再出发》(长篇报告文学),北京:中国电力出版社2023年5月。
- 严岛影:《通往石油的高原》(长篇报告文学),武汉:长江出版社2023年5月。
- 老藤:《铜行里》(长篇小说),合肥:安徽文艺出版社2023年6月。
- 李木马:《唐胥铁路往事》(报告文学),北京:中国铁道出版社2023年6月。
- 何建明:《我心飞扬——"华虹520精神"纪实》(报告文学),上海:上海文艺出版社2023年6月。
- 叶梅、赵晏彪、贺颖:《雄安记》(报告文学),杭州:浙江教育出版社2023年6月。
- 霍俊明:《中国工人诗典2022》,北京:中国工人出版社2023年7月。
- 纪红建:《大国制造》(报告文学),长沙:湖南人民出版社2023年7月。
- 中国石化作协编:《奋进者之歌——中国石化文学创作大赛获奖作品集》,北京:中国经济出版社2023年7月。
- 黄传会:《仰望星空——共和国功勋孙家栋》(报告文学),杭州:浙江人民出版社2023年8月。
- 李青松、刘慧娟:《青松成林——中国地质四十年》(报告文学),北京:作家出版社2023年8月。
- 李健伟、朱六轩:《痴心三部曲》(《破冰》《苦恋》《圆梦》)(长篇小说),郑州:郑州大学出版社2023年9月。
- 王计兵:《我笨拙地爱着这个世界》(诗集),南京:江苏凤凰文艺出版社2023年9月。
- 丰收:《太阳是一颗种子——寻找遗失的可可托海》(报告文学),人民文学出版社、新疆人民出版社2023年10月。
- 吴国霖、王茂浪:《何以万亿——高质量发展的"顺德经验"》(报告文学),广州:广东人民出版社2023年11月。
- 崔吉俊:《天路飞舟——中国载人航天发射亲历记》(报告文学),杭州:浙江教育出版社2023年11月。
- 丁捷:《望洋惊叹》(长篇报告文学),南京:河海大学出版社2023年11月。
- 邹元辉:《远航》(长篇小说),中国工人出版社、浙江科学技术出版社2023年12月。
- 张雪云:《"海牛"号》(长篇报告文学),长沙:湖南人民出版社2023年12月。
- 李振娟:《国家工人》(长篇纪实小说),银川:宁夏人民出版社2023年12月。

2024年

- 吴丹:《鲸落果园》(长篇小说),沈阳:春风文艺出版社2024年1月。
- 汪峰:《炉膛与胸腔》(诗集),北京:中国言实出版社2024年1月。
- 刘燕:《绿色奇迹塞罕坝》(长篇报告文学),北京:人民日报出版社 2024年1月。
- 陈冠柏:《领潮——鲁冠球传》(长篇报告文学),北京:中国大百科全书出版社2024年1月。
- 孙频:《天空之城》(中篇小说),南京:江苏凤凰文艺出版社2024年2月。
- 张秀珍:《孔秀》(长篇小说),石家庄:花山文艺出版社2024年2月。
- 王计兵:《低处飞行》(诗集),北京:作家出版社2024年2月。
- 王华:《仰望苍穹——中国天眼之父南仁东》(报告文学),北京:中国言实出版社2024年2月。
- 曾有情、张子影:《绽放太空的玫瑰》(长篇小说),昆明:晨光出版社2024年3月。
- 人间需要情绪稳定:《一路奔北》(长篇小说),上海:上海文艺出版社2024年3月。
- 李玉梅:《大道》(报告文学),漓江出版社、广西教育出版社2024年3月。
- 杨黎光:《奔腾的深圳河》(报告文学),深圳:深圳出版社2024年3月。
- 陈果:《大成昆》(长篇报告文学),成都:天地出版社2024年4月。
- 徐剑、李玉梅:《强国记——中国知识产权的力量》(报告文学),海燕出版社、电子工业出版社2024年4月。
- 李修文:《猛虎下山》(长篇小说),北京:人民文学出版社2024年4月。
- 杨自强:《淬炼——中国稀土科学家创新报国纪实》(长篇报告文学),杭州:浙江科学技术出版社2024年4月。
- 李芸霞:《东方铁牛——共和国农机长子成长纪实》(长篇报告文学),郑州:中州古籍出版社2024年4月。
- 高鸿:《大地英雄——国测一大队纪事》(报告文学),西安:西安地图出版社2024年5月。
- 刘克中:《中国大港》(长篇小说),杭州:浙江文艺出版社2024年6月。
- 唐墨:《亲爱的,二进制》(长篇小说),重庆:重庆出版社2024年6月。
- 飘荡墨尔本:《筑梦太空》(长篇小说),北京:作家出版社2024年7月。

- 罗德远、王海军主编:《打工诗歌四十年精选(1983—2023)》,海口:南方出版社2024年7月。
- 周芳:《膏矿叙事》(长篇小说),上海:上海文艺出版社2024年8月。
- 朱秀海:《海天雄鹰》(长篇小说),长沙:湖南文艺出版社2024年9月。
- 李少君主编:《腾飞协奏曲——新时代新工业诗选》,合肥:安徽文艺出版社2024年9月。
- 丁晓平:《秦山里的中国——一座核电站的强核报国之路》(长篇报告文学),杭州:浙江教育出版社2024年9月。
- 纪红建:《大兴安岭深处》(长篇报告文学),长沙:湖南人民出版社2024年9月。

百年工业文学报刊作品索引

（1900—2024）

1903年

- 雪如:《檀香山　悯华工也》,《新小说》第5号,1903年7月9日。

1905年

- 姬文:《市声》(实业小说),《绣像小说》第43—47期,第55—72期,1905年2月至1906年4月。36回。1908年商务印书馆印成单本发行。
- 杞忧子:《苦学生》,《绣像小说》第63—67期,1905年11月—1906年1月。
- 笑农汪僔(汪笑侬):《闻拒约》(诗),《大陆》第3卷第13期。

1907年

- 我佛山人:《劫余灰》(苦情小说),《月月小说》第一年第10、11、13号,第15—21号,第23号,1907年11月20日至1909年1月。

1910年

- 卓呆(徐半梅):《故乡》(四幕九场悲剧),《小说月报》第1年第4—6期,1910年11月26日—1911年1月25日。

1911年

- 不才偶述:《醒游地狱记》(社会小说),《小说月报》第2年第6—10期,1911年7月20日—12月15日。

1912年

- 指严:《猪仔还国记》(哀情小说),《小说月报》第3卷第9期,1912年12月25日。

1913年

- 哀华:《侨民泪》(短篇小说),《小说月报》第4卷第3期,1913年7月25日。
- 焦木(恽铁樵):《工人小史》(文言短篇小说),《小说月报》第4卷第7期,1913年11月25日。

1914年

- 叶匋(叶圣陶):《穷愁》(文言小说),《礼拜六》第7期,1914年7月18日。

1915年

- 春岩:《一文钱》(社会小说),《中华小说界》第2卷第4期,1915年4月1日。

1916年

- 鸦江鹗士:《童子针砭》(六幕警世新剧),《妇女杂志》2第卷1—5号,1916年1月5日—5月5日。
- 黄静英女士:《负心郎》(短篇小说),《小说月报》第7卷第2期,1916年2月25日。
- 汪剑虹:《苏家布》(短篇小说),《小说月报》第7卷第2期,1916年2月25日。

1917年

- 瘦鹃（周瘦鹃）:《檐下》（小说），《小说画报》第1期，1917年1月。
- 企翁:《欧战声中苦力界》（短篇小说），《小说海》第3卷第7期，1917年7月5日。
- 叔良:《逃兵》（三幕喜剧），《小说海》第3卷第12号，1917年12月5日。
- 毅汉:《罢工人》（短篇小说），《小说画报》第7期，1917年7月。

1918年

- 胡适:《人力车夫》（诗），《新青年》第4卷第1号，1918 年 1月15日。
- 刘半农:《学徒苦》（诗），《新青年》第4卷第4号，1918年4月15日。

1919年

- 康白情:《"棒子面"》（诗），《新潮》第1卷第3号，1919年3月1日。
- 康白情:《先生和听差》（诗），《新潮》第1卷第3号，1919年3月1日。
- 康白情:《女工之歌》（诗），《星期评论》第20期，1919年10月19日。
- 寒星（刘半农）:《铁匠》（诗），《新潮》第2卷第1期，1919年10月。
- 鲁迅:《一件小事》（小说），《晨报周年纪念增刊》，1919年12月1日。

1920年

- 庵:《瓦匠的孩子》（诗），《新青年》第7卷第2号，1920年1月1日。
- 玄庐（沈玄庐）:《荐头店》（诗），《星期评论》第31期，1920年1月4日。
- 沈玄庐:《劳动歌》（诗），《星期评论》第31期，1920年1月4日。
- 刘大白:《红色的新年》（诗），《星期评论》第31期，1920年1月4日。
- 玄庐（沈玄庐）:《工人乐》（诗），《星期评论》第32期，1920年1月11日。
- 玄庐（沈玄庐）:《富翁哭》（诗），《星期评论》第32期，1920年1月11日。
- 玄庐（沈玄庐）:《工读互助团》（诗），《星期评论》第36期，1920年2月8日。
- 季陶（戴季陶）:《阿们！？》（诗），《星期评论》第36期，1920年2月8日。
- 季陶（戴季陶）:《懒惰？》（诗），《星期评论》第37期，1920年2月15日。
- 张志清:《一个小女工》，《民国日报·觉悟》1920年3月1日。
- 际安:《这路是谁筑的》，《民国日报·觉悟》1920年3月9日。
- 小凤:《小车上的女工泪》，《民国日报·觉悟》1920年3月25日。
- 陈绵:《人力车夫》（短剧），《新青年》第7卷第5号，1920年4月1日。
- 铭训:《年老的船夫》，《民国日报·觉悟》1920年4月4日。
- 亚丹（曹靖华）:《女工话》，《民国日报·觉悟》1920年4月11日。
- 玄庐（沈玄庐）:《起劲》（诗），《星期评论》第45期，1920年4月11日。
- 石龙:《一个缫湖丝女子》，《民国日报·觉悟》1920年4月12、13日。
- 陆秋心:《八点》（二幕剧），《新妇女》2卷3号，1920年5月1日。
- 玄庐（沈玄庐）:《劳动世界歌》（诗），《星期评论》1920年5月2日。
- 烟桥:《谁的罪》（小说），《小说月报》第11卷第7号，1920年7月。
- 玄庐:《阿二的儿子》，《民国日报·觉悟》1920年8月30日。
- 玄庐:《一个水手》，《民国日报·觉悟》1920年9月7日。
- 玄庐:《工人的滋味》，《民国日报·觉悟》1920年9月7日。
- 朱信庸:《一个铁匠》（诗），《劳动界》1920年9月12日。

1921年

- 邓仲澥（邓中夏）:《游工人之窟》（诗），《少年中国》第2卷第10期，1921年4月15日。
- 鸿梁:《平和》（三幕剧），《民国日报·觉悟》，1921年5月16日。
- 半梅（徐半梅）:《工厂主》（四幕剧），《戏剧》第1卷第2—3期，1921年6月30日。
- 陈大悲:《王裁缝底双十节》（独幕剧），《晨报》1921年10月10日。
- 庐隐:《灵魂可以卖吗？》，《小说月报》第12卷第11期，1921年11月10日。
- 奎坤:《修鞋匠》（四幕剧），《民国日报·觉悟》1921年12月26日。

1922年

- 俞平伯:《打铁》（诗），《诗》第1卷第2期，1922年2月15日。
- 陆家继:《车夫的婚姻》（五幕剧），《晨报副镌》1922年2月26日—3月2日。
- 王汝玙:《煤妞儿》（剧本），《晨报副刊》1922年3月15—18日。
- 田汉:《薛亚萝之鬼》（独幕剧），《少年中国》第3卷第9期，1922年4月1日。
- 利民:《三天劳工底自述》（小说），《小说月报》第13卷第6期，1922年6月10日。
- 田汉:《午饭之前》（独幕剧），《创造季刊》第1卷第2期，1922年9月。
- 陈云柯:《一个月的牢狱》（小说），《星期》第38期，1922年11月19日。

1923年

- 唐邨:《断臂》(小说),《星期》第46期，1923年1月14日。
- 峻岑:《觉悟的民众》(两幕哑剧),《民国日报·觉悟》1923年1月17日。
- 庞人铨:《人道之贼》(独幕剧),《新民意报·明日》1923年1月18日。
- 钦文(许钦文):《孔大有的吊死》(小说),《晨报副刊》1923年1月21日。
- 钦文(许钦文):《工人朱贵有》(小说),《晨报副刊》1923年2月7日。
- 张维周:《悼林祥谦》(诗),《晨报副刊》1923年3月14日。
- 张维周:《示威》(诗),《晨报副刊》1923年3月14日。
- 张维周:《哭石僧》(诗),《晨报副刊》1923年3月15日。
- 张维周:《有感时事》(诗),《晨报副刊》1923年3月16日。
- 叶绍钧:《小铜匠》(小说),《小说月报》第14卷第4号，1923年4月10日。
- 钦文(许钦文):《孔长寿的死》(小说),《晨报副刊》1923年4月26、27日。
- 秋蕖(瞿秋白):《赤潮曲》(诗),《新青年》季刊第1期，1923年6月15日。
- 钦文(许钦文):《野小人》(小说),《晨报副刊》1923年7月29日。
- 钦文(许钦文):《职业病》(小说),《晨报副刊》1923年10月18—20日。
- 王任叔:《侄儿》(小说),《小说月报》第14卷第12号，1923年12月10日。

1924年

- 王统照:《生与死的一行列》(小说),《小说月报》第15卷第1号，1924年1月10日。
- 李健吾:《工人》(独幕剧),《晨报副镌·文学旬刊》1924年6月11日。
- 郁达夫:《春风沉醉的晚上》(小说),《创造季刊》第2卷第2号，1924年11月。
- 邓均吾:《面包》(诗),《创造季刊》第2卷第2号，1924年11月。
- 郁达夫:《薄奠》(小说),《太平洋》(上海)第4卷第9号，1924年12月5日。
- 李渺世:《这里的世界》(小说),《小说月报》第15卷第12号，1924年12月10日。

1925年

- 徐志摩:《庐山石工歌》(诗),《晨报副刊》1925年4月13日。
- 王统照:《血梯》(散文),《晨报副刊》1925年6月8日。
- 何一公:《上海惨剧》(三幕剧),《京报副刊》1925年6月13—15日。
- 西谛:《街血洗去后》(散文),《文学周报》第179期，1925年6月28日。
- 西谛:《街血洗去后》(散文),《小说月报》第16卷第7号，1925年7月10日。
- 叶圣陶:《五月卅一日急雨中》(散文),《小说月报》第16卷第7号，1925年7月10日。

1926年

- 赵景深:《女丝工曲》(诗),《文学周报》第219期，1926年4月4日。
- 李健吾:《翠子的将来》(独幕剧),《清华文艺》1926年6月号，1926年6月5日。
- 李金发:《华工的信》(小说),《小说月报》第17卷第6号，1926年6月10日。
- 许志行:《师弟》(小说),《小说月报》第17卷第6号，1926年6月10日。
- 钱杏邨:《在机器房里》(小说),《洪水》周年增刊，1926年12月。

1927年

- 汪静之:《鬻命》(小说),《小说月报》第18卷第1、2号，1927年1月10日、2月10日。
- 龚冰庐:《炭坑里的炸弹》(小说),《洪水》第3卷第29期，1927年3月15日。
- 汪静之:《劳工歌》(诗),《文学周报》第267期，1927年3月27日。
- 刘一梦:《工人的儿子》(小说),《莽原》第2卷第21、22期合刊，1927年11月25日。
- 宛约(胡也频):《资本家》(独幕剧),《晨报副刊》1927年12月13—19日。

1928年

- 刘一梦:《沉醉的一夜》(小说),《太阳月刊》第1期，1928年1月。
- 蒋光慈:《菊芬》(小说),《创造月刊》第1卷第9期，1928年2月1日。
- 麦克昂(郭沫若):《一只手——献给新时代的小朋友》(小说),《创造月刊》第1卷第9期，1928年2月1日。
- 龚冰庐:《裁判》(小说),《文化批判》第2、3期，1928年2月15日、3月15日。
- 刘一梦:《车厂内》(小说),《太阳月刊》第2期，1928年2月。
- 戴万叶:《树胶园》(小说),《我们月刊》第2期，1928年2月。
- 孟超:《铁蹄下》(独幕剧),《太阳月刊》3月号，1928年3月1日。
- 龚冰庐:《血笑》(小说),《流沙》第1期，1928年3月15日。
- 黄药眠:《拉车曲》(诗歌),《流沙》第1期，1928年3月15日。
- 龚冰庐:《黎明之前》(中篇小说),《创造月刊》第1卷第11、12期，1928年5月1日、7月10日。
- 储安平:《血之沸腾》(独幕剧),《流沙》半月刊第6期，1928年5月30日。

- 刘一梦:《失业以后》(小说),《太阳月刊》第5期，1928年5月。
- 平万(戴平万):《小丰》(小说),《太阳月刊》第5期，1928年5月。
- 孟超:《盐务局长》(小说),《太阳月刊》第5期，1928年5月。
- 洪灵菲:《在货车上》(长诗),《太阳月刊》第5期，1928年5月。
- 洁梅女士:《纪念节》(独幕剧),《泰东》月刊第1卷第11期，1928年7月1日。
- 冯宪章:《匪徒的呐喊》(诗),《太阳月刊》第7期，1928年7月。
- 龚冰庐:《汽笛鸣了》(诗),《创造月刊》第2卷第2期，1928年9月10日。
- 龚冰庐:《炭矿夫》(小说),《创造月刊》第2卷第2、3、4期，1928年9月10日、10月10日、11月10日。
- 苏汶:《当机器沉默的时候》(小说),《无轨列车》第5期，1928年10月25日。
- 郑伯奇:《轨道》(三幕剧),《创造月刊》第2卷第4、5期，1928年11月10日、12月10日。
- 落华生(许地山):《在费总理底客厅里》(小说),《小说月报》第19卷第11号。
- 华汉:《趸船上的一夜》(小说),《创造月刊》第2卷第4期，1928年11月10日。
- 苏汶:《黑寡妇街》(小说),《无轨列车》第7期，1928年12月10日。

1929年

- 龚冰庐:《矿山祭》(小说),《创造月刊》第2卷第6期，1929年1月10日。
- 华汉:《奴隶》(小说),《新流月报》第3期，1929年5月1日。
- 欧阳予倩:《车夫之家》(独幕剧),《戏剧》第1卷第1期，1929年5月25日。
- 李守章:《秋之汐》,《奔流》第2卷第3期，1929年7月20日。
- 欧阳予倩:《小英姑娘》(独幕剧),《戏剧》第1卷第2期，1929年7月25日。
- 田汉:《火之跳舞》(三幕剧),《摩登》第1卷第2期，1929年7月。
- 陈大悲:《真解放》(独幕哑剧),《中央日报·青白》1929年8月9、11、13日。

1930年

- 华汉:《归来》(小说),《现代小说》第3卷第4期，1930年1月。
- 建南(楼建南):《盐场》(小说),《拓荒者》第2期，1930年2月10日。
- 殷夫:《May Day的柏林》(诗),《拓荒者》第2期，1930年2月10日。
- 龚冰庐:《我们重新来开始》(三幕剧),《拓荒者》第2—5期，1930年2月10日—5月10日。
- 华汉:《马桶间》(小说),《拓荒者》第3期，1930年3月10日。
- 孟超:《路工手记》(小说),《拓荒者》第3期，1930年3月10日。
- 龚冰庐:《换上新的》(独幕剧),《艺术》第1卷第1期，1930年3月16日。
- 龚冰庐:《废坑》(小说),《大众文艺》第2卷第4期，1930年5月1日。
- 冯乃超、龚冰庐:《阿珍》(独幕剧),《大众文艺》第2卷第4期，1930年5月1日。
- 白莽(殷夫):《一九二九年的五月一日》(诗),《萌芽》第1卷第5期，1930年5月1日。
- 殷夫:《血字》(诗),《拓荒者》第4、5期合刊，1930年5月10日。
- 殷夫:《春天的街头》(诗),《拓荒者》第4、5期合刊，1930年5月10日。
- 殷夫:《别了，哥哥》(诗),《拓荒者》第4、5期合刊，1930年5月10日。
- 冯宪章:《废人》(叙事诗),《拓荒者》第4、5期合刊，1930年5月10日。
- 冯铿:《突变》(小说),《拓荒者》第4、5期合刊，1930年5月10日。
- 孟超:《潭子湾的故事》(小说),《拓荒者》第4、5期合刊，1930年5月10日。
- 华汉:《未完成的伟人》(小说),《大众文艺》第2卷第5、6期合刊，1930年6月1日。
- 龚冰庐:《五月一日》(独幕剧),《大众文艺》第2卷第5、6期合刊，1930年6月1日。
- 张大文:《水杏林之死》(独幕剧),《大众文艺》第2卷第5、6期合刊，1930年6月1日。
- 机器工人樱华:《“五一”纪念》(诗歌),《萌芽》第1卷第6期，1930年6月1日。
- 陈正道:《一九三〇年的“五一”》(诗歌),《萌芽》第1卷第6期，1930年6月1日。
- 叶沉:《蜂起》(独幕剧，喜剧一幕),《沙仑》第1期，1930年6月。

1931年

- 臧克家:《炭鬼的世界》(散文),《大公报·小公园》1931年1月7日。
- 欧阳山:《水棚里的清道夫》(小说),《文艺杂志》第1卷第1期，1931年6月。
- 丁玲:《一天》,《小说月报》第22卷第9号，1931年9月10日。
- 火雪明:《盐场》(小说),《当代文艺》第2卷第4期，1931年10月15日。
- 蓬子:《血腥的风》(诗歌),《小说月报》第22卷第11号，1931年11月10日。
- 叶沉:《租界风景》(独幕剧),《北斗》第4期，1931年12月。

1932年

- 叶秀:《阿妈退工》(独幕剧),《北斗》第2卷第1期，1932年1月20日。
- 适夷:《S.O.S.》(无线电急奏)(剧本),《北斗》

第2卷第1期，1932年1月20日。
- 文君（杨之华）:《豆腐阿姐》（小说），《北斗》第2卷第2期，1932年5月20日。
- 陈北鸥:《瓦匠》（诗），《文艺月报》（北平）第1卷第1期，1932年6月1日。
- 陈北鸥:《清道夫》（诗），《文艺月报》（北平）第1卷第1期，1932年6月1日。
- 丁玲:《消息》（小说），《文学月报》（上海）第1卷第2期，1932年7月10日。
- 田汉:《月光曲》（《一九三二的月光曲》）（独幕剧），《文学月报》第1卷第3号，1932年9月。
- 丛喧（丁玲）:《夜会》（小说），《文学月报》第1卷第3期，1932年10月15日。
- 白薇:《敌同志》（独幕剧），《现代》第2卷第1期，1932年11月。
- 臧克家:《当炉女》（诗），《现代》第2卷第2期，1932年12月1日。
- 洪灵斐:《炭矿风景线》（小说），《矛盾》第1卷第3、4期合刊，1932年12月5日。
- 柯琴（葛琴）:《罗警长》（小说），《文学月报》（上海）第1卷第5、6期合刊，1932年12月15日。
- 耶林:《开辟》（小说），《文学月报》（上海）第1卷第5、6期合刊，1932年12月15日。
- 杜衡:《萌芽》（小说），《申报·自由谈》1932年12月23、24日。

1933年

- 巴金:《煤坑》（小说），《东方杂志》第30卷第1号，1933年1月1日。
- 王绍清:《再会》（独幕剧），《新时代》月刊第3卷第5、6期合刊，1933年1月1日。
- 百灵:《码头工人歌》（诗），《新诗歌》旬刊第1卷第3期，1933年3月1日。
- 芝菁:《劳苦的一群》（诗），《新诗歌》旬刊第1卷第3期，1933年3月1日。
- 寒雯:《血色的回忆》（诗），《新诗歌》旬刊第1卷第3期，1933年3月1日。
- 臧克家:《炭鬼》（诗），《文艺月刊》第3卷第9期，1933年3月1日。
- 俊德:《矿工的歌——十二月走厂调》（诗），《新诗歌》旬刊第1卷第4期，1933年4月5日。
- 丁玲:《奔》（小说），《现代》第3卷第1期，1933年5月1日。
- 臧克家:《歇午工》，（诗）《文艺月刊》第4卷第2号，1933年8月1日。
- 曹葆华:《磨坊工人》（诗），《文艺月刊》第4卷第3号，1933年9月1日。
- 林箐（华汉）:《死线上》（小说），《东方杂志》第30卷第17期，1933年9月1日。
- 万迪鹤:《达生篇》（小说），《文学》第1卷第5号、第6号，1933年11月1日、12月1日。
- 黑婴:《铁匠们》（小说），《申报·自由谈》1933年11月3日。
- 草明女士:《倾跌》（小说），《文艺》第1卷第2期，1933年11月5日。
- 谦弟:《到监狱去》（一幕三场剧），《新时代》月刊第5卷第5期，1933年11月。
- 周楞伽:《石子车》（小说），《申报·自由谈》1933年12月3日。

1934年

- 臧克家:《罪恶的黑手》（诗），《文学》第2卷第1号，1934年1月1日。
- 蒲风:《卖票员的歌》（诗），《新诗歌》（北平）第1期，1934年2月。
- 丹娜:《矿工》（诗），《新诗歌》（北平）第1期，1934年2月。
- 柳倩:《缝妇》（诗），《新诗歌》半月刊第6、7期合刊，1934年3月5日。
- 威地:《劳人》（诗），《新诗歌》半月刊第6、7期合刊，1934年3月5日。
- 森堡:《钢铁的欢迎》（诗），《新诗歌》半月刊第6、7期合刊，1934年3月5日。
- 杜衡:《失业》（小说），《现代》第4卷第6期，1934年4月1日。
- 徐讦:《钱塘江畔的挑夫》（诗），《人间世》第2期，1934年4月20日。
- 蒋牧良:《夜工》（小说），《春光》第1卷第3号，1934年5月1日。
- 庄启东:《织女》（诗），《春光》第1卷第3号，1934年5月1日。
- 许幸之:《五月的太阳》（诗），《春光》第1卷第3号，1934年5月1日。
- 柳倩:《饥饿的群》（诗），《春光》第1卷第3号，1934年5月1日。
- 臧克家:《都市的夜》（诗），《申报·自由谈》1934年5月4日。
- 蒋本沂:《一个早晨》（独幕剧），《春光》第1卷第3期，1934年5月。
- 臧克家:《都市的春天》，《文艺月刊》第5卷第6号，1934年6月1日。
- 亚平（王亚平）:《铁道夫之歌》（诗），《新诗歌》月刊第2卷第1期，1934年6月1日。
- 亚平（王亚平）:《塘沽盐歌》，《新诗歌》月刊第2卷第1期，1934年6月1日。
- 温流:《倒屎者之歌》，《新诗歌》月刊第2卷第1期，1934年6月1日。
- 金曼辉:《在铁工厂》（诗），《诗歌月报》第1卷第3期，1934年6月1日。
- 卢天:《制坯工厂》（诗），《诗歌月报》第1卷第3期，1934年6月1日。
- 蒲风:《秀珍》（诗），《申报·自由谈》1934年6月22日。
- 番草:《铁工厂的歌》（诗），《当代文学》第1卷第1期，1934年7月1日。
- 草明:《没有了牙齿的》（小说），《文学》月刊第3卷第1期，1934年7月1日。
- 傅沉:《砸石子的姑娘》（诗），《新诗歌》月刊第

2卷第2期，1934年7月6日。

- 胡楣（关露）:《马达响了》（诗），《新诗歌》月刊第2卷第2期，1934年7月6日。
- 田间:《午夜工》（诗），《新诗歌》月刊第2卷第2期，1934年7月6日。
- 草明:《骗子们》（散文），《申报・自由谈》1934年7月7、9、10日。
- 王承曾:《挑水夫》（诗），《现代》第5卷第4期，1934年8月1日。
- 李乔:《生活像一条皮鞭》（诗），《申报・自由谈》1934年8月3日。
- 余一（巴金）:《一个车夫》（速写），《太白》第1卷第1期，1934年9月20日。
- 番草:《机车头》（诗），《诗歌月报》第2卷第1期，1934年10月1日。
- 木叶愁:《纤夫的歌》（诗），《申报・自由谈》1934年10月2日。
- 老舍:《沈二哥加了薪水》（小说），《现代》第6卷第1期，1934年11月1日。
- 欧阳山:《七年忌》（小说），《文学》第3卷第5期，1934年11月1日。
- 余一（巴金）:《木匠老陈》（速写），《太白》第1卷第4期，1934年11月5日。
- 田间:《黄昏时工厂》（诗），《中华日报・动向》，1934年11月12日。
- 草明:《出嫁》(小说)，《太白》第1卷第1期，1934年11月20日。
- 关露:《机声》（诗），《新诗歌》月刊第2卷第4期，1934年12月1日。
- 毕奂午:《雷全的幸运》（小说），《水星》第1卷第3期，1934年12月10日。
- 荒煤:《刘麻木》（小说），《水星》第1卷第3期，1934年12月10日。
- 蒋牧良:《锑矿上》（小说），《文学季刊》第1卷第4期，1934年12月16日。
- 毕奂午:《下班后》（小说），《文学季刊》第1卷第4期，1934年12月16日。
- 草明:《隔世的犯人》（小说），《申报・自由谈》1934年12月17日。
- 蒋牧良:《印刷间的一夜》（小说），《创作与批评》第1卷第2期，1934年。

1935年

- 荒煤:《抛包——旅途杂记之一》（小说），《小说》第15期，1935年1月1日。
- 何其芳:《伐木》（诗），《水星》第1卷第4期，1935年1月10日。
- 奚如:《一个老撬路夫》（小说），《小说》第19期，1935年3月1日。
- 欧阳山:《泥水匠陈秋》（小说），《申报・自由谈》1935年3月19日。
- 欧阳山:《梦一样的自由》（速写），《太白》第2卷第1期，1935年3月20日。
- 何菲:《铁路工人》（诗），《东流》第1卷第5期，1935年4月。
- 锡金:《搬伕》（诗），《当代诗刊》第1卷第3、4期合刊，1935年5月1日。
- 周春雷:《陶工的歌》（诗），《当代诗刊》第1卷第3、4期合刊，1935年5月1日。
- 萧军:《货船》（小说），《新小说》第1卷第4期，1935年5月15日。
- 黑婴:《酒徒》，《申报・自由谈》1935年5月24日。
- 冷波:《吸血虫》（独幕剧），《文艺月刊》第7卷第5期，1935年5月。
- 孤西:《纤夫的歌》（诗），《文艺月刊》第7卷第6期，1935年6月1日。
- 陈雨门:《烟囱》（诗），《水星》第2卷第3期，1935年6月10日。
- 黑婴:《一个人的死》（小说），《申报・自由谈》1935年6月10、11日。
- 周楞伽:《失业》（小说），《青年界》第8卷第2期，1935年9月。
- 欧阳山:《在渗井里》（小说），《文学》第5卷第5号，1935年11月1日。
- 宋越:《开河》（小说），《文学》第5卷第6号，1935年12月1日。
- 路丁:《一天》（小说），《文学》第5卷第6号，1935年12月1日。

1936年

- 茅盾:《少年印刷工》（中篇小说），《新少年》半月刊第1卷第1期至第12期，第2卷第1、6、7、8期，1936年1—10月。
- 夏衍:《泡》（小说），《文学》第6卷第2号，1936年2月1日。
- 庄启东:《失业者》（小说），《夜莺》第1卷第1期，1936年3月。
- 周而复:《散工》（诗），《文学丛报》第1期，1936年4月1日。
- 剑冰:《上工后》（小说），《东流》第2卷第4期，1936年4月1日。
- 荒煤:《长江上》（小说），《作家》第1卷第1期，1936年4月15日。
- 罗烽:《岔道夫李林》（小说），《作家》第1卷第1号，1936年4月15日。
- 许幸之:《新世纪》（诗），《文学丛报》第2期，1936年5月1日。
- 田间:《五月的夜》（诗），《文学丛报》第2期，1936年5月1日。
- 崔嵬:《工人之家》（独幕剧），《文学青年》第1卷第2期，1936年5月。
- 方之中:《候验室》（小说），《夜莺》第1卷第3期，1936年5月。
- 荒煤:《夜》（小说），《文季月刊》第1卷第1期，1936年6月1日。
- 黑丁:《路》（小说），《作家》第1卷第3期，1936年6月15日。

- 草明:《阅历》(小说),《作家》第1卷第3期,1936年6月15日。
- 王亚平:《天桥的风暴》(诗),《东方文艺》第1卷第3期,1936年6月25日。
- 施谊:《一条腿——纪念十一周年的五卅行列》(诗),《光明》第1卷第2期,1936年6月25日。
- 王亚平:《如林的黑手》(诗),《文学丛报》第2期,1936年7月1日。
- 刘白羽:《草纸厂》(小说),《文学》第7卷第1号,1936年7月1日。
- 郑伯奇:《普列安先生》(小说),《作家》第1卷第4期,1936年7月15日。
- 萧乾:《落日》(小说),《作家》第1卷第4期,1936年7月15日。
- 宋之的:《纪念堂》(小说),《光明》第1卷第4期,1936年7月25日。
- 荒煤(陈荒煤):《黎明》(独幕剧),《文学界》第1卷第2号,1936年7月。
- 万迪鹤:《筑路者》(小说),《作家》第1卷第5期,1936年8月15日。
- 尤兢(于伶):《回声》(梅世钧之死)(独幕剧),《生活知识》(上海)第1卷第10期,1936年10月。
- 姚时晓 :《别的苦女人》,《光明》第1卷第6期,1936年8月。
- 葛琴:《一天》(小说),《文季月刊》第1卷第4期,1936年9月。
- 张振乾:《矿坑里的人群》(诗),《诗歌杂志》创刊号,1936年10月1日。
- 蒋牧良:《古记》(小说),《小说家》第1卷第1期,1936年10月15日。
- 丽尼:《夜车》(散文),《作家》第2卷第1期,1936年10月15日。
- 华沙:《季工大会》(小说),《中流》第1卷第4期,1936年10月20日。
- 荒煤:《何拐子》(小说),《光明》第2卷第1期,1936年12月10日。
- 宋之的:《一四一七——为了难忘却的朋友》(小说),《光明》第2卷第2期,1936年12月25日。
- 于伶:《警号》(又名《一颗炸弹》)(独幕剧),《读书生活》1936年第4卷第2期,1936年。

1937年

- 邹荻帆:《做棺材的人》(诗),《文学》第8卷第1号,1937年1月1日。
- 程兆翔:《我土》(独幕剧),《光明》第2卷第4期,1937年1月。
- 黄旭:《奴隶们吼吧》(独幕剧),《时代文艺》创刊号,1937年1月。
- 王任叔:《老石工》(小说),《青年界》第11卷第1期,1937年1月。
- 邵子南:《"青生"》(小说),《中流》第1卷第12期,1937年3月5日。
- 李乔:《锡是如何炼成的》(报告),《中流》第2卷第1期,1937年3月20日。
- 孟雷:《矿工》(诗),《青年界》第11卷第3号,1937年3月。
- 葛琴:《药》(小说),《文丛》第1卷第3期,1937年5月15日。
- 滕中宣:《石工》(诗),《青年界》第11卷第5号,1937年5月。
- 张振乾:《我们都在抗争》(诗),《诗歌杂志》第2期,1937年5月。
- 欧阳山:《饥寒人》(小说),《光明》第3卷第1期,1937年6月10日。
- 茗水:《石工之歌》(诗),《青年界》第12卷第1号,1937年6月。
- 贾处谦:《路工的乡愁》(诗),《文学杂志》第1卷第4期,1937年8月1日。
- 远野:《煤矿夫》(诗),《文学》第9卷第2号,1937年8月1日。

1938年

- 冼星海:《湖北劳工歌两首》(诗),《文艺月刊・战时特刊》第1卷第5期,1938年1月1日。
- 锡金:《他们在码头上》(独幕剧),《抗战文艺》第1卷第11期,1938年7月2日。
- 集体创作,王子程、查强麟、张客、吕复、严恭执笔:《一条心保卫大冶》(独幕活报剧),《抗战戏剧》第2卷第4、5期合刊,1938年7月25日。
- 高凉:《要密》(报告),《文艺阵地》第1卷第10期,1938年9月1日。
- 金丁:《离山前后记》(报告),《文艺阵地》第2卷第1期,1938年10月16日。
- 赵鹤:《两个九月》(诗),《文艺突击》第2卷第1期,1938年10月16日。
- 赵鹤:《给职工大队的兄弟姊妹们》(诗),《文艺突击》第3卷第1期,1938年11月16日。
- 胡绍轩:《第七号人头》(三幕剧),《文艺》(武昌)第5卷第4期,1938年。

1939年

- 柯仲平:《平汉路工人破坏大队的产生》(上)(长诗),《文艺战线》第1卷第1号,1939年2月16日。
- 陈明、张可:《翻车》(独幕剧),《文艺阵地》第2卷第8期,1939年2月1日。
- 寒波:《盐区》(小说),《文艺阵地》第2卷第11期,1939年3月16日。
- 卜西:《我歌颂着工厂》(诗),《文艺阵地》第2卷第11期,1939年3月16日。
- 沙雁:《硝皮厂》(小说),《文艺月刊》(战时特刊)第3卷第3、4期合刊,1939年4月16日。
- 穗青:《在火车站》(上),《文艺阵地》第4卷第2期,1939年11月16日。
- 穗青:《在火车站》(下),《文艺阵地》第4卷第3期,1939年12月11日。
- 宋超:《离婚》(独幕剧),《戏剧杂志》第3卷第

5期，1939年。

1940年

- 胆石:《拉纤者》(诗)，《文艺阵地》第4卷第6期，1940年1月16日。
- 叶尼:《复工之前》(独幕剧)，《戏剧与文学》第1卷第2期，1940年3月10日。
- 寒波:《炸毁》(小说)，《文学月报》第1卷第3期，1940年3月15日。
- 寒波:《绝路》(小说)，《文艺阵地》第4卷第12期，1940年4月16日。
- 羽军:《川江纤夫曲》(诗)，《文艺阵地》第4卷第12期，1940年4月16日。
- 高于:《修路工人》(诗)，《黄河》(西安)第4期，1940年5月25日。
- 刘御词，吕骥曲:《边区工人曲》(歌曲)，《新诗歌》(延安)第3期，1940年11月1日。
- 王震之 :《红灯》(独幕剧)，《文化月刊》第6期，1940年。

1941年

- 许地山:《铁鱼底鳃》(小说)，《大风》第84期，1941年2月。
- 路翎:《家》(小说)，《七月》第6集第3期，1941年4月。
- 杨朔:《盐场》(小说)，《五十年代》第1卷第2期，1941年6月1日。
- 路翎:《何绍德被捕了》(小说)，《七月》第6卷第4期，1941年6月。
- 火石:《火车头》(诗)，《时代文学》第2期，1941年7月1日。
- 麦青:《列车》(诗)，《诗创作》第2期，1941年7月15日。
- 田间:《那些工人》(朗诵诗)，《诗创作》第3、4期合刊，1941年9月19日。
- 邹绿芷:《纤夫》(诗)，《现代文艺》第3卷第6期，1941年9月25日。
- 路翎:《祖父的职业》(小说)，《七月》第7卷第1、2期合刊，1941年9月。
- 路翎:《黑色子孙之一》(小说)，《七月》第7卷第1、2期合刊，1941年9月。
- 葛琴:《守夜人》(小说)，《文艺生活》(桂林)第1卷第2期，1941年10月15日。
- 卢云:《给石工大队》(诗)，《现代文艺》第4卷第1期，1941年10月25日。
- 陆维特:《嘉陵江上的军械船》(诗)，《现代文艺》第4卷第1期，1941年10月25日。

1942年

- 靳以:《沉默的旅车》(散文)，《文艺杂志》第1卷第5期，1942年1月15日。
- S.M.(阿垅):《纤夫》(诗)，《文艺生活》第1卷第5期，1942年1月15日。
- 何其芳:《黎明》(诗)，《文艺生活》第1卷第5期，1942年1月15日。
- 厂民:《盐海上》(诗)，《现代文艺》第4卷第6期，1942年3月25日。
- 黑丁:《炭窑》(小说)，《谷雨》第1卷第4期，1942年4月15日。
- 彭燕郊:《船夫与船》(诗)，《现代文艺》第5卷第1期，1942年4月25日。
- 葛琴:《雪夜》(小说)，《文艺生活》第2卷第4期，1942年6月15日。
- 孙望:《煤矿夫》(诗)，《诗创作》第12期，1942年7月25日。
- 绀弩:《盐》(小说)，《青年文艺》第1卷第1期，1942年10月10日。
- 白青:《纤夫之歌》(诗)，《青年文艺》第1卷第1期，1942年11月15日。
- 白桦:《车站小景》(诗)，《青年文艺》第1卷第1期，1942年11月15日。
- 万迪鹤:《自由射手之歌》(短篇小说)，《抗战文艺》第8卷第1、2期合刊，1942年11月15日。
- 谢冰莹:《炭矿夫》(小说)，《文艺先锋》第1卷第4期，1942年11月25日。
- 亚德:《船夫们》(小说)，《文艺先锋》第1卷第4期，1942年11月25日。
- 白堤:《鞋匠》(诗)，《诗创作》第12期，1942年12月25日。
- 胡绍轩:《铁砂》(四幕剧)，《中国劳动》《中国劳动》第2卷第4、5、6期，第3卷第2期，1942年。

1943年

- 茅盾:《走上岗位》(长篇小说)，《文艺先锋》第3卷第2期至第5卷第6期，1943年8月—1944年12月。
- 胡绍轩:《煤坑》(三幕剧)，《中国劳动》第3卷第4、5、6期,1943年。

1944年

- 路翎:《卸煤台下》(小说)，《抗战文艺》第9卷第5、6期合刊，1944年12月。

1945年

- 臧克家:《六机匠》(叙事长诗)，《青年文艺》第1卷第1期，1945年2月15日。
- 思基:《我的师傅》(小说)，《解放日报》1945年10月1、2日。

1946年

- 草明:《龙烟的三月》(散文)，《东北日报》1946年3月21日 。
- 丁玲、逯斐、陈明:《望乡台畔》，《北方文化》第1卷第3、4期，1946年4月1日、4月16日。
- 李瑛:《矿工》(诗)，《青年文艺》第7期，1946年4月25日。
- 曾克:《织布机的响声》(小说)，《北方杂志》第

1卷第2期，1946年7月15日。

1947年

- 丁玲、逯斐、陈明:《窑工》(话剧),《文艺复兴》第3卷第1期、第2期,1947年3月1日、4月1日。
- 草明:《新夫妇》(小说),《东北日报》1947年3月20日。
- 胡哨:《炼钢》(诗),《文艺复兴》第3卷第4期，1947年6月1日。
- 胡征:《铁匠的儿子》(诗),《文艺杂志》第3卷第5期，1947年7月1日。
- 汪曾祺:《戴车匠》(小说),《文学杂志》第2卷第5期，1947年7月。
- 丹影:《红灯码头》(诗),《文艺生活》(光复版)第16期，1947年8月。

1948年

- 史松北:《列车长》(诗),《东北文艺》第2卷第6期，1948年1月1日。
- 金川:《不能欺骗自己》(独幕剧),《友谊》半月刊第2卷第3期，1948年2月。
- 汪巩:《力量》(独幕剧),《新文丛》第1辑《新春篇》,1948年3月16日。
- 李纳:《煤》(小说),《东北日报》1948年6月20日。
- 穆青:《新劳动态度的模范——记工人的旗帜赵占魁》(散文),《东北日报》1948年7月14日。
- 华山:《劳动旗手甄荣典》(散文),《东北日报》1948年7月15日。
- 煌颖:《战斗与生产的旗帜——记西北特等劳动英雄袁广发》(散文),《东北日报》1948年7月16日。
- 常工:《女工的榜样——记陕甘宁女工劳动英雄李凤莲》,《东北日报》1948年7月17日。
- 方青:《“火车头”又冒烟了》(小说),《文学战线》第1卷第1期，1948年7月。
- 朱寨:《一个生产小故事》(小说),《文学战线》第1卷第1期，1948年7月。
- 孙滨:《“为人民的铁路立功呀”》(诗),《文学战线》第1卷第3期，1948年9月25日。
- 方也人:《工厂是自己的》(七场秧歌剧),《友谊》半月刊第3卷第10、11期，1948年11、12月。
- 天蓝:《煤矿工人之歌》(诗),《文艺月报》(吉林)第2期，1948年12月10日。
- 夏葵:《小丰满》(长诗),《文艺月报》(吉林)第2期，1948年12月10日。
- 孙滨:《一〇四〇号火车司机》(诗),《文学战线》第1卷第5、6期合刊，1948年12月25日。

1949年

- 雷加:《鳝鱼》(小说),《东北日报》1949年1月16日。
- 鲁煤、陈淼:《反对三只手》(独幕剧),《人民日报》1949年1月21、22日。
- 王拙成、程思三:《十个滚球》(秧歌剧),《东北日报》1949年1月31日。
- 朱桂芳:《纱厂工人歌》(诗),《东北日报》1949年2月15日。
- 苏宁:《康庆善的转变——一个人民铁路功臣的访问记》(散文),《东北日报》1949年2月19日。
- 康濯:《工人张飞虎》(中篇),《华北文艺》1949年第3期，1949年2月。
- 郭更:《两对夫妻》(小说),《东北日报》1949年3月4日。
- 集体创作，夏淳、于夫执笔:《没有开出的列车》(独幕剧),《华北文艺》1949年第4期，1949年3月。
- 祁醒非、李恩、胡占一集体创作，祁醒非执笔:《劳动态度》(两幕四场话剧),《东北日报》1949年4月18、19、20日。
- 草明:《一天》(小说),《文学战线》第2卷第2期，1949年4月。
- 林一:《采伐》(小说),《文学战线》第2卷第2期，1949年4月。
- 明作:《红布条》(独幕剧),《民主青年》十日刊第60—61期，1949年4月。
- 逯斐:《兄弟俩》(小说),《人民日报》1949年6月22日。
- 李纳:《出路》(散文),《东北日报》1949年6月27日。
- 祁醒非、李恩、胡点集体创作，祁醒非执笔:《解放前后》(四场剧),《华北文艺》第5期，1949年6月。
- 关东社会教育工作团集体创作:《一条皮带》(五场话剧),《人民戏剧》第1卷第3期,1949年6月。
- 刚鉴:《马恩全》(小歌舞剧),《人民戏剧》第1卷第3期，1949年6月。
- 余晓、何苦:《老王的胜利》(独幕两场剧),《华北文艺》第6期，1949年7月。
- 令言:《转变》(小型歌剧),《知识》第11卷第6期，1949年7月。
- 张德裕:《红花还得绿叶扶》(小说),《东北日报》1949年8月6日。
- 鲁琪:《炉》(小说),《东北日报》1949年8月31日。
- 王水亭:《二毛立功》(二幕三场秧歌剧),《人民戏剧》第1卷第5期，1949年8月。
- 陈明、张为、王拙成:《北平号火车头》(三幕四场剧),《人民戏剧》第1卷第5期，1949年8月。
- 鲁艺戏曲系集体创作:《大洋马》(四幕话剧),《人民戏剧》第1卷第6期，1949年9月。
- 康濯:《黑石坡煤窑演义》(长篇小说),《人民日报》1949年10月13日至1950年1月11日。
- 路翎:《朱桂花的故事》(小说),《天津日报·文艺周刊》第35期，1949年11月18日。
- 路翎:《女工赵梅英》(小说),《小说》(香港)第3卷第3期，1949年。
- 艾明之:《领班陆万古》(小说),《小说月刊》1949年第2期。

1950年

- 张德裕:《红花还得绿叶扶》(小说),《新华月报》1950年第3期,1950年3月。
- 刘沧浪、蓝光、赵寻讨论,刘沧浪执笔:《母亲的心》(独幕话剧),《人民戏剧》1950年第3期,1950年3月。
- 骆宾基:《张保洛的回忆》(短篇小说),《山东文艺》1950年第4期,1950年4月。
- 支会工友集体创作:《装卸》(旅大二届工人文艺活动周特奖剧本),《文艺报》第2卷第5期,1950年5月。
- 碧野:《李长顺机班》(报告),《人民文学》1950年第5期,1950年5月。
- 李尔重:《杜厂长》(小说),《人民文学》1950年第6期,1950年6月。
- 董迺相:《我的老婆》(小说),《人民文学》1950年第6期,1950年6月。
- 大吕:《于师傅这二年》(小说),《人民文学》1950年第6期,1950年6月。
- 赵寻、蓝光:《从头学起》(独幕话剧),《人民戏剧》1950年第6期,1950年6月。
- 艾明之:《结合》(小说),《人民文学》第2卷第6期,1950年10月1日。
- 赵铠、闻达、郭卓、茹志鹃、岁寒:《八〇〇机车出动了》(四幕话剧),《文艺杂志》1950年第1、2期,1950年。
- 艾明之:《结合》(小说),《小说月刊》1950年第4期。

1951年

- 赵寻、蓝光:《人民的意志》(独幕剧),《人民戏剧》第2卷第4期,1951年1月1日。
- 李建庆、王命夫:《考煤工》(中型歌剧),《人民戏剧》第2卷第4期,1951年1月1日。
- 冯钟璞(宗璞):《诉》(小说),《光明日报》1951年1月28日。
- 艾明之:《钢铁的力量》(四幕剧),《小说月刊》第5卷第3、4期,1951年4月1日、5月1日。
- 丁克辛:《老工人郭福山》(小说),《人民文学》第4卷第1期,1951年5月1日。
- 何苦:《工厂里的战斗》(小说),《人民文学》第4卷第3期,1951年7月1日。
- 白朗:《为了幸福的明天》(中篇小说),《新中国妇女》第19至26期,1951年。

1952年

- 柯岗:《八十一号车》(短篇小说),《人民文学》1952年第1期,1952年1月。
- 柳溪:《喜事》(短篇小说),《人民文学》1952年第1期,1952年1月。
- 王命夫:《时刻警惕着》(独幕话剧),《剧本》1952年第1期,1952年1月。
- 左介贻:《红花朵朵开》(中篇小说),《人民文学》1952年第2期,1952年2月。
- 王命夫:《时刻警惕着》(独幕话剧),《剧本》1952年2、3月号合刊,1952年3月20日。
- 沙惟、王昌定讨论,王昌定执笔:《在工人阶级监督下》(独幕话剧),《剧本》1952年第4期,1952年4月。
- 李大桂、朱赞平、鲁风、汪受善集体创作:《列车开向哪里去》(独幕话剧),《剧本》1952年第4期,1952年4月。
- 唐志学、李博仁、荀宝龄、刘式杰、张少德集体创作,石丹参加集体创作并整理:《满堂红》(三幕四场话剧),《剧本》1952年第6期,1952年6月。
- 印刷工人赵世良、张志刚、沈善璋、黄文龙、冯瑞祥、许顺堃集体创作,陈颙参加讨论并整理:《这仅仅是开始》(一幕三场话剧),《剧本》1952年第6期,1952年6月。
- 哈尔滨铁路工厂机车分厂工友集体创作:《工厂就是家》(独幕话剧),《剧本》1952年第9期,1952年9月。

1953年

- 北京人民艺术剧院下厂小组集体创作,梅阡执笔:《喜事》(独幕话剧),《剧本》1953年第1期,1953年1月。
- 北京人民艺术剧院下厂小组:《夫妻之间》(独幕喜剧),《剧本》1953年第1期,1953年1月。
- 贾克:《准备》(独幕话剧),《剧本》1953年2月号,1953年2月。
- 李赤、周一璞、刘适、赵公汉:《长海来了》(独幕话剧),《剧本》1953年3月号,1953年3月。
- 欣秋、王石阁、石天啸:《第一台抽水机》(独幕话剧),《剧本》1953年3月号,1953年3月。
- 老舍:《春华秋实》(三幕七场话剧),《剧本》1953年5月号,1953年5月。
- 李庆升、赵锵、田广才、石玺、石曼:《四十年的愿望》(三幕六场话剧),《剧本》1953 年6月号,1953年6月。
- 籍华:《技术员来了》(独幕话剧),《剧本》1953年6月号,1953年6月。
- 朋斯克:《金色兴安岭》(中篇小说),《解放军文艺》1953年第7、8期,1953年7、8月。
- 唐克新:《车间里的春天》(短篇小说),《解放日报》1953年8月9日。
- 梁元勋(北京人民印刷厂工人):《人们在前进》(独幕话剧),《剧本》1953年8月号,1953年8月。
- 黄悌:《钢铁运输兵》(四幕六场话剧),《剧本》1953年10月号,1953年10月。
- 艾芜:《新的家》(短篇小说),《人民文学》1953年第10期,1953年10月。
- 路翎:《记李家福同志》(特写),《人民文学》1953年第10期,1953年10月。

1954年

- 王昌定:《远方来客》(独幕话剧),《剧本》1954年第2期,1954年2月。
- 李纳:《工厂的女孩子们》,《文艺报》1954年第5号,1954年3月15日。
- 蓝光:《姐妹俩》(独幕话剧),《剧本》1954年第3期,1954年3月。
- 丛深:《百年大计》(独幕话剧),《东北文学》1954年第3期,1954年3月。
- 艾芜:《夜归》(短篇小说),《人民文学》1954年第3期,1954年3月。
- 唐克新:《我的师傅》(短篇小说),《文艺学习》创刊号,1954年4月。
- 汪惟、张琳、周禹、雅军:《红旗》(三幕话剧),《剧本》1954年第4期,1954年4月。
- 崔德志:《刘莲英》(独幕话剧),《辽宁文艺》1954第5期,1954年5月。
- 丛深:《百年大计》(独幕话剧),《剧本》1954年第5期,1954年5月。
- 贾克:《大势所趋》(独幕话剧),《剧本》1954年第5期,1954年5月。
- 陈翔鹤:《喜筵》(短篇小说),《人民文学》1954年第6期,1954年6月。
- 艾明之:《年轻的心——工厂手记之一》(小说),《人民文学》1954年第7期,1954年7月。
- 阮章竞:《在时代的列车上》(五幕十场话剧),《剧本》1954年第7期,1954年7月。
- 王拙成:《火车开来的时候》(独幕话剧),《剧本》1954年第7期,1954年7月。
- 老舍:《青年突击队》(话剧),《北京文艺》1954年第7、8、9期,1954年7、8、9月。
- 谢挺宇:《验收员》(小说),《东北文学》1954年第8期,1954年8月。
- 夏衍:《考验》(话剧),《人民文学》1954年第8期,1954年8月。
- 郑达、司马玉裳:《生活向前》(独幕话剧),《长江文艺》1954年第10期,1954年10月。
- 李学鳌:《每当我印好一幅新地图的时候》(诗),《北京日报》1954年12月7日。
- 周立波:《铁水奔流》(长篇小说)第1至4章,《人民文学》1954年第12期,1954年12月。

1955年

- 陆文夫:《荣誉》(小说),《文艺月报》1955年第2期,1955年2月。
- 冯燮根:《红旗》(独幕话剧),《文艺月报》1955年第2期,1955年2月。
- 王少燕:《葡萄烂了》(独幕讽刺剧),《剧本》1955年第2期,1955年2月。
- 江汗:《钥匙》(独幕话剧),《剧本》1955年第2期,1955年2月。
- 柯蓝:《珍贵的礼物——上海和索非亚之间》(散文),《人民文学》1955年第2期,1955年2月。
- 徐迟:《汽车厂速写》(散文),《人民文学》1955年第2期,1955年2月。
- 南丁:《检验工叶英》(短篇小说),《长江文艺》1955年第2期,1955年2月。《人民文学》1955年第8期转载。
- 崔德志:《刘莲英》(独幕话剧),《人民文学》1955年第3期,1955年3月。
- 凌风:《贪嘴的猫》(讽刺喜剧),《剧本》1955年第4期,1955年4月。
- 艾明之:《幸福》(四幕五场喜剧),《剧本》1955年第5期,1955年5月。
- 王命夫:《闹家务》(三场评剧),《剧本》1955年第5期,1955年5月。
- 舒群:《夜里》(短篇小说),《人民文学》1955年第5期,1955年5月。
- 梅定:《第三次要求》(短篇小说),《人民文学》1955年第5期,1955年5月。
- 徐迟:《聪明的架工们》(散文),《人民文学》1955年第5期,1955年5月。
- 陈登科:《调度室主任——梅山散记之一》(散文),《人民文学》1955年第6期,1955年6月。
- 碧野:《水利工程师》(散文),《人民文学》1955年第6期,1955年6月。
- 东春、长青:《照像那天》,《剧本》1955年第6期,1955年6月。
- 白刃:《金师傅》(散文),《人民文学》1955年第7期,1955年7月。
- 崔德志:《刘莲英》(独幕话剧),《剧本》1955年第7期,1955年7月。
- 邢野:《无孔不入》(独幕话剧),《剧本》(镇压反革命分子专刊),1957年7月。
- 刘禹:《经理与骗子》(独幕话剧),《剧本》(镇压反革命分子专刊),1957年7月。
- 南丁:《检验工叶英》(短篇小说),《人民文学》1955年第8期,1955年8月。
- 陈仁友:《在竞赛中》(独幕话剧),《剧本》1955年第8期,1955年8月。
- 吴光华:《挡不住的洪流》(独幕话剧),《剧本》1955年第9期,1955年9月。
- 任干:《永远前进》(短篇小说),《文艺月报》1955年第10期,1955年10月。
- 白刃:《中秋》(散文),《人民文学》1955年第10期,1955年10月。
- 万忆萱:《零五号工程设计图》(短篇小说),《人民文学》1955年第11期,1955年11月。
- 井频(铁道部第一工程局文工团):《东西两峒口》,《剧本》1955年第11期,1955年11月。
- 黄悌:《保卫干事》(话剧),《剧本》1955年第11期,1955年11月。
- 梁元勋:《兄妹》(短篇小说),《北京文艺》1955年第11期,1955年11月。
- 胡零:《前进再前进》(四幕六场话剧),《文学丛刊》1955年第3期。

1956年

- 若萍:《女技术员》(独幕话剧),《剧本》1956年第1期,1956年1月。
- 陈玙:《朋友和敌人》(独幕话剧),《剧本》1956年第2期,1956年2月。
- 梁元勋:《归来》(短篇小说),《北京文艺》1956年第3期,1956年3月。
- 何泽沛:《移山填海的人》(短篇小说),《人民文学》1956年第3期,1956年3月。
- 艾文会:《安全员》(独幕话剧),《剧本》1956年第3期,1956年3月。
- 陈桂珍:《家务事》(独幕话剧),《文学杂志》1956年第3期,1956年3月。《中国妇女》1956年第4、5期转载。
- 丁克辛:《陈长寿迎接国营》(短篇小说),《人民文学》1956年第4期,1956年4月。
- 陈桂珍:《家务事》(独幕话剧),《中国妇女》1956年第4、5期,1956年4、5月。
- 刘宾雁:《在桥梁工地上》(特写),《人民文学》1956年第4期,1956年4月。
- 蓝澄:《不平坦的道路》(五幕话剧),《剧本》1956年第4期,1956年4月。
- 柯夫:《光荣的岗位》(话剧),《剧本》1956年第5期,1956年5月。
- 高延昌:《羞耻》(短篇小说),《人民文学》1956年第5期,1956年5月。
- 凤章:《两个加油工》(短篇小说),《文艺月报》1956年第7期,1956年7月。
- 王化中(邮电工人):《在辽远的边区》(独幕话剧),《剧本》1956年第7期,1956年7月。
- 李更生、王昌定:《在欢乐的日子里》(独幕话剧),《剧本》1956年第8期,1956年8月。
- 林斤澜:《螺丝钉》(独幕话剧),《人民文学》1956年第8期,1956年8月。
- 邓友梅:《在悬崖上》(短篇小说),《文学月刊》1956年第9期,1956年9月。
- 梁元勋:《考工》(小说),《中国工人》1956年第9期,1956年9月。
- 杨大群:《小矿工》(儿童文学),《人民文学》1956年第9期,1956年9月。
- 王慧芹:《最好的礼品》(短篇小说),《北京文艺》1956年第10期,1956年10月。
- 陶尔夫:《伐木者的旅行》(散文),《人民文学》1956年第10期,1956年10月。
- 四川人民艺术剧院集体创作,刘莲池、李佩、栗粟执笔:《一个木工》(四幕七场话剧),《西南文艺》(1956年)总53期。

1957年

- 巴牧:《矿山上的钟声》(短篇小说),《北京文艺》1957年第1期,1957年1月。
- 陆文夫:《平原的颂歌》(小说),《雨花》1957年第1期,1957年1月。
- 江汗:《此屋有鬼》(独幕讽刺喜剧),《辽宁文艺》1957年第1期,1957年1月。
- 艾文会:《原来如此》(独幕话剧),《剧本》1957年第2期,1957年2月。
- 唐克新:《上海的儿子》(短篇小说),《文艺月报》1957年第3期,1957年3月。
- 陶尔夫:《小兴安岭短笛》(诗五首),《人民文学》1957年第3期,1957年3月。
- 蓝光:《苗桂珍》(独幕剧),《新港》1957年第4期,1957年4月。
- 江汗:《三星高照》(四幕喜剧),《剧本》1957年第6期,1957年6月。
- 王少燕:《春光明媚》(独幕讽刺剧),《红岩》1957年第6期,1957年6月。
- 李国文:《改选》(小说),《人民文学》1957年第7期,1957年7月。
- 高延昌:《我的两个朋友》(小说),《北京文艺》1957年第7期,1957年7月。
- 徐迟:《工地那是我家》(短篇小说),《长江文艺》1957年第7期,1957年7月。
- 梅定:《一个矿工的遭遇》(短篇小说),《边疆文学》1957年第7期,1957年7月。
- 刘澍德:《没有退休的人》(小说),《红岩》1957年第7期,1957年7月。
- 石家骥、温士奇:《列车在行进》(独幕话剧),《剧本》1957年第7期,1957年7月。
- 艾芜:《百炼成钢》(长篇小说),《收获》第1、2期,1957年7、9月。
- 高延昌:《扒火车》(小说),《北京文艺》1957年第8期,1957年8月。
- 杜鹏程:《在和平的日子里》(中篇小说),《延河》1957年第8期,1957年8月。
- 高延昌:《党给了他幸福》(小说),《北京文艺》1957年第9期,1957年9月。
- 艾明之:《浮沉》(长篇小说),《收获》第2期,1957年9月。
- 兆星:《两个卫生员》(独幕话剧),《剧本》1957年第10期,1957年10月。
- 陆俊超:《国际友谊号》(短篇小说),《人民文学》1957年第10期,1957年10月。
- 李学鳌:《写在印刷机旁》(诗),《北京文艺》1957年第10期,1957年10月。
- 雷加:《蓝色的青棡林》(长篇小说),《收获》第3期,1957年11月。
- 张弦:《甲方代表》(短篇小说),《人民文学》1957年第11期,1957年11月。
- 王命夫:《一口二舌》(独幕讽刺剧),《剧本》1957年第12期,1957年12月。
- 魏连珍:《不是梦》(独幕话剧),《剧本》1957年第12期,1957年12月。
- 柯岩:《相亲记》(独幕喜剧),《剧本》1957年第12期,1957年12月。
- 温小钰:《异路人》(反右派斗争独幕剧),《中国青年》1957年第21、22期,1957年11月。

1958年

- 杜鹏程:《铁路工地上的深夜》(短篇小说),《人民日报》1958年1月11日。
- 胡万春:《骨肉》(短篇小说),《中国青年报》1958年1月15日。
- 舒群:《这一代人》(长篇小说),《收获》1958年第1期,1958年1月。
- 王黎拓:《春到工地》(中篇小说),《收获》1958年第1期,1958年1月。
- 安全、裴然、高鹏:《攻坚战歌》(话剧),《当代戏剧》1958年第1期,1958年1月。
- 赵学勤、刘剑堃、赵崇佑:《巧干》(独幕话剧),《小剧本》1958年第1期,1958年1月。
- 王同禹:《两青工》(独幕话剧),《海燕》1958年第1期,1958年1月。
- 杜鹏程:《夜走灵官峡》(短篇小说),《延河》1958年第2期,1958年2月。
- 杜鹏程:《一个平常的女人》(短篇小说),《人民文学》1958年第2期,1958年2月。
- 高延昌:《赛鲁班活张仙》(小说),《北京文艺》1958年第2期,1958年2月。
- 周而复:《上海的早晨》,《收获》1958年第2期,1958年3月。
- 中国青年艺术剧院集体创作,金山执笔:《红色风暴》(三幕七场话剧),《剧本》1958年第4期,1958年4月。
- 仇学宝:《我的师傅》(诗歌),《诗刊》1958年第4期,1958年4月。
- 万国儒:《风雪之夜》(短篇小说),《新港》1958年第4期,1958年4月。
- 夏红:《谁是那“百分之十”》(短篇小说),《人民日报》1958年5月1日。
- 贾克:《引火烧身》(小型话剧),《剧本》1958年第5期,1958年5月。
- 海啸(海笑):《厂长在我们当中》(短篇小说),《雨花》1958年第5期,1958年5月。
- 杜鹏程:《延安人》(短篇小说),《文艺月报》1958年第5期,1958年5月。
- 所云平:《拖拉机出厂之前》(独幕话剧),《文艺月报》1958年第6期,1958年6月。
- 陆俊超:《“劳动号”油轮》(特写),《人民文学》1958年第7期,1958年7月。
- 仇学宝:《我是中国工人》(诗),《萌芽》1958年第15期,1958年7月。
- 黄声孝:《我是一个装卸工》(诗),《诗刊》1958年第7期,1958年7月。
- 赵自:《在船台上》(短篇小说),《收获》1958年第4期,1958年7月。
- 陆俊超:《惊涛骇浪万里行》(短篇小说),《萌芽》1958年第13期,1958年7月。
- 万国儒:《踩电铃》(短篇小说),《人民文学》1958年第8期,1958年8月。
- 李云德:《孙家父女》(短篇小说),《人民文学》1958年第8期,1958年8月。
- 王愿坚:《普通劳动者》(短篇小说),《长江文艺》1958年第8期,1958年8月。
- 沈象先、任建民(上海市张华滨造船厂):《锣鼓声中》(独幕话剧),《剧本》1958年第8期,1958年8月。
- 宋珏(上海机务段):《促进》(独幕话剧),《剧本》1958年第8期,1958年8月。
- 张大邦(上海市提篮区电车二场):《为谁服务》(独幕话剧),《剧本》1958年第8期,1958年8月。
- 上海市中冠纺织厂集体创作:《落后的报喜队》(活报剧),《剧本》1958年第8期,1958年8月。
- 桑弧、王洁:《英雄赶派克》(电影文学剧本),《电影艺术》1958年第8期,1958年8月。
- 艾芜:《女矿工》(短篇小说),《人民日报》1958年9月17日。
- 沙惟、赵大民:《把一切献给党》(四幕八场话剧),《戏剧战线》1958年第9、10期,1958年9、10月。
- 李幼容:《架线工之歌》(诗歌),(西安)《工人文艺》1958年第9期,1958年9月。
- 赵彬:《新来的瓦工》(独幕话剧),《剧本》1958年第9期,1958年9月。
- 费礼文:《黄浦江的浪潮》(短篇小说),《萌芽》1958年第9期,1958年9月。
- 刘川(中国人民解放军前线话剧团):《烈火红心》(八场话剧),《剧本》1958年第10期,1958年10月。
- 张圣道、麦宝琪、杨凝、任鹏远、田稼:《红旗处处飘》(三幕五场话剧),《剧本》1958年第10期,1958年10月。
- 王愿坚:《普通劳动者》(短篇小说),《人民文学》1958年第11期,1958年11月。
- 靳以:《小红和阿蓝》(短篇小说),《人民文学》1958年第11期,1958年11月。
- 艾明之:《雨》(短篇小说),《人民文学》1958年第11期,1958年11月。
- 刘沧浪、吕长水:《钢花怒放》(两场话剧),《红岩》1958年第11期,1958年11月。
- 上海炼油厂化验工家敏、上海正泰橡胶一厂丁火:《同行之间》(独幕话剧),《剧本》1958年第12期,1958年12月。

1959年

- 陆俊超:《姊妹船》(短篇小说),《人民文学》1959年第1期,1959年1月。
- 徐光夫:《炉火纯青》(短篇小说),《文艺红旗》1959年第1期,1959年1月。
- 兴平机械厂文学组集体创作:《轴转了》(话剧),《北京文艺》1959年第1期,1959年1月。
- 傅昊平:《钢花怒放》(独幕三场话剧),《剧本》1959年第1期,1959年1月。
- 王命夫:《敢想敢做的人》(八场话剧),《剧本》1959年第1期,1959年1月。
- 陈恭敏:《沸腾的1958》(四幕话剧),《上海戏剧》1959年第1期（创刊号），1959年1月。

- 武汉人民艺术剧院《向秀丽》创作组集体创作，程云、莎莱等执笔:《向秀丽》（七场歌剧），《长江戏剧》1959年第1期，1959年1月。
- 鲁侠、李诗镕、封恒山:《在和平的日子里》（根据杜鹏程同名小说改编），《陕西戏剧》1959年第2期，1959年2月。
- 老舍:《女店员》（话剧），《人民文学》1959年3月号，1959年3月。
- 段成滨、杜士俊:《降龙伏虎》（十三场话剧），《剧本》1959年第3期，1959年3月。
- 刘才（内蒙古扎赉诺尔煤矿工人）:《风雪夜》（独幕话剧），《剧本》1959年第3期，1959年3月。
- 丰村:《我的师傅和他的师兄弟》（短篇小说），《文艺月报》1959年第4期，1959年4月。
- 雁翼:《英雄的矿山》（长篇叙事诗），《红岩》1959年第4期，1959年4月。
- 陈桂珍:《光荣的事业》（独幕话剧），《黑龙江艺术》1959第4期，1959年4月。
- 上海华联扬剧材集体讨论，陆金宝、曹静卿、孔春楼编剧:《黄浦江激流》（九场扬剧），《剧本》1959年第5期，1959年5月。
- 赵大民、庄小季:《红色工会》（大型话剧），《戏剧战线》1959年第5、6期，1959年5、6月。
- 胡万春:《特殊性格的人》（短篇小说），《文艺月报》1959年第6期，1959年6月。
- 何泽沛:《夜车上——鹰厦线上》（特写），《文艺月报》1959年第6期，1959年6月。
- 胡苏:《双婚记》（根据柯夫同名话剧改编）（电影文学剧本），《电影文学》1959年第7期，1959年7月。
- 杜鹏程:《严峻而光辉的里程》（短篇小说），《人民文学》1959年第7期，1959年7月。
- 陆俊超:《九级风暴》（中篇小说）《人民文学》1959年第9期，1959年9月。
- 草明:《乘风破浪》，《收获》1959年第5期，1959年9月。
- 肖木:《战斗的里程》（短篇小说），《上海文学》1959年第10期，1959年10月。
- 崔德志:《生活的赞歌》（独幕话剧），《剧本》1959年第10期，1959年10月。
- 万国儒:《龙飞凤舞》（短篇小说），《新港》1959年第10期，1959年10月。
- 张学新、方沈:《驯海英雄》（七场话剧），《新港》1959年第10期，1959年10月。
- 于敏:《老孟泰的故事》（报告文学），《文学青年》1959年第10、11、12期，1960年第1、2、3期，1959年10月至1960年3月。
- 李纳:《明净的水》（短篇小说），《人民文学》1959年第11期，1959年11月。
- 栗汻:《假日的风波》（独幕话剧），《剧本》1959年第11期，1959年11月。
- 中华全国总工会工人话剧团集体创作，李未芒、李志刚执笔:《比翼齐飞》（四幕喜剧），《剧本》1959年第12期，1959年12月。
- 陈桂珍:《万紫千红才是春》（独幕话剧），《黑龙江艺术》1959年第23期。

1960年

- 夏红:《说客》（短篇小说），《北京文艺》1960年第1期，1960年1月。
- 郭光:《英雄的列车》（报告文学），《人民文学》1960年第1期，1960年1月。
- 仝洛:《厂小志大》（剧本），《收获》1960年第1期，1960年1月。
- 王长林:《两全其美》（独幕话剧），《陕西戏剧》1960年第1期，1960年1月。
- 小范:《调车》（独幕话剧），《剧本》1960年第1期，1960年1月。
- 郭毅:《无微不至》（独幕话剧），《上海戏剧》1960年第2期，1960年2月。
- 江洪其、金风:《亲人》（剧本），《收获》1960年第2期，1960年3月。
- 万国儒:《欢乐的离别》（短篇小说），《人民文学》1960年第3期，1960年3月。
- 仇学宝:《飞翔在上海高空》（诗），《萌芽》1960年第3期，1960年3月。
- 唐克新:《第一课》（短篇小说），《人民文学》1960年第4期，1960年4月。
- 肖木:《战斗的里程》（短篇小说），《人民文学》1960年第4期，1960年4月。
- 上海人民艺术剧院集体创作，杨村彬执笔:《春城无处不飞花》（六场话剧），《收获》1960年第3期，1960年5月。
- 费礼文、艾明之:《风流人物数今朝》（电影文学剧本），《收获》1960年第3期，1960年5月。
- 高琛、庞贵生、李士尧:《跃进花》（小型评剧），《剧本》1960年第5期，1960年5月。
- 上海电机厂业余文工团集体创作:《革新花开》（独幕话剧），《上海戏剧》1960年第6期，1960年6月。
- 铁道路乌鲁木齐铁路文工团集体创作，刘镇、任莫执笔:《两代人》（四幕歌剧），《剧本》1960年第6期，1960年6月。
- 刘丹、冀焕发、王梦菊、马秋平、陈依群:《红心巧匠》（两场话剧），《剧本》1960年第6期，1960年6月。
- 中国青年艺术剧院集体创作:《红浪滚滚》（七场话剧），《北京戏剧》1960年第7期，1960年7月。
- 杜鹏程:《年轻的工程师》（小说），《人民文学》1960年第8期，1960年8月。
- 唐克新:《主人》（短篇小说），《人民文学》1960年第8期，1960年8月。
- 肖木:《宽广的世界》（短篇小说），《上海文学》1960年第8期，1960年8月。
- 王命夫:《三八红旗手》（话剧），《剧本》1960年第8、9号合刊，1960年9月。
- 牡丹江农垦局话剧团集体创作，小范执笔:《北大荒人》，《剧本》1960年第8、9号合刊，1960年9月。

- 上海泰山耐火材料厂工会文工团编剧，全总工人话剧团改编:《战斗之夜》(独幕话剧),《剧本》1960年第8、9期合刊，1960年9月。
- 艾明之:《乐红菊》(小说),《人民文学》1960年第9期，1960年9月。
- 中国青年艺术剧院集体创作，段承滨、许淑娥执笔:《第一线上》(独幕话剧),《剧本》1960年第10期，1960年10月。
- 肖木:《长江的主人》(短篇小说),《人民文学》1960年第11期，1960年11月。
- 李学鳌:《烟囱下面的奇迹》(诗),《人民文学》1960年第11期，1960年11月。

1961年

- 陆文夫:《葛师傅》(短篇小说),《人民文学》1961年第1期，1961年1月。
- 上海电机厂业余文工团集体创作:《革新花开》(独幕话剧),《剧本》1961年第1期，1961年1月。
- 于敏:《王秀兰和姐妹们——报告文学〈平常女人的故事〉选章》,《文艺红旗》1961年2、3月合刊，1961年3月。
- 郭小川:《煤都的回声》(诗),《诗刊》1961年第3期，1961年3月。
- 赵自:《新工长》(短篇小说),《上海文学》1961年第5期，1961年5月。
- 郭小川:《鞍钢一瞥》(诗),《文艺红旗》1961年5、6月合刊，1961年6月。
- 草明原著，朱琳、蓝天野、梅阡、梁秉堃改编:《乘风破浪》(六场话剧),《剧本》1961年5、6月号合刊，1961年6月。
- 韶华:《浪涛滚滚》(中篇选载),《文艺红旗》1961年第7期，1961年7月。
- 马识途:《最有办法的人》(短篇小说),《人民文学》1961年第9期，1961年9月。
- 韶华:《省委书记——中篇小说〈浪涛滚滚〉中的一章》,《文艺红旗》1961年第9期，1961年9月。
- 泽兵改编:《人红物宝》(独幕话剧),《剧本》1961年第9期，1961年9月。

1962年

- 唐克新:《沙桂英》(短篇小说),《上海文学》1962年第2期，1962年2月。
- 黄悌:《尖兵传》,《话剧专刊》，北京：中国戏剧出版社，1962年2月。
- 顾工:《伐木者的小屋》(诗),《人民文学》1962年第4期，1962年4月。
- 赵自:《女儿》(短篇小说),《人民文学》1962年第5期，1962年5月。
- 张士敏:《在码头上》(短篇小说),《解放日报》1962年6月14日。
- 黄声孝:《站起来的长江主人》(第一部)(长诗),《长江文艺》1962年第8、10期，1962年8、10月。
- 舒群:《在厂史以外》(短篇小说),《人民文学》1962年第9期，1962年9月。
- 陆文夫:《介绍》(短篇小说),《人民文学》1962年第9期，1962年9月。
- 艾明之:《群众丙》(小说),《上海文学》1962年第10期，1962年10月。
- 艾明之:《同伴》(小说),《人民文学》1962年第11期，1962年11月。
- 武玉笑:《远方青年》(三幕五场话剧),《剧本》1962年第12期，1962年12月。

1963年

- 陆文夫:《二遇周泰》(短篇小说),《人民文学》1963年第1期，1963年1月。
- 谭棣:《钓鱼》(独幕话剧),《剧本》1963年第1期，1963年1月。
- 刘川:《第二个春天》(六场话剧),《剧本》1963年第1期，1963年1月。
- 碧野:《山高云深处》(散文),《长江文艺》1963年第2期，1963年2月。
- 肖木:《探索》(短篇小说),《上海文学》1963年第2期，1963年2月。
- 陈桂珍:《钟声》(短篇小说),《北方文学》1963年第3期，1963年3月。
- 胡万春:《家庭问题》(短篇小说),《上海文学》1963年第4期，1963年4月。
- 王慧芹:《骏马飞驰》(短篇小说),《北京文艺》1963年第5期，1963年5月。
- 张天民:《路考》(短篇小说),《人民文学》1963年第5期，1963年5月。
- 晓凡:《车间的风雷》(诗),《鸭绿江》1963年第5期，1963年5月。
- 王命夫:《皆大欢喜》(六场话剧),《剧本》1963年第6期，1963年6月。
- 江汗:《搬家》(独幕话剧),《剧本》1963年第7期，1963年7月。
- 魏钢焰:《党的女儿赵梦桃》(报告文学),《延河》1963年第7期，1963年7月。
- 江汗:《搬家》(独幕话剧),《剧本》1963年第7期，1963年7月。
- 魏钢焰:《红桃是怎么开的？——记党的忠实女儿赵梦桃》(报告文学),《人民文学》1963年第7、8期，1963年7、8月。
- 胡宝华:《红花绿叶》(短篇小说),《上海文学》1963年第8期，1963年8月。
- 陈耘:《年青的一代》(四幕话剧),《剧本》1963年第8期，1963年8月。
- 汪浙成 :《大兴安岭人》(独幕话剧),《剧本》1963年第9期，1963年9月。
- 谭棣:《三锤修轴》(独幕话剧),《剧本》1963年第9期，1963年9月。
- 张天民:《养鹿人》(短篇小说),《人民文学》1963年第10期，1963年10月。
- 丛深:《千万不要忘记》(又名《祝你健康》),《剧本》1963年第10、11期合刊，1963年10月。

- 陈桂珍:《钟声》(短篇小说),《人民文学》1963年第11期,1963年11月。
- 马识途:《新来的工地主任》(小说),《四川文学》1963年第11期,1963年11月。
- 胡万春:《内部问题》(中篇小说),《上海文学》1963年第12期,1963年12月。
- 虹口区工人业余文工团集体创作,王金富执笔:《把关》(独幕话剧),《上海戏剧》1963年第12期,1963年12月。
- 集体创作,王金富执笔:《两把锁》(独幕话剧),《剧本》1963年第12期,1963年12月。

1964年

- 肖木:《责任》(短篇小说),《人民文学》1964年第1期,1964年1月。
- 李宏林:《岗旗》(独幕话剧),《剧本》1964年第1期,1964年1月。
- 高思国:《柜台》(独幕话剧),《解放日报》1964年2月2日。
- 李季:《致以石油工人的敬礼》(长诗),《人民日报》1964年2月13日。
- 丛深:《千万不要忘记》(四幕五场话剧),《北方文学》1964年第2期,1964年2月。
- 肖木:《锤与狮》(短篇小说),《人民日报》1964年3月11日。
- 萧育轩:《迎冰曲》(短篇小说),《人民文学》1964年第3期,1964年3月。
- 上海市杨浦区工人文艺创作室戏曲组集体创作,何沔忠执笔:《两地春天》,《上海戏剧》1964年第3期,1964年3月。
- 胡万春、佐临、仝洛编剧,仝洛执笔:《激流勇进》(三幕话剧),《剧本》1964年第3期,1964年3月。
- 胡万春、陈恭敏、费礼文、洪宝坤:《一家人》(六场话剧),《收获》1964年第2期,1964年3月。
- 王慧芹:《三请周文增》(短篇小说),《人民文学》1964年第4期,1964年4月。
- 木生、齐特:《杨柳春风》(独幕剧),《剧本》1964年第4期,1964年4月。
- 高思国(青岛交电器材公司):《柜台》(独幕话剧),《剧本》1964年第4期,1964年4月。
- 栾云桂:《好榜样》(独幕剧),《剧本》1964 年第4期,1964年4月。
- 李季:《钻井队长的故事》(长诗),《人民日报》1964年5月12日。
- 萧育轩:《风光录》(短篇小说),《人民文学》1964年第5期,1964年5月。
- 萧木:《南通落花生》(短篇小说),《人民文学》1964年第5期,1964年5月。
- 李季:《石油歌》(诗),《中国青年》1964年第5期,1964年5月。
- 李清联:《浇铸者》(诗歌),《诗刊》1964年第5期,1964年5月。
- 重庆市话剧团集体创作,石玺、田广才执笔:《比翼高飞》(五场话剧),《四川文艺》1964年4、5月合刊,1964年5月。
- 陈耘、章力挥、徐景贤:《年青的一代》(四幕话剧),《收获》1964年第3期,1964年5月。
- 艾芜:《采油树下》(短篇小说),《人民文学》1964年第6期,1964年6月。
- 河北省唐山市京剧团集体改编:《节振国》(京剧),《剧本》1964年第7期,1964年7月。
- 徐任庄:《锻工之家》(六场话剧),《北方文学》1964年第7期,1964年7月。
- 苏诗社、秋实:《成功以后》(独幕话剧),《剧本》1964年第8期,1964年8月。
- 罗烽、杨煊:《列车在前进——记孙家养路工区》(长篇报告文学),《鸭绿江》1964年第9期,1964年9月。
- 河北省天津市京剧团改编:《六号门》(八场京剧,据同名话剧改编。1964年京剧现代戏观摩演出剧目之一),《剧本》1964年第10期,1964年10月。
- 方琯德、刁光覃、秦在平:《生活的彩练》(四幕话剧),《剧本》1964年第10期,1964年10月。
- 晓凡:《车间风雷》(六首诗),《诗刊》1964年第11期,1964年11月。
- 翁偶虹、阿甲改编:《红灯记》(大型京剧)(1964年京剧现代戏观摩演出剧目之一),《剧本》1964年第11期,1964年11月。
- 戚积广:《车工谣》(诗),《诗刊》1964年第11、12期,1964年11、12月。
- 于世河:《凌雪梅》(短篇小说),《人民文学》1964年第12期,1964年12月。
- 黄悌、万一:《山花烂漫》(大型话剧),《剧本》1964年12月号,1964年12月。

1965年

- 王慧芹:《老保险》(小说),《北京文艺》1965年第1期,1965年1月。
- 赵起扬、于是之、丘扬、禾土:《矿山兄弟》(话剧剧本),《剧本》1965年第1期,1965年1月。
- 包头市白云鄂博职工业余话剧团集体创作,张景太执笔:《洪师傅》(话剧剧本),《剧本》1965年第2期,1965年3月。
- 周正行、葛乃庆、袁一灵:《一千零一天》(四幕现代喜剧),《剧本》1965年第2期,1965年2月。
- 天津人民歌舞剧院改编:《煤店新工人》(独幕歌剧),《河北文学》1965年第2期,1965年2月。
- 包头市白云鄂博职工业余话剧团集体创作,张景太执笔:《洪师傅》(话剧剧本),《剧本》(双月刊)1965年第2期,1965年3月。
- 天津人民歌舞剧院改编:《煤店新工人》(独幕歌剧),《剧本》1965年第2期,1965年3月。
- 李德复:《万紫千红才是春》(短篇小说),《长江文艺》1965年第3期,1965年3月。
- 谢延宁:《凌雪梅》(小话剧,根据于世河同名小说改编),《北京文艺》1965年第3期,1965年3月。
- 高彬、吴新秦、林凤山:《包钢人》(六场话剧),

《剧本》1965年增刊第1号，1965年5月。

- 太原市万柏林职工业余创作组集体创作:《俩师徒》(独幕话剧),《剧本》1965年第3期，1965年5月。
- 太原市食品公司俱乐部集体创作:《我们都是同志》(独幕话剧),《剧本》1965年第3期，1965年5月。
- 陈继光:《目标》(短篇小说),《萌芽》1965年第5期，1965年5月。
- 傅用霖(北京化工建设公司工人):《我的师傅》(短篇小说),《北京文艺》1965年第5期，1965年5月。
- 李德复:《万紫千红才是春》(短篇小说),《人民日报》1965年7月24日。
- 胡书锷、向彬人、唐健平、郑世俊:《电闪雷鸣》(五幕话剧),《剧本》1965年第4期，1965年7月。
- 苏醒(上海拖拉机厂工人):《登高》(独幕话剧),《剧本》1965年第5期，1965年7月。
- 房希(哈尔滨铁路分局):《你帮我赶》(独幕话剧),《剧本》1965年第5期，1965年7月。
- 山东淄博501厂修配车间工人集体创作，孙启修执笔:《换枪》(独幕话剧),《剧本》1965年第5期，1965年7月。
- 尚久骖、吴云龙:《战油田》(六场话剧),《新疆文学》1965年第7、8期，1965年7、8月。
- 陈继光:《目标》(短篇小说),《人民文学》1965年第8期，1965年8月。
- 重庆市话剧团集体创作，石玺、田广才执笔:《比翼高飞》(五场话剧),《剧本》1965年第6期，1965年11月。

1966年

- 大庆职业家属集体讨论，孙维世编剧:《初升的太阳》(六场话剧),《剧本》1966年第2期，1966年3月。
- 集体创作，万腊林执笔:《光荣的车务员》(独幕话剧),《长江文艺》1966年第3期，1966年3月。
- 黄声孝:《站起来的长江主人》(第二部)(长诗),《长江文艺》1966年第5期，1966年5月。

1967年

- 本年各地出版机构处于瘫痪状态。期刊绝大多数停刊，全国只剩下23种。

1970年

- 中国京剧院集体改编:《红灯记》(革命样板戏，1970年5月演出本),《红旗》1970年第5期。

1972年

- 大庆革委会报道组、新华社记者:《中国工人阶级的先锋战士——铁人王进喜》,《人民日报》1972年1月27、28日。
- 上海京剧团《海港》剧组集体改编:《海港》(1972年1月演出本),《红旗》1972年第2期，1972年2月。
- 傅用霖(北京化工机械厂工人):《老库长》(短篇小说),《北京新文艺》试刊第3期，1972年5月。
- 张宝申(工人):《好代表》(诗),《北京新文艺》试刊第4期，1972年10月。

1973年

- 傅用霖(工人):《百年大计》(短篇小说),《北京文艺》1973年第1期，1973年1月。
- 广州钢铁厂业余文艺宣传队《龙腾虎跃》创作组:《龙腾虎跃》(独幕话剧),《广州文艺》1973年第1期，1973年1月。
- 刘彦林:《东风浩荡》(长篇小说连载),《河北文艺》1973年第1期，1973年1月。
- 蒋子龙:《三个起重工》(短篇小说),《天津文艺》试刊第1期，1973年1月。
- 张宝申(永定机械厂工人):《在厂区大道上》(诗歌),《北京文艺》1973年第2期，1973年3月。
- 郑万隆(工人):《一个心眼》(短篇小说),《北京文艺》(双月刊)1973年第3期，1973年5月。
- 清明(萧木):《初春的早晨》(短篇小说),《朝霞》(上海文艺丛刊)，上海：上海人民出版社1973年5月。
- 士敏:《暗礁》(短篇小说),《朝霞》(上海文艺丛刊)，上海：上海人民出版社1973年5月。
- 立夏(萧木):《金钟长鸣》(短篇小说),《金钟长鸣》(上海文艺丛刊)，上海：上海人民出版社，1973年8月。
- 士敏:《胸怀》(短篇小说),《金钟长鸣》(上海文艺丛刊)，上海：上海人民出版社1973年8月。
- 谷雨(萧木):《第一课》(短篇小说),《金钟长鸣》(上海文艺丛刊)，上海：上海人民出版社，1973年8月。
- 于炳坤、方胜:《金色的熔炉》,《珍泉》(上海文艺丛刊·电影、话剧剧本专辑)，上海：上海人民出版社，1973年12月。

1974年

- 傅用霖(北京化工机械厂工人):《新队长》(短篇小说),《北京文艺》1974年第1期，1974年1月。
- 陆俊超:《女船长》(短篇小说),《朝霞》月刊1974年第1期，1974年1月。
- 夏兴:《初试锋芒》(短篇小说),《朝霞》月刊1974年第1期，1974年1月。
- 姚真:《红卫兵战旗》(短篇小说),《朝霞》月刊1974年第1期，1974年1月。
- 段瑞夏:《电视塔下》(短篇小说),《朝霞》月刊1974年第1期，1974年1月。
- 蒋子龙:《压力》(短篇小说),《天津文艺》1974年第1期，1974年1月。
- 中华造船厂"三结合"业余创作小组:《追图》(短篇小说),《朝霞》月刊1974年第2期，1974

年2月。
- 边风豪:《钢厂新人》(短篇小说),《朝霞》月刊1974年第2期，1974年2月。
- 蒋子龙:《春雷》(短篇小说),《天津文艺》1974年第3期，1974年3月。
- 蒋子龙:《势如破竹》(短篇小说),《天津文艺》1974年第3期，1974年3月。
- 潘福海(邯钢工人):《乘风破浪》(短篇小说),《河北文艺》1974年第3期，1974年3月。
- 崔洪瑞:《一篇揭矛盾的报告》(短篇小说),《朝霞》月刊1974年第4期，1974年4月。
- 俞云泉:《潜力》(短篇小说),《朝霞》月刊1974年第4期，1974年4月。
- 华杉:《纳新》(短篇小说),《北京文艺》1974年第5期，1974年5月。
- 傅用霖(北京化工机械厂工人):《又一个回合》,《北京文艺》1974年第5期，1974年5月。
- 高思国:《立足点》(独幕话剧),《山东文学》1974年第5期，1974年3月。
- 杨中言、楼耀福:《一往无前的人》(短篇小说),《朝霞》月刊1974年第7期，1974年7月。
- 朱敏慎:《心中的炉火》(短篇小说),《朝霞》月刊1974年第7期，1974年7月。
- 上海工人文化宫业余小戏班集体创作，贺国甫、黄荣彬执笔:《工厂的主人》(独幕话剧),《朝霞》月刊1974年第7期，1974年3月。
- 史汉富:《布告》(短篇小说),《朝霞》月刊1974年第8期，1974年8月。
- 陈继光:《铁道工人之歌》(散文),《朝霞》月刊1974年第8期，1974年8月。
- 胡万春:《新人小传》(短篇小说),《朝霞》月刊1974年第9期，1974年9月。
- 段瑞夏:《典型发言——续〈一篇揭矛盾的报告〉》(短篇小说),《朝霞》月刊1974年第9期，1974年9月。
- 胡廷楣:《车长》(短篇小说),《朝霞》月刊1974年第9期，1974年9月。
- 边风豪:《新的镜头》(短篇小说),《朝霞》月刊1974年第11期，1974年11月。
- 秦节、顾绍文:《金色的路》(短篇小说),《朝霞》月刊1974年第11期，1974年11月。
- 张长公:《最后一个工班》(短篇小说),《朝霞》月刊1974年第11期，1974年11月。

1975年

- 朱敏慎:《广场附近的供应点》(短篇小说),《朝霞》月刊1975年第1期，1975年1月。
- 段瑞夏:《十年树人》(短篇小说),《朝霞》月刊1975年第1期，1975年1月。
- 朱敏慎:《营业之外》(短篇小说),《朝霞》月刊1975年第3期，1975年3月。
- 张士敏:《深度》(短篇小说),《朝霞》月刊1975年第3期，1975年3月。
- 蒋子龙:《势如破竹》(短篇小说),《天津文艺》1975年第3期，1975年3月。
- 张宝申(永定机械厂):《新的一课》(外一首),《北京文艺》1975年第3期，1975年3月。
- 胡万春:《战地春秋》(中篇小说),《战地春秋》(朝霞丛刊)，上海：上海人民出版社，1975年3月。
- 张宝申:《祖国颂歌》(诗),《北京文艺》1975年第5期，1975年5月。
- 陈建功:《尚奎师傅》(短篇小说),《北京文艺》1975年第6期，1975年6月。
- 张宝申:《十五把大锤》(外一首),《北京文艺》1975年第6期，1975年6月。
- 刘载德:《“主人栏”前》(独幕话剧),《朝霞》月刊1975年第6期，1975年6月。
- 赵自:《底脚》(短篇小说),《序曲》(朝霞丛刊),上海：上海人民出版社1975年6月。
- 段瑞夏:《这不是偶然的》(短篇小说),《朝霞》月刊1975年第7期，1975年7月。
- 刘绪源:《女采购员》(短篇小说),《朝霞》月刊1975年第8期，1975年8月。
- 史汉富:《普通一员》(短篇小说),《朝霞》月刊1975年第9期，1975年9月。
- 刘观德:《钢厂笛声》(短篇小说),《朝霞》月刊1975年第9期，1975年9月。
- 张天民执笔:《创业》(电影文学剧本),《解放军文艺》1975年第10期，1975年10月。
- 刘绪源、蒋明德:《光明磊落》(短篇小说),《朝霞》月刊1975年第10期，1975年10月。
- 杨森、董德兴:《无产者》(短篇小说),《朝霞》月刊1975年第10期，1975年10月。
- 胡万春:《永不停步》(短篇小说),《朝霞》月刊1975年第10期，1975年10月。
- 屈兴岐:《伐木人传》(长篇连载),《黑龙江文艺》1975年第11期，1975年11月。
- 赵自:《山灯》(短篇小说),《闪光的工号》(朝霞丛刊),上海：上海人民出版社，1975年12月。
- 张盛荣:《春回龙泉》(六场话剧),《闪光的工号》(朝霞丛刊)，上海：上海人民出版社，1975年12月。

1976年

- 蒋子龙:《机电局长的一天》(小说),《人民文学》1976年第1期，1976年1月。
- 蒋子龙:《机电局长》(中篇小说连载),《天津文艺》1976年第1—7期，1976年1—7月。
- 段瑞夏:《为革命委员会站岗的人》(短篇小说),《朝霞》月刊1976年第1期，1976年1月。
- 姚真:《峥嵘岁月》(短篇小说),《朝霞》月刊1976年第1期，1976年1月。
- 董德兴、胡廷楣:《高瞻远瞩》(短篇小说),《朝霞》月刊1976年第1期，1976年1月。
- 士敏:《标灯闪闪》(短篇小说),《朝霞》月刊1976年第1期，1976年1月。
- 段瑞夏:《严峻的考验》(短篇小说),《人民文学》

1976年第2期，1976年2月。
- 周永年:《主人》(短篇小说),《人民文学》1976年第3期，1976年3月。
- 蒋子龙:《铁锨传》(短篇小说),《人民文学》1976年第4期，1976年4月。
- 李南山、苗晓:《高山尖兵》(六场话剧),《青海文艺》1976年第4期，1976年4月。
- 蒋焕孙:《占领》(短篇小说),《人民文学》1976年第5期，1976年5月。
- 士敏:《潜流》(短篇小说),《人民文学》1976年第5期，1976年5月。
- 林正义:《五月惊雷》(短篇小说),《朝霞》月刊1976年第5期，1976年5月。
- 邵华:《中流砥柱》(短篇小说),《朝霞》月刊1976年第5期，1976年5月。
- 俞天白、王锦园:《第一号文件》(短篇小说),《朝霞》月刊1976年第5期，1976年5月。
- 陆天明:《火，通红的火》(四幕话剧),《火，通红的火》(朝霞丛刊)，上海：上海人民出版社，1976年6月。
- 张峻:《矿山钢梁》(短篇小说),《人民文学》1976年第6期，1976年6月。
- 傅用霖、张镃:《风雪征途》(短篇小说),《北京文艺》1976年第6期，1976年6月。
- 史汉富:《东西南北中》(短篇小说),《朝霞》月刊1976年第7期，1976年7月。
- 朱和平:《铁厂纪事》(短篇小说),《朝霞》月刊1976年第7期，1976年7月。
- 江苏省镇江市轻化纺工业局工人业余创作组创作，李晓农执笔:《岗哨》(独幕剧),《人民戏剧》1976年第3期，1976年7月。
- 陈建功:《荷泽惊澜》(短篇小说),《北京文艺》1976年第8期，1976年8月。
- 士敏:《铁肩谱》(短篇小说),《铁肩谱》(朝霞丛刊)，上海：上海人民出版社，1976年9月。
- 铁道路四方机车车辆工厂工人符加雷:《起跑线上》(独幕话剧),《人民戏剧》1976年第5期，1976年9月。
- 李存葆:《油城礼赞》(诗),《山东文艺》1976年第5期，1976年10月。
- 大庆油田、长春电影制片厂《创业》创作组集体创作，张天民执笔:《创业》(电影文学剧本),《人民文学》1976年第8期，1976年11月。

1977年

- 傅用霖:《退休之前》(短篇小说),《北京文艺》1977年第5期，1977年5月。
- 郭学勤:《锣鼓咚咚》(独幕话剧),《人民戏剧》1977年第7期，1977年7月。
- 张光年:《英雄钻井队》(长篇叙事诗),《诗刊》1977年第9期，1977年9月。
- 丛深:《悲喜之秋》(六场话剧),《人民戏剧》1977年第11期，1977年11月。
- 关守中:《松涛曲》(四幕话剧),《黑龙江文艺》1977年第12期，1977年12月。

1978年

- 顾尔镡、方洪友:《峥嵘岁月》(五幕话剧),《人民戏剧》1978年第1期，1978年1月。
- 顾尔镡、方洪友:《峥嵘岁月》(五幕话剧),《中国戏剧》1978年第1期，1978年1月。
- 李佩甫:《青年建设者》(短篇小说),《河南文艺》1978年第1期，1978年1月。
- 张宝申:《下班后》(诗),《北京文艺》1978年第3期，1978年3月。
- 从维熙:《女瓦斯员》(短篇小说),《上海文学》1978年第5期，1978年5月。
- 陈国凯:《开门红》(短篇小说),《作品》1978年第7期，1978年7月。
- 孔捷生:《锁王传略》(短篇小说),《作品》1978年第10期，1978年10月。

1979年

- 陈国凯:《我应该怎么办？》(短篇小说),《作品》1979年第2期，1979年2月。
- 张宝申:《写在沸腾的厂区》(诗),《福建文学》1979年第2期，1979年2月。
- 张宝申:《钢铁的使者》(诗),《北京文艺》1979年第3期，1979年3月。
- 崔德志:《报春花》(七场话剧),《剧本》1979年第4期，1979年4月。
- 焦祖尧:《力量》(短篇小说),《钟山》1979年第4期，1979年4月。
- 张学梦:《现代化和我们自己——写给和我一样对“四化”无知的人们》(诗),《诗刊》1979第5期，1979年5月。
- 唐洪忱:《冷暖之间》(独幕话剧),《剧本》1979年第6期，1979年6月。
- 蒋子龙:《乔厂长上任记》(短篇小说),《人民文学》1979年第7期，1979年7月。
- 赵梓雄:《未来在召唤》(话剧),《当代》创刊号，1979年7月。
- 赵梓雄:《未来在召唤》(三幕十一场话剧·修改稿),《剧本》1979年第8期，1979年8月。
- 孔捷生《因为有了她》(短篇小说),《人民文学》1979年第10期，1979年10月。

1980年

- 水运宪:《为了幸福，干杯》(话剧),《芙蓉》1980年第1期，1980年1月。
- 陈国凯:《代价》(中篇小说),《当代》1980年第1期，1980年1月。
- 蒋子龙:《乔厂长后传》(短篇小说),《人民文学》1980年第2期，1980年2月。
- 洪洋:《工程师的一段恋爱史》(中篇小说),《当代》1980年第2期，1980年3月。
- 胡万春:《花落何处？》(中篇小说),《长城》1980年第3期，1980年3月。
- 蒋子龙:《一个工厂秘书的日记》,《新港》1980年第5期，1980年5月。《小说月报》1980年第

7期和《新华文摘》1980年第11期转载。
- 韶华:《你方唱罢他登场》(短篇小说),《北方文学》1980年第5期,1980年5月。
- 瞿新华:《愿你心灵更美好》(独幕话剧),《陕西戏剧》1980年第6期,1980年6月。
- 马中骏、贾鸿源、瞿新华:《屋外有热流》(话剧),《剧本》1980年第6期,1980年6月。
- 陈建功:《盖棺》(短篇小说),《北京文艺》1980年第6期,1980年6月。
- 胡万春:《企望》(短篇小说),《北京文艺》1980年第7期,1980年7月。
- 高思国、钱涂:《白云歌》(独幕话剧),《黑龙江戏剧》(季刊)1980年第3期,1980年7月。
- 陈建功:《丹凤眼》(短篇小说),《北京文艺》1980年第8期,1980年8月。
- 郑万隆:《车间主任和他的儿子》(短篇小说),《新港》1980年第8期,1980年8月。
- 屈兴岐:《闲谈》(短篇小说),《北京文艺》1980年第9期,1980年9月。
- 屈兴岐、吕中山:《第三十次突击——记供热工程师李承泽》(报告文学),《当代》1980年第3期,1980年9月。
- 张学梦:《前进,二万万》(诗),《诗刊》1980年第10期,1980年10月。
- 柯云路:《三千万》(短篇小说),《人民文学》1980年第11期,1980年11月。
- 中杰英:《灰色王国的黎明》(三幕话剧),《剧本》1980年第11期,1980年11月。
- 程树榛:《励精图治》(报告文学),《当代》1980年第2期,1980年11月。
- 蒋子龙:《开拓者》(中篇小说),《十月》1980年第6期,1980年11月。
- 孔捷生:《那过去了的……》(短篇小说),《花城》1980年第6期,1980年11月。
- 宗福先、贺国甫:《血,总是热的》(话剧),《剧本》1980年第12期,1980年12月。

1981年

- 水运宪:《祸起萧墙》(中篇小说),《收获》1981年第1期,1981年1月。
- 叶之蓁:《我们正年轻》(小说),《湘江文艺》1981年第1期,1981年1月。
- 高思国、钱涂:《风向杜鹃吹来》(独幕话剧),《戏剧丛刊》(季刊)1981年第1期,1981年1月。
- 周于和:《在命运的漩涡里》(六场话剧),《新剧作》1981年第1期,1981年1月。
- 陈国凯:《工厂奇人》(中篇小说),《芙蓉》1981年第1期,1981年1月。
- 谭谈:《山道弯弯》(中篇小说),《芙蓉》1981年第1期,1981年1月。
- 李良杰:《人生》(长篇小说),《红岩》1981年第1期,1981年1月。
- 王昌定:《风论》(中篇小说),《红岩》1981年第1期,1981年1月。
- 焦祖尧:《复苏》(短篇小说),《当代》1981年第1期,1981年1月。
- 陆文夫:《唐巧娣翻身》(短篇小说),《上海文学》1981年第2期,1981年2月。
- 蒋子龙:《螺旋》(短篇小说),《芙蓉》1981年第2期,1981年2月。
- 颜新云:《奇怪的女厂长》(短篇小说),《广西文艺》1981年第2期,1981年2月。《作品与争鸣》1981年第10期转载。
- 史美俊:《对手和情人》(独幕话剧),《新剧作》1981年第2期,1981年3月。
- 高满堂、高书堂:《后窗》(短篇小说),《海燕》1981年第3期,1981年3月。《小说选刊》1981年第5期转载。
- 张学梦:《劳动者的尊严》(外一首),《诗刊》1981年第3期,1981年3月。
- 石玉新:《请你记住》(独幕话剧),《河北戏剧》1981年第4期,1981年4月。
- 胡万春:《广告人》(短篇小说),《百花洲》(文学季刊)1981年第2期,1981年4月。
- 郑万隆:《年轻的朋友们》(小说),《当代》1981年第2期,1981年4月。
- 任罡:《为了现代化》(独幕话剧),《河北戏剧》1981年第5期,1981年5月。
- 蒋子龙:《一个女工程师的自述》(小说),《文汇》月刊1981年第5期,1981年5月。《新华文摘》1981年第9期转载。
- 雷加:《足迹所到的地方》(短篇小说),《当代》1981年第3期,1981年5月。
- 梁星明:《快乐的单身汉》(六幕九场话剧),《上海戏剧》1981年第6期,1981年6月。《新剧作》1982年第1期转载。
- 孔捷生:《最后一夜》(短篇小说),《广州文艺》1981年第6期,1981年6月。
- 陈国凯:《厂长退休了》(短篇小说),《花城》1981年第4期,1981年7月。
- 蒋子龙:《赤橙黄绿青蓝紫》(中篇),《当代》1981年第4期,1981年7月。
- 张洁:《沉重的翅膀》(长篇小说),《十月》1981年第4、5期,1981年8、10月。
- 屈兴岐:《燃烧的糜子》(短篇小说),《北方文学》1981年第9期,1981年9月。
- 张士敏:《因为我是女人》(短篇小说),《文汇》月刊1981年第9期,1981年9月。《作品与争鸣》1982年第2期转载。
- 张学梦:《工业抒情诗》(六首),《星星》诗刊1981年第9期,1981年9月。
- 段承滨、王迪:《重任》(五场话剧),《剧本》1981年第9期,1981年9月。
- 达理:《路障》(短篇小说),《海燕》1981年第10期,1981年10月。
- 陈建功:《辘轳把胡同9号》(短篇小说),《北京文学》1981年第10期,1981年10月。
- 贾鸿源、马中骏:《路——写给开拓新路的年轻一代》(五幕现代话剧),《剧本》1981年第10

期，1981年10月。《新华文摘》1982年第2期转载。
- 孙少山:《燃烧》(短篇小说)，《北方文学》1981年第11期，1981年11月。
- 李思诚:《分忧》(四场话剧)，《天津日报》1981年12月23—26日。
- 翁树杰:《我们厂里的年轻人》(短篇小说)，《福建文学》1981年第12期，1981年12月。
- 孔捷生:《生死劫》(短篇小说)，《北京文学》1981年第12期，1981年12月。
- 王梓夫:《厂长女儿的奇遇》(短篇小说)，《广州文艺》1981年第12期，1981年12月。

1982年

- 吕雷:《火红的云霞》(短篇小说)，《人民文学》1982年第1期，1982年1月。
- 张学梦:《工业抒情诗》(二首)，《诗刊》1982年第1期，1982年1月。
- 邹维之:《初春》(五场话剧)，《福建戏剧》1982年第1期，1982年1月。《剧本》1982年第4期转载。
- 梁秉堃:《谁是强者》(六场话剧)，《剧本》1982年第1期，1982年1月。
- 梁星明、杨时文:《快乐的单身汉》(电影文学剧本，根据同名话剧改编)，《新剧作》1982年第1期，1982年1月。
- 胡廷源、李尚奎、吴双艺:《甜酸苦辣》(六场滑稽戏)，《新剧作》1982年第1期，1982年1月。
- 方方:《"大篷车"上》(短篇小说)，《长江文艺》1982年第2期，1982年2月。
- 孙少山:《八百米深处》，《北方文学》1982年第2期，1982年2月。《小说选刊》1982年第4期、《新华文摘》1982年第9期转载。
- 蒋法武:《窑神》(短篇小说)，《清明》1982年第2期，1982年2月。
- 蒋子龙:《拜年》(小说)，《人民文学》1982年第3期，1982年3月。《新华文摘》1982年第6期转载。
- 程树榛:《励精图治续记》(报告文学)，《当代》1982年第2期，1982年3月。
- 吴文(北京新立机械厂工人):《锁心》(独幕话剧)，《剧本》1982年第3期，1982年3月。
- 陈村:《癌》(中篇小说)，《百花洲》(文学双月刊)1982年第2期，1982年3月。
- 晨原:《赤橙黄绿青蓝紫》(电视连续剧，根据蒋子龙同名小说改编)，《中国电视》1982年第4期，1982年4月。第5、6期续完。
- 萧育轩:《孟广德那老头》(短篇小说)，《人民文学》1982年第5期，1982年5月。
- 沙叶新、李守成、姚明德:《大幕已经拉开》(六场话剧)，《剧本》1982年第5期，1982年5月。
- 余叔芹、洪宝坤:《风》(六场话剧)，《新剧作》1982年第6期，1982年6月。
- 余叔芹、洪宝坤:《风》(六场话剧)，《上海艺术评论》1982年第6期，1982年6月。
- 方方:《啊，朋友》(短篇小说)，《长江文艺》1982年第7期，1982年7月。
- 王景愚:《可口可笑》(四幕讽刺喜剧)，《剧本》1982年第7期，1982年7月。
- 顾威:《风急天高》(原名《不尽长江》，六场话剧)，《当代》1982年第4期，1982年7月。
- 李良杰:《悠悠岁月》(中篇小说)，《百花洲》(文学双月刊)1982年第4、5期，1982年7、9月。
- 孔捷生:《普通女工》(中篇小说)，《小说界》1982年第3期，1982年8月。
- 屈兴岐:《新车落户记》(短篇小说)，《北京文学》1982年第8期，1982年8月。
- 陈国凯:《哨声嚁嚁》(短篇小说)，《北京文学》1982年第8期，1982年8月。
- 经绍维(执笔)、王飘、蒋荣鑫:《美丽的心灵》(五幕滑稽戏)，《新剧作》1982年第4期，1982年8月。
- 经绍维(执笔)、王飘、蒋荣鑫:《美丽的心灵》(五幕滑稽戏)，《上海艺术评论》1982年第4期，1982年8月。
- 陈国凯:《一只汽油桶》(短篇小说)，《当代》1982年第5期，1982年9月。
- 张学梦:《工矿抒情诗》(二首)，《十月》1982年第5期，1982年9月。
- 黄小振:《暴风雨之夜》(独幕话剧)，《黑龙江戏剧》1982年第5期，1982年9月。
- 盛和煜、汪荡平:《现在的年轻人哪……》(四幕轻歌剧)，《剧本》1982年第9期，1982年9月。
- 陈国凯:《好人阿通》(中篇小说)，《花城》1982年第6期，1982年11月。
- 陈冲:《厂长今年二十六》(中篇小说)，《当代》1982年第6期，1982年11月。
- 王景愚、吴沛玉、玉生:《可口可笑》，(四幕讽刺喜剧)《当代戏剧》1982年第11期。

1983年

- 陈国凯:《平常的一天》(中篇小说)，《收获》1983年第1期，1983年1月。
- 路歌、平惟康:《生老病死》(独幕话剧)，《剧本》1983年第1期，1983年1月。
- 方方:《班头儿》(短篇小说)，《长江文艺》1983年第1期，1983年1月。
- 陈村:《一个不走运的朋友》(短篇小说)，《上海文学》1983年第1期，1983年1月。
- 陈国凯:《姊妹之间》(中篇小说)，《百花洲》1983年第1期，1983年1月。
- 陈国凯:《工厂姑娘》(中篇小说)，《芙蓉》1983年第1期，1983年1月。
- 张贤亮:《肖尔布拉克》(短篇小说)，《文汇》月刊1983年第2期，1983年2月。
- 肖克凡:《看车姑娘》(短篇小说)，《新港》1983年第3期，1983年3月。《小说月报》1983年第5期转载。
- 焦祖尧:《跋涉者》(长篇小说)，《当代》1983年第2期，1983年3月。

- 中杰英:《哥儿们折腾记》(四幕话剧),《百花洲》1983年第2期，1983年3月。
- 陈冲:《高高的围墙后面》(中篇小说),《长城》1983年第2期，1983年4月。
- 聂鑫森:《师傅、师兄、师弟和我》(中篇小说),《长城》1983年第2期，1983年4月。
- 沈善增:《她在半空中——现代工厂人情初探》(中篇小说),《西湖》1983年第4期，1983年4月。
- 孔捷生:《炒更》(短篇小说),《文汇》月刊1983年第4期，1983年4月。
- 邓刚:《阵痛》(短篇小说),《鸭绿江》1983年第4期，1983年4月。《小说选刊》1983年第9期、《新华文摘》1983年第10期转载。
- 程树榛:《人约黄昏后》(中篇小说),《当代》1983年第3期，1983年5月。
- 张学梦:《工业抒情诗》(组诗),《青年诗坛》1983年第4期，1983年4月。
- 贾鸿源、贺国甫:《有一个航次》(五幕话剧),《新剧作》1983年第5期，1983年5月。
- 史美俊、张志成:《婆婆妈妈》(独幕话剧),《新剧作》1983年第5期，1983年5月。
- 梁星明:《江上汽笛鸣》(独幕话剧),《剧本》1983年第6期，1983年6月。
- 刘庆邦:《矿山儿女》(中篇),《中篇小说新作》1983年第6期，1983年6月。
- 王金富、王俭:《角落里的火花》(六场话剧),《新剧作》1983年第6期，1983年6月。
- 瞿新华、史美俊:《奖品》(独幕话剧),《剧本》1983年第7期，1983年7月。
- 陈村:《地上地下》(短篇小说),《上海文学》1983年第8期，1983年8月。
- 孙少山:《陡坡》,《北方文学》1983年第8期，1983年8月。《小说月报》1983年第10期转载。
- 方方:《看不见的地平线》(短篇小说),《长江文艺》1983年第9期，1983年9月。
- 中杰英:《无言歌》(中篇小说),《百花洲》1983年第5期，1983年9月。
- 达理:《无声的雨丝》(中篇小说),《上海文学》1983年第9期，1983年9月。《小说选刊》1984年第1期转载。
- 孙友田:《矿工与海》(诗),《诗刊》1983年第9期，1983年9月。
- 瞿新华、史美俊:《介绍》(独幕话剧),《剧本》1983年第12期，1983年12月。

1984年

- 陈冲:《无言的群山》(中篇小说),《长城》1984年第1期，1984年1月。
- 张贤亮、杨仁山:《肖尔布拉克——一个汽车司机的故事》(电影文学剧本),《电影新作》1984年第1期，1984年1月。
- 崔德志:《红玫瑰》(七场话剧),《剧本》1984年第1期，1984年1月。
- 张志新:《小站》(四幕话剧),《戏剧创作》1984年第1期，1984年1月。
- 蒋法武:《爷们哥们妯娌们》(短篇小说),《青春》1984年第2期，1984年2月。
- 邹维之:《靠近香港的地方》(六场话剧),《南国戏剧》(双月刊)1984年第2期，1984年3月。
- 陈冲:《小厂来了个大学生》(短篇小说),《人民文学》1984年第4期，1984年4月。
- 张学梦:《工业抒情诗》(组诗),《诗刊》1984年第4期，1984年4月。
- 马中骏、贾鸿源:《街上流行红裙子》(二幕话剧),《收获》1984年第3期，1984年5月。《作品与争鸣》1984年第10期转载。
- 谢民:《一个火葬女工的情史》(悲闹剧),《影剧艺术》1984年第5期。
- 陈村:《走通大渡河》(中篇小说),《百花洲》1984年第3期，1984年5月。
- 莫伸:《蜀道吟》(中篇小说),《昆仑》1984年第5期，1984年5月
- 谭谈:《碑》(中篇小说),《芙蓉》1984年第5期，1984年5月。
- 张贤亮:《浪漫的黑炮》(中篇小说),《文学家》1984年第2期，1984年6月。
- 邓刚:《当我拉紧闸杆》(中篇小说),《长城》1984年第3期，1984年7月。
- 张学梦:《工业抒情诗》(诗),《城市文学》1984年第7期，1984年7月。
- 瞿新华、史美俊、梁星明:《无字的纪念碑》,《新剧作》1984年第4期，1984年8月。
- 中杰英:《吴老九沉浮记》(四幕话剧),《剧本》1984年第9期，1984年9月。
- 孙少山:《冒顶》(中篇小说),《人民文学》1984年第9期，1984年9月。
- 张学梦:《工地上的抒情》(诗),《人民文学》1984年第9期，1984年9月。
- 张学梦:《工业抒情诗》(三首),《芒种》1984年第9期，1984年9月。
- 梁秉堃:《阵痛的时刻》(七场话剧),《剧本》1984年第10期，1984年10月。
- 梁晓声:《父亲》(短篇小说),《人民文学》1984年第11期，1984年11月。
- 周梅森:《崛起的群山》(中篇小说),《花城》1984年第6期，1984年11月。
- 林骥:《特区人》(大型话剧),《剧本》1984年第12期，1984年12月。

1985年

- 刘恒:《狼窝》(中篇小说),《莽原》1985年第1期，1985年1月。
- 多少:《哈！我们这些杂牌铁路工》(短篇小说),《芳草》1985年第1期，1985年1月。《作品与争鸣》1985年第4期转载。
- 王俭:《这里的夜晚不宁静》(五场话剧),《剧本》1985年第1期，1985年1月。
- 方方:《司机秦大宝》(短篇小说),《北京文学》

1985年第3期，1985年3月。

- 龙志毅:《厂长的私生活》(中篇小说),《山花》1985年第3期，1985年3月。
- 贾鸿源:《一个姑娘和六个小伙子》(话剧),《建设者之歌》1985年第3期，1985年3月。
- 赵长天、唐大卫:《老街尽头》(中篇小说),《上海文学》1985年第4期，1985年4月。《新华文摘》1985年第7期转载。
- 张学梦:《考卷与厂长》(中篇小说),《长城》1985年第2期，1985年4月。
- 陈冲:《铁马冰河入梦来》(中篇小说),《当代》1985年第3期，1985年5月。
- 赵长天:《平安坊十七号》(中篇小说),《西湖》1985年第6期，1985年6月。
- 郭襄:《男性王国的女人》(短篇小说),《芙蓉》1985年第6期，1985年6月。
- 王承刚:《你们面临审察》(无场次话剧),《新剧作》1985年第3期，1985年6月。
- 陆永昌(执笔)、张晓然:《风从南国来》(五场话剧),《新剧作》1985年第4期，1985年8月。
- 周梅森:《黑色的太阳》(中篇小说),《花城》1985年第5期，1985年9月。
- 陈国凯:《下里巴人》(中篇小说),《花城》1985年第5期，1985年9月。
- 刘庆邦:《走窑汉》(短篇小说),《北京文学》1985年第9期，1985年9月。
- 曲信先:《未来的信息》(话剧),《新剧本》1985年第5期，1985年9月。
- 许雁:《裂变》(六场话剧),《剧本》1985年第10期，1985年10月。
- 薛勇:《乔厂长卸任记》(中篇小说),《长城》1985年第4期，1985年10月。
- 蒋良琛:《彩色的问号》(八场轻喜剧),《新剧作》1985年第6期，1985年12月。

1986年

- 蒋子龙:《长发男儿》(中篇小说),《天津文学》1986年第2期，1986年2月。《小说月报》1986年第4期、《中篇小说选刊》1986年第3期转载。
- 蒋法武:《瓦斯》(中篇小说),《花城》1986年第2期，1986年3月。
- 谭昌炽:《明天还未到来》(五幕话剧),《新剧本》1986年第2期，1986年3月。
- 马中骏、秦培春:《红房间 白房间 黑房间》(四幕喜剧),《收获》1986年第2期，1986年3月。
- 孙少山:《阴间》(中篇小说),《花城》1986年第3期，1986年5月。
- 中杰英:《哥儿们发财记》(话剧),《新剧本》1986年第3期，1986年5月。
- 杨利民:《黑色的石头》(两幕话剧),《剧作家》1986年第4期，1986年7月。后刊《剧本》1988年第2期。
- 韩冬:《人们说你就要离开工厂》(中篇小说),《长城》1986年第4期，1986年7月。
- 陈冲:《超群出众之辈》(中篇小说),《北京文学》1986年第9期，1986年9月。《作品与争鸣》1987年第5期转载。
- 刘萍:《未消失的余波》(无场次话剧),《戏剧丛刊》1986年第5期，1986年9月。
- 王江:《一个汽车司机的珍藏》(短篇小说),《长城》1986年第5期，1986年9月。
- 殷慧芬、楼耀福:《亚韵》(中篇小说),《长城》1986年第6期，1986年11月。
- 陈冲:《刑天壮舞》(中篇),《百花洲》1986年第6期，1986年11月。

1987年

- 殷慧芬:《衣飘飘兮袂举》(短篇小说),《红岩》1987年第1期，1987年1月。
- 王予、杨宝琛:《铃兰花覆盖的地下》(多场次史诗剧),《剧作家》1987年第1期，1987年1月。
- 翟剑萍、王厚强:《眷恋》(开放式多空间话剧),《戏剧丛刊》1987年第1期，1987年1月。根据王忆惠同名长篇小说改编。
- 高思国:《爱的呼唤》(业余新作),《新剧本》1987年第1期，1987年1月。
- 韩冬:《哥，你像水……》(中篇小说),《芙蓉》1987年第2期，1987年2月。
- 杨咏鸣(舒兰矿务局):《甜的铁，腥的铁》,《上海文学》1987年第3期，1987年3月。《新华文摘》1987年第9期转载。
- 蔡嵘:《一个工人家庭的悲剧》(短篇小说),《天津文学》1987年第4期，1987年4月。
- 罗云虎:《大写的小人物》(中篇小说),《芙蓉》1987年第5期，1987年5月。
- 黄小振:《四十不惑》(七幕话剧),《剧本》1987年第5期，1987年5月。
- 陈村:《故事》(中篇小说),《小说界》1987年第5期，1987年5月。
- 杨宝琛:《孝子贤孙》(大型通俗喜剧),《剧作家》(双月刊)1987年第4期，1987年7月。
- 费明:《初恋时，我们不懂爱情》(剧本),《电影文学》1987年第7期，1987年7月。
- 肖克凡:《黑砂》(中篇小说),《天津文学》1987年第8期，1987年8月。《小说月报》1987年第10期、《小说选刊》1987年第11期转载。
- 池莉:《烦恼人生》(中篇小说),《上海文学》1987年第8期，1987年8月。《小说月报》《小说选刊》1987年第10期、《中篇小说选刊》1988年第4期。
- 方方:《风景》(中篇小说),《当代作家》1987年第5期，1987年10月。
- 沈善增:《曼斯菲尔德》(短篇小说),《文汇》月刊1987年第12期，1987年12月。

1988年

- 杨利民:《黑色的石头》(话剧),《剧本》1988年第2期，1988年2月。
- 张士敏:《死神主宰的航行》(中篇小说),《红岩》

- 1988年第2期，1988年2月。
- 陈国凯:《摩登阿Q》(中篇小说),《百花洲》1988年第2期，1988年2月。
- 肖克凡:《别墅》(短篇小说),《青年文学》1988年第3期，1988年3月。
- 肖克凡:《黑色部落》(中篇小说),《天津文学》1988年第4期，1988年4月。
- 肖克凡:《黑宇》(短篇小说),《广州文艺》1988年第5期，1988年5月。
- 一东(彭忆东):《行星启事》(无场次话剧),《剧本》1988年第5期，1988年5月。
- 陈风:《弄潮》(九幕话剧),《剧本》1988年第5期，1988年5月。
- 周正行:《冒险家的乐园》(多场次喜剧),《上海艺术家》1988年第5、6期合刊，1988年5月。
- 何廷栋、王汉清:《风雨情》(电视文学剧本),《财会通讯》(综合版) 1988年第8期，1988年8月。

1989年

- 陈国凯:《荒唐世事》(长篇),《芙蓉》1989年第1期，1989年1月。
- 孙少山:《黑色的沉默》(中篇小说),《北方文学》1989年第2期，1989年2月。
- 苏雷:《火神与秋女》(无场次话剧),《新剧本》1989年第2期，1989年2月。
- 肖克凡:《黑圈》(短篇小说),《北方文学》1989年第5期，1989年5月。
- 肖克凡:《私死》(短篇小说),《天津文学》1989年第6期，1989年6月。
- 孟可:《希望之海——塔克拉玛干探秘纪实》(报告文学),《当代》1989年第5期，1989年9月。

1990年

- 南翔、丽霞:《没有终点的轨迹》(短篇小说),《百花洲》1990年第1期，1990年1月。
- 韩冬:《春风临夜》(小说),《芙蓉》1990年第1期，1990年1月。
- 杨利民:《大雪地》(话剧),《剧作家》1990年第2期，1990年3月。
- 曹建勋:《将门之女与“拯陆背斜”》(报告文学),《中国作家》1990年第2期，1990年3月。
- 杨咏鸣:《一个采煤工快活的时候》(小说),《短篇小说》1990年第4期，1990年4月。
- 严阵:《来自黑色王国的报告》(报告文学),《花城》1990年第3期，1990年5月。
- 殷慧芬:《厂医梅芳》(短篇小说),《上海文学》1990年第6期，1990年6月。
- 王洪江:《大漠雄驼》(中篇小说),《天津文学》1990年第7期，1990年7月。
- 蔡子谔:《原动力的潜层开掘——刘庄煤矿纪实》(报告文学),《长城》1990年第4期，1990年7月。
- 孙少山:《黑色的诱惑》(中篇小说),《北方文学》1990年第10期，1990年10月。
- 肖克凡:《遗族》(中篇小说),《天津文学》1990年第10期，1990年10月。
- 赵天山:《西圣地》(中篇小说),《十月》1990年第6期，1990年11月。
- 张宝申:《黑头儿和四大名蛋》(戏曲现代戏),《新剧本》1990年第6期，1990年11月。

1991年

- 许雁:《情结》(多场次话剧),《剧本》1991年第1期，1991年1月。
- 李鸣生:《飞向太空港——“亚洲一号”卫星发射纪实》(长篇报告文学),《当代》1991年第1期，1991年1月。
- 池莉:《热也好冷也好活着就好》(短篇小说),《小说林》1991年第1、2期合刊，1991年1月。
- 苏雷:《父亲的车站》(大型话剧),《剧本》1991年第2期，1991年2月。
- 肖克凡:《都是人间城郭》(中篇小说),《中国作家》1991年第2期，1991年3月。
- 殷慧芬:《蜜枣》(短篇小说),《上海文学》1991年第3期，1991年3月。
- 林家品:《蛮峒》(中篇小说),《当代作家》1991年第4期，1991年4月。
- 肖克凡:《失眠》(短篇小说),《青年文学》1991年第6期，1991年6月。
- 代路:《海边有个男儿国》(五场话剧),《剧本》1991年第8期，1991年8月。
- 殷慧芬:《欲望的舞蹈》(短篇小说),《上海文学》1991年第9期，1991年9月。
- 罗盘:《塔克拉玛干——生命的辉煌》(报告文学),《中国作家》1991年第5期，1991年9月。
- 殷慧芬:《迷巷》(短篇小说),《收获》1991年第5期，1991年9月。
- 贺国甫:《大桥》(多场次话剧),《剧本》1991年第12期，1991年12月。
- 谢丽虹、成浩:《外来妹》(电视连续剧),《中国电视》1991年第12期，1991年12月。

1992年

- 殷慧芬:《梦中锦帆》(短篇小说),《萌芽》1992年第1期，1992年1月。
- 张抗抗:《蓝领》(中篇小说),《花城》1992年第1期，1992年1月。
- 殷慧芬:《早晨的陷阱》(短篇小说),《小说界》1992年第5期，1992年5月。
- 毕四海:《承包者》(中篇小说),《青年文学》1992年第6期，1992年6月。
- 王朔:《刘慧芳》(中篇小说),《钟山》1992年第4期，1992年7月。《作品与争鸣》1992年第10期转载。
- 刘庆邦:《白煤》(短篇小说),《小说月报》1992年第7期，1992年7月。
- 张宝申:《黑头儿与四大名蛋》(评剧),《剧本》1992年第8期，1992年8月。

- 毕淑敏:《女人之约》(中篇小说),《青年文学》1992年第8期,1992年8月。《小说月报》1992年第11期、《新华文摘》1993年第3期、《作品与争鸣》1993年第7期转载。
- 韶华:《傻子油漆工》(短篇小说),《长江文艺》1992年第9期,1992年9月。
- 孙少山:《美好姻缘》(中篇小说),《北方文学》1992年第12期,1992年12月。《中篇小说选刊》1993年第3期转载。

1993年

- 郭启祥、陈雅妮:《宝钢,世纪之谜》(报告文学),《人民文学》1993年第1期,1993年1月。
- 李国文、余曼:《海洋在他脚下》(报告文学),《当代》1993年第1期,1993年1月。
- 苏雷:《人生感受》(话剧),《新剧本》1993年第2期,1993年3月。
- 陈建功:《耍叉——谈天说地之七》(短篇小说),《中国作家》1993年第2期,1993年3月。
- 杨建:《寻找潇洒》(报告文学),《人民文学》1993年第5期,1993年5月。
- 马汉、达黄、王学芯:《无锡三杰》(报告文学),《人民文学》1993年第5期,1993年5月。
- 程小莹:《工厂螺旋》(中篇小说),《红岩》1993年第3期,1993年5月。
- 杨宝琛:《留得青山在》(通俗喜剧),《剧作家》1993年第4期,1993年7月。
- 黄传会、张天平:《中国轿车梦——一汽启示录》(报告文学),《人民文学》1993年第7期,1993年7月。
- 沈国凡:《攀枝花钢城赋》(报告文学),《人民文学》1993年第8期,1993年8月。
- 戴晓彤:《啄木鸟》(河北梆子),《剧本》1993年第10期,1993年10月。
- 任斌武:《"上帝"的骄子》(报告文学),《人民文学》1993年第10期,1993年10月。
- 金黎、张志贞:《面对崭新的太阳》(报告文学),《人民文学》1993年第10期,1993年10月。
- 焦祖尧:《归去》(中篇小说),《人民文学》1993年第10期,1993年10月。《小说月报》1994年第1期、《作品与争鸣》1994年第7期转载。
- 关生:《热闹的家庭》(五场现代轻喜剧),《剧本》1993年第11期,1993年11月。
- 王炬:《你死我活》(短篇小说),《草原》1993年第12期,1993年12月。《小说月报》1993年第9期、《新华文摘》1994年第3期转载。
- 程小莹:《工人情趣》(短篇小说),《萌芽》1993年第12期,1993年12月。

1994年

- 谈歌:《我曾让你傻半天》(中篇小说),《天津文学》1994年第1期,1994年1月。
- 肖克凡:《遗少》(中篇小说),《当代》1994年第2期,1994年3月。
- 刘醒龙:《孔雀绿》(中篇小说),《芳草》1994年第4期,1994年4月。《小说月报》1994年第6期转载。
- 廉海平:《这里有座矿井》(无场次话剧),《剧作家》1994年第3期,1994年5月。
- 杨宝琛:《大青山》(四场话剧),《剧本》1994年第7期,1994年7月。
- 苏童:《肉联厂的春天》(中篇小说),《收获》1994年第5期,1994年9月。
- 肖克凡:《一天八小时工作》(短篇小说),《青年文学》1994年第10期,1994年10月。

1995年

- 孙少山:《要塞》(中篇小说),《北方文学》1995年第1期,1995年1月。《中篇小说选刊》1995年第4期转载。
- 冰泉:《悲剧发生以后》(中篇小说),《清明》1995年第2期,1995年2月。
- 李肇正:《女工》(中篇小说),《清明》1995年第4期,1995年4月。
- 李肇正:《龙山吟》(中篇小说),《当代》1995年第3期,1995年5月。
- 谈歌:《年底》(中篇小说),《中国作家》1995年第3期,1995年5月。《小说月报》1995年第8期、《作品与争鸣》1996年第1期转载。
- 刘阳春:《厂长人事录》(中篇小说),《芙蓉》1995年第5期,1995年5月。
- 谈歌:《天下大事》(中篇小说),《北京文学》1995年第6期,1995年6月。《中篇小说选刊》1995年第5期、《作品与争鸣》1995年第11期转载。
- 谈歌:《厕觞》(中篇小说),《天津文学》1995年第11期,1995年11月。
- 徐频莉:《血亲》(大型话剧),《剧本》1995年第11期,1995年11月。
- 刘醒龙:《生命是劳动与仁慈》(长篇小说),《江南》1995年第6期、1996年第1期,1995年11月、1996年1月。

1996年

- 谈歌:《大厂》(中篇小说),《人民文学》1996年第1期,1996年1月。《小说选刊》1996年第2期、《新华文摘》1996年第5期转载。
- 刘醒龙:《分享艰难》(中篇小说),《上海文学》1996年第1期,1996年1月。《小说月报》1996年第3期、《中篇小说选刊》1996年第2期、《作品与争鸣》1996年第5期转载。
- 苏雷:《男人本色》(话剧),《新剧本》1996年第1期,1996年1月。
- 聂鑫森:《工友二题》(短篇小说),《山西文学》1996年第3期,1996年3月。《小说月报》1996年第5期转载。
- 关仁山:《破产》(中篇小说),《人民文学》1996年第5期,1996年5月。《作品与争鸣》1996年第9期转载。
- 谈歌:《城市行为》(中篇小说),《春风》1996年第6期，1996年6月。《作品与争鸣》1996年第12期转载。

- 李佩甫:《学习微笑》(中篇小说),《青年文学》1996年第6期，1996年6月。《小说选刊》1996年第9期、《中篇小说选刊》1996年第6期、《新华文摘》1997年第2期、《作品与争鸣》1997年第2期转载。
- 肖克凡:《最后一个工人》(中篇小说),《小说家》1996年第6期，1996年6月。《中篇小说选刊》1997年第1期转载。
- 徐坤:《沈阳啊沈阳》(中篇小说),《青年文学》1996年第7期，1996年6月。《小说月报》1996年第9期转载。
- 谈歌:《雪崩》(短篇小说),《当代》1996年第4期，1996年7月。
- 谈歌:《天下匆匆》(中篇小说),《百花洲》1996年第4期，1996年7月。
- 谈歌:《城市热风》(中篇小说),《北京文学》1996年第7期，1996年7月。
- 谈歌:《热风》(中篇小说),《十月》1996年第4期，1996年7月。
- 谈歌:《大厂》(续篇)(中篇小说),《人民文学》1996年第8期，1996年8月。
- 谈歌:《雪崩》(中篇小说),《当代》1996年第4期，1996年7月。
- 杨利民:《地质师》(四幕话剧文学本),《剧作家》1996年第5期，1996年9月。《剧本》1997年第2期转载。
- 隆振彪:《卖厂》(短篇小说),《湖南文学》1996年第9期，1996年9月。《作品与争鸣》1997年第2期转载。
- 谈歌:《车间》(中篇小说),《上海文学》1996年第10期，1996年10月。
- 肖克凡:《最后一个工人》(中篇小说),《小说家》1996年第6期，1996年11月。《中篇小说选刊》1997年第1期转载。
- 于卓:《七千万》(中篇小说),《人民文学》1996年第12期，1996年12月。《小说月报》1997年第2期、《作品与争鸣》1997年第8期转载。

1997年

- 梁晓声:《钳工王》(中篇小说),《北京文学》1997年第1期，1997年1月。《中篇小说选刊》1997年第3期转载。
- 刘醒龙:《寂寞歌唱》(长篇小说),《小说家》1997年第1期，1997年1月。
- 李肇正:《啊，城市!》(中篇小说),《当代》1997年第1期，1997年1月。
- 毕四海:《最后的资本家》(短篇小说),《青年文学》1997年第2期,1997年2月。《作品与争鸣》1997年第5期转载。
- 冰泉:《麒麟沟》(中篇小说),《飞天》1997年第2期，1997年2月。
- 李肇正:《穷人》(中篇小说),《北方文学》1997年第3期，1997年3月。
- 谈歌:《天下忧年》(中篇小说),《北京文学》1997年第3期，1997年3月。
- 殷慧芬:《涩重的足音》(中篇小说),《百花洲》1997年第2期，1997年3月。
- 谈歌:《危矿》(中篇小说),《春风》1997年第3期，1997年3月。《作品与争鸣》1997年第9期转载。
- 傅用霖:《一溜烟儿和追风腿》(中篇小说),《百花洲》1997年第3期，1997年5月。
- 冰泉:《麒麟沟》(中篇小说),《小说家》1997年第5期，1997年5月。
- 谈歌:《年初》(中篇小说),《中国作家》1997年第5期，1997年5月。《作品与争鸣》1998年第1期转载。
- 张欣:《你没有理由不疯》(中篇小说),《上海文学》1997年第6期,1997年6月。《作品与争鸣》1997年第10期转载。
- 肖克凡:《最后一座工厂》(中篇小说),《当代》1997年第4期，1997年7月。《作品与争鸣》1998年第2期转载。
- 石零:《生逢其时》(根据肖克凡《最后一个工人》改编),《新剧本》1997年第4期，1997年7月。
- 谈歌:《下岗》(中篇小说),《百花洲》1997年第4期，1997年7月。
- 孙少山:《山那边世界》(中篇小说),《鸭绿江》1997年第8期，1997年8月。
- 张国擎:《斜阳与辉煌》(中篇小说),《当代》1997年第5期，1997年9月。
- 陈国凯:《初到广州》(中篇小说),《百花洲》1997年第5期，1997年9月。
- 刘恒:《贫嘴张大民的幸福生活》(中篇小说),《北京文学》1997年第10期,1997年10月。《新华文摘》1998年第1期、《中篇小说选刊》1998年第1期转载。
- 李肇正:《同林鸟》(中篇小说),《百花洲》1997年第6期，1997年11月。
- 许雁:《男儿有泪》(剧本),《新剧本》1997年第6期，1997年11月。

1998年

- 肖克凡:《堡垒漂浮》(中篇小说),《中篇小说选刊》1998年第1期，1998年1月。
- 谈歌:《乡关何处》(中篇小说),《特区文学》1998年第3期，1998年3月。《作品与争鸣》1998年第12期转载。
- 翟枫树、匡子亮(执笔):《在那座丰碑下》(大型话剧),《剧本》1998年第4期，1998年4月。
- 肖克凡:《男工张义》(短篇小说),《延河》1998年第5期，1998年5月。《中华文学选刊》1998年第5期转载。
- 卢郎:《工会》(中篇小说),《红岩》(双月刊)1998年第3期，1998年5月。
- 于卓:《八千万》(中篇小说),《十月》1998年第3期，1998年5月。《小说月报》1998年第7期转载。获首届中华铁人文学奖。

- 李肇正:《城市生活》(中篇小说),《人民文学》1998年第6期,1998年6月。《小说月报》1998年第8期、《新华文摘》1998年第10期、《作品与争鸣》1998年第11期转载。
- 肖克凡:《暖冬》(中篇小说),《百花洲》1998年第6期,1998年11月。
- 杨智华:《矿长的上午》(中篇小说),《阳光》1998年第3期。

1999年

- 谢凤芹、遥雨:《大路朝天》(中篇小说),《广西文学》1999年第2期,1999年2月。
- 王鹏博:《下岗了,别趴下》(话剧),《新剧本》1999年第2期,1999年3月。
- 赵瑞泰:《春夏秋冬》(剧本),《戏剧之家》(双月刊)1999年第2期,1999年3月。
- 卫中:《办公室秘闻》(原名《雕像的呼吸》),《剧本》1999年第3期,1999年3月。
- 殷慧芬:《汽车城》(长篇小说),《小说界》1999年第3、4期,1999年3、4月。
- 杨利民:《在这个家庭里》(话剧),《新剧本》1999年第5期,1999年9月。
- 李宝群:《父亲》(四幕话剧),《剧本》1999年第10期,1999年10月。
- 王克诚:《三个工人》(话剧小品),《剧本》1999年第11期,1999年11月。

2000年

- 李铁:《工会主席》(中篇小说),《特区文学》2000年第1期,2000年1月。
- 刘庆邦:《神木》(中篇小说),《十月》2000年第3期,2000年5月。
- 王德林:《牛铃摇春光》(短篇小说),《作品》2000年第5期,2000年5月。
- 刘恒、王新纪:《贫嘴张大民的幸福生活》(评剧),《新剧本》2000 年第5期,2000年9月。

2001年

- 王立信:《世纪彩虹》(四场话剧),《剧本》2001年第2期,2001年2月。
- 李铁:《厂长的摩托车》(短篇小说),《飞天》2001年第5期,2001年5月。
- 葛建初:《大路朝天》(电视剧本),《戏文》2001年第6期,2001年6月。
- 中跃:《母经理上任记》(中篇小说),《雨花》2001年第7期,2001年7月。《作品与争鸣》2002年第2期转载。
- 张庆洲:《鸟的》(短篇小说),《中国铁路文学》2001年第11期,2001年11月。《作品与争鸣》2002年第4期转载。
- 刘川:《潮涌黄浦江》(八场话剧),《剧本》2001年第12期,2001年12月。

2002年

- 孙惠芬:《民工》(中篇小说),《当代》2002年第1期,2002年1月。《小说选刊》2002年第4期,《作品与争鸣》2002年第8期转载。
- 齐铁民:《有泪悄悄流》(中篇小说),《春风》2002年第1期,2002年1月。《中篇小说选刊》2002年第2期转载。
- 程树榛:《遥远的北方》(长篇小说),《中国作家》2002年第4期,2002年4月。
- 吴天明、罗雪莹、胡建新:《首席执行官》(电影文学剧本),《电影创作》2002年第5期,2002年5月。
- 周长钟:《潮起潮落》,《剧本》2002年第9期,2002年9月。

2003年

- 李铁:《乔师傅的手艺》(中篇小说),《青年文学》2003年第1期,2003年1月。《小说选刊》2003年第3期转载。
- 王立信:《平头百姓》(六场话剧),《剧影月报》2003年第1期,2003年1月。
- 齐铁民:《张小霜和她的姐妹们》(中篇小说),《春风》2003年第2期,2003年2月。《作品与争鸣》2003年第7期转载。
- 余兆荣:《铁人的诞生》(节选自长诗《铁人词典》),《地火》2003年第3期,2003年3月。
- 李铁:《杜一民的复辟阴谋》(短篇小说),《青年文学》2003年第10期,2003年10月。
- 昌耀:《野桥》(诗),《诗刊》2003年第19期,2003年10月。

2004年

- 榛子:《且看满城灯火》(中篇小说),《青年文学》2004年第3期,2004年3月。《小说选刊》2004年第5期、《作品与争鸣》2004年第10期转载。
- 李铁:《工厂上空的雪》(短篇小说),《清明》2004年第4期,2004年4月。《小说月报》2004年第9期转载。
- 毕淑敏:《女工》(中篇小说),《北京文学》2004年第8期,2004年8月。
- 徐锡维:《塌方》(剧本),《新剧本》2004年第5期,2004年9月。
- 曹征路:《那儿》(中篇小说),《当代》2004年第5期,2004年9月。《作品与争鸣》2005年第6期转载。
- 何建明:《部长与国家》(长篇报告文学)(共和国"红色经典"故事),《中国作家》2004年第9期,2004年9月。
- 冰泉:《我想有个家》(中篇小说),《飞天》2004年第10期,2004年10月。
- 榛子:《我和两个徒弟》(中篇小说),《青年文学》2004年第10期,2004年10月。
- 李锐:《樵斧》(短篇小说),《上海文学》2004年第12期,2004年12月。《小说月报》2005年第

2期转载。

2005年

- 项小米:《二的》(中篇小说),《人民文学》2005年第3期,2005年3月。
- 楚荷:《苦楝树》(长篇小说),《当代》2005年第2期,2005年3月。
- 迟子建:《世界上所有的夜晚》(中篇小说),《钟山》2005年第3期,2005年3月。《小说选刊》2005年第7期、《小说月报》2005年第7期、《新华文摘》2005年第19期转载。
- 贺国甫、宗福先:《谁主沉浮——道拉斯先生到来之前》(多场次话剧),《上海文学》2005年第5期,2005年5月。
- 杨利民:《铁人铁事——王进喜的八个生活片断》(剧本),《新剧本》2005年第4期,2005年7月。
- 武歆:《天车》(中篇小说),《中国作家》2005年第7期,2005年7月。《小说月报》2005年第9期转载。
- 李铁:《工厂的大门》(小说),《中国作家》2005年第8期,2005年8月。《北京文学·中篇小说月报》2005年第9期、《小说月报》2005年第6期转载。
- 王十月:《厂牌》(短篇小说),《延河》2005年第9期,2005年9月。

2006年

- 葛水平:《黑脉》(中篇小说),《人民文学》2006年第1期,2006年1月。《作品与争鸣》2006年第4期转载。
- 曹建川:《荒原水站》(中篇小说),《青海湖》2006年第1期,2006年1月。《小说选刊》2006年第4期转载。
- 杨军:《油漆匠与清洁工》(话剧小品),《剧本》2006年第2期,2006年2月。
- 吕中山:《兵工厂长许远明》(报告文学),《神剑》2006年第3期,2006年3月。
- 李铁:《梦想工厂》(中篇小说),《清明》2006年第3期,2006年5月。《作品与争鸣》2006年第10期转载。
- 王十月:《底色》(短篇小说),《特区文学》2006年第5期,2006年5月。
- 杨启舫:《矿工万岁》(长诗),《词刊》2006年第5期,2006年5月。
- 李铁:《合同制老总》(长篇小说),《中国作家》2006年第6期,2006年6月。
- 王十月:《示众》(短篇小说),《天涯》2006年第6期,2006年6月。《小说月报》2007年第1期转载。
- 崔立民:《我们是工人》(中篇小说),《长江文艺》2006年第7期,2006年7月。
- 王十月:《关外》(中篇小说),《长江文艺》2006年第9期,2006年9月。另刊《清明》2006年第5期"中篇小说专号"。
- 杨立秋:《远行的火》(中篇小说),《鸭绿江》2016年第9期,2016年9月。
- 曹征路:《霓虹》(中篇小说),《当代》2006年第5期,2006年9月。《小说选刊》2006年第10期,《作品与争鸣》2006年第12期转载。
- 徐延:《油区采访记》(话剧小品),《剧本》2006年第11期,2006年11月。
- 武歆:《中国象棋》(短篇小说),《当代》2006年第6期,2006年11月。
- 忽培元:《共和国不会忘记——大庆人的故事》(长诗),《中国作家》2006年特辑。

2007年

- 翟永刚:《窑衣》(中篇小说),《小说月报》2007年第2期,2007年2月。《作品与争鸣》2007年第6期转载。
- 李铁:《安全简报》(中篇小说),《小说月报》2007年第4期,2007年4月。《新华文摘》2007年第17期转载。
- 李宝群:《矸子山上的男人女人》(话剧剧本),《剧本》2007年第5期,2007年5月。
- 郑小琼:《铁·塑料厂》(散文),《人民文学》2007年第5期,2007年5月。
- 管燕草:《春似走马灯》(中篇小说),《青春》2007年第6期,2007年6月。《作品与争鸣》2007年第12期转载。

2008年

- 武歆:《抓贼》(中篇小说),《小说界》2008年第3期,2008年3月。
- 王十月:《国家订单》(中篇小说),《人民文学》2008年第4期,2008年4月。《小说月报》2008年第6期、《新华文摘》2008年第13期、《作品与争鸣》2008年第9期转载。
- 武歆:《风砂轮》(小说),《中国作家》2008年第8期,2008年8月。
- 曹征路:《问苍茫》(长篇小说),《当代》2008年第6期,2008年11月。《长篇小说选刊》2009年第3期转载。

2009年

- 王十月:《开冲床的人》(短篇小说),《北京文学》2009年第2期,2009年2月。
- 陈勇:《改变》(话剧小品),《剧作家》2009年第2期,2009年3月。
- 鞠向明:《抉择》(话剧小品),《剧作家》2009年第2期,2009年3月。
- 葛永顺:《讨债》(话剧小品),《剧作家》2009年第2期,2009年3月。
- 王十月:《浮生记》,《鸭绿江》2009年第3期,2009年3月。《作品与争鸣》2009年第7期转载。
- 常芳:《一日三餐》(中篇小说),《上海文学》2009年第4期,2009年4月。
- 李铁:《铁锈》(中篇小说),《小说月报》(中篇小说)2009年第4期,2009年4月。

- 李铁:《长门芳草》(中篇小说),《小说月报》(原创版)2009年第5期，2009年5月。
- 鬼金:《金色的麦子》(短篇小说),《上海文学》2009年第6期，2009年6月。
- 王十月:《无碑》(长篇小说),《中国作家》2009年第17期。
- 楚荷:《工厂工会》(长篇小说),《当代》(长篇小说选刊)2009年第5期，2009年10月。

2010年

- 李景宽:《矿工班长》(大型话剧),《剧作家》2010年第3期，2010年5月。
- 武歆:《老工人谢瑶环》(中篇小说),《中国作家》2010年第7期，2010年7月。
- 李宝群:《黑石岭的日子》(话剧),《剧本》2010年第8期，2010年8月
- 鬼金:《追随天梯的旅途》(短篇小说),《上海文学》2010年第11期，2010年11月。
- 肖克凡:《生铁开花》(长篇小说),《中国作家》2010年第12期，2010年12月。
- 王十月:《不断说话》(中篇小说),《青年文学》2010年第17期，2010年9月。

2011年

- 郑小琼:《女工记》(诗),《钟山》2011年第2期，2011年2月。
- 韦嘉:《一条大河》(话剧),《剧本》2011年第3期，2011年3月。
- 李铁:《花园》(短篇小说),《花城》2011年第4期，2011年4月。
- 管燕草:《大洪流》(淮剧),《上海戏剧》2011年第9期，2011年9月。

2012年

- 郑小琼:《女工记》(诗),《人民文学》2012年第1期，2012年1月。
- 鬼金:《轧钢厂的公墓》(短篇小说),《野草》2012年第3期，2012年3月。
- 郑小琼:《女工记》(组诗),《创作与评论》2012年第4期，2012年4月。
- 郑小琼:《女工记》(组诗),《文学界》(原创版)2012年第4期，2012年4月。
- 龚应恬:《问苍茫》(大型话剧，根据曹征路同名小说改编),《戏剧文学》2012年第6期，2012年6月。
- 喻荣军:《钢的琴》(根据张猛编剧的电影《钢的琴》改编),《剧本》2012年第12期，2012年12月。

2013年

- 李铁:《会唱黄歌的大姐》(中篇小说),《花城》2013年第1期，2013年1月。《北京文学》(中篇小说月报)2013年第3期转载。
- 喻荣军:《钢的琴》(根据张猛编剧的电影《钢的琴》改编),《新剧本》2013年第2期，2013年3月。
- 邓一光:《轨道八号线》(短篇小说),《大家》2013年第3期，2013年3月。
- 颜全毅:《咫尺阳光》(无场次现代戏),《剧本》2013年第3期，2013年3月。
- 鬼金:《称之为灵魂》(中篇小说),《广西文学》2013年第6期，2013年6月。
- 梁秉堃:《格桑花》(话剧),《剧本》2013年第7期，2013年7月。
- 刘亮:《巡道工》(中篇小说),《中国作家》2013年第9期，2013年9月。

2014年

- 王十月:《出租屋里的磨刀声》(短篇小说),《青年文学》2014年第3期，2014年3月。
- 双雪涛:《大师》(短篇小说),《西湖》2014年第8期，2014年8月。
- 阿莹:《秦岭八号》(话剧),《剧本》2014年第11期，2014年11月。

2015年

- 双雪涛:《平原上的摩西》(中篇小说),《收获》2015年第2期，2015年3月。《小说月报》2015年第6期、《新华文摘》2015年第12期转载。
- 刘庆邦:《黑白男女》(长篇小说),《中国作家》2015年第4期，2015年4月。
- 王敬东:《职业病:“隐形杀手”》(报告文学),《北京文学》2015年第5期，2015年5月。
- 普玄:《牙齿》(短篇小说),《钟山》2015年第3期,2015年3月。《小说月报》2015年第9期转载。
- 路内:《慈悲》(中篇小说),《收获》2015年第3期，2015年5月。
- 朱可欣:《血矿》(三幕八场话剧),《剧作家》2015年第6期，2015年11月。
- 刘建东:《完美的焊缝》(中篇小说),《山花》2015年第11期,2015年11月。《中篇小说选刊》2016年第1期转载。

2016年

- 王立新:《大海上的钢城》(长篇报告文学),《唐山文学》2016年第1期，2016年1月。
- 双雪涛:《跷跷板》(短篇小说),《收获》2016年第3期,2016年5月。《小说月报》2016年第9期、《新华文摘》2016年第21期转载。
- 管燕草:《大洪流》(淮剧),《剧本》2016年第5期，2016年5月。

2017年

- 李新华:《铁血道钉》(话剧),《剧本》2017年第4期，2017年4月。另刊《中国戏剧》2017年第5期。
- 鬼金:《光明的对称》(短篇小说),《雨花》2017

年第13期，2017年7月。

2018年

- 班宇:《盘锦豹子》(短篇小说),《小说月报》2018年第2期，2018年2月。
- 班宇:《空中道路》(短篇小说),《上海文学》2018年第5期，2018年5月。
- 徐亚娟:《铁路示意图里的远方》(散文),《中国铁路文艺》2018年第8期，2018年8月。
- 班宇:《枪墓》(短篇小说),《山花》2018年第10期，2018年10月。《小说月报》2019年第1期转载。
- 班宇:《冬泳》(短篇小说),《当代》2018年第6期，2018年11月。《小说月报》2019年第1期转载。

2019年

- 鬼金:《失路之人》(短篇小说),《安徽文学》2019年第1期，2019年1月。
- 徐亚娟:《复兴号，让我看到了梦想实现的样子》(散文),《中国铁路文艺》2019年第3期，2019年3月。
- 鬼金:《雾中风景》(短篇小说),《草原》2019年第4期，2019年4月。
- 陈刚:《血豆腐》(中篇小说),《芳草》2019年第6期，2019年6月。
- 王俭:《追梦云天》(剧本),《剧本》2019年第5期，2019年5月。
- 凡一平:《我们的师傅》(中篇小说),《北京文学》2019年第8期，2019年8月。《小说月报》2019年第9期转载。
- 李铁:《方国民师傅》(中篇小说),《十月》2019年第5期，2019年9月。《作品与争鸣》2020年第1期转载。
- 榛子:《父亲是工人》(中篇小说),《山花》2019年第9期，2019年9月。《作品与争鸣》2019年第11期。
- 王俭:《龙腾伶仃洋》(剧本),《中国戏剧》2019年第11期，2019年11月。

2020年

- 解数:《血脉》(电影文学剧本),《陕西文学》2020年第6期，2020年6月。
- 徐亚娟:《追着太阳行走的慢火车》(中篇小说),《中国铁路文艺》2020年第10期，2020年10月。
- 郑执:《森中有林》(中篇小说),《芒种》2020年第10期，2020年10月。另刊《北京文学》(中篇小说月报)2020年第10期。《小说月报》2020年第11期、《作品与争鸣》2020年第12期转载。

2021年

- 黑铁:《趋之若鹜》(中篇小说),《上海文学》2021年第1期，2021年1月。
- 高鸿:《匠心筑梦——记最美奋斗者窦铁成》(报告文学),《人民文学》2021年第1期，2021年1月。
- 周振天(执笔)、陈萱:《深海》(话剧),《剧本》2021年第1期，2021年1月。
- 鬼金:《北纬三十度和北纬四十度之间》(中篇小说),《上海文学》2021年第2期，2021年2月。
- 王计兵:《赶单》(组诗),《诗刊》2021年4月号下半月刊，2021年4月。
- 钟法权:《为珠峰测高的人们》(长篇报告文学),《人民文学》2021年第4期，2021年4月。
- 李鸣生:《“东方红一号”人造卫星上天记》(报告文学),《文艺报》2021年5月14日。
- 郑小琼:《深夜去海边》(短篇小说),《青年文学》2021年第5期，2021年5月。《小说选刊》2021年第7期转载。
- 黄传会:《仰望星空——共和国功勋孙家栋》(报告文学),《人民文学》2021年第5期，2021年5月。
- 何喜东:《石油父亲》(散文),《文艺报》2021年6月21日。
- 阿莹:《长安》(长篇小说),《当代》(长篇小说选刊)2021年第3期，2021年6月。
- 老藤:《铜行里》(长篇小说),《芒种》2021年第6期，2021年6月。《小说选刊》2021年第7期转载。
- 宋明珠:《端水打井的人》(报告文学),《中国作家》(纪实版) 2021年第6期，2021年6月。
- 崔英春:《心血作灯照荒原》(报告文学),《中国作家》(纪实版) 2021年第6期，2021年6月。
- 于晓宇、王剑飞、王冰:《千难万险，吾往矣》(报告文学),《中国作家》(纪实版) 2021年第6期，2021年6月。
- 李铁:《锦绣》(长篇小说),《中国作家》(文学版) 2021年第7期，2021年7月。
- 龙小龙:《以追光者的名义》(诗),《诗刊》2021年7月号上半期，2021年7月。
- 刘笑伟:《坐上高铁,去看青春的中国》(诗),《诗刊》2021年7月号上半期，2021年7月。
- 李铁:《锦绣》(长篇小说),《中国作家》2021年第7期，2021年7月。
- 洪放、张扬、胡作法:《安徽造》(报告文学),《人民文学》2021年第7期，2021年7月。
- 程树榛:《共和国第一台万吨水压机诞生记》(报告文学),《人民文学》2021年第7期，2021年7月。
- 谭博:《铁人三重奏》(歌剧),《剧作家》2021年第5期，2021年9月。
- 阿莹:《进山》(中篇小说),《人民文学》2021年第10期，2021年10月。

2022年

- 阿莹:《长安》(上)(长篇小说),《长篇小说选刊》2022年第1期，2022年1月。
- 李铁:《雄蚕蛾》(中篇小说),《长江文艺》2022年第1期，2022年1月。《中篇小说选刊》2022

年第2期转载。

- 王雄:《高铁让地球变小》(报告文学),《人民文学》2022年第2期,2022年2月。
- 阴法勇、何苍劲:《东方破晓》(多场景话剧),《剧作家》2022年第2期,2022年3月。
- 阿莹:《长安》(下)(长篇小说),《长篇小说选刊》2022年第2期,2022年3月。
- 余述平:《老嘎斯汽车司机》(短篇小说),《安徽文学》2022年第4期,2022年4月。
- 班宇:《漫长的季节》(短篇小说),《十月》2022年第3期,2022年5月。
- 老藤:《鸡架之城》(中篇小说),《北京文学》2022年第6期,2022年6月。《小说选刊》2022年第7期转载。
- 孙频:《天空之城》(中篇小说),《十月》2022年第4期,2022年7月。《北京文学》(中篇小说月报) 2022年第9期、《小说月报》2022年第10期转载。
- 李云:《去老塘》(短篇小说),《芒种》2022年第8期。《小说月刊》2022年第9期、《新华文摘》2022年第23期转载。
- 陈国栋:《地球印记》(报告文学),《人民文学》2022年第8期,2022年8月。
- 戴立然、尹卓然:《铁人在非洲》(剧本),《戏剧之家》2022年第9期,2022年9月。
- 林瑞武、饶晓:《林祥谦》(京剧),《剧本》2022年第10期,2022年10月。
- 黄传会:《好一辆漂亮的火星车》(报告文学),《人民日报》2022年11月2日。
- 朵拉图:《海尔,熟悉的陌生"人"》(报告文学),《人民文学》2022年第12期,2022年12月。

2023年

- 老藤:《北爱》(长篇小说),《中国作家》2023年第1期,2023年1月。《小说选刊》2023年第4期转载。
- 喜君:《一直在雨中》(中篇小说),《鸭绿江》2023年第1期,2023年1月。
- 李春雷:《经天纬地》(报告文学),《人民文学》2023年第1期,2023年1月。
- 叶梅、赵晏彪、贺颖:《雄安记》(报告文学),《中国作家》(纪实版)2023年第1期,2023年1月。
- 黄传会:《中国北斗传》(报告文学),《当代》2023年第1期,2023年1月。
- 胡岚:《在地下珠峰寻宝》(报告文学),《光明日报》2023年2月24日。
- 李约热:《拆楼工文峰》(短篇小说),《上海文学》2023年第2期,2023年2月。
- 高鸿:《他们用脚丈量祖国大地》(报告文学),《人民文学》2023年第2期,2023年2月。
- 赵丽兰:《火车经过人字桥》(散文),《人民文学》2023年第2期,2023年2月。
- 王俭:《炉火照天地》(话剧),《剧本》2023年第2期,2023年2月。
- 欧阳黔森:《天堑变通途》(报告文学),《人民文学》2023年第3期,2023年3月。
- 杨黎光:《一生只做一件事》(长篇报告文学),《中国作家》(纪实版) 2023年第3期,2023年3月。
- 盛夏:《泰山巡线记》(报告文学),《人民文学》2023年第4期,2023年4月。
- 何建明:《大飞机从上海起飞》(报告文学),《鄂尔多斯》2023年第5期,2023年5月。
- 樊俊利:《奋斗在这片戈壁滩上》(报告文学),《人民日报》2023年6月5日。
- 王计兵:《王计兵诗选》,《文艺报》2023年7月14日。
- 王计兵:《每段磨难都会成为照亮未来的光》(散文),《文艺报》2023年7月21日。
- 黄传会:《一飞,再飞》(报告文学),《人民文学》2023年第7期,2023年7月。
- 纪红建:《大国制造》(报告文学),《中国作家》(纪实版) 2023年第7期,2023年7月。
- 龚孝雄、魏睿:《火种》(淮剧),《剧本》2023年第7期,2023年7月。
- 王计兵:《新骑手》(组诗),《诗刊》2023年第15期,2023年8月。
- 王剑冰:《中国绿》(报告文学),《人民文学》2023年第9期,2023年9月。
- 马行:《使命与远方》(报告文学),《人民文学》2023年第9期,2023年9月。
- 高鸿:《大地英雄——国测一大队纪事》,《中国作家》(纪实版) 2023年第9期,2023年9月。

2024年

- 李修文:《猛虎下山》(长篇小说),《花城》2024年第1期,2024年1月。
- 温馨:《采石场》(组诗),《诗刊》2024年第1期,2024年1月。
- 薄暮:《冶铁者》(诗),《人民文学》2024年第1期,2024年1月。
- 王学芯:《智能时代》(组诗),《中国作家》(文学版) 2024年第1期,2024年1月。
- 赵川:《脉动大湾》(报告文学),《人民文学》2024年第1期,2024年1月。
- 何建明:《一路惊"芯"》(报告文学),《中国作家》(纪实版) 2024年第1期,2024年1月。
- 刘建东:《开往市区的班车》(短篇小说),《万松浦》2024年第2期,2024年2月。《小说选刊》2024年第4期转载。
- 李琸:《我有一片戈壁》(散文),《人民文学》2024年第2期,2024年2月。
- 肖克凡:《父亲和雕像》(中篇小说),《当代》(双月刊) 2024年第2期,2024年3月。《小说选刊》2024年第4期、《小说月报》2024年第4期、《中篇小说选刊》2024年第3期转载。
- 李颖娟:《一路奔北》(长篇小说·上),《中国作家》2024年第3期,2024年3月。
- 谭博:《坦先生》(话剧),《剧作家》2024年第2

期，2024年3月。

- 李颖娟:《一路奔北》(长篇小说·下),《中国作家》2024年第4期，2024年4月。
- 杨黎光:《奔腾的深圳河》(报告文学),《中国作家》(纪实版) 2024年第4期，2024年4月。
- 马行:《无人区勘探手记》(散文),《文艺报》2024年5月20日。
- 王计兵:《低处飞行》(诗),《诗选刊》2024年第5期，2024年5月。
- 王勇:《弄潮》(京剧),《剧本》2024年第5期，2024年5月。
- 肖克凡:《同上蓝天下》(中篇小说),《中国作家》(文学版) 2024年第6期，2024年6月。
- 周启垠:《面对煤海》(组诗),《中国作家》(文学版) 2024年第9期，2024年9月。
- 马行:《在天山上打井》(组诗),《中国作家》(文学版) 2024年第9期，2024年9月。
- 老井:《钢铁相撞》(组诗),《中国作家》(文学版) 2024年第12期，2024年12月。

图书在版编目（CIP）数据

中国百年工业文学大系：史料卷 / 李惠敏主编. --
北京：中国工人出版社，2025. 5.
ISBN 978-7-5008-8566-5
Ⅰ. I211
中国国家版本馆CIP数据核字第20258U1T77号

中国百年工业文学大系：史料卷

出 版 人	董　宽
责任编辑	宋　杨　傅　娉
责任校对	张　彦
责任印制	黄　丽
出版发行	中国工人出版社
地　　址	北京市东城区鼓楼外大街45号　邮编：100120
网　　址	http：//www.wp-china.com
电　　话	（010）62005043（总编室）　62005039（印制管理中心） （010）62379038（社科文艺分社）
发行热线	（010）**82029051　62383056**
经　　销	各地书店
印　　刷	北京印刷集团有限责任公司
开　　本	880毫米×1230毫米　1/32
印　　张	14.375
字　　数	400千字
版　　次	2025年6月第1版　2025年6月第1次印刷
定　　价	78.00元